HEYNE <

Das Buch

Seit Feenjägerin Aileana Kameron durch das magische Portal, das sie eigentlich für immer verschließen wollte, verschwunden ist, ist sie gefangen in einer anderen Welt. Einer Welt voller Spiegel, verwunschener Geheimnisse und rätselhafter Täuschungen – die Welt der Feen. Doch damit nicht genug: Aileanas schlimmster Feind, die uralte und mächtige Fee Lonnrach, hat die Feenjägerin in seiner Gewalt und raubt ihr Stück für Stück ihre Erinnerungen. Gerade als Aileana schon jede Hoffnung auf Rettung aufgegeben hat, bekommt sie Hilfe von unerwarteter Seite und kann zurück nach Hause fliehen, wo sie endlich ihrem mysteriösen Lehrmeister Kiaran wieder begegnet. Doch die Welt, die Aileana einst kannte, gibt es nicht mehr: Edinburgh liegt in Trümmern – und die Feen haben die Herrschaft an sich gerissen. Nur wenn Aileana alles auf eine Karte setzt, kann sie die, die sie liebt retten, doch das könnte sie selbst das Leben kosten …

Die Autorin

Elizabeth May wurde in Kalifornien geboren, wo sie auch ihre ersten Lebensjahre verbrachte, bevor sie nach Schottland zog. Sie studierte Anthropologie an der Universität von St. Andrews. Seit dem Abschluss ihrer Doktorarbeit widmet sie sich hauptberuflich dem Schreiben und stürzt sich mit Begeisterung in fantastische Welten. Die Autorin lebt zusammen mit ihrem Mann in Edinburgh.

@HeyneFantasySF
twitter.com/HeyneFantasySF

ELIZABETH MAY

DIE FEENJÄGERIN

DAS VERBOTENE KÖNIGREICH

Roman

WILHELM HEYNE VERLAG
MÜNCHEN

Titel der englischen Originalausgabe
THE VANISHING THRONE
Deutsche Übersetzung von Sonja Rebernik-Heidegger

FSC
www.fsc.org
MIX
Papier aus verantwortungsvollen Quellen
FSC® C014496

Verlagsgruppe Random House FSC®N001967

Deutsche Erstausgabe 12/2016
Redaktion: Martina Vogl

Printed in Germany
Umschlagillustration: Daniel Castro
Umschlaggestaltung: Isabelle Hirtz, Augsburg
Satz: Christine Roithner Verlagsservice, Breitenaich
Druck und Bindung: GGP Media GmbH, Pößneck

ISBN: 978-3-453-31736-9

www.heyne.de

Für meine liebe Freundin Tess Sharpe,
die mich gelehrt hat,
in meine dunklen Geschichten einzutauchen
und sie in die Welt hinauszutragen.

1

Ich erinnere mich, dass die Luft um mich herum brannte und nach Asche und Zunder roch. Dass sein Schwert die Haut an meinem Hals durchbohrte und das Blut warm meine Kehle hinab lief. Dass die Schlacht, die um mich herum tobte, plötzlich verstummte und sich verlangsamte, als wäre die Zeit stehen geblieben.

Es gab bloß noch Lonnrach und mich, die Spitze seines Schwertes entschied über Leben und Tod. Bloß ein kleiner *Stoß* und …

Dunkelheit.

Meine Lider sind schwer, meine Augen brennen. Kampfszenen blitzen vor mir auf. Jene kostbaren Momente, die ich hatte, um das Rätsel des Siegels der Falknerinnen zu lösen und die Feen wieder in den Untergrund zu verbannen, bevor es zu spät war. Das Lichtschild um mich herum wurde immer schwächer und löste sich unter der Wucht der Feenangriffe langsam auf.

Ein Lachen reißt mich jäh aus meinen Erinnerungen. Dann drängen sich andere Stimmen zwischen die Bilder in meinem Kopf. *Wo bin ich?* Sie sprechen im selben klingenden Akzent wie Kiaran, es ist ein liebliches Gemurmel in einer Sprache, die ich nicht kenne und auch nicht verstehe.

Mach die Augen auf, befehle ich mir selbst. *Mach die Augen auf.*

Panik zwingt mich, aufzuwachen. Ich sehe einen winzigen Lichtblitz, bevor ich erneut niedergedrückt werde. Eine Hand schließt sich um meine Kehle, und ein sengender Schmerz bohrt sich in meine Schläfe.

»Ich habe dir nicht erlaubt, dich zu bewegen.« Ein Zischen, hervorgepresst durch Reihen spitzer Zähne an meinem Hals.

Ich sacke zusammen. Ich kann mich nicht bewegen, selbst als jemand mit so scharfkantigen Nägeln über meinen Arm kratzt, dass ich zu bluten beginne. Ein Lachen, tief und gurrend. Ein Flüstern in meinem Ohr, heißer Atem an meinem Hals.

Du hast verloren. Und jetzt gehörst du mir.

Dann träume ich erneut – Erinnerungen an mein vergangenes Leben, an die vielen Male, als ich fast gestorben wäre. Eine Abfolge beinahe tödlicher Erlebnisse, jedes durch das vorherige bedingt. Das erste Mal, als Kiaran mich vor dem Wasserdrachen und damit mein Leben rettete. Und die vielen Male danach – Hunderte namenlose Feen, die ich abgeschlachtet habe und von denen jede ein Abzeichen auf meinem Körper hinterließ. Die erste, die mir eine Narbe verpasste. Die erste, die ich mit Kiaran gemeinsam getötet habe. Und wie er mich danach mit so etwas Ähnlichem wie Stolz angesehen hatte.

Wir werden sie alle töten, hatte er zu mir gesagt, und ein Lächeln war wie ein Geist über sein Gesicht gehuscht.

Die Erinnerungen lösen sich in Rauch auf. Plötzlich befinde ich mich wieder auf dem Schlachtfeld. Meine Rüstung ist so schwer, dass jede Bewegung einer Todesqual gleichkommt. Kiaran liegt regungslos neben mir, durch die Brandwunde auf seiner Wange scheinen Knochen hindurch. Ist er tot?

Nein, er ist nicht tot. Er kann nicht tot sein. Ich schreie ihn an, hämmere mit meinen Fäusten auf ihn ein. *Wach auf. Wach auf! Wach …*

Ich reiße die Augen auf und schließe sie genauso schnell

wieder, so hell ist das Licht. Ich atme tief ein und zucke unter dem pochenden Schmerz zusammen, der sich in meinen Kopf bohrt. Ich presse mir die Hand auf die Schläfe.

Feucht.

Ich ziehe die Hand zurück und blinzle, bis mein Blick klar wird. Meine Finger sind voller Blut, eine klebrige Erinnerung an meine Verletzungen.

Ich habe dir nicht erlaubt, dich zu bewegen.

Meine Rüstung ist fort. Ich sehe an mir hinab. Meine Brust ist mit eingetrocknetem Blut befleckt, und drei ausgeprägte Kratzer verlaufen über meinen Oberarm. Die Haut ist jedoch nur ein wenig angeritzt, als wäre es bloß eine Drohung gewesen. Eine Warnung.

Du hast verloren. Und jetzt gehörst du mir.

Grauen steigt in mir hoch, doch ich schüttle den Kopf, um es zu vertreiben. *Konzentrier dich. Orientier dich.* Ich höre Kiarans Stimme in meinen Gedanken. Das war eine seiner wirklich wichtigen Lektionen. Allein der Gedanke an ihn lässt mich beinahe erstarren – *Wo ist er? Ist er tot? Sind alle, die ich liebe, tot?* –, doch sein nützlicher Rat hält mich erneut davon ab. *Bewerte deine Umgebung.*

Ich schiebe meine Emotionen beiseite, unterdrücke die heiße, aufkeimende Panik und ersetze sie durch kalte Vernunft. Ich trage ein dünnes, figurbetontes, edles Kleid wie Sorcha. Ich streiche mit der Hand über den seidenen Stoff, der jedoch keiner Seide ähnelt, die ich kenne. Das hier ist glatter, glänzender und wärmer. Als hätte jemand schwarze Rabenfedern und Blumen zu einem Stoff verwoben. Die Ärmel fallen lose über meine Handgelenke, und der Stoff rutscht zurück, wenn ich die Arme hebe. Meine Füße stecken in zarten Schühchen aus dunklen Orchideenblättern, die mit Metallperlen vernäht sind.

Nach einem schnellen Blick auf meine Wunden wende ich

mich meiner Umgebung zu. *O Gott.* Angst steigt durch die unbeteiligte, analytische Ruhe hoch, die ich mir gerade erkämpft habe. Das kann doch nicht real sein? Oder doch?

Ich befinde mich auf einer Platte aus schwarzem Stein, der wie ein Obsidian schimmert. Sie ist abgesplittert und schwebt über einem Tal voller dunkler Klippen, einer Schlucht, die sich bis über mein Blickfeld hinaus ausdehnt. Es sieht aus, als wäre das Land in zwei Hälften auseinandergebrochen, und vereinzelte Platten, wie jene, auf der ich mich befinde, treiben durch den leeren Raum in der Mitte wie Blätter auf einem Fluss.

Auf den anderen schwebenden Platten befinden sich Gebäude – eines davon ist ein Palast, der sich auf einem felsigen Bruchstück erhebt. Die Bruchstellen des Felsens unter ihm sind so scharfkantig wie Messerklingen. Der Palast selbst ist prächtig und schöner als alles, was ich bisher gesehen habe. Er sieht aus, als bestünde er aus reinem, glänzendem Metall – doch sein Schimmern verrät, dass er aus einer anderen Welt stammt. Selbst aus der Ferne glitzert und glänzt er in zahllosen Schattierungen wie ein Opal. An den Seiten des Palastes ragen Türme wie Scherben empor. Sie umgeben eine Kuppel aus schimmerndem roten, blauen und gelben Metall, die einem eingeschlossenen Firmament gleicht.

Unter dem hoch aufragenden Palast schweben andere Gebäude auf ihren eigenen Platten in der unermesslichen Leere zwischen den gewaltigen Klippen. Manche haben ebenfalls kuppelförmige Dächer aus Metall, andere aus glänzendem Stein, der wie reinster Saphir schimmert.

Im Gegensatz dazu sind die Klippen zu beiden Seiten vollkommen eintönig und kein einziger Farbtupfer stört ihre Gleichmäßigkeit. Selbst die Bäume scheinen aus Glas zu bestehen, und die dünnen, spitzen Äste wirken scharf genug, um jemanden zu töten. Unter den Bäumen am Rand der Klippen glimmen Blumen, ihre zarten Knospen bestehen aus glitzerndem Eis.

Ich atme ein, und der eisige Duft des Winters dringt schmerzhaft in meine Brust. Es riecht wie am Strand, nachdem Schnee gefallen ist. Der Wind bringt den Geruch nach Salz, Erde, Eis und einer Spur Myrrhe mit sich.

Ich träume. Das hier muss ein Traum sein. Ich presse meine Hand auf den kalten Stein unter mir und gleite mit den Fingern über die glänzende Oberfläche. Am äußeren Rand der Platte bohren sich kleine Scherben in meine Haut und hinterlassen rote, schmerzende Kratzer.

Das hier ist kein Traum. Kein Traum. Ich atme panisch aus. Ich ziehe ruckartig die Hand zurück, stemme mich hoch und bleibe vor dem Rand der Platte stehen.

Ich mache den Fehler, über die Kante zu blicken.

Mein Magen krampft sich zusammen. Unter mir ist bloß Dunkelheit. Ein Steilabbruch, der im Nichts verschwindet. Kein Licht durchdringt die Leere, und es gibt nichts, woran ich mich festhalten könnte, sollte ich fliehen müssen. Keine anderen Platten in unmittelbarer Nähe, keine Felsen, auf die ich springen könnte, und auch die schwebenden Gebäude sind zu weit entfernt.

Das hier ist ein Gefängnis, und die einzige Möglichkeit zur Flucht wäre ein Sprung in den Tod. *Wo zur Hölle bin ich, verdammt noch mal?*

»Gut. Du bist wach.«

Ich wirble herum und sehe Lonnrach, der auf einer weiteren Platte steht, die etwas kleiner als meine eigene ist. Ich war so abgelenkt, dass ich den Geschmack seiner Kraft nicht bemerkt habe, der sich jetzt über meine Zunge legt und süß nach Blütenblättern, Natur und Honig schmeckt. Seine glänzende Feenrüstung ist verschwunden. Stattdessen ist er wie ein Mensch gekleidet und trägt eine rauchgraue Hose und ein weißes Batist-Hemd. Er hat sich die salzweißen Haare aus dem Gesicht gekämmt und im Nacken zusammengefasst.

Er betrachtet meine Kopfverletzung. »Ich hoffe, es bleibt kein dauerhafter Schaden zurück.«

Warum?, hätte ich beinahe gefragt, doch die bloße Tatsache, dass er noch lebt, lässt Wut in mir hochsteigen. Mein Blick wandert zu der Wunde auf seiner Wange, die ich ihm mit meinem Schwert zugefügt habe. Ich hatte die Chance, ihn zu töten, und habe sie nicht genutzt. Diesen Fehler werde ich nicht noch einmal begehen.

»Wo sind wir?«, frage ich. Meine Stimme klingt rau, meine Kehle ist wund. *Ruhig. Bleib ruhig.*

»Im *Sìth-bhrùth*, im ehemaligen Königreich der Dunkelfeen.« Sein Blick wandert über die Klippen rechts und links von uns, und sein Gesichtsausdruck verhärtet sich. »Das ist alles, was davon übrig blieb.«

Hätten wir uns in einem Ballsaal befunden, und hätte ich nicht gewusst, dass er kein Mensch ist, hätte ich ihn wohl als schmerzhaft schön bezeichnet. Magnetisch. Doch das ist alles Teil seiner körperlichen Anziehungskraft, seiner Macht, seine menschlichen Opfer mühelos anzulocken – einer Fähigkeit, die alle *Daoine Sìth* besitzen. Auf dem Schlachtfeld wäre ich dieser Kraft beinahe erlegen, doch mittlerweile ist er bloß noch ein Bastard, der mich verletzt hat, mich bluten ließ, mich gefangen nahm, und …

»Wenn du meinem Zuhause irgendetwas angetan hast«, meine Stimme klingt tief und gefährlich, »dann töte ich dich.«

Ich töte dich ohnehin. Ich lasse mir bloß länger Zeit.

Lonnrach neigt seinen Kopf leicht zur Seite. Sein Mund verzieht sich zu einem trägen, amüsierten Lächeln, als wären wir tatsächlich auf einem Ball und er würde mit mir flirten. Es raubt mir den letzten Nerv. Auf seine arrogante Art scheint er anzudeuten, dass er etwas weiß, was ich nicht weiß, und was immer es ist, ich spüre, dass meine mühsam erlangte Selbstbeherrschung fast verloren geht.

»Tatsächlich?«, fragt er.

Ich beiße mir auf die Zunge, um ihn nicht nach Kiaran und all den anderen zu fragen, die ich liebe. Er darf nicht wissen, dass ich Angst davor habe, dass sie alle tot sind. Ich muss so tun, als würde ich nichts empfinden.

Also streiche ich stattdessen mit den Fingern über meine *Seilgflùr*-Kette, die zu einem einzelnen Strang verflochten ist. Die weiche Distel ist für Feen wie ihn tödlich und effektiv genug, um sich in sein Fleisch zu brennen. »Ich könnte die hier um deinen Hals schlingen, wenn ich wollte. Es wäre kein schneller Tod. Ich habe es selbst gesehen.«

Lonnrach steckt die Hände in seine Hosentaschen, und hätte es auf seiner Platte etwas zum Anlehnen gegeben, hätte er sich ohne Zweifel dagegen gelehnt. Kalt, lässig und offensichtlich nicht im Geringsten beunruhigt.

Vielleicht ist er aber auch ein guter Lügner. Genau wie ich.

»Du bist nicht in der Position, mir zu drohen«, sagt er leichthin und wirft einen Blick hinunter in den tiefsten und dunkelsten Teil der Schlucht.

Ich versuche, nicht ebenfalls hinunterzusehen. Es gelingt mir nicht. Selbst wenn ich es schaffe, ihn zu töten, sitze ich in der Falle. Und ihn über den Abgrund zu stoßen ist auch keine Option – dank seines verdammten, unverwundbaren Feenkörpers würde er den Sturz vermutlich überleben.

Ich bringe meinen Gesichtsausdruck wieder unter Kontrolle und wirke kalt und unbeteiligt. Es erfordert sämtliche Fähigkeiten der Täuschung, die ich erlernt habe, seit ich herausgefunden habe, dass es Feen wirklich gibt und eine von ihnen meine Mutter ermordet hat. Wenn man einer Fee gegenübersteht, ist alles ein Spiel. Selbst die Trauer. Wenn er die

Chance erhält, wird Lonnrach sie gegen mich verwenden und mich damit quälen. Ich muss dieses Spiel mitspielen.

Ein Atemzug und dann noch einer, um mich wieder zu beruhigen. »Woher weiß ich, dass das alles nicht bloß ein Trick ist?« Meine Stimme klingt beinahe neckisch, aber auch anklagend. Sie ist vollkommen ruhig. Ich bin eine meisterhafte Lügnerin. Immerhin habe ich beim Besten gelernt. »Dieser Ort?«

Lonnrachs Gesichtsausdruck verändert sich nicht. »Das ist er nicht.«

Ich denke an sein schnelles, flüchtiges Lächeln und daran, dass alle, die mir etwas bedeuten, womöglich tot sind. Wenn dem so ist, kann ich ruhig leichtsinnig sein, denn ich habe nichts mehr zu verlieren.

Lonnrach hingegen schon. Es gibt etwas, was er braucht: mich. Wenn es nicht so wäre, wäre ich längst tot.

Es wird Zeit, diese Theorie zu überprüfen. Ich trete an den Rand der Platte, der ihm am nächsten liegt. »Wenn ich also *so* mache …« Ich stelle mich auf die Zehenspitzen und balanciere nahe dem Abgrund auf einem Bein, »… und falle, dann sterbe …«

Ehe ich michs versehe, springt Lonnrach von seiner Platte. Sein Körper prallt gegen meinen, und er wirft mich mit solcher Wucht um, dass ich schon befürchte, wir schlittern beide über den Rand und er bringt mich tatsächlich um.

Doch das tun wir nicht. Er packt schmerzhaft meinen Oberarm und zieht mich daran hoch. Seine silberfarbenen Augen glänzen vor Wut. Dieser Gefühlsausbruch überrascht mich. Feen scheinen sich stets unter Kontrolle zu haben und ihre Gefühle perfekt zu verbergen.

»Du bist ein *dummes* Mädchen«, sagt er.

Jetzt weiß ich es also. Lonnrach hat die wichtigste Regel in unserem kleinen Spiel vergessen: Lass deinen Feind niemals wissen, wie dringend du etwas brauchst. Er *braucht* mich lebendig, nicht bloß als Gefangene. Deshalb hatte er Angst, dass meine Kopfverletzung dauerhafte Schäden nach sich zieht.

Trotzdem kann ich mich nicht darauf konzentrieren. Ich kann es einfach nicht. Ich merke, dass mir die Frage, die ich ihm wirklich stellen will – nämlich, ob er alle getötet hat, die ich liebe – im Hals stecken bleibt. Also stelle ich ihm eine andere: »Wo ist Kiaran?«

Mir entgeht nicht, dass er einen Moment lang meinem Blick ausweicht, als würde er versuchen, seinen Gesichtsausdruck noch schnell unter Kontrolle zu bringen. »Seine Schwester hat meine Leute getötet, um ihn zu retten.« Sein grausames Grinsen zerreißt mir das Herz. »Offensichtlich waren sie nicht der Meinung, dass du es ebenfalls wert bist, gerettet zu werden.«

Plötzlich sehe ich erneut Kiaran auf dem Schlachtfeld vor mir. Seinen regungslosen Körper, sein verbranntes Gesicht. *Wach auf. Wach auf!* Ich konnte ihn nicht dazu bringen, sich zu bewegen. Nicht einmal seine Wimpern zuckten.

Lonnrach behauptet zwar, dass Kiaran am Leben ist, aber wenn das stimmt, dann hätte er mich niemals im Stich gelassen. Das kann nicht sein.

»Du hast Gefühle für ihn.« Lonnrach packt mein Kinn und zwingt mich, ihn anzusehen. »Er hat dich glauben lassen, dass du ihm etwas bedeutest.« Er wirkt beinahe, als würde ich ihm leidtun, aber ich weiß, dass es bloß ein Trick ist. »Kadamach schert sich einen Dreck um irgendjemanden und am allerwenigsten um dich.«

Tu so, als würden seine Worte nichts bedeuten. Ich versuche es, doch dann höre ich Kiaran in jener Nacht flüstern: *Habe ich dir je gesagt, wie der Schwur lautet, den eine* Fee *leistet, wenn sie sich einer anderen verspricht?* Ein federleichter Kuss und dann die beiden Worte an meinen Lippen, sodass ich sie bis in meine Seele hinein spürte.

Aoram dhuit.

Ich werde dir huldigen.

Lonnrachs grausame Worte reißen mich aus meiner Erinnerung. »Du bist nicht das erste menschliche Spielzeug, dessen er sich entledigt.«

Bevor ich mich noch zurückhalten kann, entwinde ich mich Lonnrachs Griff und versenke meine Faust in seinem Gesicht. Er taumelt zurück. Ich ramme mein Knie in seinen Bauch und schlage erneut zu. Und noch einmal. Ich trete einen Schritt zurück, um mich auf ihn zu stürzen, doch er packt mein Handgelenk und dreht mir meinen Arm in einem schmerzhaften Winkel auf den Rücken. Er steht nun hinter mir, und sein Atem kitzelt meinen Nacken.

»Du brauchst mich lebendig.« Ich schlucke, damit er nicht hört, welche Schmerzen er mir bereitet. Ich winde mich in seiner Umklammerung, um mich zu befreien, doch er lockert seinen Griff nicht. Jedes Mal, wenn ich mich bewege, werden die Schmerzen unerträglich. »Warum?« Als er nicht antwortet, bohre ich weiter. *»Warum?«*

»Du kannst einen Gegenstand entsperren, den ich suche. Das ist deine einzige Bestimmung.« Ich weiß, was das auch bedeutet: *Und wenn ich bekommen habe, was ich will, werde ich dich töten.*

Ich reiße den Kopf zurück und ramme ihn in seine Nase. Ich muss grinsen, als ich das befriedigende Krachen seiner Knorpel und seinen überraschten Feenfluch höre. Ich versuche, mich zu ihm umzudrehen, doch er ist zu schnell. Er fixiert mich, und seine Finger graben sich in mein Handgelenk, mit dem ich normalerweise mein Schwert führe. Eine unbedachte Bewegung und er würde es brechen. Es heilt vielleicht schneller als bei einem normalen Menschen, aber ich möchte lieber nicht ausprobieren, wie lange es dauert, bis meine Knochen wieder zusammenwachsen.

Wie zur unterschwelligen Warnung wird sein Griff fester. Ich beiße die Zähne zusammen, so weh tut es. »Sobald ich weiß, wonach du suchst, werde ich es eher zerstören, als es dir zu überlassen.«

Ich spüre, wie er zittert. Es scheint, als wäre er wütend. »Du verstehst es einfach nicht, oder? Du glaubst, hier geht es bloß um den Krieg. Deine Leute gegen meine.«

Das überrascht mich jetzt. »Tut es das etwa nicht?«

»Sieh dich um, Falknerin.« Er deutet mir der freien Hand auf unsere Umgebung. »Glaubst du, hier hat es immer schon so ausgesehen? Im *Sìth-bhrùth* gab es einst Tausende verschiedene Farben. Mehr als deine menschlichen Augen jemals erfasst haben. Das Land war ganz, und jetzt ist es einfach in der Mitte zerbrochen. Es fällt alles auseinander.«

Er zieht mich näher an sich, und sein Griff um mein Handgelenk wird etwas lockerer. »Ich habe dich hierhergebracht, um dir diese Schlucht zu zeigen. Sie soll dich daran erinnern, dass alles hier eines gar nicht mehr so weit entfernten Tages zu Staub zerfallen wird. Die Königreiche gehen unter, und der Thron verschwindet. Es hat bereits begonnen.«

Ich kann nicht anders, ich muss hinüber zu den Klippen rechts und links von uns schauen, auf die schwarz-weiße Landschaft, die nur noch aus Schattierungen zu bestehen scheint. Auf die Gebäude, die über dem Abgrund schweben und die letzten Überreste dessen sind, was Lonnrach gerade beschrieben hat. »Ich verstehe nicht, was das mit mir zu tun hat.«

»Das, was ich suche, kann das *Sìth-bhrùth* retten. Und du bist der Schlüssel, um es zu finden.«

Ich sage nichts. Das *Sìth-bhrùth* kümmert mich nicht im Geringsten, aber Kiaran bedeutet es vielleicht etwas. Allerdings hat er nicht sehr oft über das Feenreich gesprochen. Er meinte einmal, dass es wunderschön und grauenhaft wäre und er es zugleich liebte und hasste. Ich frage mich, ob er es denn retten würde.

Ich selbst muss jedoch noch eine Sache wissen. Ich stelle die Frage, der ich bis jetzt ausgewichen bin: »Warum sollte ich statt meiner Welt deine retten?«

Lonnrachs Schweigen ist ohrenbetäubend laut, gewaltig, ewig während. Er hätte keinen Grund, so zu reagieren, es sei denn … es sei denn …

Es gibt keine Welt mehr, die ich retten könnte.

Ich schlucke den Kloß in meinem Hals hinunter. »Zeig es mir.« Als er zögert, fauche ich: *»Sofort.«*

Lonnrach lässt mein Handgelenk los. Bevor ich noch die Gelegenheit bekomme, mich zu bewegen, packt er mich an den Haaren und seine Finger graben sich in die Wunde an meiner Schläfe.

Ich blinzle … und finde mich in der Hölle wieder.

Es ist zu viel, um alles auf einmal zu begreifen. Ich kann den Blick kaum scharf stellen. Asche regnet vom Himmel und schwebt wie Schnee zur Erde. Überall um mich herum sehe ich zerstörte Gebäude, als hätte sie eine ungeheuerliche Kraft einfach weggefegt. Die Straßen aus Kopfsteinpflaster sind aufgebrochen und unter der dicken Ascheschicht beinahe nicht zu erkennen. Ich kann kaum weiter als bis zu den Häusern direkt vor mir sehen, so dicht ist der Rauch. Ich atme den Geruch nach verbranntem Holz, Metall und Stein ein, und meine Lungen krampfen sich zusammen.

Der herumwirbelnde Staub und Ruß legt sich gerade genug, um zu erkennen, wo ich bin. In der Princes Street. Oder dem, was davon übrig ist. Kaum eines der Geschäfte, die die Straße zu einer Seite gesäumt hatten, existiert noch. Das Scott-Monument – dieses wunderschöne, spitze, elfenbeinfarbene Denkmal, das erst einige Monate vor der Schlacht fertiggestellt worden war – liegt umgestürzt am Boden. Die Statue Scotts ist zu Staub zerfallen.

Das war mein Werk. *Es ist meine Schuld. Sie sind alle tot, und es ist meine Schuld.* »Aufhören.« Das Wort ist bloß ein ersticktes, kaum hörbares Seufzen. »Ich sagte: *Aufhören!*«

Plötzlich befinde ich mich wieder im Feenreich. Ich knie auf dem scharfkantigen Obsidian. Heiße Tränen verschleiern meinen Blick, und ich atme stoßweise.

Wie konnte das alles innerhalb so kurzer Zeit geschehen? Ich presse meinen Finger auf die Wunde über meinem Ohr. Sie ist noch immer feucht. Ich taste verzweifelt nach dem kleinen Schnitt, den Lonnrachs Schwert auf dem Schlachtfeld auf meinem Hals hinterlassen hat. Er ist entzündet und brennt noch immer. Der Heilungsprozess hat noch nicht begonnen.

»Das ist ein Trick«, sage ich. Das muss es einfach sein. Sie können doch nicht in derart kurzer Zeit eine solche Zerstörung angerichtet haben. »Meine Wunden sind noch frisch.«

Lonnrach bewegt sich nicht und kniet sich auch nicht neben mich. »Du bist im *Sìth-bhrùth*«, antwortet er schlicht.

Ich schließe meine Augen. O Gott. Ich habe die einfachste aller Regeln vergessen: In der menschlichen Welt vergeht die Zeit wesentlich schneller. Selbst wenn ich nur ein paar Stunden im Feenreich verbringe, vergehen dort womöglich Wochen. Tage können zu Monaten werden.

»Wie lange bin ich schon hier?«, flüstere ich und hasse es, wie erschrocken meine Stimme dabei klingt. Ich hasse es, dass ich ihm gerade ein kleines Anzeichen von Schwäche gezeigt habe. »In meiner Welt? Wie lange?«

»Ich verstehe euer menschliches Konzept der Zeit nicht.« Er klingt vollkommen lässig, gleichgültig. »Tage. Wochen. Monate. Jahre. Das alles bedeutet mir wenig. Mir geht es bloß darum, diesen Gegenstand zu finden, der in deiner Welt versteckt ist. Und du wirst mir dabei helfen, ob du willst oder nicht.«

Ich bekomme die Bilder nicht aus dem Kopf. Ich habe das alles verursacht. Ich war daran beteiligt. Was haben wohl Derrick und Gavin am Ende von mir gedacht? Und Catherine? Sie müssen geglaubt haben, dass ich entweder tot bin oder sie im Stich gelassen habe. Dass ich aufgehört habe zu kämpfen.

Als ich zu Lonnrach emporblicke, laufen neue Tränen über meine Wangen. Ich sehe ihm in die Augen. »Dann hast du also auf deiner Suche nach diesem Gegenstand einfach alles zerstört. Du hast meine Welt geopfert, um deine zu retten.«

Auf Lonnrachs Gesicht ist keine Regung zu erkennen. »Das klingt so, als hätte ich eine Wahl gehabt. Du hättest uns doch auch alle abgeschlachtet, um *sie* zu retten. Deine Menschen.« Mittlerweile kniet er neben mir. Sein Gesicht ist ganz nah an meinem. »Du würdest töten, um deinesgleichen zu beschützen. Das würden wir beide. Wir sind ein und dasselbe, du und ich.«

Kiarans Flüstern steigt aus den Tiefen meiner Erinnerung empor. *Ich habe dafür gesorgt, dass du so wirst wie ich.*

Eine Kreatur der Nacht. Ein Teufel. Ein Ungeheuer, das Tod und Zerstörung mit sich bringt. *Wir sind ein und dasselbe, du und ich.*

Dann soll es so sein. Ich sehe ihm in die Augen, und einen Moment lang wirkt er verletzlich. Er hat Angst. Das sollte er auch. »Ich hoffe, dein Königreich verrottet. Ich werde es selbst niederbrennen.«

Lonnrachs Gesichtsausdruck verhärtet sich, er wirkt wütend. »Noch mehr Drohungen. Ich könnte dich einfach so lange ich möchte hier lassen. Vielleicht sperre ich dich auch in eine wasserdichte Kiste und werfe dich ins Meer unter uns, bis ich dich brauche. Draußen könnten Tausende Jahre vergehen, und du wärst immer noch so jung wie in dem Augenblick, als ich dich gefangen nahm. Du bist auf *meine* Gnade angewiesen.«

Das Meer unter uns. Das befindet sich also dort unten am Fuß der Klippen. Darum klingt es, als würde es atmen. Es sind die Wellen, die gegen die Felsen branden, die Steine, die an ihnen reiben.

Bevor ich antworten kann, steht er bereits wieder auf seiner eigenen Platte. Es war ein Sprung von etwa sieben Metern, den ich ihm unmöglich nachmachen kann. Bevor er verschwindet, dreht er sich noch einmal zu mir um. »Du hast keine andere Wahl, Falknerin. Wenn dieser Ort in Flammen aufgeht, dann stirbst du mit uns.«

2

Ich denke mir tausend verschiedene Fluchtmöglichkeiten aus. Ich versuche mein Körpergewicht einzusetzen, um die Platte näher an die Klippen zu schieben. Ich springe hoch, und meine Beine prallen so hart auf den Stein, dass ein regelrechter Stoß durch meinen Körper fährt, doch die Platte rührt sich nicht.

Sie schwebt bloß weiterhin gleichmäßig durch die Luft, als würde sie auf einem Fluss dahintreiben und nicht durch einen leeren Raum. Der Palast und die anderen Gebäude sind noch immer gleich weit entfernt wie zuvor – sie kommen weder näher noch entfernen sie sich weiter.

Minuten oder auch Stunden vergehen, ich kann es nicht beurteilen. Jetzt weiß ich, warum Zeit für Lonnrach keine Bedeutung hat. Sie existiert hier einfach nicht. Das Licht bleibt immer gleich: Der Himmel ist grau und nebelverhangen, wie ich es auch von zu Hause gewöhnt bin. Die schweren Regenwolken bewegen sich nicht, selbst als die Platte weiter den leeren Raum hinabtreibt und sich die Landschaft um mich herum verändert.

Ich bekomme keine andere Fee zu Gesicht. Nicht einmal den Schatten einer Gestalt in den majestätischen Gebäuden, die in der Schlucht treiben. Dieser Ort ist wie eine Ödnis, vollkommen leer. Wenn ich jetzt schreie, würde mich niemand hören.

Vermutlich hat Lonnrach genau das vor: Er will mich isolieren, meinen Widerstand brechen, mich benutzen und schließlich töten.

Während meine Platte sich beständig vorwärts bewegt, suche ich nach einer weiteren Fluchtmöglichkeit. Nach irgendetwas. Doch die Schlucht ist ein ruheloses, sich ständig veränderndes, unendliches Etwas. Ich komme an Bergen und Wäldern vorbei, alle im selben eintönigen, melancholischen Grau. Ich sehe Felder voller Glasblumen und Wälder mit schwarzen Bäumen aus Metall, die so dunkel und dicht sind, dass kein Licht durch sie hindurchfällt.

Die Landschaft wirkt wie eine Kohlezeichnung. Die Klippen zu beiden Seiten gleichen dunklen, groben Strichen, die Felsen ragen skizziert in die Luft.

Das Land war ganz, und jetzt ist es einfach in der Mitte zerbrochen. Es fällt alles auseinander.

Mit der Zeit merke ich, dass immer wieder Steine aus den zerklüfteten Klippen brechen und in die Schlucht unter mir stürzen. Dieser Ort zerfällt Stück für Stück zu Staub.

Wie Edinburgh. All die Gebäude, von denen nur noch Trümmer auf den Straßen übrig sind. Fort. Genau wie …

Ich schließe fest die Augen, lasse mich auf den kalten Stein sinken und ziehe die Knie zur Brust. Ich versuche, die Bilder zu verdrängen. Meine Erinnerungen. Meine Gefühle.

Tief unter meiner Platte höre ich das Meer atmen. Ich lausche, wie das Wasser ruhig *einatmet*, *ausatmet*, *einatmet*, *ausatmet* und stelle mir vor, ich wäre wieder dort. In Schottland. In der menschlichen Welt. Ich tue so, als gäbe es noch einen Ort, der es wert ist, gerettet zu werden. Als wären die, die ich liebe, noch am Leben.

Ich tue so, als wäre ich nicht die Einzige, die noch übrig ist.

Als ich aufwache, ist das entfernte Atmen des Meeres verschwunden, und um mich herum ist es so still wie in einem Grab. Der kalte Winterwind hat sich gelegt.

Ich öffne die Augen und sehe, dass ich mich nicht mehr

länger draußen in der Schlucht befinde. Ich liege nicht mehr länger auf der rauen Steinplatte, wo sich ein Teil von mir gewünscht hat, ich würde einfach in den Abgrund fallen. Die einzige Erinnerung an diesen Ort sind die roten, pockennarbigen Abdrücke auf meinen Armen, wo sich der Obsidian in meine Haut gebohrt hat, und die bald verschwinden werden. Eine Erinnerung mit Ablaufdatum.

Ich rolle mich auf den Rücken und zucke zusammen, als mir plötzlich ein Gedanke kommt. Er schießt hervor wie die Zunge einer Schlange. *Es ist egal, wo du bist. Du bist vollkommen alleine, weil du alle anderen hast sterben lassen. Du hast sie nicht gerettet. Du …*

Meine Fingernägel graben sich in meine Handflächen. Der Schmerz bringt mich wieder auf klare Gedanken. Ich habe mir diese Methode angeeignet, um die Schuldgefühle nach dem Tod meiner Mutter zum Schweigen zu bringen. Bloß ein Kneifen, sodass ich beinahe zu bluten beginne, und das immerwährende *Deine Schuld, deine Schuld, deine Schuld* wird zurück in meine Brust verbannt, wo ich es immer mit mir trage wie eine schmerzhafte, innere Narbe. So ist es zumindest eine Weile erträglich.

Nachdem die Gedanken verschwunden sind, öffne ich meine Augen, um mich umzusehen. *Wo bin ich?*

Über mir ragt eine Kuppel aus Spiegeln auf, die alle auf die Mitte des Raumes ausgerichtet sind, wo ich liege. Der Boden unter mir ist mit leuchtend grünen Blättern bedeckt. Es sind echte Blätter, die aussehen, als wären sie direkt aus dem Boden gewachsen und dann plattgedrückt worden. Es ist die erste Farbe, die ich im Feenreich zu Gesicht bekomme. Das Einzige, das nicht aus Glas, schwarzem Stein oder Metall besteht. Sie bedecken den gesamten Boden und wachsen die Wände zwischen den Spiegeln empor.

Ich liege mitten in den Blättern. Meine Haare sind gebürstet, und die kupferfarbenen Naturlocken breiten sich um mich herum aus und heben sich stechend von dem Grün ab. Selbst in den Spiegeln an der Decke kann ich noch die Sommersprossen auf meinen Wangen und auf meinen Schultern erkennen, wo das schwarze Kleid den Blick auf meine Haut freigibt.

Es ist kein Blut mehr zu sehen. Fortgewischt, als hätten meine Verletzungen nie existiert. Ich presse eine Hand auf meine Schläfe und meinen Hals. Beide Wunden sind verheilt, an der Stelle, wo das Schwert mein Fleisch durchbohrt hat, ist bloß eine strichförmige Narbe zurückgeblieben.

Ich erschaudere bei dem Gedanken daran, dass *sie* mich angefasst, geheilt und sauber gemacht haben, während ich schlief. Ich weiß, dass sie es nicht aus Nächstenliebe getan haben.

Du kannst einen Gegenstand entsperren, den ich suche. Das ist deine einzige Bestimmung.

Ich muss hier raus. Ich habe vielleicht kein Zuhause mehr, wohin ich zurückkehren kann, doch Kiaran ist noch immer irgendwo dort draußen. Und vielleicht haben Gavin und Derrick in meinem Ornithopter überlebt.

Vielleicht, vielleicht, vielleicht. Vielleicht sind sie aber auch tot.

Ich schiebe meine Gedanken zur Seite und stemme mich hoch. Ich befinde mich nicht in einem einfachen Raum, wie ich zunächst angenommen habe, sondern in einem Saal, so groß wie ein Ballsaal. Die Wände und auch die Decke sind mit Spiegeln verkleidet. Ich drehe mich um meine eigene Achse und suche nach einer Tür – irgendeiner Fluchtmöglichkeit –, doch es starrt mir von überallher bloß mein Spiegelbild entgegen.

Kein Abbild gleicht dem anderen. Einmal blicke ich hintergründig und spöttisch. Einmal leiderfüllt. Ein weiteres Mal ist meine Haut blutbefleckt, und meine Augen sind so schwarz und grausam wie die eines Teufels. Diese Aileana jagt mir am meisten Angst ein. Ihr Blick ist schwer und dringt so scharf wie eine Schwertspitze in meinen Körper.

Als würde sie mein Herz herausschneiden und es auch noch genießen.

Ich mache einen Schritt zurück, doch der Spiegel scheint bloß noch näher zu rücken. Die grausame Aileana hält meinen Blick fest. Gänsehaut überzieht meine Arme, die Stiche des Schwertes werden heftiger.

Und dann lächelt sie.

Ich laufe. So schnell, wie es mir in diesen verdammten, eleganten Schühchen überhaupt möglich ist. Es scheint, als würde ich an Tausenden verschiedenen Spiegeln vorbeilaufen, an Tausenden Abbildern meiner selbst, und niemals am Ende des Raumes ankommen. Obwohl ich das Gefühl habe, dass die Wände immer näher rücken, dehnt er sich unendlich weit aus.

Die grausame Aileana ist nahe, ihr Abbild überdeckt all die anderen. Ihre Gegenwart fühlt sich an wie Fingernägel, die meinen Rücken blutig kratzen, während ich laufe. Unerbittlich und spitz. Ihr Bild hat sich in meinen Gedanken festgesetzt, als würde ich noch immer in den Spiegel sehen, ihre Augen gleichen einem leuchtend grünen Peridot, sind wie jene von Sorcha, der Fee, die meine Mutter ermordet hat. Sie hat messerscharfe Zähne, sie ist der Tod. Unmenschlich, ungeheuerlich.

Sie repräsentiert all die Male, als ich getötet und es genossen habe. *Blutrot steht dir am besten.*

Etwas in mir zerbricht, und eine unkontrollierbare Flut Erinnerungen bricht über mich herein. Meine Mutter in der Nacht, als ich in die Gesellschaft eingeführt wurde, und die mich so fest umarmt, dass meine Rippen schmerzen. Meine Mutter, die auf der Straße liegt. Tot. Ich, wie ich ihren Namen schreie, obwohl mich niemand hört.

Ich pralle gegen eine Spiegelwand, und meine Finger kratzen verzweifelt über die Oberfläche. Ich trommle mit den Fäusten auf den nächstbesten Spiegel ein, um ihn zu zerbrechen, doch dann bemerke ich, dass er gar nicht aus Glas besteht.

Sondern aus Stein.

Verdammt, verdammt, verdammt. Ich trete zitternd zurück. Hände packen meine Schultern und reißen mich brutal herum.

Lonnrach.

Mein erster Impuls ist, zu kämpfen – ihm gegen die Kniescheibe zu treten –, doch meine Füße verheddern sich in den Schlingpflanzen auf dem Boden. Als ich gegen sie ankämpfe, wachsen die Pflanzen weiter empor und ranken sich um mein Bein. Ich versuche, sie fortzutreten – *irgendetwas* zu tun –, aber ich kann mich nicht einmal mehr bewegen. Ich ziehe mit beiden Händen daran, doch die Schlingpflanzen ranken sich um meine Handgelenke.

»Je mehr du dagegen ankämpfst, desto schneller wachsen sie.«

Lonnrachs vages Lächeln wirkt spöttisch. Er hat sich umgezogen. Mittlerweile ist er vollkommen schwarz gekleidet, von der Hose bis zum Hemd. Selbst auf seinem langen, maßgeschneiderten Mantel ist kein Farbtupfer zu erkennen.

Ich halte inne, und tatsächlich hören die Schlingpflanzen in Hüfthöhe auf zu wachsen. »Dann ist das hier also mein neues Gefängnis?« Ich versuche, seinen bissigen Tonfall nachzuahmen. Ich beuge mich nach vorne und grinse ihn ebenfalls höhnisch an – es ist reine Angeberei, aber an der Art, wie sein Mund hart wird, merke ich, dass es durchaus Wirkung erzielt. »Ich nehme an, dass es hier auch einmal anders ausgesehen hat. Schöner und farbenfroher. Dass das hier bloß ein weiteres Beispiel für den Untergang deines Königreiches ist.«

Ich hoffe, dieser Ort brennt irgendwann nieder. Ich hoffe, ich bin diejenige, die das verdammte Zündholz entfacht.

Lonnrachs Gesichtsausdruck verhärtet sich. Er streicht mit dem Finger über meine Wange und weiter den Hals hinab. Ich zucke zurück, und die Bewegung bringt die Schlingpflanzen dazu, sich noch weiter meine Arme hinaufzuwinden. »Ich bin schon gespannt, vor welcher Erinnerung du gerade davongelaufen bist.«

Eine Erinnerung. Die grausame Aileana war also ein Symbol für eine Erinnerung.

Obwohl sie mittlerweile aus den Spiegeln verschwunden ist, spüre ich sie tief in meinem Inneren noch immer. Das Gefühl, das ihre Schwertstiche hinterlassen haben, ist noch immer nicht vollständig verebbt. Und ich sehe noch immer ihr bösartiges Lächeln vor mir.

»Was meinst du damit?« Ich versuche, ruhig zu klingen, obwohl ich noch immer das Flüstern höre, das wie ein Schwerthieb durch meine Gedanken zischt. *Blutrot steht dir am besten.*

»Wir haben herausgefunden, wie wir aus den Erinnerungen unserer Feinde Informationen herausfiltern können.« Lonnrach tritt zur Seite. Er schlüpft langsam aus seinem Mantel und faltet ihn zusammen. »In diesem Raum werden Erinnerungen vervielfältigt und nehmen dadurch Gestalt an. Und nachdem mir Kadamach entkommen ist, bevor ich das hier mit ihm machen konnte, muss ich nun mit dir vorliebnehmen.«

Mein Gott. Zum ersten Mal steigt so etwas wie Angst in mir hoch und lässt mich erzittern. Auch Sorcha hat bereits meine Erinnerungen gegen mich verwendet und mich Dinge erneut durchleben lassen, die ich am liebsten vergessen würde.

»Was auch immer du suchst, ich weiß nicht, wo es sich befindet.«

Lonnrach legt den Mantel auf den Boden. Dann rollt er seinen Hemdsärmel hoch, sodass die glatte, glänzende Haut auf seinem Unterarm zum Vorschein kommt. Als würde er bald schmutzig werden.

»Die Art und Weise, wie das menschliche Gehirn arbeitet, ist faszinierend«, sagt er beiläufig. »Das Gedächtnis von Feen funktioniert einwandfrei, unsere Erinnerungen sind absolut lückenlos. Menschen erinnern sich hingegen nur bruchstückhaft. Alles wird seiner Wichtigkeit nach sortiert, der Rest wird verdrängt.« Er ist mittlerweile beim zweiten Ärmel angelangt, den er ebenso bedächtig aufrollt. »Das bedeutet natürlich, dass ich die Erinnerungen langsamer extrahieren muss und es mehr Zeit in Anspruch nimmt. Dein Geist würde zu leicht brechen.«

Langsamer extrahieren. Dein Geist würde zu leicht brechen. Er wird ihn ohnehin Stück für Stück auseinandernehmen, um zu finden, wonach er sucht. Ich mag vielleicht eine Falknerin sein, aber ich bin immer noch ein Mensch.

»Wenn ich einen Gegenstand kennen würde, der den Feen hilfreich sein kann, dann würde ich mich bestimmt daran erinnern«, sage ich schnell, um die Situation zu entschärfen. *Ich hätte ihn aufgespürt und zerstört.*

Lonnrach sieht mir in die Augen. »Du wurdest ein Jahr lang von meinem Feind und dieser bösartigen kleinen Fee trainiert. Ich nehme an, sie haben oft über Dinge gesprochen, die du nicht verstanden hast.«

Ich presse die Lippen aufeinander, um nicht laut zu fluchen. Kiaran und Derrick waren ganz versessen darauf, sich in rätselhaften Sätzen zu unterhalten, bei denen es um Dinge aus ihrer Vergangenheit ging, die sie beide nicht weiter kommentieren wollten. Manchmal sprachen sie überhaupt in einer vollkommen anderen Sprache, einer Art Feensprache, die dem *Gàidhlig* ähnelt und doch anders ist als alles, was ich jemals gehört habe.

»Auch das, was du nicht verstanden hast, ist für mich von Nutzen«, fährt er fort. »Ihre Schwächen. *Deine* Schwächen.« Bevor ich etwas erwidern kann, steht Lonnrach plötzlich dicht vor mir und greift nach meinem Handgelenk. »Ich will alles wissen«, flüstert er, und seine stahlgrauen Augen schimmern. »Wenn es nötig ist, nehme ich jede einzelne deiner Erinnerungen auseinander. Ich brauche bloß dein Blut dazu.«

Dein Blut.

Eine plötzliche Erinnerung an meine Mutter stürzt auf mich ein. Sie liegt in Sorchas Armen, von Sorchas Zähnen tropft Blut. Das Blut meiner Mutter.

Nein. Nein, nein, nein. Ich kämpfe dagegen an, und die Schlingpflanzen ranken sich erneut um mich. Sie lassen bloß meinen Arm frei, damit er ihn zu sich ziehen kann – zu seinen Lippen.

Lonnrach öffnet seinen Mund, und vor seinem makellos weißen, geraden Gebiss senken sich zwei Reihen messerscharfe Zähne herab.

Wie bei Sorcha. Ich fühle mich wie betäubt, tot. Unfähig, mich zu bewegen, selbst wenn ich wollte. Er ist ebenfalls eine *Baobhan Sìth.* Eine vampirähnliche Fee, wie aus einem Albtraum entsprungen.

Lonnrach beugt sich über mein Handgelenk, und seine Stimme ist ein Flüstern, das wie ein Zischen klingt, während er lächelnd fünf Worte sagt: »Das wird jetzt *sicher* wehtun.«

Und dann beißt er zu.

3

Lonnrachs Biss fühlt sich an wie Gift, das durch meinen Körper fließt und in meinen Adern und meine Wirbelsäule hinunterbrennt. Der Schmerz ist so intensiv, dass ich nichts und alles zugleich spüre. Meine Haut spannt sich über meine Knochen, mein Blut schießt rauschend und pochend durch meine Glieder, meine Muskeln krampfen sich zusammen.

Lonnrach hebt einen kurzen Moment lang seinen Kopf. Sein Mund ist mit meinem Blut verschmiert. Seine Augen sind geschlossen. Kurz bevor ich seinen Biss erneut spüre, flüstert er: »Du schmeckst nach Tod.«

Erinnerungen explodieren in meinem Kopf. Bilder, die so schnell vorüberziehen, dass ich sie nicht zu fassen bekomme. Zuerst sind es belanglose Gedanken, Erinnerungen an die Zeit, als meine Mutter noch am Leben war. An jene Tage, als mein Leben noch aus Etikette, Tee und Tanzstunden bestand und ich die Abende damit verbrachte, gemeinsam mit ihr an unseren Erfindungen zu basteln.

Ich spüre, wie Lonnrach sie als unwichtig einstuft und beiseiteschiebt.

Das Lachen meiner Mutter reißt mich aus meiner Entrüstung. Beinahe schreie ich ihn an, dass er aufhören soll, doch er erlaubt mir bloß den Bruchteil einer Sekunde lang einen Blick auf ihr breites Lächeln, das so klar ist, als stünde sie mit mir im selben Raum. Als wäre sie *tatsächlich hier*. Der Duft ihres Parfums nach Heidekraut erfüllt meine Sinne, bevor er ebenso schnell wieder verschwunden ist.

Ich werde fortgeschwemmt. Die Bilder durchfluten mich noch brutaler, ohne irgendeiner Ordnung zu folgen. Die Nächte vor der Schlacht, als Kiaran und ich gemeinsam jagten und wie Mitglieder einer Bürgerwehr durch die Straßen hasteten. Wir jagen, schleichen uns an, töten und verschwinden wieder.

Ich spüre, wie Lonnrach versucht, alles in eine zusammenhängende Abfolge zu bringen und die Erinnerungen zu verlangsamen, damit er sie genauer betrachten kann. Er geht wieder zum Anfang zurück. Zu jener Nacht, bevor ich Kiaran kennenlernte.

Tu das nicht! Bevor ich ihn davon abhalten kann, stehe ich plötzlich wieder im Garten hinter dem Ballsaal. Ich trage mein weißes Seidenkleid mit den Spitzenbesätzen und Blumenstickereien. Darunter blitzen wunderschöne Tanzschuhe hervor, deren sorgsam aufgestickte rosa Rosenknospen im hellen Mondlicht glänzen. Der Punsch fühlt sich warm in meinem Magen an, mein Blick ist vom Alkohol getrübt, und ich schwanke ein wenig.

Zwing mich nicht, mich daran zu erinnern, flehe ich Lonnrach in meinen Gedanken an. *Da gibt es nichts, was dir helfen könnte.* Doch meine Proteste verleiten ihn nur dazu, noch vehementer an der Erinnerung festzuhalten. Sie läuft weiter.

Ich weiß genau, was jetzt kommt. Ich habe es Nacht für Nacht in meinen Albträumen durchlebt. Zuerst dringt ein leises Seufzen von der gegenüberliegenden Seite des Gartens zu mir, und ich zucke zusammen. Beinahe wende ich mich ab, um wieder ins Haus zu gehen, doch dann höre ich noch etwas – einen erstickten Schrei, der in ein Keuchen mündet.

Nein, nein, nein. Ich sehe mir zu, wie ich durch den Garten zu dem Tor gehe, das hinaus auf die Straße führt. Egal, wie oft ich mich schon daran erinnert habe, ich hoffe immer noch, dass die Geschichte irgendwann einmal anders ausgehen wird.

Ich hoffe, dass ich davonlaufen und Hilfe holen werde. Ich hoffe, dass ich ein Messer ziehen und kämpfen werde. Ich hoffe, dass jemand kommt. Ich hoffe und hoffe und hoffe.

Aber es ist wieder dasselbe. Wie immer.

Ich spüre, dass Lonnrach mich ebenfalls beobachtet. Wir sehen zu, wie seine Schwester ihr Gesicht an den Hals meiner Mutter presst. Sie hebt den Kopf, und ihre Zähne glänzen im Mondlicht, während das Blut meiner Mutter von ihnen herabtropft. Wir hören Sorchas Lachen. Ein tiefes, kehliges Schnurren, unter dem sich mein Magen zusammenkrampft. Wir sehen zu, wie sie das Herz meiner Mutter mit einer einzigen, schnellen Bewegung herausreißt.

Lonnrach steht vollkommen regungslos neben mir, während meine Erinnerung in Panik versinkt. Ich bekomme kaum noch Luft, und meine Gedanken rasen, während Sorcha im Dunkel der Nacht verschwindet. Meine Erinnerung beschleunigt sich immer mehr, bis alles plötzlich schwarz wird, bis zu dem Moment, als ich mich neben dem Körper meiner Mutter wiederfinde und meine Hände auf ihre Brust presse.

Wir sehen zu, wie ich ihren Namen brülle, bis meine Stimme versagt.

Ohne jede Vorwarnung befinde ich mich plötzlich wieder in dem Spiegelzimmer. Lonnrach hält noch immer mein Handgelenk fest, und sein Mund schwebt über der Stelle, an der seine Zähne ihre Abdrücke in meiner Haut hinterlassen haben. Seine Lippen sind feucht von meinem Blut, und es tropft seinen Hals hinab. Genauso, wie in meinen Erinnerungen an sie.

Sorcha.

Ein Laut dringt aus meiner Kehle, bevor ich etwas dagegen unternehmen kann. Lonnrach sieht mir in die Augen, er atmet stoßweise, und ich sehe überrascht eine kurze Emotion in seinem Blick aufflammen.

Doch bevor ich mir noch einen Reim darauf machen kann, wendet er sich abrupt ab. Er hebt den Arm, um sich den Mund abzuwischen, und verschmiert dabei mein Blut auf seinem Unterarm, sodass es aussieht, als hätte er sich verbrannt. »Das reicht für heute.«

Lonnrach greift nach seinem Mantel auf dem Boden und tritt durch den nächstgelegenen Spiegel. Er verschwindet darin, als wäre er aus Wasser. Die Oberfläche wirft kleine Wellen, die sich durch sämtliche anderen Spiegel fortsetzen, bevor sie wieder glatt wird und nur noch mein eigenes Spiegelbild zeigt.

Ich bin wieder alleine. Die Schlingpflanzen ziehen sich in den Boden zurück, und ich bin erneut von meinen vielen Spiegelbildern umgeben.

Erst jetzt merke ich, dass Tränen über meine Wangen laufen.

Als Lonnrach mich die nächsten Male aufsucht, spricht er kein Wort mit mir. Er meidet meinen Blick und sein Gesichtsausdruck ist vollkommen beherrscht. Er ist auf der Hut.

Zuerst wehre ich mich noch. Ich bin verzweifelt genug, um ihn anzugreifen – zu versuchen, die *Seilgflùr*-Kette um seinen Hals zu wickeln –, doch die Schlingpflanzen ranken sich so schnell um meine Arme und Beine, dass ich aufgeben muss. In den darauffolgenden Tagen fordern der Blutverlust und das Gift ihren Tribut, und mein Körper wird immer schwächer, weshalb ich aufhöre, mich zu wehren.

Ich sehe meine Zeit mit Lonnrach als Albtraum, aus dem es kein Entrinnen gibt. Wenn er seine Zähne in mir versenkt, schließe ich die Augen und schaffe es beinahe, mich selbst davon zu überzeugen, dass ich gerade träume, und das hier nicht real ist. Dass *er* nicht real ist.

Nach einer Weile habe ich mich so sehr an den Schmerz seiner Bisse gewöhnt, dass er mich kaum noch berührt. Inzwischen spüre ich bloß noch ein schnelles Pieken der Zähne, die sich ins Fleisch bohren und ein Stechen, wenn das Gift durch meine Adern fließt.

Lonnrach erkundet meine Erinnerungen und verschwindet danach wie ein Dieb mit seiner Beute. Jede Erinnerung an Derrick und Kiaran wird langsam und bedächtig abgespielt und sorgfältig untersucht.

Während seiner Erkundungen erlebe ich das letzte Jahr meines Lebens noch einmal. Seine Bisse werden zu einer Ruhepause von der Einsamkeit inmitten meiner Spiegelbilder, und ich hasse mich dafür. Die grausame Aileana hat nicht wieder angegriffen, doch ich spüre sie noch immer hinter all den anderen. Sie wartet, sie beobachtet. Ihr monströses Lächeln blitzt kurz auf und erinnert mich daran, dass auch Sorcha noch immer in meinen Erinnerungen lauert, dann ist sie wieder verschwunden.

Zuerst versuche ich, die Zeit, in der ich von ihr verschont bleibe, zu nutzen und presse meine Hände gegen die verspiegelte Steinoberfläche. Ich versuche schon seit einiger Zeit, durch sie hindurchzutreten, wie es Lonnrach immer tut, doch die Oberfläche bleibt immer hart und massiv. Ich zähle die Spiegel – eintausendvierhundertundsiebenundsechzig –, doch sie alle sind und bleiben undurchdringlich. An besonders schlechten Tagen trommle ich auf die Spiegel ein, bis meine Hände zu bluten beginnen. Bis meine Fäuste von Blutergüssen übersät sind.

Je länger Lonnrach mein Blut trinkt, desto schwächer werde ich. Es wird auch kaum besser, als ich mich schließlich dazu entschließe, das Essen anzunehmen, das er mir bringt. Brot, Käse, Obst. Kiaran hat mich immer gewarnt, Essen oder Getränke von einer Fee anzunehmen, denn es verschafft ihnen noch größere Macht über uns Menschen. Die Tatsache, dass ich das Essen annehme, ist mein stillschweigendes Einverständnis, dass ich hier im *Sìth-bhrùth* bleiben werde, bis Lonnrach mich gehen lässt.

Vermutlich wird er mich vorher töten.

Ich präge mir die Form seiner Zähne auf meiner Haut ein. Meine Finger gleiten über die Abdrücke, die sie hinterlassen haben, während ich an die Erinnerungen zurückdenke, die er heraufbeschworen und untersucht hat.

Sechsunddreißig menschliche Zähne. Sechsundvierzig dünne Fangzähne, so spitz wie die einer Schlange. Zusammen bilden sie zwei halbkreisförmige Umrisse, die überall auf meinen beiden Armen und auf beiden Seiten meines Halses Abdrücke hinterlassen haben.

Siebenundzwanzig Mal.

Manche sind noch mit Blut besprenkelt. Andere sind durch das Gift der *Baobhan Sìth* schnell verheilt, und es haben sich bereits Narben gebildet. Früher habe ich meine Narben als Abzeichen bezeichnet. Jede einzelne wurde mir von einer der Feen zugefügt, die ich getötet habe. Aber das hier … das hier sind keine Abzeichen. Es sind keine Siegestrophäen.

Diese Narben sind eine Erinnerung daran, dass ich alles verloren habe.

Heute stöbert Lonnrach in weiter zurückliegenden Erinnerungen. Er verweilt in der Zeit, bevor meine Mutter starb, in Erinnerungen, die eigentlich unwichtig für ihn sein sollten. Ich frage mich, ob ihm bewusst ist, dass ich durchaus bemerkt habe, wie er die Stunden, die ich mit ihr an unseren Erfindungen gebastelt habe, oder die Tage, als ich zum Tee mit meiner Freundin Catherine verabredet war, in die Länge zieht. Es sind belanglose Erinnerungen an einfache Freuden, bevor ich überhaupt wusste, was Trauer ist.

Dann springt Lonnrach in der Zeit nach vorne, als wäre es ihm unangenehm. Ich sehe zu, wie die Erinnerungen vorbeiziehen, bis ich mich erneut mit Kiaran im Queen's Park wiederfinde. Es ist die Nacht, als die Schlacht stattfand, doch mittlerweile erscheint es mir sehr lange her. Damals beschloss Kiaran, den Platz seiner Schwester einzunehmen, falls es uns gelingen sollte, die Feen wieder gefangen zu nehmen. Ich dachte, ich würde ihn nie wiedersehen.

Noch vor einiger Zeit hätte ich gegen Lonnrachs Eindringen in diese Erinnerungen angekämpft, doch mittlerweile durchlebe ich sie bereitwillig noch einmal. Ich wünsche mir verzweifelt, wieder etwas zu spüren, sehne mich nach der ganzen Bandbreite an Emotionen, die meine Erinnerungen mit sich bringen. Sie erinnern mich daran, wer ich einmal war. Daran, dass ich immer noch ein Mensch bin.

Bloß eine Weile, denke ich mir. *Damit ich etwas habe, woran ich festhalten kann.*

Ich spüre Lonnrachs Überraschung, als Kiaran und ich uns küssen, als er meinen Mantel packt, um mich an sich zu ziehen. Es ist eine der wenigen Erinnerungen, die ganz und vollständig geblieben sind. Dieser Kuss hat sich in meine Gedanken eingebrannt. Der Druck von Kiarans Lippen, seine Finger auf meiner Haut. Ich habe ihn mir eingeprägt, ich habe diesen Kuss verinnerlicht.

In meiner Erinnerung löse ich mich von ihm. *»Geh.«* Ich höre die Verzweiflung in meiner Stimme. *»Du hast noch Zeit. Bring dich in Sicherheit …«*

Ein weiterer Kuss, als ob Kiaran mir Lebewohl sagen wollte. Als wollte auch er sich meine Lippen einprägen. *»Habe ich dir je gesagt, wie der Schwur lautet, den eine Fee leistet, wenn sie sich einer anderen verspricht?* Aoram dhuit. *Ich werde dir huldigen.«*

Lonnrach zieht sich so schnell aus der Erinnerung zurück, dass ich zu taumeln beginne. Wir befinden uns wieder in dem Spiegelzimmer, und er wischt sich bereits die Lippen mit dem weißen Taschentuch sauber, das er mitgebracht hat. Es ist jedes Mal ein neues. Jedes einzelne voll mit meinem Blut.

Meine Beine geben unter mir nach. Ich sinke auf den schlingpflanzenbedeckten Boden, während Lonnrach sich abwendet und wortlos auf den nächstgelegenen Spiegel zueilt.

»Warte.« Der Klang meiner Stimme überrascht mich. Es scheint eine Ewigkeit her, seit ich das letzte Mal etwas gesagt habe. Meine Stimme klingt rau und trocken.

Lonnrach hält inne. Doch er dreht sich nicht um, als er mir antwortet. »Was ist?«

Ich habe seine Stimme ebenfalls schon lange nicht mehr gehört. Er muss mich nicht mehr verhöhnen, muss mich nicht mehr mit seinen Worten brechen. Ich habe sein Essen und seine Getränke zu mir genommen. Er hat mein Blut bekommen. Er hat meine Erinnerungen gestohlen. Was gibt es dazu noch zu sagen?

Und dennoch … die letzte Erinnerung hat ein Gefühl der Sehnsucht in mir hinterlassen. Leidenschaft. Trauer. Sobald ich wieder alleine bin, werden diese Gefühle wieder verschwinden, und ich werde erneut meine Finger auf die blutigen Abdrücke seiner Zähne pressen und hoffen, sie dadurch wieder heraufzubeschwören.

»Ich möchte bloß reden.« Ich schlucke. Mein Gott, ich kann nicht glauben, dass ich das hier gerade tue. *Ich würde ihn töten, wenn ich könnte.* »Das ist alles.«

Nun wendet Lonnrach doch den Kopf zu mir und sieht mich durchdringend und abwägend an. »Warum?«

Weil ich nicht mehr alleine sein will. Weil ich nicht weiß, wie lange ich bereits hier bin. Weil es niemanden mehr gibt, der mir etwas bedeutet. Weil wir mehr als ein Jahr meiner Erinnerungen miteinander geteilt haben. Weil du zweitausendzweihundertundvierzehn Zahnabdrücke auf meiner Haut hinterlassen hast, die mich bis in alle Ewigkeit daran erinnern werden, dass es meine Schuld ist, dass ich alles verloren habe.

Ich beiße mir auf die Zunge, damit ich nichts von alldem sage. Vielleicht wird er mich eines Tages so weit brechen, dass ich verzweifelt genug bin, es auszusprechen. Vielleicht. Aber noch ist es nicht so weit. »Weil du meine Erinnerungen kennst, mir aber noch sehr wenig von dir erzählt hast.«

»Deine Erinnerungen dienen einem Zweck.« Er macht einen Schritt nach vorne und streckt seine Hand in Richtung Spiegel. »Meine nicht.«

Ich versuche es noch einmal. Ich gehe nicht weiter darauf ein, dass er unbedeutende Erinnerungen aus der Zeit, bevor ich meine erste Fee zu Gesicht bekommen habe, angezapft hat, die für ihn absolut keinen Zweck erfüllen. »Warum hasst du Kiaran?« Lonnrach ballt die Hand zur Faust. Wider besseren Wissens bohre ich weiter. »Du hast gesagt, dass ich es noch bereuen werde, ihn nicht getötet zu haben. Ich will wissen, warum.«

Lonnrach dreht sich langsam zu mir um. Seine Augen sind hart und so grau wie Waffenstahl. Sein Blick fällt auf die Zahnabdrücke, die er auf meinem Handgelenk hinterlassen hat.

Ich ziehe schnell die Knie zur Brust, um mich zu schützen. Gerade als ich denke, dass ich nun bereuen werde, überhaupt etwas gesagt zu haben, antwortet er schließlich. »Dein Kiaran ist der schlimmste Verräter von allen, und seine Schwester ist keinen Deut besser. Jetzt liegt es an mir, ihre Fehler wieder auszubügeln.« Die Art, wie er mich ansieht, lässt keine Zweifel übrig. *Und du gehörst auch dazu.*

Ich. Er meint, ich sei ein Fehler. Weil Kiaran mich dazu gebracht hat, zu werden wie er.

»Und dadurch deine Welt zu retten?« Ich versuche, locker zu klingen, doch ich kann nichts gegen den bitteren Unterton in meiner Stimme machen. *Du hast meine Welt geopfert, um deine zu retten.* »Ist eure Königin tot?«

Lonnrach scheint zu erstarren, als hätte ihn meine Frage überrascht. »Vielleicht.« Er scheint seine Worte genau abzuwägen. »Die *Cailleach* wurde seit Tausenden von Jahren nicht mehr gesehen. Die Erben, denen sie ihre Macht übergab, waren … unwürdig. Ohne Herrscher wird das *Sìthbhrùth* untergehen. Jemand muss ihren Platz einnehmen.«

»Und du denkst, du bist würdig.« Es klingt wie ein Vorwurf, doch ich versuche bloß zu verstehen, warum er so viel Zeit darauf verwendet, meine Erinnerungen derart genau zu untersuchen.

Er wirft mir einen vielsagenden Blick zu, als könne er meine Gedanken lesen. »Nein. Aber ich werde es eines Tages sein.«

Er wendet sich ab, um zu gehen, doch ich rufe erneut seinen Namen. Ich sehe, wie sich seine Schultern anspannen, als hätte er Angst vor meiner nächsten Frage. »Wie war es, als ihr unter der Stadt gefangen wart?«

War es wie hier in diesem Zimmer? Habt ihr auch aufgehört, dagegen anzukämpfen?

Lonnrach wägt seine Antwort sorgfältig ab, seine Stimme ist bar jeglicher Emotion. »Die ersten hundert Jahre versuchten wir zu fliehen, bis unsere Fingernägel Furchen in die unterirdischen Felsen zogen. Es war wie in einer Gruft.«

Ich sehe sein Gesicht nur von der Seite, doch mir fällt auf, wie angespannt sein Kiefer wirkt, als würde er versuchen, seinen Ärger in Zaum zu halten. »Ich werde niemals vergessen, dass es deinesgleichen waren, die uns hierher verbannt haben. Und dass dein kostbarer Kiaran und seine Schwester ihnen dabei halfen.« Er wirft einen Blick auf meine Spiegel, auf die Hunderte verschiedenen Spiegelbilder. Auf meinen Käfig. »Und jetzt weißt du auch genau, wie es sich anfühlt, wenn man derart hilflos ist.«

4

Mittlerweile verblassen die Erinnerungen an mein früheres Leben immer mehr. Es ist *TageWochenMonateJahre* her – ich weiß es nicht genau –, seit ich jemanden außer Lonnrach gesehen habe. Ich kann mich ohne ihn nicht einmal mehr an die Dinge erinnern, die er mir gestohlen hat.

Um mich zu erinnern, muss ich meine Finger in die Bisswunden graben, die seine Zähne hinterlassen haben, bis sie über den Narben ihre eigenen halbkreisförmigen Abdrücke hinterlassen. Ich muss meine Augen so fest zusammenpressen, bis ich hinter meinen geschlossenen Lidern Sterne sehe.

Jedes Mal, wenn ich es schaffe, die wertvollen Momente mit allen, die mir etwas bedeutet haben, noch einmal zu durchleben, bricht Erleichterung über mich herein. Ich kann nichts dagegen tun, dass Kiaran immer wieder in meinen Gedanken hängen bleibt, auch wenn der Schmerz, den Lonnrachs Worte verursacht haben, noch immer da ist. Er ist noch nicht einmal annähernd verblasst.

Er hat dich glauben lassen, dass du ihm etwas bedeutest. Du bist nicht das erste menschliche Spielzeug, dessen er sich entledigt.

Ich zucke zusammen und versuche, nicht mehr an Kiaran zu denken. Ich muss ihn vergessen. Er hat mich im Stich gelassen. Ich habe hier im *Sìth-bhrùth* Dutzende von Lonnrachs kleinen Sitzungen über mich ergehen lassen. Habe Stunden, Tage und vielleicht auch Wochen alleine mit meinen Spiegelbildern verbracht. Habe Spiegel und Efeublätter gezählt. *Er hat sich meiner entledigt. Ich bin …*

»Kam.« Sein Flüstern dringt in meine Gedanken. Es ist sein Spitzname für mich. Die Art, wie er ihn in seinem starken Highland-Akzent ausspricht, lässt mich beinahe erzittern. Es klingt, als würde er den Klang des Namens lieben. Es klingt so intim. Wie ein Versprechen.

Ich versuche es noch einmal. Verzweifelt beschwöre ich ein Bild meiner Mutter herauf. Ich denke an ihr Lächeln, an ihr Lachen, an die Art, wie sie immer …

»Kam.« Ich höre erneut Kiarans Stimme, dieses Mal jedoch lauter. Eindringlicher.

»Verschwinde«, zische ich. Ich presse meine Finger tiefer in die Bisswunden unter dem Ärmel meines Kleides. Meine Nägel graben sich in meine Haut. *Konzentrier dich. Erinnere dich.*

»Verdammt, jetzt mach die Augen auf und sieh mich an.«

Was zum …? Ich reiße die Augen auf. O Gott. Meine Erinnerungen können Kiaran nicht gerecht werden. Er steht über mir, und seine tintenschwarzen Haare locken sich über den Kragen seines hellen Wollhemdes. In meinen Erinnerungen schaffte ich es nie, das lohfarbene Strahlen seiner Haut oder das Leuchten seiner Augen heraufzubeschwören, die mich immer an blühenden Flieder erinnern.

Ohne es zu wollen, wandert mein Blick zu der Stelle auf seiner Wange, wo das Schutzschild ihn so schwer verbrannt hat, dass ich die Knochen unter seiner verkohlten Haut sehen konnte. Seine Wunden sind verheilt, und es ist nichts, außer glatter, makelloser Haut zu sehen.

Er kann nicht real sein. Ich bilde mir ihn bloß ein. Er ist nicht real. »Du hast doch gesagt, du kannst das *Sìth-bhrùth* nicht betreten«, sage ich und bin mir mit einem Mal sicher. Lonnrach muss ihn erschaffen haben, um mich zu quälen. Er ändert seine Taktik. »Sonst würdest du sterben.«

Kiaran wirft mir einen ungeduldigen Blick zu und streckt die Hand aus. Als ich ohne nachzudenken nach ihr greife, fährt meine Hand durch sie hindurch. *Sie fährt einfach hindurch*. Als wäre er ein verdammter Geist.

Ich ziehe meine Hand ruckartig zurück. »Dann hat Lonnrach dich also wirklich erschaffen. Nun, das wird aber nicht funktionieren.«

Er flucht leise und klingt dabei tatsächlich wie Kiaran. Lonnrach versteht sein Handwerk.

»Ich kann mich selbst hierher projizieren, ohne dabei zu sterben«, sagt Kiaran und klingt einigermaßen genervt. »Wenn ich Unmengen an Kraft dafür aufwende.«

Ich bin noch immer skeptisch. »Und warum hast du mich bis jetzt noch nie besucht?«

»Lonnrach hat überall Barrieren errichtet, sodass es schwierig war, dich zu finden. Es brauchte Zeit, sie alle zu überwinden. Meine Schwester arbeitet immer noch an jener, die in diesen Raum führt.« Er deutet auf sich selbst. »Sie hat es geschafft, die Barriere gerade lange genug aufzuheben, damit diese Vision hindurchpasste, während sie es zu Ende bringt. Zufrieden?«

Wenn ich mir erlauben würde, ihm zu glauben, dann … Nein. Das kann ich nicht. Lonnrach war in meinen Gedanken. Ich habe sein Essen gegessen. Er kann mich sehen lassen, was immer er will. »Nein. Ich glaube dir nicht.«

»Deine Dickköpfigkeit ist wirklich lobenswert«, erwidert er trocken. »Ich bin froh, dass du sie noch nicht verloren hast.«

»Siehst du? Deshalb weiß ich, dass Lonnrach dich erschaffen hat.« Ich deute mit dem Finger auf ihn. »Kiaran hat meine Dickköpfigkeit immer gehasst.«

»Ehrlich gesagt habe ich im Moment Schwierigkeiten zu unterscheiden, ob es sich dabei nicht eher um Dummheit handelt.«

Ich starre ihn böse an. »Nachdem du bloß meiner Vorstellung entspringst, verlange ich, dass du sofort aufhörst, mich zu beleidigen.« Ich vergrabe erneut meine Fingerspitzen in den Bissspuren und schließe die Augen. »Und jetzt verschwinde.«

Er schweigt so lange, dass ich schwören könnte, er ist tatsächlich fort. Ich weigere mich, die Augen zu öffnen, um nachzusehen.

»Kam.« Als er dieses Mal meinen Namen sagt, ist die Emotion, die in seiner Stimme liegt, nur schwer zu überhören.

Ich öffne die Augen, und er starrt auf mich herab – nein, eigentlich nicht auf mich. Er starrt auf die Stelle, wo sich meine Fingernägel verkrallt haben. Der Ärmel meines Kleides ist zurückgerutscht, sodass mein Unterarm zu sehen ist. Ich merke, wie er meine neuen Narben betrachtet, die verschorften Bissspuren, die bis hinauf zu meinem Hals reichen, wo einige bereits vernarbt und verheilt sind. Der letzte Biss befindet sich etwas über meinem Schlüsselbein und blutet noch immer.

Ich glaube nicht, dass ich jemals solche kalte Wut in seinem Gesicht gesehen habe. Nicht so wie jetzt. Lonnrach kann dieses Bild unmöglich aus meinen Erinnerungen extrahiert haben. Das hier ist tatsächlich Kiaran.

Kiaran. Er hat mich nicht im Stich gelassen. Er ist wegen mir hier.

Kiaran kniet sich neben mich. Als er dieses Mal seine Hand nach mir ausstreckt, kann ich seine Berührung spüren. Es erschreckt mich. Es ist *TageWochenMonateJahre* her, seit mich jemand anderes als Lonnrach berührt hat, und ich habe beinahe vergessen, wie sanft es sich anfühlen kann. Ich zucke nicht zurück. Nicht einmal, als er seine Finger um mein Handgelenk schlingt und meinen Arm zu sich zieht.

Ich schäme mich für die Narben. Jetzt weiß er, dass ich aufgehört habe zu kämpfen. Dass ich aufgehört habe, mich zu wehren. »Er wollte … er …«

»Ich weiß, was er wollte.« Kiarans Stimme klingt rau und wütend. Er streicht mit dem Daumen über meine Narben, als wollte er sich deren Umrisse einprägen. »Ich werde ihn für das, was er dir angetan hat, töten.«

»*Nein*«, sage ich ein wenig zu entschlossen. Kiaran sieht mich überrascht an. »Ich will es selbst erledigen. Ich muss es tun.«

Ich wünsche mir inständig, dass er mich versteht. Lonnrach hätte mich brechen können. Er hat es beinahe geschafft. Alles, was ich noch hatte, waren meine Erinnerungen und meine Gefühle, und sobald er es geschafft hätte, sie mir alle wegzunehmen, hätte ich vollständig ihm gehört. *Ich muss es tun.*

»In Ordnung«, antwortet Kiaran schlicht.

Das reicht mir nicht. »Versprich es.«

Kiaran streicht erneut mit dem Daumen über mein Handgelenk – einmal, zweimal, dreimal. Er hält an der Stelle inne, an der sich mehrere Narben überlappen. »Unter einer Bedingung.« Er sieht mir in die Augen. »Ich darf derjenige sein, der dir das Messer reicht.«

»Aye«, flüstere ich.

Er versteht mich. Wir haben zusammen gejagt. Wir haben zusammen eine Schlacht verloren. Das ist eine Verbindung, die man nicht auflösen kann.

Kiaran nickt. »Dann bringen wir dich jetzt mal hier raus.«

Ich habe mir diese Worte Tausende Male vorgestellt. Habe mir vorgestellt, wie es wäre, mich wieder stark zu fühlen. In meiner Vorstellung stehe ich ohne Schwierigkeiten auf. In Wahrheit fordern der Blutverlust und Lonnrachs Gift in meinem Körper jedoch ihren Tribut, und als Kiaran mir hochhilft, beginnt alles zu schwanken. Meine Knie geben mehr oder weniger sofort unter mir nach.

Kiaran packt mich an den Schultern – zumindest versucht er es. Seine Hände fahren einfach durch mich hindurch, und ich schaffe es gerade noch, mich selbst im Gleichgewicht zu halten.

»Hör mir zu.« Seine Stimme klingt gedämpft, wie aus weiter Ferne. »Dieser Spiegel …«, sagt er und deutet auf die nächstgelegene Platte, »führt dich zu meiner Schwester. Die Barriere, die dich daran hindern sollte abzuhauen, müsste mittlerweile gefallen sein.«

»Kommst du denn nicht mit?« Ich bemühe mich, emotionslos zu klingen. Ich habe ihn gerade erst wiederbekommen. Ich kann ihn nicht schon wieder verlieren.

»Ich kann diese Gestalt nicht lange aufrechterhalten.« Er verblasst bereits, und die Umrisse seines Körpers verschwimmen.

»Warte! Geh nicht …«

Kiaran sammelt ein letztes Mal all seine Kräfte, um meine Wange zu umfassen. Seine Finger fühlen sich warm an. So warm. »Ich warte auf der anderen Seite auf dich.«

5

Ich trete durch den Spiegel hinaus, und das Tageslicht ist so hell, dass ich blinzeln muss. Als ich wieder etwas erkennen kann, merke ich überrascht, dass ich am Rand einer Platte stehe, die über der Schlucht durch das *Sìth-bhrùth* schwebt. Die anderen schwebenden Platten um mich herum kommen mir bekannt vor. Es sind dieselben wie damals, als Lonnrach mich hierhergebracht hat. Es scheint schon so lange her, als wäre es Teil eines früheren Lebens.

Mein Blick wandert an dem Gebäude hoch, das sich mit mir auf der Platte befindet. Die spiegelverkleidete Kuppel erhebt sich hoch in den grauen, verhangenen Himmel und schimmert in den wenigen Lichtstrahlen, die durch die Regenwolken hindurchfallen. Ich erkenne diese glänzende, sternenbedeckte Kuppel und das opulente Gebäude wieder. Es ist der herrliche Palast, den ich gesehen habe, als ich hier ankam, bloß dass es kein königlicher Palast ist, sondern ein Gefängnis.

Ich muss einen Moment lang die Augen schließen und tief durchatmen. Frische, kalte Winterluft strömt in meine Lungen.

Später, ermahne ich mich selbst. *Sobald ich in Sicherheit bin.*

Mein Blick wandert zum Rand der Platte. Zwischen der Palastmauer und der Felskante, die hinunter in die Dunkelheit führt, ist kaum Platz. Kiarans Schwester ist nirgendwo zu sehen.

Verdammt noch mal. Ich trete näher und sehe hinunter. Mein Magen krampft sich zusammen, und ich schwanke. Instinktiv kauere ich mich nieder und presse die Handflächen auf den schmutzigen Boden. Nein, dort unten gibt es nichts mehr. Nicht einmal eine Platte, auf die ich springen könnte.

»Das würde ich an deiner Stelle nicht tun«, sagt eine Stimme, und kurz darauf schmecke ich die Macht. Der Geschmack von Rosenblättern legt sich auf meine Zunge und überzieht meinen Rachen.

Ich fahre herum und sehe eine Fee, die etwa einen Steinwurf von dem Palast entfernt auf ihrer eigenen felsigen Platte hockt. Sie ist so schön, dass man sich in ihrer Gegenwart sofort unzulänglich fühlt. Ihre langen schwarzen Haare scheinen selbst in dieser düsteren Umgebung zu leuchten. Sie hat sie zu einem Zopf geflochten, der ihr bis zur schmalen Taille reicht. Ihre Augen, die an geschmolzenes Silber erinnern, fangen meinen Blick auf. Interesse flackert auf, als würde sie mich abschätzen, mich studieren.

Sie trägt eine enge Hose und kniehohe Stiefel mit Messingschnallen. Über ihren schmalen Schultern hängt ein Rapploch-Mantel, der so lang ist, dass er aussieht wie eine große Decke.

Ist das hier Kiarans Schwester? Ich mustere ihr Gesicht auf der Suche nach Ähnlichkeiten, und sie reagiert sofort: »Warum starrst du mich so an? Ist mit meinem Gesicht etwas nicht in Ordnung?«

Ich räuspere mich. Ich habe sie *tatsächlich* unverhohlen angestarrt. »Tut mir leid. Kiaran meinte …«

»Wer?«

»Kiaran.« Ist sie womöglich bescheuert? »Er meinte …«

»Hmm.« Sie denkt einen Moment lang nach. »Ich fürchte, ich kenne niemanden mit diesem Namen.«

Ich mache einen Schritt auf den Palast zu und von ihr fort. Vielleicht ist sie eine von Lonnrachs Wachen, die sicherstellen soll, dass ich es nicht lebend hier raus schaffe.

Ich sehe mich schnell nach einer nahegelegenen Platte um. Sollte diese Fee zu Lonnrachs Soldaten gehören, kann ich es nicht riskieren, auf Kiarans Schwester zu warten. Ich muss entweder kämpfen oder fliehen, und in meiner derzeitigen Verfassung würde mich die Fee in der Luft zerreißen.

Dann also fliehen.

»Ziehst du ernsthaft in Erwägung zu springen?«, fragt die Fee.

Meine Stimme wird härter. »Nein.« Ich habe das alles nicht hinter mich gebracht und so lange überlebt, bloß um jetzt zu springen.

»… denn das wäre keine gute Idee. Du würdest bis ganz hinunter fallen.« Sie klatscht in die Hände. »Klatsch! Du würdest einfach ins Meer auf der anderen Seite des *Sìthbhrùth* fallen. Und als Mensch würdest du so etwas natürlich auf keinen Fall überleben.«

»Vermutlich nicht«, antworte ich trocken. Lonnrach hat also eine geistesgestörte Fee abgestellt, um mich zu bewachen. Er muss sich sehr sicher gewesen sein, dass ich nie einen Weg hinaus finden würde.

Vielleicht wartet Kiarans Schwester auf der anderen Seite des Palastes auf mich. Ich stemme mich hoch, mache mich langsam auf den Weg und stöhne beinahe auf, als mir die Platte, auf der die Fee sitzt, folgt. Ach verdammt!

»Dein Hals ist voller Blut. Ist es deines? Hast du es überhaupt schon bemerkt?«

Ich erstarre. Meine Finger schnellen zu Lonnrachs letzten Bissspuren. Angsterfüllt beschleunige ich meine Schritte. Ich muss hier fort, bevor er wiederkommt. Ich kann nicht wieder zurück. Ich kann einfach nicht.

Ich versuche, mich so weit zusammenzureißen, dass ich nicht stolpere, doch meine Knie zittern. *Ruhig. Du wirst es schaffen. Du musst nicht wieder dorthin zurück.*

»Also, ist es das?«

Himmelherrgott! Ich fahre zu ihr herum. »Ist es *was?*«

Sie deutet mit dem Kopf auf meinen Hals. »Dein Blut.«

Meine Augen werden schmal. »Ist dir vielleicht entgangen, dass ich nur noch wenige Sekunden davon entfernt bin, zu dir hinüberzuspringen und dir den Hals umzudrehen?«

Ihre Hand schnellt zu ihrer Brust. »Oh. Aber ich lege ziemlich viel Wert auf meinen Hals.«

Vielleicht verschwindet sie, wenn ich sie einfach ignoriere? Ich umrunde den Palast weiter, bis ich schließlich auf der anderen Seite angelangt bin. Ich seufze. Hier ist auch niemand zu sehen.

Ich sehe mich um. Dann trete ich nach vorne an den Rand, um erneut einen Blick in den Abgrund zu werfen.

»Du siehst immer wieder dort hinunter.« Ich knirsche mit den Zähnen, als ich ihre Stimme höre. Das Ignorieren scheint nichts genützt zu haben. »Wenn du nicht vorhast, zu springen, suchst du dann vielleicht etwas?«, fragt sie. »Hast du etwas verloren?«

»Wenn du schon so fragst …«, antworte ich beherrscht. »Ich versuche, von dieser verflixten Platte runterzukommen.«

»Da bin ich aber erleichtert«, sagt sie. »Ich habe schon befürchtet, du hättest etwas Wichtiges verloren und wir müssen auf dem Grund des Meeres danach suchen.«

Ehe ich michs versehe, befindet sich ihre Platte plötzlich vor mir und sie greift nach meinem Handgelenk, um mich hochzuziehen. Ich taumle protestierend nach vorne. Als ich mich wieder hochstemme, sehe ich, dass sich unsere winzig kleine Felsinsel bereits vom Palast fortbewegt hat und inmitten der Schlucht schwebt.

»Was um alles in der Welt machst du da?«

Die Fee hebt bloß ihren Finger, fährt schnell mit ihrer Zunge darüber und hält ihn in die Luft. »Ich erfühle den Wind. Wenn die Bedingungen passen, schaffe ich es, ein Portal zwischen den Welten zu öffnen, ohne dass Lonnrach es bemerkt.« Sie lächelt bedächtig. »Es ist eine Gabe.«

Mein Blick wird schmal. »Dann bist du also *doch* Kiarans Schwester.« *Und du bist vollkommen bekloppt.*

»Hmm?« Sie sieht mich nicht an. Sie streckt noch immer den Finger in die Luft, ihr Blick ist nach innen gerichtet und ihre Augen, die wie geschmolzenes Silber wirken, zucken hin und her. »Nein, da musst du dich täuschen. Ich bin Kadamachs Schwester. Dieser Kiaran klingt, als würde er nur Ärger machen.«

Himmelherrgott. »Kiaran. *Ist*. Kadamach.«

»Ah.« Sie krümmt den Finger, während sie weiterhin den Wind erspürt, und lässt sich nicht aus ihrer Konzentration reißen. »Nun, das erklärt jedenfalls, warum du ständig von ihm sprichst«, erwidert sie abwesend. »Ich bin Aithinne. Und du musst die Falknerin sein, die so schwer zu finden war. Schön, dich kennenzulernen.«

Endlich erkenne ich auch die kaum merklichen Ähnlichkeiten zwischen Aithinne und Kiaran. Sie haben dieselben glänzend schwarzen Haare und dieselbe blasse Haut, die wie Mondlicht schimmert, und obwohl ihre Augen von unterschiedlicher Farbe sind, ist ihr Blick gleichermaßen intensiv. Und wenn sie sich konzentriert, zieht sie wie er die Augenbrauen zusammen.

Um Kiarans willen – und auch um meinetwillen – sollte ich also versuchen, gut mit ihr auszukommen. »Es freut mich, dass du aus dem Untergrund entkommen konntest«, platze ich ohne nachzudenken heraus.

Himmel. Sobald ich es ausgesprochen habe, bereue ich es auch schon. Ich merke, wie sie plötzlich erstarrt. Ihre Konzentration scheint einen Augenblick lang nachzulassen, und ihre Augen schimmern weniger intensiv.

»Aye«, erwidert Aithinne sanft. »Ich konnte entkommen.« Schließlich richtet sie den Blick auf mich. Sie mustert meine Narben, vor allem die eine auf meinem Hals, die sie schon zuvor bemerkt hat und die noch immer blutet. »Und das sollst auch du.«

Und jetzt weißt du auch genau, wie es sich anfühlt, wenn man so hilflos ist.

Anders als bei Aithinne befanden sich in meinem Spiegelzimmer nicht auch noch Tausende andere Feen, die mich quälten. *Ich werde niemals vergessen, dass es deinesgleichen waren, die uns hierher verbannt haben. Und dass dein kostbarer Kiaran und seine Schwester ihnen dabei halfen.*

Sie war zweitausend Jahre lang mit ihren Feinden in diesem grabähnlichen Untergrund gefangen, aus dem es kein Entrinnen gab. Ich kann mir nicht einmal ansatzweise vorstellen, was sie durchgemacht hat.

Als hätte sie bemerkt, dass ich sie erneut anstarre, zieht Aithinne scharf die Luft ein und konzentriert sich noch mehr. Wir schweigen beide einige Minuten lang, bis sie schließlich meint: »Ich kann das Portal von hier aus nicht öffnen. Der Wind weht in die falsche Richtung, und wir können nicht so lange warten.« Sie presst ihre flache Hand auf die Platte. »Wir müssen uns auf die Suche machen.«

Was mich betrifft, spricht sie in Rätseln. »Auf die Suche wonach? Nach dem Wind?« Oder vielleicht auch nach meinem Verstand? Mittlerweile glaube ich, dass ich tatsächlich etwas davon verloren habe.

Aithinne deutet auf etwas, das sich hinter mir befindet, und ich drehe mich um. *Oh, verdammt.* Oben auf der Klippe befindet sich der tiefe, dunkle Wald, den ich schon bei meiner Ankunft bemerkt habe. Er ist so dicht, dass kein Licht durch das Blätterdach fällt. Die Schatten sind wie ein Vorhang, der alles verdeckt. Die schwarzen Metallbäume ragen hoch in den

Himmel, und vor ihnen treibt dichter Nebel über den Rand der Klippen.

Dieser Ort hat etwas Beunruhigendes, Unheimliches an sich. Ich bin noch immer nicht kräftig genug, mich selbst zu verteidigen, und sie schlägt tatsächlich vor, dass wir dort durch sollen?

»Verdammt«, murmle ich. Und dann lauter: »Kannst du nicht auch woanders ein Portal öffnen?«

»Ich kann überall ein Portal öffnen«, erwidert sie, und wirkt nicht im Geringsten beunruhigt. »Aber wenn wir nicht wollen, dass Lonnrach uns innerhalb weniger Sekunden eine ganze Armee hinterherschickt, dann müssen wir da durch. Denn dort dreht der Wind.«

Ich bemerke, dass sie unsere Platte dazu gebracht hat, sich von den anderen Felsen und Gebäuden wegzubewegen. Wir erheben uns immer höher und höher über die dunkle Schlucht, bis wir über den Rand der Klippen schweben. Von hier aus habe ich einen noch besseren Blick auf den Wald.

Und aus der Nähe sieht er noch Furcht einflößender aus. Wie aus einem Albtraum.

Aus der Ferne sahen die Bäume wenigstens nicht so aus, als könnten sie mir jederzeit tödliche Verletzungen zufügen. Die Äste sind scharfkantig und spitz und ragen wie Messer in alle Richtungen. Sie glänzen schwarz und sind so glatt wie Mondstein. Doch obwohl ihre Oberfläche beinahe spiegelt, dringt kein Licht zwischen ihnen hindurch.

Ein einziger Zusammenstoß könnte meinen Tod bedeuten.

Die Platte schwebt bis an den Rand der Kippe und Aithinne wartet, während ich hinunterklettere. Meine Schühchen berühren den Boden. Die Steine unter meinen Füßen glitzern wie perfekt geschliffene und polierte Edelsteine. Diamanten vielleicht.

Normalerweise hätte ich innegehalten, um sie zu bewundern. Stattdessen starre ich angsterfüllt zu den scharfkantigen, funkelnden Bäumen hoch.

»Was auch passiert, bleib immer bei mir«, sagt Aithinne und tritt neben mich. »*Ruaigidh dorchadas.* Die Schatten dort drinnen leben. Verstehst du?«

»Eigentlich nicht.« Ich stelle mir vor, von einem Baum ermordet zu werden. Es ist ziemlich grauenvoll.

Aithinne streckt den Rücken durch. »Es ist wirklich nicht so schwer«, sagt sie und sieht zu den Ästen hoch. »Versuch einfach, dort drinnen nicht zu sterben. Trau der Dunkelheit nicht über den Weg. Ganz einfach. Ich werde nie verstehen, wie ihr Menschen es geschafft habt, so lange zu überleben, um aus Höhlen in Häuser zu ziehen.«

Ich will gerade etwas entgegnen, denn die Beleidigung der gesamten Menschheit ärgert mich, doch dann erkenne ich, dass ich schon einmal ähnliche Gedanken hatte. Ich habe mich auch schon gefragt, wie die Menschheit – die einst von den Feen gejagt wurde und beinahe ausgerottet worden wäre – ihr gesamtes Wissen über diese Kreaturen zu einfachen Kindergeschichten verkommen lassen konnte. Die Hälfte dieser Geschichten ist irreführender Unsinn, die andere vollkommener Schwachsinn. Die Torheit der Menschen ist wirklich erstaunlich.

»Die Menschen kennen Feen aus Erzählungen«, erkläre ich ihr, während ich dem Gesang der Metalläste und dem Flüstern des Windes, der durch den Wald fegt, lausche. »Sie glauben bloß nicht mehr an sie.«

Sie betrachtet mich eine Weile schweigend. Es scheint mir endlos, und mir entgeht auch nicht der Anflug von Mitleid, der über ihr Gesicht huscht und ebenso schnell wieder verschwindet. »Da irrst du dich«, erwidert sie. »Ich würde sagen, mittlerweile glauben die Menschen wieder an Feen.«

Ich denke an die Szenen, die Lonnrach mir gezeigt hat. Es scheint sehr lange her. Die Princes Street in Trümmern. Asche, die vom Himmel regnet. Die Bilder, die mich in meinem verspiegelten Gefängnis ständig verfolgten. Sie haben sich in mein Gedächtnis eingebrannt. Irgendwann habe ich aufgehört, mich zu fragen, ob Gavin, Derrick und Catherine vielleicht noch am Leben sind. Ich musste aufhören, mir all die furchtbaren Möglichkeiten auszumalen, wie sie zu Tode gekommen sein konnten. Hätte ich es nicht getan, hätte Lonnrach einen Weg gefunden, es gegen mich zu verwenden. Er hätte mich gebrochen.

Falls Menschen überlebt haben, können sie ihren Kindern nun neue Albtraumgeschichten erzählen. Geschichten darüber, wie eines Tages eine Armee von Feen einfiel und alles zerstörte. Doch niemand wird je von dem Mädchen erfahren, das sie alle im Stich ließ.

»Aye«, antworte ich leise. »Da hast du wohl recht.«

Und dann treten wir gemeinsam in den Wald.

6

Wir lassen die ersten Bäume am Rand des Waldes hinter uns, und die Dunkelheit wird undurchdringlich und schwer und presst sich gegen mich. Es wird immer kühler, und plötzlich ist die Luft so kalt, dass ich in meinem dünnen Kleid zu zittern beginne.

Im Wald riecht es nach Asche. Nach Rauch und Kohle von einem erst kürzlich gelöschten Feuer. Der Geschmack der Macht ist hier sehr stark, trocken wie Ruß mit einem torfigen Nachgeschmack. Aggressiv und so rau wie Bimsstein.

Ein hohes, dünnes Heulen ertönt irgendwo in der Nähe, es klingt wie spitze Nägel, die über eine Metalloberfläche kratzen, und hallt durch den Wald. Ich weiß nicht, woher es genau gekommen ist. Meine Hand schnellt zu der Stelle an meiner Hüfte, an der ich normalerweise meine Waffe trage, doch dort ist nichts als Luft.

»Was zum Teufel war das?«

»*Mara*«, antwortet Aithinne leise, und ihre Stimme ist kaum mehr als ein Flüstern. »Ich glaube, ihr Menschen nennt sie *Dämonen*.«

Irgendwo im dunklen Wald schlagen Zähne aufeinander, als hätte etwas scharf zugebissen, und ein weiteres leises Heulen ertönt. Ich murmle fluchend vor mich hin, dränge mich näher an Aithinne und zucke zusammen, als es schlagartig unglaublich hell wird. Sie hat die Hände zu einer kleinen Schale geformt, in der plötzlich ein faustgroßer Lichtball schwebt. Er dreht sich und leuchtet immer stärker, bis er schließlich so hell ist, dass meine Augen brennen, wenn ich direkt in ihn hineinblicke. Sie wirft den Ball in die Luft, und er explodiert über uns, woraufhin sich zahllose flackernde Sterne im Himmel über den Bäumen ausbreiten.

Die Schatten fliehen. Sie *fliehen* im wahrsten Sinne des Wortes und suchen hinter den Bäumen Schutz vor dem Licht. Obwohl es nicht hell genug ist, um sie genau zu sehen, schimmert ihr glänzendes, dichtes Fell im Lichtschein. Tiefer im Wald kauern riesige, schattenhafte Körper zwischen den scharfkantigen Ästen. Tausende Augen beobachten uns aus der Dunkelheit heraus.

Die Schatten dort drinnen leben. Verstehst du?

Jetzt verstehe ich es – und zwar nur zu gut. Seit ich im *Sìth-bhrùth* angekommen bin, habe ich keine andere Fee zu Gesicht bekommen, habe nicht einmal einen Blick auf eine erhascht. Manches Mal fragte ich mich, ob das Feenreich abgesehen von mir und Lonnrach vielleicht leer war. Und ob er es wohl absichtlich so erscheinen ließ, um mich noch mehr zu isolieren. Nun scheint es, als wären diese Kreaturen hier immer schon da gewesen, als hätten sie sich um die Schlucht herum geschart. Diese Feen sind wild. Ihre Blicke wirken beunruhigend, intensiv und hungrig. Ich schwöre, ich kann hören, wie sie vor Hunger ihre Zähne lecken und ins Leere schnappen.

Ich halte mich nahe bei Aithinne, während wir zwischen den Bäumen hindurcheilen. Immer wieder werden wir von messerscharfen Ästen aufgehalten, die in alle Richtungen abstehen und in dem schwachen Licht kaum zu sehen sind. Nachdem der letzte Stern verglüht ist, erschafft Aithinne einen weiteren Lichtball.

Zu meiner Rechten erklingt ein Knurren. Es ist nah. Zu nah. Obwohl ich die Benommenheit, die Lonnrachs Gift verursacht hat, durch reine Willenskraft zurückgedrängt habe, fehlt mir ein Messer, um mich selbst gegen die *Mara* zu verteidigen.

»Du hast nicht zufällig noch eine zweite Waffe dabei?«, frage ich Aithinne leise, während ich einem langen Ast ausweiche. Ich kann nicht anders, ich muss einfach ausprobieren, wie spitz er ist. Meine Haut gibt nach, und mein Finger beginnt zu bluten.

Nun gut. Das bestätigt zumindest meine Theorie, dass mich die Bäume tatsächlich umbringen können.

Aithinne hält inne und lächelt verschlagen. Dann öffnet sie ihren Mantel, und ich sehe, dass sie zwei Gürtel trägt. Einen für jedes Schwert. Sie nimmt einen davon ab und gibt ihn mir. »Ich bin immer gut vorbereitet.«

So langsam mag ich Kiarans Schwester.

Sie zieht einen Raploch-Beutel aus ihrer Tasche und gibt ihn mir. »Das hier ist für den Notfall.«

Seilgflùr. Okay, jetzt mag ich Kiarans Schwester definitiv.

Ich hole ein paar Distelhalme heraus und knote sie mir um den Hals, den Rest lasse ich in dem Beutel und befestige ihn an meinem Handgelenk. Sobald alles sicher verstaut ist, streiche ich mir meine offenen, wirren Haare aus dem Gesicht, um zu sehen, wie der Schwertgürtel umgeschnallt wird, bevor ich ihn fest um meine Hüften zurre.

Aithinne lächelt. »Weißt du …«, sagt sie gedankenverloren, »… irgendwie sehen deine Haare aus wie ein Tintenfisch.« Und dann, als wolle sie mich beruhigen: »Ich liebe Tintenfische.«

Aithinne ist zweifellos ein wenig bekloppt, aber niemand ist perfekt.

Sie erschafft einen weiteren Lichtball, damit wir weitergehen können. Obwohl wir uns recht schnell zwischen den Bäumen hindurchbewegen, frage ich mich langsam, ob dieser

Wald eigentlich irgendwann ein Ende nimmt. Es ist kein Licht zu sehen, bloß unendlich viele Bäume.

Irgendwo hinter uns erklingt ein schrilles Kreischen, und ich zucke zusammen. Meine Finger umfassen den Griff meines Schwertes. »Ich nehme an, für sie sind wir so etwas wie … ein Mittagessen?« Mir fällt kein besseres Wort dafür ein. Verdammt, diese Feen wollen mich fressen.

»Aber nein«, erwidert Aithinne. »Sie verfolgen uns, weil sie *dich* essen wollen, nicht mich.«

»Das ist ja beruhigend«, sage ich trocken. »Wirklich sehr beruhigend.«

Ich habe zwar jetzt ein Schwert, aber ich bezweifle, dass ich effektiv kämpfen könnte. Seit meinem letzten Training ist zu viel Zeit vergangen, und mein Körper ist seit meinem letzten Kampf schmächtiger geworden. Aber ich kann davonlaufen. Zumindest kann ich davonlaufen.

»Mach dir keine Sorgen«, sagt Aithinne, während sie noch mehr Licht in den Himmel wirft. »Sie bleiben im Schatten.«

»Dann sind es also *Unseelie*?«

Selbst in den menschlichen Büchern über Feen werden diese immer in zwei Königreiche unterteilt: In Licht- und Dunkelfeen. *Seelie* und *Unseelie*. Die *Seelie* sind die nicht ganz so furchtbaren Feen, die Gerüchten zufolge auf schimmernden Pferden reiten und als verführerisch schön gelten. Die *Unseelie* hingegen sind Kreaturen der Finsternis. Sie werden als kalt, hart und brutal gegenüber jedem menschlichen Wesen beschrieben, das das Pech hat, ihnen über den Weg zu laufen. Sie stehlen Menschen aus der Außenwelt, versklaven und töten sie letzten Endes, während die *Seelie* – die sich selbst als bessere Feen wahrnehmen – die Menschen, die sie entführen, Jahrhunderte später wieder zurück in ihre Welt bringen.

So sieht also die sogenannte *Gnade* der Unsterblichen aus. Bastarde, alle mitsamt.

»Die *Mara* waren unserer früheren Herrscherin ergeben«, erklärt Aithinne. »Und nicht den beiden Hofstaaten.«

Obwohl wir rasch voraneilen, höre ich Aithinnes Schritte neben mir nicht. Ich wirke im Vergleich zu ihr unbeholfen, und meine Schühchen tappen knirschend über den edelsteinbesetzten Boden.

Ich denke an Lonnrachs Worte.

Die Cailleach wurde seit Tausenden Jahren nicht mehr gesehen. Die Erben, denen sie ihre Macht übergab, waren … unwürdig.

»Die *Cailleach?*«

Aithinne antwortet nicht sofort. Sie wirft einen weiteren Lichtball hoch, der zischend zerfällt. Schatten fliehen durch die Bäume, überall sehe ich glänzendes Fell und glühende Augen. Es werden immer mehr. Sie bewegen sich so schnell, dass ich kaum etwas erkennen kann, aber ihrer Größe nach zu schließen sind sie so groß wie Feenhunde.

Schließlich sieht mich Aithinne doch an, aber ihr Gesichtsausdruck lässt sich nicht deuten. »Aye. Als die *Cailleach* fortging, beschlossen die *Mara*, sich keinem der beiden Königreiche anzuschließen«, murmelt sie. »Dieser Wald gehört jetzt ihnen.«

Ein tiefes Knurren ertönt hinter uns. Ein rumpelndes, volltöniges Geräusch. Die feinen Härchen auf meinem Körper richten sich auf, und ich erschaudere. Durch diesen Wald zu eilen, ist, wie in der Nacht durch die Highlands zu wandern, wo die Wildkatzen in der Dunkelheit lauern und nur darauf warten, zuzuschlagen. Ich weiß mit Sicherheit, dass uns die *Mara* beobachten und nur darauf warten, dass Aithinnes Licht gerade schwach genug wird, um mich zu schnappen. Sie würden mich nicht zu Lonnrach zurückbringen. Sie würden mich mit Haut und Haaren auffressen.

Aithinne beeilt sich sicherzustellen, dass das nicht passiert. Sobald die Sterne, die über uns funkeln, schwächer werden, wirft sie weitere in die Luft. Sie flackern so wunderschön und in solchem Überfluss, als würden wir zwischen die Bäume hindurch hinauf in den Nachthimmel blicken und nicht auf ein Licht, das sie selbst erschaffen hat. Als befänden wir uns im Zentrum unserer eigenen Galaxie.

»Beil dich, Falknerin.«

Aithinne beschleunigt ihren ohnehin schon schnellen Schritt. Ich kann kaum noch mit ihr mithalten. Meine Beinmuskeln zittern bereits. Ich habe sie schon lange Zeit nicht mehr derart beansprucht.

Ich keuche und zittere am ganzen Körper. Lonnrachs Gift hat diese Wirkung, wenn zu viel Zeit zwischen den Bissen verstreicht. Mein Magen zieht sich vor Übelkeit zusammen.

Ich versuche, es zu ignorieren und weiterzulaufen, doch ich stolpere bloß und verliere das Gleichgewicht. Ich schnappe nach Luft, als ich erkenne, dass ich einen dieser verfluchten Äste nur um wenige Zentimeter verfehlt habe. »Warte«, rufe ich, während ich mich wieder etwas vorsichtiger durch die Äste kämpfe. »Langsamer.«

Obwohl Aithinnes Gesichtsausdruck unverändert bleibt, kann ich spüren, wie sehr sie in Eile ist. »Na gut.«

Sie wird ein wenig langsamer, sodass ich zumindest zu ihr aufschließen kann. Wir hasten weiter voran, und mit ein bisschen Mühe gelingt es mir, mit Aithinne Schritt zu halten. Der Schmerz wird wieder erträglicher.

Erneut explodiert ein Lichtball über den Baumspitzen. Er erinnert mich an meine Nächte in Edinburgh, wenn der Himmel klar war. Mondlose Winternächte im Garten, während zahllose Sterne hell über mir leuchteten.

Ungewollt streichen meine Finger erneut über Lonnrachs Bissspuren auf meinem Handgelenk, und ich denke an das

Edinburgh, das er mir gezeigt hat. Mein Zuhause gibt es nicht mehr, es ist alles zerstört und liegt in Schutt und Asche. Vielleicht tausche ich hier gerade wirklich ein Unheil gegen das andere.

»Aithinne? Wie sieht es mittlerweile in der menschlichen Welt aus?« Als sie zögert, fahre ich fort: »Ich weiß, was unmittelbar nach der Schlacht passiert ist. Dass Edinburgh zerstört wurde.«

Ich frage beinahe, wie lange das alles schon her ist, aber die Frage bleibt mir im Hals stecken. Ich kann nicht. Noch nicht.

Sie scheint noch immer zu zögern. Sie hat ihre Hände wieder zu einer Schale geformt, und über ihren Handflächen dreht sich ein Lichtball. »Es ist schwierig dort draußen«, sagt sie vorsichtig. »Aber du kannst endlich wieder mit deinen Leuten zusammen sein.«

Ich bin so überrascht, dass es mir den Atem verschlägt und ich innehalte. *Du kannst wieder mit deinen Leuten zusammen sein.* Damit meint sie doch nicht …?

Ich strecke die Hand aus und packe ihr Handgelenk. »Es gibt Überlebende?«

Aithinne scheint die Kraft in meiner Stimme zu überraschen. »Nun. Aye.«

Ich breche zusammen. Ich kann nichts dagegen tun. Als sie versucht, weiterzugehen, wird mein Griff fester. Die Hoffnung ist ein verräterisches Miststück, doch ich lasse sie trotzdem in mein Herz kriechen. »Catherine. Gavin. Ihr Nachname ist Stewart. Einer von ihnen hat vermutlich eine kleine Fee bei sich. Kommt dir das irgendwie bekannt vor?«

Ihr Blick flackert kurz, während sie versucht, sich aus meiner Umklammerung zu lösen. »Kann ich nicht sagen.«

Ich stoße einen Fluch aus, einen besonders unflätigen, den ich von Kiaran gelernt habe. Es ist mir verdammt noch mal egal, ob Lonnrach bereits herausgefunden hat, dass ich fort bin, oder ob die *Mara* uns gerade einkreisen. Ich muss es wissen. Die Hoffnung hat mich bereits unbarmherzig erfasst. Nach all der Zeit, die ich mit dem Gedanken verbracht habe, dass ich als Einzige überlebt haben könnte, hat Aithinne mir meinen einzigen und dringendsten Wunsch erfüllt, und nun will sie nichts weiter dazu sagen.

Vielleicht sind Lonnrach und ich tatsächlich ein und dasselbe. Vielleicht bin ich genauso verdorben, genauso ungeheuerlich und verdammt wie er. Das ist die einzige Erklärung dafür, warum sich meine Fingernägel in ihre Haut graben, bis ich sicher weiß, dass es wehtut. Warum ich ihr das Schwert an die Kehle halten würde, hätte ich bloß eine Hand frei, um danach zu greifen. Warum es mich mit Genugtuung erfüllt, als ich merke, wie sie zusammenzuckt. »Sag es mir«, fordere ich sie mit drohender Stimme auf.

In ihrem Blick liegt keine Angst. Ich habe noch nie eine Fee getroffen, die sich nicht zumindest ein wenig von mir bedroht fühlte, wenn sie herausfand, dass ich ihrer undurchdringlichen Feenhaut so großen Schaden zufügen konnte, dass sie zu bluten begann. »Ich sagte doch schon, dass ich nicht kann.«

»Spiel hier keine Spielchen. Das war eine ganz einfache Frage. Catherine. Gavin. Und eine kleine Fee namens Derrick. Hast du von ihnen gehört?«

Meine Fingernägel graben sich noch tiefer in ihr Fleisch. Ich schiebe die plötzliche Erinnerung an die grausame Aileana in den Spiegeln schnell beiseite. Wie vergnügt würde sie jetzt wohl sein, wie stolz ihr Lächeln.

Ich unterdrücke meinen eigenen Ekel über das, was ich gerade tue, und halte Aithinne weiterhin fest umklammert. »Und keine Feen-Rätsel. Ich bin nicht in der Stimmung für so etwas.«

Das Licht wird schwächer. Pfoten schlurfen über den schmutzigen Boden um uns herum. Die unnachgiebigen, hungrigen Blicke der raubtierhaften Feen bohren sich in meinen Rücken. Sie atmen gleichzeitig, als wären sie ein einzelnes Wesen, als würde der Wald, in dem wir uns befinden, leben. Die Luft wird wärmer, stickig und feucht. Trotzdem kann ich Aithinne nicht loslassen. Noch nicht. Nicht, bevor sie mir geantwortet hat.

»Das Licht erlischt bald«, erklärt sie emotionslos.

Ich werfe einen schnellen Blick nach oben. Von den letzten Sternen ist kaum noch etwas zu sehen. Wenn ich sie nicht loslasse, werden sie uns angreifen, und ich bin nach der Zeit in Lonnrachs Gefangenschaft noch immer geschwächt. Ich fluche frustriert und lasse sie los.

Rasch erschafft Aithinne einen neuen Lichtball und wirft ihn hoch. Die Schatten um uns herum zerstreuen sich erneut, und ihr gequältes Heulen zerreißt die Stille. Die *Mara* ziehen sich zurück, um uns aus der Dunkelheit heraus zu beobachten, ihr Knurren klingt ungeduldig und gereizt.

Aithinne streckt ihren Arm aus. Blut dringt aus den Furchen, die meine Fingernägel hinterlassen haben.

Ich starre darauf hinab.

Wir sind ein und dasselbe, du und ich. Lonnrachs Stimme hallt grausam und höhnisch durch meinen Kopf. Ich trete einen Schritt zurück und presse die Handfläche auf die Stelle an meinem Hals, wo er die letzten Abdrücke hinterlassen hat, die ihn und mich verbinden. Sie bluten noch, sind noch immer entzündet.

Wir sind ein und dasselbe.

Ich habe ebenfalls Aithinne einen Abdruck verpasst. Obwohl ich zusehen kann, wie die Wunde verheilt und nichts als glatte, makellose Haut zurückbleibt, habe ich es dennoch getan. Ich frage mich, ob Lonnrach die Lücken, die er hinterlassen hat, als er Teile von mir gestohlen hat, vielleicht mit seiner eigenen Persönlichkeit gefüllt hat.

»Es tut mir leid«, flüstere ich. Ich kann den Blick nicht abwenden. »Es tut mir so leid.«

Aithinne mustert mich eine Weile lang aufmerksam, und in ihrem Blick liegt Verständnis. Dieses Mal wägt sie ihre Worte sorgfältiger ab. »Wenn das, was ich sage, irgendwie zu Lonnrach durchdringt, dann wird er sie jagen. Er hat überall Spione. Kadamach hat mir verboten, irgendetwas zu sagen. Zum Schutz von …«

Plötzlich röchelt sie. Es ist ein furchtbares Geräusch. Beinahe hätte sie es mir verraten. Sie krümmt sich, und ihr Gesicht ist schmerzverzerrt. »Der Schwur«, presst sie mit einem Keuchen hervor. »Er wurde auf meine Zunge geschrieben.«

Wenn das, was ich sage, irgendwie zu Lonnrach durchdringt, dann wird er sie jagen. Er hat überall Spione. Kiaran ist furchtbar pragmatisch, manchmal geradezu übertrieben. Er wusste, dass ich Antworten verlangen würde, die andere womöglich in Gefahr bringen. Vor allem, wenn sie sich gerade vor einer ganzen Feenarmee verstecken.

»Er hat dich schwören lassen, es mir nicht zu verraten?«

Sie nickt. »Der Schwur ist sehr umfangreich. Ich darf dir fast gar nichts über die Dinge erzählen, die draußen gerade vor sich gehen, und auch keine Andeutungen machen.«

»Ich weiß«, sage ich, und meine anfängliche Wut legt sich. »Ich weiß, wie ein Feenschwur funktioniert.«

Kein Wunder, dass sie beinahe an ihren Worten erstickt wäre. Ein Feenschwur darf niemals auf die leichte Schulter genommen oder leichtfertig ausgesprochen werden. Kiaran hat einst geschworen, niemals einen Menschen zu töten. Sollte er seinen Schwur jemals brechen, würde er langsam und qualvoll sterben. Und jetzt hat Kiaran Aithinne dazu gebracht, einen solchen Schwur zu leisten … Die Situation in der menschlichen Welt muss furchtbar sein.

Wieder blitzen die Bilder des zerstörten Edinburgh vor mir

auf. Ich kann beinahe die herabfallende Asche riechen, bevor ich die Bilder in den hintersten Winkel meines Kopfes verbanne und die Tür versperre. *Denk nicht daran. Sieh zuerst zu, dass du Lonnrach entkommst.*

Ich zwinge mich zu sprechen. »Lass uns von hier verschwinden.«

7

Lange Zeit eilen Aithinne und ich in gleichmäßigem, schnellem Tempo durch den Wald. Es erscheint mir wie Stunden.

Ich imitiere ihre Bewegungen, um den schattenhaften, messerscharfen Ästen auszuweichen. Immer wieder verheddern sie sich im Saum meines Kleides und reißen den Stoff auf.

Ich mache einen weiteren Schritt nach vorne und zucke zusammen, als ein Ast über mein Bein schrammt und einen langen, dünnen Riss hinterlässt. Die Wunde ist zwar oberflächlich, tut aber trotzdem höllisch weh. Blut sickert heraus und läuft über mein Bein hinab. *Verdammt.*

Plötzlich hallt das hohe Heulen der zahllosen *Mara* durch den Wald.

»Warte«, erklärt Aithinne scharf. »Rühr dich nicht vom Fleck. Die *Mara* haben eine feine Nase, was Blut betrifft. Wenn genug von ihnen den Geruch deiner Wunde aufschnappen, riskieren sie vielleicht, vom Licht verbrannt zu werden.«

Sie schleichen durch die Schatten und zwischen den knarrenden Ästen hindurch. Ich zucke erneut zusammen, als ich eine Bewegung in meinem Augenwinkel wahrnehme. *Verdammt. Oh, verdammt.* Sie kommen näher. Obwohl das Licht von oben herabscheint, bewegen sie sich durch die Schatten zwischen den Sternen und kommen immer näher. Sie warten und warten. Ich spüre heißen Atem auf meinem Bein und packe den Griff meines Schwertes.

Zu meiner Linken erklingt ein Knurren, und ich ziehe ohne nachzudenken das Schwert. Meine Muskeln zittern protestierend, aber ich ignoriere sie einfach. »Fortlaufen oder kämpfen?«

Aithinnes lächelt grimmig und wild. »Beides.« Sie zieht ihr Schwert so schnell, dass ich es nicht einmal mitbekomme. »Auf alle Fälle beides.«

Ich halte kurz inne. »Verdammt, du bist wirklich Kiarans Schwester.«

Einen Augenblick später laufen wir los. Sie weist den Weg, und ich imitiere wie schon zuvor ihre Bewegungen, um den scharfkantigen Ästen auszuweichen. Ich bin nicht sehr geschickt. Ich habe meine Arme und Beine so lange nicht benutzt, dass sie furchtbar schwerfällig sind, aber ich treibe mich selbst voran. *Lauf weiter. Du schaffst es. Lauf weiter.*

Die letzten Lichter über den Bäumen verblassen langsam und erlöschen wie Kerzen, die nacheinander ausgemacht werden. Das Rascheln zwischen den Bäumen wird lauter und drängender. Irgendwo zu meiner Linken ertönt ein Knurren. Die *Mara* hetzen neben uns her und warten auf ihre Chance. Aithinne hält am Randes des noch verbliebenen Lichtkreises inne. Sie packt meine Hand und wirbelt mich herum, sodass wir Rücken an Rücken zu stehen kommen. »Kämpf gegen so viele, wie du kannst«, sagt sie mit leiser Stimme. »Und dann lauf los, während ich den Rest ablenke.«

Ich nicke kurz und wische mir den Schweiß von der Stirn. Ich zittere und mein Magen fühlt sich nach unserer Flucht flau an. Mein Atem geht stoßweise und schwach. Doch der Ausweg ist zu nahe, um mich darum zu kümmern.

Dann verblassen auch die letzten Sterne.

Ich lausche den Schatten, dem Rascheln des Fells und der Körper um mich herum. Heißer Atem streicht über mein Gesicht, und der Gestank lässt mich zusammenzucken.

Zähne beißen aufeinander.

Ich schlage zu und treffe Haut und Fell. Ein hohes, schmerzerfülltes Heulen zerreißt die Stille. Dann stürzen Dutzende Beine donnernd auf mich zu. Die *Mara* bewegen sich genauso schnell wie Schatten, die in der Dämmerung aus dem Wald kriechen.

Ich zögere keinen Augenblick lang. Mein Schwert saust durch die Luft, scharf und schneidend. Ich kämpfe so, wie Kiaran es mir beigebracht hat: mit meinem Instinkt. Es ist so dunkel, dass ich so gut wie nichts sehen kann, doch meine übrigen Sinne sind geschärft. Der Geschmack der *Mara*-Kraft brennt auf meinen Lippen und meiner Zunge. Sie schmeckt nach Rauch und Hitze und ist ein Zeichen dafür, wie nah sie bereits sind.

Meine Muskeln haben nicht vergessen, wie man kämpft. Mein Körper vollführt die Kampfbewegungen so automatisch, wie er atmet. Auch wenn meine Schwerthiebe mittlerweile weniger präzise und geschmeidig sind, mache ich es durch Beharrlichkeit wieder wett. Jeder Mord erfüllt mich mit neuer Energie, bis ich schließlich mit Aithinne mithalten kann. Ihr Rücken drückt sich weiterhin gegen meinen, und unser Atem geht im Gleichklang.

Wir sind ein beeindruckendes Team.

Krallen reißen meinen Arm auf, und ich beiße die Zähne zusammen. Mein Blut bringt sie noch mehr in Rage. Sobald ich einen niedergemetzelt habe, stürzt sich der Nächste auf mich und dann wieder einer.

Ich schwinge mein Schwert, und es trifft auf Fell und dringt hindurch. Blut spritzt auf mein Gesicht. Die Macht der toten *Mara* fließt durch mich hindurch wie die dickflüssige Hitze an einem heißen Sommertag.

Normalerweise würde ich es genießen. Ich würde jeden Einzelnen voller Euphorie niederstechen, doch dieses Mal ist es anders. Ich spüre nicht dasselbe Verlangen, dasselbe Vergnügen während des Tötens. Bloß eine Notwendigkeit und den Wunsch, zu überleben.

Diese Erkenntnis lässt mich einen Moment langsamer reagieren, doch das ist alles, was die *Mara* brauchen. Einer von ihnen stürzt sich auf meinen Arm und versenkt seine Zähne etwas über meinem Handgelenk. Ich keuche vor Schmerz auf und schwinge das Schwert, um seinen Schädel mit einem einzigen schnellen Schlag abzutrennen. Seine Zähne reißen meinen Arm auf, bevor der Kopf zu Boden fällt.

»Mach dich bereit zur Flucht, Falknerin.«

Der Lichtball, den Aithinne dieses Mal erschafft, ist riesig. Mindestens so groß wie das Rad einer Kutsche. Die *Mara* um uns herum jaulen auf und suchen außerhalb seiner Reichweite Schutz.

Aithinne reißt die Arme zurück, um Schwung zu holen, und schleudert den Lichtball in den Himmel. Er explodiert, und überall erscheinen Sterne. Sie tauchen den Wald in helles Licht und enthüllen riesige Kreaturen mit dunklem Fell, glühenden Augen und messerscharfen Zähnen. Ihre Schreie klingen so hell wie Sirenen, als sie flüchten, und es bleibt bloß der furchtbare Gestank nach brennendem Fell zurück.

Aithinne deutet auf eine schmale Schneise zwischen den Bäumen. »Dort entlang. Und sieh nicht zurück.«

Wir laufen erneut los und stürzen durch den Wald. Ich hasse es, wie schwach ich mich fühle. Dass mein ganzer Körper bereits nach einem so kurzen Kampf schmerzt. Und die Anstrengung, die es mir bereitet, den scharfkantigen Ästen auszuweichen, macht die Sache nur noch schlimmer. Der Stoff am Saum meines Kleides reißt immer wieder, und die Äste kratzen über meine Beine. Ich befreie mich aus ihrer Umklammerung und stürze hinter Aithinne her.

Das kehlige Gebrüll der *Mara* hallt von überall her. Erst jetzt merke ich, wie stark die Schnitte auf meinem Arm bluten. Der Geruch macht sie vermutlich verrückt.

Die Lichter über uns beginnen zu flackern und zu verblassen. Wir werden schneller, unsere Beine pumpen. Meine Muskeln brennen vor Anstrengung, und meine Brust schmerzt.

»Dort«, keucht Aithinne.

Ein schwaches Licht dringt durch die Bäume vor uns. Wir sind beinahe da. *Beinahe da.* Dunkelheit senkt sich um uns herab. Ich spüre die Hitze der *Mara*, die uns verfolgen, in meinem Rücken. Sie knurren, keuchen und ihre schweren Pfoten donnern durch die Bäume hinter uns.

Beil dich, beeil dich, beeil dich. Die Lichter zu unserer beider Seiten sind bereits vollkommen verloschen, und nur das Leuchten vor uns weist uns noch den Weg. Ich präge mir meinen Fluchtweg genau ein und starre angestrengt auf den Pfad zwischen den Bäumen, wo es keine spitzen Äste gibt, bis sich das Bild in meine Gedanken brennt.

Ich treibe mich noch härter voran, ignoriere das Ziehen in meinen Beinen, den Schmerz. *Wir sind beinahe da.*

Die letzten Sterne erlöschen. Etwas krallt sich an meinem Bein fest und gräbt sich in meine Haut. Ich komme nicht vom Weg ab. Ich bleibe auf der Route, die ich mir eingeprägt habe. Gerade als ich spüre, dass die Hitze der *Mara* schon unerträglich nahe ist, hechte ich durch die letzten Bäume.

Mein Körper prallt auf dem Boden auf, und ich rolle mich über das Gras ab. Das plötzliche Tageslicht ist so hell, dass ich die Augen zusammenkneife und sie auch nicht öffne, als ich die *Mara* hinter mir schmerzerfüllt aufheulen höre.

Augenblicke später dringt das Knurren der anderen aus dem Wald. Sie jammern und wimmern leise und frustriert.

Mach dir keine Gedanken. Sie bleiben im Schatten. Das bedeutet, ich bin in Sicherheit. Endlich.

Ich liege schwer atmend auf dem Boden. Die Bäume hinter mir ächzen, die Blätter flattern im kühlen Wind. Ich will einfach für immer und ewig hier liegen bleiben.

Dann höre ich Stiefel über das Gras stapfen und öffne die Augen. Aithinne sieht lächelnd auf mich herab. »Du bist nicht gestorben, siehst du? Ich habe dir ja gesagt, dass es ganz einfach ist.« Sie streckt mir die Hand entgegen, und ich nehme sie und ziehe mich unsicher daran hoch.

»Ich wurde von Walddämonen gebissen. Rasiermesserscharfe Äste haben mir die Beine zerfleischt. Wir sind beinahe gestorben. Und das soll *einfach gewesen sein?* Ich sollte dir ein verdammtes Wörterbuch besorgen.«

Ich betrachte meinen blutenden Arm. Der Schnitt verläuft direkt durch fünf von Lonnrachs Bissspuren, und das macht mich unerklärlicherweise stolz. Gut. Ich habe die alten, schlechten Erinnerungen durch ein neues Abzeichen ersetzt. Ich starte einen Neubeginn.

»Ein Wörterbuch«, wiederholt Aithinne. »Was ist das genau?«

Um Himmels willen … »Es ist ein Buch, das dir die Bedeutung einzelner Wörter erklärt.«

»Oh. Das klingt aber furchtbar langweilig. Und ich hatte gehofft, es sei etwas Interessantes.«

Und ich hoffe, dass ich im Laufe unserer Flucht nicht noch den Verstand verliere.

Ich betrachte die wunderschöne Landschaft vor uns. Wir befinden uns auf einer Wiese, hoch oben auf einer Klippe, und der Kontrast zwischen hell und dunkel ist hier noch stärker als in der Gegend um die Schlucht herum. Dunkle Regenwolken hängen am Himmel.

Alles hier ist in schroffen Strichen gezeichnet, vom Wasserfall, der von den Felsen stürzt, bis zu dem Canyon vor uns. Der Fluss, der durch den Canyon verläuft, ist dunkel und erinnert mich mit seinen Stromschnellen an die Beschreibungen kalter Lava.

Es sieht aus wie die detailgetreue Zeichnung eines geübten Malers, der den Kohlestift äußerst sorgsam führte, um die Struktur genau wiederzugeben. Die Schattierungen sind absolut treffend, und jedes Detail ist in feinen Pinselstrichen gezeichnet.

Im Sìth-bhrùth *gab es einst Tausende verschiedene Farben. Mehr, als deine menschlichen Augen jemals erfasst haben.*

Bevor alle Farben verblassten, muss es hier wohl noch herrlicher ausgesehen haben. Und Aithinnes Gesichtsausdruck nach zu urteilen – es ist eine Mischung aus Sehnsucht und Trauer –, ist sie vermutlich auch dieser Meinung. Ihr Blick geht ins Leere, als würde sie sich gerade daran erinnern, wie es hier früher war.

Ich kann nicht anders, ich muss einfach fragen. »Wie hat es hier einmal ausgesehen. War es sehr schön?«

»Es war immer sehr schön«, antwortet sie mehr oder weniger mechanisch. »Das war nicht das Problem.«

»Was war es dann?«

Aithinne schüttelt sich und wirkt plötzlich verschlossen, genauso wie Kiaran immer. »Viele Dinge.« Sie wirft einen Blick in meine Richtung. »Du blutest wieder.«

Ohne Vorwarnung packt Aithinne meinen Arm. Bevor ich fragen kann, was sie vorhat, fährt sie mit dem Finger über die Wunde auf meinem Arm und dann schießt ihre Zunge heraus, um ihn abzulecken.

»Ahh!« Ich starre sie schockiert an. »Du hast gerade … meine … O Gott, ich will die letzten fünf Sekunden meines Lebens zurück.«

Ihr Gesicht verzieht sich zu einer Grimasse. »*Baobhan Sìth*-Gift. Es ist überall in deinem Körper. Ich kann es riechen.«

Ich will alles wissen. Ich brauche bloß dein Blut dazu.

Ich erstarre. Lonnrach hat meinen Körper markiert. Er hat meine Erinnerungen gestohlen. Und natürlich hat er dabei auch mein Blut verunreinigt. Ich bin beschmutzt. Meine Haut gehört nicht mehr mir, mein Blut gehört nicht mehr mir und mein Verstand gehört nicht mehr mir. Außer meinem Willen gibt es nichts mehr, was er nicht beansprucht oder gewalttätig an sich gerissen hat. Und auch den hätte er mir beinahe genommen.

Aithinne bemerkt meinen Gesichtsausdruck. »So habe ich das nicht gemeint, Falknerin. Ich …«

»Natürlich nicht.« Ich kann dem Drang, mich sauber zu schrubben, kaum widerstehen. Ich muss seinen Geruch endlich loszuwerden. »Ist schon in Ordnung.«

Ihr Griff um meinen Arm lockert sich. »Nein, ist es nicht«, erklärt sie. »Es ist nicht in Ordnung. Das, was er dir angetan hat …«, sie presst ihre Finger auf mein Handgelenk etwas oberhalb der Stelle, an der er am öftesten zugebissen hat, »… ist nicht in Ordnung.«

Seit ich Aithinne kennengelernt habe, klang sie noch nie so ernst. Als wüsste sie *Bescheid*. Als hätte sie es ebenfalls durchgemacht. Vielleicht hat sie das auch.

Am liebsten würde ich mich bei ihr bedanken. Ich bin versucht, die wichtige Regel zu missachten, wonach Feen Dank nicht ausstehen können. Sie mag vielleicht eine von *ihnen* sein, aber ich habe *TageWochenMonateJahre* ohne ein einziges nettes Wort verbracht, wenn man von jenen absieht, die nur in meinen Erinnerungen existierten.

Aithinne lässt mich nicht aus den Augen. »Ich kann dich heilen. Das Gift muss zwar von selbst ausgespült werden, aber ich kann seine Wirkung mindern.«

Ja. Ja, ja. Unternimm etwas gegen die zitternden Beine, die Kurzatmigkeit und den Schmerz. *Ja.*

Ich nicke, und Aithinne legt ihre Hände auf meine Ohren.

Sämtliche Geräusche werden gedämpft, bis ich nur noch das Rauschen in meinen Ohren höre, das wie die Wellen am Strand klingt.

Dann durchfährt mich ein sengender Schmerz.

Ich zucke zusammen, aber ich bin mittlerweile so sehr daran gewöhnt, dass er mich kaum noch berührt. Meine Knie geben nicht nach, wie es früher der Fall war. Mir steigen keine Tränen mehr in die Augen. Ich sehe den Schmerz als Zeichen. *Hier bin ich. Ich lebe und fühle noch immer, und das kannst du mir nicht nehmen.*

Ich öffne die Augen und sehe gerade noch, wie der Schnitt auf meinem Arm unter der Blutkruste zusammenwächst. Die Wunden auf meinen Beinen verschwinden, und die Haut ist wieder makellos glatt. Das Brennen in meinen Muskeln und die hilflos zitternde Schwäche lösen sich auf, und plötzlich ist auch der quälende Schmerz verschwunden.

Nur die Narben bleiben zurück.

Aithinne zieht ihre Hände zurück und lächelt. »Besser?«

Meine Arme und Beine fühlen sich wieder stark an und tun nicht mehr weh. Es bereitet mir keine Schmerzen mehr, mich zu bewegen. Die Hitze, die durch meine Adern jagte, ist noch nicht ganz verschwunden, aber es ist nicht mehr unerträglich.

Zur Hölle mit den Regeln zum Umgang mit Feen. Sie sind mir herzlich egal. »Danke, dass du …«

Und dann höre ich es plötzlich. Das entfernte Poltern von Hufen, die irgendwo in der Nähe über die Landschaft donnern. Die Feen sind noch zu weit entfernt, um ihre Macht zu schmecken, aber nahe genug, um zu wissen, dass es mindestens ein Dutzend sind – und sie kommen direkt auf uns zu.

8

Aithinne flucht leise. »Wir müssen den Trampelpfad dort unten entlang.« Sie deutet mit dem Kopf in die entsprechende Richtung. »Er verläuft direkt unter der Kammlinie. Solange sie oben bleiben, werden sie uns nicht sehen.«

Ich werfe einen Blick auf den schmalen Pfad, und mein Magen krampft sich zusammen. Die steile Böschung, die abrupt zum Fluss hinunter abfällt, ist mit gefährlichen Löchern und Felsspalten übersät. Es erinnert mich an die Bergpfade in den Cairngorm Bergen. Sie sind majestätisch anzusehen, aber es gibt einen Grund, warum es heißt, dass diese verdammte Gegend von Geistern heimgesucht wird, und warum jedes Jahr Wanderer, die dorthin unterwegs sind, nicht mehr nach Hause kommen. Aithinne würde einen Absturz ohne Zweifel überleben, ich hingegen würde – um es mit ihren Worten zu sagen – einfach unten *aufklatschen*.

Ich trete augenblicklich einen Schritt zurück. »Oh? Und wir können nicht einfach …«

»Nein«, erwidert Aithinne knapp und klingt dabei genau wie Kiaran.

Ich unterdrücke ein Fluchen und eile hinter ihr her über die Wiese zu dem Trampelpfad, der direkt unter der Kammlinie die Klippe entlang führt. Die Felsen hier sind tiefrot und so rau wie Schlacke. Es riecht nach Asche, so, als hätte jemand vor Kurzem ein Feuer entfacht. Unter uns befindet sich eigentlich nichts mehr. Die Felsen fallen bloß senkrecht zum Fluss hinab.

Bevor ich mich zurückhalten kann, trete ich näher an den Rand und werfe einen kurzen Blick hinunter. *Verdammt*, ich habe definitiv keine Höhenangst, aber ich bin auch nicht verrückt genug, so hoch oben vor den Feen davonzulaufen. Der Pfad ist gerade breit genug für meine Füße, und der schmale Felsvorsprung droht jeden Moment abzubrechen und in den Abgrund zu stürzen.

Ich blicke den Weg entlang, auf der Suche nach Ästen, an denen ich mich im Falle eines Sturzes festhalten kann. Es gibt keine.

Das Donnern der Hufe zwischen den Bäumen über uns kommt näher. Sie haben schon fast die Wiese erreicht. Wenn ich mich jetzt nicht in Bewegung setze, werden sie mich sehen, und ich wandere wieder zurück in mein verspiegeltes Gefängnis.

Lonnrach wird erneut meine Erinnerungen stehlen. Außerdem wird er mich für meine Flucht bestrafen, und dieses Mal wird es womöglich noch schlimmer werden. Ich werde nicht mehr dorthin zurückkehren. Ich bekomme vielleicht keine zweite Chance mehr.

Als Aithinne sich also vor mir den Pfad entlang auf den Weg macht, zögere ich nicht länger. Ich setze meine ersten Schritte auf den felsigen Steig. Dabei spreche ich mir innerlich Mut zu und wiederhole immer wieder mein Mantra. *Wir sind beinahe da. Beinahe da, beinahe da. Beinahe in Sicherheit. Beinahe zu Hause. Beinahe in Sicherheit vor ihm.* Das *Beinahe, beinahe, beinahe* hallt mit jedem Schritt wider.

Als ich schließlich höre, dass die Feen die Wiese über uns erreicht haben, versuche ich, mich genauso leise wie Aithinne fortzubewegen. Doch die Felsen sind zu instabil, und ich finde mit meinen Schühchen kaum Halt.

Wir haben etwa die Hälfte des Pfades hinter uns gebracht, als ich ausrutsche und über die Steine schramme. Ich will schon laut losschreien, doch Aithinne wirbelt herum, presst mir die Hand auf den Mund und zieht mich in Sicherheit. Sie drückt mich gegen die raue Felswand und legt sich einen Finger auf die Lippen. Dann lässt sie mich los und deutet nach oben. Sie befinden sich direkt über uns.

»Du meinst also, ihre Spur verläuft hierher?«, höre ich Lonnrachs Stimme.

Mein Herz schlägt schneller. Ich sehe vor mir, wie er in dem Spiegelzimmer seine Zähne in meinem Handgelenk vergräbt, und kann nichts dagegen tun. *Das wird jetzt sicher wehtun.* Und es tat jedes Mal weh.

Wir sind beinahe da. Ich wiederhole erneut mein verzweifeltes Mantra und versichere mir selbst, dass Kiaran am Ende meiner Flucht auf mich wartet. *Ich warte auf der anderen Seite auf dich.*

Wir sind beinahe da.

Ich bin so in meinen eigenen Gedanken versunken, dass ich überrascht zusammenzucke, als ich mich schließlich zu Aithinne umdrehe und merke, dass sie vollkommen erstarrt ist. Ihre Brust hebt und senkt sich schwer, ihre Augen sind weit aufgerissen, und sie wirkt panisch. Ich greife nach ihren Fingern. Sie sind eiskalt.

»Sie haben den Wald durchquert«, sagt eine andere, unbekannte Stimme. »Ich sehe zwei Energiespuren. Sie hatte also Hilfe.«

Eines der Pferde steht so nah am Abgrund, dass seine Hufe kleine Erd- und Steinbrocken lostreten, die auf unsere Füße herabregnen. Aithinne scheint es nicht einmal zu bemerken. Ihr Atem wird immer unregelmäßiger, und sie keucht. Laut.

Über uns tritt das Pferd noch näher an den Rand. Die Feen schweigen – sie sind *zu* leise. Kalte Angst steigt in mir hoch. *Sie horchen auf uns.* Aithinne atmet mittlerweile so schwer, dass es in der Stille wie ein Brüllen klingt.

Ich presse meine flache Hand auf ihre Lippen, um sie zum Schweigen zu bringen, doch sie reagiert nicht einmal. Ihre Augen sind aufgerissen und blicken ins Leere. Ich erkenne, dass sie sich in einer ihrer Erinnerungen verloren hat.

»Es ist Aithinne«, erklärt Lonnrach knapp. »Sie begleitet die Falknerin.«

Aithinne schnappt hinter meiner Hand nach Luft und kneift die Augen zu.

»Das kann nicht sein«, sagt die andere Fee. »Sie kann nicht hierhergekommen sein, ohne dass wir es bemerkt haben …«

»O doch, das kann sie«, erwidert Lonnrach. »Aber ihre Kräfte sind beschränkt, weshalb sie die richtigen Bedingungen benötigt. Sie sucht sicher nach einem Weg, um zu entkommen.«

Aithinnes Atem geht keuchend hinter meiner vorgehaltenen Hand, und ihre Lippen bewegen sich. Ich rücke näher an sie heran. Ihre Worte dringen durch meine Finger, ihre Lippen streifen über meine Hand. Es sind vier Worte. Vier Worte, die wie eiskalte Finger meine Wirbelsäule hinuntergleiten. »Es tut nicht weh.«

»Schhhh.« Ich versuche, möglichst leise zu atmen. Ich weiß nicht, wie ich sie ohne zu sprechen beruhigen oder sie aus ihrer Starre reißen kann. Wenn ich sie noch einmal berühre, reagiert sie vielleicht aggressiv.

»Mach dich auf den Weg durch den Wald«, sagt Lonnrach. »Versuch, ihre Spur aufzunehmen. Wir machen noch einmal kehrt, vielleicht haben wir etwas übersehen.«

Die Pferde wenden ab, und ihre Hufe donnern auf der Wiese über uns. Ich lausche so lange, bis sich wieder Stille über uns senkt, dann nehme ich die Hand von Aithinnes Mund. Sie hat noch immer ihre Augen geschlossen, und ihre Brust hebt und senkt sich hektisch, während sie immer wieder dieselben vier Worte wiederholt. *Es tut nicht weh.*

»Aithinne«, flüstere ich. »Sie sind fort. Alles ist in Ordnung.«

Es ist nicht in Ordnung. Das, was er dir angetan hat, ist nicht in Ordnung.

Sie hört auf, ständig denselben Satz zu wiederholen, doch ihr Atem braucht noch länger, um sich zu beruhigen.

Ich konnte entkommen. Und das sollst auch du.

Es war Lonnrach. Er muss es gewesen sein. Seine Stimme hat Aithinnes Reaktion ausgelöst. Sie saß zweitausend Jahre lang mit ihm im Untergrund fest. Zweitausend Jahre, in denen er ihr dasselbe antun konnte, was er mir angetan hat.

»Hat er …« Ich kann es nicht aussprechen. Also lege ich ihre Finger auf meine Abdrücke. *Hat er auch versucht, dich zu beißen? Er hatte zwar vermutlich keinen Erfolg … aber hat er es versucht? Hat er dir ebenso den Verstand geraubt wie mir?* »Hat er dir das hier ebenfalls angetan? So wie mir?«

Aithinne öffnet die Augen. Sie glänzen nicht mehr wie geschmolzenes Silber. Mittlerweile sind sie so hart wie Stahl, nicht emotionslos, sondern kalt und starr. »Schlimmer«, sagt sie, und ihre Stimme schneidet wie ein Messer durch mich hindurch. »Er hat mir Schlimmeres angetan.«

Und jetzt weißt du auch genau, wie es sich anfühlt, wenn man derart hilflos ist.

Ich frage nicht weiter nach. Ich will mir nicht vorstellen, wie viel schlimmer es für jemanden gewesen sein muss, der keine Narben davonträgt und nicht sterben kann.

Aithinne stemmt sich hoch, ihre Gefühle sind wieder unter Verschluss. Sie wischt sich mit steifen Bewegungen den Schmutz von ihrem Mantel. »Wir müssen uns beeilen.« Sie wirkt schroff, kühl und distanziert. Als wäre nichts passiert. »Ehe der Wind umschlägt.«

Bevor ich etwas erwidern kann, eilt sie erneut den Pfad entlang. Ich folge ihr schweigend. Ich kann ihr Gesicht nicht sehen, doch ihre Schultern wirken noch immer angespannt. Ihre Hände sind zu Fäusten geballt. Ich überlege, irgendetwas zu sagen, etwas Unwichtiges, das die Stille durchbricht, doch ich entscheide mich dagegen.

Mir ist das Schweigen ebenfalls lieber. Es gibt mir Zeit, einen Blick auf die Umgebung zu werfen. Hinter der nächsten Biegung mündet der Fluss in einen See, über dem gerade die Sonne untergeht. Zwischen den Wolken sind mittlerweile die Sterne zu sehen, und die Landschaft um uns herum versinkt langsam in der Dunkelheit. Ich höre, wie der Wind durch die Bäume über uns bläst und Blätter und Äste rascheln.

Aithinne stapft weiter eilig voran, und ich versuche, mit ihr Schritt zu halten. Ich konzentriere mich auf den Pfad und erlaube mir keinen einzigen Blick in den Abgrund hinab. Wenn ich es täte, würde mich der Schwindel erneut packen, weshalb ich bloß einen Fuß vor den anderen setze. Immer und immer wieder.

Im Gegensatz zu mir scheint Aithinne sich auf dem Pfad durchaus wohlzufühlen. Sie schwankt kein einziges Mal. Sie schweigt nach wie vor, stellt nicht einmal eine ihrer nervtötenden Fragen. Sie ist vollkommen verschlossen, ein Musterbeispiel an Gleichgültigkeit.

Dann reißt sie plötzlich den Kopf hoch, und im selben Moment schmecke ich Lonnrachs Kraft. *Oh, verdammt.*

Aithinne und ich wirbeln gleichzeitig herum. Lonnrach befindet sich am fernen Ende des Pfades. Er sitzt auf einem Metallpferd, und hinter ihm stehen etwa ein Dutzend Feen.

Er hat uns entdeckt. Obwohl ich sein Gesicht nicht erkennen kann, spüre ich seinen Blick auf mir ruhen. Er dringt in meine Gedanken, bohrt energisch, verschafft sich schließlich Zutritt. Und das alles, weil ich sein Essen und die Getränke angenommen habe. Er flüstert ein einziges Wort: *Falknerin.*

Es klingt wie ein Befehl. Ein einfacher Befehl. *Komm zurück zu mir.*

Verdammt, ich mache tatsächlich einen Schritt auf ihn zu. Als hätte ich keine Kontrolle mehr über meinen Körper. Als hätte ich keine Kontrolle mehr über meinen Verstand. *Aye*, sagt er. *So ist es gut. So ist es gut.*

Und jetzt weißt du auch genau, wie es sich anfühlt, wenn man derart hilflos ist.

Bei der Erinnerung an seine Worte zucke ich zurück und breche damit den Bann. »Nein«, fauche ich.

Ich wirble herum, sodass ich ihm nicht länger ins Gesicht sehe. Neben mir ist Aithinne bei seinem Anblick erstarrt. Ich habe keine Zeit, um sie zu beruhigen, ihr gut zuzureden und sie wieder aus ihrer Starre zu holen. Also packe ich ihren Mantel und ziehe sie mit mir den Pfad entlang. Ich umklammere den Stoff so fest, dass meine Fingerknöchel weiß hervortreten.

Sie ist noch immer abgelenkt, und das ist alles, was nötig ist. Sie rutscht aus, schlittert nach vorne und rutscht beinahe über den Rand, doch ich packe sie am Arm. Ich stemme meine Füße in die Erde, zerre an ihr und setze mein ganzes Gewicht ein, um sie wieder hochzuziehen.

Sie erholt sich gerade so weit, um wieder zur Vernunft zu kommen, und wir laufen erneut los. Wir sprinten den heimtückischen Pfad entlang, die Feen in unserem Rücken. Sie sind mittlerweile von ihren Pferden abgestiegen, um uns zu Fuß zu folgen.

Um uns herum beginnt die Felswand plötzlich zu beben. Überall im Stein entstehen Sprünge, und das Zerbersten ist so laut wie Kanonenschüsse. Der Geschmack der Feenmacht legt sich über meinen Rachen, schmerzhaft und brennend. Das ist *ihr* Werk. Sie bringen den Boden über und unter uns zum Beben.

Vor unseren Füßen öffnet sich ein Spalt, der Boden bricht und klafft auseinander. Ich rutsche aus. Aithinne greift nach mir und zieht mich schmerzhaft in Sicherheit.

»Haltet euch zurück!« Lonnrachs Schrei hallt durch den Canyon. »Ich brauche die Falknerin *lebend*.«

Das Beben verebbt, als wir gerade das Ende des Pfades erreicht haben. Aithinne und ich klettern die Felsen hoch und über die Kammlinie. Wir atmen beide schwer, doch ich höre bloß die schweren Schritte hinter uns, die sich entschlossen und flink vom anderen Ende des Pfades nähern. Sie werden ihn bald hinter sich gebracht haben. Wenn wir nichts unternehmen, sind sie in ein paar Minuten hier.

Oben auf der Wiese angekommen hält Aithinne so plötzlich inne, dass ich beinahe in sie hineinlaufe. Und plötzlich breitet sich ein unerwarteter Geschmack nach Eisen in meinem Mund aus. Mir wird kalt. Es schmeckt wie ein Schwall Blut, so geballt, dass ich beinahe würge.

Ich kenne diesen Geschmack. *Sorcha.*

Ich dränge mich an Aithinne vorbei, und Sorcha lächelt. »Falknerin«, begrüßt sie mich. »Und *Aithinne*. Sieh an, sieh an, welch nettes Wiedersehen.«

Sie trägt wie ich ein langes Kleid, und der schwarze Stoff glitzert wie der Nachthimmel. Die Schönheit der *Baobhan Sìth* ist unheimlich und Furcht einflößend. Ich sehe zu, wie sich ihre Reißzähne vor ihrem Gebiss absenken und so lange werden, dass sie beinahe in ihre vollen Lippen ragen. Ihr Lächeln wird breiter, ein albtraumhaftes Grinsen voller spitzer Zähne.

Früher hätte ich jetzt meine Mutter in jener Nacht vor mir gesehen, in der sie ermordet worden war. Ich hätte gesehen, wie Sorcha sich über die Leiche beugt und sich das Blut von den Lippen leckt, als hätte sie gerade köstlich gespeist.

Doch nun vergleiche ich ihre Zähne ohne es zu wollen mit

Lonnrachs. Ihre zweiundachtzig Zähne, so ähnlich jenen, die ihre Abdrücke auf meinem ganzen Körper hinterlassen haben. Lonnrach und seine Schwester haben mir beide etwas genommen. Lonnrach hat mir meinen Körper und meinen Verstand gestohlen, und Sorcha einen Teil meiner Menschlichkeit. Sie hat ihn an sich gerissen, bis mir nur noch das grausame Mädchen aus den Spiegeln blieb.

Das wird jetzt sicher wehtun.

Ich umklammere den Griff meines Schwertes so fest, dass meine Hand schmerzt. Ich dränge die Erinnerungen gerade weit genug zurück, um sprechen zu können. »Du hast Glück, dass Kiaran diesen Schwur geleistet hat«, erkläre ich Sorcha. »Wäre sein Leben nicht an deines gebunden, würde ich dir jetzt sofort dieses Schwert in die Brust rammen und dein Herz herausschneiden.«

So wie du es bei meiner Mutter getan hast. Ich würde sicherstellen, dass du genau spürst, wie es sich für sie am Ende angefühlt hat. Du sollst auf dieselbe Art sterben.

»Auge um Auge, wie es so schön heißt?«, zischt Sorcha durch ihre gefletschten Zähne hindurch. »Ich würde nur zu gerne sehen, wie du es versuchst.«

»Das *reicht* jetzt.« Aithinne lässt ihre Macht auf sie niederpeitschen, so schnell und gewaltig wie ein Blitz. Ich sehe zu, wie sich plötzlich ein einzelner Schnitt über Sorchas makelloses Gesicht zieht.

Blut tropft auf ihre Alabasterhaut. *»Strìopach«*, faucht sie. Ich kenne das Wort zwar nicht, aber ich bin mir sicher, es ist nicht nett gemeint. »Ich bin hier, um euch zu helfen, und das ist der Dank?« Ihre Lippen kräuseln sich. »Ich wünschte, sie hätten es geschafft, dich dort im Untergrund zu töten.«

Aithinne versteift sich. Aus dem Augenwinkel sehe ich, dass sie ihre Hand zur Faust ballt. »Du hilfst niemandem«, erwidert sie kalt. »Das hast du noch nie.«

Sorcha soll hier sein, um uns zu helfen? Sie kann doch unmöglich davon ausgehen, wir wären so dumm, ihr zu glauben. Sie will uns wohl eher ablenken und uns an der Flucht hindern. Ich kann hören, dass Lonnrach und seine Soldaten immer näher kommen. Sie müssen den Pfad bereits zur Hälfte hinter sich gebracht haben und bewegen sich immer schneller.

»Du willst mir also helfen?«, frage ich. »Dann geh aus dem Weg.«

Sorcha wirkt amüsiert. »Oh, du kannst mir glauben, dass ich mir nichts Schöneres vorstellen kann, als dass Lonnrach dir deinen hübschen kleinen Hals bricht.« Sie wendet sich an Aithinne. »Du musst das Portal gleich hier öffnen. Es wird sich nicht schnell genug schließen, und er wird dir einfach folgen. Ich bin hier, um sicherzustellen, dass das nicht passiert.«

Aithinnes Augen werden schmal. »Und warum soll ich dir trauen?«

»Nun«, antwortet Sorcha unberührt. »Du hast zwei Möglichkeiten. Entweder du vertraust mir, oder du nimmst es mit meinem Bruder auf.« Ihr Lächeln ist grausam und schneidend. »Ich habe gehört, dass ihr beide ziemlich vertraut mit seinen … einzigartigen Verhörmethoden seid.«

Ich will alles wissen. Ich brauche bloß dein Blut dazu.

Ehe ich michs versehe, trete ich vor und ziehe mein Schwert.

Aithinne legt eine Hand auf meine Schulter, um mich zurückzuhalten. »Der Tag wird kommen«, haucht sie so leise, dass Sorcha es nicht hören kann. Dann nickt sie Sorcha zu. »Gut.« Auf Sorchas selbstgefälligen Blick hin fügt sie hinzu: »Aber wenn du uns hintergehst, dann hänge ich dich an deinen Eingeweiden auf, und Prometheus' ewige Verdammnis wird dir dagegen wie ein Waldspaziergang vorkommen.«

Zum ersten Mal sehe ich Angst in Sorchas Augen aufflackern. Sie hat tatsächlich Angst vor Aithinne. Sorcha wirft mir einen Blick zu, als wäre ihr bewusst, dass ich es bemerkt habe, und ihr Gesichtsausdruck versteinert sich. »Ich werde Lonnrach mithilfe meiner Macht so lange zurückhalten, wie ich nur kann, ohne dass er mich entdeckt.« Aithinne wirft Sorcha einen scharfen Blick zu, doch diese grinst bloß, und ihre Reißzähne blitzen auf. »Ich will mir ja meinen Bruder nicht zum Feind machen.«

Aithinne schüttelt den Kopf und drängt sich an der anderen Fee vorbei, um erneut über die Felsen zu eilen.

»Oh, Aithinne?«, ruft Sorcha hinter uns her. Aithinne hält inne. »Nur damit du es weißt: Das ändert nicht das Geringste zwischen uns. Meine Loyalität gehört ihm. Das war schon immer so.«

Aithinnes Mund wird hart, und ich runzle die Stirn. Bevor ich jedoch weiter über Sorchas Worte nachdenken kann, eilt Aithinne bereits weiter und ich bin gezwungen, ihr zu folgen. Wir bleiben nicht stehen, um zu sehen, wie Sorcha Lonnrach und die anderen Feen ablenkt. Dafür bleibt keine Zeit. Aithinne führt mich bereits die Felsen hinunter und unter die Kammlinie.

Wir befinden uns nun direkt über dem glitzernden Wasser des Lochs. Unter uns schlagen die Wellen gegen die Felsen. Der See liegt mindestens hundert Meter weiter unten – weit genug, um auf den Steinen zu zerschellen, sollte ich fallen.

Aithinne hält am Rand des Pfades inne und blickt hinunter. »Hier. Ich muss das Portal genau hier öffnen.«

Mein Herz setzt einen Moment lang aus. »Genau hier, wo wir gerade stehen, aye?«, frage ich vorsichtig und fürchte mich schon vor ihrer Antwort.

Bitte sag Aye. Bitte sag Aye.

Aithinne schüttelt den Kopf, und meine Hoffnung schwindet. »Etwa auf halbem Weg zum Loch hinunter.« Ich gebe einen leisen, protestierenden Laut von mir. Aithinne dreht sich um und wirft mir ein schnelles Lächeln zu. »Die Regeln sind wieder ganz einfach. Lass mich nicht los. Und fall nicht bis ganz hinunter, denn das würdest du vermutlich nicht überleben. Siehst du? Es ist ganz einfach.«

Ich werfe ihr einen bösen Blick zu. »Wir müssen unbedingt an deiner Definition dieses Wortes arbeiten. Ich glaube nicht, dass es das bedeutet, was du ...«

Ehe ich michs versehe, packt mich Aithinne und ich falle. Ich japse vollkommen würdelos auf und klammere mich so fest an ihren Mantel, dass meine Hände schmerzen. Die Luft zischt ohrenbetäubend laut an uns vorbei. Wir werden auf und ab geschleudert, bis ich mich wie schwerelos fühle. Dann umgibt uns plötzlich dichter, blendend weißer Nebel, und es kommt mir vor, als würden wir fliegen.

Die Landung fühlt sich sehr viel weicher an, als ich es erwartet habe. Es geht bloß ein leichter Stoß durch meinen Körper. Ich rolle einen sanften, grasbedeckten Hügel hinunter, und als ich die Augen öffne, blicke ich in einen wolkenverhangenen grauen Himmel.

Ein eiskalter Wind durchdringt den zarten Stoff meines Kleides. Es ist also noch immer Winter, obwohl es mir vorkommt, als sei ich sehr viel länger fort gewesen. Es riecht nach Regen, und die Tropfen bleiben wie Eis auf meiner Haut kleben.

Zu Hause. Hier riecht es wie zu Hause. Ich habe es geschafft. Ich habe es geschafft.

Ich öffne lächelnd die Augen, doch dann fällt mein Blick auf den flachen Hügel hinter Aithinne. Ich runzle die Stirn. Dort oben sollten eigentlich die Ruinen der St. Anthony's Chapel zu sehen sein. Oder etwa nicht? Ich stemme mich langsam hoch und ignoriere das Schwindelgefühl, als das Blut durch meinen Kopf schießt.

»Hier stimmt doch etwas nicht«, flüstere ich, und ein ungutes Gefühl überkommt mich. »Es sieht so anders aus.«

Es sieht nicht wie zu Hause aus.

Der Queens Park hat sich seit der Schlacht drastisch verändert. Die Landschaft sieht vollkommen anders aus – auf den Hügeln befinden sich Gräben, die dort nicht hingehören, und alles wirkt wie von Pockennarben überzogen. Der Trampelpfad durch den Park ist verschwunden und von Gras überwachsen. Im ganzen Park verteilt gibt es zahllose Stellen verbrannter Erde, wo das Gras nicht mehr nachgewachsen ist. Sie erinnern an die Schlacht, die hier ausgefochten wurde. Der Boden dort ist schwarz wie Tinte. Um die Brandstellen herum ragen scharfkantige, zerklüftete Felsen aus der einst flachen Wiese unter Arthur's Seat.

Ich wusste, dass sich alles verändert haben würde. Ich habe mich innerlich darauf eingestellt.

Ich wusste, dass ich mich, sollte mir jemals die Flucht gelingen, auf den Anblick vorbereiten musste, den Edinburgh bieten würde, auch wenn Lonnrach mich nur einen kurzen Blick darauf werfen ließ.

Trotzdem bin ich nicht vorbereitet. Ich bin nicht bereit für das hier, und ich bezweifle, dass ich es jemals sein werde. Doch ich *muss* auch den Rest sehen.

»Falknerin, ich …«

Aufgrund des Schwurs bleiben Aithinne die Worte im Hals stecken. Ich warte nicht, bis sie es noch einmal versucht. Ich renne einfach los. Ich sprinte den Hügel hinauf, um einen Blick hinunter auf die Stadt zu werfen.

Den ganzen Weg über rufe ich mir noch einmal die Bilder ins Gedächtnis, die Lonnrach mir gezeigt hat. Ich versuche, mich auf die Gefühle vorzubereiten, die über mich hereinbrechen werden, denn Lonnrach hat mir bloß eine Ahnung der tatsächlichen Zerstörung gegeben. Immer wieder beruhige ich mich selbst. Ich rede mir ein, dass ich es bereits gesehen habe. Dass ich darauf vorbereitet bin. Dass alles in Ordnung sein wird.

Ich stolpere und falle auf die Knie. Scharfkantige Steine bohren sich in meine nackten Beine, doch ich ziehe mich hoch und laufe weiter. Jetzt zählt nur noch, dass ich es bis hinauf zum höchsten Punkt schaffe. Ich kümmere mich nicht um die Kälte oder darum, dass meine Schühchen kaum Halt auf der feuchten Erde finden. Ich rutsche aus und laufe weiter. Ich grabe meine Finger in den Schlamm und klettere weiter. Als die Schühchen plötzlich im feuchten Morast hängen bleiben, lasse ich sie einfach zurück und eile barfuß weiter bergauf. Mein Atem geht laut und keuchend, während ich mir selbst Mut zuspreche. *Es ist alles in Ordnung. Es ist alles in Ordnung. Es ist alles in Ordnung, denn du bist jetzt in Sicherheit, und …*

Ich bin am höchsten Punkt angelangt und sinke auf die Knie. Meine beruhigenden Worte bleiben mir im Hals stecken. Sie sind vollkommen bedeutungslos, denn egal, wie sehr ich mich auch darauf vorbereitet habe, bin ich dennoch nicht bereit für das, was ich jetzt vor mir sehe.

Unter mir liegt Edinburgh in Trümmern.

9

Ich kann nichts anderes tun, als hinunter zu starren.

Ganze Gebäude wurden dem Erdboden gleichgemacht, manche sind vollkommen ausgelöscht, von anderen stehen nur noch wenige Mauern. Von den einst hoch aufragenden Wohnhäusern in der Old Town und Holyrood ist nur noch ein Haufen Schutt übrig.

Die Burg – die einstige Festung der Stadt, die im Laufe der Geschichte dieses Landes Belagerung um Belagerung überstand, und inmitten der Stadt imposant auf ihrem eigenen Felsen in den Himmel ragte – gibt einen erbärmlichen Anblick ab. Nur der halbmondförmige Geschützturm an der Vorderseite blieb unversehrt.

Der neue Stadtteil unterhalb der Burg, wo ich gewohnt habe, ist weniger verwüstet. Manche Gebäude sind noch vollständig erhalten, andere befinden sich in verschiedenen Stadien des Verfalls.

Seit der Schlacht muss einige Zeit vergangen sein, denn die Natur hat bereits die Herrschaft übernommen. Überall wachsen Bäume, Gras und Blumen als Zeichen dafür, wie viel Zeit vergangen ist. Die Katastrophe – die *Wilde Jagd* – ist nicht erst vor Kurzem über die Stadt hereingebrochen. Sie ist schon lange verlassen, überwuchert und dem Verfall preisgegeben. Die *TageWochenMonateJahre*, die ich mit Lonnrach im *Sìthbhrùth* verbracht habe, erscheinen mir kurz im Vergleich zu der Zeit, die hier vergangen sein muss. Ich wage gar nicht, darüber nachzudenken, wie lange ich tatsächlich fort war.

Ich war nicht auf das hier vorbereitet. Nicht auf den Schock, das alles auf einmal zu sehen, und auch nicht auf die plötzliche Erkenntnis, wie lange ich der Menschenwelt tatsächlich fern war. Die Bilder, die Lonnrach mir gezeigt hat, stammten aus der Zeit direkt nach der Schlacht, davon zeugten die Asche, die vom Himmel fiel, und der dichte Rauch der brennenden Gebäude.

Ich erhielt bloß eine Ahnung des Chaos.

In Wahrheit ist es die Hölle. Ich befinde mich in der Hölle, weil ich mit ansehen muss, wie mein Zuhause in Trümmern liegt. Weil ich weiß, dass ich so hart dafür gekämpft habe, dass es nicht so weit kommt, und dennoch nichts dagegen tun konnte.

Einsamkeit bricht erneut über mich herein, und Schmerz breitet sich in mir aus.

Ich befinde mich wieder in dem Spiegelzimmer, gemeinsam mit meinen vielen Spiegelbildern. Meine Finger graben sich in meine Abdrücke und spielen erneut jede einzelne Erinnerung ab, die die zweiundachtzig Zähne hinterlassen haben. Denn das ist alles, was mir von dem bleibt, wie dieser Ort war, bevor ich alle hier im Stich gelassen habe.

Tränen steigen mir in die Augen und fließen heiß über meine Wangen. Ich reiße den Blick von der Stadt los und schließe fest die Augen.

Aithinne tritt neben mich. »Ich konnte dich nicht warnen.«

»Ich habe dir doch gesagt, dass ich es schon wusste. Er hat es mir gezeigt«, antworte ich und schlucke, als meine Stimme beinahe versagt.

»Es zu wissen ist nicht dasselbe, wie es zu sehen«, erwidert Aithinne sanft. Sie legt eine Hand auf meine Schulter. »Du musst dir das hier nicht ansehen. Wir können …«

Ich winde mich aus ihrem Griff. »Nein. Nein, ich muss es tun.«

Ohne weiter nachzudenken, laufe ich in Richtung Stadt. Meine Füße graben sich in die Erde und das Gras, während ich die Hänge hinunterstürze. Aithinne schreit mir nach. Ihre Stimme wird vom Wind davongetragen, doch ihre Macht folgt mir und streichelt sanft meinen Nacken. Ich verziehe das Gesicht, als ich die kurze, unmenschliche Berührung spüre, denn sie erinnert mich daran, dass sie eine von *ihnen* ist, und dass *sie* alles zerstört haben.

Ich habe die Feen noch nie mehr gehasst als in diesem Augenblick.

Meine nackten Füße patschen durch die Pfützen, die sich auf den Hängen gebildet haben. Der Himmel öffnet sich, und plötzlich beginnt es zu schütten. Der Regen macht meine Haut glitschig, und das Laufen fällt mir noch schwerer.

Als ich schließlich die Straßen erreiche, die früher am Queen's Park und dem Holyroodhouse vorbeiführten, ist mein Kleid vollkommen durchnässt. Meine Fußsohlen brennen von den zahllosen Schnitten und Abschürfungen. Ich beachte den Schmerz kaum, sondern eile weiter die Hauptstraße entlang.

Der Holyrood Palast selbst ist zerstört, die einst wunderschönen Türme wurden dem Erdboden gleichgemacht. Es sind bloß noch verbrannte Ziegel und ein Teil der Außenmauern übrig. Teile des Kirchenschiffes der herrlichen Abtei, die früher das Grundstück zierte, liegen von Moos und Gras überwuchert auf dem Boden.

Ich eile daran vorbei und hinauf ins ehemalige Stadtzentrum. Meine Füße klatschen schmerzhaft auf die Erde und die Steine, doch ich bleibe nicht stehen. Nicht einmal, um einen weiteren Blick auf die Gebäude zu werfen. Wenn ich auch nur einen Moment lang innehalte, muss ich mir in Erinnerung rufen, dass ich versagt habe. Kiaran und ich haben versucht, das alles hier zu verhindern, doch wir haben es nicht geschafft.

Ich habe es nicht geschafft. Lonnrachs Armee hat alles zerstört.

Du hast meine Welt geopfert, um deine zu retten.

Und nun ist nichts mehr übrig außer Trümmer. Eine Stadt, die vollkommen zerstört und dem Verfall überlassen wurde. Die Natur hat sich ihrer bereits wieder bemächtigt, und überall wuchern Schlingpflanzen und Moos.

Nach Hause. Ich muss nach Hause. Die Nordbrücke ist nach meinem Kampf mit der Redcap noch immer halb zerstört. Sie hatten keine Zeit mehr, sie wieder aufzubauen.

Denk nicht darüber nach. Lauf einfach weiter.

Ich entscheide mich für den langen Weg die High Street hinauf, vorbei an den Ruinen der Steinhäuser der Old Town und unterhalb des Burgfelsens entlang. Meine Füße sind wundgelaufen und feucht vom Blut, und mit jedem Schritt bohren sich weitere Steine hinein. Mein Atem geht stoßweise, und mein Hals schmerzt bei jedem Atemzug.

Erst als ich die New Town und die Stelle erreiche, an der sich einst der Charlotte Square befand, bleibe ich stehen. Auf dem Platz ist es totenstill, zwischen den Trümmern und den verbliebenen, verlassenen Gebäuden sind weder Vögel noch das Rascheln anderer Tiere zu hören. Es gibt bloß mich, meinen zitternden Körper und mein Keuchen, nachdem ich so schnell gelaufen bin.

Mein Haus ... o Gott, mein Zuhause. Das Gebäude steht noch, doch es ist nur noch eine leere Hülle. Als ich näher trete, ächzen die Grundmauern, als würde das ganze Haus jeden Moment in sich zusammenfallen. Es ist eigentlich viel zu gefährlich, es zu betreten, doch ich gehe trotzdem weiter auf das früher so schöne Herrschaftshaus mit den ehemals weißen Säulen zu.

Ich trete durch das hohe Gras, das zwischen den Pflastersteinen der damals so makellosen und modernen Straße wuchert, hindurch. Die Eingangstür ist bloß angelehnt. Als ich sie aufdrücke, regnet Staub herunter und sie knarrt protestierend in ihren Angeln.

Ich schlage mir entsetzt die Hand vor den Mund.

Zerstört. Es ist alles vollkommen zerstört, als wäre etwas mit unglaublicher Macht hindurchgerast. Auf dem wunderschönen Perserteppich, der früher das Vorzimmer schmückte, liegt zersplittertes Holz, der Teppich selbst ist vom Staub, Ruß und Schmutz vollkommen ruiniert. Die Gemälde meiner Mutter – die herrlichen schottischen Strandszenen – liegen zerbrochen und schmutzbedeckt auf dem Boden und sind unter dem Schimmel kaum noch zu erkennen.

Es riecht nicht wie Zuhause. Der Geruch meines Vaters ist vollkommen verschwunden, ich rieche nicht einmal mehr den Pfeifenrauch, der früher immer im Vorzimmer hing, egal wie lange er schon nicht mehr zu Hause gewesen war. Mittlerweile riecht es leer, als hätte hier schon seit mehreren Jahren niemand mehr gewohnt. Als wäre seit Jahren niemand mehr *hier drin gewesen*.

Ich spüre Aithinne hinter mir, obwohl ich sie nicht kommen gehört habe. Ich schlucke den plötzlich über mich kommenden Geschmack ihrer Feenkraft hinunter. Sie ist so still wie Kiaran auch immer. Ich höre sie nicht einmal atmen.

Ich bin nun bereit, ihr die Frage zu stellen. Ich muss es einfach. »Wie lange war ich im *Sìth-bhrùth*?« Ich versuche, gelassen zu klingen, doch ich schaffe es kaum.

Die *TageWochenMonateJahre* zogen sich so lange hin, dass die Zeit für mich genau wie für Lonnrach jegliche Bedeutung verlor. Es gab nichts, um sie zu messen, keine Uhren, die mir eine Ahnung von der tatsächlichen Zeitspanne gegeben hätten. Und selbst wenn ich bloß eine kurze Zeit mit Lonnrach verbracht haben sollte – egal, wie lange es sich auch angefühlt hat –, dann ist die Zeit hier auf jeden Fall schneller vergangen.

Aithinne seufzt. »Du warst nur ein paar Wochen dort. Höchstens sieben oder acht.«

»Hör auf damit«, fahre ich sie an. »Tu nicht so, als hättest du mich nicht genau verstanden. Wie viel Zeit ist *hier* vergangen, Aithinne?«

»Du weißt, dass ich dir das nicht sagen kann.«

»Dann finde einen Weg, um es mir trotzdem zu sagen. Die Pflanzen dort draußen können nicht in so kurzer Zeit derart gewachsen sein, so viel weiß ich gewiss.«

»Die *Daoine Sìth* sind enger mit der Erde verbunden als die meisten anderen *Sìthichean*«, sagt sie. »Als sie aus dem Untergrund entkamen, haben sie vermutlich die Natur beeinflusst, ohne es …«

»Aithinne.« Meine Hände ballen sich zu Fäusten. Die grausame Aileana lauert wieder lächelnd in meinem Hinterkopf und facht meinen Ärger weiter an. Ich versuche, ihn zu unterdrücken und sie dorthin zu verbannen, wo sie hingehört. »Ich sagte, du sollst einen Weg finden, um es mir zu sagen.«

»Monate«, flüstert sie, und selbst dieses eine Wort reicht, um ihre Stimme unter dem Bann des Fluches erzittern zu lassen.

Die Bäume können nicht innerhalb von Monaten derart hoch gewachsen sein. Die Schlingpflanzen können nicht ganze Gebäude überwuchert haben. So etwas dauert Jahre – und Jahre bestehen aus *Monaten*. Feen sind Experten, wenn es darum geht, jemanden in die Irre zu führen.

»Keine Tricks.« Ich kümmere mich nicht länger darum, die Schärfe in meiner Stimme zu unterdrücken. Ich habe genug von Feenschwüren, Rätseln und Geheimnissen. »Und keine Halbwahrheiten. *Wie lange?*«

Endlich wende ich mich zu ihr um. Ich lasse sie meine Wut spüren, die grausame Aileana, die Lonnrach in mir sah. *Wir sind ein und dasselbe, du und ich.* Ich schiebe jegliche Vernunft zur Seite, jeglichen Verstand. Ich werde zu dem unmenschlichen Ding, in dem er sich selbst wiedererkannt hat. Mittlerweile weiß ich, dass die Trauer Löcher in meine Seele gerissen hat. Sie hat die Dunkelheit hineingelassen, und nun hat sie sich in mir festgesetzt, sich in meine Knochen gebrannt. Ein schlafendes Ungeheuer.

»Zähl«, fordere ich Aithinne auf. »Zähl die Jahre.«

Aithinnes Schweigen scheint ewig zu währen. Sie wirkt verunsichert. Schließlich beginnt sie zu zählen. »Eins.« Ihre Stimme zittert, ihr Atem rasselt. »Zwei.« Das Wort bleibt ihr mehr oder weniger im Hals stecken, und ich befehle ihr beinahe aufzuhören. »Drei.« Das letzte Wort. Es ist bloß ein einziges Wort, doch sie kippt nach vorne und hustet, bis ihre Hose blutbespritzt ist.

»Drei Jahre«, flüstere ich. Ich sollte ihr helfen. Nachsehen, ob alles in Ordnung ist. Aber ich kann nicht. Die grausame Aileana zieht sich zurück, und ich bleibe wie erstarrt zurück. *Drei Jahre. Drei. Jahre.*

»Falknerin«, keucht Aithinne. »Warte.«

Ich höre sie kaum. Ich sehe kaum etwas, während ich die knarrende Treppe zu meinem Zimmer hochsteige. Der leere Haken im Flur, an dem früher unser Familienporträt hing, ist noch immer da. Er sticht geradezu aus der staubigen, zerrissenen Tapete hervor. Genau wie damals, bevor das alles geschah.

Ich steige über die zerstörten Bilder meiner Ahnen und gelange schließlich zu meiner Zimmertür. Das Zimmer selbst sieht aus, als wäre es geplündert worden. Das Glas der Deckenlampen ist überall auf dem Boden zwischen Schmutz und Staub zerstreut. Über meinem Bett ist das Dach teilweise eingebrochen. Der Raum war jahrelang den Elementen ausgeliefert, und es riecht nach Moos und Schimmel.

Nicht einmal Tauben würden sich dazu herablassen, an einem so schrecklichen Ort wie diesem zu hausen.

Das Steuer eines alten Schoners, das einmal an der gegenüberliegenden Wand hing, liegt zerbrochen in einer Ecke. Die Möbel sind zerstört und umgeworfen. Die Farben sind verblasst, alles ist mit Schmutz überzogen.

»Lonnrach wird nach dir suchen«, sagt Aithinne mit rauer Stimme. Sie tritt neben mich und wischt sich das Blut von den Lippen. »Wir müssen verschwinden. Es ist hier nicht sicher.«

Ich kann sie zwar hören, aber ich bin so geschockt, dass ich kaum verstehe, was sie da sagt. Es ist, als würde sie mir über eine weite Schlucht hinweg etwas zurufen. Ich gehe zu meinem Ankleidezimmer, wo die seidenen Überreste meiner Kleider durcheinanderliegen, der Stoff spröde und zerrissen. Im Inneren riecht es muffig nach Unmengen altem Stoff und Staub. Unter dem Haufen sehe ich plötzlich eine Ecke meines versperrbaren Koffers hervorblitzen.

Ich kann nichts dagegen tun. Ich schiebe den alten, ekelerregenden Stoff zu Seite, und er zerfällt praktisch in meinen Händen. Dann öffne ich den Koffer. *Bitte sei noch da. Bitte sei noch da.*

Tränen brennen in meine Augen, als ich den Deckel öffne und den Tartan meiner Mutter sehe. Er ist noch immer da, unverändert und geschützt durch den luftdichten Koffer. Ich ziehe ihn heraus, und der Geruch der rauen Wolle ist noch immer derselbe. Er wurde nicht vom Staub verschmutzt.

Ein Hauch des früher allgegenwärtigen Pfeifengeruchs meines Vaters steigt mir in die Nase, und ich breche zusammen. Ich sinke auf die Knie und kämpfe gegen die Tränen. *Wein jetzt bloß nicht*, befehle ich mir wieder einmal selbst. *Wein jetzt bloß nicht.*

Ich schlinge meine Hände um den Stoff und drücke ihn mir ins Gesicht. Ich versuche, mich zu erinnern. Ich versuche es wirklich, aber die Bilder aus meinem ehemaligen Leben wollen sich nicht heraufbeschwören lassen. Erst als ich meine Fingernägel in Lonnrachs Abdrücke grabe, sehe ich meine Mutter wieder vor mir. Dieser Abdruck steht für ihr Lächeln. Dieser Abdruck steht für ihr Lachen. Dieser Abdruck steht für Tausende kleiner Momente und Taten, die alle sagten: *Ich liebe dich* und *Du bist wertvoll* und *Du bedeutest mir etwas.*

Und nun kann ich mich alleine an keine dieser Gelegenheiten mehr erinnern.

»Ich kann mich nicht mehr erinnern«, sage ich zu Aithinne, weil ich weiß, dass sie immer noch hinter mir steht. »Zumindest nicht mehr alleine.«

Aithinne kniet wortlos neben mir nieder und wirft einen Blick in den Koffer. »Oh, gut. Vernünftige Klamotten.« Sie greift hinein und zieht die Ersatzhose, das Hemd und die Stiefel heraus, die ich im Koffer aufbewahrt habe. »Zieh die hier an. Wir müssen gehen. Kadamach wird sich schon wundern, warum wir nicht am vereinbarten Ort aus dem Portal getreten sind.«

Dieses Haus ist alles, was von meiner Mutter und meinem ehemaligen Leben noch übrig ist. Wenn meine Erinnerungen verblassen, bleibt mir nichts mehr. Ich habe bereits alle verloren, die ich liebe, und meine Erinnerungen an sie sind das Einzige, was ich noch habe. Sobald ich von hier fortgehe …

»Noch nicht«, sage ich. »Bloß noch ein paar Minuten.«

Aithinne wirft mir einen ungeduldigen Blick zu und sieht dabei aus wie ihr Bruder. »Wir haben keine Zeit für so etwas.«

Sie streckt die Hand nach mir aus, doch ich zucke zurück. »Nicht«, fahre ich sie an. »Rühr mich nicht an.«

Lonnrach hat mich immer auf diese Art berührt und meine Schulter gepackt, wenn ich nicht schnell genug war.

Ihr Blick verrät mir, dass ich sie verletzt habe. Es ist, als könnte sie meine Gedanken lesen. »Ich muss dich heilen«, sagt sie vorsichtig und hebt die Hände, als ginge sie auf ein wildes Tier zu. »Deine Füße bluten, ich kann wieder das Gift riechen, und wir müssen weiter.«

Ich bin ständig auf der Flucht. Es hört nie auf. Lonnrach hat sich in mein Leben eingebrannt, genauso wie seine Schwester. Sie hat vielleicht meine Mutter getötet, doch er ist das Monster, das in der Dunkelheit lauert. Er stiehlt meine Seele Stück für Stück, kratzt Teile meines Lebens ab, bis nichts mehr übrig bleibt.

Und jetzt weißt du auch genau, wie es sich anfühlt, wenn man derart hilflos ist.

»Warum kann ich mich nicht erinnern?«, frage ich Aithinne und bleibe vollkommen regungslos, während sie die Hände auf meine Schläfen presst. Ihre Berührung ist sanft und bedächtig, als würde sie einen verletzten Vogel berühren.

»Das kannst du«, erklärt sie mir. Ihr Blick ist ruhig und fest. »Aber er hat sich in deine Gedanken gebrannt. Er hat deine Erinnerungen dazu gebracht zu verblassen. Wenn du willst, kann ich dir helfen.«

»Helfen?«

Ich spüre einen kribbelnden Schmerz, das Zeichen dafür, dass der Heilungsprozess begonnen hat. Zuerst zucke ich zusammen, doch dann lasse ich ihn über mich hinwegrollen. *Ich bin noch immer hier. Bin noch immer am Leben. Das gehört mir. Es gehört mir noch immer. Ich kann die alten Erinnerungen durch neue ersetzen.*

Sobald meine Wunden verheilt sind und das Stechen des Gifts nachlässt, weicht Aithinne vor mir zurück. Sie atmet schwer, und etwas Blut von ihrem früheren Hustenanfall läuft über ihre Unterlippe.

»Aileana.«

Sie sagt meinen Namen. Bloß meinen Namen. Es ist so

lange her, dass ich ihn zuletzt gehört habe, dass ich beinahe vergessen habe, dass ich überhaupt einen Namen habe. Lonnrach nannte mich immer *Falknerin*. Bis dieses Wort das Einzige war, was noch mir gehörte. Falknerin, eine Beleidigung. Falknerin, ein Ding. Falknerin, eine Pflicht. Aber ich bin auch ein Mädchen. Bloß ein Mädchen. Aileana Kameron. Kam.

»Ich kann dir helfen zu vergessen«, erklärt mir Aithinne, und auf meine unausgesprochene Frage hin antwortet sie: »Das, was Lonnrach dir angetan hat. Den Ort, an dem er dich gefangen hielt.« Sie wirft einen Blick auf meine Abzeichen. »Ich kann dich glauben lassen, du hättest dir die hier im Kampf zugezogen.«

Mein Gott, die Versuchung ist groß. Ich schüttle weder den Kopf noch sage ich Nein. Auch nicht, als sie ihre Hände wieder seitlich auf meinen Kopf legt, ihre Finger sich in meine Haare graben und sie ihre Augen schließt.

Ihre Macht dringt warm, beruhigend und tröstlich unter meine Haut. Meine Erinnerungen an das Spiegelzimmer beginnen an den Ecken langsam zu verblassen, als würden sie hinter beschlagenem Glas verschwinden. Sie nimmt sie an sich, stiehlt sie mir – genau wie Lonnrach.

Ich will alles wissen. Wenn es nötig ist, nehme ich jede einzelne deiner Erinnerungen auseinander.

»Hör auf.« Ich entwinde mich aus ihrer Umklammerung, und plötzlich befinde ich mich wieder in den Ruinen meines alten Hauses. Ich atme schwer. »*Ich* muss mit diesen Erinnerungen klarkommen«, erkläre ich ihr. »Nicht du.«

Aithinne wischt sich erneut Blut von den Lippen und presst ihren Ärmel darauf. Sie sieht mich ungläubig an. »Du glaubst, du hast verdient, was dir zugestoßen ist, nicht wahr?«

Ich umklammere den Tartan mit meinen schmutzverklebten Händen und erinnere mich, warum ich ihn vor der Schlacht in dem Koffer zurückließ. Ich hatte das Gefühl, meiner Mutter würde die Person, zu der ich geworden war, nicht gefallen. Ein Teil von mir hatte gehofft, dass ich die Stadt retten und endlich – endlich – würdig sein würde, ihn zu tragen.

Nachdem ich in jener Nacht versagt hatte, plagten mich lange Zeit Schuldgefühle. Und ein Teil von mir spürt sie immer noch.

Bevor ich antworten kann, sagt Aithinne: »Nichts von dem, was du durchgemacht hast, musste ich nicht auch erleiden. Lonnrach hatte zweitausend Jahre, um mich zu brechen, doch es ist ihm nicht gelungen.«

Sie versucht noch einmal, ihre Hand nach mir auszustrecken. Ich weiche zurück, doch sie lässt ihre Hand nicht sinken, sondern streckt sie weiter mit der Handfläche nach oben in meine Richtung. Ein Angebot. Eine Absolution. »Du wurdest gefangen genommen, weil du eine Aufgabe erfüllen wolltest, die niemals dir alleine zugedacht war. Du bist nicht für das verantwortlich, was Kadamach und ich begonnen haben. Deshalb biete ich dir an, dir deine Erinnerungen abzunehmen.«

Ich frage sie beinahe, was genau sie damit meint, doch die Worte kommen mir nicht über die Lippen. Ich starre auf ihre ausgestreckte Hand hinunter und ergreife sie beinahe.

Und jetzt weißt du auch genau, wie es sich anfühlt, wenn man derart hilflos ist.

Deshalb darf ich mir nie erlauben, etwas davon zu vergessen. Ich werde nie wieder so hilflos sein. »Nein.« Ich schlucke den Kloß in meinem Hals hinunter. »Das will ich dir nicht antun.«

Hat er es versucht? *Hat er dir ebenso den Verstand geraubt wie mir?*

Schlimmer. Er hat mir Schlimmeres angetan.

»Du …«, sagt sie und lässt mich dabei nicht aus den Augen, »… bist wahrlich außergewöhnlich.«

Ich ringe mir ein schiefes Lächeln ab. »Für einen Menschen?«

Sie lächelt ebenso schief. »Mittlerweile verstehe ich, warum Kadamach wollte, dass ich Himmel und Hölle in Bewegung setze, um dich zu finden.« Sie reicht mir die Klamotten und die Stiefel. »Und jetzt zieh dich um. Wir müssen uns beeilen.«

Sie verlässt das Ankleidezimmer, schließt das, was von der Tür noch übrig ist, und gewährt mir ein wenig Privatsphäre.

Mittlerweile verstehe ich, warum Kadamach wollte, dass ich Himmel und Hölle in Bewegung setze, um dich zu finden.

Nein, ich darf jetzt nicht darüber nachdenken, was das bedeutet. Meine Beziehung zu Kiaran ist ein anderes Thema, mit dem ich mich jetzt nicht beschäftigen kann.

Ich schlüpfe eilig aus meinem zerfetzten Kleid, und der leichte Stoff streicht wie ein Flüstern über meine nackte Haut. Obwohl ich so viel darin durchgemacht habe, fühlt sich das fremde Material noch immer so weich an wie eh und je. Es eignet sich sicher ganz hervorragend für zukünftige Verbände, die ich vielleicht noch brauchen werde. Ich falte es zusammen und stopfe es in meine Manteltasche.

Das Baumwollhemd, das ich mir über den Kopf ziehe, wirkt im Vergleich rau, und die Raploch-Hose und der Mantel sind sogar noch schlimmer. Trotzdem trage ich lieber meine eigenen Klamotten – so rau und abgetragen sie auch sind – als den zarten Stoff, der mich so sehr an Sorcha erinnert. Ich zögere einen Moment, dann stecke ich Mutters Tartan ebenfalls in meine Manteltasche. Ich kann ihn nicht hier zurücklassen.

Die Holzdielen fühlen sich feucht an, als ich mich darauf niederlasse, um meine Stiefel anzuziehen. Ich verschnüre sie und schnappe mir die einzige Waffe in dem Koffer – meine selbstladende Donnerbüchse, die noch immer in meinem Rückenhalfter steckt. Sie war eine der ersten Waffen, die ich jemals gebaut habe, um Feen zu töten, und geradezu perfekt für eine unerfahrene Lady. Die Munition wurde weit genug gestreut, sodass ich mein Zielobjekt gar nicht verfehlen konnte, solange ich ihm nur nahe genug war, auch wenn meine Hände noch so zitterten.

Ich entferne die *Seilgflür*-Reste aus der Munitionskammer. Die Distel ist nach drei Jahren vermutlich nicht mehr sehr effektiv.

Drei Jahre, drei Jahre, drei Jahre …

Konzentrier dich. Ich ziehe ein wenig *Seilgflür* aus Aithinnes Beutel, den ich an meinem Handgelenk befestigt habe, und stopfe die Blätter schnell in die Munitionskammer der umgebauten Donnerbüchse. Dann lasse ich sie zuklappen, stecke die Waffe ins Halfter und zurre die Riemen, die quer über meinen Brustkorb verlaufen, fest.

Bumm. Ein weit entferntes Geräusch lässt mich zusammenzucken, es klingt wie ein Kanonenschuss. Ich lege meine Hand auf den Boden und bemerke überrascht, dass er sanft vibriert. Die Oberfläche der kleinen Wasserpfütze neben der Tür kräuselt sich.

»Aithinne?«

Während ich noch nach ihr rufe, rückt das entfernte, schwere Poltern mit jeder Sekunde näher und wird lauter. Das Zimmer beginnt zu beben, die Wände ächzen. *Bumm. Bumm. Bumm, bumm, bummm.* Die alten Kleider um mich herum zittern auf ihren Kleiderhaken. Auf der anderen Seite der Tür fällt etwas zu Boden und zerbricht.

Aithinne stürzt ins Ankleidezimmer und reißt dabei beinahe die Tür aus den Angeln. Ihre Augen leuchten hell, während sie mich nach draußen drängt.

»Sie sind hier. Wir müssen verschwinden.«

BUMM. BUMM. Mittlerweile bebt das ganze Haus. Staub fällt von den schwachen Dachsparren über uns. Auf der gegenüberliegenden Seite des Zimmers bricht ein Steinziegel aus der Mauer, fällt auf den Hartholzboden und zerbricht.

»Was *ist* das?« Ich muss einfach fragen, während ich hinter ihr aus dem Zimmer eile. Die Explosionen sind so laut, dass ich meine eigene Stimme beinahe nicht hören kann. Ich greife nach dem Treppengeländer, um mich abzustützen, und es schwankt unter meiner Hand, während wir hinunter ins Erdgeschoss laufen.

Ein furchtbares Krachen verschluckt Aithinnes Antwort. Ziegel und Holz zersplittern über uns, und dann bricht das Dach ein.

10

Aithinne landet schwer auf mir. Wir rollen über den Boden, und Geröll bohrt sich in meinen Rücken. Überall um uns herum ist Schutt verteilt. Ein schwerer Dachziegel fällt mit solcher Wucht auf Aithinne, dass die Knochen in ihrem Körper zermalmt worden wären, wäre sie ein Mensch gewesen.

Wir liegen unter den Trümmern des Hauses begraben. Eine geschwungene Platte, die von der Treppe stammt, hat die herabfallenden Dachziegel davon abgehalten, meine Beine zu zertrümmern. Abgesehen von ein paar Lichtstrahlen, die durch das Geröll dringen, kann ich nichts erkennen.

Einen Moment lang herrscht völlige Ruhe. Kein Rumpeln aus der Ferne, keine herabfallenden Steine.

»Aithinne«, flüstere ich. »Bist du …«

Dann höre ich es. Eine Art mechanisches Surren. Gleich darauf fährt etwas durch die Trümmer und reißt Aithinne von mir herunter.

»Lauf!«, brüllt sie.

Ich stehe auf und spanne die Muskeln an – ich bin bereit, anzugreifen. Ich erstarre. *Was in Gottes Namen ist das?* Eine gut zehn Meter hohe, mechanische Kreatur erhebt sich über den Überresten des Charlotte Square. Ihre Gestalt ähnelt einer *Redcap*. Sie hat stämmige Beine und lange, herabhängende Arme, scheint jedoch vollständig aus dem dunklen, glatten und beinahe spiegelnden Metall zu bestehen, das ich überall im *Sìth-bhrùth* gesehen habe. Durch die Adern auf ihren Händen fließt eine ebenholzschwarze Flüssigkeit.

Die Kreatur trägt eine schwarze Rüstung, und der Panzer glänzt wie polierter Obsidian. Durch die Spalten zwischen den einzelnen Platten dringt blaues Licht, das wie ein Herzschlag pulsiert. Als die Kreatur ihre andere Hand nach mir ausstreckt, sehe ich, dass sich auf ihrer Handfläche ein surrender Mechanismus befindet, dessen Einzelteile sich furchtbar schnell drehen und grell leuchten.

Aithinne stößt einen schrillen Schrei aus und windet sich aus der Umklammerung des Ungeheuers, wobei der Stoff ihres Mantels bis über den Rücken aufreißt.

»Lauf!«, brüllt sie mir erneut zu. »Sie aktiviert ihre Waffe!«

Wir schlagen uns durch die Trümmer und springen über eine eingestürzte Außenmauer des Hauses in den rückwärtigen Garten. Die Kreatur aktiviert ihre Waffe mit einem Surren, das immer lauter wird, und sich zu einem konstanten Klingeln in meinen Ohren entwickelt.

Sie befindet direkt hinter uns, und ihre schweren Schritte lassen den Boden unter unseren Füßen erbeben. Ich werfe einen Blick zurück und sehe, dass sie mit ihrer freien Hand nach uns greifen will. Ich ziehe Aithinne gerade noch rechtzeitig zur Seite und schleife sie durch die Ruine eines verlassenen Nachbarhauses.

Die Kreatur pflügt einfach durch das Gebäude hindurch, und Ziegel und Staub werden durch die Luft gewirbelt. Wir beschleunigen unser Tempo und sprinten die Straßen entlang.

Aithinne versucht, mir etwas zuzurufen, doch das Surren ist mittlerweile ohrenbetäubend laut. Wir stolpern durch ein überwuchertes Gebüsch und springen über die Gartenmauer. Meine Stiefel patschen durch den Schlamm und über das Gras, dann springen wir über ein umgefallenes, rostiges Gartentor.

Die Waffe muss nun beinahe funktionsbereit sein – über das Surren hinweg höre ich, wie Teile klickend ineinanderrasten.

Aithinne brüllt mir erneut etwas zu, doch dieses Mal zieht sie mich vorher näher zu sich und legt die Lippen auf mein Ohr. »Wir müssen vor der Explosion Deckung suchen. *Sofort!*«

Ihre Macht fühlt sich rau in meinem Mund an. Sie schmeckt nicht nach Blütenblättern und Honig wie sonst immer – im Moment schmecke ich Dornen und Rauch. Mächtig und überwältigend. Sie bereitet sich auf einen Gegenangriff vor.

Plötzlich sehe ich am Ende Straße eine Steinmauer, die noch nicht zusammengebrochen ist. *Dort!*

Ich ziehe Aithinne mit mir und deute auf die Wand. Die Erde unter mir bebt, und ich verliere beinahe das Gleichgewicht. Wir werfen uns hinter der Mauer auf den Boden, und ich ziehe die Knie eng zur Brust und halte den Kopf gesenkt.

Aithinne schlingt ihre Arme um meine Schultern. Ich sehe ihr überrascht in die Augen, die silbern glühen und immer heller werden.

Sie sagt etwas, und dieses Mal muss ich sie nicht hören, um sie zu verstehen. »Halt dich fest.«

Aithinnes Macht versengt meine Zunge und brennt wie Feuer in meiner Kehle. Ich habe noch nie etwas Derartiges gefühlt. Die Macht wird immer intensiver, dann gibt es eine ohrenbetäubende Explosion und Staub, Erde und Trümmer fliegen um mich herum. Ich halte den Atem an und umfange meinen Körper noch fester. Die Wand hinter mir zittert und wackelt. Ein Stein bricht aus ihr heraus und schlägt neben mir auf dem Boden auf. Ich höre alles nur noch gedämpft, und ein Klingeln dröhnt in meinen Ohren.

Ein metallisches Krachen ertönt, dann herrscht plötzlich Stille. Eine alles umfassende Stille. Aithinnes Macht verebbt, und mein Mund ist vollkommen ausgedörrt. Ich hebe den Kopf. Ich bin über und über mit Erde und feinem Staub bedeckt.

Ich krieche auf den Knien aus unserem Versteck und spähe vorsichtig um die Ecke. Ich ziehe die Luft ein. Hinter der Mauer ist nichts. *Nichts.* Die Überreste der Gebäude, die einst den Charlotte Square umgaben – darunter auch mein Zuhause –, wurden von der Waffe der Metallkreatur regelrecht ausradiert. Überall liegen bloß noch Ziegelhaufen herum. Man erkennt nicht einmal mehr, dass hier einmal zahlreiche verschiedene Häuser standen. Es wurde alles gleichermaßen dem Erdboden gleichgemacht.

Die Kreatur liegt inmitten der Trümmer auf dem Rücken, ein ganzes Stück weit von der Stelle entfernt, an der sie uns gegenübergetreten ist. Sie muss von der Macht der Explosion zurückgeschleudert worden sein.

»Was hast du getan?«, flüstere ich Aithinne zu.

Aithinne springt auf die Beine und klopft sich den Staub von ihren Klamotten. »Ich habe die Druckwelle umgeleitet, sodass sie ihre Waffe gegen sich selbst gerichtet hat.« Sie betrachtet die Zerstörung, die die Explosion angerichtet hat. »Es war ganz leicht.«

»Aha«, murmle ich und versuche, die Emotionen, die über mich hereinbrechen, als ich hinüber zu meinem zerstörten Elternhaus blicke, zu unterdrücken. »*Leicht*. Die Schwester von *Einfach*. Ich will mir gar nicht vorstellen, welches Chaos uns erwartet, wenn wir einmal Besuch von ihren Cousinen, *Locker* und *Unkompliziert* bekommen sollten.«

Die Beine der Kreatur beginnen zu zucken, ihre Metallknochen wandern klickend wieder an ihren Platz. Ich greife nach der Donnerbüchse auf meinem Rücken, doch Aithinne ist mir bereits voraus. Sie hat ihr Schwert gezogen, ohne dass ich es mitbekommen habe.

»Wenn du mich bitte kurz entschuldigst …«

Sie geht mit großen Schritten auf die Kreatur zu. Dann rammt sie das Schwert mit einer einzigen, fließenden Bewegung in den Spalt, den die Rüstung zwischen dem Hals und dem Kinn freilässt. Die Kreatur hört sofort auf, sich zu bewegen.

Aithinne wendet sich ab und kommt murmelnd zu mir zurück. »Lonnrach, dieser dreckige Bastard. Ich kann nicht glauben, dass er tatsächlich *Mortair* nach uns geschickt ha…«

Eine weitere Explosion ertönt in der Ferne. Wir drehen uns beide danach um und sehen, dass eine weitere *Mortair* mit unglaublicher Geschwindigkeit auf uns zugerast kommt. Sie umrundet die Burgruine, und ihre langen Arme pumpen zu beiden Seiten. Mit jedem Schritt zerstört sie weitere Ruinen, die unter ihren Beinen nachgeben. Nicht einmal eine Ziegelwand kann der Kraft ihres massiven Körpers etwas entgegenhalten. Sie wird in ein paar Minuten bei uns sein.

»Los!« Aithinne zieht mich mit sich. »Lauf einfach immer weiter.«

Wir sprinten durch die überwucherten Straßen und springen über das Gras und die Schlingpflanzen, die die früher so makellosen Kopfsteinpflasterstraßen in Besitz genommen haben.

»Was ist das eigentlich für ein Ding?« Ich kann mich selbst über den Lärm, den die Kreatur hinter uns veranstaltet, kaum hören.

»*Mortair*«, keucht Aithinne. »Sie erfüllen bloß einen einzigen Zweck: Suchen und Zerstören.«

Wir sind nicht schnell genug. Oder besser: *Ich* bin nicht schnell genug. Aithinne verlangsamt ihr Tempo, damit ich zu ihr aufschließen kann. Als Mensch kann ich es weder mit ihr noch mit der *Mortair* aufnehmen. Diese schließt immer weiter zu uns auf, und die Erde unter meinen Füßen bebt, während sie auf uns zuläuft. Das Surren der Waffe in ihrer Hand wird immer schneller und beunruhigender, und ich werfe gerade einen Blick zurück, als sie die Hand hebt und das Metall auf ihrer Handfläche sich in ein blendend helles Licht verwandelt. Sie zielt auf uns.

Die Druckwelle trifft Aithinne mit voller Wucht. *BUMM.* Um uns herum wird es hell, und der Boden unter unseren Füßen gibt unter der Explosion nach und bricht auf. Ich werde zurückgeworfen, und mein Körper prallt auf das Kopfsteinpflaster. Ich rolle mich schnell zur Seite, und meine Schulter schrammt schmerzhaft an einem Stück Ziegel vorbei. Aithinnes Schwert schlittert über die Straße und bleibt einen Steinwurf von mir entfernt liegen.

Als das Licht schwächer wird, hebe ich den Kopf. Aithinne liegt auf dem Boden. Sie ist verletzt und voller Blut. Sie lebt, aber ihre Augen sind vom Schmerz getrübt.

Ich halte es nicht mehr länger aus. Ich stemme mich hoch, und bevor ich noch darüber nachdenken kann, ziehe ich auch schon meine Donnerbüchse aus dem Halfter. Es ist die einfachste Sache der Welt. Jagen und töten. Ein Spiel, das ich seit dem Tod meiner Mutter spiele.

»Falknerin, nicht!«

Aithinne greift nach mir, doch ich weiche ihr aus. Die Kreatur eilt weiter auf uns zu und bewegt sich dabei atemberaubend schnell. Mittlerweile hat sie die Ruinen am Charlotte Square erreicht und läuft die Straße hinunter direkt auf mich zu.

Aithinne ist verletzt, was bedeutet, dass die *Mortair* ihre Waffe nicht noch einmal einsetzen wird. Nicht, wenn Lonnrach mich lebend zurückhaben will. Das macht sie verletzlich – sie darf mir nichts tun, aber ich ihr sehr wohl.

Ich werde sie als Nachricht für Lonnrach hier zurücklassen: *Ich gehöre nicht dir. Du hast mich nicht mehr länger in deiner Gewalt. Nächstes Mal, wenn wir aufeinandertreffen, wirst du erkennen, dass ich es bin, die deinem Leben ein Ende setzt.*

Ich lasse die Kreatur auf mich zukommen. Die Erde unter mir bebt, während ich die Donnerbüchse an meiner Schulter abstütze und auf ihre Beine ziele. Ich atme langsam aus, um ruhiger zu werden. Die Kreatur kommt immer näher, und ich muss erneut zielen. Höher, höher und noch höher.

So ist es gut. Kurz bevor sie mich erreicht hat, drücke ich ab.

Der Rückschlag der Donnerbüchse trifft meine Schulter hart genug, um einen Abdruck zu hinterlassen. Die Luft zwischen der *Mortair* und mir füllt sich mit Rauch. Ich sehe zu, wie sich der mit *Seilgflür* vermischte Schrot verteilt und in die Rüstung der *Mortair* einschlägt.

Der Rauch legt sich, doch die Kreatur steht noch immer vor mir. Auf den Obsidian-Platten auf ihrer Brust ist nicht einmal ein Kratzer zu sehen. Himmel, die Donnerbüchse hat trotz des *Seilgflür* keine einzige Delle hinterlassen. Das sollte sie aber. Es hätte funktionieren sollen. Die *Mortair* hebt die Hand, in der sie ihre Waffe hält, und zielt auf mich …

»Oh, verdammt«, flüstere ich und weiche zurück. Meine Hand wandert zum Griff meines Schwertes, und ich ziehe es heraus. Ich bin bereit zu kämpfen. *»Verdammt.«*

»Ich habe dir eine einfache Anweisung erteilt«, ertönt Aithinnes Stimme hinter mir. »*Nicht.* Was bedeutet: *Tu das nicht, das ist eine blöde Idee.* Nichts kann ihre Rüstung durchdringen. Außer meinem Schwert.«

»Wie bitte?«

Die mechanische Waffe leuchtet immer heller und heller und strahlt wie eine blendende Sonne in der Hand der *Mortair.*

Nichts kann ihre Rüstung durchdringen. Außer meinem Schwert. Dann bleibt mir also nur die Möglichkeit, die Waffe unschädlich zu machen. Bevor die Kreatur etwas dagegen unternehmen kann, stecke ich mein eigenes Schwert fort und greife nach Aithinnes, das noch immer auf dem Boden liegt.

Dann springe ich hoch und stürze mich auf die *Mortair*. Ich schwinge das lange Schwert in Richtung ihrer Hand und trenne sie mit einem einzigen, sauberen Schlag am Handgelenk ab. Die mechanische Hand der Kreatur fliegt in hohem Bogen durch die Luft und schlägt mit einem mächtigen Krachen auf dem Boden auf.

Die *Mortair* brüllt, und es ist ein schrecklich schrilles, mechanisches Heulen. Sie öffnet den Mund so weit, dass ich die präzise Metallstruktur ihres Halses und die gezackten Zähne erkennen kann.

Sie tritt mit dem Fuß gegen einen schweren Mauerbrocken, der daraufhin durch die Luft fliegt, sodass ich gerade noch ausweichen kann.

»Falknerin!«

Ich bin einen Moment abgelenkt, und das ist alles, was die *Mortair* benötigt. Sie stürzt sich auf mich, doch Aithinne wirft sich zwischen uns. Die *Mortair* schleudert sie zur Seite, und Aithinne fliegt mitten durch die verbliebene Mauer eines Steinhauses auf der anderen Seite des Platzes. Die Ziegelsteine brechen über ihr zusammen.

Die *Mortair* kommt auf mich zu, das Licht auf ihrer zweiten Handfläche wird immer heller. Bald schon wird sie erneut ihre zerstörerische Waffe abfeuern, und ich sitze in der Falle. Es gibt keinen Ausweg mehr. Ich wappne mich für das, was gleich kommen wird, springe auf die *Mortair* zu und schwinge das Schwert in die Luft, um ihr auch noch diese Hand abzuschlagen.

Das Metall bricht, als mein Schwert hindurchschneidet, doch ich habe es nicht hoch genug geschwungen, sodass die Hand nicht vollständig abgetrennt wird. Die *Mortair* knurrt und wirft sich auf mich. Ich rolle mich über den Boden und nutze den Schwung, um gleich wieder aufzuspringen. Ich drehe mich, sodass die *Mortair* mich nicht mehr zu fassen bekommen kann, und lasse das Schwert erneut durch die Luft sausen. Dieses Mal treffe ich ihren Finger.

Ein metallisches Kreischen hallt über den Platz, und der von der Rüstung bedeckte Finger der *Mortair* landet im hohen Gras.

Bevor sich die Kreatur erholen kann, stürze ich mich erneut auf sie und klettere an ihrer Rüstung hoch. Die *Mortair* schlägt um sich und versucht, mich abzuschütteln, doch immerhin fehlt ihr eine Hand, während die andere verkrüppelt ist, weshalb sie mich nicht zu fassen bekommt. Ein Knurren dringt aus den Tiefen ihres mechanischen Rachens, und der Klang lässt ihren gesamten Körper vibrieren.

Beinahe rutscht mir das Schwert aus der Hand, doch dann finde ich das Gleichgewicht wieder und es gelingt mir, das Vibrieren zu nutzen, um mich an ihrem Körper hochzustoßen.

»Du musst ihr die Kehle durchschneiden!«, brüllt Aithinne.

Die *Mortair* läuft auf eines der Gebäude zu und schrammt mit ihrem riesigen Körper durch die Trümmer, um mich zu zermalmen. Im letzten Moment schaffe ich es, mich hinunterzuschwingen und mich an der Rüstungsplatte an ihrem Unterarm festzuhalten, während die *Mortair* durch die Wand stürzt. Die Rüstung fängt den Aufprall ab, und die Seitenwand des Gebäudes stürzt ein.

Während die *Mortair* abgelenkt ist, greife ich nach der Platte über mir und nutze die schuppenartige Rüstung, um mich daran hochzuziehen. Meine Muskeln brennen vor Anstrengung, meine Beine versuchen zitternd, Halt zu finden. Die Platten fühlen sich warm an und wirken wie raue Steine, nicht wie glattes Metall.

Die Kreatur buckelt, um mich abzuwerfen, doch ich springe auf ihre linke Brustplatte. Der sich unablässig drehende Mechanismus in ihrem Inneren ist ohrenbetäubend laut und summt unter meinen Handflächen. Das Licht, das zwischen den Rüstungsplatten hindurchdringt, ist heiß und blendend hell, während ich über die Fugen hinweg weiter nach oben klettere.

Endlich habe ich ihre Schulter erreicht. Ich klammere mich mit einer Hand fest und ziele auf ihren Hals. Mein Schwert dringt durch etwas zwischen den Rüstungsplatten, das sich wie Haut anfühlt.

Ich mache immer weiter. Ich steche und steche, bis das Metall im Inneren nachgibt, und selbst dann höre ich nicht auf. Die Kreatur beginnt unter mir zu schwanken. Ich halte erst inne, als sie plötzlich umfällt, und klammere mich an sie, während sie auf dem Gras und der Erde auf dem Platz unter uns aufprallt. Dann greife ich erneut an. Ich durchschneide noch mehr Metall. Ich steche auf sie ein, bis ich keine Luft mehr bekomme und über und über mit ihrem dicken ebenholzschwarzen Blut bedeckt bin. Bis Tränen meine Wangen hinablaufen und meine Muskeln schmerzen.

Bis der Kopf der *Mortair* in einem Trümmerhaufen auf dem Boden liegt. Abgetrennt und zerstört.

Dann greife ich in meine Manteltasche und ziehe das Kleid heraus, das ich bis vor Kurzem getragen habe. Ich schneide ein langes Stück davon ab und schiebe es unter eine der Rüstungsplatten im Gesicht der *Mortair*, sodass der Stoff ihr Gesicht wie ein Schleier bedeckt.

Es wird das Erste sein, was Lonnrach sieht, wenn er hier ankommt.

Das hier ist meine Nachricht für dich, denke ich und stelle mir vor, wie er die gefallene, verstümmelte *Mortair* findet. *Ich gehöre nicht mehr dir und werde es auch nie mehr tun. Ich habe es mir* TageWochenMonateJahre *lang vorgestellt. Und nun warte ich. Ich warte auf dich. Und ich werde den Moment genießen, wenn wir uns wiedersehen.*

Denn ich sehne mich danach, dich auf genau diese Weise zu töten.

11

Aithinne tritt schweigend neben mich. Schwarzes Blut tropft von meinen Fingerspitzen und hat sich wie Tintenflecken auf meiner Kleidung verteilt. Es riecht so stark nach Eisen und verschmortem Metall, als hätte sich ihr Schwert regelrecht durch den Körper der *Mortair* gebrannt.

Vor meinen Füßen liegt der Kopf der *Mortair*. Die metallischen Teile glühen immer noch, das Feenmetall ist so blitzblank und glänzend, dass es sogar das glatteste Material, das ich je gesehen habe, übertrifft. Vom Rest ihres Körpers ist nichts als ein Haufen obsidianfarbener Rüstungsteile übrig. Einst hätte ich kunstfertige Technik dahinter bewundert. Ich hätte mir gewünscht, ebensolches Talent zu besitzen, um etwas wie diese Kreatur zu erschaffen.

Doch jetzt breitet sich nur Leere in mir aus, unüberschaubar und dunkel. Mittlerweile ist mir die Kunstfertigkeit, die zur Erschaffung dieser Kreatur geführt hat, egal. Und auch die Tatsache, dass ich sie getötet habe, ist mir egal. Es ist mir alles so verdammt egal.

Ich betrachte die einzelnen Teile der *Mortair*, die kleinen Räder, Zahnräder, Ritzel. Das alles kommt mir irgendwie bekannt vor. Es besteht aus demselben Material wie das Siegel, das Aithinne gebaut hat. »Du hast sie erschaffen, nicht wahr?«, frage ich ausdruckslos. »Die *Mortair*.«

Aithinne ist so still, dass ich nicht einmal ihren Atem hören kann. »Aye.« Sie klingt so entspannt, als hätten wir gerade einen erfrischenden Spaziergang durch den Park beendet.

»Lonnrach hat uns gerade eine deiner eigenen Erfindungen auf den Hals gehetzt«, sage ich, »und du scheinst nicht im Geringsten beunruhigt.«

»Er weiß, dass nichts jemanden schneller ausfindig machen kann als eine *Mortair*.« Sie wirft einen liebevollen Blick auf die Kreatur. »Ich habe sie nicht mit einer außergewöhnlichen Intelligenz ausgestattet, aber sie sind recht nützlich. Einmal brachte ich sie dazu, mehr als ein Dutzend Soldaten innerhalb weniger Sekunden niederzumetzeln. Sie sind sehr loyale Gefährten.«

Ich starre sie schockiert an. »Erinnere mich daran, dich nie zu verärgern.«

Aithinne lächelt fröhlich. »Ich war eine ziemlich beeindruckende ...« Sie hält abrupt inne, als hätte sie beinahe etwas gesagt, was sie nicht sagen durfte. »... Erfinderin«, fährt sie schließlich fort.

Was zum Teufel wollte sie sagen?

Als hätte sie meine unausgesprochene Frage gespürt, beginnt Aithinne, die Straße hinunterzugehen. Ihre Bewegungen sind langsam, sie leidet noch unter ihren Verletzungen. »Wir müssen weiter. Lonnrach lässt sicher nicht lange auf sich warten. Und wir müssen aus der Stadt hinaus, um Kadamach zu treffen.«

Kadamach. Ohne es zu wollen, muss ich an Kiarans Kuss denken. An den verzweifelten, festen Druck seiner Lippen auf meinen. Meine Wangen werden rot, wenn ich bloß daran denke. Ich folge Aithinne, und die Sohlen meiner Stiefel tappen lautlos über die vom Moos überwucherten Pflastersteine. »Ich dachte, Lonnrach braucht mich lebendig? Warum hat er dann einen Auftragskiller geschickt?«

»Die *Mortair* wurde geschickt, um dich zu finden und mich kampfunfähig zu machen«, stellt Aithinne richtig. »Als du versucht hast, mich zu beschützen, hast du ihre zweite Mission empfindlich gestört.« Sie wirft einen Blick zurück auf die Überreste ihrer Erfindung und das tintenschwarze Blut, das auf den Ruinen der Gebäude klebt. »Meine eigene Waffe auf mich zu hetzen war eine Botschaft.«

»Wie überaus rührselig«, sage ich und umfasse das Schwert mit meinen glitschigen Händen, während wir uns entlang der zerstörten Hauptstraße zum westlichen Stadtrand aufmachen. »Mir hat vor allem der Teil gefallen, als sie dich zu Boden geworfen hat und du auf dem Arsch quer über den ganzen Platz und durch ein Gebäude hindurchgerutscht bist.«

»Arsch.« Auf Aithinnes Gesicht breitet sich ein Lächeln aus. »Eure Sprache ist sehr ausdrucksstark, vor allem die Schimpfwörter. Am besten gefällt mir Fi…«

»Himmelherrgott!« Ich werfe ihr einen schnellen Blick zu. »Was um alles in der Welt hat Kiaran dir da beigebracht?«

»Dieses Schimpfwort«, erklärt Aithinne stolz, »habe ich im Untergrund gelernt. Ein Teil davon lag unter einer Schenke, wo auf einer Fiedel gespielt und vulgäre Lieder mit diesem Wort gesungen wurden. Du kannst das Schwert jetzt wegstecken.«

Mir ist vollkommen entgangen, dass ich es noch immer in der Hand halte. Schwarzes Blut tropft von seiner Spitze auf die Straße, während wir den weitläufigen Hügel hinunter nach Dean Village und zum Fluss Leith gehen. Die Zerstörung ist in diesem Teil der Stadt weniger sichtbar, er wurde von dem Tal, das durch das westliche Edinburgh verläuft, geschützt.

Ich halte Aithinne die Waffe mit dem Griff voran entgegen, doch sie schüttelt den Kopf. »Behalte es«, sagt sie. »Ich hätte es dir ohnehin schon früher geben sollen.«

»Warum?« Es ist eine zu mächtige Waffe, um es leichtfertig aus der Hand zu geben.

Ehe ich michs versehe, umklammert sie meine Hand wie ein Schraubstock, sodass ich stehen bleiben muss. Ihr Lächeln ist verschwunden, und unsere unbeschwerte Unterhaltung, die mir geholfen hat, zumindest einen Augenblick lang zu vergessen, dass wir von den Ruinen meiner ehemaligen Heimatstadt umgeben sind, beendet.

Ihr Blick ist nun so intensiv wie Kiarans, wenige Augenblicke vor dem Kampf. Trotz ihres menschenähnlichen Körpers ist sie immer noch eine Fee, deren Zorn so schnell und gewaltig aufziehen kann wie ein Sturm. Wenn ich mit Kiaran zusammen bin, dann vergesse ich das manchmal, und nun ist mir dasselbe mit seiner Schwester passiert.

Ich sollte es jedoch niemals vergessen. Ich sollte diesen Fehler zu meiner eigenen Sicherheit unbedingt vermeiden.

Ich versuche, mich ihrem Griff zu entziehen und die Tatsache zu ignorieren, dass mein Herz wie wild zu klopfen begonnen hat. Sie hält mein Handgelenk fest.

Mein *Handgelenk*.

Plötzlich sehe ich Lonnrach vor mir, der seine Zähne fletscht, mich fest umklammert hält und seinen Finger auf meine Pulsader presst.

Das wird jetzt sicher wehtun.

Aithinne lockert ihren Griff, als hätte sie meine Gedanken erahnt. Sie öffnet meine Finger, bis meine blutverschmierte Handfläche sichtbar wird. Mein Blut hat sich mit dem tintenschwarzen Blut der *Mortair* vermischt.

»Connspullaiche Fola«, erklärt sie mir bestimmt, und ihr Blick hält meinen gefangen. Als wollte sie mich dazu bringen, es zu verstehen. »Das Blut deiner Ahnen. Ich habe ein Schwert für jede einzelne Falknerin gefertigt, und nun ist nur noch dieses eine übrig. Genau wie du.« Sie legt den Schwertgriff in meine Hand und schließt meine Finger darum. »Sieh es als Entschuldigung.«

Die Ernsthaftigkeit ihrer Worte wiegt schwer in meinem Inneren. »Wofür?«

»Für alles«, erwidert sie sanft.

Dann lässt sie mich los und geht leicht humpelnd davon. Ich folge ihr langsam über die alten, schmutzbedeckten Pflastersteine die Straße hinunter, und meine Verletzungen beginnen langsam zu schmerzen.

Ich will ihr so viele Fragen stellen, dass ich gar nicht weiß, wo ich beginnen soll und was genau ich sie eigentlich fragen möchte. *Später*, beschließe ich. Wenn wir einen Unterschlupf gefunden haben, nicht mehr in direkter Gefahr sind und ich Zeit zum Nachdenken habe.

Sollte es jemals dazu kommen.

Ich schweige, während wir durch das Dean Village gehen, wo uns das Gras zwischen den Pflastersteinen bis zu den Knien reicht und dichte Schlingpflanzen die zerstörten Gebäude überziehen. Die Natur hat den einst so malerischen Ort zurückerobert, als hätten die Menschen ihn schon vor Jahrhunderten verlassen. Es ist niemand mehr hier, der den Efeu und das Laubwerk zurückschneidet, und die Pflanzen und Bäume können ungestört wachsen.

Die wenigen Gebäude, die noch stehen, sind überwuchert, und der Marmor und Stein zeigen unter der Macht der Schlingpflanzen und Wurzeln bereits Risse. Nachdem Edinburgh solche Anstrengungen unternommen hatte, die Stadt rein und makellos zu halten, liegt nun alles in Trümmern. Genau wie die griechischen und römischen Ruinen, die es so liebevoll versucht hatte, nachzuahmen.

Als Aithinne und ich den Fluss erreichen, bin ich vollkommen erschöpft. An den Uferhängen und in dem Tal, das der Leith durchläuft, drängten sich früher idyllische Steinhäuschen. Mittlerweile sind die Gebäude verschwunden, und es sind nur noch dichte Bäume und ab und zu ein paar übrig gebliebene Mauern zu sehen.

Hier haben Kiaran und ich uns kennengelernt. Ich war

vollkommen unerfahren, als ich mich zum ersten Mal auf die Jagd nach einer Fee machte und mein Opfer – eine *Each Uisge* – aufspürte. Ich griff den Wasserdrachen mit einem eisernen Schwert an. Ein Metall, von dem ich bald herausfand, dass es gegen Feen absolut nutzlos ist. Die Kreatur hätte mich beinahe ertränkt. Ohne Kiarans Hilfe wäre ich in jener Nacht gestorben und mit mir auch die Letzte in der Ahnenfolge der Falknerinnen.

Genau hier. Die Erinnerung daran überrascht mich, denn sie blieb scheinbar unbeschadet von Lonnrachs Einfluss. Wasser läuft über meine Stiefel, doch ich schenke ihm keine weitere Beachtung. *Genau hier ist es passiert.*

Ich war seit jener Nacht nicht mehr hier, aber ich erkenne die Steinformationen und die Art, wie sie neben einem der Wasserfälle aus dem Wasser ragen, wieder. Dort hat mich der Wasserdrache schließlich angegriffen. Ich kann noch immer das Flusswasser in meinem Hals und die sandige Erde auf meiner Zunge schmecken, als ich gegen ihn ankämpfte.

»Falknerin?«

Ich ignoriere Aithinne und gehe langsam an der Uferböschung entlang zu der Stelle, an der er versucht hat, mich unter Wasser zu ziehen. Ich beachte meine schmerzenden Muskeln nicht weiter, hocke mich neben den Stein und lege meine Fingerspitzen auf die zerklüftete Spitze. Vier ganze Jahre sind seit jener Nacht vergangen, doch die Kanten sind immer noch scharf. Ich kann mich noch lebhaft daran erinnern, wie mich die *Each Uisge* unter Wasser zog und die grausamen Spitzen meinen Rücken aufschlitzten.

Ich schwöre, dass ich immer noch das Blut auf dem Stein erkennen kann, auch wenn es mittlerweile rostbraun und zu einem Teil des Felsens geworden ist. Meine kleinen mechanischen Näher brauchten eine Ewigkeit, um die Wunde, die ich mir in jener Nacht zuzog, zu nähen.

Die Narbe ist noch immer da und zieht sich von meinem Nacken bis hinunter zum Steißbein. Ein Abzeichen als Zeugnis, dass ich überlebt habe. Das erste. Danach gab es kein Zurück in mein altes Leben mehr. Das ist meine Bestimmung, die Anspruch auf meine Seele erhebt. *Falknerin.*

»Hier habe ich versucht, meine erste Fee zu töten. Es war kurz nachdem Sorcha meine Mutter getötet hat«, erkläre ich Aithinne. »Ich wäre beinahe gestorben.«

Aithinne hockt sich neben mir ins Wasser und wirkt trotz der Kälte vollkommen entspannt. Es scheint, als würde sie nicht einmal bemerken, dass das Wasser über ihre Stiefel rinnt und ihre Hose bereits nass ist. Ihr Blick ist wie Kiarans, genauso schockierend und intensiv. Ich bin ihr so nahe, dass ich, etwas unter dem Haaransatz, die Narbe auf ihrer Stirn sehen kann. Sie ist lang und dünn und bereits so verblasst, dass sie kaum zu erkennen ist. Ich frage mich, woher sie wohl stammt.

»Dort, wo ich herkomme«, beginnt Aithinne und legt ihre Hand auf das Blut auf dem Felsen, »ist die erste Jagd wie eine Prüfung. Wir nennen es *Là Na Cruaidh-chuis*, den Tag der Entbehrung. Bevor wir unsere Macht erhalten, muss jede *Daoine Sìth* in den Wald gehen, um einen Hirsch zu töten, und zwar ohne Waffe und ohne unsere Stärke und Schnelligkeit zu nutzen. Dafür müssen wir eine gedankliche Verbindung zu dem Tier herstellen.«

Langsam erkenne ich, wie viel Kiaran mir über die Feen verschwiegen hat. »Das wusste ich nicht.«

Ein Lächeln huscht über Aithinnes Gesicht und verschwindet gleich darauf wieder. »Kein Mensch weiß das«, erklärt sie. »Während meiner Jagd sah ich alles durch die Augen des Hirsches. Die Welt drehte sich furchtbar schnell, war arm an Farben, aber überaus reich an Leben. Wir liefen zusammen durch den Wald. Wir tranken aus einem Bach. Einen Tag lang wurde ich zu einem wilden, ungezähmten

Tier. Aber irgendwann kam der Moment, als ich ihm das Leben nehmen musste.«

Sie schließt die Augen, als würde sie sich gerade daran erinnern. »Ich legte meine Hände um seinen Hals und fühlte alles, was er fühlte. Den Druck meiner Finger, sein Ringen nach Luft. Ich werde nie vergessen, wie er seine Zähne in meine Schulter vergrub und es tatsächlich schaffte, die Haut zu durchbrechen. Ich hatte noch nie zuvor mein eigenes Blut gesehen.«

Aithinne schweigt, und ich frage mich, ob sie wohl weitersprechen wird. Ich halte den Atem an. »Und was ist dann passiert?«

»Ich verstand die wahre Natur der Prüfung, meiner ersten Jagd.« Sie hebt den Blick und sieht mich an. »Sie lehrt uns, was es bedeutet, Jäger und Gejagter zu sein. Eine Entscheidung zu treffen, ob man tötet oder getötet wird.« Aithinne greift nach ihrem Hemd und zieht den Stoff von ihrer nackten Schulter. Ich sehe die Narbe, die Zahnabdrücke auf der makellosen Haut. »Und das ist eine Lektion, die wir beide bereits gelernt haben, nicht wahr, Falknerin?«

Sie springt auf, und ich folge ihr den Fluss hinunter. »Kommt es vor, dass manche Feen die Prüfung nicht bestehen?«

Aithinne geht mit den Händen in den Taschen voran. Die Verletzungen, die ihr die *Mortair* zugefügt hat, sind verheilt, und nun bewegt sie sich wieder schnell und anmutig über die Steine. »Aye. Andere hingegen bestehen sie, aber kommen unwissender als vorher aus dem Wald zurück.« Sie wirft mir einen Blick zu. »Viele *Sìthichean* fürchten den Tod und sehen die Sterblichkeit als Schwäche. Eine, die den Menschen und den Kreaturen der menschlichen Welt vorbehalten sein sollte. Sie lernen die falsche Lektion.«

»Und was ist die richtige Lektion?«, frage ich, mittlerweile neugierig geworden.

»Letzten Endes sind wir alle dieser Hirsch«, antwortete sie schlicht.

Wir gehen weiter flussabwärts. Meine Verletzungen behindern mich, doch Aithinne ist sehr geduldig. Wir schweigen beide eine ganze Weile. Es scheint, als würden Stunden vergehen. Die Wintersonne steht tief am Himmel, und die letzten Lichtstrahlen fallen durch die kahlen Äste. Wir reden noch immer nichts. Ich kann bloß das Wasser, das über die Felsen schießt, hören und den sanften Regen, der auf die Steine und die Äste prasselt.

Kiaran und ich sind auch immer so unterwegs gewesen, versunken in unseren eigenen Gedanken, zufrieden mit der Stille zwischen uns.

Aithinnes Gegenwart ist vollkommen anders als Kiarans. Weniger intensiv. Ihre Augen streifen über die Umgebung, als würde sie sich jeden Stein, jeden Baum und jeden Ast einprägen. Als würde sie sich danach sehnen, mehr zu sehen.

Ich habe noch nie jemanden gesehen, der so gebannt von seiner Umgebung war. Ihre Schritte wirken so leicht, wie es Kiaran niemals vermocht hat. Manchmal umspielt ein leises Lächeln ihre Lippen, als hätte sie etwas entzückt. Ihre Fingerspitzen streichen im Vorübergehen über die Äste und verweilen immer wieder auf den Baumstämmen.

Nach all der Zeit im Untergrund, wo sie nur von Erde umgeben gewesen war, muss es sich für sie wie ein Traum anfühlen, wieder auf der Erdoberfläche zu sein. Sie war zweitausend Jahre mit feindlichen Feen gefangen, und es überrascht mich, dass es sie nicht auf dieselbe Weise geprägt hat wie mich. Dass sie mir anbieten konnte, die Last meiner Erinnerungen auf sich zu nehmen, als würde es nichts bedeuten.

Nichts von dem, was du durchgemacht hast, musste ich nicht auch erleiden. Lonnrach hatte zweitausend Jahre, um mich zu brechen, doch es ist ihm nicht gelungen.

»Wie konntest du bloß aushalten, was Lonnrach dir angetan hat?«, flüstere ich. Ich brauche eine Sekunde, um zu erkennen, dass ich die Frage laut ausgesprochen habe, und ich zucke zusammen.

Aithinne hat mich gehört. Sie kommt mitten im Sprung ins Straucheln, rutscht auf einem Stein aus und stürzt in den kalten Fluss. Die letzte Sonnenstrahlen fallen auf ihr geplagtes Gesicht, und ich sehe, dass sie die Hände so fest zu Fäusten ballt, dass ihre Knöchel weiß hervortreten.

»Aithinne?« Als sie nicht antwortet, versuche ich, mich zu entschuldigen. *Was ist bloß in mich gefahren?* »Es tut mir leid, ich hätte nicht …«

»Nicht«, faucht sie. Ihre zitternde Stimme durchschneidet die Luft zwischen uns. Ich sehe, wie sie mit ihren Erinnerungen kämpft, und weiß nicht, was ich tun soll. Ich wünschte, ich *wüsste*, was ich tun soll. »Komm mir nicht zu nahe.«

Tropf. Tropf. O Gott, aus ihren geballten Fäusten tropft Blut auf die Steine unter ihren Füßen.

Tropf. Tropf.

Ich packe ihre Arme. Das Blut tropft mittlerweile so schnell auf die Steine, dass es regelrecht aus ihren geballten Fäusten zu schießen scheint. *»Aithinne.«*

Aithinne starrt mich an. »Es geht mir gut.« Ihr Gesicht wirkt kalt, emotionslos, verschlossen. »Es tut nicht weh«, sagt sie mechanisch, als hätte sie es jeden Tag ihres Lebens wiederholt. *Es tut nicht weh.* Ich erinnere mich an ihr Mantra, das sie dort auf dem Pfad immer wieder geflüstert hat.

Ich starre sie einen Moment schweigend an, dann nehme ich ihre Hände und öffne ihre Finger. Ohne es zu wollen, zucke ich zusammen. Halbmondförmige Wunden klaffen auf ihren Handflächen. Sie sind so tief, dass sich die Haut bereits schält. Um sie herum sammelt sich Blut, das sich dunkel von ihrer hellen Haut abhebt.

Ich sehe zu, wie die Haut heilt und nur das Blut übrig bleibt. »Es heilt immer«, erklärt sie mit furchtbar lebloser Stimme. »Siehst du? Es heilt immer wieder.«

Ich sage nichts. Ich kann nicht. Ich kenne die Lügen, die wir erzählen, um uns selbst und andere zu beruhigen, damit sie nicht merken, wie gebrochen wir wirklich sind, aus eigener Erfahrung.

Meine Narben sind äußerlich. Das, was ich durchgemacht habe, ist für alle sichtbar. Aithinnes Narben hingegen sind so gut versteckt, dass sie mich täuschen konnte.

In Wahrheit wiegen Erinnerungen oft furchtbar schwer. Jede biegt deine Knochen ein wenig mehr, bis das Gewicht aller zusammen dich letzten Endes niederdrückt. Jetzt weiß ich, dass manche Narben so tief reichen, dass sie niemals verblassen.

12

Die Nacht ist schon lange hereingebrochen, und wir haben die Stadt weit hinter uns gelassen. Wir stapfen durch das hohe Gras, das auf den ehemals fruchtbaren Äckern wuchert. Im Winter wirkte die Landschaft um Edinburgh immer besonders karg, bereit, im nächsten Frühjahr wieder bestellt zu werden.

Ich erinnere mich daran, wie die Raben sich auf den Äckern versammelten und mit ihren schwarzen Flügeln schlugen. Ihr schrilles Krächzen klang wie Gelächter. Mittlerweile sind der Raps und das Unkraut so hoch und verwahrlost, dass sie mir bis zu den Hüften reichen. Keine Tiere rascheln auf den Feldern, und um uns herum herrscht abgesehen vom sanften Plätschern des Regens vollkommene Stille.

Ich folge konzentriert Aithinnes Schritten. Das einzige Licht, das auf das Feld fällt, stammt vom Mond, der zwischen den dicken Regenwolken über uns hindurchscheint. Er ist von einem Lichthof umgeben, der rostrot durch die Wolken brennt. Ich versuche, nicht daran zu denken, wie sehr er mich an die Schlacht und daran erinnert, wie ich mich von allen, die ich liebe, verabschiedet hatte.

Ich hätte nie gedacht, dass ich für … das hier … verantwortlich sein würde. Für all das hier. Vor der Schlacht habe ich versucht, nicht zu viel darüber nachzudenken, wie die menschliche Welt aussehen würde, falls ich verliere. Ich ging immer davon aus, dass ich es nicht mehr erleben würde, wenn die Welt schließlich von den Feen eingenommen wird. Dass ich eher sterben würde, als das zuzulassen.

Du hast meine Welt geopfert, um deine zu retten.

Meine Brust zieht sich zusammen. *Hör auf, darüber nachzudenken*, ermahne ich mich selbst. *Lauf weiter. Ein Fuß. Und dann der nächste.* Und so dränge ich alles zurück. Jeden Anflug von Bedauern. Ein Schritt. Und dann der nächste. Immer und immer wieder.

Aithinne hält einen Moment inne und lässt ihre Finger über die Pflanzen gleiten. Seit den Geschehnissen am Fluss ist sie sehr schweigsam. Sie hat sich das Blut von den Händen gewaschen und seitdem kein Wort mehr gesagt. Nun hält sie den Kopf leicht schräg, als würde sie lauschen. Es ist so dunkel, dass ich ihren Gesichtsausdruck nicht erkennen kann. Sie atmet einmal tief ein. Und dann noch einmal.

Der Klang ihrer Stimme lässt mich zusammenzucken. »Da vorne.«

Bevor ich fragen kann, was sie meint, eilt sie bereits mit schnellen Schritten weiter. Ich folge ihr und wate durch das hohe Gras. Vor uns ist nichts als dichter Nebel zu erkennen, der sich feucht auf meine Haut und mein Gesicht legt, sodass sich auf meinen Wimpern Tropfen bilden. Ich kann kaum mehr als einen Steinwurf weit sehen.

Plötzlich tauchen drei Gestalten vor uns im dunklen Nebel auf.

Tiere. Vielleicht Pferde? Als ich sehe, wie sie strahlen, bleibe ich wie angewurzelt stehen.

Die Feenpferde wirken noch immer so schön wie in jener Nacht, als die Feenarmee in Edinburgh einritt. Sie leuchten von innen heraus und das Metall, das sie zusammenhält, ist so zart und fein, dass es beinahe durchsichtig erscheint. Unter der Oberfläche schießt goldenes Blut durch die dicken Adern, die um die mechanischen Bestandteile verlaufen, die wiederum ein sanftes *Tick, tick, tick* von sich geben. In ihrem Inneren befindet sich ein echtes Pferdeherz, voll von golden schimmerndem Blut, das in einem beständigen Rhythmus pocht. Die Pferde atmen, als wären sie eins, und dicker Rauch strömt aus ihren Nüstern und zieht über das dunkle Gras.

In der Nacht der Schlacht war mein erster Impuls gewesen, eines von ihnen zu streicheln. Ich wollte meine Fingerspitzen über die glatte Oberfläche gleiten lassen und das weiche Metall spüren, das sich wie Fell anfühlen musste. Ich wollte auch etwas derart Exquisites bauen.

Doch mittlerweile sehe ich nur Lonnrach auf seinem Pferd vor mir, der mir im Canyon tief in die Augen sieht.

Komm zurück zu mir.

Ich will sie töten. Ich will mit *Seilgflùr* vermischten Schrot in ihre Körper pumpen und sie tot hier liegen lassen, damit er sie findet. Ich will eine Spur toter Feen hinter mir herziehen, jede einzelne eine Nachricht für ihn. Diese hier lautet: *Ich werde sie alle töten.* Und die nächste: *Komm und such mich doch.* Und dann: *Du traust dich ja doch nicht.*

Ich stürze nach vorne und greife nach der Donnerbüchse, um sie aus dem Halfter auf meinem Rücken zu ziehen. Ich werde schnell machen. Ich bin gnädig. Ich bin nicht wie sie.

»Falknerin.« Aithinnes Stimme klingt so streng, dass ich mitten in der Bewegung erstarre.

»Aye?« Ich versuche, meinen Ärger unter Kontrolle zu bringen und ihn wieder tief in meinem Inneren zu verstauen. Ich kann nicht mehr klar denken. Darum bin ich überhaupt erst hier an diesem hoffnungslosen Ort gelandet.

»Nimm deine Hand von der Waffe«, sagt sie sanft.

Ich will ihr schon gehorchen – wenn schon nicht mein Vertrauen, dann hat sie sich mittlerweile zumindest das verdient –, doch dann sehe ich eine weitere Gestalt im Nebel. Mein Mund füllt sich mit dem Geschmack der Feen-Macht, und ich reagiere, ohne lange nachzudenken. Ich greife nach der Donnerbüchse und presse sie gegen meine Schulter.

»*Warte!*«, ruft Aithinne.

Doch ich habe bereits den Abzug gedrückt. Die Donnerbüchse prallt gegen meine Schulter, und die Explosion hallt über das Feld. Rauch kräuselt sich in der Luft zwischen mir und der Fee.

»Verdammt noch mal!«, brüllt eine vertraute Stimme.

Ich lasse die Donnerbüchse sinken. »Kiaran?«

Er eilt mit großen Schritten durch den Rauch und den Nebel, bis ich ihn schließlich klar erkennen kann. Mir verschlägt es den Atem. Sein Blick ist so intensiv, dass ich ohne es zu wollen an unseren Kuss denken muss. Instinktiv fährt mein Daumen über die Bissspuren auf dem Inneren meines Handgelenks, die diese Erinnerung hervorrufen. Es folgt ein kurzes, lebhaftes Aufblitzen seiner Lippen, seiner Hände, seines Kusses … *Ja! Mehr!*

Meine Wangen brennen, als er mit zusammengekniffenen Augen direkt auf mich zustolziert. Zwischen seinen blutigen Fingern hält er ein mit *Seilgflùr* umwickeltes Schrotkorn aus meiner Donnerbüchse. Der Schuss hätte jeder anderen Fee das Leben gekostet. »Ist das wirklich dein Ernst?«, fragt er.

»Du latschst hier auf einem dunklen Feld herum, während überall feindliche Feen lauern«, antworte ich defensiv und hoffe, dass er nicht sieht, wie ich rot werde. »Was *stimmt* bloß nicht mit dir?«

Aithinne kichert, und Kiaran wirft ihr einen bösen Blick zu. »Das ist nicht lustig.«

Seine Schwester versucht, ihr Lachen zu unterdrücken, doch es gelingt ihr nicht wirklich. »Es tut mir leid«, sagt sie. »Aber du siehst einfach … ich habe dich noch nie so *derart* erledigt gesehen.«

Kiaran betrachtet sie mit zusammengekniffenen Augen. »Ihr beide seht auch aus, als wärt ihr durch einen Fleischwolf gedreht worden. Ich würde sagen, wir liegen gleichauf.«

»Gleichauf? Oh, *bitte.*« Aithinne zählt es an ihren Fingern ab: »Bis jetzt ist es der Falknerin und mir gelungen, durch einen Wald voller spitzer Bäume zu fliehen, die *Mara* zurückzuschlagen, Lonnrachs Soldaten zu entkommen und zwei *Mortair* zu besiegen. Du hingegen wurdest versehentlich mit einer Waffe angeschossen, die aus einem einfachen Holzstück und einem Metalllauf zu bestehen scheint …«

»Es nennt sich Donnerbüchse«, wende ich hilfsbereit ein. Kiaran wirft nun mir einen bösen Blick zu, als wolle er mich fragen, auf wessen Seite ich eigentlich stehe.

»… ich würde also sagen: Diese Runde geht an mich.« Sie lächelt so arrogant, dass mir klar wird, dass es sich hier wohl um einen nie enden wollenden Wettstreit handeln muss.

Offensichtlich gibt es nicht nur unter uns Menschen Geschwisterrivalitäten.

Kiarans bösem Blick nach zu urteilen, überlegt er sich gerade etwa fünfzig verschiedene Arten, seine eigene Schwester zu töten. »Denk immer daran«, flüstere ich ihm zu, »dass Mord in den meisten Gesellschaften verpönt ist.«

»In meiner nicht«, antwortet Kiaran knapp. »Sie hat Glück, dass ich sie liebe.« Er reißt mir die Donnerbüchse aus der Hand und betrachtet sie eingehend. Dann öffnet er die Munitionskammer und lässt den Inhalt ins Gras fallen.

»Verdammt!« Ich will nach der Waffe greifen, doch er weicht mir geschickt aus. »Du hast hier gerade absolut brauchbare Munition verschwendet.«

»Ich versuche nur, dem nächsten Bastard das Leben zu retten, den du womöglich damit erschießen willst. Es könnte nämlich leicht sein, dass es einer deiner menschlichen Freunde ist.« Er gibt mir die Donnerbüchse wieder. »Wenn du das nächste Mal jemanden töten willst, dann warte, bis du ihn einwandfrei erkennen kannst.«

»Du hattest es nicht anders verdient …« Plötzlich wird mir

bewusst, was er da gerade gesagt hat. »Entschuldige, aber sagtest du gerade: Meine *menschlichen Freunde*?«

Aithinne hat mir erzählt, dass es Überlebende gibt, aber meinte sie damit wirklich … *Nein, mach dir keine Hoffnungen. Mach. Dir. Keine. Hoffnungen.*

»Diesen unerträglich selbstgefälligen Seher, seine gerade noch tolerierbare Schwester und eine Handvoll andere Menschen«, antwortet er. »Und ich bin mir ziemlich sicher, dass keiner von ihnen einen Schuss aus dem verdammten Ding überleben würde, mit dem du hier herumfuchtelst.«

Ich schlage mir eine Hand vor den Mund. »Sie leben?«

»Aye«, antwortet er trocken. »Für mich kam es auch sehr überraschend. Die kleine Fee hat sie hinauf nach Skye zu den Überresten seines alten Königreiches geführt. Und wir machen uns jetzt auch dorthin auf den Weg.«

Ich bin kurz davor, in Tränen auszubrechen und glaube nicht, dass ich mich zurückhalten kann. Sie leben. Sie *leben*, und alles andere spielt keine Rolle. Heiße Tränen steigen mir in die Augen und mein Blick ist bereits getrübt.

Kiaran sieht mich an, und ich glaube nicht, dass ich jemals ein derartiges Gefühl in ihm aufkeimen sah. Ich brauche einen Moment, um es als blankes Entsetzen zu identifizieren. »Kam. Kam, tu das nicht. Wein' jetzt bloß nicht. Wein' jetzt …«

Und dann weine ich, und er nimmt mich in die Arme. Es ist höchstwahrscheinlich die seltsamste, steifste Umarmung, die ich je in meinem Leben erhalten habe. Und ich genieße jede Sekunde.

Hinter uns erklingt Aithinnes Stimme. »Ich muss gestehen, dass ich mir über die Funktion menschlicher Tränen nicht ganz im Klaren bin«, sagt sie. »Dann sind wir also traurig deswegen? Soll ich einen von ihnen umbringen?«

Anstatt einer Antwort schaffe ich bloß ein Lachen, das in

einem Schluchzen untergeht. Denn *sie sind am Leben*, und ich habe mich schon seit langer Zeit nicht mehr so gefühlt wie gerade eben.

»Um Himmels willen, Aithinne«, erwidert Kiaran mit tiefer Stimme, die aus seinem Brustkorb dringt. »Steck das Schwert weg. Du wirst Kams dämliche Freunde sicher nicht erstechen.« Einen Moment später fügt er hinzu: »Aber wenn ich so darüber nachdenke, ist der Seher eigentlich ohnehin zu nichts zu gebrauchen …«

»Ach, sei still.« Ich sehe zu ihm hoch und wische mir die Tränen von den Wangen. »Mach das hier nicht kaputt. Es hilft schon, wenn du einfach nichts sagst.« Dann drücke ich meine Wange erneut an seine Brust. »Und wenn du nicht so tust, als würde ich dich gerade foltern und nicht bloß umarmen.«

Kiaran versucht, sich zu entspannen, trotzdem sollte er die Sache mit den Umarmungen noch ein wenig üben. Am Ende schiebt er eine Hand in meine Haare und legt die andere auf meinen Rücken, den er immer wieder tätschelt. Es ist der Wille, der zählt.

»Oh, sieh mich nicht so an«, sagt er zu seiner Schwester. »Aithinne. Hör auf damit.«

Ich öffne die Augen und sehe, dass Aithinne uns anstarrt. Sie hat den Kopf zur Seite geneigt, und ein dümmliches Lächeln umspielt ihre Lippen. »Lasst euch nicht stören«, sagt sie und hebt abwehrend die Hände. »Ich sehe nicht jeden Tag, wie mein grüblerischer, missmutiger Bruder versucht, jemanden zu trösten. Ich finde das großartig. Bitte macht weiter.«

Mittlerweile verstehe ich, warum Kadamach wollte, dass ich Himmel und Hölle in Bewegung setze, um dich zu finden.

O Gott, meine Wangen beginnen erneut zu glühen. Ich hätte nichts dagegen, wenn sich die Erde auftun und mich verschlingen würde.

»Halt einfach die Klappe, Aithinne«, presst Kiaran zwischen den Zähnen hervor.

Es erinnert mich daran, dass Aithinne noch immer an den Verschwiegenheitsschwur gebunden ist. Ich löse mich von Kiaran, und er zieht seine Finger aus meinen Haaren. Tut er es widerwillig? Ich kann es nicht sagen. »Befreie Aithinne von ihrem Schwur«, sage ich. »Jetzt gleich. Sie hat bereits genug darunter gelitten.«

Ein Anflug von Bedauern zeigt sich auf seinem Gesicht, und ich bin überrascht. Verdammt, er bedauert doch nie etwas. Er wirft einen Blick auf seine Schwester. »Ich entbinde dich von deinem Versprechen.«

Plötzlich ist ihr Lächeln verschwunden. Aithinne stürzt nach vorne, und ihre Zunge schießt aus ihrem Mund. Sie stöhnt schmerzerfüllt auf, und ihr Atem zittert. Ihre zarten Schultern krümmen sich nach vorne.

Ich habe noch nie gesehen, wie ein Schwur zurückgenommen wurde. Wenn es so wehtut, dann möchte ich mir gar nicht vorstellen, was passiert, wenn eine Fee einen Schwur tatsächlich bricht.

Kiaran beobachtet Aithinne aufmerksam, als wolle er sicherstellen, dass alles in Ordnung ist. Als sich ihr Körper schließlich wieder entspannt, wendet er sich erneut mir zu. Die perfekte Maske, die er sonst trägt und hinter der er seine Gefühle üblicherweise unter Verschluss hält, ist fort. Er muss mir etwas sagen. Und dieses Mal sind es keine guten Neuigkeiten.

Beinahe bitte ich ihn, noch zu warten. Ich will noch eine Weile in meinem glücklichen Kokon verweilen. Ich will, dass er mich noch ein paar Minuten in die Arme nimmt, bevor es wieder nur schlechte Neuigkeiten zu erzählen gibt. Doch die Sache jetzt hinauszuschieben bedeutet nicht, dass sie ganz verschwindet, und auch nicht, dass sie später leichter zu ertragen ist.

Du hast gedacht, alle deine Freunde wären tot. Du bist damit zurechtgekommen, dass dein Zuhause in Trümmern liegt. Was immer es ist, du hältst es aus.

Ich wappne mich für das, was er mir sagen wird. »Was ist los?«

»Es gibt noch eine Sache, die du wissen solltest.« *Warte*, sage ich beinahe. *Warte. Sag es nicht.* Und dann sagt er es. »Wir konnten deinen Vater nicht finden, Kam.«

Ich hätte nicht gedacht, dass diese Neuigkeit so wehtun würde. Dass ich so viel *fühlen* würde. Ich wende mich abrupt von Kiaran ab, damit er nicht sieht, wie mir erneut Tränen in die Augen steigen. Denn dieses Mal würde ich eine Umarmung nicht ertragen.

»Oh«, antworte ich leise, unfähig, auch nur ein Wort darauf zu erwidern.

Mein Vater und ich hatten kein enges Verhältnis. Wir waren uns nie sonderlich zugetan, auch nicht, nachdem meine Mutter starb. Er verbrachte viel Zeit auf dem Land, und wenn er nach Hause kam, existierten wir nebeneinander in unserem Haus in Edinburgh wie Geister, die im Zuhause unserer Familie herumspukten. Wenn er mit mir sprach, klang er immer bloß forsch oder gereizt, und ich nahm an, dass er mich so behandelte, weil ich nicht der Sohn war, den er sich so verzweifelt gewünscht hatte.

Nach dem Tod meiner Mutter wurde Vaters Gleichgültigkeit mir gegenüber nur noch schlimmer. *Er hat bloß eine Tochter abbekommen*, dachte ich. Nun gab es keine Möglichkeit mehr, noch einen Sohn zu bekommen, es sei denn, er heiratete wieder. Ich würde sein Erbe antreten.

Ich werde die Nacht, in der ich mich von ihm verabschiedete, niemals vergessen. *Du bist ihr so ähnlich*, sagte er. *Ihr*. Meiner Mutter. Bevor sie starb, erinnerte ich ihn ständig an all die Jahre, in denen sie erfolglos versucht hatten, einen

Sohn zu bekommen. Und nach ihrem Tod erinnerte ich ihn ständig daran, dass er sie unwiederbringlich verloren hatte. Dass ich ein schlechter Ersatz war. Ich war nie so gütig, geduldig oder selbstlos wie sie. Ich war immer die Tochter, die er nie haben wollte.

Trotzdem hatte ich gehofft – hatte immer darauf gehofft –, dass er irgendwann lernen würde, mich zu lieben. Selbst an dem Abend, als ich in die Schlacht zog. Und nun bin ich eine echte Waise. Die Feen haben mir beide Eltern genommen.

»Es ist doch möglich, dass er noch am Leben ist«, schlägt Aithinne sanft vor.

Aus dem Augenwinkel sehe ich, wie Kiaran sich zu ihr dreht und vehement den Kopf schüttelt. Er weiß so gut wie ich, dass das mehr als unwahrscheinlich ist. Mein Vater ist mit ziemlicher Sicherheit tot. Er wurde vermutlich in jener Nacht getötet, als ich ihn aus der Stadt schickte. Als die Feen einritten. Und er sah sie nicht einmal kommen.

Ich dränge die Bilder von Vaters Tod aus meinem Kopf. Wie *sie* ihn ermorden. »Wir sollten jetzt gehen«, sage ich, und meine Stimme klingt vollkommen emotionslos. »Wir haben sicher schon viel zu lange hier herumgelungert.«

13

Wir durchqueren das Land auf Kiarans Feenpferden. Ich bin erst einmal während der Schlacht auf einem von ihnen gesessen, und da auch nur kurz. Ich kann mich nicht erinnern, dass dieses Pferd so schnell war, doch diese Kreatur hier – Kiaran nennt sie *Ossaig* – schneidet durch die Landschaft wie ein Messer durch Fleisch.

Wir halten lange Zeit nicht an. Wenn die Pferde auf Wasser stoßen, springen sie elegant durch die Luft. Ihre Hufe hinterlassen bloß gekräuselte Abdrücke auf dem Wasser, während sie federleicht über die Oberfläche galoppieren. Es ist, als würden wir fliegen. Und wenn ihre Hufe auf Erde treffen, klingt es wie das Summen von Kolibriflügeln. Wie ein Lied, das vom Wind davongetragen wird.

Um uns herum herrscht vollkommene Stille, als würden wir uns so schnell bewegen, dass die Zeit stehen bleibt. Als wären wir in einem einzigen Moment erstarrt – bloß, dass wir es nicht sind. Obwohl es sich so anfühlt, als wären nur einige Minuten vergangen, geht die Dämmerung plötzlich in eine tiefe, dunkle, sternenklare Nacht über, und als die Sonne über den Bergen aufgeht, bricht schließlich ein neuer Morgen an. Das ganze Land ist in Licht getaucht, und die Regenwolken leuchten golden im blendend hellen Sonnenlicht.

Die Landschaft um mich herum ist atemberaubend. Ich habe die Gegend hier noch nie so strahlend, so *lebendig* erlebt. Genau wie in Edinburgh hat die Flucht der Feen in die Freiheit die Pflanzenwelt dazu gebracht, alles zu überwuchern und viel schneller zu wachsen als üblich. Die Pferde hetzen durch Wälder, die früher nicht da waren, und in meiner Abwesenheit sind Hügel aus der Erde emporgeschossen. Die Landschaft Schottlands wurde von der Schlacht, die hier tobte, neu erschaffen. Das Land südlich der Highlands, das zuvor flaches Ackerland war, ist mittlerweile von Kratern übersät und von Tälern und Bächen durchzogen.

Wir überqueren ein Feld und reiten einen Hügel hinab, bevor wir schließlich erneut auf die Überreste einer Stadt stoßen. Mein Herz schlägt wild in meiner Brust. *Glasgow*. Ich war schon seit Jahren nicht mehr in unserer Konkurrenzstadt. Das letzte Mal, als ich hier war, hat mein Vater meine Mutter und mich mitgenommen, um eines seiner Besitztümer in Augenschein zu nehmen. Mittlerweile besteht die Stadt nur noch aus zertrümmerten Gebäuden, haufenweise Steinen und alles überwuchernden Sträuchern. Die Schäden sind hier noch viel schlimmer als in Edinburgh.

Ich atme schwer, während wir durch die wenigen verbliebenen Häuser reiten und sich die Trümmer hoch um uns herum auftürmen. Ich versuche, meine Augen zu schließen und den Anblick abzublocken, doch dann schaffe ich es einfach nicht mehr. »Anhalten.«

Mein Pferd bleibt stehen, und ich rutsche von seinem Rücken. Ich stehe inmitten der Ruinen, die im Licht der untergehenden Nachmittagssonne hell leuchten. Wie schon in Edinburgh stehen auch hier noch einzelne Gebäude, doch die Feen haben die wunderschönen modernen Häuser entlang der Queen Street vollkommen zerstört. Und der Rest … inmitten der Zerstörung klaffen Krater auf und zwischen den Straßen befinden sich Gräben, die zuvor nicht da gewesen sind. Es wirkt, als hätten die Feen ein Spiel miteinander gespielt, während sie alles zerstörten.

Ich stehe in dem dicken Gras, das aus dem tiefen, schlammigen Boden wuchert, und meine Hand ballt sich zur Faust. Vor meinen Füßen ragt etwas aus der Erde. Ich trete mit dem Fuß dagegen. Als es sich nicht bewegt, beuge ich mich hinunter, um es aus dem Morast zu ziehen.

Ein Stiefel. Ein Kinderstiefel.

Ich lasse ihn fallen und weiche zurück. Ich spüre, dass Kiaran und Aithinne hinter mir angehalten haben. »So sieht es mittlerweile überall in Schottland aus, nicht wahr?« Es kommt mir beinahe nicht über die Lippen. Meine Kehle zieht sich fast vollständig zusammen.

Plötzlich steht Kiaran neben mir. Er ist so nahe, dass sich unsere Schultern leicht berühren. »Nicht bloß in Schottland«, sagt er leise.

Ich kann nicht mehr atmen. Als hätte er meine Reaktion gespürt, schlingt Kiaran einen Arm um mich und zieht mich zu sich. Ich bin vollkommen überrascht. Kiaran ist keineswegs warmherzig. Vor unserem ersten Kuss war er immer sehr distanziert. Er hat mich nur im Kampf berührt.

Seine Worte hallen durch meinen Kopf, und jedes einzelne dringt wie ein Messer in meinen Bauch. *Nicht bloß in Schottland. Nicht bloß in Schottland. Nicht bloß …*

Ich löse mich ruckartig von Kiaran. Ich halte seine Berührung nicht aus. Nicht jetzt. Nicht, wenn ich will, dass meine Rachegefühle wachsen. Die grausame Aileana wäre zum Töten aufgebrochen. Sie hätte ihnen die Herzen herausgerissen und es genossen.

Doch mittlerweile wird sie von etwas viel Gefährlicherem überdeckt: von der Schuld. Denn ich sollte sie retten. Es war meine Aufgabe. Ich habe sie alle im Stich gelassen, und sie haben den Preis dafür gezahlt.

»Ich dachte, es gäbe keinen schlimmeren Ort als den, an dem Lonnrach mich gefangen hielt«, sage ich benommen. »Ich habe mich geirrt.«

Ich kenne mich ein wenig mit Gefängnissen aus, und dieses hier ist vielleicht kein versperrter Raum voller Spiegel, doch das macht keinen Unterschied. Es ist dennoch ein Käfig. Und er wurde mit den Knochen der Toten erbaut.

Ein plötzlicher, grausamer Gedanke flackert in mir auf, bevor ich ihn davon abhalten kann. Er ist an Kiaran gerichtet. *Du hast mich aus meinem Gefängnis gerettet, ohne zu ahnen, dass du mich damit in ein anderes sperrst.*

Kiaran starrt auf mich hinunter, und ich könnte schwören, er hat meine Gedanken gelesen. Er tritt abrupt einen Schritt zurück und bringt etwas Abstand zwischen uns. »Wir legen hier eine Pause ein. Ich suche uns einen Platz, an dem wir die Nacht verbringen können.« Er macht auf dem Absatz kehrt und eilt davon, als könnte er nicht schnell genug von mir fortkommen.

Mittlerweile verstehe ich, warum Kadamach wollte, dass ich Himmel und Hölle in Bewegung setze, um dich zu finden.

Ich rufe ihn beinahe zurück, doch die Worte bleiben mir im Hals stecken. Also sehe ich zu, wie er fortgeht, während sich die Schuld in meinem Inneren ausbreitet.

Einige Zeit später kommt Kiaran zurück und führt uns zu einem Gebäude, dessen Dach noch teilweise intakt ist.

Im Inneren ist die Decke des ersten Stockes auf den alten, staubigen Steinboden gebrochen. Die Teppiche im Erdgeschoss sind mit Schlamm und Erde bedeckt. Es riecht muffig nach altem Papier, Schimmel und Moos. Überall liegen mottenzerfressene, schmutzige Klamotten verstreut.

Ich suche mir einen Platz auf dem Boden, wo ich mich hinlegen kann. Ich lege meine Wange auf meinen Arm und schlinge meinen Mantel eng um mich.

Ich habe noch nie unter solchen Umständen die Nacht verbracht. Am Ende meiner Jagden bin ich immer in ein warmes Bett zurückgekehrt. Es gab immer saubere Laken, ein Feuer und meine Erfindungen, um die Albträume fernzuhalten. Ich wusch mir das Blut von den Kleidern und kehrte wieder in mein angenehmes Leben als Lady zurück. Es war so einfach, wie den Mantel zu wechseln. Und diese Rituale wirkten beruhigend. Zu Hause in meinem Zimmer war ich stets in Sicherheit. Nach allem, was passiert war, verließ ich mich darauf. Ich war abhängig davon. Und ich erachtete es als selbstverständlich, dass es immer so sein würde.

Nun gibt es keinen sicheren Ort mehr für mich. Nur noch die wenigen Stunden in Sicherheit, die wir in verwüsteten Häusern verbringen, in denen einst die Toten wohnten.

Ich sehe zu, wie Kiaran die Pferde hereinführt, und ihre Hufe klappern über den Steinboden, bis sie vor der mir gegenüberliegenden Wand stehen bleiben.

Kiaran sieht zu mir rüber, doch ich schließe die Augen und drehe ihm den Rücken zu. Ich tue so, als würde ich schlafen, auch wenn seine Worte durch meinen Kopf hallen. *Nicht bloß in Schottland.*

Ich presse die Finger auf meine Narben. Mein neues Einschlafritual. Und dann erinnere ich mich. Ich erinnere mich an die Sicherheit. Ich erinnere mich an die Wärme. Ich schlinge die Erinnerungen um meinen Körper wie eine alte Decke und schwelge in dem Trost, den sie mir bieten. Sie sind alles, was mir noch bleibt.

Ich spüre die Wärme eines Feuers, rieche brennendes Holz und wache auf. Ich bin überrascht, dass ich es tatsächlich geschafft habe, einzuschlafen, doch die Flucht und die Kämpfe, die ich mit Aithinne erlebt habe, haben mich erschöpft.

Ich öffne die Augen und sehe, dass Kiaran neben mir sitzt und gerade noch mehr Holz in die Flammen wirft. Er hat aus den Steinen der benachbarten Gebäude eine provisorische

Feuerstelle gebaut. Daneben befindet sich ein kleiner Stapel Holz.

»Wo ist Aithinne?«, frage ich.

»Draußen. Sie erkundet die Umgebung.« Kiaran wirft mir einen schnellen Blick zu. »Wir haben vor einigen Stunden ein paar *Sluagh* gehört.«

Sluagh. Ich werde nie vergessen, wie eine dieser Kreaturen wie ein Geist durch mich hindurchglitt, der meinen Körper in Besitz nahm und mein Inneres gefrieren ließ. Kiaran hat mir erklärt, dass sie einst, als die Königreiche der Licht- und der Dunkelfeen noch existierten, die perfekten fliegenden Spione waren, denn sie waren schnell, effizient und wenn es sein musste ungeheuer zerstörerisch.

»Warum habt ihr mich nicht geweckt?«

»Weil ...«, Kiaran stochert mit einem Stock im Feuer herum und Funken sprühen in die Luft, »... du dich nie ausruhst, selbst wenn du solltest. Wann hast du das letzte Mal geschlafen?«

Ich kann mich nicht mehr erinnern. In dem Spiegelzimmer habe ich kaum geschlafen, sondern bin vielmehr ... einfach herumgelegen. In ständiger Schwebe zwischen Schlafen, Wachen und Träumen.

Als ich nicht antworte, fährt Kiaran fort: »Das habe ich mir schon gedacht.«

Ich setze mich auf, um meine Haare zu glätten und binde die widerspenstigen, kupferroten Locken mit einem Band locker zurück. Nachdem ich es so halbwegs geschafft habe, rutsche ich näher zum Feuer, doch als ich merke, dass mein Oberschenkel Kiarans berührt, halte ich inne. *Verdammt*.

Instinktiv presse ich den Daumen auf einen der Abdrücke auf meinem Handgelenk. Ich kann mich genau erinnern, wie sich seine Lippen anfühlten. Ich habe die Sekunden unseres Kusses gezählt. Ich kenne den Druck in- und auswendig.

Aoram dhuit. Seine geflüsterten Worte flattern wie die Flügel einer Motte durch meinen Verstand. *Ich werde dir huldigen.*

Unser zweiter Kuss mitten in der Schlacht war sogar noch verzweifelter. Meine Finger wandern zu der Stelle an meinem Schlüsselbein, wo Lonnrachs Zähne eine hervortretende, unebene Narbe hinterlassen haben. Dieser Biss ging tiefer als die anderen. Die Erinnerung gleicht dem Fließen meines Blutes unter meiner Haut. Dieser Kuss sagte *Du hast einen Teil von mir herausgeschnitten und ihn mit einem Teil von dir ersetzt, und nun hast du vor, mich für immer zu verlassen.*

Du musst mich gehen lassen, hatte er gesagt.

Und ich wollte ihn nur noch fester an mich drücken.

Kiaran stochert erneut im Feuer, und ich ziehe mich schnell aus der Erinnerung zurück. Kann ich von ihm fortrücken? Würde er es bemerken? Meine Wangen brennen, und ich danke Gott dafür, dass er nicht weiß, dass die Scham der Grund dafür ist.

»Ich habe mich nie bei dir bedankt«, sage ich schließlich. »Dafür, dass du die Suche nach mir nicht aufgegeben hast.« Ich will seine Hand nehmen, doch ich tue es nicht. Ich halte meine Finger mit der anderen Hand fest. »Und dass du mich gefunden hast.«

Obwohl ich zuvor noch anderer Meinung war, bin ich doch lieber hier als in dem Spiegelzimmer. Hier habe ich zumindest eine Chance zu überleben. Und ich kann Lonnrach nach meinen eigenen Regeln bekämpfen, anstatt von Schlingpflanzen niedergerungen und von seinem Gift geschwächt zu werden.

Kiaran starrt ins Feuer, und der Schein der Flammen fällt auf sein Gesicht. Er hat nie schöner ausgesehen. »Du hättest dasselbe getan, wenn es um mich gegangen wäre.«

»Aye«, antworte ich leise. Die Hitze des Feuers dringt durch meinen Mantel. Es ist zu warm. Ich öffne die Knöpfe des schweren Raploch-Stoffes.

Ich bemerke, wie Kiarans Blick über die Abdrücke auf meinem Hals streift. Es sind die einzigen, die nicht von dem Mantel verdeckt werden. Und ich sehe auch, dass er das Gesicht verzieht und sich mit zusammengebissenen Zähnen wieder dem Feuer zuwendet.

»Du solltest den Mantel wieder zumachen«, sagt er ziemlich steif. »Du holst dir sonst noch eine Erkältung.«

Seine Worte versetzen mir einen Stich, und ich kann nichts dagegen machen.

Er hasst sie.

Es sind keine Abzeichen. Ich habe sie mir nicht im Kampf verdient. Ich habe sie erlitten wie ein Tier in einer Falle, dem die Kehle durchgeschnitten wird. Gefangen und unfähig, sich zu wehren. Ein Beutetier, keine Jägerin.

Und jetzt weißt du auch genau, wie es sich anfühlt, wenn man derart hilflos ist.

Etwas in mir zerbricht. Ich springe auf, reiße mir den Mantel vom Körper und werfe ihn zu Boden. Ich schiebe meine Hemdsärmel nach oben, um meine nackten Arme freizulegen. Ich ziehe den Kragen auseinander, bis der Stoff spannt. Er kennt noch nicht das ganze Ausmaß meiner Narben. Die Ärmel meines Kleides haben die schlimmsten verdeckt. Ich will, dass er sie alle sieht.

»Sieh mich an«, fordere ich ihn auf.

Er tut es nicht. Ich sehe, dass er die Hand so fest zur Faust ballt, dass seine Knöchel weiß hervortreten. »Hör auf damit, Kam.«

»Nein. Sieh mich an.«

Ehe ich michs versehe, ist Kiaran aufgesprungen und hat meinen Mantel gepackt. Das Leuchten in seinem Blick, das ich in dem Spiegelzimmer das erste Mal gesehen habe, ist wieder da. Der kalte, harte Zorn, den ich bis dahin nicht an ihm kannte.

Er drückt mir den Mantel in die Hände. »Du hast bekommen, was du wolltest«, sagt er. »Jetzt habe ich sie alle gesehen.«

Als er sich abwendet, steigt die grausame Aileana aus den Spiegeln in meinem Inneren empor. Eben noch stehe ich neben dem Feuer, im nächsten Augenblick schleudere ich ihn gegen die Wand und presse meinen Arm auf seine Kehle.

»Glaubst du etwa, ich schäme mich nicht dafür? Du hast mich gelehrt, mich zu wehren, und ich habe es *versucht*«, zische ich. »Doch dann wurde ich müde und schwach, und eines Tages konnte ich es nicht mehr. Ich ließ ihn *gewähren*.« Meine Stimme klingt rau vor Zorn. »Ich ließ ihn gewähren, und nun muss ich damit leben. Und du wirst mich nicht dafür verurteilen.«

Ich lasse Kiaran los und trete einen Schritt zurück, doch im selben Moment packt er mich bei den Armen und presst mich an seiner Stelle gegen die Wand.

Er sagt kein Wort, auch nicht, als er mit den Fingern über die Abdrücke auf der Innenseite meiner Unterarme und zurück hinauf zu meinem Hals streift. Seine Berührungen sind langsam und federleicht. Als würde er sich jede Narbe einzeln einprägen.

Er sieht mir in die Augen. Sein Blick ist intensiv. Als würde er in meine Seele starren und jedes Geheimnis und jedes Gefühl ausgraben, das ich so angestrengt versucht habe zu verdrängen.

»Du irrst dich«, sagt er schließlich.

»Tatsächlich?« Ich denke daran, wie er sein Gesicht verzog, und wie weh es getan hat.

»Du glaubst, dass ich es nicht aushalte, sie anzusehen und dass ich glaube, sie bedeuten, dass du schwach warst.« Kiarans Finger liegen nun auf meiner Halsschlagader, und sein Daumen fährt hinunter zu meinem Schlüsselbein. »Du könntest dich nicht mehr irren.«

Kiaran beugt sich vor, und seine Lippen streichen über die Narbe oberhalb meiner Schulter. Er weiß nicht, dass sie für die Erinnerung an unseren zweiten Kuss steht. Genau. Dort. »Wenn ich sie sehe, dann bin ich versucht, mein Versprechen zu brechen. Ich will ihn für das, was er getan hat, töten. Ich will, dass ich es bin. Nicht du.«

»Und warum hast du mir das nicht einfach gesagt?«

Er setzt seine Erkundung auf meiner anderen Schulter fort. Unsere erste Begegnung, als unsere Verbindung entstand. Er hält inne, und ich schließe die Augen. *Hör nicht auf*, sage ich beinahe. *Es ist schon zu lange her. Hör nicht auf.*

»Weil ich noch immer lerne«, antwortet er leise.

»Was lernst du?«

»Wie man fühlt.« Kiarans Finger gleitet meinen Arm hinab, und ich erzittere. »Und wie man Mitgefühl empfindet.« Er sieht zu mir hoch. »Wie man sich nicht verhalten sollte, wenn man wütend ist. Das alles fällt mir nicht so leicht.«

Ich kann mich nicht mehr zurückhalten. Ich berühre ihn, zeichne die Adern auf seinem Handrücken nach und wünschte, ich würde jetzt das Richtige sagen. Ich bin immer davon ausgegangen, dass Feen einfach gestrickte Kreaturen sind, unfähig zu fühlen und so gefährlich wie wilde Tiere. Ich lerne ebenfalls. Genau wie er.

»Warum ist Aithinne so vollkommen anders als du?«, frage ich. Seine Schwester versteht vielleicht nicht die Bedeutung von Tränen, aber sie geht viel offener mit ihren Gefühlen um als er. Sie verdrängt sie nicht.

»Meine Schwester und ich sind getrennt voneinander aufgewachsen. In verschiedenen Königreichen.«

Ich gleite mit der Hand zu seinem Handgelenk. Die Haut dort ist glatt, so glatt. »Und in welchem Königreich bist du aufgewachsen?«

Er schweigt. Als würde er sich auf meine Reaktion vorbereiten. »*Unseelie*«, antwortet er leise.

Unseelie. Die Dunkelfeen, die ohne Unterschied alles abschlachteten. Und die Menschen als Spielzeug betrachteten.

Du bist nicht das erste menschliche Spielzeug, dessen Kadamach sich entledigt.

Ich zucke zusammen und ziehe beinahe die Hand zurück, doch etwas an Kiarans Berührung lässt mich innehalten. *Nicht Kadamach*, sage ich zu mir selbst und drücke meine Handfläche auf seine. *Er ist nicht Kadamach. Nicht mehr.*

»Als Lichtfee hat Aithinne nicht gelernt, alle Emotionen zu unterdrücken«, fährt er fort. »Sie hat nicht gelernt, dass einen Gefühle schwach machen.«

»Und was ist mit mir?«, frage ich. Ich kann einfach nicht anders. »Hältst du mich für schwach, weil ich etwas empfinde?«

Bin ich schwach, weil ich aufgehört habe zu kämpfen?

»Nein. Niemals.« Kiaran legt seine Hand auf meine Wange. »Das ist es, was dich ausmacht, Kam.«

Es verschlägt mir den Atem. Seine Lippen sind so nah, seine Handflächen pressen sich auf meine. »MacKay«, flüstere ich. »Ich …«

Kiaran weicht abrupt zurück, und eine kalte Kluft tut sich zwischen uns auf. Wenige Sekunden später hallen Aithinnes Schritte durch das Gebäude. Sie kommt durch den Hintereingang. »*Mortair*«, flüstert sie eindringlich. »Gleich hinter den Hügeln.«

Wie auf ihr Stichwort dröhnt plötzlich entfernter Donner von den Hügeln herab, und ich zucke zusammen. Dicke Regentropfen klatschen rhythmisch auf das Dach, und das Prasseln ist beinahe lauter als der Donner. Ein schrilles, wehklagendes Kreischen dringt von draußen herein. Ich habe diesen Ruf während der Schlacht im Queen's Park schon einmal gehört. *Sluagh*.

»Verdammt«, flucht Kiaran. Er streckt die Hand nach dem Feuer aus. Die Flammen gehen von einem Moment auf den anderen aus, und der Rauch verschwindet in seiner Hand. Der verbrannte Geruch wird einen Augenblick lang intensiver, bevor er ganz verschwindet.

Aithinne kauert sich nieder und legt eine Hand auf den Steinboden. Einen kurzen Moment lang schmeckt ihre Kraft sehr intensiv. »Die *Mortair* können auch Wärme aufspüren, Kadamach.«

»Shhh«, erwidert er.

Ich versuche, mich ruhig zu verhalten und wage nicht, mich zu bewegen. Der Donner ist in Wirklichkeit eine weitere *Mortair*, deren Schritte immer lauter werden, je näher sie kommt. Die Wände beben. Von den Dachsparren über uns fällt Schmutz, und das gesamte Bauwerk ächzt und zittert. Schwere Regentropfen prasseln auf den Boden. Die Pferde auf der anderen Seite des Raumes sind so regungslos wie Statuen. Sie blinzeln nicht einmal.

Eine weitere *Sluagh* kreischt, dieses Mal näher. Sie suchen uns und werden uns bald finden. Meine Hand wandert automatisch zu meinem Schwert, ich bin bereit, es zu ziehen und zu kämpfen.

Plötzlich steht Kiaran neben mir. Er presst seinen Rücken an die Wand und seine Lippen auf mein Ohr. »Nicht.« Ich ignoriere das Zittern, das durch meinen Körper geht, als mir bewusst wird, wie nahe er ist. »Wenn sie uns finden, verständigen sie die anderen. Beweg dich nicht, Kam.«

Die anderen? Die Schritte der *Mortair* lassen das Gebäude so stark beben, dass ein Stein von der Decke fällt und auf dem Boden zerschellt. Ich presse die Lippen aufeinander, um ein überraschtes Einatmen zu unterdrücken.

Sie ist hier. Die *Mortair* ist hier. Direkt auf der anderen Seite der Mauer. Der drehende Mechanismus in ihrem uhrgleichen Inneren summt, während sie ihre Waffe auflädt. Das Surren der Waffe wird immer schneller, lauter und lauter.

Ich schließe die Augen, und mein Herz klopft plötzlich so schnell, dass es wehtut.

»Dein Herz«, haucht Aithinne.

Kiaran flucht leise und rückt augenblicklich näher. »Darf ich?«, fragt er.

Er bittet um Erlaubnis? Ich bin so überrascht, dass ich nur nicken kann.

Er drückt eine Hand auf meine Brust – *ach so*, *deshalb* –, und ich spüre ein sanftes Aufflackern seiner Macht. Es ist beruhigend und wohltuend. Mein Atem wird ruhiger. Mein Herzschlag verlangsamt sich. Er nimmt die Energie – den Rausch der Gefahr – von mir, bis ich nur noch zittere. Seine Macht fegt über mich hinweg, und tief in meinem Mund schmecke ich Blütenblätter.

Dann gesellt sich der feine Geschmack von Aithinnes Macht dazu. Ich werfe einen Blick zu ihr hinüber und sehe ihr überrascht in die Augen. Ein Schleier legt sich über ihre sonst so leuchtende, silberfarbene Regenbogenhaut, sodass sie aussieht wie ein unermesslich tiefer Strudel aus geschmolzenem Metall. Die Luft um uns herum wird immer dicker und heißer, und das Atmen fällt mir schwer.

Die *Sluagh* kreischt erneut, und die *Mortair* beginnt zu laufen. Die Erde bebt unter ihren schweren Schritten, und meine Hand hält mein Schwert umklammert, während ich mich auf das Schlimmste gefasst mache. Doch die *Mortair* bewegt sich von uns fort, und ihre Schritte werden leiser und leiser. Dann ist es plötzlich ruhig, vollkommen still. Selbst der Regen hat nachgelassen.

Aithinne stößt einen langen Seufzer aus. »Ich habe einen

Energiestrahl in die andere Richtung abgesandt«, sagt sie. »Aber es wird nicht lange dauern, bis sie herausfinden, dass es ein Ablenkungsmanöver war.«

Kiaran antwortet ihr nicht. Er presst noch immer die Hand auf mein Herz, seine Lippen an mein Ohr. Nun klingt sein Atem abgekackt, als versuchte er, sich wieder unter Kontrolle zu bringen.

Doch ehe ich michs versehe, steht er plötzlich auf der anderen Seite des Zimmers. Die Wärme seines Körpers ist verschwunden, und er hat seinen Gesichtsausdruck wieder vollkommen unter Kontrolle, sodass er beinahe kalt wirkt.

Sie hat nicht gelernt, dass einen Gefühle schwach machen. Ich nehme an, alte Angewohnheiten lassen sich oft nur schwer überwinden.

»Ich mache die Pferde klar«, sagt er mit leerer Stimme. »Wir sollten schnell verschwinden.«

14

Nachdem wir Glasgow hinter uns gelassen haben, wird mir bewusst, dass ich noch nie so weit im Westen von Edinburgh war.

Ich hörte die Menschen immer nur sehr ehrfürchtig von den Highlands sprechen, als wären sie ein magischer, jenseitiger Ort. Jetzt weiß ich, warum. Ich habe noch nie so majestätische Berge gesehen, so strukturiertes, scharfkantiges, schroffes Gestein. Um ihre Gipfel ballen sich Wolken, die die Felswände in weißen Nebel hüllen. Der Schnee reicht weit hinunter und läuft bis zum Tal hin wie ein Spinnennetz über die Felsen aus.

Darunter liegen Wiesen. Das Gras und die Sträucher sind braun, grün, golden und rot, ein endloses Kaleidoskop der Winterfarben. Der Geruch nach Gras, Wasser und Holz erfüllt meine Sinne. Wir kommen an Wasserfällen vorbei, die zwischen den scharfen, vorkragenden Felsen entspringen, hinunterstürzen und als Bäche durch die Wiesenlandschaft fließen.

Nebel wallt um uns herum und legt sich kalt und feucht auf meine Haut. Der Highland-Nebel ist einfach überwältigend. Geradezu elektrisierend.

Ich habe die karge, kalte und dunkle Winterzeit noch nie als sonderlich schön empfunden. Doch ich habe auch noch nie zuvor eine Landschaft gesehen, die so atemberaubend war, dass ich mich regelrecht nach ihrer Schönheit verzehrte.

Jetzt verstehe ich, warum dieser Ort Menschenleben verändern kann. Warum die Menschen aus den Highlands behaupteten, dass Edinburgh es niemals mit dem hier aufnehmen könnte. Warum sie glaubten, dass die Magie hier noch lebendig sei. Ich kann regelrecht spüren, wie sie mit jedem Atemzug in meine Lungen und durch meine Adern fließt. Ich glaube, wir befinden uns hier am Geburtsort der Magie.

Ich bin so hingerissen, dass ich nicht einmal merke, dass Aithinne angehalten hat, bis Kiaran sein Pferd abwendet und so nahe an mich heranreitet, dass er mir auf die Schulter klopfen kann. Ich werde langsamer. »Was ist los?«

Aithinne schüttelt den Kopf. »Ich spüre etwas.«

»Ich nicht«, erwidert Kiaran.

Seine Schwester wirft ihm einen schnellen Blick zu. »Natürlich nicht, du Dummkopf. Du würdest es nicht spüren, selbst wenn es bereits in deinem Arsch steckt.«

Ich kichere, und Kiaran wirft mir einen strengen Blick zu. »Du bist derjenige, der ihr das Fluchen beigebracht hat, nicht ich«, erkläre ich.

Er öffnet den Mund, um etwas zu erwidern, doch dann wendet auch er sich abrupt dem Nebel zu. Er spürt es ebenfalls. Kurz darauf legt sich ein vertrauter Geschmack über meine Zunge. Lebkuchen und Gewürze. Dinge, die mich an zu Hause erinnern.

Ein Lächeln breitet sich auf meinem Gesicht aus, als Derrick aus dem Nebel fliegt. »Du lebst!«, ruft er entzückt.

Einen Augenblick später springe ich vom Pferd und laufe durch das hohe Gras. Derrick rast in einem glänzend goldenen Lichtstrahl auf mich zu. Er wirft sich an meine Schulter und seine Flügel schlagen wie wild. Ich umarme ihn – sofern es möglich ist, eine so winzige Kreatur zu umarmen – und schlinge meine Finger eng um seinen kleinen Körper.

Derricks blockierte Flügel pulsieren unter meiner Handfläche, während er versucht, sich zu befreien. »Aileana«, keucht er. »Das sind meine Rippen. Du brichst mir die Rippen.«

Ich lasse ihn los, streichle aber weiter über seine seidenen

Flügel. Es scheint eine Ewigkeit her, seit ich ihn das letzte Mal am Charlotte Square gesehen habe, kurz bevor ich in die Schlacht zog. Ich dachte, ich würde ihn nie wiedersehen und nie wieder seine Flügel berühren. Ich dachte, wir würden nicht überleben. Er klammert sich an meine Schulter und fährt mit den Fingern durch meine Haare. Er atmet tief ein, und seine Flügel zucken.

»Du verdammte kleine Fee«, sage ich sanft. »Wie hast du mich gefunden?«

»Ich war gerade auf Erkundungstour und habe eine Falknerin gespürt«, plappert Derrick drauflos, und seine Flügel schlagen so schnell, dass sie nur als Lichtball hinter ihm zu sehen sind. »Das konntest eigentlich nur du sein, also bin ich hierher gerast, um zu sehen, ob du es tatsächlich bist, weil wir alle gedacht haben, dass du nach so langer Zeit vermutlich *tot* bist und …«

»Ich habe auch geglaubt, du wärst tot«, erwidere ich sanft.

Derrick zwirbelt meine Haare. »Du hast gedacht, du würdest mich nie wieder sehen. Du liiiiebst mich, und du hast mich vermiiiiisst. Du … *heiliger Kuhmist*«, meint er überrascht und seine Flügel schlagen hinter ihm auf und ab. »Sind das etwa Tränen? *Weinst* du?«

»Ich habe bloß was im Auge«, erwidere ich und blinzle angestrengt. *Verdammt*.

Derrick sieht mich blinzelnd an. Seine Augen sind ebenfalls feucht. »Du hast recht«, sagt Derrick und tupft sich die Wangen trocken. »Das hier sind auch keine Tränen. Es ist sicher der Regen. Es ist ziemlich feucht hier draußen. Ich …«

Dann fällt uns beiden plötzlich zur selben Zeit ein, dass wir nicht alleine sind.

Kiaran wirkt ziemlich abgestoßen von der ganzen Szene, während Aithinne den Kopf leicht schräg hält und uns mit unverfrorenem Interesse beobachtet.

Aithinne wendet sich an Kiaran. »Das ist entzückend. Ist das nicht entzückend? Du hast mich nicht so begrüßt, nachdem ich dich gerettet hatte.«

»Ich war ohnmächtig«, erinnert Kiaran sie.

»Oh. Das stimmt.«

»Du!« Derrick fliegt von mir fort und schwebt über dem Gras im Nebel. Die beiden anderen Feen heben den Blick. »Nicht du«, fährt er Kiaran an. »Zu dir komme ich später. Ich meine diejenige, die meinte: ›Ich hole die Falknerin und bin gleich wieder da‹, und erst *drei verdammte Jahre* später wieder auftaucht. Was zur Hölle ist passiert?«

»Nein, nein. Ich bin mir ziemlich sicher, dass ich: ›Ich bin bald wieder zurück‹, gesagt habe. Und ich habe doch bloß zwei Monate auf der anderen Seite verbracht …«

»Was bedeutet, dass nach menschlicher Zeitrechnung drei Jahre vergangen sind, du dummer Einfaltspinsel. Tu nicht so, als wüsstest du das nicht.«

»Derrick«, sage ich streng.

»Was?« Derrick schwirrt um mich herum. »Sie hat mich glauben lassen, du wärst tot. Ich habe sie jahrelang nicht gesehen, und sie konnte uns nicht einmal kurz benachrichtigen, dass du noch am Leben bist …«

»Es ist nicht *dumm*«, erwidert Kiaran mit leiser Stimme, »die Zeit falsch einzuschätzen, die nötig ist, um die Barrieren, die Lonnrach im *Sìth-bhrùth* aufgestellt hat, zu überwinden, ohne entdeckt zu werden. Das hättest du nicht gekonnt.« Er macht einen Schritt nach vorne. »Aithinne hat Kam zurückgebracht. Und jetzt hör auf zu jammern.«

»Zwing mich doch«, faucht Derrick. »Ich schneide dir die Eingeweide bis zu den Rippen heraus, bevor sie wieder nachwachsen können.«

»Kam«, sagt Kiaran, ohne Derrick aus den Augen zu lassen, »bring deine kleine Fee unter Kontrolle.«

»*Mich* unter Kontrolle bringen?« Ehe ich michs versehe, hält Derrick ein winziges Messer in der Hand. »Ich weide dich aus, du Hurens…«

»Wage es ja nicht«, sage ich und schnappe Derricks Flügel. Er schreit überrascht auf, als ich zusammenzwicke. Ich habe ewig gebraucht, um diesen Trick zu erlernen, und ich musste ihn bisher auch nur anwenden, wenn Derrick versucht hat, im Garten hinter dem Haus Katzen zu jagen.

Er hängt mit verschränkten Armen hilflos in der Luft und sein Blick ist mörderisch. »Ich werde mich nicht entschuldigen«, sagt er mürrisch.

»Ich bitte dich nicht, dich zu entschuldigen«, erkläre ich ihm. »Steck einfach das Messer weg.« Sein Blick verrät mir, dass er nicht vorhat, meiner Bitte Folge zu leisten, also wiederhole ich bestimmt: »Derrick. Das Messer.«

Mit einem Zischen steckt Derrick das Messer zurück in den Gürtel um seine Hüfte. »So. Bist du jetzt *zufrieden*?«

Ich setze ihn auf meine Schulter und presse meine Wange gegen seine Flügel. Körperkontakt beruhigt ihn immer, auch wenn er noch so wütend ist. »Danke.«

»Tu das nicht«, sagt er streng und lehnt sich zur Seite, aber ich weiche nicht zurück. »Hör auf. Du klopfst mich nicht weich. Du wirst nicht gewinnen. Du bist nicht … *Verdammt.*« Er verschränkt die Arme. »*Na gut.* Es tut mir leid, Aithinne«, murmelt er. Dann wendet er sich an Kiaran. »Und es tut mir leid, dass es mir nicht leid tut, du Bastard.«

»Nun«, sagt Aithinne, »es ist schön zu sehen, dass sich manche Dinge nie ändern.« Sie lehnt sich zu mir. »Sie streiten schon seit T*ausenden* von Jahren so.«

»Sag so etwas nicht«, fährt Derrick sie plötzlich wütend an. »Tu nicht so, als wäre es eine belanglose Kabbelei. Du weißt es besser, und *er* auch.«

Aithinne verstummt, und über ihr Gesicht huscht eine

Emotion, die ich nicht deuten kann. »Aye«, flüstert sie. »Das tue ich.«

Was zum Teufel ist hier gerade passiert? Mittlerweile schweigen alle. Kiaran starrt Derrick unergründlich an, als wollte er etwas sagen. Doch er tut es nicht. Was immer es war, seine Reue ist scheinbar nicht stark genug.

»Kiaran …«

»Nein, Kam«, erwidert er steif und tritt auf sein Pferd zu, um die Zügel wieder aufzunehmen. »Um solche Zusammenführungen in Zukunft zu vermeiden, werde ich vorausreiten und den anderen sagen, dass du nicht tot bist.« Er spricht mit mir, ohne mir dabei in die Augen zu sehen, denn er weiß sehr gut, dass das gerade eine dieser verdammten Feen-Halbwahrheiten war. »Aithinne wird dich den Rest des Weges begleiten.«

Aithinne tritt zur Seite, während er seinen geschmeidigen Körper aufs Pferd schwingt und in den Sattel sinkt. »Kadamach, du musst nicht …«

»Doch«, antwortet er knapp. »Die kleine Fee und ich sind noch nie gut miteinander ausgekommen, und er kann euch besser vor Lonnrach abschirmen als ich.« Er sieht mich kurz an, und ich wünschte, er würde mir noch einmal seine Gefühle zeigen. »Bis bald.«

Ein kurzer Ruck an den Zügeln, und er reitet so schnell davon, dass er und sein Pferd bereits einen Wimpernschlag später wie Geister im Nebel verschwunden sind. Wir anderen bleiben schweigend zurück, und nur das Summen von Derricks Flügeln ist noch zu hören.

»Würde es euch etwas ausmachen, mir zu erklären, worum zur Hölle es gerade ging?«

»Ich will nicht darüber reden«, erwidert Derrick knapp. »Aber ich bin froh, dass er fort ist. Wenn er dich noch einmal so kuhäugig angeglotzt hätte, hätte ich meinen ganzen Honig wieder erbrochen.«

Kuhäugig angeglotzt? Sicher nicht.

Aithinne starrt mit traurigem, nachdenklichem Blick ihrem Bruder nach. Trotz allem, was ich durchgemacht habe, habe ich dennoch das Gefühl, dass ich langsam die Puzzleteile zusammenfinde, die ein Bild der umfangreichen Vergangenheit der Feen und ihrer Beziehungen zueinander und zu ihren Feinden ergeben. Es ist eine lange, weitreichende und komplizierte Geschichte.

»Ich glaube, wir sollten gleich hier eine Rast einlegen«, meint Aithinne sanft. »Ich bin jetzt nicht in der Stimmung, um unsere Reise gleich wieder fortzusetzen.«

Bevor ich noch antworten kann, ist sie bereits im Nebel verschwunden.

Derrick erzählt mir Geschichten von dem verlassenen Königreich der Feen, und meine Lider werden langsam schwer. Ich esse den Wildhasen, den er für mich gefangen und gekocht hat, und lege mich danach neben den Pferden ins Gras. Derrick macht es sich auf meinem Bauch gemütlich, und bei jedem seiner regelmäßigen Atemzüge schlagen seine Flügel sanft auf und ab.

Es ist bloß ein Gerücht, dass Feen nicht schlafen. Immer wieder war Derrick an meine Halskrümmung geschmiegt eingeschlafen. Er sah so friedlich aus. Seine Flügel zuckten, und er hatte ein leises Lächeln auf dem Gesicht. Ich fragte mich oft, wovon er wohl träumte.

Aithinne ist schon seit einigen Stunden verschwunden. Derrick hat vorgeschlagen, dass wir auf sie warten und die Möglichkeit nutzen sollten, uns ein wenig auszuruhen, bevor wir morgen den ganzen Tag weiterreiten.

Ich vertreibe mir die Zeit, indem ich in den Himmel starre. Ich liege auf meinem zusammengefalteten Mantel, und Derricks sanfte, beruhigende Wärme umgibt mich wie ein Feuer.

Ich beobachte die Sterne, die immer wieder zwischen den dicken Wolken hervorblitzen, heller und zahlreicher, als ich es je zuvor gesehen habe. Ohne die Lichter der Stadt, die ihren Schimmer dämpfen, erstrecken sie sich weit über den Himmel, auf dem noch der schwache, farbenfrohe Glanz des Sonnenuntergangs verweilt.

Ich kratze mit den Fingernägeln über einen Abdruck auf meinem Unterarm und lasse die Erinnerung an die Stimme meiner Mutter über mich hinwegrollen. Zum ersten Mal seit langer Zeit kann ich sie hören, ohne dabei gleich an ihren Tod denken zu müssen. *Kannst du sie aufzählen, Aileana? Komm, sprich mir nach: Polaris. Kassiopeia. Großer Bär.*

Ich erinnere mich an ihre Augen. Wie begeistert sie war, wenn ich jedes Sternbild richtig benannt hatte. Ich schließe die Augen und sehe es lebhaft vor mir. Wie sie sagte: *Aye, und das dort?*, bis ich die Aufzählung korrekt abgeschlossen hatte.

Ein Ruf ertönt in der Ferne, und ich schrecke auf und lausche angestrengt. Da ist es schon wieder. Kein Ruf, sondern ein Schmerzensschrei. Derrick schläft tief und fest auf meinem Bauch. Wenn Feen erst einmal schlafen, dann so fest, dass sie kaum etwas wecken kann.

Ich hebe Derrick vorsichtig hoch und lege ihn etwas näher zu den Pferden, bevor ich meinen Mantel nehme und mich auf die Suche nach der Ursache des Schreis mache. Die Wiesenlandschaft wird nur vom Licht der Sterne erhellt. Die hohen Gipfel der Berge in der Ferne wirken dunkel, wolkenverhangen und unheilverkündend. Ich gehe über das Gras und kann in dem dichten Nebel kaum etwas erkennen, während ich in Richtung des Geräusches weitereile.

Ich greife nach dem Schwert an meiner Hüfte. Falls eine Fee durch den Nebel auf mich zugestürzt kommt, muss ich bereit sein. Auf der Wiese ist es mittlerweile vollkommen ruhig, es ist nur das leichte Rauschen des Windes zu hören.

Dann ertönt ein weiteres Keuchen, dieses Mal näher. Ich schlinge den Mantel fester um meine Schultern, während ich einen Wasserlauf überquere und dabei sorgsam darauf bedacht bin, leise zu sein. Der Überraschungsmoment könnte mir das Leben retten.

Dann sehe ich eine Gestalt im Gras liegen. Die dunklen Haare und die schimmernde, blasse Haut sind mir vertraut. Ich lasse mein Schwert los und seufze erleichtert. Es ist bloß Aithinne.

Gerade als ich mich entspannen will, höre ich, wie sie tief und rasselnd einatmet, als würde sie Schmerzen leiden.

»Aithinne?« Ich trete näher heran und bleibe kurz vor ihr stehen.

»Nicht«, sagt sie mit einem Flüstern, das mir tief unter die Haut geht. »Komm mir nicht zu nahe.«

Bevor ich etwas dagegen tun kann, trifft mich die Erinnerung wie ein Blitz. Aithinne und ich am Ufer des Leith. Ihre Hände sind zu Fäusten geballt, Blut tropft in rascher Abfolge auf die Steine darunter. *Tropf, tropf, tropf, tropf.*

Nicht. Komm mir nicht zu nahe.

Ein weiterer rasselnder Atemzug reißt mich aus meiner Erinnerung. Ich strecke die Hand nach ihr aus. »Aithinne.« Ich schüttle sie an der Schulter.

Sie packt mein Handgelenk und reißt mich um. Plötzlich liege ich atemlos auf dem Rücken im feuchten Gras, und Aithinne beugt sich über mich. Sie keucht, und ihre weit aufgerissenen Augen blicken ins Leere.

»Aithinne!« Ich brülle ihren Namen, doch sie packt meinen Hals.

Ihr Griff wird enger, und sie drückt fest zu. Ich sehe bloß noch Sterne, während ich nach Luft ringe. Verzweifelt greife ich nach meiner *Seilgflùr*-Kette und presse sie auf die Haut an ihrem Handgelenk.

Das Zischen ihrer brennenden Haut hält nur einen Moment lang an, bevor Aithinne mich mit einem überraschten Aufschrei loslässt. »Falknerin?« Ihr Gesicht verzieht sich zu einer Grimasse. »Du riechst wie *er*.«

Ich rolle mich auf dem Gras zur Seite, um etwas Abstand zwischen uns zu bringen, dann presse ich meine Wange auf die kalte, feuchte Erde. Mein Blick ist noch immer getrübt, und das Schlucken bereitet mir Schmerzen.

Du riechst wie er.

Ich werde Lonnrachs Geruch und sein Gift in meinem Körper niemals loswerden. Es war nicht genug, dass er mir die Abzeichen verpasst hat. Jetzt ist er auch in meinem Blut. Es spielt keine Rolle, dass mir die Flucht gelang. Dass ich davongelaufen bin. Ich bin nicht frei. Nicht wirklich.

Als sie meinen verletzten Gesichtsausdruck sieht, streckt Aithinne die Hand nach mir aus. »Hier, lass mich …«

»Nein«, sage ich zu ihr, und meine Stimme ist bloß ein Krächzen. »Du brauchst mich nicht heilen.« Ich würde die Schmerzen nicht überstehen. Nicht jetzt.

Aithinne zieht die Hand zurück, doch ich sehe, wie verletzt sie ist. »Es tut mir leid.« Sie öffnet den Mund, und ich schwöre, sie will noch etwas anderes sagen, doch dann flüstert sie bloß erneut: »Es tut mir leid.«

Ich setze mich neben ihr auf. »Schlecht geträumt, nehme ich an?«, sage ich mit rauer Stimme.

»Das tue ich immer«, flüstert sie.

Wir schweigen, während mir Tausende Fragen durch den Kopf gehen. Die ersten Regentropfen landen auf meiner Nase, und ich schlinge den Mantel enger um mich. Der Nebel um uns herum hat sich gelichtet, und die Kälte ist nun noch klirrender und eindringlicher. Vor uns breitet sich die Wiesenlandschaft endlos weit aus, nur begrenzt von den Umrissen der Berge zu beiden Seiten. Es fühlt sich tatsächlich so an, als wären Aithinne und ich die einzigen beiden Personen auf der ganzen Welt.

»Wovon träumst du?«, frage ich sanft. Sie ballt die Hände zu Fäusten, und ich halte sie fest umklammert. »Ich frage dich nicht, was im Untergrund mit dir geschehen ist«, erkläre ich und versuche dabei, ruhig zu klingen. »Ich frage dich, wovon du träumst.«

Sie wirft mir einen Blick zu, und ihr weißer Atem hebt sich vom dunklen Nachthimmel ab. Ich ermögliche ihr, mir zu erzählen, was passiert ist, indem sie es als Traum darstellt und nicht als Erinnerung.

»Er tötet mich«, flüstert sie. »In meinem Traum. Auf tausend verschiedene Arten. Und noch mehr. Zuerst, um zu sehen, ob ich vielleicht tot bleibe …« Sie zieht an den losen Enden ihres Hosenstoffs, der am Knie ein wenig aufgesprungen ist, »… und dann nur noch, um mich zum Schreien zu bringen.« Sie zieht fester, und der Stoff reißt. »Um mich zu brechen, um mich dazu zu bringen, zu betteln …«

Hat er es versucht*? Hat er dir ebenso den Verstand geraubt wie mir?*

Schlimmer. Er hat mir Schlimmeres angetan.

Ich drücke ihre Hände. »Es war ein Traum«, sage ich. Und als meine Stimme vor Mitgefühl beinahe versagt, schlucke ich. »Bloß ein Traum. Er ist nicht hier.«

Bevor ich etwas dagegen tun kann, erinnere ich mich wieder an Lonnrachs Bisse. An den exakten Druck, den es benötigte, zweiundachtzig perfekte Abdrücke auf meiner Haut zu hinterlassen. Und daran, wie er seine Fangzähne jedes Mal ein wenig tiefer versenkte, damit es noch mehr wehtat.

Nachdem es vorbei war, sah er voller Stolz auf den Abdruck hinunter. Je mehr es blutete, desto breiter lächelte er.

Ich schließe meine Augen. Wir schweigen einen Moment, der sich wie Stunden anfühlt. Wir kämpfen beide gegen unsere Erinnerungen. Ich verstaue meine in einem kleinen Kästchen in meinem Herzen. Ich schiebe es ganz weit zurück und versperre es fest. Trotzdem kann ich noch immer das Echo hören, das aus der Tiefe dringt.

Das ist, was ein Gefängnis mit einem anrichtet. So fühlt es sich an, wenn jemand ein Stück deiner Seele herausschneidet, damit ein Stück von ihm hineinpasst. Du kannst es vergraben, aber es ist immer da.

Er ist immer da.

Plötzlich packt Aithinne meine Hand so fest, dass es wehtut, doch ich schreie nicht auf. Ich werde nicht schreien. »Es war jeden Tag ein neuer Tod«, fährt sie fort. »Manche waren schlimmer als andere, aber sie taten alle höllisch weh. Sie …«

Ihre Hand umklammert meine so fest, dass meine Knochen beinahe brechen. »Du musst mir nicht alles erzählen, wenn du nicht willst.« Ich versuche, ruhig zu klingen, damit sie nicht merkt, wie sehr sie mir wehtut.

Es ist nicht in Ordnung. Das, was er dir angetan hat, ist nicht in Ordnung.

»Dann ohne Einzelheiten«, sagt sie wie betäubt. »Sie haben alle mitgemacht, aber er kam am häufigsten.«

Ich kämpfe gegen meine Gefühle an. Ich versuche, meine Reaktion unter Kontrolle zu halten, damit sie nichts davon mitbekommt. Doch der Zorn steigt in mir hoch, beginnt zu brodeln und brennt in meinen Adern.

Sie war mit beinahe tausend feindlichen Feen im Untergrund gefangen. *Tausend.* Ich kann nichts gegen den Schmerz tun, der sich in meiner Brust ausbreitet, gegen die Erinnerungen an Lonnrach, die hochsteigen, egal wie sorgsam ich sie wegsperre. *Er kam am häufigsten.*

Ich hasse ihn. Ich glaube nicht, dass ich jemals jemanden mehr gehasst habe.

»Danach«, fährt sie fort, »wartete er jedes Mal, bis alles wieder verheilt ist. Es heilte immer. Manchmal habe ich mir gewünscht, es wäre nicht so gewesen.«

Es heilte immer. Ihre Verletzungen, ihre Tode. Kein Wunder, dass sie dort auf dem Pfad im *Sìth-bhrùth* vollkommen erstarrte, als ich sie fragte, wie sie ihre Erinnerungen aushält. Ich schlucke und versuche, meine Gedanken unter Kontrolle zu bringen.

Ich habe mir seinen Tod auf tausend verschiedene Arten vorgestellt. Das Letzte, was ich zu ihm sagen würde. Das Letzte, was er sagt. Und in meinen grausamsten Vorstellungen habe ich immer gehofft, dass er am Ende um den Tod betteln würde.

»Haben sie dich absichtlich wieder zurückgeholt?«

»Nein«, antwortet sie. »Nur Kadamach und du können mich töten.« Ich werfe ihr einen scharfen Blick zu und will sie schon bitten, mir das näher zu erklären, doch dann sagt sie: »Warum hast du mein Angebot nicht angenommen?«

Mein Angebot.

Ich kann dir helfen zu vergessen. Das, was Lonnrach dir angetan hat. Den Ort, an dem er dich gefangen hielt.

Meine mörderischen Gedanken lösen sich in Luft auf. Die grausame Aileana zieht sich zurück, und ich kann endlich wieder klar denken. Ich erinnere mich an die *TageWochenMonateJahre* in dem Spiegelzimmer, wie sie sich ausdehnten, bis es keinen Anfang und kein Ende mehr gab. Wie Lonnrach zu meiner einzigen Konstante wurde. Wie ich die Zeit daran maß, wann er auftauchte und wie lange meine Wunden danach brauchten, um wieder zu heilen. Ich denke daran, dass ich trotz allem so gebrochen war, dass ich ihn schließlich sogar bat zu *bleiben*.

»Ich will niemals vergessen, was er mir angetan hat«, sage ich. Ich kann die Emotionen in meiner Stimme nicht mehr länger unterdrücken. »Ich will nie wieder zulassen, dass mich jemand so hilflos macht.«

Aithinne starrt mich lange Zeit an. »Mir geht es genauso«, sagt sie.

Ich seufze und sage nichts. Ich erzähle ihr nicht, wie sehr ich mit meinem Ärger über das, was Lonnrach mir angetan hat, kämpfe. Ich sage ihr nicht, dass Loslassen das Allerschwerste ist, was ich jemals tun musste, denn ich habe Stunden um Stunden damit verbracht, mir seinen Tod genau vorzustellen.

Ich will es selbst erledigen. Ich muss diejenige sein, die es tut.

Ich kneife meine Augen zu. Es steht mir nicht zu, Lonnrach zu töten. Das tat es nie. Er gehört Aithinne.

»Wir werden dafür sorgen, dass er dafür bezahlt«, verspreche ich ihr. »Ich werde dir dabei helfen.«

Sie drückt meine Hand, und ich verstehe. *Gemeinsam.*

15

Wir sind den ganzen nächsten Tag über unterwegs, bis die Sonne tief am Himmel steht. Tiefer in den Highlands ist die ganze Landschaft schneebedeckt. Der frische Schnee glitzert auf den Ästen und knirscht unter Ossaigs Hufen, während wir unter den Bäumen hindurchreiten. Es ist so kalt, dass meine Wangen brennen.

Derrick sitzt zwischen Ossaigs Ohren und klammert sich mit seinen winzigen Händchen an ihrer feinen Metallmähne fest, um nicht hinunterzufallen. Sie galoppiert so schnell, dass ich mich frage, wie er es überhaupt fertig bringt, nicht den Halt zu verlieren.

»Dort drüben«, sagt Aithinne und deutet mit der Hand in die entsprechende Richtung.

Vor uns liegt eine geschwungene Bucht, in der das Festland endet. Dahinter liegt die Insel Skye im glänzenden Meer. Die Berge auf der Insel verschwinden im Nebel, der sich weiß vom Schnee die Hänge hinabwälzt. Ich war immer der Meinung, dass es auf Skye kaum Bäume gibt, doch die Insel, die nun vor uns liegt, ist dicht bewaldet und von hohen, schneebedeckten Bäumen mit dunklen Stämmen überzogen.

Der Wald kann unmöglich so schnell gewachsen sein, es sei denn, die Feen haben auch hier das Wachstum der Natur beschleunigt. Wie bei den zerklüfteten Felsen im Queen's Park haben die Feen die Landschaft hier wohl ebenfalls verändert und den uralten Wald, der einst hier wuchs, wieder auferstehen lassen. Bevor sie allesamt in den Untergrund verbannt wurden, war die Insel vermutlich dicht bewaldet gewesen.

»Schaffen es die Pferde hinüber auf die Insel?«, frage ich.

In den Geschichten hieß es immer, dass auf dem Festland beheimatete Feen kein Wasser überqueren können. Das war einer der Ratschläge, der den Schotten erteilt wurde, sollten sie je von einer Fee gejagt werden. Die Feen konnten ihnen nicht über das Wasser folgen oder sie verloren dabei einen Teil ihrer Macht. Ossaig hat zwar bereits kleinere Bäche und Flüsse überwunden, aber vielleicht verhält es sich mit tieferen Gewässern anders.

Aithinne lächelt mich an. »Natürlich schaffen sie das. Aber wir haben andere Mittel.«

Natürlich schaffen sie das. »Die Geschichten, die wir Menschen uns über Feen zusammengereimt haben, sind wirklich absoluter Schwachsinn«, murmle ich.

Derrick kichert. »Ich würde nur allzu gerne wissen, wer diese blöden Gerüchte in die Welt gesetzt hat. Ihr Menschen seid so naiv.« Dann hat er plötzlich eine Idee und reißt die Augen weit auf. »Glaubst du, sie würden mir Honig vors Fenster stellen, wenn ich ihnen einrede, dass er Feen vertreibt?«

»Du bist furchtbar«, erkläre ich ihm.

»Nein, nein, nein«, erwidert er mit einem fröhlichen Lächeln. »Ich bin *brillant.* Mir gefällt mein Plan. Es ist ein guter Plan.«

Ich werfe ihm einen bösen Blick zu. »Also, worum handelt es sich bei diesen *anderen Mitteln*?«

Aithinne hält ihr Pferd an und steigt ab. Ich tue es ihr gleich und warte, bis Derrick von seinem Platz zwischen Ossaigs Ohren auf meine Schulter gleitet. Ich hebe gedankenverloren die Hand, um seine Flügel zu berühren. Es ist eine Geste, die mittlerweile zur Gewohnheit geworden ist.

»Zwischen dieser Stelle hier und der Insel Skye befindet sich ein Portal, das von anderen *Sithichean* nicht aufgespürt werden kann«, erklärt Derrick. »*Sluagh* beobachten die Insel von der Luft aus, und Lonnrachs Soldaten durchkämmen die Wälder. Die Pferde können nicht übersetzen, ohne entdeckt zu werden.«

Mir wird plötzlich kalt. »Tatsächlich?«

Ich war es, die Lonnrach hierher geführt hat. Er hat in meinen Erinnerungen gehört, wie Derrick mir von der Insel Skye erzählt hat, und hat die Information genutzt, um zu versuchen, meine Freunde aufzuspüren.

Du wurdest ein Jahr lang von meinem Feind und dieser bösartigen kleinen Fee trainiert. Ich nehme an, sie haben oft über Dinge gesprochen, die du nicht verstanden hast.

Ich lasse meine zitternden Finger unter meinen Mantel gleiten und presse den Daumen auf einen der Abdrücke auf meinem Unterarm. Die Erinnerung stammt aus der Zeit, kurz nachdem ich Derrick kennengelernt und er beschlossen hatte, in meinem Ankleidezimmer zu wohnen. Es ist eine scheinbar unbedeutende Erinnerung, der ich nie lebensnotwendige Wichtigkeit zugedacht hätte.

»Nettes Ankleidezimmer«, sagte er. »Es hat eine gute Größe. Nicht so groß wie dort, wo ich auf Skye gewohnt habe, aber es wird genügen.«

»Es wird genügen?«

»Als mein neues Zuhause. Es ist perfekt. Es gefällt mir. Ab jetzt gehört es mir.«

Sobald Lonnrach diese Erinnerung gesehen hatte, wusste er vermutlich, wo Derrick die anderen hingebracht hatte. Er kannte den Ort, an dem ich mich nach meiner Flucht am ehesten verstecken würde. Ich hatte ihm damit unbewusst ihren Aufenthaltsort verraten.

»Aileana?« Derricks Stimme reißt mich aus meinen Gedanken. Er interpretiert meinen Gesichtsausdruck vollkommen falsch. »Mach dir keine Sorgen«, sagt er und tätschelt mir beruhigend die Hand. »Diese bekloppten Bastarde haben es noch nicht geschafft, uns aufzuspüren. Der Ort wurde eigens dafür erschaffen, um im Verborgenen zu bleiben.«

»Derrick …«

»Und es wird dir dort gefallen. Das Essen ist köstlich.«

Ich schlucke meine Schuldgefühle hinunter und sehe zu, wie Aithinne auf eine der Klippen klettert. »Warum habt ihr euer Reich dann verlassen?«, frage ich verwirrt. »Du hast doch erzählt, dass die kleinen Feen nach Cornwall flohen.«

Seine Flügel hören auf zu schlagen. »Wir wurden vor langer Zeit einmal entdeckt.« Mir gefällt seine Stimme nicht. Der Schmerz, der in ihr steckt. »Aber ich habe die Barrieren vor zwei Jahren wieder neu aufgebaut. Und sie halten stand.«

Die Art, wie er es sagt, lässt keine weiteren Fragen zu. Es ist vollkommen unmissverständlich. *Ich will nicht darüber reden, wer uns aufgespürt hat, unter welchen Umständen es geschah und warum wir geflohen sind.* Es scheint, als hätte sich in meiner Abwesenheit nichts geändert. Die Feen sind so geheimniskrämerisch wie eh und je.

Aithinne legt ihre flache Hand auf das Gras am Rand der Klippe. Sie hat die Augen aufgerissen und blickt starr vor sich hin. Der Geschmack ihrer Macht nach Blütenblättern und Erde ist plötzlich sehr stark.

Ich will gerade fragen, was sie vorhat, als sie ihre Faust in die Erde rammt. Der Boden um mich herum bebt und bricht auf. Ich trete einen Schritt zurück und bete, dass sie nicht gerade einen Teil der Klippe abgesprengt hat. Das Wasser liegt tief unter uns.

Dann bemerke ich überrascht, dass plötzlich Wurzeln aus den Rissen in der Erde wachsen. Ich habe so etwas schon einmal gesehen, als Kiaran ein Portal ins *Sìth-bhrùth* geöffnet hat. Auch er hat die Pflanzen manipuliert, um eine Türöffnung zu erschaffen. Die Wurzeln wachsen höher, winden und verflechten sich und erheben sich über und um uns, so dicht wie ein wuchernder Rosenstrauch. Sie biegen sich und verweben sich miteinander, bis sie zu einem Baum werden, der sich bis in den Himmel erhebt. Die Äste sind dick und spitz und bestehen aus einem dunklen Material, das wie Glas glänzt. Für meinen Geschmack erinnert er mich zu sehr an den Wald im *Sìth-bhrùth*.

»Aithinne?«, frage ich unsicher, als sich die Zweige schließlich um meine Beine winden.

Sie würdigt mich keines Blickes. Ihre Augen sind immer noch weit aufgerissen und wirbeln und drehen sich wie eine eigene Galaxie. »Lass es zu«, sagt sie.

Es zulassen? Die Wurzeln wachsen immer stärker um mich herum, dick und dunkel. Ich bekomme kaum noch Luft. Als hätte er meine Anspannung gespürt, zieht Derrick an meinem Ohr und versucht, mir etwas zu sagen, doch die Wurzeln wuchern immer dichter um mich, sodass ich ihn nicht verstehen kann.

Meine Kehle krampft sich zusammen. Ich greife nach einer der gläsernen Baumwurzeln und stemme mich dagegen, doch sie bewegt sich kein Stückchen. Ich winde mich, um einen anderen Ausweg zu suchen und versuche, zu einem Loch zwischen den einzelnen Wurzeln abzutauchen, doch es schließt sich vor meinen Augen.

Ich sitze fest. Ich bin eingeschlossen und sitze in der Falle. Die glatte Oberfläche der Wurzeln spiegelt beinahe – genau wie in dem Spiegelzimmer.

Und jetzt weißt du auch genau, wie es sich anfühlt, wenn man derart hilflos ist.

Ich kann keinen klaren Gedanken mehr fassen. Meine Schulter kracht auf die steinharten Wurzeln und schrammt darüber. Ich keuche, aber ich bekomme nicht genügend Luft. Die Wurzeln wachsen über mir zusammen, und mein Herz trommelt in meiner Brust. Es klopft so schnell, dass es wehtut. Panik steigt in mir hoch, bis das Blut in meinen Ohren pocht. *Ich bekomme keine Luft.*

»Aileana!« Derrick ruft nach mir, und seine winzigen Fingernägel bohren sich in meinen Nacken. Ich gerate derart in Panik, dass ich ihn nicht hören kann. Ich kann an nichts mehr denken, außer daran, dass ich *keine Luft bekomme*. Ich kratze über die Wurzeln, bis meine Fingernägel bluten.

Trotzdem wachsen sie immer weiter zusammen, bis es schwarz um mich herum wird. Schwarz wie in einem Grab.

Ich schließe die Augen. Gerade als ich mir sicher bin, dass der Baum mich zermalmen wird, hört das Knarren der wachsenden Wurzeln plötzlich auf. Ich sinke keuchend auf die Knie. Als ich die Augen öffne, ist es hell um mich herum. Sehr hell. Mein Blick ist verschwommen, und ich sehe bloß über mir aufragende Felsen und den dunklen Eingang einer Höhle und … und …

»Gavin.«

Ich nehme mir nicht die Zeit, einen klaren Gedanken zu fassen. Eben noch knie ich auf dem schneebedeckten Boden, im nächsten Moment springe ich hoch und schlinge meine Arme fest um ihn. Ich sauge seinen Geruch ein. Whisky, Rauch und Seife. Mein rasender Herzschlag beruhigt sich, genauso wie mein abgehackter, schneller Atem. Plötzlich fühle ich mich warm und geborgen.

Er lebt. Er lebt tatsächlich.

»Aileana«, murmelt Gavin und erwidert meine Umarmung ungewöhnlich steif. Er sagt meinen Namen so unglaublich vorsichtig, als müsse er erst ausprobieren, wie es sich anfühlt. »Aileana«, wiederholt er unsicher.

Ich mache mir keine weiteren Gedanken über seine Reaktion. Ich drücke mein Gesicht in die Grube unter seinem Kinn. Er riecht nach Sicherheit. Er riecht nach zu Hause. Er riecht wie die Tausende Male, als ich mir in dem Spiegelzimmer gewünscht habe, ich würde ihn wiedersehen und ihn genau wie jetzt umarmen können.

»Verdammt«, murmelt Derrick und windet sich zwischen uns hervor. Seine Flügel streichen über meine Haut, als er davonfliegt. »Das ist wirklich peinlich. He! Aithinne! Hör auf, sie wie ein schamloser Freak anzustarren und mach dich auf die Suche nach deinem Bruder.« Eine kurze Pause. Dann: »Na gut, in Ordnung. Ich setze mich einfach auf diesen Baum dort drüben. Ruft mich, wenn ihr fertig seid.«

Derricks Flügel flattern, und Aithinnes Schritte verhallen in der Höhle. Ich klammere mich noch einen Moment länger an Gavin, dann fällt mir auf, dass er sich zwar ein wenig entspannt hat, sich aber immer noch zurückhält. Seine Schultern wirken angespannt, als wäre er unsicher.

Die derzeitige Situation unterscheidet sich vollkommen vom letzten Mal, als ich ihn gesehen habe. Es war kurz vor der Schlacht, und er umarmte mich, als wüsste er, dass er mich gehen lassen musste, obwohl er noch nicht bereit dazu war. So, als würde er mich nie wiedersehen.

Als glaubte er, ich würde sterben.

Ich löse mich von ihm, um ihn zu fragen, was los ist … und zucke zusammen. »Herr im Himmel«, flüstere ich.

Um sein rechtes Auge verlaufen mehrere Narben, die wie Kratzer aussehen. Eine weitere reicht von seinen Wimpern über seine Wange bis hinunter zu seinem Mund.

Doch die Narben können mich nicht von seinem Blick ablenken. Es sind seine Augen, die mich innehalten lassen. Ich erkenne sie nicht wieder. Seine lebhaften blauen Augen – so strahlend und vertraut – wirken abgekämpft. Er sieht mich an, als würden wir uns nicht kennen. Als wären wir nicht miteinander aufgewachsen, hätten zusammen gegen Feen gekämpft und wären nach einem Missverständnis beinahe gezwungen worden zu heiraten.

Ich kann nicht anders, ich muss einfach die Hand ausstrecken, um seine Narben zu berühren. Er zuckt zusammen, doch er weicht nicht zurück. Ich zeichne sie mit dem Finger nach und gleite über die Furchen in seiner Haut. »Wie ist das passiert?« Meine Stimme schwankt ungewollt.

Mein Finger fährt über die längste Narbe, und Gavin greift nach meiner Hand. »In der Nacht, als du fort bist, haben sie versucht, mir die Augen herauszureißen.« Seine Stimme klingt leer. »Deine kleine Fee hat mich gerettet.«

Ich schlucke. *Es wäre meine Aufgabe gewesen, ihn zu retten. Nicht Derricks.* »Es tut mir so leid.«

Gavin tritt einen Schritt zurück und sieht mich lange an. »Ich dachte, du wärst tot. Das dachten wir alle. Und nach drei Jahren nahm ich an, dass auch Aithinne nicht mehr zurückkommt.«

»Sie haben mich ins *Sìth-bhrùth* gebracht«, antworte ich. »Hat Kiaran dir nichts davon gesagt?«

Ich versuche, seinen Gesichtsausdruck zu deuten. Ich konnte Gavins Gefühle immer schon gut einschätzen. Ich kenne ihn seit so langer Zeit, dass mir alles an ihm vertraut ist: sein Gesicht, sein Mienenspiel, seine Gefühle. Ich weiß, was er mag und was nicht. Ich weiß, dass er nach dem Verlust seines Vaters seine Gefühle tief in sein Inneres verbannt hat, genau wie ich nach dem Tod meiner Mutter.

Doch dieser Gavin hier … Es sind drei Jahre vergangen, und ich erkenne ihn kaum noch wieder. Seine Körperhaltung ist vollkommen anders, sein ganzer Körper wirkt angespannt, als würde er jeden Moment einen Angriff erwarten. Es entgeht mir nicht, dass seine Augen ständig die Umgebung absuchen.

»Aye, das hat er mir erzählt.«

In den Bäumen um uns herum raschelt es, und Gavins Blick huscht zu meiner Linken und dann zu meiner Rechten. Der Wald erhebt sich hoch über den Eingang der Höhle und wirft Schatten auf den schneebedeckten Boden zu unseren Füßen. Er ist dicht und vollkommen dunkel, und außer dem Eingang zur Höhle ist nichts zu erkennen. Ich spüre die Macht, die uns umgibt, und sie legt sich auf meine Zunge wie damals, als Kiaran mich zu dem anderen Portal mitgenommen hatte. Lonnrachs Soldaten können diesen Ort hier nicht aufspüren.

Die Bäume erzittern erneut, und ein Windstoß fährt in meine Haare. Gavins Schultern spannen sich an, als würde er auf etwas lauschen. Einen Moment später spricht er endlich weiter. »Du warst lange Zeit fort, selbst für das Feenreich. Und du hast dich nicht verändert.« Jetzt wandert sein Blick hinter mich. Um zu sehen, ob mir jemand gefolgt ist? »Du hast nicht einmal Narben davongetragen.«

Ich weiche zurück. »Was soll denn das bedeuten?«

Lonnrach hat kein einziges Mal mein Gesicht berührt und auch keine Abdrücke darauf hinterlassen. Und im Gegensatz zu Gavin bin ich nicht gealtert. Ich war achtzehn, als Lonnrach mich ins *Sìth-bhrùth* brachte, und ich bin es immer noch.

Gavin ist mittlerweile vierundzwanzig. Seine Schultern sind breiter, sein Körper schlanker und muskulöser. Mein Blick fällt auf die kleinen, hervortretenden Narben auf seinem Hals, etwas oberhalb seines Mantelkragens.

»Ich habe schon Menschen gesehen, die sie mit ins *Sìth-bhrùth* genommen haben«, erklärt er verkniffen. »Sie waren nicht mehr dieselben. Sie haben behauptet, noch die Alten zu sein, doch in Wahrheit lag ihre Loyalität bei den Feen. Man hat uns bereits einmal verraten.«

Ich will ihm schon erklären, dass ich nicht die Alte bin. Dass ein Teil von mir ebenfalls zerbrochen ist. Dass es in meinem Inneren ein Loch in der Gestalt Lonnrachs gibt, von dem ich nicht weiß, ob ich es jemals wieder mit den Teilen meiner selbst füllen werde können, die ich verloren habe.

Ich will schon meinen Mantel über mein Handgelenk hochziehen, um ihm meine Narben zu zeigen. *Ich habe Narben davongetragen. Ich bin nicht unversehrt. Ich versuche immer noch, die Einzelteile meiner Persönlichkeit wieder zusammenzufügen.*

Aber ich tue es nicht.

Ich lege meine zitternde Hand auf seine Wange und zwinge ihn, mich anzusehen. Mir in die Augen zu sehen. »Glaubst du, ich bin auch so?« Als er nicht antwortet, füge ich hinzu: »Ich würde euch niemals verraten.«

Er beißt die Zähne zusammen. »Das kann ich nicht wissen.«

Ich muss ihn überzeugen. Gavin ist das Produkt einer Welt, die ich zurückgelassen habe, als man mich gefangen nahm. Lonnrach hat mir einen kurzen Blick auf das in Trümmern liegende Edinburgh gleich nach der Schlacht gewährt, und dieses Bild hat sich in mein Gedächtnis gebrannt. Gavin hat das alles jedoch hautnah miterlebt. Er war dort. Er hat alles gesehen.

»Doch, das kannst du«, erkläre ich ihm. »Vor der Schlacht wolltest du, dass ich dir ein Versprechen gebe, erinnerst du dich?« Er schüttelt den Kopf. »Du wolltest, dass ich dir verspreche, dass ich nicht sterben werde.«

Gavin zuckt vor meiner Berührung zurück und macht einen Schritt nach hinten. »Und du hast es mir nicht versprochen. Ich erinnere mich.«

Ich brachte die Worte nicht über die Lippen. Ich gebe keine Versprechen, die ich nicht halten kann, und ein Teil von mir glaubte damals, ich würde den nächsten Morgen nicht mehr erleben. Und wenn ich es doch schaffen sollte, dann deshalb, weil ich sie alle retten konnte. Und wenn ich sterben sollte, dann deshalb, weil ich sie alle im Stich gelassen hatte. Es gab nichts dazwischen, keine andere Möglichkeit.

Mittlerweile weiß ich es besser.

Bevor ich etwas erwidern kann, spricht Gavin bereits weiter: »Beweis es mir. Beweis mir, dass du noch immer Aileana bist.« Die Art, wie er es sagt, lässt mich innehalten. Seine Stimme klingt leise, berechnend.

»Es beweisen?« Ich mache einen Schritt auf ihn zu, doch er weicht zurück. »Gavin, ich stehe doch vor dir. Ich lebe. Wie viele Beweise brauchst du denn noch?«

»Sie können Menschen ohne Weiteres manipulieren. Warum sollte ich dir glauben?«

Langsam verstehe ich, dass das, was er durchgemacht hat, offensichtlich dazu geführt hat, dass er niemandem mehr vertraut. Nicht einmal mir. »Weil ich eine Falknerin bin«, antworte ich schlicht.

Gavins Gesicht zeigt keine Regung. »Die *Baobhan Sìth* ist schon einmal in deinen Kopf eingedrungen. Damals hat sie die Tatsache, dass du eine Falknerin bist, auch nicht davon abgehalten.«

Ich presse die Lippen aufeinander und balle meine Hände zu Fäusten. *Damals hat sie die Tatsache, dass du eine Falknerin bist, auch nicht davon abgehalten.*

Damit hat er nicht unrecht. Und es hat auch Lonnrach nicht aufgehalten. Er ist trotzdem in meinen Kopf eingedrungen und hat meine Erinnerungen gestohlen, als wäre es keine große Sache. Kiaran hat mir einmal erklärt, dass meine Fähigkeiten als Falknerin noch nicht vollständig entwickelt sind. Selbst wenn ich gegen Feen kämpfen und mich so schnell wie sie bewegen kann, kann ich sie nicht ohne Hilfsmittel sehen, und es bereitet mir Schwierigkeiten, ihrem psychischen Einfluss zu widerstehen.

Der einzige Unterschied zwischen mir und den anderen

Menschen, die aus dem *Sìth-bhrùth* zurückgekehrt sind, ist, dass meine Fähigkeiten als Falknerin dazu führen, dass mein Körper größere Belastungen aushält. Was bedeutet, dass Lonnrach mich länger foltern konnte und seine Bissspuren bis zu seinem nächsten Besuch meistens verheilt waren.

Es heilt immer. Siehst du? Es heilt immer wieder.

Ich dränge die Erinnerungen, die in mir hochsteigen, zurück. »Wie kann ich es dir beweisen?«

Gavin ruft Derrick, der daraufhin von einem Ast in der Nähe zu uns herüberfliegt, einen goldenen Lichtschein nach sich ziehend. »Seid ihr endlich fertig mit den Umarmungen, ich kann nämlich nicht … ups. Was ist denn hier passiert?«

»Ich nehme sie mit in die Unterwelt«, erklärt Gavin schlicht. »Hol Daniel.«

»Nein«, erwidert Derrick scharf, und sein Lichtschein wird mit einem Mal rot. »Ich glaube nicht, dass ich das tun werde.«

»Es muss getan werden«, antwortet Gavin. »Du *weißt*, warum.«

Plötzlich ist es so still, dass man eine Stecknadel fallen hören könnte. Kein Laut dringt aus dem Wald und selbst der Wind hat eine Pause eingelegt. Die Bäume um uns herum sind vollkommen regungslos.

Derrick starrt Gavin lange an, als überlege er, was er sagen soll. »Sie ist nicht wie die anderen. Sie ist …«

»Eine Falknerin«, erwidert Gavin und hebt den Blick, um mir in die Augen zu sehen. »Ich weiß.«

Um Himmels willen, das reicht jetzt. »*Sie* steht direkt vor euch«, fauche ich. »Und *sie* hätte gerne eine Erklärung.«

»Es ist ein Test«, sagt Derrick. Er fliegt auf meine Schulter, als wolle er sich mit mir gegen Gavin verbünden. Seine Flügel schlagen gegen meine Wange. »Ein unangenehmer Test, der beweisen soll, dass du nicht unter der Kontrolle einer *Sìthichean* stehst. Und du wirst ihn nicht machen.«

Gavin starrt ihn böse an. »Aileana ist nach wie vor ein Mensch. Sie stand schon einmal unter dem Bann einer Fee, und es gibt keine Ausnahmen. Du warst es, der diese Regel aufgestellt hat, erinnerst du dich?«

Derricks Flügel klopfen schmerzhaft schnell gegen meine Wange. »Dann brechen wir die Regeln *dieses eine Mal* eben, du …«

»Ich mache es.« Ich schreie beinahe. Glücklicherweise hören die beiden sofort auf zu zanken. Derricks Flügel klopfen nicht mehr länger gegen meine Wange. »Ich mache es«, sage ich noch einmal, dieses Mal ruhiger. »Ich habe nichts zu verbergen.«

Einen Moment herrscht Stille, dann flüstert mir Derrick ins Ohr: »Du willst das nicht machen. Du musst nicht.«

Die Art, wie er es sagt, kann nur eines bedeuten: Es wird wehtun. Ich schließe kurz die Augen, bevor ich antworte: »Wenn es notwendig ist, um sein Vertrauen wiederzuerlangen, dann mache ich es.«

Derrick seufzt. »Sie werden nicht erlauben, dass ich dich begleite, aber ich sorge dafür, dass Daniel mich holt, wenn es vorbei ist. In Ordnung?« Er fliegt von meiner Schulter und schwebt vor Gavin in der Luft. »Aileanas Test wird anders sein als die anderen.«

»Wie bitte?«

»Sie ist eine Falknerin, deshalb wird es für sie schlimmer werden. Ich gehe hier nicht weg, bevor du mir eines versicherst …« Derrick verschränkt die Arme. »Ein Mal. Und nicht öfter.«

»In Ordnung«, erwidert Gavin knapp.

Derrick nickt. »Und ich will, dass du weißt, wie sehr ich dich in diesem Moment hasse«, sagt er. Er fliegt davon, bevor

Gavin noch irgendetwas erwidern kann. Sein Lichtschein erhellt einen kurzen Moment lang den Höhleneingang, bevor er in der Dunkelheit verschwindet.

»Ich nehme an, was jetzt kommt, wird mir nicht gefallen«, sage ich und versuche, ruhig zu klingen. »Was genau steht mir bevor?«

Du hast es TageWochenMonateJahre *mit Lonnrach ausgehalten. Du wirst auch das hier überstehen.*

Gavin wartet, bis das Flattern von Derricks Flügeln verklungen ist, bevor er antwortet. Sein Gesicht wird etwas weicher. »Eine von ihnen wird dein Blut kosten.«

Ich versuche, meine instinktive Reaktion unter Kontrolle zu halten. Mein Verlangen, vor ihm zurückzuweichen. *Mein Blut.* Mein verunreinigtes Blut voller Feengift. Was, wenn es das Resultat beeinflusst? Plötzlich sehe ich Lonnrachs Gesicht vor mir. Sein Flüstern ist wie ein Versprechen für weiteren Schmerz.

Ich brauche bloß dein Blut dazu.

Ich muss das Risiko eingehen. Wenn ich es nicht tue, wird mich Lonnrach wiederfinden. Und ich bin nicht bereit, gegen ihn zu kämpfen. Noch nicht.

Als hätte er meine Gedanken gelesen, meint Gavin: »Wenn du wirklich das Mädchen bist, mit dem ich aufgewachsen bin, dann tut es mir leid.«

16

Gavin verbindet mir die Augen mit seinem Halstuch. Dann führt er mich schweigend einen langen Gang entlang und über so viele Stufen nach unten, dass ich irgendwann aufhöre zu zählen. Sein Griff um meine Hand wirkt sanft und geduldig. Ich steige langsam hinunter, damit ich nicht falle, und versuche, irgendetwas zu hören, das mir einen Hinweis darauf gibt, wohin wir unterwegs sind.

Es ist vollkommen ruhig. Ich höre nichts außer unseren Schritten und dem beständigen Tropfen von Wasser auf den Stufen. Je weiter wir nach unten vordringen, desto kälter wird es, und der muffige Geruch der Steine wird überwältigend.

Am Ziel angelangt, bedeutet mir Gavin, mich auf einen der feuchten Höhlensteine zu setzen. »Gib mir deine Hände«, murmelt er.

Ich folge seiner Bitte, und ehe ich michs versehe, schließen sich schwere, metallene Handschellen um meine Handgelenke. Grauen steigt in mir hoch. »Was tust du da?«

»Ich habe dir ja schon gesagt, dass dir das hier nicht gefallen wird«, sagt er. Er berührt sanft meine Schulter, als würde er bereuen, was gleich passieren wird. Das ist der Gavin, den ich kenne.

»Warte …«

Er wendet sich ab, und seine Schritte verhallen die Treppe hinauf. Als niemand sonst kommt, beginne ich vor Kälte und Angst zu zittern. Ich kann durch die Augenbinde hindurch nichts erkennen, und die Tatsache, dass meine Hände gefesselt sind, ruft zu viele unangenehme Erinnerungen hervor.

Es ist ein einziger Test. Bloß einer. Du schaffst das.

»Gavin?«, rufe ich. Ich warte. Irgendwo hinter mir tropft Wasser mit einem lauten Platschen auf den Boden. Abgesehen davon höre ich verdammt noch mal gar nichts.

Lange Zeit herrscht vollkommene Stille, bis ich es nicht mehr aushalte. Ich schüttle wie wild den Kopf, um die Augenbinde loszuwerden. Sie rutscht ein wenig hinunter. Ich versuche es noch einmal und immer wieder. Ich werfe den Kopf zurück, bis das Halstuch von meinen Augen und über meinen Mund rutscht. Ich ziehe es mit den Zähnen weiter hinunter, und endlich fällt der Stoff von mir ab.

Ich mustere meine Umgebung. Ich befinde mich in einer Höhle, und es riecht muffig nach feuchter Erde. Ich lehne an einem Felsen, wie ich ihn noch nie gesehen habe. Mondlicht fällt durch eine Öffnung im oberen Teil der Höhle und beleuchtet funkelnde Einschlüsse in den Wänden. Sie glitzern wie Sternbilder, genau so hell und leuchtend. Ich schaffe es, meine Hand so weit nach unten zu strecken, um meine Handfläche auf den Stein zu legen. Er ist so glatt wie Lavagestein, das modelliert, poliert und bis zur Perfektion geschliffen wurde.

»Wie ich sehe, hast du die Augenbinde abgestreift«, sagt eine Stimme.

Ich wende mich zu ihr um und versuche, in der Dunkelheit etwas zu erkennen. Ich habe ihn nicht kommen gehört – vielleicht war er aber auch schon die ganze Zeit hier und hat mich beobachtet. Er steht gerade außerhalb des Mondlichts, wo es so dunkel ist, dass ich nur seine Silhouette erkennen kann.

Er ist groß und lehnt an einem der Felsbrocken auf der gegenüberliegenden Seite der Höhle. Einen Moment später tritt er nach vorne ins Mondlicht, und ich kann sein Gesicht sehen. Das Gesicht des Mannes wirkt rau, aber dennoch gut aussehend. Seine Nase war wohl schon einige Male gebrochen, und er ist sogar noch muskulöser als Gavin. Es ist offensichtlich, dass er bereits einige Kämpfe ausgefochten hat. Eines seiner Augen ist hinter einer Augenklappe verborgen.

»Gavin kommt wohl nicht wieder zurück, nehme ich an«, sage ich.

»Korrekt. Ich könnte mir vorstellen, dass er sich gerade bis zur Besinnungslosigkeit betrinkt«, erwidert der Mann und mustert mich mit seinem einen Auge. »Es ist zur Tradition geworden, wann immer wir das hier tun müssen.«

Ich brauche einen Moment, um ihn zu verstehen. Ich kenne seinen rollenden Akzent von dem einen Mal, als ich beim Spazierengehen versehentlich meine Eltern aus den Augen verloren hatte und in den ärmeren Gegenden Glasgows gelandet war. Vater verbrachte einen ganzen Nachmittag damit, mich deshalb zu schelten.

Sein Sprachrhythmus und auch die Aussprache unterscheiden sich wesentlich von der Art, wie die wohlhabenden Adeligen in Edinburgh sprechen. Wir klingen viel weicher, wenn wir sprechen. Das ist das Resultat zahlloser, stundenlanger Unterrichtseinheiten mit dem Ziel, den schottischen Akzent zu unterdrücken, um mehr wie die Engländer zu klingen, und gilt als Kennzeichen für den Wohlstand einer Familie. Im Gegensatz zu mir rollt er das R in jedem Wort.

»Sie müssen Daniel sein«, sage ich bemüht freundlich. »Haben Sie vielleicht auch einen Nachnamen, mit dem ich Sie ansprechen darf?«

»Keinen Nachnamen«, antwortet er schroff. »Zumindest nicht hier. Mein Vorname flucht sich leichter, und darüber wirst du noch froh sein.«

Angst steigt in mir hoch, und ich versuche, sie zu unterdrücken. Die Handschellen schneiden bereits in meine Haut und rufen unerwünschte Erinnerungen wach.

Ich versuche, mich zu beruhigen. »Wenn es Ihnen nichts ausmacht«, sage ich, »dann wäre mir Ihr Nachname lieber. Wenn ich bitten darf.«

Die Tatsache, dass ich mir Gedanken über die Etikette mache, während ich mit Handschellen an eine Wand in einem dunklen Raum gekettet bin, mag vielleicht seltsam anmuten, doch die Art, wie ich ihn anrede, ist zumindest eine Sache, die ich noch unter Kontrolle habe.

»Dann eben Mr. Reid«, erwidert Daniel mit einer übertriebenen Verbeugung. *»Mylady.«*

Ich ignoriere den sarkastischen Unterton und hebe die dicke Kette hoch, die mich an den Felsen kettet. »Gibt es einen Grund dafür, dass ich hier an die Wand gekettet bin wie eine Gefangene?« Meine Stimme klingt ruhiger, als ich mich fühle. »Ich bin freiwillig hier. Ich werde nicht davonlaufen.«

Instinktiv ziehe ich ein klein wenig an den Handschellen, um zu sehen, wie tief die Kette in der Wand verankert ist. Wenn ich sie nur ein Stückchen herausziehen könnte – wenn ich nur ein klein wenig die Kontrolle wiedererlangen könnte –, würde mich das etwas beruhigen. Mittlerweile rast mein Puls bereits, und Panik steigt in mir hoch.

»Die Handschellen sind nicht da, um Sie gegen Ihren Willen hier festzuhalten«, erklärt Daniel und in seiner Stimme schwingt etwas mit, das ich nicht deuten kann. »Sie sollen Sie davon abhalten, sich selbst zu verletzen.«

Ich will gerade fragen, was er damit meint, als er einen Pfiff durch die Zähen ausstößt. Das schrille Geräusch hallt durch die Höhle. Ich halte den Atem an und warte angsterfüllt.

Mein unregelmäßiger Herzschlag setzt kurz aus, und ich spüre, wie mir die Hitze ins Gesicht steigt.

Bevor ich fragen kann, was hier los ist, höre ich ein Rascheln im hinteren Teil der Höhle. Es klingt wie Flügelschlagen. Ein Geschmack, so sanft und leicht wie Heckenkirschen legt sich über meine Zunge. Dann fliegt ein Lichtschein auf Daniel zu, der sogar noch heller leuchtet als Derrick. Die kleine Fee hält an und schwebt vor ihm in der Luft. Die winzigen Flügel auf ihrem Rücken flattern, während sie in einer wohltönenden Sprache spricht, mit einer Stimme, so sanft und schwingend wie Glockengeläut.

Der Lichtschein der Fee ist so hell, dass ich ihr Gesicht nicht erkennen kann, doch sie ist noch kleiner als Derrick, gerade so groß wie mein Finger. Es ist ein *Teine Sionnachain*, ein Irrwisch. Die winzige Kreatur sieht genauso aus, wie Kiaran sie beschrieben hat. Sie wohnen in ländlichen Gegenden und haben eine angeborene Abneigung gegenüber dem Lärm und den hellen Lichtern der Städte. Ich habe noch nie zuvor eine von ihnen gesehen. Sie halten sich stets am Rande der Städte auf, versteckt in Bäumen oder Höhlen.

Daniel deutet mit dem Kopf in meine Richtung. »Du weißt, was zu tun ist«, sagt er zu der Fee.

Er ist also ein Seher. Das erklärt das fehlende Auge. Es wurde ihm vermutlich von einer Fee herausgerissen.

Was auch immer er dem Irrwisch gerade aufgetragen hat – ich kann nichts gegen meine unmittelbare Reaktion darauf tun. Ich beginne mich zu wehren und zerre an den Ketten. Sie ächzen. Ich zerre erneut daran, doch der Fels gibt nicht nach, es erklingt nicht einmal ein Knirschen, das mir verraten würde, dass er sich ein wenig gelockert hat.

Ich will nicht schon wieder einer Fee ausgeliefert sein. Nicht auf diese Art. Nie wieder.

»Warten Sie«, sage ich. Ich kann keinen zusammenhängenden Satz mehr bilden. Ich kann nicht mehr klar *denken*. »*Warten Sie*. Tun Sie das nicht …«

Die Fee fliegt zu mir, und ich zerre an den Handschellen und versuche, vor ihr zurückzuweichen. *Verdammt.* »Halt still«, sagt der Irrwisch, und seine Stimme klingt wie Glockengeläut.

Er landet auf meinem Oberschenkel, und das Licht wird schwächer, sodass ich die winzige, menschenähnliche Gestalt mit den spitzen Ohren und den großen schwarzen Augen erkennen kann. Seine Haut ist dunkel, so glatt wie ein Onyx und glänzt, als wäre sie mit Marienglas durchsetzt. Die Flügel auf seinem Rücken ähneln jenen einer Libelle, und die Adern darin schimmern golden. Die Kreatur sieht harmlos aus. Ich weiß es besser. Selbst die kleinste Fee kann einen Menschen töten oder schwer verletzen.

Wenn du wirklich das Mädchen bist, mit dem ich aufgewachsen bin, dann tut es mir leid.

Der Irrwisch legt seine Hände auf meinen Oberschenkel, und seine Macht streicht über mich wie warme Sonnenstrahlen. »Sie gefällt mir, *Taibhsdear*«, sagt er mit säuselnder Stimme zu Daniel, während er mein Handgelenk tätschelt. »Sie riecht nach Feuer. Kann ich sie behalten?«

»Wir haben eine Abmachung«, erwidert Daniel. »Ihr dürft die Menschen nicht behalten.«

Die Fee zieht einen Schmollmund. »Ich könnte dir etwas für sie anbieten. Du hättest einen Wunsch frei, *ma Thogras tu*. Was immer du begehrst.«

»Nein«, erwidert er scharf.

Die Fee schlägt die Augen nieder, doch der Zorn, der kurz über ihr Gesicht huscht, entgeht mir nicht. Sie mag es nicht, von einem Menschen herumkommandiert zu werden. Was ist das hier für ein Ort, an dem eine Fee einem menschlichen Seher gehorcht? Dass sie einer solchen Abmachung zugestimmt hat?

»Gavin sagte, es gibt keine Ausnahmen, was diesen Test

betrifft. Warum?«, frage ich mit zitternder Stimme. Ich hasse dieses Zittern.

»In unserem letzten Unterschlupf haben wir den Fehler gemacht, wahllos menschliche Überlebende bei uns aufzunehmen«, erklärt Daniel und beobachtet voller Unmut den Irrwisch, der inzwischen meinen Arm streichelt. »Wir wollen nicht noch einmal denselben Fehler begehen.«

Mir stockt der Atem, und ich zucke zusammen, als der Irrwisch meine Hand umdreht und vom Handgelenk bis zu den Fingerspitzen über meine Hand leckt. »Sie schmeckt nach Asche«, murmelt er. »Nach Feuer.«

Ich erstarre. Ich kann nur noch an Lonnrachs Lippen auf meiner Haut denken. An seinen mit meinem Blut verschmierten Mund. *Du schmeckst nach Tod.*

Einen kurzen Moment lang kneife ich die Augen zusammen. *Du bist nicht dort. Du bist nicht dort. Er hat dich nicht wieder in seiner Gewalt.*

»Ich stehe nicht unter dem Bann einer *Sìthichean*«, erkläre ich Daniel. »Ich schwöre es.«

Daniel sieht mir in die Augen, und ich erkenne etwas wie Schmerz in ihnen. »Gavin meinte, Sie waren im *Sìth-bhrùth*. Drei Jahre, nach unserer Zeitrechnung.« Sein Akzent ist so stark, dass ich ihn kaum verstehe.

»Aithinne hat mich gerettet …«

»Vielleicht haben sie Sie entkommen lassen. Die Feen entführen Menschen und dringen in ihre Köpfe ein. Und dann schicken sie sie aus, um uns zu finden, in der Hoffnung, dass wir unseren Aufenthaltsort verraten, wenn wir ihnen Unterschlupf gewähren. Aber es gibt einen Weg, um zu testen, ob jemand unter dem Bann einer Fee steht«, murmelt er und lässt mich dabei nicht aus den Augen. »Sie hinterlassen Spuren im Blut. Dadurch fühlt der betroffene Mensch immer nur Freude, wenn er mit einer Fee in Kontakt kommt und niemals Schmerz.«

Mein Inneres gefriert. Ich erinnere mich an Lonnrachs Hand auf meinem Handgelenk, an seine Finger, die über meine Wange streichen.

Ich will alles wissen. Ich brauche bloß dein Blut dazu.

Nein, ich darf nicht unter seinem Bann stehen. Ich darf nicht, ich …

Die Feen entführen Menschen und dringen in ihre Köpfe ein.

Ich erstarre. Ich habe dort gegessen und getrunken. Er war in meinem Kopf, hat mein Blut genommen, hat meine Erinnerungen gestohlen, hat seine Abdrücke auf meinem Körper hinterlassen.

Du hast verloren. Und jetzt gehörst du mir.

»Das ist nicht passiert«, flüstere ich.

Oder doch? Auf dem Pfad, der aus dem *Sìth-bhrùth* führte, hätte er mich beinahe in seinen Bann gezogen. Ich habe gegen meinen Willen einen Schritt nach vorne gemacht. Eine Sekunde lang hatte ich keine Kontrolle mehr über meinen Körper. Sondern er.

»Ich kann das Risiko nicht eingehen.« Daniel tritt zurück und lehnt sich außerhalb des Lichtkreises an einen Felsen. Ich kann nur noch seine Silhouette erkennen, seine überaus breiten Schultern und wie er sie zu einem kurzen Zucken hebt. »Wenn Sie nicht unter dem Bann einer Fee stehen, dann tut es mir leid. Denn dann wird es sicher wehtun.«

Das habe ich schon einmal gehört.

Der Irrwisch lächelt breit und jauchzt vor Freude, während er seine langen, spitzen Zähne fletscht, die eigentlich nicht in einen derart winzigen Mund passen dürften. Ehe ich michs versehe, versenkt er seine rasiermesserscharfen Zähne in meiner Handfläche.

Nein, nein, nein. Nicht schon wieder.

Der Biss brennt. Ich spüre den Schmerz überdeutlich. Ich spüre, wie der Irrwisch durch die Haut dringt, bis das Blut entlang der Linien auf meiner Handfläche fließt. Ich schreie nicht. Ich tue es nicht.

Die *TageWochenMonateJahre* breiten sich hinter mir aus. Damals habe ich auch nicht geschrien. Ich habe Lonnrach die Genugtuung nicht gegönnt. Es war das Einzige, was mir noch blieb.

Nicht schreien, nicht schreien, nicht schreien.

»Aufhören«, sage ich. Ich sehe Daniel flehend an. Plötzlich beißt die Fee noch kräftiger zu, und ihre Zähne graben sich in mein Fleisch und reißen es auf.

»Aufhören!«

»Stell sicher, dass sie nicht nur so tut«, befiehlt Daniel dem Irrwisch mit ruhiger Stimme.

Doch in diesem Augenblick zieht sich die Fee plötzlich zurück und schiebt meinen Ärmel hoch.

»Sie wurde schon einmal gebissen«, erklärt sie Daniel mit ihrer süßlichen Stimme. Sie lächelt mich verschwörerisch an, und ihre nächsten Worte gelten nur mir: »Viele, viele Male. Der erste Biss schmeckte nach ihm.« Und dann versenkt sie ihre Zähe erneut in meinen Körper, und dieses Mal trifft sie eine Vene.

Ich zucke überrascht zurück. Dann sehe ich entsetzt zu, wie die Kreatur vor mir zurückweicht. Mein Blut tropft von ihren Lippen, und sie sieht mich mit aufgerissenen, dunklen, tiefgründigen Augen an. Sie stößt ein einziges Wort aus, das meinen Körper bis auf die Knochen gefrieren lässt. *»Seabhagair.«*

Seabhagair. Der Name, den Kiaran mir damals vor so langer Zeit im Park zugeflüstert hat. *Falknerin*. Jetzt weiß der Irrwisch, was ich bin.

Er stößt einen schrillen, schrecklichen Schrei aus. Sein Mund ist weit aufgerissen, sodass sein Kiefer beinahe bis zu seinen Füßen hinunterklappt. Sein Schrei hallt durch die

Höhle. Als Antwort höre ich Flügel schlagen. Hunderte. Weitere Schreie erklingen, und bald darauf ist der ganze Raum von einem Kreischen erfüllt. Der Geschmack nach Herzkirsche dringt in meinen Rachen und legt sich dick über meine Zunge.

Daniel stolpert nach vorne. »Was zum Teufel ist hier los?«, murmelt er und starrt an mir vorbei in den hinteren Teil der Höhle.

Mein Herz rast. Ich zerre an den Ketten und lege meine ganze Kraft hinein, um sie vom Felsen zu lösen. »Sie wissen jetzt, dass ich eine Falknerin bin«, erkläre ich Daniel. »Machen Sie mich los. *Sofort!*«

Er stürzt zu mir und streckt die Hand nach den Handschellen aus, doch es ist zu spät. Die Irrwische brechen über uns herein. Sie umgeben uns, Hunderte von hellen, umherflatternden Sternen. Dann stürzen sie sich wie ein einzelnes Wesen auf mich und stoßen Daniel mit ihrer vereinten übernatürlichen Kraft zur Seite.

Mir bleibt keine Zeit mehr, mich zu wappnen. Um mich an den gefühllosen Ort zu begeben, an den ich mich während Lonnrachs Besuchen zurückzog, damit ich den Schmerz ertragen konnte. Das hier ist schlimmer als seine Bisse. Das hier ist schlimmer als das Spiegelzimmer. Es ist nicht bloß ein Mund, ein Biss, eine Fee, zweiundachtzig Zähne. Es sind Hunderte, und ich ertrage es nicht mehr.

Ich kann nichts dagegen tun. Ich *schreie*.

Die Irrwische zerren an meinen Klamotten, beißen, reißen meine Haut auf. Ihre Zähne brennen, ihre Nägel kratzen und ich beginne zu bluten. Sie schnappen nach meinen Adern und beginnen zu saugen. Blut tropft beständig von meiner Haut und meinen Fingernägeln auf den Boden. *Tropf, tropf, tropf, tropf.* Die Irrwische beißen immer und immer wieder, und gerade als ich denke, dass ich durch den Blutverlust bald ohnmächtig werde und der Schmerz endlich versiegt, erwacht er von Neuem.

Durch das Flügelflattern hindurch höre ich, wie Daniel nach jemandem ruft. Er versucht fluchend, die Feen von meinen Armen und meinem Hals zu ziehen, doch sie graben ihre Zähne nur noch tiefer in meine Haut. Meine Stimme ist rau, mein Hals schmerzt, so laut schreie ich.

Gerade als ich denke, dass ich den Schmerz nicht mehr länger ertragen kann, schmecke ich eine starke, vertraute Macht. Kiaran. Die Irrwische werden plötzlich von mir heruntergerissen, und ihre leuchtenden Körper prallen gegen die Höhlenwände. Jetzt sind sie es, die schreien und mit flatternden Flügeln zurück in den hinteren Teil der Höhle fliehen, wo ihre Rufe wie Geister verhallen.

17

Ich kann nicht einmal den Kopf heben, um Kiaran anzusehen. Ich hänge nach vorne gekippt in den Ketten, und der Schmerz jagt durch meine Adern. Plötzlich steht er vor mir und hebt mit seinen warmen Fingern mein Kinn an.

Mein Gott, diese Augen.

Ich sehe zu, wie Kiarans wunderschöne Augen über mein Gesicht und meinen Hals hinunterwandern, wo die Irrwische sich in meine Halsschlagader verbissen hatten. Sein Blick wird mit jedem Augenblick kälter. Er spiegelt keinen Zorn oder irgendeine andere Emotion wider. Bloß berechnende Entschlossenheit.

Als würde er sich auf ein Massaker vorbereiten.

Ich versuche, mich nach vorne und an ihn zu lehnen, doch die Handschellen halten mich zurück, und die Ketten schlagen klirrend gegen den Felsen.

Kiarans Blick wandert zu ihnen, und so unmöglich es auch erscheint, er wird noch grausamer. Er legt die Hände auf das Metall um meine Handgelenke. Ich spüre, wie seine Macht wächst, und dann löst sich das Metall plötzlich auf und fällt als Asche zu Boden.

Nun hält mich nichts mehr zurück, und ich stürze nach vorne. Kiaran fängt mich auf, und ich zische vor Schmerz. Mein Blick verschwimmt.

»Kannst du dich bewegen?«, murmelt er. Es klingt sanft, doch seine Stimme hat einen grausamen Unterton, der mich innehalten lässt.

Ich strecke die Finger und meine Arme und Beine und zucke unter dem plötzlichen Schmerz zusammen. »Ich glaube schon.« Selbst das Sprechen tut weh.

Meine Arme sind vollständig von kleinen, blutenden Bissspuren bedeckt, manche sind tiefer als andere. Mein Hemd, meine Hose und mein Mantel sind zerrissen. Der Stoff hängt flatternd hinunter.

»Dann gehört sie also *dir*«, ertönt eine Stimme hinter uns. Daniel. »Ich dachte mir schon, dass es einen Grund gibt, warum eine von euch auszieht, um einen Menschen zu retten.« Er bemüht sich nicht, seine Abscheu zu verbergen. »Sie ist dein Spielzeug.«

Kiaran wendet den Blick nicht von mir ab, doch mir entgeht nicht, dass er auf Daniels Worte hin erstarrt ist. Seine Augen brennen wie Zunder, und ich kann seine Macht schmecken.

Ich lehne mich näher zu ihm. »Tu es nicht. Woran auch immer du gerade denkst, tu es nicht.«

»Du stellst meine Geduld auf eine harte Probe.« Kiarans Stimme durchschneidet die Luft wie ein Messer. »Ich werde dir nichts versprechen, Kam. Dieses Mal nicht.«

Ausnahmsweise verstehe ich ihn. Ich weiß, was er denkt. Er wird die Irrwische abschlachten, und obwohl sein Schwur ihn davon abhält, Daniel zu töten, wird er ihm wehtun, und zwar erheblich.

Die Temperatur fällt mit einem Mal unter den Gefrierpunkt. Mein Atem bildet Wolken, und eine schmerzhafte Gänsehaut überzieht meine Haut. Es ist so kalt, dass es brennt.

Kiaran betrachtet erneut jede einzelne meiner Bisswunden, als würde er nachzählen, wie viele er töten muss.

»MacKay«, sage ich. Meine Lungen schmerzen vor Kälte. Ich bekomme kaum genügend Luft, um zu sprechen. »Hör auf.«

Kiaran springt auf und greift nach seinem Schwert.

Ich mache das Erste, was mir einfällt. Ich packe sein Handgelenk und kann gerade genug Kraft aufbringen, um ihn zu mir zu ziehen. Dann küsse ich ihn.

Zuerst ist es nur, um ihn abzulenken, doch dann … Mein Gott. Die Temperatur normalisiert sich, und ich kann nicht mehr klar denken. Ich spüre bloß seine Lippen auf meinen, die Umrisse, die ich mir perfekt eingeprägt hatte. Der Druck seines Kusses ist genau richtig. Aus seinem Hals dringt ein Laut, ein tiefes Knurren, das mich erschaudern lässt.

Und dann liege ich in seinen Armen, und er zerrt an meinem Mantel, als wollte er ihn *ausziehen*. Er reißt an den Knöpfen und seine Hände wandern darunter und …

Ich keuche vor Schmerz auf, obwohl sich meine Lippen immer noch auf seinen befinden. Er hat eine meiner Verletzungen berührt.

Kiaran löst sich von mir, als hätte er plötzlich erkannt, warum ich ihn geküsst habe. »Nette Ablenkung. Ich kann mich nicht erinnern, dir das beigebracht zu haben.«

»Ich habe improvisiert. Ich musste deine Aufmerksamkeit erregen«, sage ich, und meine Stimme ist kaum mehr als ein angestrengtes Flüstern. »Keine Gewalt. Ich habe freiwillig mitgemacht.«

Sein Blick wird schmal. »Du hast zugestimmt, dass sich die Irrwische an dir laben?«

Ich gebe ihm keine Antwort, er würde es wohl nicht allzu gut aufnehmen. »Tu Daniel nicht weh.«

Kiaran zieht mich auf die Beine. Er schlingt einen Arm um meine Hüfte, denn er spürt vermutlich, dass ich zu schwer verletzt bin, um alleine zu stehen. »Du verwechselst mich schon wieder mit euch Menschen, Kam.« Als er dieses Mal spricht, streifen seine Lippen meinen Hals, und seine Worte fühlen sich an wie geflüsterte Küsse. »Dort, wo ich herkomme, gibt es kein Erbarmen. Hätte ich nicht diesen Schwur abgelegt, würde ich ihn töten, ohne einen weiteren Gedanken daran zu verschwenden.«

Bevor ich antworten kann, wirft er einen Blick auf Daniel. »Kam hat euren Test bestanden«, sagt er mit furchtbar ruhiger Stimme. »Und jetzt such einen Platz für sie, wo sie sich hinlegen und wieder gesund werden kann.«

Daniel sieht Kiaran in die Augen und bemüht sich nicht, seinen Hass zu verbergen. »Ich lasse keinen Menschen in meine Stadt, der eine derart vertraute Beziehung zu einer Fee hat.«

»In *deine* Stadt?« Kiaran lächelt spöttisch. »Das muss ich unbedingt der kleinen Fee erzählen.« Er deutet auf mich. »Und zwar gleich nachdem ich ihm gesagt habe, dass seine menschliche Freundin nicht willkommen ist.«

Daniel ballt die Hand zur Faust, als wäre er bereit zu kämpfen. »Es ist mir egal, wer sie ist. Für mich sieht es so aus, als wäre sie bloße eine weitere Feenhu…«

Ehe ich michs versehe, hat Kiaran sein Messer gezogen, und es saust durch die Luft. Es zerschneidet Daniels Hemd und bohrt sich mit einem dumpfen Geräusch in den Fels. Beinahe hätte es seinen Oberkörper tödlich getroffen. »Beende deinen Satz«, sagt Kiaran, »und das nächste Mal bohrt es sich in deine Kehle.«

»Ich habe Gerüchte gehört, wonach du keine Menschen töten kannst«, erwidert Daniel und zieht das Messer mit einem schnellen Ruck aus dem Stein. »Stimmt das?«

»Ich muss dich nicht töten«, erwidert Kiaran mit Furcht einflößender Feenstimme. »Es ist kaum zu glauben, was der menschliche Körper aushält, ohne zu sterben.«

Daniel knurrt und schleudert das Messer in unsere Richtung. Kiaran lässt mich los und fängt es, ohne mit der Wimper zu zucken. »Der erste Wurf war reine Gefälligkeit, Seher. Das nächste Mal treffe ich.«

»Bitte, meine Herren«, sage ich schwach. »Es reicht.«

Sterne ziehen in mein Blickfeld, und ich sinke mit einem Stöhnen in Kiarans Arme. Mein Kopf schwirrt und fühlt sich leicht an, als wäre er voller Luft. Es ist, als würde ich im Wasser treiben.

»Verdammt, Kam.« Ich kippe beinahe nach vorne, doch Kiaran zieht mich wieder hoch. Ich bin mir nicht sicher, ob ich gehen kann. »Du blutest alles voll.«

»Ich bin auch nicht gerade glücklich darüber«, krächze ich.

Kiaran führt mich langsam und bedächtig zu einem Gang, der in den hinteren Teil der Höhle führt. Daniels Stimme hallt durch die dunkle Kaverne. »Ich habe dir doch gesagt, dass ich nicht dulde, dass du sie in die Stadt mitnimmst, Fee. Bring sie wieder dorthin zurück, wo ihr beide hergekommen seid.«

Kiaran hält inne und dreht sich langsam um. »Ich nehme an, du schätzt dein verbliebenes Auge, Seher. Noch ein einziges Wort, und du bist blind.«

»Daniel, bist du das?«, ruft eine vertraute Stimme aus einem der anderen Gänge im hinteren Teil der Höhle. »Gavin meinte …«

Catherine erstarrt, als sie mich und Kiaran erblickt. Sie ist mittlerweile zwanzig, und ihre Gesichtszüge wirken reifer und sogar noch schöner. Sie hat die Haare zu einem Zopf geflochten, der ihr bis zur Hüfte reicht. Statt der Kleider, die sie sonst immer anhatte – immer nach der neuesten Mode –, trägt sie eine praktische dunkle Hose und ein Raploch-Hemd.

Ihre Lippen formen meinen Namen, als könnte sie nicht glauben, dass ich es tatsächlich bin. »Du lebst.«

Dann eilt sie vorwärts, schlingt die Arme um mich und drückt mich fest an sich. Ich gebe einen Schmerzenslaut von mir und sie lässt mich los, als hätte sie noch nicht bemerkt, dass ich blute.

»O Gott.« Sie sieht mir in die Augen. »Haben sie dich getestet?«

»Dein Ehemann hat es veranlasst«, erklärt Kiaran scharf. »Und dein idiotischer Bruder hat ihm dabei geholfen. Es wundert mich, dass du nichts davon wusstest.«

Ehemann? Sie hat *diesen Mann* geheiratet? O Gott, das hier ist wie ein nie enden wollender Albtraum.

Ich versuche, einen Schritt nach hinten zu machen, doch ich habe so viel Blut verloren, dass ich schwanke. Kiaran verliert keine weitere Zeit, sondern hebt mich einfach hoch. Seit ich das letzte Mal krank war und er mich gehalten hat, hat er einiges dazugelernt. Er ändert vorsichtig meine Position, während nach wie vor das Blut aus meinen Hunderten Bisswunden auf den Boden tropft.

Ich öffne die Augen. Catherine wirft einen scharfen Blick auf meine Wunden und das Blut zu Kiarans Füßen. »Sie haben mir nicht gesagt, dass du lebst. *Keiner von ihnen.*« Sie wendet den Blick ab und sieht ihren Ehemann an. »Daniel, ich denke, wir müssen uns unterhalten.«

»Cat…«

»Ins Arbeitszimmer. Und sag Gavin, dass er auch kommen soll. *Sofort.*« Sie wartet, bis seine Schritte im Gang verhallt sind, bevor sie sich wieder an mich wendet. Ihre Stimme klingt nun sanfter: »Einige der Wunden sehen tief aus.« Sie legt die Hand auf eine der Bissspuren auf meinem Arm, und ich beiße mir auf die Zunge. »Wenn ich davon gewusst hätte, wäre ich hierher zu Daniel gekommen, um dir zu helfen. Ich hätte dich begrüßt.«

Ist er wirklich ihr Ehemann? Ganz sicher?

Catherine wirkt so bestürzt, dass ich sie einfach beruhigen muss. »Es ist alles in Ordnung.«

»Nein, ist es nicht«, erwidern Kiaran und sie gleichzeitig.

Sie sieht Kiaran an, und ich komme nicht umhin zu bemerken, wie sie sich verkrampft und ihre Stimme leicht zittert, als sie sich an ihn wendet: »Wo willst du sie hinbringen?«

Mein Blick verschwimmt, und in meinem Kopf beginnt es zu pochen. Ich höre Kiarans Antwort nicht mehr. Er sagt etwas von einer Tür. Welche Tür? Ich öffne den Mund, um ihn zu fragen, doch dann wird der Schwindel überwältigend. Das Letzte, woran ich mich erinnern kann, ist Kiaran, der mich sanft in den Armen hält, während er mich durch den Gang trägt.

18

Ich werde immer wieder ohnmächtig. Ich weiß nicht, ob ich stunden- oder bereits tagelang hier liege. Die meiste Zeit fühlt es sich so an, als hätte ich Gewichte an den Armen und Beinen. Als wären sie zu schwer, um mich zu bewegen. Mein ganzer Körper fühlt sich an, als würde er in Flammen stehen.

Es gelingt mir, meine Augen kurz zu öffnen und durch den Nebel hindurch einen Blick auf meine Arme zu werfen. Sie sind mit Hunderten Bissen übersät, die bereits vernarben. Das Fleisch ist gerötet, als hätte man mich in kochend heißes Wasser getaucht. Meine Haut ist feucht, und selbst die zarteste Berührung verursacht mir Schmerzen.

Manchmal befinden sich Leute in meinem Zimmer, und ich höre vertraute Stimmen. Ich versuche, meine Augen zu öffnen, doch sie sind zu schwer. Sie sind so furchtbar schwer. Meine Lippen bewegen sich, um nach Aithinne zu fragen. Nach ihrer schmerzhaften Heilmethode, doch ich kann nicht sprechen.

Es tut alles weh, außer wenn er in der Nähe ist. *Kiaran*. Der Geschmack seiner Macht verweilt auf meiner Zunge, sein Name als Hauch auf meinen Lippen. Ich könnte schwören, ich höre ihn in der Feensprache flüstern. Es klingt so sanft und melodiös wie ein eindringliches Schlaflied. Ich will, dass er die Worte wiederholt, die er vor der Schlacht zu mir sagte.

Aoram dhuit.

Ich werde dir huldigen.

Doch er sagt es nie. Ich will ihn beinahe bitten, es zu sagen, und öffne langsam und schmerzerfüllt die Augen. Doch dann merke ich, dass nicht Kiaran neben mir sitzt und die sanften, unverständlichen Worte murmelt. Sondern Catherine.

»Hallo«, sage ich, und es ist kaum mehr als ein Krächzen.

Catherine hebt den Kopf. Ihre Augen sehen müde aus, als wäre sie schon seit Stunden wach. »Hallo«, erwidert sie.

Ich betrachte die Umgebung und versuche, das Brennen in meinen Augen und die Tatsache zu ignorieren, dass ich sie kaum offen halten kann. Ich befinde mich in einem Zimmer. In *meinem* Zimmer.

Alles ist so, wie ich es in Erinnerung habe. Die teakvertäfelten Wände, die kleinen Glühbirnen, die ins Holz eingelassen sind. Das Steuerrad des alten Schoners an der gegenüberliegenden Wand und daneben die Landkarte der Äußeren Hebriden. Die klickenden Zahnräder auf der Decke, die mit dem Stromverteiler im Herzen der New Town verbunden sind.

Mein Zuhause. Träume ich? Oder *habe* ich alles, was geschehen ist, nur geträumt? Mein Kopf pocht, und mein Blick verschwimmt und wird von den Rändern her schwarz.

»Zuhause?«, frage ich, und meine Lippen bewegen sich kaum.

Ich sehe, wie Catherine zögert. Sie nimmt meine Hand. »Schhh. Schlaf noch ein wenig. Ich werde da sein, wenn du aufwachst.«

Ich träume von zu Hause. Nicht von meinem alten Leben, von den Teegesellschaften, den Tänzen und den Bällen – einfach bloß von dem Ort. In meinem Traum ist meine Mutter bei mir, und wir sitzen im Princes Street Park zusammen im Gras.

Es ist Sommer, und die Blumen stehen in voller Blüte. Meine Lieblingsblumen waren immer schon die Lobelien, deren zarte, leuchtend violette Blüten den Boden überziehen. Zu dieser Zeit im Jahr ist die grüne Wiese von wunderschönen, bunten Flecken übersät. Die Blumen breiten sie wie eine gelbe, rote, lilafarbene und pinke Decke über die Hänge unter der Burg aus, und das Gras war noch nie üppiger.

Die Sonne scheint warm auf mein Gesicht. Ich habe den Hut zurückgeschoben, damit ich die warmen Sonnenstrahlen spüren kann. Ich trage ein hellblaues Tageskleid aus weichem Musselin, der dünn genug ist, um den himmlischen Sommerwind zu spüren.

»Es ist wunderschön, nicht wahr?«, sagt meine Mutter. Sie schließt die Augen, und ihre Haut glänzt golden in der Nachmittagssonne. »Ich vermisse das hier.«

»Ich auch«, sage ich.

»Wir sollten später noch an die Küste. Nur du und ich.«

»Das würde ich gerne«, sage ich mit brüchiger Stimme. *Ich gehöre nicht hierher zu dir.*

Meine Mutter wirft mir einen Blick zu. »Stimmt etwas nicht?«

»Es ist bloß … ich wünschte, ich könnte bleiben.« Ich zupfe an den Blütenblättern einer Lobelie. Reiße eines nach dem anderen aus.

»Warum denn nicht?«

Wie kann ich es ihr möglichst behutsam erklären? »Es gibt einen Ort, an den ich zurückmuss. Leute, für die ich verantwortlich bin.«

Mutters Lachen lässt mich erschaudern. Es fühlt sich an wie kalte, nasse Finger, die meine Wirbelsäule hinunterstreichen. »Das ist doch töricht«, erklärt sie mir, und als sie ihren Hut weiter nach hinten schiebt, erscheinen mir ihre roten Haare und die grünen Augen etwas zu leuchtend. Haben sie immer schon so geleuchtet? »Du bist für niemanden verantwortlich.«

Die Art, wie sie es sagt, lässt mich aufhorchen. Sie klingt wegwerfend. Mutter klang nie wegwerfend. »Aber …«

»Wir sollten etwas Neues aufbauen, Mädchen. Was immer du willst. Würde dir das denn nicht gefallen?«

Was immer du willst. Würde dir das denn nicht gefallen?

»Nein«, erwidere ich. Hier stimmt doch etwas nicht.

Lautes, krächzendes Lachen erweckt meine Aufmerksamkeit. Raben versammeln sich auf dem Gras um uns herum. Es sind Hunderte. Sie waren gerade eben noch nicht da. Doch jetzt bedecken sie den Boden mit ihren tintenschwarzen, flatternden Flügeln, und von ihren scharfen, leuchtend roten Schnäbeln tropft etwas zu Boden. Blut?

Mutter umklammert meine Hand so fest, dass ich nach Luft schnappe. »Ich werde dich finden.« Ich sehe ihr in die Augen und erstarre. Sie sind so schwarz wie ein Grab, wie ein sternenloser Nachthimmel. Als könnte ich in ihnen ertrinken. »Wo auch immer du hingehst, ich werde dich finden.«

»Minnie?«, flüstere ich. Es ist der Spitzname, den ich ihr vor Jahren gegeben habe. Das hier ist nicht meine Mutter. Sie ist es nicht.

Während ich sie betrachte, beginnt ihr Gesicht auseinanderzufallen. Die Haut schält sich, bis nur noch die Knochen übrig bleiben. Ich stoße einen hohen Schrei aus und versuche, ihr meine Hand zu entziehen, doch sie hält mich fest.

Ehe ich michs versehe, ist die Sonne verschwunden. Rasch ziehen dunkle Wolken auf, bis der Himmel vollkommen schwarz ist. Die Blumen um uns herum verwelken und sterben ab. Zerfallen zu Staub. Die Raben lachen krächzend und schlagen mit ihren Flügeln.

»Lass mich los.« Ich ziehe so fest, dass mein Handgelenk schmerzt. Sie hält mich fest, und ihre Finger graben sich in meine Haut und reißen sie auf.

»Alles, was jetzt noch kommt, ist geborgte Zeit, Falknerin«, sagt sie zu mir. Ihre Stimme wird immer leiser, sodass ich sie fast nicht mehr verstehen kann. Sie zieht mich zu sich und flüstert mir ins Ohr. »Wir werden uns bald wiedersehen.«

Ich wache ruckartig auf und stöhne vor Schmerz. Es fühlt sich an, als stünde mein ganzer Körper in Flammen. Ich kralle mich an der Decke fest, und meine Finger graben sich in meine Haut. Es tut *weh*.

»Aileana.« Jemand rüttelt mich sanft an der Schulter. »Es ist alles in Ordnung. Alles in Ordnung.« Catherine.

Ich öffne die Augen und sehe, dass sie sich über mich beugt. Sie sieht noch erschöpfter aus als das letzte Mal, als ich wach war. Ich frage mich, wie lange sie wohl schon hier ist.

»Zu heiß«, krächze ich.

Catherine runzelt die Stirn und legt eine Hand auf meine Wange. »Du hast noch immer Fieber. Warte einen Augenblick.« Sie greift nach unten. Ich höre Wasser plätschern, dann hält sie ein nasses Tuch in der Hand. Sie faltet es und legt es auf meine Stirn.

Das kalte Wasser durchbricht die Hitze, und ich seufze erleichtert. »Danke.«

Sie nimmt erneut meine Hand. »Besser?«

Meine Antwort bleibt mir im Hals stecken, als ich sehe, wo ich bin. Dieser Teil war also kein Traum. Ich bin in meinem Zimmer.

Zu Hause.

Ich lasse meinen Kopf zurück ins Kissen sinken und starre hinauf zu den Zahnrädern auf der Decke und den Lichtern über mir. Ich habe das Loch dort oben gesehen. Die verrotteten Möbel. Dieser Ort existiert nicht mehr. Nicht so wie früher. Es ist bloß noch ein Trümmerhaufen, die Feen haben alles zerstört. Und das, was von meinem alten Zimmer noch übrig geblieben war – das Zimmer, dass ich so liebevoll mit meiner Mutter eingerichtet hatte –, hat schließlich die *Mortair* dem Erdboden gleichgemacht. Trotzdem sieht es hier so … perfekt aus. Ich kann mir das doch nicht alles einbilden.

Ich lege meine Finger auf die Tagesdecke, die meiner alten so sehr ähnelt, und spüre die glatte Seide unter meiner Handfläche. »Ist das hier real?«, flüstere ich. *Träume ich immer noch?*

Nein, ich träume nicht. Meine Arme sind nach wie vor von Feenbissen überzogen, die gerade erst verheilt sind, und die Haut um sie herum ist rot und entzündet.

»Es kommt drauf an, was du als *real* bezeichnest«, erklärt mir Catherine. Sie legt meine Hand auf den Holzrahmen meines Bettes. »Fühlt es sich real an?«

Die Kerben unter meinen Fingern tun es. Und auch die Schnitzereien im Kopfteil. Ich hebe meinen Kopf gerade weit genug, um zu sehen, wie sich meine Finger auf das Holz pressen. Ich kann seine Oberfläche spüren, selbst als sich ein pochender Schmerz hinter meinen Schläfen ausbreitet.

Schließlich tut es so weh, dass ich mich wieder zurücklegen muss. Ich schließe die Augen, um dem Schmerz zu entgehen. »Wo bin ich?«

»Du bist noch immer im Königreich der kleinen Feen. Ich erzähle dir alles, sobald du dich besser fühlst«, sagt Catherine. »Aithinne kommt bald wieder, um dich zu heilen.«

Meine Lippen sind trocken. »Was ist los mit mir?«

»Sie meinte, das alte Gift in deinem Blut reagiert aggressiv auf das neue.« Ich spüre Catherines Finger auf den Narben auf meinem Handgelenk. »Kommt es von denen hier?«

Sie stellt die Frage leichthin, aber ich merke, wie sie sich bemüht, ihre Gefühle zu unterdrücken. »Aye«, antworte ich und bin schon wieder knapp davor einzuschlafen. »Sie stammen aus meiner Zeit im *Sìth-bhrùth*.«

»Es tut mir leid, dass ich nicht für dich da war«, flüstert sie.

Ich drücke ihre Hand. Ich weiß nicht, ob sie Lonnrach oder die Irrwische meint. Ich bringe bloß fünf Worte heraus. »Mir tut es auch leid.« *Es tut mir leid, dass du wegen mir in einer Welt wie dieser leben musst.*

Als ich das nächste Mal munter werde, fühle ich mich klarer und wacher. Ich blicke hinüber, um nachzusehen, ob Catherine noch immer da ist, und bemerke erstaunt, dass Gavin in dem Stuhl neben meinem Bett sitzt und ein Buch liest.

Ich rutsche ein wenig zur Seite, und Gavin hebt den Blick. »Du siehst besser aus.« Er klappt sein Buch zu und legt es fort.

Jemand hat mich umgezogen. Ich trage ein sauberes weißes Raploch-Hemd, das etwa doppelt so groß ist wie normal und eine Hose, die mir kaum besser passt. Aithinne hat alle meine Wunden geheilt. Die oberflächlicheren Bisse haben kaum Narben hinterlassen, die tieferen sind nicht viel mehr als kreisförmige Abdrücke zwischen Lonnrachs Bissspuren.

Mein Blick verweilt auf den unbekannten Narben auf meinen Handgelenken. Sie stammen vermutlich von den Handschellen. Als mich die Irrwische angriffen, habe ich mich so sehr gegen die Ketten gestemmt, dass die Handschellen sich in meine Haut gruben. Ich habe es nicht einmal bemerkt.

Ich beiße die Zähne zusammen. »Wo ist Catherine?«

»Sie war tagelang hier«, erwidert Gavin. »Jetzt bin ich an der Reihe.«

Ich sehe ihm kurz in die Augen. »Und was, wenn ich dich nicht hierhaben möchte?«

Gavin wendet den Blick ab. »Ich weiß, dass du wütend bist.«

»Du hast keine Ahnung, wie ich mich fühle.« Ich starre erneut auf die Narben hinunter.

Gavins Blick folgt meinem, und er zuckt zusammen, als er die Narben sieht. »Ich hätte dir sagen sollen, dass …«

»Du hast mir auch nichts von den Irrwischen erzählt«, sage ich. »Wenn du es getan hättest, hätte ich dir gesagt, dass sie aus meinem Blut lesen werden, dass ich eine Falknerin bin. Meine Energie ist für sie so berauschend wie die eines Sehers, Gavin.« Meine Hände ballen sich zu Fäusten.

Gavin sieht mich schuldbewusst an. »Das wusste ich nicht.«

»Weil du nicht *gefragt* hast!« Er öffnet den Mund, um etwas zu sagen, doch ich lasse mich nicht unterbrechen. »Derrick hat dir gesagt, dass ich anders bin, und dass die Tatsache, dass ich eine Falknerin bin, es schlimmer machen wird. Du hast ihn angelogen, nicht wahr? Du wolltest mich nicht schonen. Du hast versucht, mich zu töten.«

Gavin weicht zurück. »*Nein*. Nein, das habe ich nicht. Ich schwöre es.« Es wirkt, als wolle er die Hand nach mir ausstrecken, doch dann lässt er sie sinken. »Gerade weil du eine Falknerin bist, dachte ich, dass du mit dem Schmerz ihrer Bisse besser umgehen kannst als alle anderen Menschen. Mein Gott, Aileana, ich habe dich mit Verletzungen kämpfen sehen, die jeden anderen umgebracht hätten.«

Ich schiebe die Decke von meinen Beinen. »Ich habe keine Lust auf deine Entschuldigungen.« Als ich versuche aufzustehen, packt er mich am Handgelenk. »Du bist noch nicht gesund.«

Ich reiße mich los. »Rühr mich nicht an.«

Er hebt die Hände. »Aithinne hat vielleicht die Bisswunden der Irrwische geheilt, aber du musst noch immer die Energie wieder aufbauen, die sie dir genommen haben.«

»Und wie hast du vor, mich hierzubehalten?«, frage ich kalt und hebe den Blick, um ihm in die Augen zu sehen. »Willst du mir wieder Handschellen anlegen?«

Gavin zuckt zusammen, doch er weicht mir nicht aus. »Du bist noch nicht gesund«, sagt er noch einmal mit strengerer Stimme.

»Gesund genug, um dir deine hübsche Nase zu brechen, solltest du mir noch einmal zu nahe kommen.«

Als er einen Schritt zurückmacht, nutze ich die Gelegenheit, und krabble auf der anderen Seite aus dem Bett, um etwas Abstand zwischen uns zu bringen. Der Bettrahmen erscheint mir dazu breit genug.

»Verschwinde. Sag Catherine oder Aithinne, dass sie kommen sollen. Oder hol Kiaran, wenn du ihn findest. Wenn schon jemand hier sein muss, um mich zu bewachen, dann solltest es nicht gerade du sein.«

Gavin rührt sich nicht. Wir starren einander an. Es ist ein stiller Kampf darum, wer seinen Willen am Ende durchsetzt. Er wendet zuerst den Blick ab, doch er geht nicht. »Ich habe das hier verdient«, sagt er. Ich merke, wie sein Blick wieder zu meinen Narben wandert. »Und was das angeht, was ich vor ein paar Tagen zu dir gesagt habe. Ich hätte nicht annehmen dürfen, dass …«

»Dass sie mich nicht gefoltert haben? Dass ich keine Narben davongetragen habe?«, frage ich streng. Ich sehe hinunter auf meine Arme. »Und was ändert das jetzt an deiner kleinen Geschichte?«

»Ich hasse sie jetzt nur umso mehr«, erwidert er scharf. »Ich hasse sie, Aileana. Ich *hasse* sie.«

Mir entgeht nicht, wie flehend er mich ansieht. Er bittet mich um Verständnis, doch ich kann es ihm nicht geben. Noch nicht.

Ich gehe zum Fenster und starre hinaus. Der Charlotte Square wirkt vollkommen unversehrt und unberührt. Mein Fluggerät steht wie früher auf dem Rasenfleck in der Mitte des Platzes. Die Vegetation blüht und gedeiht wie immer am Ende des Frühlings, und Sonnenstrahlen fallen zwischen den Wolken hindurch auf das Gras.

Als meine Stimmung sich verfinstert, verschwindet auch die Sonne. Das Licht ist fort. Das Gras verwelkt zu einem winterlichen Braun und Sturmwolken ziehen auf. Ich sehe zu, wie Schnee auf die Pflastersteine vor dem Haus fällt und dort liegen bleibt, bis die ganze Straße davon bedeckt ist.

»Bitte geh jetzt«, sage ich zu Gavin, der neben mich getreten ist.

»Lass es mich erklären«, erwidert er sanft. »Wenn du dann noch immer willst, dass ich gehe, dann verschwinde ich.«

Ich schließe einen Moment lang die Augen. »Erzähl mir erst noch von diesem Ort.« Ich lasse mich auf die Bank unter dem Fenster sinken und rutsche soweit hinunter, bis ich das kalte, harte Holz spüre. »Es ist doch nicht real, oder?«

Jetzt, wo ich den Raum näher betrachte, fällt mir auf, dass ihm meine Persönlichkeit fehlt. Es ist bloß eine Nachbildung, eine Kopie der Dinge, die ich in meiner Welt geliebt habe, und des Raumes, den meine Mutter und ich zusammen entworfen haben. Und es fehlt auch *ihre* Persönlichkeit. Es gibt nichts, was sich von meinem Zimmer unterscheidet, dennoch wirkt alles irgendwie leer. So ordentlich, als hätte hier nie jemand gewohnt. Das ist nicht der Ort, den meine Mutter und ich zusammen erschaffen haben.

Ich greife nach meinem Mantel, den Catherine auf die Fensterbank gelegt hat, und stecke die Hand in die Tasche, um nach Mutters Tartan zu tasten. Ich umklammere ihn so fest, dass meine Hand schmerzt. Als könnte ich dadurch alles zurückbringen. Als könnte ich *sie* zurückbringen.

»Es ist eine Illusion«, erklärt Gavin, setzt sich neben mich und stützt seine Arme auf seinen Knien ab. »Deine kleine Fee nennt es *Cruthaidheachd*. Die Schöpfung. Sein Volk hat auf diese Weise ganze Welten erschaffen. Und jetzt nutzten wir es, um unser altes Zuhause aus unseren Erinnerungen zum Leben zu erwecken.«

Es ist also wie eine Folter. Ein leerer Raum, der außer den Teilen, an die wir uns erinnern, keine Bedeutung hat. »Könnten wir denn alles erschaffen, was wir wollen?«

»Das könntest du. Aber wir umgeben uns mit den Dingen, die wir sehen wollen. Jenem Platz, der in unseren Gedanken vorherrscht.« Er lächelt bitter. »Ich nehme an, das hier war dein Zimmer?«

»Aye«, erwidere ich.

Ich vermisse es so sehr, dass es wehtut. Dieser Ort riecht nicht wie mein Zimmer, und es fühlt sich nicht an wie in meinem Zimmer. »Es ist bloß eine Nachbildung«, sage ich. »Die Einzelheiten stimmen zwar, aber es passt trotzdem nicht. Sie bedeuten nichts.«

»Da bin ich anderer Meinung.« Seine Stimme ist sehr leise. »Unsere Erinnerungen bedeuten alles, glaubst du nicht auch?«

Ich lehne mich zurück und schließe erneut meine brennenden Augen. »Was, wenn das, was ich mir am meisten wünsche, nicht mein Zimmer ist, sondern eine ganze Stadt?« Ich schlucke. »Eine geliebte Stadt.«

»Wir können die Toten nicht wieder zurückholen«, sagt er. »Nicht einmal hier. Glaub mir, mehr als ein paar von uns haben es schon versucht.«

Ich öffne die Augen und sehe Gavin an. Ich sehe ihn *tatsächlich* an. Nicht wie vor ein paar Tagen, als ich ihn zum ersten Mal wiedergesehen habe und einfach froh war, dass er noch am Leben war. Ich sehe ihn als den Menschen, zu dem er geworden ist, und der sich so sehr von dem Mann unterscheidet, mit dem ich aufgewachsen bin. Seine Gesichtszüge sind mir immer noch vertraut und haben sich, abgesehen von den Narben, nicht verändert. Aber jetzt fallen mir auch noch andere Dinge auf.

Seine Haare sind etwas länger, als ich mich erinnern kann, und reichen ihm bereits hinter die Ohren. Er hat sich schon seit ein paar Tagen nicht rasiert, was vollkommen untypisch für den Gavin ist, den ich kannte. Er trägt ein raues Wollhemd, das am Kragen offen steht. Es ähnelt den Klamotten, die ich immer auf der Jagd trug. Auf seinem Hals ist eine dünne, verblasste Narbe zu erkennen, als hätte ihn ein schneller Schwerthieb getroffen.

»Als wir uns draußen gegenüberstanden, hast du mich angesehen, als wäre ich eine Fremde«, sage ich. »Als würdest du mich nicht kennen. Warum?«

»Das hast du also angenommen?«

»Was hätte ich denn sonst denken sollen?« Ich lege meine Hand auf die Wand hinter mir und seufze leise. »Du warst so abweisend. Ich habe dich noch nie so erlebt. Du hast Derrick angelogen. Du hast mich fortgeschickt, um …«

Du hast mich fortgeschickt, um mich zu foltern.

»Für mich sind drei Jahre vergangen, Aileana«, sagt Gavin. »Ich habe mich verändert. Ich musste mich anpassen, um zu überleben. Und du …« Er betrachtet mein Gesicht. »Du warst nicht da, als es passierte. Die Wilde Jagd und die Zerstörung der Städte. Du hast keine Ahnung, was wir durchgemacht haben.«

Warum sollte ich statt meiner Welt deine retten?

Zeig es mir. Sofort.

Ich habe bloß den Rauch und die Gebäude gesehen. Die Zerstörung und die Asche der brennenden Häuser. Ich war nicht dabei, als all die Menschen in den Städten von der Feen-Armee niedergemetzelt wurden. Ich war nicht dabei, als die Überlebenden ihre verbliebenen Habseligkeiten zusammensammelten.

»Nein, das habe ich nicht«, sage ich. *Erzähl es mir.*

Gavin sieht sich in meinem Zimmer um, als wolle er es sich einprägen. Er war nie dort gewesen, bevor es zerstört wurde. Ich hatte es umgebaut, nachdem er auf die Universität gegangen war. Einmal hatte ich ihn jedoch in mein altes Zimmer geschmuggelt, in mein …

Mir fällt ein, dass ich es erneut für ihn erschaffen kann. Ich projiziere meine Erinnerungen auf das Zimmer. Ich muss es mir bloß vorstellen und mir wünschen, es würde zum Leben erwachen. Die alte, golden und purpurn gemusterte Tapete, die flauschigen, cremefarbenen Gardinen neben den Fenstern. Der dazu passende Perserteppich auf dem Hartholzboden.

Die ausladenden Möbel überall im Zimmer. Teak, Elfenbein und Gold. Das waren meine Lieblingsfarben. Als ich ihn das erste Mal in mein Zimmer schmuggelte, habe ich vorher meine Puppen versteckt. Ich schämte mich so für diese verdammten Puppen. Ich wollte nicht, dass Gavin sie sah. Doch nun sind sie alle da und sitzen auf dem Kaminsims, wie sie es immer taten, bis mein Vater mir kurz und bündig mitteilte, dass ich diese kindische Angewohnheit gefälligst aufgeben sollte und sie fortgab.

Gavin erstarrt neben mir, während sein Blick durch mein altes Zimmer schweift. Zuerst wirkt er verwirrt, dann wieder verschlossen und kalt. »Mach es wieder wie vorher.«

Ich hebe eine Augenbraue und ignoriere seinen Tonfall. Ich habe es schon oft mit Kiaran aufgenommen. Gavin ist mir nicht gewachsen, egal wie feindselig er ist. »Erinnerungen bedeuten alles«, zitiere ich seine Worte. »Oder etwa nicht?«

»Und woran soll mich das hier deiner Meinung nach erinnern?«, fragt er mit dieser toten Stimme, die ich nicht wiedererkenne. »Als ich zum letzten Mal in diesem Zimmer war, hast du mich geküsst. Oder hast du das etwa vergessen?«

Von einem Augenblick zum anderen verwandelt sich der Raum wieder in das Zimmer, das ich selbst eingerichtet habe. Teakholzpaneele sinken über die glatte Tapete und der Teppich verblasst, bis nur noch der Holzboden übrig ist. Die Möbel verschwinden, bis auf die Sitzbank, auf der meine fettigen, öligen Finger ihre Spuren hinterlassen haben, wenn ich mich nach den Metallbasteleien darauf ausgeruht habe.

»Das ist lange her«, sage ich. »Ich dachte bloß, du würdest dich so wohler fühlen.«

»Für dich ist es noch nicht so lange her.«

»Lange genug, Galloway«, erwidere ich sanft. Er zuckt zusammen und starrt mich überrascht an. »Was? Habe ich etwas Falsches gesagt?«

Gavin schüttelt den Kopf und lehnt sich zurück an die Holzpaneele hinter der Bank unter dem Fenster. »Du hast Galloway zu mir gesagt. So hat mich schon lange niemand mehr genannt.« Als ich ihn verwirrt ansehe, erklärt er: »Ich habe jetzt keinen Titel mehr, Aileana. Und ich habe keine Besitztümer mehr. Nach allem, was passiert ist, sind das alles bloß dumme Formalitäten.«

»Du hast gesagt, du würdest mir alles erzählen«, sage ich sanft. »Was ist passiert, während ich im *Sìth-bhrùth* war?«

Er starrt hinauf zu den klickenden Zahnrädern, die die Elektrizität am Laufen halten, mittlerweile jedoch mit nichts mehr verbunden sind.

Es dauert lange, bis er wieder weiterspricht. Minuten. »Nachdem *sie* gekommen sind, lebten wir zunächst in verlassenen, zerstörten Dörfern. Die Überlebenden schlossen sich zusammen. Doch sie haben unsere Leute ausfindig gemacht und sie dazu gebracht, unsere Verstecke zu verraten.« Seine Stimme zittert, und er schluckt. »Jedes Mal, wenn wir weiterzogen, fielen die Feen nachts in die Dörfer ein und schlachteten erneut Menschen ab. Diejenigen, die keine Seher waren, sahen sie nicht einmal kommen.«

Ich betrachte seine Hände und wie sie mit dem Stoff seines Hemdes spielen, während er spricht.

»Also habt ihr den Test entwickelt.« Ich versuche, mir meine Gefühle nicht anmerken zu lassen. Ich verstehe vielleicht, *warum* es geschehen musste, aber das bedeutet nicht, dass ich ihm schon verzeihe. »Mit den Irrwischen.«

Er nickt. »Für die Feen ist es ein Leichtes, Menschen zu beeinflussen. Und ein weiterer Angriff würde unsere Zahl zu stark dezimieren.«

Bevor ich etwas dagegen machen kann, wandert mein Blick über die Narben auf seinem Gesicht, die aussehen, als hätte eine Fee nach seinem Auge gekrallt und dabei die umliegende Haut aufgerissen. Die Narben sind mittlerweile verblasst und heben sich hell von seiner Haut ab.

»Sie sind abscheulich, nicht wahr?« Seine Stimme lässt mich zusammenzucken und ich merke, dass ich wohl eine ganze Weile geschwiegen habe. Sein Mund wirkt verkniffen.

Ich schüttle den Kopf. »Nein, finde ich nicht.« Ich strecke die Hand aus und lasse meine Finger über die vier ausgefransten Narben über seiner Augenbraue gleiten. Und schließlich über die einzelne Kerbe, die seine Wange verunstaltet. »Deine Narben sind keine Makel, Galloway. Sie machen dich nicht unvollkommen. Sie sind wie Geschichten, die in deine Haut geritzt wurden.«

»Geschichten?« Er klingt, als fände er den Gedanken albern.

»Aye«, sage ich. »Sie erzählen die Geschichte, wie du überlebt hast. Das ist keine Schande.«

Er sieht mich an. »Und welche Geschichten erzählen deine Narben?«, fragt er. »Erzählen sie auch davon, wie *du* überlebt hast?«

Ich zucke zurück. Hinter ihm auf der gegenüberliegenden Wand sehe ich plötzlich wieder die Landkarte der Äußeren Hebriden, die früher vor fremden Blicken verborgen war. Und die roten Bänder, die ich um die Stecknadeln gebunden habe, um Sorchas Morde zu kennzeichnen. Ich hatte die Landkarte verbrannt und die Nadeln zu Boden geschleudert. Doch nun hängt sie wieder unversehrt an der Wand.

Früher hätte ich ihm erzählt, dass jede meiner Narben von einer Fee erzählt, die ich getötet habe. Dass jeder Mord ein Training war, um letzten Endes jene Fee zu töten, die ich am meisten wollte. Ich hätte sie ihm voller Stolz gezeigt, denn es waren Abzeichen, die von meinen Siegen zeugten. Sie erzählten die Geschichte eines Mädchens, das ihr altes Ich immer mehr verlor, bis nur noch die rachsüchtige Frau aus den Spiegeln übrig war.

Doch das, was am Ende während meiner Zeit im Gefängnis am meisten zählte, hatte nichts mit Rache zu tun, oder damit, Feen abzuschlachten oder eine Falknerin zu sein. Das, was zählte, waren Tanz, Gelächter, Trauer und Freundschaft. Heftige Umarmungen und schwere Abschiede. Verstohlene Küsse im Licht des blauen Mondes.

»Nein«, erwidere ich sanft. »Sie erzählen die Geschichte, wie ich wieder zu einem Menschen wurde.«

19

Ich schlafe noch einmal einen ganzen Tag lang. Obwohl meine Beine noch immer zittern, wenn ich aufstehe, schaffe ich es schließlich trotzdem bis zu meinem Ankleidezimmer. Ich lege mein Ohr auf die Tür, lausche und lächle, als ich Derrick ein unzüchtiges Liedchen trällern höre. Seine Stimme geht immer wieder im Stoffrascheln unter.

Ich klopfe zwei Mal, bevor ich die Tür öffne. Und da ist er. Er liegt ausgestreckt auf einem bunten Haufen Seide und hält Nadel und Faden in der Hand. *»Aileanaaaa«*, säuselt er, und seine Flügel flattern. »Es geht dir besser! Du bist wach! Du siehst aus, als hätte dich jemand mit einer Kutsche niedergefahren und anschließend in einen Fluss geworfen.«

Ich lehne mich gegen den Türrahmen. »Den letzten Satz musstest du unbedingt noch anbringen, oder?« Ich strecke meine Arme und Beine durch. Sie schmerzen noch immer. »Wie auch immer, ich schwöre, das hier ist schlimmer. Diese Irrwische sind wirklich bösartig.«

Derricks goldener Lichtschein färbt sich bei der Erinnerung daran rot. »Ich hätte wissen müssen, dass der Seher mich anlügt. Wäre er nicht dein Freund, hätte ich ihm bei lebendigem Leib die Haut abgezogen und sie als Trophäe getragen.« Derrick wendet den tiefblauen Seidenstoff, den er gerade in der Hand hält. »Aber nachdem du scheinbar Wert auf ihn legst, habe ich dem Bastard bloß in den Arm gebissen. Auge um Auge, Zahn um Zahn. Er schmeckte wie das pure Elend.«

»Und danach bist du sofort wieder in mein Ankleidezimmer zurückgekehrt, wie ich sehe.«

Derrick fädelt einen Faden in eine Nadel, die etwa halb so groß ist wie er selbst. »Ich habe mich so gefreut, dass du es für mich erschaffen hast! Ich habe jetzt drei Jahre lang in meiner eigenen Version deines Ankleidezimmers geschlafen, aber der Geruch passte nicht. Es roch bloß nach Holz. Und ich hasse Holzgeruch.« Er sieht zu mir hoch. »Dank dir riecht es jetzt wieder nach Rosen. Und sanften Wasserfällen.« Er lächelt träge. »Und nach einer Lady.«

Beinahe erkläre ich ihm, dass ich das Ankleidezimmer nicht ausschließlich für *ihn* erschaffen habe, aber er sieht so zufrieden aus, dass ich kein Spielverderber sein will. Also seufze ich bloß innerlich und schiebe die Seidenstoffe mit dem Fuß zur Seite. »Was ist das alles?«

»Ich nähe Kleider. Als ich hierherkam, sah es in dem Zimmer einfach furchtbar aus.«

»Furchtbar leer, nehme ich an?«

Derrick sieht mich blinzelnd an, als hätte ich plötzlich den Verstand verloren. »Natürlich, du törichter Mensch. Welchen Sinn hat schon ein leeres Ankleidezimmer? Und wie ich sehe, läufst du noch immer in diesen abscheulichen Klamotten herum, die dir deine Freundin geliehen hat, und bist überall voller Irrwisch-Spucke.« *Irrwisch-Spucke?* Du lieber Gott! Er beginnt wieder zu nähen und bewegt sich dabei so schnell, dass ich bloß helle Lichtblitze erkennen kann. »Ich habe dir sogar neue Seide gemacht. Sie ist viel besser als die menschliche Variante, aber du hast ja nie danach gefragt.«

Ich betrachte ihn misstrauisch. Kleine Feen bewegen sich für gewöhnlich sehr schnell, aber seine Bewegungen wirken so fahrig, als hätte er … »Hat dir jemand Honig gegeben?«

»Aithinne hat mir bloß ein winziges Schlückchen erlaubt.« Er zeigt mir die Menge, indem er Daumen und Zeigefinger gerade ein Stück weit auseinanderhält. »Einen Fingerhut voll. Ich *liebe* sie. Ich sollte ihr ein Kleid nähen.«

Um Himmels willen! Honig macht ihn geradezu übertrieben arbeitswütig. Er näht, putzt und poliert. Nur eine Schüssel voll, und er schneidert die Garderobe für eine ganze Saison. »Wir brauchen aber keine Kleider. Es gibt keine Bälle oder Gesellschaften mehr, erinnerst du dich?«

Er hält inne und sieht mich an. »Nur weil die Welt um dich herum untergeht, kannst du dich also nicht mehr hübsch anziehen?«

Ich seufze. Das muss ein Trick sein. Gibt es eine richtige Antwort auf seine Frage? »Nun, nein … aber …«

»Gut! Wie auch immer, ich habe auch die hier für dich gemacht.« Derrick wirft mir ein paar Klamotten zu, doch ich bin nach den Irrwisch-Bissen noch immer viel zu langsam, um sie aufzufangen, weshalb der Haufen Wollstoff vor mir auf dem Boden landet. »Für die Jagd. Und jetzt zieh bitte diese furchtbaren, schlechtsitzenden Sachen aus, wasch dir den stinkenden Irrwisch-Sabber vom Leib und zieh die hier an.«

»Gute Idee«, erwidere ich trocken. »Genau das mache ich.« Ich werfe einen Blick auf die Klamotten, die mir Catherine angezogen hat. Sie gehören offenbar nicht ihr – sie sind mir etwa zwei Kleidergrößen zu groß, und ich versinke beinahe in dem Hemd. Ich sehe vermutlich total lächerlich aus.

»Es ist schon in Ordnung, wenn du stinkst«, sagt Derrick fröhlich. »Du bist trotzdem mein Liebling.«

Dann trällert er einfach das unzüchtige Liedchen weiter, das er unterbrochen hat, als ich ins Zimmer kam. Ein Hinweis für mich, dass ich gehen und ihn in Frieden lassen soll. Ich respektiere seinen Wunsch und bücke mich, um das Bündel vor meinen Füßen aufzuheben. Ich lege die Klamotten aufs Bett. Die Wolle ist makellos verwoben, und ich hatte keine Ahnung, dass Raploch so weich sein kann. Und natürlich sind sie perfekt genäht. Die kleinen Feen verrichten immer makellose Arbeit.

Ich schlüpfe langsam aus den geliehenen Sachen und zucke schmerzerfüllt zusammen. Während ich mich ausziehe, fällt mein Blick auf die neuen Verletzungen an meinen Armen und Beinen, auf die winzigen Bisse der Irrwische, die mittlerweile vernarbt sind.

In dem ovalen Spiegel in der Ecke kann ich meinen Körper von allen Seiten betrachten. Selbst bevor ich begann, Feen zu jagen, entsprach mein Körper nicht dem Schönheitsideal einer Frau bester Gesellschaft. Meine Haut war mit so vielen Sommersprossen übersät, dass meine Gouvernante einmal vorschlug, ich solle sie mit Sahne einreiben, um eine glattere, elfenbeinfarbene Haut zu bekommen. Mittlerweile wäre ich meinesgleichen wohl zu muskulös und die kleinen Narben und tieferen Kerben meiner verheilten Verletzungen zu unweiblich und – in ihren Augen – wenig begehrenswert.

Doch nach allem, was ich durchgemacht habe, bin ich froh, einen derart starken Körper zu haben, dem anzusehen ist, was er alles überstanden hat. Egal, wie schmerzhaft diese Erinnerungen auch sein mögen.

Ich wasche mich eilig in dem Waschtrog, den Catherine bereitgestellt hat, und ziehe die frischen Klamotten über meine neuen Narben. Gerade als ich das Hemd in die Hose stecke, öffnet sich plötzlich die Zimmertür.

»Oh!«, erklärt Catherine und erstarrt. Sie hält ein Tablett in der Hand. »Es tut mir schrecklich leid, ich dachte, du liegst noch im Bett.« Sie runzelt die Stirn und schließt die Tür hinter sich. »Du *solltest* noch im Bett liegen.«

»Ich bin erst vor fünf Minuten aufgestanden, und du bemutterst mich bereits?«, frage ich mit erhobener Augenbraue. Dann werfe ich einen genaueren Blick auf den dampfenden Teller, den sie bei sich hat. »Ist das etwas zu essen?«

Sie verdreht die Augen und gibt mir das Tablett, das ich auf dem Tisch abstelle. Es ist ein Stück Fleisch in einer weißen Sauce, die äußerst ungewöhnlich aussieht. Nicht gerade das, was ich sonst zum Frühstück esse. »Was ist das?«

Ich bin so hungrig, dass es mir beinahe egal ist. Ich beginne sofort zu essen und stopfe mir das magere Fleisch in den Mund. Selbst wenn es so langweilig schmecken würde wie leere Scones, wäre es trotzdem das beste Essen, das ich jemals zu mir genommen habe.

»Wild. Die Feen gehen auf die Jagd und versorgen uns mit Fleisch.«

Ich lasse beinahe meine Gabel fallen. »Die *Feen?*«

Catherine wirft mir einen geduldigen Blick zu. »Mir gefällt es sogar noch weniger als dir, aber wir haben eine Abmachung geschlossen und halten uns daran. Solange sie keine Menschen töten.«

Dann geht diese Abmachung also über die Tatsache hinaus, dass sie Menschen von Feen in einer Höhle foltern lassen, um zu beweisen, dass sie unter keinem Feen-Bann stehen. Das sollte mich wohl nicht überraschen. Immerhin befindet sich diese Stadt im Königreich der kleinen Feen. Sie wurde von Feen erschaffen, und Menschen waren hier nicht vorgesehen. Es ergibt durchaus Sinn, dass wir nun gezwungen sind, mit ihnen zusammenzuleben.

Derricks laute, trällernde Stimme dringt aus dem Ankleidezimmer. Eines der Wörter klingt wie eine *sehr* unpassende Bezeichnung für einen bestimmten Teil der männlichen Anatomie. Catherine starrt zur Tür. »Mein Gott, was macht er da drinnen?«

»Nähen«, antworte ich und schaufle mir gänzlich undamenhaft eine weitere Gabel voll Fleisch in den Mund. Dann fällt mir auf, was gerade geschehen ist, und ich sehe sie überrascht an. »Warte – kannst du ihn etwa *hören*?«

Catherine schiebt ihren Ärmel hoch. Um ihr Handgelenk hat sie einen dünnen Strang *Seilgflùr* gewickelt, jene seltene Distel, die es Menschen ermöglicht, Feen zu sehen. »Alle Menschen in der Stadt müssen die hier tragen.«

»Und wo hast du sie her?« Ich habe nie herausgefunden, wo Kiaran die Distel anbaut. Er versorgte mich immer bloß mit einem gewissen Vorrat, von dem ich einen Teil für meine Waffen verwendete. Ohne die Distel könnte ich nicht gegen Feen kämpfen. Ich könnte sie nicht einmal sehen.

»Es war ein Zeichen des Entgegenkommens. Bevor Aithinne sich aufgemacht hat, um dich zu suchen, hat sie mir noch verraten, wie man sie anbaut«, erklärt Catherine. »Damit haben auch diejenigen von uns, die keine Seher sind, eine Chance zu überleben.«

Ich hätte wissen müssen, dass Aithinne dahintersteckt. Kiaran würde einem Menschen niemals solche Dinge anvertrauen. »Dann hat sie euch also allen verraten, wie man sie anbaut?«

»Nein«, erwidert Catherine abgelenkt, während sie immer noch Derricks Gesang lauscht. »Bloß einem einzigen Menschen. Und ihre Wahl fiel auf mich.« Ihr Blick verweilt einen Moment lang auf der Tür zu meinem Ankleidezimmer. »Dann hast du also einfach so … mit einer von ihnen zusammengelebt?«

Ich versuche, mich von ihrem Tonfall nicht angegriffen zu fühlen. Ich habe immer das Bedürfnis, Derrick in Schutz zu nehmen. Er war die erste Fee, die mir etwas bedeutete. Derjenige, der mir zeigte, dass nicht alle Feen getötet werden mussten.

»Er ist mein Freund«, erwidere ich knapp.

Catherine senkt den Blick, und ihre Wangen werden rot. »Es tut mir leid. Das wollte ich damit nicht sagen. Er lässt uns hier bleiben und hat uns damit das Leben gerettet.« Sie seufzt. »Es ist bloß … ich habe Schwierigkeiten, ihnen zu vertrauen.«

Ihre Stimme versiegt, während sie den Blick durch den Raum schweifen lässt. Sie betrachtet die Teakvertäfelung an den Wänden und den Arbeitstisch neben ihr. Erst jetzt fällt mir auf, dass die Metallteilchen, die ich für meine Erfindungen benötigt habe, nicht da sind. Ein weiterer Beweis dafür, wie irreal dieser Ort ist.

»Ich bin froh, wieder in deinem Zimmer zu sein«, sagt sie sanft. »Es fühlt sich so an, als …«

»Als wären wir wieder zu Hause«, beende ich den Satz für sie.

»Ich vermisse den Tee und die Butterkekse.« Ein leises Lächeln erhellt ihr Gesicht. »Und unsere Diskussionen über dämliche Tanzveranstaltungen und unsere zukünftigen Ehemänner.«

»Wo wir schon von zukünftigen Ehemännern sprechen … du bist also verheiratet?« Ich sage es leichthin, als sei es nichts Besonderes, während ich einen weiteren kleinen Bissen von meinem Steak nehme.

Sie nickt. »Daniel. Er hat mir das Leben gerettet, weißt du? Mutter und ich waren etwas außerhalb von Glasgow, als die Feen in die Stadt einfielen.«

Ich erstarre. »Das muss entsetzlich gewesen sein.«

Es ist beinahe unvorstellbar. Sie konnte die Feen nicht einmal sehen, und dennoch starben überall um sie herum Menschen. Ich hätte sie besser darauf vorbereiten müssen. Verdammt, ich habe sie einfach davongeschickt …

»Wir hörten sie schreien.« Sie lässt die Finger über den Rand meines Arbeitstisches gleiten. »Wir waren etwas weiter entfernt, aber selbst von der Straße aus hörten wir …«

Ich lasse die Gabel mit einem lauten Klirren fallen. Lonnrachs Worte in jener Nacht sind mir noch zu gut im Gedächtnis.

Zerstört alles.

Und das taten sie. Genau, wie er es ihnen aufgetragen hatte. Sie legten Schottland in Schutt und Asche, und Catherine war mitten drin. Und ich war nicht da, um sie zu beschützen.

»Die Feen haben die Kutsche umstellt«, fährt Catherine fort. »Wir konnten sie nicht sehen, aber ihre Klauen drangen durch die Türen. Daniel schlug sich den Weg bis zu uns durch und half uns zu fliehen.« Ein kurzes, trauriges Lächeln huscht über ihr Gesicht. »Und dann stellte er sicher, dass sie uns nicht finden konnten.«

»Lady Cassilis«, sage ich. »Ist sie …«

»Sie starb letztes Jahr«, unterbricht mich Catherine ein wenig steif. »Sie konnte den Feen nicht widerstehen, als sie sie zu sich riefen.«

Ich sage ihr beinahe, wie leid mir alles tut. Egal, was Aithinne gesagt hat, ich gebe mir selbst die Schuld daran. Ich durchlebe die letzten Augenblicke mit dem Siegel noch einmal, und jede Sekunde wird zu einem *Hätte ich bloß*. Hätte ich die Funktion bloß früher entschlüsselt. Hätte ich mich bloß mehr gewehrt, als Sorcha in meine Gedanken drang. Hätte ich bloß den letzten Ring an seinen Platz geschoben, anstatt noch einmal zu Kiaran hinüberzublicken, um mich von ihm zu verabschieden, weil ich ihn unbedingt retten wollte.

Letzten Endes habe ich niemanden gerettet.

»Ich vermisse das alles«, sagt Catherine und rückt näher ans Fenster. »Egal, wie viel Zeit vergangen ist, manchmal glaube ich noch immer, dass es ein Traum ist. Dass es nicht real ist.«

»So ging es mir, nachdem das mit meiner Mutter passiert war«, erwidere ich und beende mein Essen. Ich setze mich neben sie. »Ich glaubte, ich würde eines Tages aufwachen und sie wäre wieder lebendig und mein Leben bestünde wieder aus Teeveranstaltungen und Bällen. Doch dann fragte ich mich, ob ich eigentlich jemals für diese Welt geeignet war.«

»Ich war so töricht.« Ihre Wangen werden rot, als würde sie sich schämen. »Du wusstest, was dort draußen vor sich ging, während ich über Männer und Bälle plapperte. Ich muss wie eine vollkommene Idiotin gewirkt haben.«

»Nein, nie«, erkläre ich ihr. »Für mich nicht.«

Irgendwo draußen vor dem Zimmer fällt eine Tür ins Schloss und jemand jubelt laut in breitem, schottischem Akzent. Catherine wirkt verdrossen. »Das ist dann wohl mein Ehemann, der gerade beim Kartenspielen gewonnen hat«, murmelt sie. »Wie es scheint, muss ich noch einmal mit ihm über sein abstoßendes Verhalten sprechen. Ich kann mich gar nicht oft genug für das entschuldigen, was passiert ist.«

»Das war doch nicht deine Schuld«, sage ich bestimmt. Es wäre wohl furchtbar unangemessen, den Ehemann meiner besten Freundin für das, was er mir angetan hat, einen Schlag ins Gesicht zu verpassen. Abgesehen davon, wie er mich beinahe genannt hätte.

»Das ist doch Kuhmist.« Ich sehe sie verblüfft an. Ich habe sie noch nie ein solches Wort benutzen hören. »Sie haben dein Leben aufs Spiel gesetzt. Du hättest sterben können, und das habe ich meinem dämlichen Bruder auch gesagt. Er hätte wissen müssen, dass eine Falknerin nicht getestet werden muss. Du solltest dem Einfluss der Feen widerstehen können, genau wie die Seher.«

Ich erstarre. Ich hatte Catherine gestanden, dass ich Feen getötet hatte, aber ich hatte ihr nie erzählt, dass ich eine Falknerin bin. »Du weißt *Bescheid*?«

»Natürlich weiß ich Bescheid«, sagt sie und winkt ab. »Wenn du glaubst, dass Gavin dieses Geheimnis drei Jahre lang für sich behalten konnte … Der Mann kann nicht einmal das Versteck seines besten Whiskys vor mir geheim halten. Alle anderen mag er vielleicht hinters Licht führen, aber was mich betrifft, ist er ein *miserabler* Lügner.«

Noch mehr Gelächter dringt vom Flur herein, und ich starre auf die Tür, die hinaus in die Stadt der kleinen Feen führt. Wenn ich mir Derricks Königreich vorstelle, dann sehe ich Gebäude vor mir, die auf seine winzige Größe abgestimmt sind und niemals einem Menschen Unterschlupf bieten könnten. »Wie sieht es dort draußen eigentlich aus?«

Catherine folgt meinem Blick. »Ach, in der Stadt?«

Ich halte eine Hand in die Höhe, um sie zum Schweigen zu bringen. »Warte. Bevor du etwas sagst, erzähl mir jetzt *bitte* nicht, dass wir uns in einem winzigen Feenreich auf Skye befinden und wir alle auf die Größe von Käfern geschrumpft wurden oder so.« Als Catherine mich ratlos ansieht, fahre ich fort: »Das ist bloß meine absurde Art, mich für das, was jetzt kommt, zu wappnen.«

»Nein, nein. Es ist nichts dergleichen«, versichert mir Catherine. »Wir befinden uns immer noch in der menschlichen Welt. Die kleinen Feen haben die Stadt unter dem Meer zwischen dem Festland und der Insel Skye errichtet. Sie haben Tunnel gebaut, die um die ganze Insel herum führen ...« Sie hält inne und lächelt verschlagen. Es ist dasselbe Lächeln, das sie schon seit unserer Kindheit besitzt. »Aber vielleicht sollte ich es dir einfach zeigen, oder was meinst du?«

20

Als Gavin und die anderen das Königreich der kleinen Feen als *Stadt* bezeichneten, dachte ich, dass sie es vielleicht einfach so nannten, als sie hierherzogen. Dass sie ein vertrautes Wort benutzten, um einen fremden Ort zu beschreiben. Doch es handelt sich tatsächlich um eine Stadt. Eine *richtige* Stadt. Und sie ist so weitläufig, dass ich kaum glauben kann, dass sie die ganze Zeit über nicht entdeckt werden konnte.

Mein Zimmer befindet sich im vierten Stock eines hoch aufragenden, bienenstockförmigen Gebäudes unter dem Meer. Hohe, gewölbte Säulen bilden das Gerüst, ein skelettartiges Gebilde, das sich an die Felsen des Unterwasserhöhlensystems schmiegt. Auf den ersten Blick sehen die Säulen aus, als würden sie aus Quarz bestehen. Dann betrachte ich das glitzernde Gestein genauer. Ein farnartiges Gewebe aus Einschlüssen, wie ich es noch nie zuvor gesehen habe, zieht sich über die Felsen. Um das Gebäude herum verlaufen zahllose Balkonreihen, und jeder Balkon verfügt über einen eigenen, gewölbten Eingang, in dem sich jeweils eine Tür befindet. Es sind Hunderte.

Ich lehne mich über die Steinbrüstung meines Balkons, der zu den anderen Balkonen unter und über mir hinunter- und hinaufgleiten kann. Das Gebäude erstreckt sich bis hinauf zur Meeresoberfläche zwischen der Insel Skye und dem Festland.

Über uns funkeln einzelne Lichter wie Sterne, andere schwirren zwischen den am höchsten gelegenen Balkonen hin und her. Ich brauche einen Moment, um zu erkennen, dass es sich nicht um Sterne, sondern um Feen handelt. Noch mehr Irrwische.

Schnell trete ich von der Balkonbrüstung zurück, und meine Hand streicht über den am tiefsten reichenden Biss an meinem Hals, der mittlerweile zu einer dicken Narbe verwachsen ist.

Das ungewohnte Geräusch von sich unterhaltenden Passanten lenkt meine Aufmerksamkeit jedoch gleich wieder zurück auf die Straße unter mir. Es ähnelt einer Straßenszene in einer beliebigen schottischen Stadt. Kopfsteinpflaster, das im Licht der Lampen zu beiden Seiten der Straße glänzt. Hoch aufragende, schmale Wohnhäuser. Und dazwischen Gebäude aus makellosem, weißem Marmor und anderen Höhlensteinen, die glänzen wie schwarzer Obsidian.

Und dann die Menschen – Hunderte Menschen, die lächelnd, lachend und schnatternd umherspazieren. Sie bewegen sich durch eine Art Straßenmarkt mit Unmengen an Waren und Nahrungsmitteln.

Ich kann Dinge erkennen, die ich noch nie gesehen oder selbst gekostet habe. Ägyptische Orangen, Kokosnüsse von den karibischen Inseln … die Feen können alles wachsen lassen oder besorgen, was wir Menschen uns wünschen. Sie können Nahrungsmittel aus dem Nichts erschaffen, wenn sie wollen. Ob das ein Teil der Abmachung ist, die sie mit den Menschen getroffen haben?

Catherine tritt neben mich. »Außergewöhnlich, nicht wahr?«

Ich muss einfach wieder zu den Irrwischen hochsehen, die einander umschwirren wie Hunderte Glühwürmchen. Ich denke an ihre Bisse, an den furchtbaren Schmerz. Meine Hand zuckt zu meiner Waffe, um mich vor ihnen zu schützen, obwohl sie nicht einmal bemerkt haben dürften, dass ich hier bin. »Aye. Außergewöhnlich.«

Catherine muss wohl den Unterton in meiner Stimme gehört haben, denn sie sieht mich sofort besorgt an. »Geht es dir gut?« Sie merkt, dass ich immer noch gebannt auf die Irrwische starre. »Sie können dir nicht wehtun, ohne die Abmachung zu brechen, aber ich verstehe, wenn du lieber reingehen möchtest.«

Ich kann nichts gegen das ungute Gefühl machen. Bevor Lonnrach mich in sein Gefängnis steckte, habe ich ein Jahr lang Feen getötet. Mein Verhältnis zu ihnen ist von Gewalt geprägt. Ich vertraue ihnen nicht, Abmachung hin oder her.

Lonnrachs Stimme hat sich unerbittlich in meine Erinnerungen gebrannt. Sein grausamer Hohn gegenüber dem hilflosen Mädchen, das er in sein Gefängnis gesperrt hat.

Und jetzt weißt du auch genau, wie es sich anfühlt, wenn man derart hilflos ist.

»Nein«, erwidere ich schärfer als beabsichtigt. »Mir geht es gut.«

»Aileana …«

»Du wolltest mir doch von der Stadt erzählen. Bitte fahr fort.«

Catherine seufzt und lehnt sich gegen die Brüstung. »Wir haben den Großteil selbst wieder aufgebaut. Als wir hierherkamen, waren die meisten Gebäude fast vollständig zerstört.« Sie zeigt den Anflug eines Lächelns. »Und die verbliebenen waren natürlich nicht für Menschen gemacht. Wir haben die ursprüngliche Struktur beibehalten, aber der Rest stammt von uns.«

Sie klingt stolz, während ihr Blick über die Gebäude schweift. Ich hasse mich dafür, dass ich dieses Gefühl nicht teilen kann. Ich habe gelogen, als ich meinte, es ginge mir gut.

Konzentrier dich, befehle ich mir selbst. *Beruhige dich*. Meine Hände gleiten in meine Taschen, um an meinen winzigen technischen Erfindungen herumzunesteln, die ich normalerweise dort aufbewahre, aber ich greife ins Leere. Also kralle ich mich stattdessen in den Stoff meines Mantels. »Ihr habt das alles in nur wenigen Jahren aufgebaut?« Meine Stimme klingt angespannt, und ich hoffe, sie merkt es nicht.

Aber natürlich tut sie es. Ich merke, wie sie näher rückt, als wolle sie mich besänftigen. Vielleicht will sie mich aber auch nur auf das vorbereiten, was als Nächstes kommt. »Die Feen haben uns geholfen«, erklärt sie knapp. »Das war Teil der Abmachung. Wir hätten es niemals so schnell geschafft – und außerdem ist ihre Macht hier stärker. Die Stadt befindet sich über einem *Neimhead*.«

»Einem *Neimhead*?« Ich habe dieses Wort noch nie gehört, nicht einmal während einer von Kiarans Lektionen.

»Das ist ein heiliger Kraftplatz. Für *sie*.« Sie deutet mit dem Kopf hinauf zu den Feen, die über uns funkeln. »Sie sagen, das hier sei der älteste von allen.« Ich starre erneut zu den Irrwischen hoch – zu diesen niederträchtigen Kreaturen, die ohne jegliche Sorge durch die Welt tanzen. »Können wir auf die Straße hinunter?«, frage ich. Ich verliere langsam die Kontrolle. Wenn ich noch ein wenig länger hier oben in der Nähe der kleinen Feen bleibe, endet es womöglich damit, dass ich sie alle umbringe. Und ich sollte wohl keinen Krieg anzetteln, wo ich doch gerade erst hergekommen bin.

Catherine sieht mich verständnisvoll an. »Natürlich.«

Sie betätigt den Hebel neben sich, und der Balkon senkt sich in Richtung Erdgeschoss. Das Klicken der Zahnräder hinter uns verstummt kurz bei jedem Stockwerk. Als wir schließlich auf Höhe der Kopfsteinpflasterstraße angekommen sind, drückt Catherine den Hebel wieder zurück in seine ursprüngliche Position, öffnet das Seitenteil des Balkons – ein eisernes Tor – und führt mich hinaus auf die Straße.

Die Stadt erinnert mich an Edinburgh bei Nacht, bevor die Elektrizität Einzug hielt. In den gläsernen Straßenlaternen brennt flackerndes Kerzenlicht, in dem die Pflastersteine glänzen und schimmern. Die Steine bestehen aus demselben Höhlengestein wie die Außenmauern der Stadt. Hier unten wirkt es absolut nicht beklemmend und auch nicht so feucht und tropfnass wie in einer normalen Höhle. Die Luft ist jedoch anders. Sie ist herbstlich kalt und schmeckt nach Feuer und Regen und erstaunlich süß nach Feenmacht. Dazu gesellen sich Heckenkirsche, Ingwer und auch stärkere Geschmäcker wie Schießpulver und Asche.

Über uns knistert etwas, und ich zucke zusammen. Ich hebe den Blick und sehe, dass über dem höchsten Punkt der Kuppel Wolken aufziehen, in denen Blitze zucken. Dann beginnt es plötzlich sanft zu regnen, und Tropfen fallen überaus gemächlich auf die Gebäude und Straßen. Die Menschen halten in ihren Erledigungen inne, heben die Köpfe und lassen sich den Regen aufs Gesicht prasseln.

»Was tun sie da?«, frage ich. Immerhin sind wir in Schottland. Innezuhalten, weil es gerade regnet, ist, als würde man jedes Mal stehen bleiben, wenn sich ein Ast bewegt.

Catherine streckt die Hand aus, damit die Regentropfen auf ihre Handfläche fallen. »Die meisten von uns waren seit Jahren nicht mehr in der Außenwelt. Man beginnt, Dinge zu vermissen, die man früher als selbstverständlich erachtet hat.«

Ich versuche, mir mein Entsetzen nicht anmerken zu lassen. Egal, wie schön die Stadt auch ist, ich kann mir nicht vorstellen, so lange Zeit hier festzusitzen. Dieses Wetter ist wie die Räume, in denen wir wohnen. Eine makellose, hygienisch saubere Nachbildung.

Doch etwas fehlt – ich kann es nicht in Worte fassen, aber es ist das Gefühl, *lebendig* zu sein, wenn man vor die Tür tritt. Das Gefühl, wenn man tief einatmet und die Luft genießt, die in die Lungen strömt.

»Und wenn sie hinausgingen?«, frage ich. »Was würde dann passieren?«

Catherine steckt die Hände in die Hosentaschen. »Dann würden sie vielleicht nicht wiederkommen.«

Die Feen würden sie kriegen. Sie würden sterben, oder – noch schlimmer – ins *Sìth-bhrùth* verschleppt werden, wo sie so lange bleiben müssten, bis ihre Entführer ihrer überdrüssig werden und sich ihrer entledigen.

Catherine und ich wandern die geschäftige Straße entlang und ernten dabei mehr als bloß ein paar neugierige Blicke. Es riecht nach Obst und Mehl, Regen und Nebel. Ein Geruch, der mich an die Markttage in Edinburgh erinnert, wo es auf den Straßen genauso wimmelte wie hier.

Ich muss einfach zurückstarren. Trotz des Scheins der Straßenlaternen und der sauberen Straßen unterscheiden sich die Menschen hier von den Einwohnern Edinburghs. Sie tragen weiche, in Erdtönen gefärbte Wollstoffe, und die Hosen und Mäntel sind so makellos genäht – vermutlich von den Feen –, dass man nach außen hin keinen Klassenunterschied erkennen kann. Es gibt nichts, wodurch sich die gewöhnlichen Menschen von jenen, die wie Catherine und ich in adeligen Kreisen aufwuchsen, unterscheiden. Manche der Passanten haben dunklere Haut – eine Vielzahl an Schattierungen von vielen verschiedenen Orten –, und ich höre geflüsterte Worte in Sprachen, die ich noch nie zuvor gehört habe.

Als hätte sie meine Gedanken gelesen, beugt sich Catherine zu mir, um mir zuzuflüstern: »Wir wissen nicht viel über das, was anderswo geschehen ist, aber die Feen haben Menschen von überall her in ihre Macht gebracht. Derrick konnte einige von ihnen retten, bevor sie unter den Feenbann gerieten.«

Nicht bloß in Schottland.

Lonnrach hat auf der Suche nach dem Gegenstand, der das *Sìth-bhrùth* retten kann, vermutlich ganz Schottland in Schutt und Asche gelegt, doch die Zerstörung der restlichen Welt hat einen vollkommen anderen Zweck. Sobald er sein Zuhause gerettet hat, will er vermutlich die Pracht des Feenreiches wieder zum Leben erwecken. Seine Soldaten sind unterwegs, um ganze Nationen zu erobern.

Wie hat Kiaran einmal zu mir gesagt? *Wir haben nicht alle Kontinente unter unsere Herrschaft gebracht, weil wir höflich waren.*

Sie haben es geschafft, weil sie beinahe die gesamte Menschheit ausrotteten.

Wir gehen an einem weiteren Marktstand mit himmlisch duftendem Brot vorbei, und einige der Kunden beenden schnell ihre Gespräche, um mich anzustarren.

»Lass dich davon bloß nicht einschüchtern«, sagt Catherine und wirft ihnen ein entwaffnendes Lächeln zu. Sie hat sich immer schon leichter als ich darauf verstanden, freundlich zu sein und Bekanntschaften zu schließen. »Sie sind bloß neugierig. Wir hatten schon lange keine Fremden mehr hier.«

»Ich bin es gewöhnt, dass die Leute mich anstarren«, erwidere ich. »Erinnerst du dich?«

Jeder einzelne Ball, den wir in dem Winter nach dem Tod meiner Mutter besuchten, war eine Katastrophe. In der Nacht, als sie ermordet wurde, fand man mich schließlich neben ihrer Leiche sitzend, und viele der Adeligen glaubten, ich hätte etwas mit ihrem Tod zu tun gehabt – oder wäre sogar direkt verantwortlich dafür. Catherine verbrachte viel Zeit damit, mich gegen den Tratsch und die misstrauischen Blicke zu verteidigen.

»Gavin hat mir erzählt, was wirklich mit deiner Mutter geschehen ist«, sagt sie und schiebt sich an einer Gruppe Jugendlicher vorbei, die stehen geblieben sind, um mich vorsichtig anzulächeln. »Es tut mir so leid, Aileana.«

»Das muss es nicht«, sage ich, denn ich will jetzt nicht darüber reden. »Du bist unerschütterlich geblieben, als mir alle anderen bereits den Rücken zukehrten. Und wie hättest du es auch wissen sollen?«

Wir bleiben vor einem wunderschönen Gebäude aus Marmor stehen, und ich lasse meine Hand über eine der Säulen neben dem Eingangstor gleiten. Nein, das hier ist kein Marmor. Die Säule ist so glatt wie Glas, und die Farbe des Gesteins verändert sich, je nachdem wie das Licht der flackernden Gaslaterne hinter mir auf die Oberfläche trifft. Elfenbeinfarben, Rosa, Lavendel … und wieder zurück.

Catherine sieht mich an, als würde sie nicht bemerken, wie die Passanten sie mit einem breiten Lächeln begrüßen, während sie mich besorgt beäugen, als wären sie nicht sicher, warum ich nach so langer Zeit in der Außenwelt nun hier bin, und ob ich auch wirklich keine Gefahr darstelle. Ich frage mich, wie viele andere wohl beweisen mussten, dass sie unter keinem Bann stehen, bevor sie hierher kamen. Nicht sehr viele, könnte ich mir vorstellen. Zumindest nicht nach drei Jahren. Normale Menschen aus der Umgebung hätten es nie geschafft, so lange dort draußen zu überleben, ohne von den Feen getötet oder verschleppt zu werden.

Schließlich spricht Catherine weiter. »Ich hätte auf den Teil in mir hören sollen, der immer vermutet hat, dass du mir nicht die ganze Wahrheit sagst.«

Ich sehe sie überrascht an. Ihre Stimme klingt abgehackt und ernster als je zuvor. Langsam erkenne ich, dass Catherine während meiner Abwesenheit zu der ruhigen Stärke gelangt ist, die sie immer schon in sich trug. Selbst die Art, wie sie steht, hat nichts mehr mit der sittsamen Haltung mit gefalteten Händen zu tun, die wir in den Benimmstunden gelernt haben. Sie schreitet mit dem Selbstbewusstsein einer Anführerin voran. Einer Frau, die gelernt hat, ums Überleben zu kämpfen.

»Es war ziemlich offensichtlich, nicht wahr?«

Ich war nie der Meinung, dass ich die Rolle der Debütantin perfekt beherrschte. Ich war mir sicher, dass es immer Ungereimtheiten in meinem Auftreten und Risse in der Maske gab, die ich auf Festen und Bällen trug. Dass immer wieder das Monster in mir durchblitzte, das nur durch einen Mord besänftigt werden konnte.

Catherine zählt es an ihren Fingern ab: »Meinst du, abgesehen von den Kopfschmerzen, deinem Verschwinden während der Bälle, dem ständigen Öl auf deinen Fingerspitzen, den mysteriösen Krankheiten, den …«

»Danke«, unterbreche ich sie trocken. »Du hast deinen Standpunkt mehr als deutlich gemacht.«

»Sieh es ein, ich kenne dich einfach zu gut. Du kannst mich noch weniger hinters Licht führen als Gavin.« Catherine grinst und hakt sich bei mir unter. »Und jetzt komm mit. Ich zeige dir den Rest.«

Mittlerweile plätschert der Regen in einem sanften, langsamen, aber beständigen Rhythmus auf die Pflastersteine. Ich folge Catherine an den Wohnhäusern vorbei in die Randbereiche der Stadt, wo die Gebäude schließlich enden und sich eine riesige Höhlenwand vor uns ausbreitet. Sie ist von Öffnungen übersät, die in zahlreiche Gänge führen, manche sind beleuchtet, andere so dunkel, dass ich nicht weiter als bis zum Eingang sehen kann.

Catherine geht auf einen schmalen Gang zu. Lampen wurden zu beiden Seiten an den Wänden befestigt, und im Inneren flackert Licht. Es fällt auf die Sprenkel im Gestein, die glitzern, während wir vorbeigehen.

Die Luft wird kühler, dicker und muffiger, und ich beginne, unter meinem neuen Mantel zu zittern. Nicht einmal Derricks Wolle bietet genügend Schutz gegen die feuchte Kälte im Innern der Höhle, während wir über felsige, unebene Stufen hinabsteigen und immer tiefer in die Erde dringen.

Dann gibt es plötzlich keine Lampen mehr. Die Höhle verstrahlt ihren eignen Schimmer, wie ein Licht unter einer Wasseroberfläche, und Schatten tanzen über die Wände. Ich taste mich vorsichtig die Stufen hinunter.

Catherine bewegt sich viel sicherer als ich. Sie kommt wohl öfter hierher. Als wir schließlich das Ende des Ganges erreichen, glitzert der Fels um uns herum, als befänden wir uns im Weltraum, umgeben von Millionen Sternen.

Vor uns erstreckt sich ein weitläufiges Feld, das nur vom inneren Schein der Höhle erleuchtet wird. Ein Steinpfad führt in der Mitte durch die Pflanzen hindurch. Die leuchtend blauen Spitzen der Blumen ragen in die Höhe, und ich starre ehrfürchtig auf sie hinunter. »*Seilgflùr*«, flüstere ich.

Die Disteln ragen hoch auf, die Stöcke stehen jedoch vollkommen still. Um uns herum herrscht absolute Ruhe, kein einziger Wassertropfen erreicht diesen Teil der Höhle. Und es dringt auch kein Flüstern irgendwelcher Kreaturen zu uns, die womöglich zwischen den Pflanzen hausen. Es ist vollkommen ruhig und friedlich hier.

Ich trete zwischen die Stöcke und lasse meine Finger über die federweichen Disteln gleiten. Der Geruch auf dem Feld ist sehr stark. Es riecht nach Feuer, Asche und Gestein – wie in einem Vulkan. Der Boden unter meinen Füßen ist weich und feucht, sodass ich ein wenig einsinke.

Selbst die Luft ist hier anders. Ich atme ein und schmecke Sandelholz, Zaubernuss und Eisen. Und außerdem den süßen Duft von Blumen. Es ist, als hätte sich jede Feenmacht, die ich jemals geschmeckt habe, zu einem einzigen Geschmack vereint.

»Ich komme manchmal hierher, um nachzudenken«, sagt Catherine, die neben mir hergeht. »Es ist so ruhig. Und sicher.«

Ich kann verstehen, warum ein Ort wie dieser zu einem

Zufluchtsort wird. »Ich habe es nie geschafft, *Seilgflùr* anzubauen«, erkläre ich ihr. »Ich habe es monatelang versucht.«

Ich konnte nicht einmal einen kleinen Setzling kultivieren. Wenn ich die Pflanze ins Wasser stellte, wurde sie welk und starb. Und selbst wenn ich sie zwischen zwei luftundurchlässigen Glasplatten presste, verlor sie ihren Glanz und ihre Macht. Die Fähigkeit der Pflanze, einen Menschen Feen sehen zu lassen und ihm als Waffe zu dienen, verschwand stets nach einigen Wochen.

»Sie ist ziemlich zimperlich, nicht wahr?«, meint Catherine und berührt sanft einen der Stöcke.

Ich lächle vorsichtig. »Und du darfst mir vermutlich nicht verraten, wie man sie anbaut, oder?«

Catherine hält einen Moment inne. »Doch. Die Distel wurde früher eigentlich von den Falknerinnen angebaut.« Sie pflückt eine der Blüten und zwirbelt sie zwischen den Fingern. »Aithinne hat mir diese Felder nur anvertraut, bis du zurückkehrst.«

O Gott. Ich war noch nie wirklich gut darin, Dinge zum Wachsen zu bringen. »Vermutlich vernichte ich sie alle. Erinnerst du dich noch, wie ich dachte, das Unkraut wären Blumen und die Blumen wären …«

»… Unkraut.« Sie lacht. »Ja, ich erinnere mich.«

»Aber ich bin trotzdem neugierig.«

»*Seilgflùr* wächst nur im Dunkeln und ausschließlich über einem *Neimhead*, von dessen Macht sie zehrt. Und sie muss mit Feenblut gedüngt werden.«

Ich sehe sie überrascht an. »Wie bitte?«

Ein leises Lächeln umspielt ihre Lippen. »Ah, ich sehe schon. Das wusstest du nicht.«

Natürlich nicht. Deswegen hat Kiaran vermutlich die ganze Zeit über ein Geheimnis daraus gemacht und sich geweigert, mir meine eigene Pflanze zur Verfügung zu stellen. Er muss wohl das Schlimmste von mir angenommen haben, nämlich, dass ich einen *Neimhead* finden würde, um dort ein Feld wie dieses hier anzulegen und die Pflanze mit dem Blut meiner Opfer zu düngen.

Ich hätte noch mehr von ihnen getötet, um die Stöcke zu pflegen und den Pflanzenvorrat immer frisch zu halten. Und ich hätte die ganze Zeit über nicht geahnt, dass meine Morde bloß Sorcha auf meine Spur brachten. Es hätte mich zu einem noch größeren Ungeheuer gemacht, als ich es ohnehin schon bin.

»Woher bekommst du das Blut?«, frage ich sie mit heiserer Stimme.

»Das ist Teil der Abmachung«, erwidert sie sanft. »Sie begleichen ihren Teil mit ihrem Blut und ihrer Arbeitsleistung.«

Und was habt ihr ihnen im Gegenzug versprochen?

Genau in diesem Moment erregt ein Lichtblitz vom anderen Ende des Feldes meine Aufmerksamkeit, und die Frage bleibt mir im Hals stecken. In der gegenüberliegenden Wand befindet sich ein etwa drei Meter hohes Tor aus schwerem, dunklem Holz. In den Rahmen sind Symbole geschnitzt, die mich an Aithinnes Siegel erinnern. Ich trete näher heran und mein Blick wandert über die winzigen, eingeätzten Zeichen.

Das Tor steht ein wenig offen und dahinter flackert Feuer. Lachen dringt aus dem Raum dahinter, und dann höre ich plötzlich laute, langsame Trommelschläge. Ein Dudelsack fällt in den gleichmäßigen Rhythmus ein, und seine hohen Töne hallen von den Wänden wider. Das Lied ist wunderschön, und das Dudelsackspiel so perfekt, wie ich es noch nie zuvor gehört habe. Jede Note reiht sich an die nächste zu einem nahtlosen Wiegenlied.

Ich schließe die Augen und versuche, das Lied einzuordnen. Und dann steigt es wie eine lange verlorene Erinnerung in mir hoch. Ich erinnere mich an eine Nacht, die ich einmal als Kind auf dem Land verbracht hatte. Es war Silvester, die Feuer brannten und die Menschen trugen Fackeln durchs Dorf. Sie spielten Dudelsack und sangen dazu, während ich vom Fenster unseres Hauses aus zusah.

Ich rücke noch näher heran, und der Geschmack der Feenmacht wird so überwältigend, dass ich nicht mehr zwischen den einzelnen Feen unterscheiden kann. Schließlich stehe ich vor dem massiven Tor und presse meine Hände darauf. Die Energie, die die Symbole ausstrahlen, ist so stark, dass ich zu zittern beginne.

»Aileana!«

Catherine steht neben mir und packt meinen Arm. Ich zucke zusammen. Mit einem Mal ist die Musik verschwunden, als wäre sie nie da gewesen. Das Tor vor mir ist fest verschlossen, und kein Licht dringt durch die Risse im Holz.

»Was zum Teufel war das?« Meine Zunge ist schwer und brennt vor Feenmacht.

Catherine zieht mich fort, und ihre Augen flackern besorgt.

»Wir gehen nicht dort hinein.« Ihr Griff wird fester. »Geh *niemals* dort hinein. Sie haben geschworen, uns nichts anzutun, wenn sie auf unsere Seite kommen, aber wir sind verloren, sobald wir uns auf ihre begeben.« Sie schüttelt mich besorgt. »Verstehst du?«

Ich würde ihr am liebsten sagen, dass ich kein verdammtes Wort verstehe, aber die Macht hat sich so dick auf meine Zunge gelegt, dass ich Schwierigkeiten habe zu sprechen, oder mich auf irgendetwas zu konzentrieren. Ich werfe einen Blick auf das Tor und schmecke es wieder. Dieses Mal ist es nur ein Hauch von Blütenblättern auf meiner Zunge und weniger stark. Ich könnte schwören, dass die Symbole in dem Tor in einem sanften Leuchten pulsieren.

Ich berühre erneut das Holz, und das Pochen der Macht

wird stärker. »Ich kann sie spüren. Verdammt, wie viele von ihnen leben denn dort drinnen?«

»Hunderte, vielleicht Tausende. Hast du die Musik gehört?« Ich nicke, und sie packt erneut meinen Arm. Ich lasse mich von ihr von der Tür weg und auf den relativ sicheren Pfad ziehen. »Jeder erlebt sie anders. Sie erweckt angenehme Erinnerungen, denen man nicht widerstehen kann.«

Plötzlich erinnere ich mich an die Geschichten über Menschen, die überzeugt waren, dass Musik aus Hügeln oder Rissen im Gestein drang. Aber es gab keine Musik. Es war bloß eine der vielen Arten, auf die die Feen Menschen manipulieren. Sorcha ließ mich etwa den Gesang meiner Mutter hören.

»Aye«, erwidere ich bitter. »Das hat schon einmal eine Fee mit mir gemacht.«

»Auf diese Art lockten sie auch die Menschen an, als wir noch in den Ruinen lebten«, erzählt Catherine. »Wir haben die Musik fast jede Nacht gehört. Manche konnten ihr widerstehen – die Seher schienen beinahe vollkommen unbeeindruckt –, aber die meisten konnten es nicht.« Sie seufzt und lässt mich los. »Meine Mutter konnte es nicht.«

Vielleicht hatten Daniel und Gavin recht, mir nicht zu trauen. Ich habe immer noch nicht vollen Zugriff auf meine Fähigkeiten als Falknerin, weshalb mich Sorcha beeinflussen konnte, genauso, wie die Feen es vorhin beinahe geschafft hätten, dass ich durch ihr Tor trete. Lonnrach hat diese Schwäche bereits zwei Mal ausgenutzt, und ich kann mich kaum noch daran erinnern, wie ich den Bann gebrochen habe.

»Und wie schaffst du es?«, frage ich Catherine. Kiaran konnte sie damals am Nor' Loch so einfach in seinen Bann ziehen, dass ich mir nicht vorstellen kann, wie sie sich jetzt so ohne Weiteres schützen kann. »Wie hast du so lange standgehalten?«

Catherine presst die Zähne zusammen. Wortlos schiebt sie den Ärmel ihres dicken Wollhemdes nach oben und hält mir ihren blassen Unterarm entgegen. Über die Unterseite ziehen sich Kratzspuren, manche sind lang und gezackt, andere nur halbmondförmige Abdrücke, die sich in die Haut graben. Manche Narben sind bereits verblasst und mehrere Jahre alt. Andere sind mit Schorf oder eingetrocknetem Blut bedeckt. Sie sind erst wenige Tage alt.

»Herr im Himmel«, stöhne ich.

Sie schiebt ihren Ärmel wieder hinunter, und mir entgeht nicht, wie ihre Finger dabei zittern. »Ich werde nicht zulassen, dass sie mich kontrollieren«, erklärt sie bestimmt. »Wenn der Schmerz ihren Einfluss von mir fernhält, dann tue ich, was immer notwendig ist, um zu überleben. Ich will nicht so enden wie meine Mutter.«

Ich will nicht so enden wie meine Mutter. Ich weiß nicht mehr, wie oft ich mir dasselbe geschworen habe. Ich habe mir selbst das Versprechen gegeben, dass ich niemals ermordet werden würde, wie es meiner Mutter geschah. Mitten auf der Straße, mit aufgerissener Brust und blutüberströmt. Mein Herz eine Trophäe für die Fee, die es geschafft hat, mich abzuschlachten.

Wie kann ich Catherine da bitten, mit dem aufzuhören, was sie scheinbar am Leben hält? Immerhin bin ich nicht gerade das beste Beispiel, zu dem sie aufsehen kann. Die Tatsache, dass ich gesehen habe, was mit meiner Mutter geschehen ist, hat *mich selbst* zu einer Mörderin gemacht.

Ich starre erneut auf das Tor und frage: »Warum erlaubt ihr ihnen zu bleiben? Das ist doch nicht sicher.«

Catherine seufzt frustriert. »Weil wir sie brauchen. Ihr Blut hält die Disteln am Leben. Sie jagen für uns, versorgen uns mit Lebensmitteln und helfen uns beim Bauen. Sie bewahren uns sogar davor, von den Feen in der Außenwelt entdeckt zu werden. Wir wollten dieses Bündnis nicht eingehen, aber draußen hatten wir keine Überlebenschance.«

»Aber sie wollen doch immer eine Gegenleistung«, fahre ich sie an. »Es liegt nicht in ihrer Natur, jemandem ohne Bezahlung zu helfen.«

»Aileana ...«

»Nein. Ich glaube, ich verstehe.« Ihre Macht ist immer noch so stark, dass sich mein Magen zusammenkrampft. »Ich verstehe, warum die Menschen, die durch dieses Tor treten, verloren sind. Warum die Vereinbarung nicht auch für ihre verlockende Musik gilt.« Ich bringe es kaum über die Lippen. »Wenn ein Mensch sie hört, ihr nicht mehr widerstehen kann und hierher kommt, dann haltet ihr ihn nicht auf, nicht wahr? Ihr wendet einfach den Blick ab, als Dank dafür, dass sie euch das alles zur Verfügung stellen.« Als Catherine schweigt, trete ich einen Schritt zurück. »Das ist ... ich kann es einfach nicht *glauben*.«

Catherines Mund wird schmal. »Sieh mich nicht so an. Glaubst du, es bereitet mir keine schlaflosen Nächte?« Sie wendet den Blick ab. »Ich habe dieses Feld eigens an diesem Ort angelegt, um die anderen zu schützen. Solange sie in der Stadt bleiben, verhindert diese Distel, dass sie die Musik hören.«

»Und was bietet ihr den Feen stattdessen?« Ich lache bitter.

»Du willst mir doch nicht weismachen, dass sie sich damit zufrieden geben, die ganze Zeit auf ein zufälliges Opfer zu warten.«

»Zuflucht«, erwidert Catherine scharf. »Schutz.«

Ich gebe einen angeekelten Laut von mir. »Sie brauchen doch keinen Schutz. Um Himmels willen, *sie* sind doch diejenigen, die Menschen töten, Catherine. Vermutlich sitzen sie gerade jetzt dort drinnen, planen unseren Untergang und überlegen sich einen Weg, um die Abmachung zu umgehen. Man darf ihnen nicht trauen.«

»Du hast wirklich keine Ahnung, nicht wahr?«, sagt sie mit plötzlicher Einsicht. »Sie wurden ebenfalls gejagt.«

Ich zucke überrascht zusammen. »Wie bitte?«

»Es ist ein Schwur, den wir vor der Wilden Jagd leisten«, ertönt Kiarans Stimme hinter uns.

Ich drehe mich um. Kiaran steht auf dem Steinpfad zwischen den *Seilgflùr*-Stöcken, was überaus riskant ist. Wenn er die Pflanze auch nur berührt, brennt sich die Distel in seine Haut. Er trägt eine schwarze Hose und ein blühend weißes Hemd, das am Kragen offen steht.

Kiaran sieht mir in die Augen. Sein Blick wirkt so wahnsinnig vertraut. »*Marbhaidh mi dhuibh uile*«, sagt er leise. »Ich werde sie alle töten.«

Als wüsste er Bescheid. Als hätte er es schon einmal gesagt.

Catherine steht wie erstarrt neben mir. Ich sehe, wie ihre Hand unter ihren Ärmel gleitet und sich ihre Fingernägel in ihre Haut graben. Ich zucke zusammen.

»Bitte entschuldige meine Unhöflichkeit, Aileana. Aber ich werde anderswo gebraucht.«

Bevor ich Einspruch erheben kann, eilt Catherine auch schon davon. Als sie an Kiaran vorbeikommt, tritt sie zwischen die Disteln, um möglichst viel Abstand zu ihm zu halten. Dann verschwindet sie in dem Gang, durch den wir gekommen sind.

»Was hast du mit Catherine gemacht?«, frage ich. Dann kommt mir ein Gedanke. »Sag bloß, sie erinnert sich daran, wie sie damals im Park versehentlich unter deinen Bann geriet.«

Seine Lippen zucken. Das ist Kiarans Beinahe-Lächeln. Mein Herz macht einen Sprung. »Das bleibt unser Geheimnis.«

»Warum sieht sie dich dann so an, als hätte sie gerne die Mittel und die Gelegenheit, dich zu töten?«

»Meinesgleichen haben beinahe alle getötet, die sie kannte«, erwidert er. »Sie vertraut mir nicht.«

»Und dann drohst du auch noch, ihren Ehemann zu verstümmeln.«

Ich sollte Kiaran ebenfalls nicht trauen. Er ist eine Fee. Und ich habe bereits miterlebt, wie er seine Macht eingesetzt hat. Ich habe gesehen, wozu er fähig ist. In Wahrheit kann ich mich nicht mehr an den einen, bestimmten Moment erinnern, an dem ich beschloss, Kiaran zu vertrauen. Es ist einfach … passiert. Genauso, wie es einfach passiert ist, dass er mir mittlerweile so viel bedeutet. Irgendwann während unserer gemeinsamen Jagden, den Morden und den Küssen hat er sich in mein Herz gebrannt.

Mittlerweile verstehe ich, warum Kadamach wollte, dass ich Himmel und Hölle in Bewegung setze, um dich zu finden.

Ich verrate ihm nicht, dass es die Erinnerungen an uns beide waren, die mir in Lonnrachs Gefängnis am meisten bedeuteten. Dass ich Stunden damit verbrachte, mir jedes Detail unseres Kusses in Erinnerung zu rufen. Jedes Gefühl und jedes Wort als Beweis dafür, dass ich kein Spielzeug war, dessen er sich entledigt hatte. Dass nicht alles bedeutungslos war.

Ich wende mich ab. Es ist sicherer, ihn nicht anzusehen. Ich fühle bereits zu viele Dinge, die ich nicht fühlen möchte. »Du hast gesagt, es geht um einen Schwur, den *ihr* leistet. Heißt das, dass auch *du* ihn geleistet hast?«

Plötzlich steht er dicht vor mir. Ich kann die Hitze seines Körpers spüren, und seine Muskeln sind angespannt wie bei einem angriffsbereiten Raubtier. Ich spüre seinen Atem an meinem Hals, und seine Lippen sind so nahe, dass sie sanft meine Haut berühren. »Ich war der Erste, der den Schwur ablegte.«

Ich wage es nicht, mich zu bewegen. Es ist zu viel, wenn er mir so nahe kommt. Gleichermaßen verführerisch wie gefährlich.

Instinktiv greife ich nach dem Messer an meinem Gürtel. *Verdammt*. Ich habe es im Zimmer liegen lassen. »Wann?«

»Als die erste Wilde Jagd plündernd durchs Land zog und wir alle töteten, die sich uns in den Weg stellten.« Ich will vor ihm zurückweichen, doch Kiaran packt meine Hand und hält mich zurück. »Wer, glaubst du, hat die Stadt der kleinen Feen zerstört?« Seine Lippen sind dicht an meinem Ohr, dann presst er einen Kuss auf meinen Halsansatz. Ich erschaudere. »Das war ich.«

Ich reiße mich von ihm los. Verdammt, ich habe es schon wieder vergessen.

Er war einmal Kadamach, ein skrupelloser Killer, der zu den allerschlimmsten Feen zählte. Erst seine Liebe zu einer anderen Falknerin veränderte ihn und brachte ihn auf die Seite der Menschen. Aber das bedeutet nicht, dass er gut oder harmlos ist. Es glauben auch alle, Dachse wären harmlos, bis sie einer beißt.

»Du hast Derricks Familie umgebracht«, sage ich ausdruckslos.

»Seine Familie und seine Freunde.« Kiarans Augen leuchten in dem gedämpften Licht über dem Feld, so schrecklich lebendig und unheimlich. »Beinahe alle, die er geliebt hat.«

Herr im Himmel. Er spricht so ungezwungen über seine Morde, als erklärte er mir gerade den Gebrauch einer neuen Waffe. Es scheint ihn überhaupt nicht zu kümmern. Ärger steigt in mir hoch.

»Warum?«

»Warum?« Kiarans Kiefer zuckt. »Warum schläfst du, fühlst du oder tust sonst irgendwelche Dinge, über die ihr Menschen euch keine weiteren Gedanken macht? Ich habe sie

getötet, weil es für mich wie atmen war.« Er versucht, einen Schritt näher zu kommen, doch ich weiche schnell zurück. Er lässt seine Hände sinken. »Es war der Grund meiner Existenz.«

Es fällt mir leicht, ihn mir so vorzustellen. Er wird so, wenn wir zusammen auf die Jagd gehen. Es ist, als gäbe es nichts auf der Welt, was er mehr liebt als den Kampf. Das Ausatmen ist wie ein Schwerthieb, das Einatmen wie der Schnitt des Schwertes durch Sehnen und Knochen. Der Rhythmus des Tötens.

Ich habe dich zu dem gemacht, was ich bin. Ich habe gejagt, weil ich es zum Weiterleben brauchte. Ein Mord bedingte den nächsten. Wie bei einem Ungeheuer.

»Hast du es jemals bereut?«, flüstere ich. »Irgendetwas von dem, was du getan hast?«

Sein Blick ist leer. Es liegen keine Schuldgefühle oder der Anflug von Reue darin. »Es hat keinen Zweck, etwas zu bereuen.«

»Das beantwortet nicht meine Frage.«

Er lächelt. Es ist dieses wunderschöne, falsche Lächeln, das mir im Herzen wehtut. Sein Gesicht ist eine Maske, makellos, unbefleckt und ohne Anzeichen von Leidenschaft oder anderen Gefühlen. Selbst griechische Statuen wirken lebendiger.

»Suchst du noch immer das Gute in mir, Kam?« Kiaran nimmt eine Distelblüte zwischen die Finger, als wolle er mich daran erinnern, was sie anrichtet. Ich zucke zusammen, als seine Haut sofort Blasen wirft und verbrennt. Er lässt sie nicht los und zeigt keine Anzeichen von Schmerz. »Wünschst du dir nach wie vor, ich wäre ein ehrenwerter Mann?«

Ich strecke die Hand aus und packe seine. »MacKay, *hör auf damit.*«

Kiaran lässt die Distel los, und das falsche Lächeln ist verschwunden. »Wie viel musst du noch über meine Vergangenheit erfahren, um endlich zu erkennen, dass es keinen menschlichen Teil in mir gibt?«

»Du bist nicht Kadamach«, fauche ich. »Nicht mehr. Du bist es seit Tausenden Jahren nicht mehr.«

Eine kurze Emotion blitzt in seinem Blick auf, doch dann ist sie gleich wieder verschwunden. »Du sprichst den Namen aus, als wüsstest du, was er bedeutet.« Er zeigt hinter mich. »Die *Síthichean* hinter diesem Tor haben ein gutes Gedächtnis. Und deine kleine Fee ebenfalls. Für sie werde ich immer Kadamach bleiben.«

»Und dennoch spielte deine Vergangenheit keine Rolle, als du an meiner Seite gekämpft hast, um sie alle zu retten.« Ich halte seinem Blick stand, und meine Stimme wird zu einem Flüstern. »Sie spielte keine Rolle, als du mich geküsst hast.«

Und da ist sie wieder, die Emotion hinter dem ansonsten so kühlen, unbeteiligten Blick. Ich will sie nicht verlieren, also trete ich zu ihm, so wie er es vorhin getan hat. Ich höre, wie sein Atem stockt. Kurz, aber dennoch merklich. Ich spüre, wie sich seine Hand in meiner versteift, und sehe, wie etwas wie Begehren und Sehnsucht über sein Gesicht huscht.

Ich lege meinen Finger auf seinen Puls und genieße es, wie er sich beschleunigt. »Für mich wirst du immer Kiaran sein.«

Ein Geräusch dringt aus den Tiefen von Kiarans Kehle, und er packt mein Hemd. Seine Lippen treffen meine, sanft und drängend. Schmerzhaft. *Mehr*, ich will mehr. Ich vertiefe unseren Kuss und …

Ein schrilles, mechanisches Heulen erklingt. Ich reiße mich aus seiner Umarmung.

»Was zum Teufel *ist* das?«

»Das Frühwarnsystem.« Kiarans Atem geht schwer. »Es bedeutet, dass sich *Sìthichean* in unserem Territorium befinden.«

21

Kiaran führt mich durch die Straßen der Stadt. Ich sehe zu, wie die Passanten auf die bienenstockförmigen Gebäude zueilen und über die Balkone in ihren Zimmern verschwinden.

Überall werden Fensterläden geschlossen und Türen knallen zu. Die Ruhe und die Tatsache, dass niemand in Panik gerät, überraschen mich. Wenn überhaupt jemand spricht, dann sind es geflüsterte Aufforderungen, sich zu *beeilen*. Die Stadtbewohner bewegen sich schnell und effizient, als hätten sie das hier schon oft erlebt. Und das müssen sie wohl auch, wenn sie in den Ruinen gelebt haben, die Gavin beschrieb.

Ich frage mich, ob sie sich eigentlich bewusst sind, dass die Wände ihrer Häuser ihnen keinen Schutz bieten werden, falls die Feen in die Stadt einfallen. Egal, welche Barrieren Derrick errichtet hat, sie werden nur eine gewisse Zeit lang standhalten. Danach sind sie alle innerhalb eines Wimpernschlages tot.

»Steht dieser Ort denn oft unter Belagerung?«, frage ich, als ein Paar an uns vorbei auf seine Wohnung zueilt.

»Nein.« Kiaran führt mich in eine Gasse zwischen zwei Gebäuden, die so schmal ist, dass das Licht der Straßenlaternen sie nicht erreicht. »Sie haben die Stadt noch nicht gefunden. Üblicherweise sind es bloß ein paar vereinzelte Soldaten, die die Wälder in der Nähe durchkämmen.« Der Alarm wurde also wegen einer solchen Kleinigkeit ausgelöst? Er sieht meinen überraschten Gesichtsausdruck. »Sie sind aus gutem Grund so übervorsichtig.«

Ich denke an Gavins Worte. *Ein weiterer Angriff würde unsere Zahl zu stark dezimieren.*

Gerade als wir zwischen den Gebäuden hervortreten, geht das Licht aus und der Alarm verstummt plötzlich. Nach und nach erlöschen die Straßenlaternen, bis wir im Dunkeln stehen. Ich hebe den Blick. Die Irrwische tanzen nicht mehr über unseren Köpfen. Sie steuern auf einen Gang am Ende der Höhle zu und ziehen auf ihrer Flucht einen flackernden Lichtstreifen hinter sich her. Die Wolken sind verschwunden. Es ist nur noch das Schimmern des Gesteins zu sehen und unser gleichmäßiger Atem zu hören.

»Beeil dich, Kam«, ruft mir Kiaran über die Schulter hinweg zu.

»Ich sehe schon, du bist nicht gerade geduldiger geworden«, murmle ich und schließe zu ihm auf. Das hier erinnert mich an unsere Jagden und wie ich ihm immer durch die Straßen von Edinburgh nachgeeilt bin. »Wohin sind wir unterwegs?«

Kiaran packt im Dunkeln meine Hand und hält sie fest, während wir durch eine weitere dunkle Gasse eilen. »Wenn das Frühwarnsystem ausgelöst wird, treffen sich die Seher, um die Gefahr einzustufen.« Er führt mich einige alte Steinstufen hinab. »Du solltest auch dabei sein.«

Die Luft wird kühler, als wäre auch das Heizsystem in der Stadt zum Stillstand gekommen. »*Seher?* Du meinst es gibt abgesehen von Gavin und Catherines Ehemann noch mehr von ihnen?«

»Es gibt noch zwei andere schwachköpfige Idioten. Zusammengenommen sind sie etwa so schlau wie ein Tischbein.«

Meine Lippen verziehen sich zu einem Lächeln. »Bin ich wirklich der einzige Mensch, den du ausstehen kannst?«

»Du hast einen gewissen Charme, der mir ans Herz gewachsen ist.«

Ich muss lachen. »Bitte, du musst mir doch nicht schmeicheln.«

Er schweigt einen Moment und starrt mich durch die Dunkelheit hindurch an. Ich kann nicht sagen, ob er noch lächelt. Er verschlingt seine Finger mit meinen, und seine Berührung überrascht mich. »Kam«, sagt er, und seine Stimme ist kaum mehr als ein Hauch. *»Dh' ionndrainn mi thu gu goirt.«*

Er klingt so ernst, dass ich innehalten muss. »Was bedeutet das?«

Er beugt sich zu mir und küsst mich sanft. »Ich habe dich vermisst.«

Ich werde rot, und meine Wangen brennen. Er hat mich vermisst? *Er hat mich vermisst.* Ich weiß nicht, was ich damit anfangen soll.

Oh, großer Gott, Aileana. Konzentrier dich.

Kiaran lässt mich los und wendet sich ab. Ich höre einen Riegel klicken, bevor er eine Tür öffnet, die ich zuvor noch nicht einmal gesehen habe. Goldenes Licht strömt in die dunkle Gasse.

Er bedeutet mir hineinzugehen, und ich folge ihm in einen Raum, der so luxuriös ist, dass es mir den Atem verschlägt. Die Wände sind mit glänzendem Mahagoniholz vertäfelt, das im Licht des Kerzenleuchters an der Decke leuchtet. Darüber hängen detailreiche Wandteppiche, deren Fäden schimmern wie das Innere einer Muschel.

Auf den Wandteppichen sind epische Schlachten zwischen den Feen dargestellt, in denen Tausende gegeneinander kämpfen, und allesamt zeigen die kleinen Feen als Sieger. Auf manchen sind die Trophäen zu sehen, die sie mitgenommen haben. Die abgetrennten Köpfe ihrer Feinde. Die Schlachten finden vor einer Burg aus spitzem Glas statt, die bis in den Himmel reicht.

Dann erkenne ich ein bekanntes Gesicht in den Stickereien. Derrick mit einem Schwert in der Hand. Derrick, den ganzen Körper voller Blut. Derrick, der siegreich auf einem Haufen Feenkörper steht. Derrick …

»Was zum Teufel machen die denn hier?«

Mein Blick fällt auf Daniel, der die Hände zu Fäusten geballt hat und mich mit unverhohlenem Zorn anstarrt. Hinter ihm stehen Catherine und Gavin, und die beiden anderen Unbekannten müssen die Seher sein, die Kiaran erwähnt hat. Die verdammte kleine Fee, an die die Frage gerichtet war, schwirrt um Daniel herum und zieht dabei einen goldenen Lichtschein hinter sich her.

Derrick stürzt auf mich zu und lässt sich auf meiner Schulter nieder. »Gut. Nachdem du jetzt hier bist, können wir uns daran machen, herauszufinden, wer dort draußen herumschleicht. Ignorier den wütenden Zyklopen einfach.«

Daniel stampft mit seinen Stiefeln über den goldenen Webteppich auf uns zu. Catherine folgt ihm leise fluchend. »Daniel, nicht.«

Er hört nicht auf sie. Jetzt, in dem hellen Raum, kann ich seine Gesichtszüge besser erkennen. Daniel ist nicht auf konventionelle Weise gut aussehend. Ein Zweitagesbart bedeckt seine Wangen, und sein verbliebenes Auge hat die Schärfe eines Habichts. Er strahlt unglaublichen Führungswillen aus, und sein Selbstvertrauen ist unbestreitbar charismatisch. Trotzdem muss ich zugeben, dass ich ein klein wenig überrascht bin, dass Catherine sich von ihm angezogen fühlt. Sie schien immer Männer zu bevorzugen, die der Inbegriff eines *Gentleman* waren: gepflegt, gut gekleidet, gut erzogen. Männer die – so wage ich es jedenfalls zu behaupten – Frauen niemals von Feen hätten foltern lassen.

Trotzdem muss ich mich wohl *ein wenig* bemühen, nett zu ihm zu sein, schließlich ist er ihr Ehemann.

Daniel bleibt vor mir stehen. »Verschwinde«, sagt er zu mir, bevor sein Blick zu Kiaran schweift. »Und nimm dieses Ding mit.«

Gut, dann vergessen wir das Nettsein eben.

»*Daniel*«, faucht Catherine.

»Oy, du Flegel!« Derricks Flügel schlagen verärgert gegen mein Ohr. »Du beschimpfst hier gerade meine Freundin. Noch ein Wort, und …«

»Wenn sich herausstellt, dass die Sache dort draußen gefährlicher ist als ein einzelner Späher«, unterbricht ihn Daniel und behält mich dabei die ganze Zeit über im Auge, »woher wissen wir dann, dass *sie* nicht dafür verantwortlich ist? Sie könnte sie geradewegs zu uns geführt haben.«

Derrick fletscht die Zähne. »Das können wir nicht wissen. *Und jetzt beruhige dich.*«

Doch Daniel hört ihm nicht einmal zu. Er tritt näher an Kiaran heran. »Und dieser Bastard hier würde vermutlich zulassen, dass sie uns alle abschlachten.«

Kiarans Augen leuchten erneut in diesem unheimlichen Licht. »Ja. Ich muss zugeben, das ist wirklich ein äußerst verlockender Gedanke.«

Ich trete beinahe dazwischen, doch Catherine kommt mir zuvor. Sie legt Daniel eine Hand auf die Brust und starrt ihn böse an. »Hör auf, Daniel.«

»Halt dich da raus, Catherine«, knurrt Daniel.

Vorhin war Catherine vielleicht wütend, doch mittlerweile rast sie vor Zorn. »Ich sagte: *Hör. Auf.*« Als er sich nicht bewegt, packt Catherine ihn fest am Arm. »Wir müssen uns sofort unterhalten.« Catherine wirft mir einen Blick zu. »Wir sind gleich wieder da.«

Sie verlässt mit Daniel den Raum und schlägt die Tür mit einem Krachen hinter sich zu, das durch den Raum hallt. Alle schweigen, doch dann fällt mir wieder ein, dass sich auch noch drei weitere Männer im Raum befinden, die mich unverfroren anstarren: Gavin und die beiden anderen, die ich noch nicht kenne.

Schließlich räuspert sich Gavin und durchbricht die unangenehme Stille. »Tavish, Lorne. Erlaubt mir, euch vorzustellen …«

Der größere der beiden Männer – Lorne – lacht, und es klingt wie ein tiefes Rumpeln in seiner Brust. *»Erlaubt mir* … ja, ja, ja, Eure Lordschaft.«

»Sei kein Arsch, Lorne«, sagt Tavish. »Schon gar nicht in Anwesenheit einer Dame, Mann. Um Himmels willen.« Dann wendet er sich mir zu. »Ich bin Tavish. Äh, Mr. Gray.« Er boxt seinem Freund in den Bauch, und dieser gibt ein deftiges Grunzen von sich. »Und dieser unhöfliche Hurensohn hier ist Mr. Candish.«

»Wenn sie mich Mr. Candish nennt«, meint Lorne, »kriegt sie garantiert keine Antwort von mir.«

»Nun gut«, fährt Gavin fort, »nach dieser ungebührlichen Vorstellung …« Er deutet auf mich. »Das ist Lady Aileana Kameron.« Dann wendet er sich etwas zögerlich an Kiaran. »Und ihr kennt ja bereits Kiaran, der …«

»… jetzt abhaut«, unterbricht ihn Kiaran abrupt. »Meine Geduld mit dem menschlichen Volk ist für den Moment erschöpft. Schickt einfach die kleine Fee zu mir, falls ich jemanden umbringen soll.«

Kiaran macht auf dem Absatz kehrt und eilt mit großen Schritten aus dem Raum. *Dieser verdammte Kerl.*

»Diese Feen sind ein ziemlich pampiges Volk, nicht wahr?«, meint Lorne nachdenklich. Er wirft einen Blick auf Derrick. »Nichts für ungut.«

Aus dem Augenwinkel kann ich erkennen, wie Derrick ihn süßlich anlächelt. »Zumindest sind wir keine dämlichen Einfaltspinsel. *Nichts für ungut.*«

»Meine Herren.« Catherine ist wieder da, und ihre Stimme hallt durch den Raum. Hinter ihr geht Daniel, der aussieht wie … nun, wie ein Mann, der gerade eine ordentliche Abreibung erhalten hat. »So gerne ich euren kindischen Zankereien lausche, haben wir doch ein größeres Problem, das unsere Aufmerksamkeit erfordert.« Sie nickt Tavish zu. »Bist du bereit?«

Tavish lässt sich auf einen Stuhl sinken. Er bewegt den Kopf von einer Seite zur anderen und streckt die Finger von sich, wie um sich zu entspannen. Dann atmet er tief ein, und sein Körper sinkt entspannt zurück.

Ich sehe zu Derrick auf meiner Schulter, der Tavish aufmerksam beobachtet. »Was tut er da?«, flüstere ich.

Derrick lehnt sich näher heran, und seine Flügel streichen über mein Ohr. »Seher haben unterschiedliche Fähigkeiten«, erklärt er mit leiser Stimme. »Viele können, wie etwa Gavin, in die Zukunft blicken. Tavish hingegen kann sich an einen Ort außerhalb seines Körpers projizieren und Dinge aus der Ferne beobachten.«

Ich betrachte Tavish mit neu erwachtem Interesse. Sein ganzer Körper wirkt vollkommen regungslos, bloß seine Finger krallen sich um die Armlehnen, öffnen sich und klammern sich wieder daran. Sein Atem wird tiefer und immer tiefer, bis sich seine Brust bei jedem Atemzug sichtbar hebt und senkt. »Ich bin beinahe da«, haucht er. »Beinahe da.«

Alle im Raum schweigen. Keiner sagt etwas oder bewegt sich. Wir scheinen alle den Atem anzuhalten. Ich sehe zu, wie Tavishs Atem sich plötzlich beschleunigt und immer schneller wird, als würde er laufen.

Dann reißt er plötzlich die Augen auf. Sie sind vollkommen weiß und so glatt wie Marmor. Er atmet langsam aus, und dann scheint es, als würde er überhaupt nicht mehr atmen.

»Sie befinden sich an der westlichen Grenze«, sagt er. Seine Stimme klingt ruhig, mechanisch und kaum noch menschlich. »Es sind mindestens fünfzig. Sie strömen zwischen den Bäumen aus.«

»Sollen wir hinaus und gegen sie kämpfen?« Ich muss einfach fragen, obwohl ich mich vor der Antwort fürchte.

Womöglich ist Lonnrach selbst dort draußen und sucht nach mir. Und ich bin noch nicht bereit, gegen ihn zu kämpfen. Ich brauche mehr Zeit.

Daniel hebt eine Augenbraue. *»Wir?«*

Gavin tritt neben mich und beugt sich zu mir, damit ihn die anderen nicht hören können. »Denk nicht einmal daran«, sagt er. »Wir warten, bis sich eine unmittelbare Gefahr ergibt, bevor wir die Aufmerksamkeit auf uns lenken und noch mehr Leben riskieren.«

Bevor ich etwas darauf erwidern kann, wendet sich Gavin an Tavish. »Sind sie bloß auf der Durchreise?« Er sagt es leichthin, aber seine Stimme klingt angespannt. Ich frage mich, ob sie womöglich schon viele ihrer Leute an Feen verloren haben, die *bloß auf der Durchreise* waren.

»Sieht so aus«, erwidert Tavish. Die Anspannung verlässt seinen Körper. »Es sieht aus wie eine gewöhnliche Erkundungstour. Sie sollten unser Territorium in ein paar Minuten wieder verlassen haben.«

Eine plötzliche Bewegung erregt meine Aufmerksamkeit. Derrick. Er scheint hochkonzentriert, und seine Flügel schlagen so schnell wie Libellenflügel. Seine Finger graben sich ein wenig zu tief in meine Haut, sein Lichtschein wird heller und der Geschmack seiner Macht stärker.

»Und die Barrieren halten stand«, sagt er. »Gut, dann kann ich jetzt wieder …«

»Herr im Himmel«, stöhnt Tavish und richtet sich kerzengerade auf. »Sie beginnen zu graben.«

Daniel fährt zu mir herum und wirft mir einen scharfen Blick zu. Ich weiß, was er denkt: Sie suchen nach mir. *Lonnrach* sucht nach mir.

Mir geht es bloß darum, diesen Gegenstand zu finden, der in deiner Welt versteckt ist. Und du wirst mir dabei helfen, ob du willst oder nicht.

Ich unterdrücke ein Fluchen, das mir beinahe über die Lippen kommt, und mein Körper versteift sich.

»Befinden sie sich über einem der Tunnel, die in die Stadt führen?«, fragt Daniel.

»Aye. Sie sind genau über dem langen Gang in Richtung Inselmitte. Wenn sie weitergraben, finden sie ihn.«

Daniel schließt einen Moment lang die Augen. »Dann müssen wir sie ablenken.« Er sieht Catherine an, und zum ersten Mal, seit ich ihn kenne, wird sein Gesicht weich. »Du weißt, was zu tun ist, falls sie die Barrieren durchbrechen. Führ sie alle durch die Tunnel und warte nicht auf mich.«

Ich sehe zu, wie sie sich umarmen, und habe das plötzliche Gefühl, dass ich nicht bei ihrer Verabschiedung dabei sein sollte. Es ist zu intim. Zu endgültig. Derrick zieht an meinem Ohr. »Starr sie nicht einfach an. *Tu* etwas.«

Ich trete vor und packe Daniel am Arm. »Du kannst da nicht hinausgehen«, erkläre ich ihm.

»Das ist nichts, worüber man sich Sorgen machen muss«, sagt er ein wenig schroff, vermutlich, weil ich gerade so etwas wie Sorge um ihn gezeigt habe. »Wir haben das schon Dutzende Male gemacht.«

»Um Himmels willen, Zyklop«, ertönt Derricks Stimme von meiner Schulter, und seine Flügel schlagen gegen mein Ohr. »Hör auf sie.«

Daniel starrt Derrick an, und Derrick starrt zurück. Obwohl Daniel *weiß*, dass die Feen wegen mir hier sind, will er sein Leben riskieren, um sie abzulenken. Das kann ich nicht zulassen. Ich mag noch nicht bereit sein, um gegen Lonnrach zu kämpfen, aber ich werde auch niemand anderen deswegen in den Tod schicken.

»Dann komme ich mit.«

Ich kenne den Blick, den Daniel mir zuwirft. Es ist derselbe, den die Männer mir während der Teegesellschaften und den Bällen zugeworfen haben, wenn ich versucht habe, mit ihnen über Wissenschaft oder Technik zu sprechen. Derselbe geduldige, gönnerhafte Blick, der mir zwar für mein Interesse dankt, letzten Endes aber der Meinung ist, dass ich keine verdammte Ahnung habe, wovon ich rede.

Derricks Flügel schlagen so schnell, dass mein Ohr schmerzt. »Aye, und ich komme auch mit.« Als Daniel ihm einen scharfen Blick zuwirft, erwidert Derrick: »Was? Ich bin unsterblich und sie ist eine Falknerin. Unsere Chancen, sie zurückzuschlagen, sind besser als eure. Ich habe dich mit dem Schwert gesehen. Du bist ein Versager.«

Daniel bleibt vollkommen unbeeindruckt. »Ich kann mich erinnern, dass sie im Untergrund etwas von einer Falknerin geschrien hat. Aber das sagt mir verdammt noch mal gar nichts.«

»Und es spielt auch keine Rolle. Sie kommt nicht mit.« Gavin tritt auf uns zu und sieht mich streng an. »Aileana bleibt bei Catherine. Und Tavish bleibt ebenfalls hier und beobachtet uns. Er wird euch warnen, falls irgendetwas schiefgeht.«

Was zum Teufel macht er da?

Die Männer brechen auf, und Daniel und Gavin eilen bereits auf die Tür zu. Catherine starrt auf den Rücken ihres Bruders. »Hör nicht auf ihn. Du solltest auch dort hinaus.«

Ich nicke. »Derrick, gibt mir eine Minute.«

»Nein«, erwidert Derrick. »Nach allem, was er dir angetan hat, will ich nicht, dass du mit ihm alleine bist.«

Ich vertraue Gavin ebenfalls noch immer nicht. Ich kann nichts gegen den Schmerz des Verrates machen, der mich jedes Mal überkommt, wenn ich ihn ansehe, auch wenn er mir inzwischen erklärt hat, warum er mir nichts von den Irrwischen erzählt hat.

Ich streichle schnell über Derricks Flügel. »Du kannst mich die ganze Zeit über sehen, ich verspreche es.«

Er fliegt widerwillig von meiner Schulter, und ich eile hinter den Männern her, bevor sie das Zimmer verlassen können. Ich ziehe Gavin an seinem Hemd zurück. »Lass mich los«, sagt er.

»Nein. Bist du jetzt vollkommen übergeschnappt? Du *weißt* doch, was ich bin.«

Gavin verschränkt die Arme. »Und genau deshalb musst du hierbleiben.«

»Wie bitte?«

»Wenn du mitkommst, dann werden sie alles tun, um dich in die Finger zu bekommen. Sie werden Verstärkung holen, und wir würden es vielleicht nicht überleben.« Er spricht leise, damit Catherine ihn nicht hören kann. »Wir werden versuchen, sie abzulenken. Wir wollen keinen Kampf anzetteln.«

»Ich würde auch nicht kämpfen«, erwidere ich. »Lass mich einfach dabei sein, falls etwas passiert.«

»Ich sagte Nein.« Gavins Stimme ist so streng, dass ich beinahe zurückzucke. »Ich vertraue dir nicht, dass du dort draußen nicht beginnst, sie alle abzuschlachten. Ich habe dich töten gesehen. Ich war dabei. Was hast du damals zu mir gesagt? Du *genießt* es.« Er schüttelt den Kopf. »Und selbst wenn du dein Versprechen hältst, gibst du ihnen bloß noch einen Grund mehr, uns aufzuspüren.«

Seine Worte tun mir im Herzen weh. Ich muss Lonnrachs Abdruck, der für diese Erinnerung steht, nicht eigens suchen.

Ich muss es nicht noch einmal durchleben, um die Befriedigung zu spüren, die ich früher nach einem Mord gespürt habe. Den Hunger, erneut zu töten. Ich habe dafür gelebt, es war mein einziges Ziel. Ich habe die Jagd genossen, sie war für mich wie die Luft, die ich zum Atmen brauche.

»Du vertraust mir nicht«, sage ich und kenne seine Antwort bereits.

In Wahrheit mache ich ihm deswegen keine Vorwürfe. *Ich habe dich zu dem gemacht, was ich bin*, hat Kiaran einst zu mir gesagt. *Ich bin wie er.* Mittlerweile frage ich mich, ob er dabei von sich als Kiaran oder als Kadamach gesprochen hat.

Gavins Gesicht wird weicher, als hätte er meine Gedanken gelesen.

»Darum geht es nicht. Wenn der Tag kommt, an dem wir schließlich gegen sie kämpfen müssen, dann will ich dich an meiner Seite haben.« Er nimmt mich bei den Schultern. »Ich vertraue dir. Das tue ich wirklich. Aber in diesem Fall eben nicht.«

Als er dieses Mal versucht zu gehen, halte ich ihn nicht auf.

Gavin weiß nichts von dem Spiegelzimmer. Er weiß nicht, dass der Teil von mir, der unersättlich töten wollte, herausgerissen wurde. Der Teil von mir, der jede Nacht mit einem unablässigen Flüstern im Ohr losgezogen war. *Jage, töte, verstümmle sie.*

Er weiß nicht, dass ich diesen Teil von mir in einem der Spiegel gesehen habe, und er mich selbst zu Tode erschreckt hat.

Ich spüre, wie Catherine neben mich tritt. »Was hat er gesagt?« Ich höre den Ärger in ihrer Stimme. Sie will mich beschützen, obwohl sie mittlerweile weiß, was ich bin.

»Nichts, was ich nicht verdient hätte.«

22

Mein Zimmer befindet sich ganz in der Nähe des Westausgangs der Höhle, falls eine schnelle Flucht nötig sein sollte. Catherine bedeutet Tavish, auf der Sitzbank Platz zu nehmen, während er Gavin und die anderen in seinen Visionen beobachtet. Er sitzt schweigend da und hat die marmorfarbenen, glänzenden Augen weit aufgerissen.

Catherine und ich lehnen uns gegen die Kissen auf der Bank unter dem Fenster, und beobachten, wie der Sturm durch die irrealen Straßen Edinburghs fegt. Regentropfen und Hagelkörner prasseln mit voller Wucht gegen das Fenster. Die Straßenlaternen entlang der Gehsteige leuchten bereits, obwohl es noch kaum dämmert.

Ich würde gerne das Fenster öffnen, doch ich habe Angst, die Illusion dadurch zu zerstören. Ich befürchte, das Edinburgh meiner Vorstellung könnte verschwinden und den Blick auf die glänzenden Steine freigeben, aus denen die weitläufige, unterirdische Stadt besteht.

Dennoch … die Versuchung ist groß, es einfach zu versuchen. Könnte ich hinaus in diese verlassene, irreale Stadt gehen? Könnte ich die Stadt erkunden, die nur meiner eigenen Vorstellungskraft entspringt? Nur ich und der Ort, an dessen Zerstörung ich beteiligt war?

»Du könntest die Sonne scheinen lassen«, erklärt Catherine, lehnt sich mit dem Rücken an die Wand und sieht ebenfalls in den Regen hinaus. »Oder Regenbögen erschaffen. Zwei oder sogar drei, wenn du möchtest.«

Ich weiß, dass sie mich bloß darum bittet, damit ich ihr helfe, sich von Daniel, Gavin und Lorne abzulenken. Als könnte heiteres Wetter sie trösten, wenn auch nur ein wenig. Ich würde es wirklich gerne versuchen – nur für sie. Aber das Verlangen, Edinburgh genauso zu erhalten, wie ich es in Erinnerung habe – mit prasselndem Regen und Sturm –, hält mich zurück.

»Was, wenn ich keine Regenbögen will?«, frage ich sie und spüre jedes Mal, wenn der Wind den Regen gegen das Fenster peitscht, einen kalten Luftzug. Es fühlt sich so real an, dass ich kaum glauben kann, dass wir nicht wirklich dort sind. »Was, wenn ich mich an die Stürme in Edinburgh erinnern will? Sie zogen sich oft über Tage hin, erinnerst du dich? Und manchmal sogar über Wochen.«

Ich sehe an ihr vorbei zu Tavish hinüber, der stocksteif auf der Bank sitzt und mit seinen Alabasteraugen ohne zu blinzeln geradeaus starrt. Er befindet sich noch immer in seiner Vision, vollkommen verloren an dem Ort, an den ihn sein zweites Gesicht geführt hat. Ich könnte mit meiner Hand vor seinem Gesicht herumfuchteln oder ihn anschreien, und er würde es nicht bemerken. Es wäre eine Berührung notwendig, um ihn wieder in die Wirklichkeit zurückzubringen.

Die Tür hinter Tavish steht offen und führt hinaus in die Stadt der kleinen Feen. Tausende andere erleuchtete Türen erstrecken sich bis zur Spitze des bienenstockförmigen Gebäudes hinauf. Hinter diesen Türen befinden sich Tausende verschiedene Welten, einige sind Nachbildungen unserer alten Leben, andere vielleicht Neuerfindungen. Ich frage mich, an welchem Punkt diese Welten wohl aufbrechen, sollten die Menschen je beginnen, die Grenzen der Magie, die sie erschaffen hat, auszutesten.

»Ja«, erwidert Catherine säuerlich. »Ich habe mir jedes Mal den Schirm ruiniert, wenn ich hinaus in den Wind getreten bin.«

»Was hast eigentlich du hinter deiner Tür erschaffen?«, frage ich sie, weil ich einfach nicht mehr über das Wetter und Regenschirme schnattern will. Es dient bloß dazu, uns von der Welt abzulenken, in der wir nun leben und in der sich alle, die wir lieben, in ständiger Gefahr befinden. »Auch dein altes Zimmer?«

Gavin hat zwar gesagt, dass ich die Toten nicht zurückbringen kann, dass ich nicht in einer Welt leben kann, in der meine Mutter noch am Leben ist, doch mittlerweile stelle ich mir noch eine andere Frage: Wenn es möglich ist, dass ich das Fenster öffne und das irreale Edinburgh nicht verschwindet und den Blick auf die Höhle freigibt, kann ich dann einfach hinausgehen und nie mehr wiederkommen?

»Manchmal«, erwidert Catherine leise. »Manchmal ist es aber auch ein Garten in Ayr. Im Frühling, wenn alles voller Glockenblumen ist.« Sie hält kurz inne. »Und dann ist es wieder ein Boot mitten im warmen, ruhigen Mittelmeer, und die Wellen schwappen um mich herum. Und es ist immer Sonnenuntergang. Ich lasse den Himmel rot brennen.«

Ich muss lächeln. »Aber du warst doch noch nie am Mittelmeer.«

»Nein.« Ihr eigenes Lächeln wirkt traurig. »Aber ich habe Vaters Reiseberichte gelesen und mir vorgestellt, ich wäre dort. Er hat einmal geschrieben, dass es immer warm war und kaum geregnet hat. Ich wollte eines Tages auch dorthin reisen.« Sie streicht über die Schnitzereien auf dem Fensterbrett. Derrick hat die Zeichen ins Holz geschnitzt, wenn er dachte, ich würde es nicht bemerken. Damals, in meinem alten Zimmer. In meinem *realen* Zimmer. »Mittlerweile frage ich mich, ob es Zypern überhaupt noch gibt, oder ob die Feen dort auch alle getötet haben.«

»Vielleicht gibt es die Insel noch«, antworte ich und fühle mich plötzlich schuldig, weil ich ihr das alles angetan habe.

Sie hat mich gebeten, Regenbögen zu erschaffen, doch ich habe sie nur erneut an all die Dinge erinnert, die sie verloren hat. Ich frage mich manchmal, ob Lonnrach mich in das Spiegelzimmer entführt hat, um mir nicht nur meine Erinnerungen zu stehlen, sondern auch meine Hoffnung, so klein sie auch gewesen sein mag.

Ich versuche, stark zu sein. Für Catherine. »Vielleicht machen sich die Feen nichts aus einer derart kleinen Insel.«

»Vielleicht.« Sie wirft mir ein aufgesetztes, beruhigendes Lächeln zu. Als wüsste sie genau, was ich mit meinem letzten Satz bezwecken wollte. Wir wissen beide, dass Zypern wahrscheinlich nicht mehr existiert, genauso wie die restliche Welt.

»Wünschst du dir manchmal, du könntest auf deinem Boot bleiben und nie wieder zurückkommen?« Ich muss es einfach fragen. »In dem Zypern deiner Vorstellung?«

»Wir Menschen können nicht lange in unseren Fantasiewelten überleben«, erwidert sie. »Wir können zwar Landschaften erschaffen, aber nur die Feen haben die Macht, hinter ihrer Tür alles zum Leben zu erwecken, was sie möchten. Sie nutzen diese Fähigkeit, um uns mit Nahrungsmitteln und anderen Waren zu versorgen. Bei uns hingegen verwandelt sich das Wasser zu Asche, sobald wir es trinken wollen. Und Essen wird zu Stein. Selbst die Dinge, die wir in unsere Welten mitnehmen, müssen schnell verzehrt werden, sonst verfaulen sie. Manche Menschen begeben sich an die Orte ihrer Vorstellung, bloß um dort zu sterben. Sie finden es leichter, als ...« Sie wendet sich abrupt zu Tavish um, und ihre Wangen werden plötzlich rot. Doch er befindet sich noch immer in seiner Vision und hat seine blicklosen Augen weit aufgerissen.

»Was ist los?«

»Tavishs Frau ...«, erwidert sie mit leiser Stimme, die kaum mehr als ein Flüstern ist. »Sie haben ihren Sohn verloren, als die Feen in Aberdeen einfielen. Als sie hierherkam, schwor sie, den Kleinen wieder zurückzubringen und hinter ihrer Tür eine Welt zu erschaffen, wo sie alle zusammenleben konnten. Tavish ging hinein, um sie herauszuholen, doch er konnte sie nicht finden. Sie hatte eine Landschaft erschaffen, die sich kilometerweit ausdehnte.«

Ich schlucke. »Aber wenn er sie nicht finden konnte, woher wisst ihr dann, dass sie tot ist?«

Catherine sieht erneut zum Fenster hinaus. Ihre Augen sind feucht, aber es fließen keine Tränen. Vielleicht hat sie, wie ich, gelernt, ihr Weinen zu unterdrücken. »Wenn wir sterben, dann verschwinden die Orte, die wir erschaffen haben, und verwandeln sich wieder in die Höhle. Diejenigen, die sich darin versteckt haben, werden dann wieder sichtbar.«

O Gott. Plötzlich peitscht Regen gegen das Fenster. Ich habe vergessen, wie sehr meine Gefühle diesen Ort beeinflussen. Der Sturm wird stärker und das Zimmer bebt, bis das Glas springt und der Fensterrahmen bricht.

Catherine rückt näher an mich heran und legt mir eine Hand auf die Schulter, wie sie es immer getan hat, als wir noch Kinder waren. Sie sagt nichts, muss nichts sagen. Sie kennt mich besser als irgendjemand sonst.

Ein angespanntes Keuchen lässt mich zusammenzucken. *»Verdammt.«* Tavish springt auf und lässt sich gleich darauf so schwer wieder fallen, dass die Beine der Sitzbank ächzen.

Catherine erstarrt. Ihr Atem stockt. »Tavish?« Sie steht auf und greift nach seinem Arm. »Was ist los?«

Er kann sie nicht hören, er ist noch immer zu tief in seiner Vision versunken. »Nein, sie sind zu nahe. Ihr werdet genau in sie hineinlaufen. Nicht …!«

Catherine packt seinen Arm fester. *»Tavish!«*

Tavish blinzelt, und seine Augen werden wieder normal. Sie leuchten wieder in demselben Grün, wie zuvor, als ich ihn kennengelernt habe.

Er steht so schnell auf, dass er stolpert. Er klammert sich an die Armlehne der Sitzbank und wirkt angeekelt und schwach. »Sie laufen in eine Falle. Die Feen werden ihnen den Weg abschneiden, sobald sie die Klippen erreicht haben.«

Ich bin bereits aufgesprungen und greife nach dem Schwert, das Aithinne mir gegeben hat. Ich schlinge den Gürtel um meine Taille und schließe die Schnalle. »Mach dir keine Sorgen«, sage ich zu Catherine. »Ich bringe sie nach Hause.«

Tavish sieht mich an. »Du tust *was*?«

Ich eile zum Ankleidezimmer und klopfe zwei Mal, bevor ich eintrete. Derrick hebt den Blick von einem Haufen Seide. »Hey, sieh dich mal an! Ein Schwert um die Hüfte und einen mörderischen Gesichtsausdruck. Ziehst du los, um jemanden zu töten?«

Ich grinse. »Ich ziehe los, um jemanden zu *retten*.«

Derrick fliegt hoch und schwebt vor mir in der Luft. »Das ist ja mal ganz was anderes«, grinst er. »Und es gefällt mir. Was brauchst du?«

»Hol Kiaran«, sage ich. »Sag ihm, er darf jetzt jemanden umbringen.«

Derrick rümpft die Nase. »Ich hatte auf eine aufregendere Aufgabe gehofft, aber meinetwegen. Meinetwegen. Ich hole diesen Bastard.«

Er fliegt so schnell davon, dass ich nur noch einen Lichtstrahl durch die Tür verschwinden sehe. Ich folge ihm und schnappe mir auf dem Weg nach draußen noch meine frisch befüllte Donnerbüchse. Ich befestige sie im Holster auf meinem Rücken, doch Tavish hält mich zurück. »Du gehst da nicht hinaus.«

»Und du willst mich aufhalten? Wie denn?«

Tavish hebt eine Augenbraue. »Hör zu, Mädchen, ich verstehe, dass du ihnen helfen willst, aber du kannst nichts machen.«

Plötzlich ertönt Aithinnes Lachen hinter uns, und Tavish verstummt. »Er ist wirklich schnuckelig, aber nicht allzu intelligent«, sagt sie liebevoll, als wäre er ein Haustier. »Und er hat noch immer nicht verstanden, dass man eine Frau mit Schwert und Schusswaffe nicht unterschätzen sollte.«

Ich drehe mich um und sehe Kiaran und Aithinne über den Balkon auf uns zueilen. Derrick fliegt gleich hinter ihnen her. Aithinne wirft Tavish ihr schönstes Lächeln zu, das mehr als nur ein wenig Furcht einflößend wirkt. »Hallo!«, begrüßt sie uns beide fröhlich. »Wir sind hier, um eure Freunde und ihre Ärsche zu retten.« Dann hält sie inne. »Ich meine, ich kann nicht versprechen, dass *alle* Ärsche ganz bleiben, aber die meisten, denke ich …«

»Was meine Schwester gerade versucht zu sagen«, unterbricht sie Kiaran, »ist, dass wir sie lebend wieder nach Hause bringen werden. Und großteils in einem Stück.« Ich liebe den Blick, den er mir zuwirft. Gespannt und mit dem Anflug eines Lächelns. *Mein Gott, wie habe ich das hier vermisst.*

»Bereit?«

Ja!

»Aber immer.«

Ich ignoriere Tavishs fassungsloses Gesicht. »Wo müssen wir hin?«

23

Wir reiten zu den Klippen am westlichen Rand der Insel. Ossaig galoppiert in vollem Tempo. Im Winter ist ganz Skye von einer Eisschicht überzogen. Auf sämtlichen Ästen und Grashalmen kleben zarte Kristalle, die unter Ossaigs Hufen knirschen, während wir die Hügel hinaufreiten.

Auf den Hängen liegen umgestürzte Bäume, und ihre Äste krachen und ächzen. Kiaran reitet neben mir, Aithinne ein wenig hinter uns. Ich muss Kiarans Art zu reiten einfach bewundern. Er wirkt so beherrscht und ruhig – wie bei allem, was er tut.

Schnee fällt auf die eisbedeckte Landschaft und schmilzt auf meinem Gesicht. Ossaig strahlt eine eigene Art Wärme ab, während sie dahingaloppiert. Ihr Fell dampft, genauso wie meine Klamotten und meine Haut. Ich lege meinen Kopf auf ihre warme, weiche Mähne und flüstere: *»Beeil dich.«*

Sie läuft noch schneller. Sie wird niemals müde. Ich höre sie nicht einmal atmen. Aber ich fühle, wie sich ihre mechanischen Bestandteile unter meinen Schenkeln bewegen und ihr goldenes Blut konstant durch ihre Adern pumpen.

Selbst schneebedeckt wirkt Skye wunderschön und überirdisch. Die Hügel tragen weiße Mützen, die grasigen Ebenen sind von einer Frostschicht überzogen. Wir reiten zwischen den Bäumen am Waldrand hindurch und befinden uns schließlich in einem dichten, beinahe undurchdringlichen Waldstück. Überall um mich herum sind spitze Äste, und der Schnee ist so frisch, dass noch keine Spuren zu sehen sind.

Zweige verfangen sich in meinen Haaren und meinem Mantel und knicken. Im Vergleich zu Kiaran und Aithinne bin ich nicht gerade leise unterwegs. Selbst Ossaig bewegt sich lautlos vorwärts, ihre Hufe berühren kaum den Waldboden. Ich werfe einen Blick zurück in die Richtung, aus der wir gekommen sind, und kann nicht einmal ihre Hufabdrücke im Schnee erkennen. Er wirkt unberührt, als wäre sie über ihn hinweggeflogen.

»Wir müssen weiter nach Norden.«

Kiarans Stimme lässt mich zusammenzucken. Ich sehe zu ihm hinüber. »Wie bitte? Aber Tavish meinte …«

»Er hat recht«, sagt Aithinne. »Ich kann sie hören. Gleich hinter den Hügeln.« Sie wirft Kiaran ein Lächeln zu und treibt ihre Stute an, um zu uns aufzuschließen. »Dann bist du also doch nicht vollkommen taub, kleiner Bruder.«

Er würdigt sie keines Blickes. »Nur weil du vierzig Sekunden älter bist als ich, gibt dir das nicht das Recht, mich *klein* zu nennen.«

Ich höre verdammt noch mal gar nichts. Bloß ächzende, brechende Äste. Nicht einmal Vögel oder das Rascheln anderer Tiere. Trotzdem ziehe ich leicht an Ossaigs Mähne, damit sie Kiaran und Aithinne folgt. Dicke Äste schieben sich uns in den Weg. Sie schwanken und ächzen im Wind, und durch die Zweige vor uns kann ich eine Lichtung erkennen. Ossaig schießt auf sie zu, und wir brechen durch die Bäume hindurch. Dann bleibt sie plötzlich abrupt stehen. Wir befinden uns am Rande einer hohen Klippe. Unter uns peitscht das Meer gegen die Felsen. Die Gischt trifft mein Gesicht und überzieht meine Haut mit einer Eisschicht.

Ich lasse den Blick entlang der Felskante schweifen, und dann erkenne ich etwas entfernt drei Gestalten. Sie werden von einer ganzen Horde Feen verfolgt. Es sind etwa fünfzig. *O Mann.*

Wir halten an, und Kiaran wendet sich an Aithinne: »Es ist ewig her, seit du im Kampf bestehen musstest. Meinst du, du kannst es mit ihnen aufnehmen?«

Aithinne wirft ihm einen arroganten Blick zu. »Natürlich kann ich das. Ich bin unglaublich. Ich war schon immer die bessere Kriegerin.«

»Du warst besser im Schummeln«, murmelt er, während er die Seher beobachtet, die mit einer Armee von Feen im Rücken in unsere Richtung fliehen.

»Ach, bitte. Mich als Betrügerin zu bezeichnen ist doch bloß die gekränkte Ausrede des Verlierers, *mo Bhrathair*.« Sie schenkt ihm ein Lächeln. »Du musst einfach deine Beinarbeit verbessern. Sie ist grauenhaft.«

Kiaran scheint nicht beunruhigt. »Diese Taktik zieht bei mir nicht. Ich glaube dir einfach nicht.«

Es ist erstaunlich, wie ruhig die beiden sind. Ich selbst fühle mich vor einem Kampf immer wie elektrisiert. Mein Herz trommelt in meiner Brust, und ich kann kaum stillhalten. Die Energie lässt meine Haut glühen und das Eis schmelzen.

Der bevorstehende Kampf erweckt das Leben in mir. Es ist nicht wie früher, als ich Rachegefühle, Wut und Zorn verspürte. Mittlerweile habe ich ein Ziel vor Augen. Ich will, dass Lonnrachs Soldaten sehen, wer ich *wirklich* bin. Nicht die gebrochene Kreatur, die er zurückgelassen hat. Nicht das Mädchen, dessen Erinnerungen er stahl. Wenn Lonnrach schließlich erfährt, wer diese Feen getötet hat, will ich, dass er weiß, dass es Aithinne und ich waren. Dass er uns nicht gebrochen hat.

Ich halte meine Donnerbüchse geladen und einsatzbereit in der Hand. Sie hat sich gegenüber Gruppen von Feen immer am besten bewährt und ist zu Beginn eines Kampfes effizienter als das Schwert.

Kiaran wirft mir über Aithinnes Schulter hinweg einen Blick zu. Ich sehe darin die gleiche gespannte Erwartung, die ich empfinde. Aye, er liebt das hier genauso wie ich. Die Ruhe vor dem Sturm.

Wir warten, bis die Seher näher gekommen sind. Die drei Männer halten abrupt an, und ihre metallenen Feenpferde protestieren gegen den gewaltsamen Stopp.

»Was macht ihr denn hier?« Daniels Gesicht ist hochrot, und über seine Stirn zieht sich ein blutender Schnitt.

Meine gespannte Erwartung beruhigt mich. Genauso müssen sich Kiaran und Aithinne fühlen. Keine Emotionen, bloß Bereitschaft.

Ich will das hier. Es ist vollkommen simpel. Es gibt keinen Platz für Angst oder Panik. Es gibt bloß die Waffe in meiner Hand und meinen Körper, der sich beim Gedanken an den bevorstehenden Kampf beinahe schwerelos anfühlt. Wie sehr sich dieses Gefühl doch von dem unstillbaren Hunger nach einem Mord unterscheidet.

»Wir sind hier, um euch den Arsch zu retten«, sage ich. »Reitet zurück in die Stadt und bleibt dort. Wir halten sie auf, damit sie euch nicht folgen können.«

Ein Knurren dringt tief aus Lornes Kehle. Es ist kein angenehmes Geräusch. »Du bist vollkommen irre«, sagt er. Er deutet auf Aithinne und Kiaran. »Die beiden hier sind unsterblich. Wenn sie gegen ihre eigenen Leute kämpfen wollen, dann lass sie doch. Aber eine Lady hat nichts auf dem Schlachtfeld verloren.«

Aithinne sieht ihn amüsiert an. »Und das von einem Mann, der gerade vor einem Kampf *davongelaufen* ist.«

»Lorne hat recht«, sagt David und streckt mir seine Hand entgegen. *Waffenstillstand.* Er bietet an, mich zu beschützen. »Du solltest nicht hier sein. Es ist nicht sicher.«

Im Gegensatz zu Aithinne fühle ich mich nicht angegriffen. Wenn es nach David und Lorne geht, dann begeht ein Mensch – vor allem eine Frau –, der sich einer Armee Feen gegenüberstellt, Selbstmord. Er versucht, mich zu retten, wie damals Catherine.

Bevor ich etwas antworten kann, sagt Gavin leise: »Lasst sie.«

Daniel wendet sich überrascht zu ihm um. »Wie bitte?«

»Sie ist nicht das, was du denkst«, erklärt Gavin. Daniel sieht ihn an, als hätte er den Verstand verloren, doch Gavin blickt mir unverwandt in die Augen. »Sorg dafür, dass du dieses Mal auch wirklich zurückkommst. Ich bezweifle, dass ich in drei Jahren noch am Leben sein werde.«

Gavin wendet sein Pferd ab, um davonzureiten, und Daniel und Lorne folgen ihm zögernd. Ich bin mir sicher, dass sie alle schon einmal Menschen zurückgelassen haben. Ich musste diese Lektion ebenfalls lernen: Man kann nicht jeden retten.

Kiaran, Aithinne und ich sehen zu, wie sich die Feen ihren Weg den verschneiten Hügel hinunter bahnen. Als sie uns schließlich sehen, hallt ohrenbetäubendes Heulen über das Feld.

Ihr Kampfschrei. Derselbe, den Lonnrach ausstieß, als Aithinne und ich noch im *Sìth-bhrùth* waren.

Sie kommen auf uns zu. Stärker und schneller als damals im Queen's Park. Dann kommt der Moment, kurz bevor unsere beiden Gruppen aufeinandertreffen. Der Augenblick zwischen zwei Herzschlägen, wenn alle regungslos, ruhig und zu allem bereit erscheinen.

»Steigt ab«, befiehlt Aithinne.

Kiaran gleitet von seinem Pferd, und ich tue es ihm gleich. Wenn wir reitend in den Kampf ziehen würden, wären wir zwar höher oben, dafür fehlte es uns aber an Geschwindigkeit. Ich schmecke Aithinnes Macht, während sie unsere Pferde fortschickt. Sie fliehen mit donnernden Hufen in Richtung Wald und sind innerhalb eines Wimpernschlags nicht mehr zu sehen.

»Ganz ruhig«, flüstert mir Aithinne zu. »Sie werden versuchen, dich zu kriegen, indem sie diesen Teil der Klippe absprengen. Halt einfach still.« Sie klingt, als wüsste sie, was sie tut. Als hätte sie schon einmal eine Armee befehligt.

»Na gut.«

Sie lächelt grimmig. »Mach dir keine Sorgen. Ich kann das wirklich ausgezeichnet!«

O Gott, ich werde sterben, nicht wahr?

Ich folge ihrem Blick und sehe zu, wie die Feen auf uns zurasen. Sie verschwimmen zu einem Wirbel aus Eis und Wind. *Daoine Sìth* auf ihren Pferden, so wunderschön, tödlich und mächtig. Und vor ihnen die *Cù Sìth* und die Redcaps – die Vorhut, wie immer.

»Vergiss nie«, erinnert mich Kiaran, »dass sie mittlerweile stärker sind als damals, kurz nachdem sie aus dem Untergrund entkommen sind.«

Die Redcaps heben gleichzeitig ihre Hämmer und lassen sie auf den Boden krachen. Die Erde bebt, und das Gestein unter mir bricht und klafft auf.

Verdammt. Ich versuche, ruhig zu stehen, selbst als Kiaran und Aithinne sich über den Boden in Sicherheit rollen. Das Gestein unter meinen Füßen bricht und rutscht langsam in Richtung Meer ab.

Ich bewege mich nicht. Selbst als meine Beine zu zittern beginnen und mir der Magen in die Hose rutscht. Selbst als der Fels, auf dem ich stehe, von der Klippe abbricht.

Und dann bin ich plötzlich schwerelos und falle dem tiefen Meer unter mir entgegen. Ich unterdrücke einen Schrei, als die Redcaps und ein Dutzend andere Feen mir nachspringen, um mich aufzufangen.

Sie sind nicht schnell genug. Ehe ich michs versehe, drückt mich Aithinne schmerzhaft an sich, und wir wirbeln durch die Luft, umgeben von einem mächtigen Wind. Sie kontrolliert ihn und bewahrt uns vor dem Absturz. Ihre Macht ist so stark, dass ich beinahe zu würgen beginne.

Dann spuckt uns der Wirbelwind aus, und wir landen auf den Boden. Meine Zähne schlagen aufeinander, und ich halte mich im letzten Moment davon ab, mich über die neu entstandene Klippe abzurollen. Ich werfe einen Blick über meine Schulter und sehe, wie das gute Dutzend Feen, das mir nachgesprungen ist, auf den Felsen unter uns zerschellt.

Mir bleibt kaum Zeit, um Aithinnes brillanten Schachzug zu bewundern, bevor die restlichen Feen uns erreicht haben, absteigen und auf uns zulaufen. Kiaran, Aithinne und ich stürzen nach vorne. Ich fühle mich vollkommen entspannt. Mein Körper ist gestählt, und ich bin bereit für den Kampf.

Kurz bevor die Feen bei uns sind, halte ich inne, richte die Donnerbüchse auf eine Gruppe *Sìtichean* und drücke ab. Die Waffe schlägt gegen meine Schulter. Schießpulver wirbelt vor mir durch die Luft, und der widerliche Geruch brennt in meiner Nase. Die Explosion wirft einige Feen um, und das mit *Seilgflùr* versetzte Schrot brennt sich durch ihre Kleidung hindurch in ihr Fleisch. Sie bluten am ganzen Körper und schreien nicht einmal, als sie schließlich sterben.

Ich spüre ihre Macht überall. Mein Gott, der Geschmack der Macht der *Daoine Sìth* in meiner Kehle ist so stark, dass meine Haut prickelt. Es schmeckt nach brennendem Eisen, Schnee und Salz. Ich feuere die Donnerbüchse erneut ab und treffe noch mehr von ihnen.

Der Schrot durchbricht ihre Haut, und Blut spritzt auf mein Hemd. Plötzlich habe ich das Gefühl, als wäre ich wieder in Edinburgh, als mich nach jedem Mord ein Hochgefühl überkam. Die Art, wie ihre Macht sich an mich schmiegt und durch meine Adern fließt, ist beruhigend. Wohltuend.

Blitze zucken über den Himmel, und über uns brauen sich Regenwolken zusammen. Die Luft ist schwer und elektrisch aufgeladen. Dafür sind die *Daoine Sìth* verantwortlich, sie kontrollieren das Wetter. Ihre Macht explodiert, und die Wolken öffnen sich, sodass Regen und Eis auf uns niederstürzen. Hagel prasselt auf mich herab, und die Körner sind so scharfkantig, dass meine Wange aufplatzt. Der süße Geschmack von Blut legt sich über meine Lippen. Immer wieder leuchten Blitze auf, schlagen in den Boden um uns herum ein und versengen den Schnee. Ich versuche, ihnen auszuweichen, doch es sind zu viele – gerade als ich mich von dem einen erhole, schlägt der Nächste ein. Und wieder einer. Es fühlt sich an, als ließe ihre Macht die ganze Insel unter meinen Füßen erzittern.

»Kam!«

Kiaran wirft mich zu Boden, bevor ein weiterer Blitz einschlägt. Er rollt sich über mich, doch mein Blick fällt über seine Schulter auf den etwa drei Meter tiefen Krater, der nun in der Erde klafft. Das hätte ich sein können.

Er flüstert nur ein einziges Wort, und es streicht wie ein Windhauch über mein Ohr. »Gemeinsam.«

Dieses Mal kämpfen wir Seite an Seite, Rücken an Rücken. Wir tanzen den Tanz des Krieges, und es ist wunderschön. So geschmeidig. Wir sind wahre Meister. Es gibt bloß uns. Ihn und mich. So wie es immer war. Er schlägt sich durch die Feen, flink und anmutig. Wenn sie versuchen zurückzuschlagen, blockiert er ihre Angriffe und richtet ihre Macht gegen sie selbst, sodass ich schließlich einschreiten und die Sache zu Ende bringen kann. Mein Schwert schlitzt, schneidet und tötet.

Es ist, als wären wir miteinander verbunden, als wäre der eine die Ergänzung des anderen.

Wir setzen unseren Tanz fort. Ich umklammere seine Hand, und er zieht mich durch eine Gruppe Feen, während ich zuschlage. Er wirbelt mich herum, und ich töte erneut.

Seine Macht umfängt mich wie eine warme Brise mitten im kalten Oktoberwind. Er schmeckt nach Frühling. Er schmeckt nach dem Ozean und nach etwas anderem, etwas Wildem, Verzweifeltem.

Die Feen versuchen, uns in einen Hinterhalt zu locken und uns voneinander zu trennen, also stecke ich mein Schwert fort und lege erneut die Donnerbüchse an. Ich feuere, und der Schuss geht weit und trifft sie hart.

Der Regen wird stärker, und der Wind schwillt zu einem gewaltigen Sturm mit pechschwarzen Wolken an. Die Temperatur fällt, und der Regen prasselt weiterhin so heftig auf uns herab, dass mir das Wasser in die Augen läuft und sich meine Haut taub anfühlt. Die Sturmböen sind so stark, dass ich beinahe umgeweht werde. Kiaran hält mit seiner eigenen Macht dagegen, aber es ist nicht genug. Er kann nicht auch noch gleichzeitig kämpfen. Sobald die Feen sich auf ihn stürzen, verliert er die Kontrolle über das Wetter. Ich werde von den Füßen gerissen und lande im Schnee am Rand der Klippe.

Sofort ist Aithinne bei mir. Sie duckt sich unter den Angriffen hindurch, schlitzt und schneidet. Ich brauche einen Moment, um mich zu erholen, dann bin ich auf den Füßen und kämpfe an ihrer Seite. Einen Moment lang fühle ich mich in den Queen's Park zurückversetzt. Ich bin wieder die anmutige, feengleiche Kreatur, die ich in jener Nacht war. Ich tanze, als wäre ich in einem Ballsaal, und meine Füße gleiten flink über den Schnee. Ich ducke mich unter den Angriffen hindurch, und das Schwert in meiner Hand saust auf die Feen nieder und schlitzt sie auf.

Ich fühle alles. Den scharfen Geschmack ihrer Macht in mir und um mich herum. Wie Rauch in meinem Mund, wie kalte Luft in meinen Lungen. Einst hätte ich das hier genossen. Ich hätte mich in den Morden und dem Rachegefühl gesuhlt.

Mittlerweile ist es eine bloße Notwendigkeit geworden. Aithinne und ich schreien in die Welt hinaus, dass wir noch am Leben sind. Und Lonnrach soll es hören. Wir können noch immer kämpfen und töten. Wir sind nicht gebrochen. Mein Kampf ist wie eine Botschaft: *Ich werde nicht davonlaufen.*

Und dann sehe ich sie. Ihr mitternachtsschwarzes Haar weht so anmutig um ihr Gesicht, dass es kaum real zu sein scheint. Ihre glitzernden grünen Augen fangen meinen Blick auf, und ihre Lippen verziehen sich zu einem Lächeln.

Sorcha.

Die Zeit bleibt stehen. Jetzt gibt es nur noch sie und mich. Ich spüre ihre Kraft, sie legt sich dick wie Blut über meine Zunge und bahnt sich brutal ihren Weg nach unten.

Sie ist wieder in meinen Gedanken und kontrolliert sie gegen meinen Willen. Sie gibt mir nur einen einzigen Befehl: *Stopp.* Mein Schwert verharrt mitten in der Luft, und die Feen um mich herum erstarren ebenfalls. Alle, außer Kiaran und Aithinne. Als wären wir alle Statuen, so regungslos wie Steine. Sorchas Macht hat den Kampf zum Erliegen gebracht.

Ich spüre ein betörendes Pochen in meiner Schläfe. *Jetzt hab ich dich.*

Ich hasse sie. *Ich hasse sie.* Ich versuche, sie aus meinem Kopf zu vertreiben, aber sie ist stark. Zu stark. Ich bin wie die anderen. Ich kann nicht gegen ihre Macht ankämpfen, egal, wie sehr ich mich bemühe.

Als Kiaran Sorcha sieht, umklammert er den Griff seines Schwertes fester. »Sorcha.«

Aithinne bleibt keuchend neben ihm stehen. »Du.« Sie atmet tief aus. »Ich weiß nicht, ob ich es schon einmal erwähnt habe, aber jedes Mal, wenn wir uns treffen, habe ich das dringende Bedürfnis, dir eine zu scheuern.«

Kiaran wirft seiner Schwester einen Blick zu, als wollte er sagen: *Einverstanden.*

Sorcha schenkt Aithinne bloß ein Lächeln, und ihre messerscharfen Zähne blitzen.

»Glaub mir, dieses Gefühl beruht auf Gegenseitigkeit. Aber es ist trotzdem keine Art, mit jemandem zu sprechen, der hier ist, um euch zu helfen. Erneut.« Sie wirft einen Blick auf die anderen Feen. »Ich habe nur wenige Minuten, in denen ich ihre Erinnerungen in Nebel hüllen kann, also verschwendet hier nicht meine Zeit.«

»Oh, das schon wieder. Es ist diesmal sogar noch unglaubwürdiger als beim ersten Mal.« Aithinne schüttelt den Kopf, bevor sie plötzlich merkt, dass ich wie die anderen Feen unfähig bin, etwas zu sagen.

Kiarans Schwester zeigt mit dem Finger auf mich, und ich spüre ihre Kraft. Sie ist wie eine warme Strömung, die durch Sorchas eisigen Bann dringt. Aithinne schmeckt nach Rauch, Schießpulver, Blut und Feuer.

Sorcha kämpft gegen sie an und hält so vehement an mir fest, dass ich mir auf die Zunge beißen muss, um nicht aufzuschreien. Aithinnes Macht umklammert Sorchas und gewinnt schließlich die Oberhand. Sie brennt sich durch sie hindurch wie Feuer.

Plötzlich lässt Sorchas Macht mich so schnell los, dass ich beinahe nach vorne kippe.

Ich ringe um Atem und bin endlich wieder fähig, mich umzusehen. Die anderen Feen sind allesamt erstarrt. Ihre Augen sehen blicklos ins Leere und bewegen sich nicht. Wie Statuen im Schnee.

»Spiel keine Spielchen mit mir, Sorcha«, sagt Kiaran. Er hat sein Schwert noch immer gezogen. Ich sehe, wie fest er den Griff umklammert hält. »Was willst du?«

Hätte ich die beiden nicht so genau beobachtet, wäre mir die Tatsache, dass sie den Blick ständig auf ihn gerichtet hält, vielleicht entgangen. »Was, wenn ich dir jetzt sage, dass ich auf deiner Seite bin, Kadamach? Dass ich will, dass du meinen Bruder besiegst?«

»Ich würde dir kein verdammtes Wort glauben.«

Sorcha sieht ihn spöttisch an und lässt ihn weiter nicht aus den Augen. Was auch immer sie vorhat, es hat nichts mit mir zu tun. Es geht bloß um ihn. »Wir waren doch einmal Freunde.« Sie sieht ihn unter gesenkten Lidern an. »Mehr als das. Du hast mir vertraut.«

Freunde? Sie waren Freunde? Selbst Aithinne muss bei dem Gedanken daran husten.

Kiarans Gesicht verschließt sich vollkommen, und er setzt wieder seine kalte, unbeteiligte Maske auf. »Das hast du tatsächlich gedacht? Oder hast du einfach vergessen, wie gut ich darin bin, jemandem etwas vorzuspielen?«

Lonnrachs Worte kommen mir wieder in den Sinn. *Er hat dich glauben lassen, dass du ihm etwas bedeutest. Kadamach schert sich einen Dreck um irgendjemanden.*

Sorcha kräuselt die Lippen. Sie attackiert ihn mit ihrer Macht, und der Geschmack ist überwältigend und ekelerregend. Kiaran wehrt ihren Angriff mit der Hand ab, und ein dünner Streifen Blut erscheint auf seiner Handfläche. Innerhalb eines Wimpernschlags ist die Wunde bereits wieder verheilt.

»Du kannst mich nicht hinters Licht führen, Kadamach«, erklärt Sorcha bitter. »Nicht, während du an mich gebunden bist.« Kiaran beißt die Zähne zusammen, sagt jedoch nichts. »Und diese Verbindung ist der Grund, warum ich dich warne. Mein Bruder möchte den Thron der Lichtfeen und der Dunkelfeen an sich reißen.«

»*Bitte*. Er hat doch nicht die Macht dazu«, sagt Aithinne. Ich höre, wie angespannt ihre Stimme klingt. Die Angst, die unter der Lässigkeit durchblitzt. »Und er ist keine Lichtfee mehr. Er hat keinen Anspruch auf …«

»Wenn er einen Weg findet, um die Macht der Falknerin zu stehlen …«, sie wirft mir ein leises, arrogantes Lächeln zu, »dann ist er beinahe am Ziel.«

Meine Macht? Wie kann meine Macht ihm dabei helfen?

»Und das sollte nicht allzu schwierig sein. Eure kleine menschliche Freundin kann ja nicht einmal ihre eigene Macht aktivieren, um sich gegen ihn zu wehren.«

Ich schenke ihrer Beleidigung keine weitere Beachtung. Meine Gedanken kreisen nur noch um das, was sie gerade gesagt hat. Was hat Lonnrach im *Sìth-bhrùth* zu mir gesagt?

Du kannst einen Gegenstand entsperren, den ich suche. Das ist deine einzige Bestimmung.

Meine Macht. Er wollte damit sagen, dass nur meine Macht diesen Gegenstand öffnen kann, genauso wie es bei Aithinnes Siegel der Fall war.

Ohne Herrscher wird das Sìth-bhrùth *untergehen. Jemand muss ihren Platz einnehmen.*

Aber wie kann meine Macht ihm dabei helfen, den Thron an sich zu reißen? Als hätte Sorcha die Frage an meinem Gesicht abgelesen, lächelt sie plötzlich spöttisch. »Ach, mein liebes, süßes Mädchen. Du hast noch immer keine Ahnung, wozu du fähig bist, nicht wahr? Es ist eine solche Verschwendung.«

Alter Zorn lässt meine Haut glühen. Es steht mir vielleicht nicht zu, Lonnrach zu töten, aber bei *Sorcha* ist das etwas anderes. Eines Tages werde ich einen Weg finden, ein Messer durch ihr Herz zu treiben, ohne dabei auch Kiaran zu töten. Was immer dazu nötig ist. Sie gehört *mir*.

Als hätte sie meine Gedanken gelesen, fletscht Sorcha plötzlich die Zähne. *Komm, und hol mich doch.*

Das werde ich, verspreche ich ihr. *Ich schwöre es.*

Erst als Aithinne näher tritt, merke ich, dass ich mein Schwert gezogen habe. »Lonnrach kann ihre Macht nicht ohne das entsprechende Ritual an sich reißen. Dazu ist er nicht stark genug.«

»Nun«, erwidert Sorcha und löst endlich ihren Blick von mir. »Es scheint, als hätte er einen Weg gefunden.«

Du kannst einen Gegenstand entsperren, den ich suche. Das ist deine einzige Bestimmung.

Deine einzige Bestimmung.

Der Gegenstand. Der Gegenstand wird meine Macht in sich aufnehmen. Ich sage es beinahe laut, doch dann fällt mir ein, dass Sorcha ja auch hier ist, und ich presse die Lippen aufeinander. Ich darf nicht verraten, dass ich über alles Bescheid weiß.

Kiaran lächelt spöttisch. »Er vertraut dir nicht genug, um es dir zu erzählen, nicht wahr?«

»Fordere mich nicht heraus, Kadamach. Ich spreche mit euch, obwohl ich damit den Zorn meines Bruders riskiere«, flüstert Sorcha so leise, dass ich sie beinahe nicht hören kann. »Obwohl ich damit *ihren* Zorn riskiere.«

Ihren Zorn? Doch Kiaran spricht bereits weiter. »Und du hast uns immer noch nicht verraten, warum eigentlich.«

Sorcha sieht mit einem Mal so verletzlich aus, dass selbst Kiaran überrascht zu sein scheint. »Wenn mein Bruder findet, wonach er sucht, dann kann er dich töten.« Sie erlangt die Fassung wieder und drückt die Schultern durch. »Das hier ist reiner Selbstschutz, Kadamach. Ich muss dafür sorgen, dass du am Leben bleibst, um selbst am Leben zu bleiben.«

Was für ein Schwachsinn. Das hier ist *Sorcha*. Sie hat meine Mutter umgebracht. Sie hat unzählige Male versucht, *mich* zu töten. Sie hintergeht ihren eigenen Bruder, und genauso leicht kann sie uns hintergehen. Warum sollten wir dem, was sie zu sagen hat, Gehör schenken?

»Wenn du vorhast zu helfen«, sage ich und versuche, ruhig zu klingen, »dann sag uns, was du sonst noch weißt.«

Sorcha sieht mich an, als überlege sie gerade, mich zu töten. »Was auch immer er benötigt, um deine Macht zu stehlen, befindet sich auf dieser Insel. Das ist alles, was ich weiß.«

Also ist Lonnrach nicht nur auf der Suche nach der Insel und nach mir. Derrick meinte, dass seine Soldaten die Insel bereits vor meiner Flucht unter Beobachtung hatten. Das bedeutet, dass der Gegenstand, den er braucht, um meine Macht zu stehlen und der Herrscher des *Sìth-bhrùth* zu werden, hier auf Skye zu finden ist.

Du wurdest ein Jahr lang von meinem Feind und dieser bösartigen kleinen Fee trainiert. Ich nehme an, sie haben oft über Dinge gesprochen, die du nicht verstanden hast.

Wenn er den Ort aufgrund meiner Erinnerungen aufgespürt hat, dann kann das nur eines bedeuten: Er glaubt, dass Derrick oder Kiaran wissen, wo sich der Gegenstand befindet.

Kiaran macht einen Schritt nach vorne. »Wenn du lügst …«

»Kadamach, warum sollte ich lügen?«, fragt Sorcha. »Aber jetzt muss ich wirklich wieder in meine Rolle schlüpfen und so tun, als wäre ich auf seiner Seite.« Ihre grünen Augen leuchten hell, und ihre scharfen Zähne blitzen auf, als sie uns angrinst. »Ihr solltet schnell davonlaufen.«

Plötzlich spüre ich die Hitze, die von ihr ausgeht, als wäre sie ein loderndes Feuer. Der Geschmack ihrer Macht in meinem Mund wird stärker und unnachgiebiger. Ich schmecke Eisen und Blut, das endlos und unaufhaltsam meine Kehle hinunterrinnt.

Und dann höre ich es. Das entfernte Bumm, das zu einem Geräusch des Grauens geworden ist.

Die *Mortair*. Sie ruft die *Mortair*.

24

Ich höre bloß noch, wie die Erde um uns herum bebt und aufbricht. Die metallenen Feen erklimmen die Berge auf der anderen Seite des Flusses und stürzen auf Sorchas Befehl hin geradewegs auf uns zu. Wo die *Mortair* mit ihren mächtigen Körpern durch die Landschaft preschen, springt die Erde unter ihren Füßen auf und bleibt wie von Pockennarben übersät zurück.

Hinter ihnen laufen noch weitere metallene Ungeheuer in zahllosen verschiedenen Ausführungen her. Manche sehen aus wie Vögel mit langen Schnäbeln, schlanken Körpern und Beinen mit mächtigen Klauen. Andere wiederum wirken wie Katzen mit langen Ohren und Hörnern.

Als sie den Fluss überqueren und immer näher kommen, sehe ich schließlich die großen Zahnräder an ihren Beinen, die so schnell rotieren, dass es aussieht, als stünde ihr Inneres in Flammen. Sie sind allesamt wunderschöne Schöpfungen und bestehen aus demselben schwarzen Obsidian wie die *Mortair* … trotzdem sind sie Furcht einflößend.

Aithinne steht neben mir und kneift entschlossen die Augen zusammen. »Die Kleineren greifen immer in Gruppen an, nimm dir also eine nach der anderen vor«, sagt sie und zieht ihr Schwert. Dann wirft sie mir ein Lächeln zu. »Es ist alles total einfach. Vollkommen unkompliziert!«

Oh, sie hat jetzt aber nicht gerade … *»Echt jetzt, Aithinne?«*

Die Beine der *Mortair* stampfen über den Boden. Sie sind furchtbar schnell und schon beinahe da. Bloß noch ein Hügel und …

Ich ziehe mein Schwert. Ich bin bereit. *Jetzt.* Ich laufe unter die mächtigen Beine einer katzenartigen *Mortair*, und sie ragt mit derselben Anmut vor mir auf wie ein reales Tier. Wie ein Hirsch vor seinem Jäger. Ich werfe mich zwischen ihre Beine und ramme mein Schwert in das Metall, um das Ungeheuer zu Fall zu bringen.

Es ist erstaunlich, wie schnell sich diese Kreaturen bewegen. Eben noch überlege ich, wie ich weiter vorgehen soll, und im nächsten Augenblick läuft bereits ein Dutzend von ihnen auf mich zu. Ich sprinte zwischen ihnen hindurch und steche mit dem Schwert auf sie ein. Überall um uns herum fallen Metallkreaturen zu Boden. Schnee staubt auf und legt sich eisigkalt auf meine Haut.

Die *Mortair* prallen auf den Boden, und die Erde unter ihren Gliedmaßen bricht auf. Ich taumle und versuche, das Gleichgewicht wiederzufinden, doch der Boden unter meinen Stiefeln ist furchtbar uneben.

»Kam!«, ruft Kiaran.

Ich hebe den Blick und fluche laut. Hinter ihm laufen noch mehr *Mortair* vom westlichen Ende der Insel kommend durch die Bäume und über die Hügel auf uns zu. Ihre massiven Gliedmaßen pflügen durch die Wälder, und Äste und ganze Bäume fliegen durch die Luft. Es ist eine ganze Armee. Aithinne hat die Mortair so erschaffen, dass sie gegen die meisten Waffen immun sind, was bedeutet, dass wir gegen eine so große Anzahl von ihnen keine Chance haben.

»Wir müssen springen«, erklärt Kiaran und packt meinen Arm.

Ich laufe neben ihm her. Die Feenkreaturen verfolgen uns donnernd. Aithinne springt hoch, um eine weitere mit ihrem Schwert zu Fall zu bringen.

Kiaran führt mich über einen eisbedeckten Hang hinauf zum Rand der Klippe, und unsere Stiefel graben sich in den

Schnee. Es ist so kalt, dass sich meine Zehen bereits gefroren und taub anfühlen. Ich kann kaum noch laufen. Kiaran drängt mich weiter, während die Metallkreaturen immer weiter zu uns aufschließen. Dann stehen wir endlich am Rand der Klippe, und ich blicke hinunter in die tosenden Wellen. Es ist weit bis ganz hinunter.

Kiarans Blick wirkt entschlossen. O Gott, er will *tatsächlich* springen. »Ich zähle bis drei«, sagt er und zieht mich an sich.

Ich schlinge meine Arme fest um ihn. »Wir sehen uns dann unten!«, sagt Aithinne, die neben uns steht.

Lieber Gott, hilf mir.

Aithinne juchzt vor Freude, läuft auf den Rand der Klippe zu und springt elegant mit einem einzigen Satz hinunter. Kiaran hält mich so fest umklammert, dass ich nicht einmal sehen kann, wie sie ins Wasser taucht.

»Was auch geschieht«, sagt er. »Lass mich ja nicht los.«

Die *Mortair* lassen die Erde unter uns beben. Sie werden jeden Augenblick hier sein. Bereits jetzt brechen durch die Erschütterung einzelne Steine aus der Klippe.

»Ich und loslassen? Das fällt mir nicht mal im Traum ein.«

»Kluges Mädchen. Bist du bereit?« Kiaran presst seine Wange an meine und flüstert mir ins Ohr. »Eins … zwei …«

Bei drei springt er mit mir über die Klippe. Eisige Luft saust an uns vorbei, während wir auf das Meer zurasen. Unter uns sind bloß die scharfkantigen Felsen zu sehen, die am Fuß der Klippen aus dem Wasser ragen. Auf dieser Seite der Insel Skye sind die Klippen so hoch und das Meer ist so furchtbar rau, dass es eigentlich ganz und gar keine gute Idee ist zu springen. Sollte ich den Sturz überleben, werden wir auf den Felsen unter uns zerschellen.

Kiaran ändert seinen Griff ein wenig, damit er seine Hand mit der Handfläche nach unten in Richtung Meer halten kann. Plötzlich umgibt uns seine Macht, und ihre Kraft ist so übelkeiterregend stark, dass ich wohl nach vorne gekippt wäre, wäre ich auf beiden Beinen gestanden. Dann merke ich, wie Kiaran unseren Fall abbremst, sodass wir nur noch mit halber Geschwindigkeit auf den Boden zurasen. Er tut das hier bloß für *mich*. Ich würde auf den Felsen zerschellen, wenn wir mit voller Wucht unten aufkämen. Kiaran würde es überleben, doch mein Körper würde es nicht aushalten.

»Schling die Arme fester um mich«, flüstert er, und sein Atem streicht warm über meine Wange.

Ich drücke meine Handflächen fest auf seinen Rücken und drücke ihn fest an mich. Unser Fall wird langsamer und immer langsamer, bis wir eher fliegen als fallen. Wir schweben schwerelos über dem tosenden Meer, und der Wind, der um uns tobte, ist nur noch eine eisige Brise, die meine Haare ein wenig zerzaust. Kiarans Wärme umgibt mich, und seine Macht pulsiert und streicht so weich wie Seide über meine Haut. Kalte Gischt umgibt uns, dringt durch meinen Mantel und legt sich auf mein Gesicht. Ich zittere, als Kiaran mich noch näher an sich heranzieht und seine Lippen auf meinen Hals drückt.

Dann schlagen wir auf dem Wasser auf. Mein Gott, nicht einmal der Forth war so derart kalt, als ich nach dem Kampf mit einer Fee hineingesprungen bin. Und auch die Strömung war nicht so stark und mächtig. Die Kälte raubt mir den Atem, und meine Lungen schmerzen, als wir untertauchen. Mächtige Wellen werfen uns zurück, doch Kiarans Macht stemmt sich gegen sie und bremst uns ab, bevor wir gegen die Klippe geschleudert werden.

Er zerrt mich von den Felsen fort und kämpft sich mit einer Mischung aus seiner Macht und kraftvollen Schwimmzügen durch die Wellen. Eine Welle trifft uns, und wir werden unter Wasser gezogen. Er lässt mich kurz los, und die überwältigende Macht der Welle drückt mich nach hinten. Ich gerate in Panik und taste unter Wasser wie wild nach seinem Körper. Ich kann nichts sehen. *Luft*. Ich brauche Luft. Ich kann nicht *atmen* …

Kiaran packt meinen Arm und zieht mich hoch. Wir tauchen auf, und die eiskalte Luft schießt in meine Lungen. Es tut so weh, als wäre die Luft nicht flüssig, sondern fest. Ich drücke mich an Kiaran und versuche krampfhaft zu atmen und zu strampeln, doch meine Arme und Beine sind taub und meine Bewegungen wirken unkoordiniert.

Er verliert mich beinahe ein weiteres Mal, doch meine Fingernägel graben sich in seinen Mantel und ich strample mit den Beinen.

»*Kam!*« Er legt seine Hände auf meine Wangen und zwingt mich, ihm in die Augen zu sehen. Er ist so ruhig. So ruhig. Seine Macht wärmt und beruhigt mich. »Du musst schwimmen«, sagt er und zieht mich an sich. Er bemüht sich, mich nicht noch einmal in einer der gewaltigen Wellen zu verlieren. »In Ordnung? Schwimm einfach, Kam.«

Ich habe ihn noch nie so sanft erlebt. Er drückt seine Stirn an meine und hält mich fest, als eine weitere Welle kommt. »Ich bin bei dir«, sagt er.

Ich nicke und beginne zu strampeln. Das Schwimmen ist so anstrengend, als würde man versuchen, einen Felsbrocken einen Hügel hinaufzurollen. Keine meiner Bewegungen scheint einen Unterschied zu machen. Schon nach einigen Minuten keuche ich vor Anstrengung. Kiaran schwimmt neben mir und erledigt den Großteil der Arbeit. Seine Schwimmzüge sind stark und sicher, als würden ihm die Strömung, die Wellen und die bittere Kälte nicht das Geringste ausmachen. Sein Griff um meinen Arm wirkt ebenfalls stark und sicher, selbst als die Strömung droht, uns auseinanderzureißen. Ich bin mir beinahe sicher, dass er fingerförmige Blutergüsse auf meiner Haut hinterlassen wird.

Wasser bricht über uns herein, und ich schlucke es. *Bäh*. Es schmeckt so salzig, dass ich würgen muss. Ich huste und huste, doch ich strample mich trotzdem weiter vorwärts.

Wir kommen quälend langsam voran. Obwohl Kiarans Macht mich wärmt, kann sie die Kälte nicht davon abhalten, in meinen ganzen Körper zu dringen. Ich zittere, und meine Bewegungen sind unkoordiniert. Meine Hose und mein Mantel kleben an meiner Haut, und meine Stiefel ziehen mich unter Wasser. Mein Körper ist so schwer wie ein Felsen, der geradewegs zum Meeresboden sinkt.

Ich werde nach vorne geschleudert, und Kiaran zieht mich mit sich. Dann sehe ich eine kleine Bucht unter den hoch aufragenden Klippen, spüre eine neue Entschlossenheit und bewege mich schneller. Ich ignoriere die Schmerzen in meinen Gliedern, meine Erschöpfung und alles andere.

Und endlich – *endlich* – erreichen wir einen Strand voller makellos runder Steine. Ich lasse mich auf sie sinken und lege mich hin. Gott sei Dank bin ich aus diesem verdammten Wasser heraus. Von den Klippen über mir dröhnen die Schritte der *Mortair*, und ich erstarre. Ich glaube nicht, dass ich schon wieder kämpfen kann. Ich kann kaum aufrecht *stehen*.

Kiaran hat es ebenfalls gehört, doch er lässt sich neben mir auf die Steine sinken und schlingt die Arme um seine Knie. »Falls Sorcha die Wahrheit gesagt hat, wird sie sie jetzt wohl zurückpfeifen.« Sein Blick wandert prüfend über die Klippen. Nach einer Weile scheint er sich zu entspannen. »Aithinne ist vermutlich zur Bucht auf der anderen Seite der Klippe geschwommen. Wir warten hier auf sie.«

Ich sitze auf den harten Steinen und zucke zusammen, so viel Kraft erfordert diese einfache Tätigkeit. »Glaubst du Sorcha?«

Feen können nicht lügen, aber ich habe bereits gelernt, dass es viele Möglichkeiten gibt, die Wahrheit zu umschiffen. Sie sind Meister darin, einem zwar die Wahrheit zu sagen, dabei aber das wichtigste Detail zu verschweigen und einen dazu zu bringen, ihnen zu glauben.

Kiaran überlegt. »Vielleicht hat sie nur einen Teil der Wahrheit gesagt. Falls Lonnrach wirklich einen Weg gefunden hat, um an deine Macht zu gelangen, könnte sie darauf aus sein, dieses Wissen an sich zu reißen.« Er lehnt sich zurück und scheint trotz des eisigen Windes entspannt. »Es scheint, als würde ihr ihr Bruder auch nicht vollkommen vertrauen.«

Wellen rollen donnernd auf den Strand zu und mahlen die Steine immer und immer wieder aneinander. Trotz der Kälte wirkt Skye friedlich. Seit die *Mortair* fort sind, ist es ruhig geworden.

Kiaran hat die Augen geschlossen. Wasser tropft von seinen Haaren in den Ausschnitt seines Hemdes. Ich muss wieder an seine Worte denken, als er mich durch die Wellen zog.

Ich bin bei dir.

Kiaran öffnet ein Auge. »Du starrst mich an.« Er klingt, als würde es ihm nichts ausmachen.

Ich wende den Blick nicht ab. »Ich muss dir etwas sagen.«

»Das klingt irgendwie nicht gut.«

»Wonach auch immer Lonnrach sucht«, beginne ich, »er … er weiß von mir, dass es hier sein muss. Er weiß es aus meinen Erinnerungen.« Ich spreche schnell weiter, bevor er etwas darauf erwidern kann. »Derrick hat mir einmal erzählt, dass er in Skye zu Hause war, also dachte ich zuerst, dass Lonnrach auf der Suche nach der Stadt ist.« Schließlich wende ich doch den Blick ab. »Aber erst nach dem, was Sorcha uns erzählt hat, habe ich begriffen, dass es sich um etwas anderes handelt.«

Was auch immer er benötigt, um deine Macht zu stehlen, befindet sich auf dieser Insel. Das ist alles, was ich weiß.

Kiaran schweigt lange Zeit. Dann greift er sanft nach meinem Handgelenk und schiebt den Ärmel hoch. Seine Finger gleiten über die Bissspuren.

Ich wünsche mir beinahe, ich könnte ihm die Erinnerungen zeigen, für die jede einzelne von ihnen steht. Es gibt so viele von uns beiden. Unsere Jagden sind auf meiner Haut verewigt. Es ist die Geschichte, wie wir von zwei widerwilligen Partnern zu … dem hier wurden. Was auch immer das hier ist.

Konzentrier dich. »Glaubst du, Derrick weiß, worum es sich handelt?«, frage ich ihn.

»Nein«, erwidert Kiaran. »Etwas, das Macht stehlen kann, muss uralt sein. Aus einer Zeit, bevor Derrick auf der Welt war.« Seine Finger wandern zur nächsten Narbe. »Einst hatten die kleinen Feen die Aufgabe, bestimmte Reliquien zu beschützen. Sie waren die einzigen *Sìthichean*, die stark genug waren, um diese Gegenstände zu verteidigen, aber sie konnten sie nicht benutzen. Nur wenige wussten, wo die kleinen Feen wohnten, und es gingen Gerüchte um, dass sie die Reliquien auf der ganzen Insel vergraben haben.« Er hebt den Blick und sieht mir in die Augen. »Das, wonach Lonnrach sucht, war auch der Grund, warum ich vor Tausenden Jahren hierher kam. Ich habe das Zuhause deiner kleinen Fee zerstört, um es zu finden.«

Ich weiche vor ihm zurück. Ich fühle mich schuldig, weil ich so viel für jemanden empfinde, der jemand anderem, den ich liebe, so viel Schmerz zugefügt hat. Er ist nicht mehr Kadamach. Das ist er nicht. Trotzdem habe ich das Gefühl, Derrick zu verraten. Als würde ich ihm dadurch ebenfalls Schmerz zufügen.

»Und worum handelt es sich dabei?« Meine Stimme klingt furchtbar kalt.

Ich sehe, wie Kiarans Gesichtsausdruck hart wird, als hätte

er gespürt, dass ich mich vor ihm zurückgezogen habe. Und jetzt zieht auch er sich vor mir zurück.

»Unter meinesgleichen«, antwortet er beinahe mechanisch, »gibt es Gerüchte, dass es vor dem Königreich, in dem wir lebten, ein anderes *Sìthichean*-Reich gab. Es war ein Ort immenser Macht, der von alter Magie erschaffen wurde, die nicht mehr existiert. Außer in der *Cailleach*.«

Die Cailleach. Der Name lässt mich erstarren, und ich denke daran, was Lonnrach in meinem Gefängnis zu mir gesagt hat.

Die Cailleach *wurde seit Tausenden Jahren nicht mehr gesehen.*

Bevor ich noch weiter darüber nachdenken kann, fährt Kiaran bereits fort.

»Feindschaften zwischen verschiedenen Interessensgruppen führten zu einem Krieg, der das Reich zerstörte und zu der Erschaffung eines zweiten Königreiches führte. Es heißt, dass ein Kristall aus dem alten Schloss noch immer hier versteckt ist. Und er ist voller alter Magie.«

»Du hast ihn also nicht gefunden?«

Er schüttelt den Kopf. »Nein. Aber wenn Lonnrach herausfindet, wo er sich befindet, wird er ihn benutzen, um deine Macht zu stehlen und die Könige der Lichtfeen und der Dunkelfeen zu töten.«

Die Erben, denen sie ihre Macht übergab, waren … unwürdig. Ohne Herrscher wird das Sìth-bhrùth *untergehen. Jemand muss ihren Platz einnehmen.*

Ich muss ihn einfach fragen. Ich muss es wissen. »Und warum warst *du* auf der Suche nach dem Kristall?«

Kiaran lässt sich mit seiner Antwort Zeit. »Ich war eine Dunkelfee, Kam. Was glaubt du wohl?« Seine Augen wirken hart und wütend. »Ich wollte ihn, um die Lichtfee-Königin zu töten.«

Mir stockt der Atem. Bevor ich antworten kann, höre ich Aithinnes Stimme. »Wollt ihr beiden den ganzen Tag hier herumsitzen, oder können wir zurück in die Stadt? Ich habe Hunger.«

Ich drehe mich zu ihr um und sehe gerade noch, wie sie von einem Felsen springt, der aus den Klippen herausragt. Sie landet leise auf dem Strand. Ihre Kleidung ist vollkommen durchnässt, ihre Haare tropfnass und ihr ganzer Körper ist mit Sand bedeckt, doch es scheint ihr nicht das Geringste auszumachen.

Aithinne springt elegant über die größeren Steine am Strand auf uns zu. »Ihr seht jämmerlich aus.«

»Mir ist kalt, und ich bin durchnässt«, erwidere ich. »Ich fühle mich wie durch den Fleischwolf gedreht. Es ist also nicht notwendig, das Offensichtliche auszusprechen.«

Sie wirft einen Blick auf ihren Bruder. »Und dein Gesicht sieht einfach immer so aus, nehme ich an?«

Kiaran stemmt sich hoch, und ich tue es ihm gleich. »Was du hier siehst, ist der immerwährend düstere Gesichtsausdruck eines Mannes, der mit einer Schwester gesegnet ist.«

»Ha, ha.« Aithinne wendet ihre Aufmerksamkeit wieder mir zu und neigt ihren Kopf zur Seite. »Weißt du, einmal hat mich eine Kyloe genauso angesehen wie du jetzt. Selbst ihre Haare hatten dieselbe Farbe und so.«

Ich starre sie finster an. »Du vergleichst mich jetzt aber *nicht* mit einem Hochlandrind, oder?«

»Aber nein. Ich habe deinen *Gesichtsausdruck* mit ihrem verglichen. Und es sind ja wirklich majestätische Kreaturen, nicht wahr?« Sie schenkt mir ein strahlendes Lächeln. »Mach dir keine Gedanken, ich bringe das gleich wieder in Ordnung!«

Bevor ich Einspruch erheben kann, legt sie ihre Hand auf meine Schulter. Ihre Macht kommt so stark und unerwartet, dass es mir den Magen umdreht. Ich krümme mich nach vorne, als sich der süße Geschmack unangenehm und überwältigend auf meine Zunge legt. Als er sich zurückzieht, merke ich, dass meine Klamotten und meine Haare trocken sind und mir wieder warm ist. Es ist, als wäre ich an einem warmen Sommertag hinaus in den Sonnenschein getreten.

Ich richte mich mit finsterem Gesichtsausdruck auf. »Du hättest wenigstens vorher fragen können.«

Aithinne macht sich auf den Weg zu einem Pfad, der zwischen den Klippen hinaufführt, und Kiaran und ich folgen ihr. »Du hättest aus reiner menschlicher Sturheit abgelehnt, und dann wärst du auf dem Rückweg krank geworden, weil du … wie nennt man es noch gleich?«

»Vollkommen erschöpft bist«, vervollständige ich ihren Satz, während ich den Pfad hinaufklettere. »Ich glaube, ich brauche ein Nickerchen.«

Sie hört mir gar nicht zu. Dann schnippt sie mit den Fingern. »Weil du eine *Lungenentzündung* hast! Das ist es. Wie auch immer, du wärst krank geworden und gestorben, und was wäre dann aus uns geworden? Bitte, gern geschehen.«

Nun, offensichtlich ist sie Kiaran sehr ähnlich, was ihr *Taktgefühl* betrifft. Ich schlinge meinen neuerdings trockenen Mantel um mich und wische den Sand ab. »Und was ist mit dir? Willst du dich nicht auch trockenlegen?«

Aithinne zuckt mit den Schultern. »Ich mag Wasser. Es erinnert mich an zu Hause.«

Aus dem Augenwinkel heraus sehe ich, wie Kiaran bei ihren Worten erstarrt. Es ist bloß eine kleine Bewegung, die ich nur mitbekomme, weil ich so vertraut mit der Art bin, wie er steht und sich bewegt. »Wir sollten zurück«, sagt er, und seine Stimme ist so kalt wie der Wind.

Wir betreten die Stadt durch eine Höhle, die sich von ihrem Eingang in den Wäldern von Skye bis unter das Meer erstreckt. Über uns donnern die Wellen an die Küste, während wir uns den Weg durch die dunklen, glitzernden Steine bahnen. Die Höhle endet an der Grenze zwischen jenem Teil der Stadt, in dem die Feen leben, und dem menschlichen Bereich. Das *Seilgflùr*-Feld ist wie eine Verteidigungslinie, die jeden Menschen wortlos daran erinnert, dass er sich nach dem Durchqueren des Feldes im Feenreich befindet. Aithinne tritt durch das Feentor, während Kiaran bei mir auf dem Pfad durch das *Seilgflùr*-Feld bleibt.

Wir haben seit dem Strand kein Wort mehr miteinander gewechselt. Ich wünschte, ich wüsste, was ich zu ihm sagen soll. Und dass meine Gefühle nicht durch Wünsche, Bedürfnisse und seine Anziehungskraft beeinflusst wären.

»Willst du, dass ich mitkomme?«, fragt mich Kiaran, als wir vor der Treppe stehen bleiben, die ins Zentrum der Stadt führt. »Ich traue den Sehern nicht. Vielleicht machen sie irgendeine Dummheit.«

Ich verrate ihm nicht, dass ich tatsächlich Angst habe, ihnen gegenüberzutreten. »Gerne, aber ich befürchte, deine Anwesenheit wird die Stimmung nicht gerade verbessern.«

»Nein«, erwidert er. »Aber ich mag es nicht, wenn du alleine mit ihnen bist, falls die kleine Fee ebenfalls nicht da sein wird. Nicht nach allem, was sie dir angetan haben.« Er schüttelt den Kopf. »Ich war die letzten beiden Male nicht für dich da. Ich werde nicht zulassen, dass so etwas noch einmal passiert.«

Beinahe gestehe ich ihm, dass ich Gavin auch noch nicht verziehen habe. *Noch nicht.* »Du machst dir Sorgen?«, hauche ich. Ich weiß, dass es so ist, aber ich will, dass er es selbst sagt. Ich *muss* es von ihm hören.

Kadamach schert sich einen Dreck um irgendjemanden und am allerwenigsten um dich.

Ich wünschte, ich könnte Lonnrachs Worte aus meinen Gedanken verbannen. Ich wünschte, ich hätte nicht so lange Zeit in dem Spiegelzimmer verbracht und mir selbst eingeredet, sie wären wahr. Dass Kiaran mich deshalb nicht fand, weil er gar nicht nach mir suchte.

Kiaran legt eine Hand auf meine Wange, und ich schließe die Augen. »Kam«, sagt er. »Ich habe gerade die Seher gerettet, bin von einer Klippe gesprungen und mit dir im Arm durch eiskaltes Wasser geschwommen.« Er nimmt mein Gesicht in beide Hände. »Was soll ich denn sonst noch tun?«

Ich öffne die Augen und schüttle den Kopf. »Ich fürchte, ich brauche noch mehr Beweise.«

»Mehr Beweise?« Kiaran hebt eine Augenbraue. »Du willst jetzt aber keine theatralischen Verkündungen oder Liebeserklärungen, oder? Ich muss irgendwo eine Grenze ziehen.«

»Keine theatralischen Verkündungen. Keine Liebeserklärungen.« Ich stelle mich auf die Zehenspitzen und flüstere ihm ins Ohr. »Bloß einen Kuss.«

Und dann liegen seine Lippen auf meinen, und es fühlt sich an wie eine Liebeserklärung. Einen Augenblick lang verblasst seine Vergangenheit, und meine ebenso. Ich lasse mich in seine Berührung fallen, und plötzlich scheint es, als hätte nichts außer dem hier mehr eine Bedeutung. Nur er. Nur wir.

Mein Kuss wird sanfter, bis meine Lippen kaum noch seine berühren. Mit jeder Berührung sage ich: *Danke. Du bedeutest mir etwas.* Und: *Gott steh mir bei, aber ich vertraue dir.*

Als ich mich schließlich von ihm löse, könnte ich schwören, dass er mich verstanden hat. »Ich muss jetzt gehen«, flüstere ich.

Ich sehe an seinem Gesichtsausdruck, wie er mit sich kämpft, während er einen Schritt zurücktritt. »Schick die kleine Fee nach mir, sollten sie irgendwelche Dummheiten machen.«

Ich nicke und steige die Treppe zur Stadt hoch. Als ich mich umdrehe, ist er bereits durch das Feentor verschwunden.

25

Auf den Straßen ist es ruhig. Einige Menschen haben ihre Zimmer zwar wieder verlassen, aber die Lichter sind noch immer gedämpft. Die Wolken sind zurück, doch dieses Mal scheint der Mond zwischen ihnen hindurch. Das Kopfsteinpflaster, das noch immer feucht vom Regen ist, glänzt im Mondlicht. Ich gehe erneut den Weg entlang, den Kiaran zuvor genommen hat, und eile durch die dunklen Gassen bis hin zu dem Zimmer mit den Wandteppichen der Siege der kleinen Feen.

Ich atme tief ein und trete durch die Tür. Sofort verfallen alle in Schweigen und drehen sich zu mir um. Mein Gott, es fühlt sich an, als hätte ich einen furchtbaren Fehler begangen. Hinter mir fällt die Tür mit einem lauten Krachen ins Schloss. Es klingt wie ein Pistolenschuss.

Lorne und Tavish sehen mich aus dem hintersten Bereich des Raumes mit unverhohlenem Misstrauen und vielleicht auch ein wenig Angst an. Gavins Gesichtsausdruck ist nicht zu deuten, obwohl ich etwas wie Bedauern darin zu erkennen glaube. Im Gegensatz dazu wirkt Catherine sowohl wütend als auch besorgt. Ihr Blick fällt auf mich, und sie eilt durch den Raum.

»Catherine, *nicht*.« Daniel. So eine Überraschung.

Sie ignoriert ihn und nimmt mich am Ellbogen. »Komm mit. Ignorier die Idioten dort in der Ecke einfach.«

Sie *ignorieren*? Kiarans Sorge war also nicht vollkommen unbegründet.

Daniel kommt bereits auf uns zu, und seine langen Beine

tragen ihn innerhalb weniger Sekunden durch den Raum. Er nimmt vor uns Aufstellung. »Lass mich das machen«, sagt er zu Catherine.

Catherine sieht ihn finster an. »Nein. Geh mir aus dem Weg.«

Daniel seufzt. Dann sieht er mich an. Sein Blick ist nicht misstrauisch oder anklagend, wie ich es gewöhnt bin. Stattdessen wirkt er müde. Furchtbar müde. Es hat nicht einmal die Klamotten gewechselt, die er trug, als er fortritt.

»Kann ich mit dir reden?«, fragt er mich geradeheraus. Catherine öffnet den Mund, um zu widersprechen, doch er hält eine Hand in die Höhe. »Alleine, wenn es dir nichts ausmacht.«

Ich trete einen Schritt zurück. »Du verstehst sicher, warum ich das lieber vermeiden würde.«

Daniel fährt sich frustriert mit der Hand durch die Haare. »Hör zu, ich werde dir nicht wehtun«, sagt er. »Ich will bloß reden.«

Ich werfe einen schnellen Blick auf Catherine. Sie zögert, bevor sie mir zu verstehen gibt, dass es in Ordnung ist. Ich nehme an, Daniel und ich sollten uns um eine zivilisierte Unterhaltung bemühen.

Catherine lässt mich los und stellt sich auf die Zehenspitzen, um Daniel etwas ins Ohr zu flüstern, damit ich es nicht verstehe. Daniel verdreht die Augen, als sie ihn anlächelt und ihm einen Kuss auf die Wange drückt.

Mein Gott …

Ich kann nichts gegen die Röte machen, die mir plötzlich ins Gesicht steigt, weil sie ihre Zuneigung so öffentlich zur Schau stellen. Es fühlt sich so intim an.

Catherine nickt mir aufmunternd zu, während ihr Ehemann mich hinaus in die dunkle Gasse führt, durch die ich eben gekommen bin.

Ich öffne den Mund, um etwas zu sagen, doch Daniel unterbricht mich. »Nicht hier«, sagt er mit starkem Akzent. »Meine Frau lauscht womöglich an der Tür.« Als ich zögere, meint er: »Ich habe versprochen, dir nichts zu tun. Bitte.«

»In Ordnung.«

Ohne ein weiteres Wort wendet er sich plötzlich ab und geht die dunkle Gasse hinunter, und ich habe keine andere Wahl, als ihm zu folgen. Ich kann kaum sehen, wohin wir gehen, so dunkel ist es. Selbst das Licht des irrealen Mondes über uns ist nicht hell genug, um die Schatten der Wohnhäuser um uns herum zu durchbrechen.

»Was hat sie zu dir gesagt?«, frage ich, während ich vorsichtig einen Schritt vor den anderen setze, um nicht zu stolpern.

»Sie hat mir aufgetragen, mich zu benehmen.«

Ich lächle. Das war sicher nicht alles, was sie zu ihm gesagt hat.

»Sonst …?«

»Dieser Teil geht nur mich etwas an.«

Er führt mich zu einer schweren Eichentür, die von Efeu umrankt ist und in den Angeln knarrt, als er sie öffnet. Auf der anderen Seite befindet sich bloß undurchdringliche Dunkelheit. Ich vertraue ihm nicht genug, um ihm in einen Raum zu folgen, in dem ich nichts erkennen kann. Vielleicht ist es ein weiterer Hinterhalt voller Irrwische.

Bevor ich den Raum betrete, frage ich ihn. »Was genau hast du vor, das Catherine nicht hören darf?«

Daniels Gesicht wird härter, als wäre meine Frage eine Beleidigung. »Bloß reden.«

»Und worüber?«

»Das wirst du schon sehen.« Er bedeutet mir hineinzugehen.

Ich bereite mich auf das Schlimmste vor und trete über die

Schwelle. In dem Moment, als ich den Raum betrete, verändert er sich. Ist es eine Schmiede? Aye. Der Ofen, in dem das Metall erhitzt wird, befindet sich in einer Ecke des Zimmers. Überall auf den Holztischen und auf dem Boden liegen Metallteile, winzige Getrieberäder und etwas größere Spindelstäbe, die teilweise bereits zu Maschinen zusammengebaut wurden.

In der anderen Ecke steht ein Amboss, daneben liegen Hammer und Meißel. Es riecht nach Kohlebrand, genau wie in dem kleinen Gartenhäuschen auf dem Landsitz meines Vaters, das ich für meine eigenen Metallarbeiten genutzt habe. Wenn wir in der Stadt waren, musste ich jemanden bezahlen, um diese Dinge für mich zu erledigen.

Mein Blick fällt auf die Sachen, und in mir steigt der Wunsch hoch, selbst wieder etwas zu bauen, Getriebe auseinanderzunehmen und sie dann wieder zu etwas Neuem zusammenzusetzen. Ich vermisse das Gefühl des Öls auf meinen Fingerspitzen, nachdem ich in schlaflosen Nächten an meinen Metallteilen herumgebastelt hatte. Ich vermisse das stolze Gefühl, wenn ich etwas zu Ende gebracht hatte und es genauso funktionierte, wie ich es geplant hatte.

Ich berühre vorsichtig den Amboss und spüre die Abdrücke in dem Metall, wo der Hammer darauf niederdonnerte. Ich sehe Daniel an. »Ist das deine Schmiede?«

»Aye.« Daniel setzt sich auf den Arbeitsstuhl und legt seine langen Beine übereinander. »Sie sieht aus wie die meines Vaters.«

Er ist also der Sohn eines Schmieds. Vor der Wilden Jagd hätte Catherine niemals einen Mann seines Standes heiraten dürfen. Bei einer Hochzeit ging es nicht um Liebe, sondern um Besitz. Es war etwas, womit sich eine Lady *abfand*. Etwas, das wir einfach akzeptierten.

»Es muss beruhigend sein«, sage ich bemüht höflich, »dass du etwas hast, was dich an ihn erinnert.«

Ich bin mir nicht sicher, welchen Ort ich erschaffen müsste, um liebevolle Erinnerungen an meinen Vater heraufzubeschwören. Aye, sein Tod schmerzt noch immer, wenn ich daran denke, und ich habe noch immer Schuldgefühle wegen dem, was *eigentlich* zwischen uns hätte sein sollen. Nicht einmal als ich noch ein Kind war, hat er mich jemals umarmt oder ein nettes Wort für mich übrig gehabt. Seine Worte waren immer knapp, grob und nur dazu gedacht, mich so schnell wie möglich wieder fortzuschicken. Selbst als ich bereits erwachsen war, hegte ich immer noch die kindliche Hoffnung, dass er mich eines Tages lieben würde. Es kam nie dazu. Und das ist etwas, was ich immer mit mir tragen werde.

Daniel lacht bitter. »Das Gegenteil ist der Fall. Mein Vater war ein gemeiner Hurensohn.« Er öffnet seinen Hemdkragen und zeigt auf die Narbe unter seinem Schlüsselbein. Ein sternförmiges Einschussloch. »*Das hier* wird mich immer an ihn erinnern. Daran, wie ich starb und mit dem zweiten Gesicht wiedergeboren wurde.«

Himmel, was soll man dazu schon sagen? Ich erkläre ihm beinahe, dass es mir leidtut. Doch irgendwie scheint das nicht zu reichen. »Warum hast du diesen Ort dann erschaffen?«, frage ich ihn.

»Er erinnert mich daran, was ich tun musste, um zurückzukommen und zu verhindern, dass er meiner Mutter dasselbe antat.« Sein Blick ruht auf mir. »Daran, was ich immer noch tun muss, um die Menschen zu beschützen, die ich liebe.«

»Ich nehme an, es geht dabei um mich«, erwidere ich leichthin.

»Du bist kein Mensch«, erklärt Daniel plötzlich. Es ist keine Anschuldigung, bloß eine Tatsache. »Und tu jetzt bloß nicht so, als wüsstest du nicht, was ich meine. Tavish hat dich im Kampf beobachtet, und ich weiß, was ich von den Hügeln aus gesehen habe.«

Du bist kein Mensch. Nicht ganz Mensch, nicht ganz Fee. Ich passe in keine der beiden Welten. Nicht in Catherines und auch nicht in Kiarans. Bevor das hier alles geschah, hatte ich zumindest den Trost eines falschen Lebens. Ich konnte so *tun*, als wäre ich normal und bloß eine weitere Debütantin. Ich konnte mich hinter meinen Lügen verstecken, und niemand wusste, dass ich ein falsches Leben führte. Jetzt habe ich keinen Lügenkokon mehr, der mein Geheimnis schützt.

»Daniel …«

Daniel hebt die Hand, um mich zum Schweigen zu bringen. »Nein. Ich brauche keine Erklärung. Beantworte bloß eine Frage: Sind sie auf der Suche nach dir?«

Ich hebe mein Kinn und sehe ihm direkt in die Augen. »Ja, das sind sie.«

Daniel flucht leise. »Das habe ich befürchtet.« Er schließt die Augen. Ich bin überrascht, als er sie nicht gleich wieder öffnet. Stattdessen klopft er mit den Fingern auf den Tisch. Es ist kein Klopfen, das entsteht, wenn man gerade in Gedanken versunken ist, sondern ein bewusster Zweiertaktrhythmus.

»Ich habe drei Jahre darauf gewartet«, murmelt er.

»Worauf?« *Was macht er da?*

»Auf das Mädchen, dessen Gabe das Chaos ist.« *Klopf klopf. Klopf klopf.* »Der Tod ist ihre Bürde. Er folgt ihr, wo auch immer sie hingeht. Sie sagen, sie könnte die Welt entweder retten oder in den Untergang treiben.«

Meine Brust zieht sich zusammen. Jedes seiner Worte trifft mich wie ein Schlag, und jeder ist schmerzhafter als der vorhergegangene. *Sie sagen, sie könnte die Welt entweder retten oder in den Untergang treiben.*

Das bin *ich*. Er redet von mir. *»Sie?«*, presse ich schließlich atemlos hervor.

Daniel öffnet langsam die Augen. Sie wirken verhangen, und sein Blick geht ins Leere. »Ich weiß nicht, woher die

Stimmen kommen, und es ist mir verdammt noch mal auch egal. Das ist einfach, was sie sagen.«

»Kannst du in die Zukunft sehen? Wie Gavin?«

»Nein«, erwidert Daniel. »Ich habe keine Visionen. Ich höre bloß Geflüster – über *dich*. Zum ersten Mal vor drei Jahren. Und in der Höhle begann schließlich alles wieder von vorne.« Er schweigt und mustert mich eingehend. »Immer wenn ich dich ansehe, werden sie lauter und lauter.«

Der Tod ist ihre Bürde. Er folgt ihr, wo auch immer sie hingeht.

Ich bin *das Mädchen, dessen Gabe das Chaos ist.*

»Wann genau vor drei Jahren hat es begonnen?«, frage ich ihn, obwohl ich die Antwort bereits kenne.

»Bevor die Feen alles zerstört haben.« Er starrt mich einen Moment lang an, dann fragt er: »Ich nehme an, du warst dort, als alles begann?«

Ich verstehe, was er eigentlich damit sagen will. *Es war deine Aufgabe, es zu verhindern.* Kein Wunder, dass er mich nicht in seiner Stadt haben wollte und mir seit meiner Ankunft bloß feindlich gesinnt war. Er wusste genau, wer ich bin. Das Mädchen, das die Welt nicht retten konnte. Das Mädchen, das zuließ, dass Städte zu Trümmern zerfielen. Das Mädchen, das die Welt in den Untergang trieb. Ich bin das Mädchen, das Tod und Zerstörung mit sich bringt. Immerfort. *Immerfort.*

»Ja, das war ich«, antworte ich und atme zitternd aus. »Dann willst du also, dass ich gehe.«

Daniel schweigt, als müsste er sich seine nächsten Worte genau überlegen. »Ich habe dich nicht fair behandelt. Du hättest mir nicht das Leben retten müssen, und ich werde nie vergessen, was du für mich getan hast. Aber ich kann die Menschen, die ich liebe, keiner Gefahr aussetzen, indem ich dir erlaube zu bleiben.«

Und ich will es auch nicht. Die Menschen, die er liebt, sind die gleichen, die ich liebe. Ich habe ihre Leben bereits genug zerstört. Lonnrach ist auf der Suche nach mir und wird nicht aufgeben, bis er mich gefunden, meine Macht an sich gerissen und mich getötet hat.

»Und deswegen wolltest du nicht, dass Catherine uns belauscht?«

»Nein, ich wollte nicht, dass sie von meiner Vorahnung über dich erfährt. Sie hätte mir bloß gesagt, dass sie keine Bedeutung hat.« Er schiebt sich frustriert seine dunklen Haare aus dem Gesicht. »Ich musste zuerst *dich* überzeugen, dass sie von Belang ist, denn du kannst Catherine dazu bringen, vernünftig zu sein.«

Ich glaube, ich weiß, wohin das hier führt. »Sag jetzt nicht, dass du von mir verlangst, Catherine anzulügen.«

»Nein, darum bitte ich dich nicht«, entgegnet er. »Ich würde sie niemals belügen. Aber sie kommt besser damit klar, wenn du ihr selbst erklärst, warum du gehen musst.« Daniel lächelt. »Sie ist sehr dickköpfig, wenn es um dich geht, falls du das noch nicht bemerkt haben solltest.«

Ich nicke und überlege, wie ich es ihr klar machen könnte. Ich habe sie schon einmal weggeschickt, weil ich Angst um ihr Leben hatte. Ich bin verantwortlich dafür, dass sie sich auf offener Straße befand, als die Feen angriffen, und Daniel war dort, um sie zu retten, nicht ich.

Der Tod ist ihre Bürde. Er folgt ihr, wo auch immer sie hingeht.

Und er wird mir auch hierher folgen. Lonnrach wird mich finden und sie alle töten. Und ich habe vielleicht nicht die Macht, sie zu beschützen …

Kiarans Worte kommen mir plötzlich wieder in den Sinn.

Es heißt, dass ein Kristall aus dem alten Schloss noch immer hier versteckt ist. Und er ist voller alter Magie.

»Du solltest nur noch eines wissen«, sage ich schnell, bevor ich es mir anders überlegen kann. Ich habe beschlossen, ihm zu vertrauen und die wenigen Dinge, die ich weiß, zu riskieren, weil er meine beste Freundin liebt. »Sie suchen nicht nur nach mir. Die Feen wollen auch noch etwas anderes.«

»Weißt du, was es ist?«

»Ein Kristall, der irgendwo auf der Insel versteckt ist. Hast du etwas davon gehört?« Er schüttelt den Kopf. »Ich muss ihn finden, bevor es die Feen tun, aber Derrick wird darauf bestehen, mich zu begleiten. Er wird also nicht hier sein, um die Barrieren aufrechtzuerhalten, falls sie angreifen sollten.«

»Und was schlägst du vor?«, fragt er.

»Gib Derrick ein wenig Zeit, um sie zu verstärken, bevor wir losziehen.« Als er zögert, füge ich hinzu: »Bloß ein paar Tage. Das ist alles, worum ich dich bitte.«

»In Ordnung«, stimmt er widerstrebend zu. »Ein paar Tage. Und dann …«

»Dann verschwinde ich.«

26

Am nächsten Tag stehe ich vor meinem Fenster und sehe zu, wie wieder einmal Schnee auf das irreale Edinburgh fällt. Bloß noch ein paar Tage. Ich bin mir nicht sicher, wohin ich gehen soll und wo ich Unterschlupf finden werde. Die Stadt der kleinen Feen hat sich nie wirklich wie ein Zuhause angefühlt, aber die Illusion meines alten Zimmers – meines alten Hauses – lässt Bedauern über meine Abreise aufkommen.

Bloß für ein paar Stunden bin ich versucht, so zu tun, als wäre es real. Als wäre ich wieder *dort*. Als würde ich wieder mein altes Leben vor der Schlacht leben, als alles so viel einfacher erschien.

Plötzlich landet Derrick auf meiner Schulter, und ich zucke überrascht zusammen. »Hör mir zu«, sagt er ernst. »Das hier ist *mein* Zuhause. Du musst nicht fortgehen. Bloß ein Wort von dir, und ich werfe den Zyklopen hochkant hinaus, sodass er auf dem Arsch landet.«

Ich habe drei Jahre darauf gewartet.

Worauf?

Auf das Mädchen, dessen Gabe das Chaos ist.

Der Tod folgt mir seit dem Tod meiner Mutter. Ich bin wie ein Stromleiter, der während eines Gewitters versucht, einem Blitzschlag zu entgehen. Es ist bloß eine Frage der Zeit, bis er einschlägt.

»Das wirst du nicht«, sage ich sanft. »Seine Vorahnung ist nicht falsch, Derrick. Und ich muss diesen Kristall aus dem alten Königreich finden. Du weißt, dass ich das muss.«

»Aber das könnte Jahre dauern«, jammert er. »Meine Vorfahren haben alles vergraben. Zum Teufel, sie haben sogar ihre Siegestrophäen vergraben. Auf dieser Insel befinden sich Millionen Skelette. Durch die muss sich Lonnrach zuerst hindurchbuddeln.«

»Und was, wenn Daniel das Flüstern aus einem bestimmten Grund plötzlich wieder hört?«

»Das ist mir egal!«, fährt er mich an. Sein Lichtschein leuchtet rot und flackert wie Feuer. »Ich habe endlich mein Ankleidezimmer wieder. Und ich habe dich wieder. Er macht *alles* kaputt.« Er hält kurz inne. »Glaubst du, Catherine wäre wütend, wenn ich ihm ein Ohr abschneide?«

Ich setze ihn auf meine Handfläche und halte ihn vor mein Gesicht, damit ich ihm in die Augen sehen kann. »Geht es dir wirklich darum? Dass du dein Ankleidezimmer nicht verlierst?«

»Natürlich.« Er blinzelt mich mit weit aufgerissenen, unschuldigen Augen an. Er ist alles andere als unschuldig. »Worum denn sonst?«

»Kiaran hat mir davon erzählt, weißt du. Von deiner Familie und deinem Zuhause.«

Derricks Lichtschein verblasst von einem Moment auf den anderen vollständig. Er zieht seine Flügel ein, und ich höre, wie ihm beinahe unbemerkt der Atem stockt, als er den Blick abwendet. »Hat er das.«

Er hat sein Königreich und alle verloren, die er liebte, und wenn ich jetzt gehe, dann muss er sich zwischen mir und dem Zuhause entscheiden, das er gerade erst wiederbekommen hat. Ich mache ihm keinen Vorwurf, dass er sich an Dinge klammert, die ihm zur Gewohnheit wurden. Einfache Dinge. Sein Ankleidezimmer, der Berg von Kleidern. Ich. Dieses Zimmer. *Ich habe jetzt drei Jahre lang in meiner eigenen Version deines Ankleidezimmers geschlafen, aber der Geruch passte nicht.* Obwohl es bloß eine Fälschung ist, musste ich hier sein, um es für ihn real zu machen. Das ist, was eine Familie tut: Sie macht einen Ort zu einem Zuhause. Derrick und ich sind zu einer Familie geworden.

Ich streiche mit dem Finger über einen seiner Flügel und dann über den anderen. »Ich wünschte, ich könnte Kiaran um deinetwillen hassen«, erkläre ich ihm. »So sehr, wie du die *Baobhan Sìth* hasst, weil sie mir meine Mutter genommen hat.«

»Ich will nicht, dass du das tust«, sagt er, und in seiner Stimme liegt so viel Schmerz. Egal, vor wie langer Zeit er seine Familie verloren hat, der Schmerz brennt noch immer in ihm. »Ich hatte Tausende Jahre Zeit, um meine Familie zu betrauern. Und es vergeht kein Tag, an dem ich nicht denke, dass Kiaran so weit unter dir steht, dass er über die Glasscherben zu deinen Füßen kriechen und dem Himmel dafür danken sollte, dass jemand beschlossen hat, dass er es wert ist, ihn zu mögen.«

»Was hat dich dazu gebracht, deine Meinung zu ändern?«, frage ich ihn ernst. »Du wolltest doch, dass ich ihn töte.«

Derrick schweigt lange, und seine Flügel flattern sanft. Langsam kehrt sein goldener Lichtschein zurück. »Ich habe gesehen, wie er dich ansieht.«

Ich schlucke. »Und wie sieht er mich an?«, frage ich, obwohl ich Angst vor seiner Antwort habe.

»Als wünschte er, er wäre ein Mensch.«

Er schlägt mit den Flügeln und schwebt über meiner Handfläche. »Dann gehe ich jetzt also wieder nähen. Das beruhigt die Nerven. Ich werde die Barrieren heute Nacht mit einem weiteren Zauber verstärken, aber du kannst diesem einäugigen Dummkopf sagen, dass er sich eine andere *Sìthiche* suchen kann, die seine Näharbeiten erledigt, wenn ich nicht mehr da bin. Ich wünsche ihm viel Glück dabei«, schnaubt er, bevor er zurück ins Ankleidezimmer schießt und die Tür mit einem lauten Krachen hinter sich zuschlägt.

Als wünschte er, er wäre ein Mensch.

Nein, ich darf jetzt nicht darüber nachdenken. Ich blicke erneut hinaus in den Schnee und fälle eine Entscheidung. Ich werde rausgehen und mir die Stadt ansehen, wie sie aussah, bevor ich ins Exil und in eine ungewisse Zukunft aufgebrochen bin, in der ich von Feen gejagt werde.

Ich straffe die Schultern und ziehe ein Stück der Vertäfelung neben dem Fenster zur Seite. Darunter befindet sich ein Knopf, den ich installiert habe, um einen Teil der Wand abzusenken. Es ist wie in meinem richtigen Zimmer. Ein versteckter Fluchtweg, um mich nachts aus dem Haus zu schleichen und auf die Jagd zu gehen.

Ich halte den Atem an und drücke den Knopf. Ein Teil der Wand senkt sich wie eine Zugbrücke in den Garten hinunter, und die Metallzahnräder zu beiden Seiten klicken. Kalte Luft und Schneeflocken umwehen mich, und ich warte zitternd, bis sich die Teakholzbretter entlang der abgesenkten Wand in Stufen verwandeln.

Während ich in Richtung Garten hinuntersteige, schließe ich die Augen und stelle mir das Wetter ein wenig wärmer und den Regen und den Wind etwas weniger stark vor. Im nächsten Augenblick ist es genauso, wie ich es mir vorgestellt habe, gerade kalt genug, dass ich meinen Mantel anlassen kann.

Regen prasselt auf die blattlosen Äste der Bäume im Garten, und ich gehe über den Rasen zum hinteren Tor. Es öffnet und schließt sich ächzend, genauso wie immer. Ich lasse meine Finger einen Moment lang auf dem Metall ruhen, bevor ich hinaus auf die menschenleere Straße trete. Die Straßenlaternen leuchten, und das nasse Kopfsteinpflaster glänzt im Dämmerlicht. Ich habe die Stadt noch nie so ruhig und leer erlebt, nicht einmal, wenn ich mitten in der Nacht zur Jagd aufbrach.

Selbst dann brannten Lichter in den Häusern, und in den Kellergeschossen schnatterten die Diener miteinander, während sie ihr Tagwerk zu Ende brachten. Jetzt wandere ich jedoch eine trostlose Straße entlang, und außer dem Regen und meinen eigenen Schritten sind keine Geräusche zu hören. Die Häuser um mich herum bestehen alle aus makellosen weißen Ziegeln und Steinen, doch in ihnen wohnt keine Menschenseele. Der Charlotte Square ist ein leerer Platz, umgeben von prächtigen, aber verlassenen Häusern.

Ich gehe die Princes Street hinunter und starre hinauf zu den Überresten der Burg auf dem Felsen, der sich mitten aus dem dunklen Rasen des Parks erhebt. Es steht nur noch die Vorderfront, der Rest der Steinfestung liegt in Trümmern auf dem Gras verteilt.

Ich schließe die Augen und stelle mir die Burg so vor, wie ich sie aus der Zeit *vor* der Schlacht in Erinnerung habe. Sie war das hervorstechendste Gebäude der Stadt und ragte direkt in ihrem Zentrum auf. Sie war wunderschön, und ihr Fundament sah so aus, als wäre es direkt aus dem Felsen gemeißelt worden.

Als ich meine Augen wieder öffne, ist die Burg unversehrt. Vollkommen. So schön wie früher. Ich beginne bei ihrem Anblick beinahe zu weinen. *Es ist nicht real*, sage ich zu mir selbst. *Das hier ist eine Illusion.*

Meine Umgebung reagiert auf meine veränderte Stimmungslage, und ich beobachte, wie sich die Wände der Burg auflösen, als würde Wasser über ein Gemälde rinnen. Ganze Teile brechen zusammen und verschwinden, sodass am Ende nur noch eine Ruine übrig bleibt.

Ich blinzle die Tränen zurück und wandere weiter durch die Straßen des Edinburgh meiner Vorstellung. Es wirkt so kalt und verlassen, dass ich bereits bereue, hergekommen zu sein. Ich könnte nie eine dieser Personen sein, von denen mir

Catherine erzählt hat und die hinter ihren Türen verschwinden, um noch einen letzten Blick auf einen geliebten Ort zu erhaschen, bevor sie sterben. Hier ist zu viel Schmerz, dieser Ort ist zu sehr mit meinen Schuldgefühlen verworren. Ich merke, wie irreal alles ist, und dass meine Vorstellungskraft langsam an ihre Grenzen stößt. Je weiter ich mich vom Stadtzentrum entferne, desto mehr verblasst meine Erinnerung an diesen Ort, und die Gebäude um mich herum tun es ihr gleich.

Als ich nach Holyrood komme, flimmern die Häuser, als befänden sie sich unter Wasser, bevor sie langsam nur noch so aussehen, wie ich *denke*, dass sie ausgesehen haben. Ich kann mich bloß noch an hoch aufragende Häuser erinnern, aber nicht mehr an die einzelnen Details und die Dinge, die jedes von ihnen so besonders machten. Mittlerweile sehen sie alle gleich aus. Eine lange Reihe von *identischen* Gebäuden. Ich versuche, ihr Aussehen zu ändern, meine Erinnerung auf die Probe zu stellen und die Nächte, als ich während der Jagd durch diese Straßen lief, heraufzubeschwören, doch es gelingt mir nicht. Die Ziegel, die Steine und der Mörtel setzen sich bloß anders zusammen, um letzten Endes wieder gleich auszusehen.

Die Illusion verblasst. Ich lasse sie los und stelle mir stattdessen die Gebäude so vor, wie sie aussahen, als ich aus dem *Sìth-bhrùth* zurückkam. Die Wände sind nur noch von Moos und Schlingpflanzen überwucherte Trümmerhaufen.

Sie wirken wie eine Mahnung, eine Botschaft, die ich akzeptieren muss. *Das ist das, was du zurückgelassen hast. Es gibt nichts anderes mehr.*

Ich schließe die Augen. Das hier ist meine Schuld. Es ist alles meine Schuld. Ich hätte bloß das Siegel wieder aktivieren müssen, dann gäbe es die Welt noch. Es wäre alles noch so, wie es war.

Als ich die Augen wieder öffne, befinde ich mich im Queen's Park. Das Gras sieht so blass und bernsteinfarben aus wie jeden Winter. Der erdige Pfad, der hinauf zum Arthur's Seat führt, liegt direkt vor und die Ruine der St. Anthony's Chapel neben mir. Ich atme den Geruch des Parks ein. Es riecht genauso wie in der Nacht der Schlacht: nach Feuer und Asche, Erde und strömendem Regen.

Um mich herum sind alle mitten im Kampf erstarrt. Es ist wie ein perfektes Bild aus meiner Erinnerung. Die Feen haben mich eingekreist, und jede ist in ihrer Bewegung erstarrt, genauso wie damals, als sie versuchten, das Lichtschild des Siegels zu durchbrechen, das mich schützte.

Vor meinen Füßen befindet sich das Siegel, so wie es während der Schlacht aussah. Ich sinke auf die Knie und presse meine Finger auf den äußersten Ring, auf die Teile des Ziffernblattes und des Kompasses. Auf die Symbole, die Kiaran mich so gewissenhaft nachzeichnen ließ. Die Zahnräder schimmern lohfarben und greifen mit einem angenehmen, konstanten Ticken ineinander.

»Aileana.«

Ich werfe einen Blick über meine Schulter und sehe Gavin. Ich habe nicht gehört, dass er über den Pfad kam. Auch er trägt noch immer dieselben Klamotten wie vor dem Kampf, sie sind schlammbespritzt und voller verblasster Blutspuren.

Ohne es zu wollen, fällt mein Blick sofort auf seine Narben. Auf die neuen Linien in dem Gesicht, das ich jahrelang kannte. Und jetzt muss ich ihn schon wieder verlassen.

»Was willst du, Galloway?«

Er wirft einen Blick auf unsere Umgebung. Auf die Schlachtszenen und die zerstörte Stadt im Hintergrund. Ich beobachte ihn, wie er die Trümmer der Häuser in der Nähe des Holyroodhouse mustert, die genauso aussehen wie damals, als ich mit Aithinne in der Stadt ankam. Er versteift sich, als sein Blick über die kämpfenden Soldaten wandert, die bewegungslos in ihrem Angriff auf mich verharren.

Das Mädchen, dessen Gabe das Chaos ist.

»Warum bist du hier draußen?«, fragt er. »Tu dir das nicht an.«

Ich konzentriere mich wieder auf das Siegel. Es wirkt nicht mehr so schön, wie es einmal war, vielleicht, weil es bloß noch ein Produkt meiner Erinnerung und nicht mehr die verblüffende Erfindung einer Fee ist, die ich selbst auch zu gerne gebaut hätte.

»Was soll ich mir nicht antun?«, frage ich ausdruckslos.

»Dich mit alldem hier umgeben.« Gavin deutet mit der Hand über die Stadt. »Mein Gott, ich verstehe, warum du dein Zimmer heraufbeschwört hast, aber gleich die ganze verdammte Stadt?«

»Ich habe sie erschaffen, weil ich an nichts anderes denken kann.« Ich unterdrücke meinen Ärger. »Woher wusstest du überhaupt, wo du mich findest?«

»Das war einfach«, faucht Gavin. »Ich bin den Spuren deiner Schuldgefühle gefolgt. Es waren ganze Straßenzüge voller zerstörter Häuser.«

»Du bist durch meine Tür getreten und mir hierher gefolgt«, wiederhole ich. »Warum?«

Gavin setzt sich neben mich ins kalte Gras. Er schweigt lange. Ich beobachte, wie sich seine Brust hebt und senkt, während er ein- und ausatmet. Schließlich spricht er weiter: »Ich muss dir etwas erklären. Warum ich diese Dinge zu dir gesagt habe, bevor ich davonritt.«

Ich hebe eine Hand. »Das musst du nicht. Ich verstehe es auch so.«

»Nein, tust du nicht«, erwidert er angespannt. Ich sehe, wie hin- und hergerissen er ist, als führte er eine innerliche Diskussion darüber, was er mir sagen soll. »Ich habe mir die letzten drei Jahre eingeredet, dass alles deine Schuld sei.« Endlich sieht er mir in die Augen. »Ich habe dir die Schuld daran gegeben. Jeden Tag.«

Ich schweige. Die Schmerzen in meiner Brust sind wieder da. »Tatsächlich?« Ich klinge ruhig, so verdammt ruhig. Meine Stimme spiegelt in keiner Weise meine Gefühle wider.

Ich bin mittlerweile sehr geschickt darin, so zu tun, als würden mir Gefühle nichts mehr bedeuten, als hätte ich keine mehr. Doch das Wetter an diesem Ort lügt nicht. Ich habe mich nicht so gut unter Kontrolle, dass es unbeeindruckt von dem Aufruhr in meinem Inneren bleibt. Die Wolken werden schwärzer und dichter.

Gavin lässt mich nicht aus den Augen, als würde er die Wolken gar nicht bemerken. »Du warst nicht dabei und hast nicht miterlebt, was danach geschah«, sagt er. »Du hast nicht gesehen, wie sie alle abschlachteten, die wir kannten. Du hast nicht mit uns in zerstörten Gebäuden gehaust, in denen es nach Tod roch. Jeden Morgen packten wir unsere Sachen und zogen weiter, immer in der Hoffnung, dass sie uns nicht finden. Und ich gab dir die Schuld daran. Ich gab dir jeden verdammten Tag die Schuld daran. Wir hätten dich gebraucht, doch du *warst nicht da*.«

Ich kann nicht mehr atmen. Ich habe Angst, dass ich meine Tränen nicht mehr unter Kontrolle habe, wenn ich es tue. Meine Augen brennen. Die Wolken öffnen sich, und es beginnt zu regnen. Dicke Tropfen kullern über meine Haare und in meine Augen.

Mir ist nicht einmal mehr kalt. Ich bin vollkommen leer. »Gavin …«

»Nicht. Lass mich ausreden.« Die Wut in ihm scheint zu erlöschen. »Als ich dich dort draußen vor der Stadt sah und du keinen Tag gealtert warst, da verstand ich … *Himmel* …« Gavins Atem klingt heiser, und er zittert vor Kälte, die ich nicht kontrollieren kann. »Du bist bloß ein einzelner Mensch, und ich habe dir die Schuld daran gegeben, dass du die Welt nicht retten konntest.«

Ich sehe zu, wie die Regentropfen von meinen Fingerspitzen hinunter auf das Siegel tropfen. Wie kann ich es ihm verständlich machen? Wie kann ich ihm sagen, dass Lonnrach mich mitnahm und mich für das bezahlen ließ, was ich getan habe?

Ehe ich michs versehe, verändern meine Gedanken unsere Umgebung erneut. Die Hügel des Queen's Park verschwinden wie auf einer verwaschenen Leinwand, und ein neuer Ort baut sich um uns herum auf. Es ist ein kuppelförmiger Raum …

»Nein«, flüstere ich und weiche so ruckartig zurück, dass ich gegen einen der Spiegel pralle. »Nein, nein, nein.«

Ich wirble herum und trommle mit den Fäusten so fest auf den Spiegel ein, dass ich mir die Haut abschürfe. Ich kratze mit den Fingernägeln darüber. Ich kann nicht mehr klar *denken.* Mein Atmen geht so schnell, dass ich keine Luft mehr bekomme.

»Aileana!«

Hände packen mich von hinten, aber ich reiße mich los.

»*Nicht!* Komm mir nicht zu nahe!«

Das wird jetzt sicher wehtun.

»Aileana.« Gavins ruhige Stimme durchdringt meine Panik. Er wiederholt meinen Namen und kauert sich neben mich. Er flüstert ihn immer wieder, als wollte er mich daran erinnern, wer ich bin.

Ich habe an diesem Ort noch nie meinen Namen gehört. Er wurde nie ausgesprochen. Zuerst war ich die *Falknerin*, und dann war ich nicht einmal mehr das. Ich war nichts. Niemand.

Gavin legt seine Hände auf meine Arme. Ich weiche zurück, aber er versucht es noch einmal. Er ist so sanft. »Es ist alles in Ordnung«, sagt er und dann lasse ich zu, dass er mich in die Arme nimmt. Ich vergrabe mein Gesicht an seiner Schulter, damit ich nichts mehr sehen muss. Ich zittere am ganzen Körper. »Es ist alles in Ordnung.«

Es ist nicht in Ordnung. Das, was er dir angetan hat, ist nicht in Ordnung.

»Atme einfach«, fordert er mich auf. »Atme.«

Gavin hält mich fest, während ich versuche, mich wieder unter Kontrolle zu bringen und mich zu beruhigen. Ich presse fest die Augen zu und drücke meine Fingerspitzen auf die Bissspuren auf meinem Hals. Meine Halsschlagader befindet sich genau unter diesen Narben. Ich konzentriere mich auf den Rhythmus meines Herzens und darauf, woran mich jeder Herzschlag erinnert: *Du bist am Leben. Du bist nicht wirklich dort. Das hier ist eine Illusion.*

Dein Name ist Aileana Kameron, und du bist am Leben.

Als ich mich genug beruhigt habe, zieht sich Gavin ein wenig zurück. »Was ist das hier für ein Ort?«, fragt er.

»Das Gefängnis, in dem Lonnrach mich im *Sìth-bhrùth* gefangen hielt.«

Ich muss Gavin nicht ansehen, um zu spüren, wie überrascht er ist. Ich spüre es an seiner Umarmung und daran, wie er plötzlich erstarrt. Ich öffne die Augen. Dieses Mal schaffe ich es, den Blick auf den Ort zu richten, der einmal mein Gefängnis war, und die Angst in meinem Inneren zu begraben. Die kuppelförmige Decke ragt hoch über uns auf, und jeder Zentimeter des Raumes ist mit Spiegeln bedeckt. Die Bilder darin zeigen nicht Gavin, sondern bloß mich, wie ich auf dem Boden sitze und meine Finger in Lonnrachs Bissspuren grabe, während ich versuche, mich zu erinnern. Während ich mich *zwinge*, mich zu erinnern.

Ich löse mich von Gavin und taste nach den gleichförmigen

Abdrücken auf meinem Arm. Ich spüre die gerillte Haut unter meinen Fingerspitzen. Zweiundachtzig Zähne. Zweitausendzweihundertundvierzehn einzelne Abdrücke.

»Die Spiegel dienten dazu, meine Erinnerungen zu verstärken«, erkläre ich mit bemüht ruhiger Stimme. »Lonnrach kam zu mir und stahl sie mir, um an Informationen zu gelangen. Er …«, ich schiebe meinen Ärmel hoch und zeige es ihm, »… er hat das hier getan. Er sagte, er braucht mein Blut, um alles zu sehen.«

»Aileana …«

»Und er hielt mich in diesem Raum hier gefangen«, fahre ich fort. »Aithinne meinte, nach Feenzeit wären es nur einige Monate gewesen, aber es fühlte sich länger an. Ich kann mich nicht erinnern …« Ich halte inne, als die Erinnerungen mich zu übermannen drohen. Ich dränge sie erneut zurück und halte meine Gefühle sorgsam unter Kontrolle. Als ich weiterspreche, klingt meine Stimme wohlüberlegt und beinahe kalt. »Verstehst du jetzt, warum ich dir die Sache mit den Irrwischen nicht verzeihen kann, Galloway? Du hast mich wieder *hierher* zurückgebracht. Nach allem, was ich auf mich nahm, um zu fliehen, warst du derjenige, der mich alles noch einmal durchleben ließ.«

Gavin wirkt betroffen. Dieses Mal streckt er nicht die Hand nach mir aus. Er versucht nicht, mich zu berühren. Ich sehe zu, wie er meine neuen Narben mustert. Die winzig kleinen, die sich zwischen Lonnrachs Bissen drängen. Jene Narben, für die er verantwortlich ist.

»Ich kann dir gar nicht sagen, wie leid es mir tut«, sagt er. »Es gibt keine Worte dafür. Nichts entschuldigt, was ich dir angetan habe.«

Obwohl ich ihm noch nicht verziehen habe, beruhigen mich seine Worte. Sie beruhigen mich so sehr, dass das Spiegelzimmer verschwindet und wir uns wieder im Queen's Park wiederfinden. Die Soldaten sind verschwunden. Gavin und ich sind alleine, nur das Siegel liegt zwischen uns.

»Du musst eines wissen«, sage ich. »Ich gab mir ebenfalls die Schuld daran. Ich dachte, ihr wärt alle tot und das, was Lonnrach mir antat, wäre meine Strafe. Ich habe die letzten Momente der Schlacht Tausende Male durchlebt. Ich hätte stärker sein sollen …«

»Nein«, unterbricht er mich und drückt meine Hand. »Ich habe dir nie von meiner Vision erzählt. Von dem, was ich gesehen habe.«

»Was war es?«, flüstere ich.

»Als ich endlich alle Teile zusammengesetzt hatte, sah ich, wie du dich auf Sorcha gestürzt hast. Sie hätte dich getötet, und alles andere wäre trotzdem geschehen. Es war schon immer so vorherbestimmt. Ich war nur so wütend, dass ich nicht zugeben konnte, dass es niemals deine Schuld war. Nicht wirklich.«

Ich sage ihm nicht, was ich wirklich denke: Dass ich das Gefühl habe, als würde das Schicksal sein zweites Gesicht nutzen, um uns mit Visionen einer Zukunft zu verhöhnen, die wir ohnehin nicht ändern können. Ich konnte Schottland nicht vor dem Untergang bewahren, obwohl er mich gewarnt hatte. Welchen Sinn hat es, in die Zukunft sehen zu können, wenn man sie nicht ändern kann?

»Und hier sind wir nun«, sage ich mit einem bitteren Lachen.

»Hier sind wir nun«, wiederholt Gavin sanft. Er schweigt erneut und senkt den Blick auf unsere Hände. »Manche Dinge kann man nicht verhindern. Das hätte ich schon früher begreifen müssen, als ich die Gabe noch hatte.«

Meine Aufmerksamkeit erwacht aufs Neue. *»Hatte?«*

»Seit jener Nacht, als du fortgingst, hatte ich keine Visionen mehr.«

Ich versuche, ihn ausdruckslos anzusehen, damit er nicht merkt, dass ich gerade vorhin noch gedacht habe, seine Macht wäre wohl eher ein *Fluch* als eine *Gabe*. »Das tut mir leid«, sage ich.

Gavin wirft mir ein schnelles, aufgesetztes Lächeln zu. »Lügnerin.« Er mustert erneut unsere Umgebung. Jetzt, wo die Feen nicht mehr hier sind, ruht sein Blick auf der Landschaft. »Du hast meine Frage noch nicht beantwortet. Warum bist du hierhergekommen?«

Weil das hier noch immer meine Erinnerungen sind, auch wenn es nur eine Illusion ist. Weil ich kein Zuhause mehr habe. Weil die Feen es mir genommen haben. »Ich wollte es bloß noch einmal sehen«, erkläre ich ihm. »Bevor ich fortgehe.«

»Daniel hat mir davon erzählt.« Er hält kurz inne, bevor er weiterspricht. »Und er hat mir auch von den Stimmen erzählt.«

Der Tod ist ihre Bürde. Er folgt ihr, wo auch immer sie hingeht.

Ich wünschte, Daniel hätte mir nie von seiner Vorahnung erzählt. Ich wünschte, ich könnte diese Worte einfach vergessen.

»Ich will den Rest von euch keiner Gefahr aussetzen«, sage ich.

»Und was wirst du dort draußen tun?«, fragt er.

Lonnrach wird nie aufhören, mich zu jagen. Ein Unsterblicher kann es sich leisten, geduldig zu sein. Er muss mich bloß gefangen nehmen und wieder ins *Sìth-bhrùth* bringen. Mich einsperren, mich in Verwahrung halten und Hunderte Jahre mit der Suche nach dem verbringen, was er benötigt. Und wenn er es schließlich gefunden hat, dann wird er wiederkommen, um mich zu holen.

»Ich weiß es nicht«, erkläre ich. »Wenn Lonnrach mich wieder in seinen Bann zieht, dann lande ich erneut in diesem Raum, Gavin. Und ich kann nicht …«

Und jetzt weißt du auch genau, wie es sich anfühlt, wenn man derart hilflos ist.

Ich kann nicht wieder so werden. Ich kann nicht wieder zu dem Mädchen werden, auf das Gavin einen kurzen Blick erhaschen konnte. Das zusammengekauert auf dem Boden lag und Erinnerung um Erinnerung noch einmal durchlebte, während es versuchte, sich zu erinnern, wie es sich anfühlte, ein Mensch zu sein. Geliebt zu werden.

Lonnrach wird den Fehler, mich fliehen zu lassen, nicht noch einmal begehen. »Er wird versuchen, mich zu töten und meine Macht an sich zu reißen, und ich weiß nicht einmal, wie ich sie gegen ihn einsetzen kann«, sage ich. Gavin sieht mich unvermittelt an, als hätte er gerade eine Idee. »Was? Was ist los?«

»Es wird dir nicht gefallen.«

»Falls du es noch nicht bemerkt haben solltest«, erwidere ich, »bleiben mir nicht gerade viele Möglichkeiten.«

Er zögert. »Seher erhalten den *Taibhsearachd*, nachdem sie gestorben und wiedererwacht sind. So wie ich, als ich krank war. Vielleicht funktioniert die Sache mit deiner Macht genauso.«

Ich denke über seine Worte nach. Derrick hat mir erzählt, dass man nach dem Tod hinter einen Schleier tritt, und wenn das zweite Gesicht in der Familie Tradition hat, dann kehrt man mit dieser neuen Gabe wieder zurück.

Derrick hat mir vor langer Zeit aber auch einmal erklärt, dass nur Männer über das zweite Gesicht verfügen. Es gibt keine Garantie, dass ich verändert zurückkommen werde.

Aber *wenn* es der Fall wäre, würde es Lonnrach nie mehr gelingen, mich in seinen Bann zu ziehen. Ich hätte genug Macht, um ihn davon abzuhalten, in meine Gedanken zu dringen. Er könnte mich nicht mehr manipulieren. Er könnte mich nicht brechen. Ich hätte alles, was nötig ist, um Aithinne zu helfen, Lonnrach zu töten.

Das wäre die Sache wert.

»Wie fühlt es sich an?«, frage ich Gavin. »Wenn man stirbt, meine ich.«

Gavin versteift sich, als er die Erinnerungen daran noch einmal durchlebt. »Ich wünschte, ich könnte es vergessen«, antwortet er.

»So schlimm?« Ich hatte gehofft, der Tod wäre friedlicher.

»Wenn man hinter den Schleier tritt, ist es nicht …« Er überlegt einen Moment lang. »Es ist wie das Fegefeuer. Ein Ort, der dich in sein Inneres zieht und dich dazu zwingt, bis dorthin weiterzugehen, wo auch immer deine Endgültigkeit liegt.«

»Hast du deinen Vater gesehen?« Ich muss ihn einfach fragen. Auch das wäre es wert. Wenn ich meine Mutter ein letztes Mal sehen könnte.

»Nein«, erwidert er sanft. »Er war schon weitergezogen. Es gibt einen Grund, warum die Toten meist auch tot bleiben. Wenn du auf der anderen Seite bist, kämpft alles darum, dich auch dort zu behalten.«

Mir kommt ein Gedanke. »Was, wenn ich jemanden hätte, der mich zurückbringen kann?«

Gavin hält kurz inne und sieht mir prüfend in die Augen. »Dann wäre das Risiko vermutlich geringer.«

27

Nachdem ich das Edinburgh meiner Vorstellung verlassen habe, stehe ich in der Tür zu meinem Ankleidezimmer und erzähle Derrick von meinem Plan. Er näht gerade einen Mantel, und es gibt, abgesehen von dem einen oder anderen Nicken, kaum Anzeichen, dass er mir überhaupt zuhört. Am Ende schweigt er.

»Also?«, ermuntere ich ihn.

»Lass mich mal sehen«, sagt er und tippt sich ans Kinn. »Es ist überaus gefährlich, und der Erfolg ist fraglich. Ich persönlich halte es für eine furchtbare Idee. Ich habe gehört, dass der Tod äußerst unangenehm sein soll.«

Ich hatte nicht erwartet, dass er die Idee toll findet, aber das hätte er mir auch gleich sagen können, bevor ich ihm den *ganzen* verfluchten Plan erzählt habe. »Könntest du das bitte näher ausführen?«

»Es ist unangenehm, weil man dabei *stirbt*, das ist der Grund«, antwortet er und näht eine Manteltasche auf. Er wirft Gavin einen Blick zu. »Sie hat diesen Schwachsinn doch nicht von dir, oder etwa doch? Nach allem, was du ihr angetan hast, bin ich nämlich immer noch auf der Suche nach einem Grund, dir etwas abzuschneiden. Und das hier scheint mir eine perfekte Entschuldigung zu sein.«

»Himmelherrgott«, murmle ich.

Gavin weicht mit erhobenen Händen zurück. »Gib mir nicht die Schuld daran. Die Idee stammt zwar von mir, aber sie hat sie weitergesponnen.«

Derrick kneift die Augen zusammen. »Stimmt das, Aileana?«

»*Ja*«, fauche ich. »Aber ich habe die Idee nicht *weitergesponnen*. Ich spinne nicht.«

»Heißt das … ich kann alle meine Körperteile behalten?«, fragt Gavin.

»Im Augenblick ja«, erwidert Derrick, hält jedoch drohend seine Nadel in die Höhe.

Ich betrachte den Stoffhaufen, auf dem er sitzt, und erkenne, dass es nicht bloß Einbildung war – er ist *tatsächlich* größer geworden. Als würde Derrick die Tatsache, dass er drei Jahre lang keine Kleider nähen konnte, mit einer vollständigen Garderobe wiedergutmachen wollen. Mein Gott, er ist bereits *fertig*. Er hat ein ganzes Ankleidezimmer voller Klamotten geschneidert, die ich nicht tragen und auch nicht mitnehmen kann.

Gavin beäugt den Haufen Kleider ebenfalls. »Planst du einen Ball, oder ist das hier einfach eine Art Zeitvertreib für euch kleine Feen?«

Derrick wirft ihm einen bösen Blick zu. »Es hilft mir, mich abzulenken, du Schwachkopf. Ich muss mein Ankleidezimmer bald wieder verlassen, weil dein Freund, der Zyklop, diese verdammte Vorahnung hatte.« Er lässt sich mit flatternden Flügeln auf einem der Kleider nieder. »Ich möchte wissen, warum wir überhaupt auf diese nicht weiter identifizierten Stimmen hören«, murmelt er. »Jetzt muss ich die gesamte Garderobe verbrennen, um dann irgendwo anders wieder von vorne zu beginnen.«

»Wir haben doch bereits über die Kleider *gesprochen*, Derrick.«

Normalerweise stelle ich mich nicht zwischen eine zwanghafte kleine Fee und ihren Nähtrieb, aber falls er sich angegriffen fühlt, verbrennt Derrick die Kleider womöglich tatsächlich. Was seine Stoffkreationen betrifft, war er immer schon sehr besitzergreifend, und bisher musste ich noch nie eines seiner Kleider ablehnen.

Derrick spuckt seine Nähnadel aus und hebt einen Mantel aus kostbarem, dickem Stoff mit Pelzbesatz hoch. Er fliegt damit auf mich zu, und seine Flügel glitzern und glänzen golden. »In Ordnung, keine weiteren Kleider mehr. Aber diesen neuen Mantel hier musst du anziehen.«

Ich schlüpfe schicksalsergeben aus meinem zerfledderten, blutbespritzten Wollmantel. »Ich muss mit Aithinne sprechen. Wo ist sie?«

»Keine Ahnung. Heb mal den Arm.« Ich seufze und hebe ihn hoch, damit er den Mantel anpassen kann. Er ist einfach umwerfend. Ein eng anliegendes, warmes Gewebe, das sich an meine Taille schmiegt und mich dünner und zerbrechlicher aussehen lässt, als ich es tatsächlich bin. »Was willst du von Aithinne?«

»Sie kann mich heilen und wieder zurückbringen.«

»Ah, ich verstehe, du hältst also immer noch an diesem lächerlichen Plan fest.«

Ich schweige, während er die Falten an der Vorderseite des Mantels glattstreicht. Derrick weiß zwar, was Lonnrach mir angetan hat, aber ich glaube nicht, dass er ahnt, wie sehr es mich beeinflusst hat. Wie sehr es mich *verändert* hat.

»Du *weißt*, warum ich es tue«, flüstere ich. »Du weißt, warum ich es tun muss.«

Er hält mit seiner Näherei an meiner Schulter inne und wirkt plötzlich ernst. »Ja, das tue ich«, erwidert er leise. »Aber das bedeutet nicht, dass mir die Idee gefällt oder dass ich damit einverstanden bin.«

»Dann akzeptiere meine Entscheidung einfach«, sage ich und versuche, unbekümmert zu klingen.

Derrick starrt mich lange Zeit an. Ich sehe unterschiedliche Gefühle über sein Gesicht huschen, bevor er sich schließlich wieder daran macht, Falten glatt zu streichen. »In Ordnung«, sagt er widerstrebend. »Aber wenn wir das wirklich durchziehen, dann wird es um vieles komplizierter, als dass Aithinne dich einfach wieder heilt. Selbst wenn sie dich wiederbelebt, bedeutet das nicht, dass sie dich auf der anderen Seite auch findet. Und welchen Sinn hat der Körper ohne Seele?«

Gavin denkt kurz darüber nach. »Das ergibt Sinn. Ich habe dir ja gesagt, dass alles darum kämpfen wird, dich dort zu behalten.«

»Hast du eine bessere Idee?«, frage ich Derrick.

»Wenn du darauf bestehst, deinen leichtsinnigen Plan durchzuziehen«, erwidert er und fliegt ein Stück zurück, um sich den Mantel noch einmal anzusehen, »dann brauchst du etwas, das Aithinne auf deine Spur bringt, sobald du hinter den Schleier getreten bist.«

Er fliegt so schnell um mich herum, um seine Stiche noch einmal zu kontrollieren, dass ich schließlich aufgebe, ihm mit dem Blick folgen zu wollen. »Wie zum Beispiel?«

»Etwas *Brìgh* womöglich«, antwortet er. »Die *Sìthichean* nutzten die Pflanze in der Vergangenheit, um menschliche Energie in den Knospen einzuschließen und sie erst später zu konsumieren. Wenn wir etwas von deiner Energie konservieren, dann kann Aithinne sie vielleicht nutzen, um dich aufzuspüren.« Er hält inne und denkt mit flirrenden Flügeln einen Augenblick lang nach. »Aber vielleicht funktioniert es auch gar nicht.«

»*Vielleicht* nicht?«

Derrick zuckt mit den Schultern. Er trennt einige Stiche im Schulterbereich auf und vernäht den Stoff neu. »Ich kann es nicht mit Sicherheit sagen. Du könntest auch sterben und nie wieder zurückkommen.«

Hilfreich. Wirklich *äußerst* hilfreich. »Und wo finden wir diese Pflanze?«

»Ich habe gehört, dass sie entlang des Flusses auf der anderen Seite des Feentors wächst, aber ich gehe dort nicht hinein.«

Wir gehen nicht dort hinein. Geh niemals dort hinein.

Als hätte er meine Gedanken gelesen, sagt Gavin plötzlich: »Nein. Denk nicht einmal daran.«

Es wäre wohl nicht sehr ratsam, ihm das Offensichtliche noch einmal vorzuhalten: Dass er nämlich nach meiner Ankunft überhaupt kein Problem damit hatte, den Feen hinter dem Tor aufzutragen, mich zu foltern.

Ich beiße die Zähne zusammen und wende meinen Blick von ihm ab. »Wir könnten Aithinne bitten, sie zu holen.«

»Das würde ich lieber nicht tun«, sagt Derrick. »Du riskierst dabei, dass ihre Energie deine eigene in der *Brìgh* überlagert. Dadurch könnte dein Weg hinter dem Schleier zu verschwommen werden.«

»Dann müssen wir durch das Tor.«

Derrick beendet noch einen Stich, dann hält er inne. »Das wollte ich damit aber nicht sagen.«

»Hast du vielleicht eine bessere Idee?«

»Nun. Nein.« *Er wirft Gavin einen Blick zu, als wollte er sagen: Kannst du mir bitte helfen?*

Gavin hält die Hände in die Höhe. »Erwarte keine neuen Ideen von mir. Ich habe es gerade erst geschafft, alle meine Körperteile zu behalten.«

Derrick starrt ihn böse an. »Na gut.« Er schließt die Knöpfe meines Mantels. »So. Nun siehst du nicht mehr ganz so furchtbar aus.«

Ich seufze. »Kannst du Aithinne finden?«

»Sie ist vermutlich bei den anderen hinter dem Tor. Sie hinterlässt dort drinnen eine Spur, die nach Schneeflocken und verregneten Vormittagen riecht.« Er wirkt resigniert, als er meinen Gesichtsausdruck bemerkt. »Na schön. Gehen wir.«

Derrick flattert an mir vorbei aus dem Ankleidezimmer und folgt Aithinnes Geruch durch die dunklen, verworrenen Tunnel der Höhle bis zu dem Feentor hinter dem *Seilgflùr*feld. Er legt die Fingerspitzen auf die Schnitzereien und schnüffelt. »Aye«, sagt er. »Sie ist definitiv dort drinnen. Mein Gott, das ist ein wirklich grauenhafter Plan.«

Ich trete auf die Tür zu und presse mein Ohr dagegen, doch ich höre nichts, nicht einmal die einlullende Musik, die mich das erste Mal in ihren Bann zog. Jetzt, wo ich so nahe davor stehe, erkenne ich, dass die Symbole im Holz aussehen, als wären sie eingebrannt. Ich rieche Asche und greife nach dem Türknopf.

»Warte«, sagt Gavin. »Vielleicht sollte Derrick zuerst hineinfliegen und nachsehen, ob die Luft rein ist.«

Derrick, der neben mir schwebt, starrt ihn in Grund und Boden. »Ah, ich verstehe. Wir werfen die kleine Fee einfach einmal den Wölfen zum Fraß vor, oder wie?« Als Gavin ihn verwirrt ansieht, fährt er fort: »Für mich ist es dort drinnen ebenfalls nicht sicher, du Riesenarsch. Sie halten mich für einen Verräter, weil ich mit Aileana zusammen bin und Menschen hier wohnen lasse. Mein Gott, hast du denn überhaupt keinen blassen Schimmer?«

»Meine Herren«, unterbreche ich schroff. Ich überprüfe das Schwert an meiner Hüfte und werfe Gavin einen Blick zu. »Ich gehe jetzt hinein. Wenn ihr nicht mitkommen wollt, dann tretet zur Seite.«

Derrick lässt sich auf meiner Schulter nieder. »Ich komme mit. Bloß für den Fall, dass dieser dämliche Plan schiefgeht.«

Gavin steht zögernd neben mir vor der Tür. »Ich nehme an, ich sollte mitkommen und sicherstellen, dass du keinen Krieg anzettelst.« Er wirft mir einen scharfen Blick zu. »Du wirst niemanden töten. Wenn du auch nur eine von ihnen umbringst, brichst du die Abmachung. Und sie ist das Einzige, was *sie* davon abhält, sich über die Menschen in der Stadt herzumachen.«

Ich hasse es, an die Abmachung erinnert zu werden. Das, was Catherine mir erzählt hat, rechtfertigt sie noch lange nicht. Es ist, als gewähre man einem Löwen Unterschlupf und ließe dabei die Tür zum Käfig sperrangelweit offen. »In Ordnung.«

»Versprich es mir.«

Versprich es mir. Plötzlich denke ich wieder an meine Ankunft hier. Derrick hatte Gavin das Versprechen abgerungen, mich nicht auf dieselbe Weise zu testen wie die anderen.

»Im Gegensatz zu dir«, erwidere ich knapp, »habe ich meine Versprechen immer gehalten.«

Gavin zuckt zusammen.

»Autsch«, haucht Derrick. »Das hast du dir jetzt aber verdient, Seher.«

Ein schmerzerfüllter Ausdruck huscht über Gavins Gesicht. »Wenn irgendetwas passieren sollte, laufen wir davon«, sagt er. »Die Menschen aus der Stadt, die da hineingingen, kamen nie wieder heraus.«

Ich dränge die Angst, die seine Worte in mir hochsteigen lassen, zurück und nicke. Dann drücke ich die Schultern durch und drehe den Türknopf. Hinter dem Tor ist es dunkel und still. Zu dunkel. Zu still. Ich kann nicht einmal erkennen, was sich direkt vor mir befindet.

»Siehst du etwas?«, flüstere ich Derrick zu. Die Feen sehen besser als ich.

Bevor er antworten kann, wird es plötzlich hell. Es ist, als hätte jemand einen Schalter umgelegt, und alles – jedes einzelne Gebäude – wäre mit einem Mal von innen beleuchtet. Ich nehme alles in mir auf. Das glänzende Metall der Häuser, die Straßen aus behauenem Marmor, die knorrigen, verwachsenen Bäume. Ich kann nicht anders, ich muss einfach ehrfürchtig die Schönheit der Stadt bestaunen. Sie ist sogar noch größer als jene der Menschen. Jeder einzelne Turm ist mit sorgsam in das Metall eingeritzten Symbolen und Wirbeln verziert, die an Bäume und Blumen erinnern.

Die Gebäude sind allesamt spitz und hoch aufragend. Die Eingänge sind bogenförmig und erinnern mich an jene, die ich vor meinem Gefängnis im *Sìth-bhrùth* gesehen habe. Hinter dem Glas funkeln und glitzern Lichter. Nein, keine Lichter. Nicht elektrisches Licht erleuchtet die Stadt, sondern Feuer. Überall treiben flackernde Flammen in schwebenden Glaskugeln. Sie erheben sich bis in den Himmel und werfen Schatten auf die Straßen. Diese bestehen aus einem Gestein, das wie weißer Marmor aussieht, aber ich weiß es besser. Marmor glänzt nicht so. Marmor sieht nicht aus, als wären glitzernde Edelsteine im Gestein eingeschlossen.

Gavin flucht leise. »Das hätte ich mir nicht erwartet.«

»Psst.«

Es sind noch immer keine Feen zu sehen. Ich mache einen vorsichtigen Schritt nach vorne, und ein Geräusch zu meiner Linken lässt mich zusammenzucken. Als ich mich dazu umdrehe, ist nichts zu sehen. Plötzlich packt Gavin meine Hand. Seine Haut fühlt sich heiß und feucht an.

»Das hier gefällt mir nicht«, flüstert Derrick. »Es gefällt mir nicht, dass …«

Innerhalb eines Wimpernschlages sind plötzlich überall Feen. *Überall.* Sie klettern die Wände der Gebäude hinunter, sie fliegen durch die Straßen, sie gleiten über den Marmor direkt auf mich zu. Es sind Hunderte. Manche fletschen ihre messerscharfen Zähne, andere haben Flügel, die so scharfkantig wirken, als könnten sie Stahl zerschneiden. Ihre Augen leuchten in einem unheimlichen Licht, während sie als vereinte Gruppe knurrend immer näher heranrücken.

Es sind Feen dabei, wie ich sie noch nie zuvor gesehen habe. Zahllose verschiedene Arten. Ich versuche, mich an Kiarans Lektionen zu erinnern und sie zuzuordnen. Mein Blick schweift über schlammfarbene Feen in grauen Kleidern mit weit aufgerissenen schwarzen Augen. Über wuchtige Katzen in der Größe von Wölfen, die knurrend ihre zweireihigen Zähne fletschen. Über Feen, die wie Schatten über den Boden gleiten.

»Eines muss ich noch schnell loswerden«, murmelt Gavin. »Ich bereue diese Idee zutiefst.« Er zuckt zusammen, als eine katzenartige Fee aus einem Fenster in der Nähe springt und elegant auf ihren Pfoten landet. »Wirklich … ich bereue sie wirklich.«

Ich reagiere instinktiv, ziehe mein Schwert und halte es fest umklammert. *»Nicht«*, flüstert mir Derrick ins Ohr. »Denk daran, was Gavin gesagt hat.«

Verdammt. Ich schließe kurz die Augen, stecke das Schwert aber nicht wieder weg. Die Waffe taugt womöglich als Drohung, um sie auf Abstand zu halten.

»Zwei verirrte Menschen«, sagt eine der über den Boden gleitenden Schattengestalten. Sie sieht aus wie eine *Brollachan*. Eine form- und konturlose Kreatur.

Ich sehe zu, wie sie auf Gavin zugleitet. Er versteift sich und ballt die Hände zu Fäusten. »*Der hier* gefällt mir.« Sie gleitet Gavins Bein hinauf und flüstert. »Komm mit mir. Du kannst bei mir bleiben.«

Eine weitere Fee taucht auf. Sie kommt direkt auf mich zu. Wasser tropft von ihren Haaren und ihren Kleidern, während sie mich mit ihren pechschwarzen Augen mustert und lächelnd ihre spitzen Zähne zeigt.

Dann beugt sie sich plötzlich nach vorne, und ihre Zunge schießt heraus und hinterlässt eine feuchte Spur auf meiner Wange. Ich zucke zusammen, doch sie packt mein Handgelenk, bevor ich zurückweichen kann. »Die hier riecht süß«, flüstert sie mit einer Stimme, die mich erschaudern lässt.

Derrick hebt ruckartig von meiner Schulter ab und knurrt: »Verschwinde, du Matschhexe.«

Die Hexe faucht ihn an. »Verräter-Fee.« Die anderen Feen knurren, als sie es hören. Sie wissen alle, wer er ist. »Ich könnte deine Menschenfreundin mitnehmen«, flüstert die Hexe. »Ich könnte sie auffressen und dir nur ihre Knochen übrig lassen.«

Ich schnappe nach Luft, als sich Klauen durch meine Hose in mein Bein bohren. Eine Fee mit Flügeln, die wie schwarze, knorrige Äste aussehen, deren Augen so tief wie Smaragde wirken und an die ich mich aus den Lektionen mit Kiaran nicht erinnern kann, leckt an meinem Blut und hebt den Blick, um mich anzusehen. *»Falknerin«*, zischt sie.

Daraufhin fletschen sie alle die Zähne und kommen näher. Ich schwinge mein Schwert und presse es an den Hals der Fee, die mich verletzt hat. »Mach das noch einmal, und ich schlitze dir die Kehle auf.«

Gavin erstarrt neben mir. Er versteht nicht, dass es sich bloß um eine Drohung handelt, die ich nicht in die Realität umsetzen werde, und die Fee weiß es ebenfalls nicht.

»Verdammt, Aileana«, murmelt Gavin.

»Tötet die Falknerin«, zischt eine der Feen.

»Lasst sie bluten«, flüstert eine andere. »Fresst sie beide auf.«

»Aileana …«, beginnt Derrick unsicher.

Ich ziehe mich so weit wie möglich von den Feen zurück, doch sie rücken näher. Sie haben die Zähne gefletscht und die Krallen ausgefahren und sind bereit zuzuschlagen.

»Nimm Gavin und mach dich auf die Suche nach Aithinne«, befehle ich Derrick. »Die anderen werden mir folgen. Ich laufe einfach los und hole die *Brìgh*.«

Ein paar Feen beginnen, Gavin einzukreisen, als hätten sie bemerkt, dass er einfacher zu überwältigen ist. Ich muss sie von ihm ablenken. Er würde ihre Bisse nicht überstehen, sollten sie sich auf ihn stürzen, und er kann nicht so schnell laufen wie ich.

»Der Fluss befindet sich direkt hinter diesen Gebäuden«, erklärt mir Derrick mit leiser Stimme. »Es ist eine blaue Blume, die sanft leuchtet. Du kannst sie nicht verfehlen. Viel Glück.« Er fliegt auf Gavins Schulter und flüstert ihm etwas ins Ohr.

Los!

Ich wende mich an die Menge. »Ihr wollt also mein Blut?« Ich hebe das Schwert und schlitze meine Handfläche auf, dann halte ich ihnen meine Hand entgegen, von der das Blut tropft. Die Kreaturen fauchen, und ihre Augen leuchten in der Dunkelheit.

»Dann kommt und holt es euch.«

Sie stürzen sich in einem Wirrwarr aus Zähnen und Klauen auf mich. Ich ducke mich zwischen ihnen hindurch und rolle mich über den glatten Marmor ab. Dann stemme ich mich hoch und beginne zu laufen. Ich stürze eine dunkle Gasse zwischen den Gebäuden hinunter und höre das laute Gejohle und Geschrei der Feen hinter mir.

Ich mache den Fehler und hebe den Blick. Die Feen krabbeln die Mauern zu beiden Seiten der Gasse entlang, und ihre Klauen kratzen über das Metall. Eine stämmige Katzenfee springt mit ausgefahrenen Krallen auf mich herunter. Sie zerfetzt meinen neuen Mantel und verpasst meine Haut nur knapp. Derrick wird mich *umbringen*, wenn er sieht, dass ich seine Arbeit ruiniert habe.

Ich schlage längs auf den Boden auf, schieße jedoch sofort wieder in eine Kauerhaltung hoch. Ich halte das Schwert in der Hand, während ich mich nach vorne stürze. Doch in dem

Augenblick, als ich die Klinge in die Kreatur versenken will, fällt es mir wieder ein. *Wenn du auch nur eine von ihnen umbringst, brichst du die Abmachung.*

Verdammt. Ich ramme der Katze den Griff meines Schwertes gegen die Schläfe und trete ihr mit meinem Stiefel in die Rippen. Sie faucht und heult.

Ich hebe den Blick und sehe, dass die anderen Feen immer näher kommen, also drücke ich meine Faust zusammen, sodass noch mehr Blut auf den Boden tropft. Zwei Feen halten sofort inne und lecken verzweifelt daran. Die anderen heulen und verfolgen mich nur noch schneller.

Nachdem ich ein weiteres Gebäude umrundet habe, sehe ich eine Reihe dunkler, knorriger Bäume vor mir. *Der Fluss.* Ich sprinte durch das Gras darauf zu und schiebe mich durch die Äste der Bäume, die sofort brechen. Wasser schwappt über die Steine am Ufer des Flusses; die Strömung ist sehr stark.

Es ist eine blaue Blume, die sanft leuchtet. Du kannst sie nicht verfehlen.

Die Feen sind bereits sehr nah. Ich höre das Stampfen ihrer Füße, das die Erde beben lässt. *Wo ist sie? Wo ist sie?*

Mein Blick wandert über die Steine, und dann sehe ich sie. Ganze Flecken voller zarter, leuchtender Blumen, genau dort, wo das Wasser ans Ufer schwappt. Ich lehne mich über einen der größeren Ufersteine und greife ohne zu zögern nach den Pflanzen. Sie lassen sich einfach mitsamt der Wurzel aus dem Boden ziehen, und ich stopfe sie in meine Manteltasche.

Es wird Zeit, von hier zu verschwinden.

Ich sprinte eine verlassene Seitenstraße hinunter zurück in Richtung Tor, und meine Stiefel knallen auf den Marmorboden. Ich ducke mich unter den knorrigen Bäumen auf dem Platz in der Mitte der Stadt hindurch und laufe durch einen Garten voller scharfer Brombeersträucher und stacheliger Rosen. Meine Klamotten und mein Mantel verfangen sich darin, während ich mich durchkämpfe. Die Türme der Stadt, die mich umgeben, wirken unendlich, und es scheint keine Möglichkeit zu geben, sich zu verstecken. Gerade als ich denke, ich hätte eine Gasse erreicht, die eng und dunkel genug ist, um mir Schutz zu bieten, folgen mir die flackernden Lichter auf Befehl der Feen auch dorthin. Mein tropfendes Blut zieht eine Spur hinter mir her, während ich weiterlaufe. Die Feen halten inne, um es aufzulecken, und kämpfen gegeneinander, um noch einmal davon kosten zu können, bevor sie erneut hinter mir herstürzen.

Gerade als ich um eine Ecke biege, schwirrt Derrick von einem der Gebäude herunter und landet kurz auf meiner Schulter. »Da entlang«, befiehlt er mir keuchend und fliegt dann mit summenden Flügeln vor mir her. »Zurück zum Tor.«

Ich keuche ebenfalls, und meine Beine brennen, während ich unter dem gläsernen Bogengang eines Gebäudes hindurchlaufe. »Wo sind Aithinne und Gavin?«

»Gleich da vorne.«

Derrick geleitet mich eine weitere Straße hinunter. Meine Muskeln schmerzen, während ich versuche, mit ihm mitzuhalten. Er zischt über einen Platz, an dem ich noch nicht vorbeigekommen bin. Ich hoffe verdammt noch mal, dass er weiß, wo er hinmuss.

Dann erregt plötzlich ein Knurren hinter mir meine Aufmerksamkeit. Ich werfe einen Blick über meine Schulter und sehe, dass die Feen näher gekommen sind. So nahe, dass sie mich beinahe berühren können. Ich rudere mit den Armen und versuche, schneller zu laufen, während ich gleichzeitig die Gasse wiedererkenne, die zurück zum Tor führt. Gleich da vorne. Wir sind beinahe da. Ich laufe noch schneller, und meine Lungen brennen.

Kurz bevor ich das Tor erreicht habe, sehe ich schließlich

Aithinne und Gavin. Aithinne packt mich an der Schulter, damit ich nicht in sie hineinlaufe. Sie seufzt missbilligend, schiebt mich sanft in Gavins Richtung und stellt sich zwischen uns und die heranrasende Horde.

Ihre Augen glühen und verwandeln sich in geschmolzenes Silber, wie immer, wenn sie ihre Macht einsetzt. Bevor ich etwas sagen kann, streckt sie ihre Hand mit der Handfläche nach oben aus. Die Macht, die aus ihr herausbricht, ist sehr stark und legt sich über meine Zunge und meinen Hals. Ein Zittern geht durch die Menge, und die Feen erstarren von einem Augenblick auf den anderen. Genauso, wie Sorcha es während des Kampfes getan hat. Keine von ihnen bewegt sich mehr. Sie sind zu Stein geworden.

»Ihr seht alle vollkommen lächerlich aus«, erklärt Aithinne angeekelt. »Kämpft wie Tiere um zwei Menschen. Kein Wunder, dass sie uns hassen.« Sie ballt ihre ausgestreckte Hand zur Faust, und die Feen ringen nach Luft, als würde sie jemand würgen. Mein Magen krampft sich unter ihrer Macht zusammen. »Vielleicht sollte ich ihnen tatsächlich den Gefallen tun und sie alle …«

»Aithinne«, unterbricht sie Gavin barsch. »Nicht.«

»Wir haben ihr Territorium betreten«, sage ich. Egal wie bösartig die Feen auch sind, Catherine hatte mich gewarnt, dass ich mich von ihnen fernhalten soll. »Lass sie gehen.«

Ich hasse vielleicht die Abmachung und die Tatsache, dass sie den Feen ein Recht auf alle Menschen einräumt, die ihr Territorium betreten, aber das hier ist nun einmal die Welt, die ich zurückgelassen habe. Nur so können Catherine, Gavin und die ganze Stadt überleben. Ich habe ihre wackelige Abmachung bereits genug geschwächt, indem ich hierherkam und die Feen mit einem Schwert bedrohte.

Aithinne hält sie noch einen weiteren Moment lang fest umklammert. »Geht wieder in eure Häuser«, befiehlt sie den

Feen. »Alle. Die beiden Menschen kommen mit mir.« Dann lässt sie sie frei und ignoriert ihr leises, protestierendes Knurren, während sie uns zum Tor führt.

»Das war eine blöde Idee«, sagt Aithinne und geleitet uns kopfschüttelnd durch das Tor. »Eine *wirklich* blöde Idee. Hätte Derrick mich nicht geholt, hätte eine der *Sìthichean* mir vermutlich deine Eingeweide gebracht, um sie mir als Kette um den Hals zu hängen. Und dabei mag ich Schmuck nicht einmal.«

»Aber wir haben dich gefunden«, erwidert Derrick fröhlich. »Du siehst also: Mission erfüllt!«

»Es war zwar eine etwas haarsträubende Aktion, aber zumindest seid ihr nicht tot«, sagt Aithinne. »Also, was war so wichtig?«

Ich erzähle ihr alles, was ich auch Derrick bereits erzählt habe, aber ich verrate ihr nicht, was ich wirklich denke. Ich verrate ihr nicht, dass es das Risiko wert ist, wenn ich danach fähig bin, gegen Lonnrach zu kämpfen. Ich sage ihr nicht, dass ich mir während allem, was Lonnrach mir angetan hat, so oft den Tod herbeigesehnt habe, dass ich mittlerweile keine Angst mehr davor habe.

Ich sage es ihr nicht, weil sie es ohnehin weiß. Ich sehe es an der Art, wie sie mich ansieht. Sie weiß es. Sie weiß *genau*, warum ich es tun will.

Wir werden dafür sorgen, dass er dafür bezahlt. Ich werde dir dabei helfen.

Sie nickt, als hätte sie meine Gedanken gelesen, bleibt aber immer noch zurückhaltend. Sie sieht Gavin mit zusammengekniffenen Augen argwöhnisch an. »Warte. War das deine Idee?«

Gavin richtet sich auf, und sein Gesicht verschließt sich. Ich habe ihn noch nie zuvor so wachsam erlebt. »Aye.«

Sie geht langsam auf ihn zu. Ihre Füße gleiten beinahe über

den Boden. Dann steht sie plötzlich so dicht vor Gavin, dass sie sich beinahe berühren.

»Warum sollte ich dir noch trauen, nach allem, was du ihr angetan hast?«

Gavin senkt den Blick und sagt nichts. Das muss er auch nicht. Der plötzliche Geschmack nach Blütenblättern in meinem Mund verrät mir, dass sie ihre Macht benutzt, um in Gavins Gedanken zu dringen. Sie liest in ihm und hat dabei diesen fremdartigen Feenausdruck auf dem Gesicht. Er hingegen beißt die Zähne zusammen.

»Du hast noch immer Angst vor dem Tod«, sagt sie. »Du möchtest die Erfahrungen, die du hinter dem Schleier gemacht hast, nicht noch einmal machen, aber trotzdem schickst du die Falknerin dorthin. Und damit willst du gutmachen, was du ihr angetan hast?« Ihr Mund verzieht sich. »Du verlangst einen hohen Preis für deine Freundschaft.«

Gavin hebt das Kinn. »Wenn ich an ihrer Stelle gehen könnte, würde ich es tun. Wenn es in meiner Macht stünde, dass ihr nie wieder wehgetan wird, dann würde ich es tun.«

»Ich glaube dir nicht.«

»Du bist doch bereits in meinem Kopf«, erwidert Gavin, und der Ärger in seiner Stimme entgeht mir nicht. »Sieh doch selbst nach.«

Aithinne mustert ihn, als würde er sie gleichzeitig interessieren und abstoßen. Einen Moment lang wird der Geschmack ihrer Macht noch stärker. Dann weicht sie zurück und blickt ihn finster an. »Bäh! Ich wollte bloß eine Antwort auf meine Frage und nicht auch noch den ganzen Rest sehen«, sagt sie. »Du hast wirklich verdorbene Gedanken.«

Gavin grinst. »Ich nehme an, dir hat nicht gefallen, was du gesehen hast?«

Ihr Gesichtsausdruck wird hart, und sie ignoriert seine Frage und wendet sich wieder an mich. »Du weißt aber schon, dass es schwierig ist, die Toten wieder zum Leben zu erwecken?«

Ich greife in meine Manteltasche und hole die *Brìgh* hervor. »Ich habe die hier mitgenommen, während wir im Feenterritorium waren. Derrick meinte, sie würde vielleicht helfen.«

Jetzt, wo wir wieder auf der anderen Seite des Tors sind, kann ich die Pflanze genauer betrachten. Sie wirkt zart, mit einem dünnen, schlingpflanzenartigen Stiel und nur spärlichen Blättern. Die Blüte selbst sieht irgendwie aus wie eine Fliederblüte, bloß dass die Blütenblätter spitzer sind. In der Mitte befindet sich eine blaue Kugel, die einen wunderschönen blauen Schein auf meine Fingerspitzen wirft.

Aithinne betrachtet die Pflanze. »Ein wenig deiner Energie mag vielleicht hilfreich sein, aber ich spreche von dem Preis, der zu bezahlen ist.«

»Ich bin bereit, ihn zu bezahlen«, sage ich schnell.

Derrick kneift mich und zischt: »Was zum Teufel ist bloß los mit dir? Sag so etwas ja nicht, ohne die Bedingungen zu kennen. Habe ich dir denn gar nichts beigebracht?«

»Es geht nicht darum, was *sie* bezahlen muss, kleine Fee. Sondern ich.« Sie sieht mich an. »Aber wenn du es willst, dann tue ich es.«

»Dann brauchst du mich aber auch«, erklingt eine weitere Stimme. Ich wende mich um und sehe Kiaran über den Pfad zwischen den *Seilgflùr*-Feldern auf uns zukommen.

Er wirkt zögerlich, als würde er bereits bereuen, was er gleich sagen wird. Ich erkenne, dass er alles mitangehört hat. »Blut um Blut, Aithinne«, erklärt er seiner Schwester. »Wenn du bereit bist, deinen Part zu erfüllen, dann bin ich es auch.«

Aithinnes Gesicht wird so weich, wie ich es noch nie zuvor gesehen habe. Sie wirkt im Gegensatz zu ihm sehr jung. »Ich hätte nicht gedacht, dass du mir dieses Angebot jemals wieder machen würdest.«

28

Nachdem ich mich am nächsten Morgen umgezogen und gewaschen habe, führt uns Kiaran aus der Stadt und durch einen langen Tunnel hinaus ans Meer. Der Strand befindet sich direkt unter den hohen, zerklüfteten Klippen. Das Wasser schwappt beruhigend über die glatten Steine.

Obwohl es erst früher Nachmittag ist, hat sich das Licht des Wintertages bereits in eine Art Dämmerung verwandelt, die den Himmel in Hell- und Dunkelblau taucht. Das Meer reflektiert die Farbe des Himmels und nimmt die aufsehenerregende, leuchtende Schattierung von Saphiren an.

Jedes Mal, wenn eine Welle hereinkommt, mahlen die Steine aneinander, als würde das Meer unter seinem Alter ächzen. Der Wind brennt auf meinen Wangen und sprüht Sand und Salz auf meine Lippen.

Kiaran führt mich über den Strand, während Derrick, Aithinne und Gavin am Höhleneingang warten. Wir gehen langsam ins Wasser. Eine Welle umspült meine nackten Füße, und die Kälte lässt mich nach Luft schnappen.

Kiaran packt meine Hand, und ich spüre seine Macht, die mich bis hinunter zu den Füßen wärmt. Ich lächle ihn dankbar an. Er lächelt nicht zurück.

Ich trage ein helles Kleid, das Derrick für mich genäht hat. Es ist weich, leicht und warm. Aithinne hat die *Brìgh* in meine Haare geflochten, und die glühend blauen Blüten bilden eine Krone um meinen Kopf. Wenn ich sterbe, werden die Knospen etwas von meiner Energie absorbieren, und ein kleiner

Teil meiner Lebenskraft bleibt zurück. Das Kleid und die Blumenkrone führen dazu, dass ich mich wie eine Opfergabe fühle, als ich ins Wasser gehe. Ich werfe einen Blick auf Kiaran. Er sieht mich an, als würde es ihm genauso gehen. Als würde er mich bald verlieren.

Aber ich habe keine andere Wahl.

Kiaran wendet den Blick ab. Trotz seiner Macht wird das Meerwasser immer kälter, je weiter ich hineinwate. Es ist so kalt, dass sich meine Lungen zusammenziehen.

Ich stehe bereits hüfttief im Wasser, als es schließlich stark zu schneien beginnt. Die Steine unter meinen Füßen fühlen sich glatt an, doch meine Beine sind bereits taub, und meine gerötete Haut schmerzt und ist mit Gänsehaut überzogen.

Kiarans Griff um meine Hand wird fester, und die Wärme, die von ihm ausgeht, ist einfach unglaublich, wie ein Glühen, das sich auf meiner Handfläche ausbreitet.

»Es wundert mich, dass du mit dieser Idee einverstanden warst«, sage ich zitternd vor Kälte. Ich werfe einen schnellen Blick zurück an den Strand. Aithinne steht wartend neben Gavin, auf dessen Schulter Derrick sitzt. Um sie herum liegt bereits Schnee.

»Wenn es eine andere Möglichkeit gäbe, wären wir nicht hier.« Wir sind jetzt weit genug draußen, und Kiaran bedeutet mir, stehen zu bleiben. Seine Hände gleiten meine Arme hinauf und hinunter, als wollte er mich wärmen. »Ich habe dir ein Versprechen gegeben«, erklärt er mir. »Und ich beabsichtige noch immer, es zu halten.«

»MacKay, ich …«

Was soll ich bloß sagen? Ich habe das Gefühl, ich müsste ihm noch etwas Wichtiges mitteilen. Für den Fall, dass ich nicht wiederkomme. Etwas Bedeutungsvolles. Etwas, das ihm sagt: *Ich wollte uns genau so haben. Ich wollte uns genau so haben, und noch mehr.*

Kiaran küsst mich, und seine Lippen streichen sanft über meine. Es fühlt sich an wie ein Versprechen.

Dann löst er sich von mir, und ich wünschte, er hätte es nicht getan. »Ich muss dich im letzten Augenblick loslassen«, erklärt er sanft. »Sonst breche ich meinen Schwur.«

»In Ordnung.« Ich kann nicht sterben, während er mich unter Wasser drückt, denn sonst würde ihn der Feenschwur ebenfalls töten. Bloß, dass sein Tod länger und schmerzhafter sein würde.

»Kam.« Sein Blick ist intensiv, als wolle er unbedingt, dass ich ihn verstehe. »Es wäre keine Schande, wenn du jetzt deine Meinung änderst.«

»Ich weiß.« Was passiert, wenn Aithinne mich nicht zurückbringen kann? »Glaubst du, es wird wehtun?«, frage ich Kiaran.

Er drückt mich fester an sich, und die Wärme seines Körpers durchdringt die Kälte. Schnee fällt von seinen Haaren auf seine Wimpern und schmilzt schließlich auf seiner Haut. Seine wunderschönen Augen reflektieren den schiefergrauen Himmel und leuchten lavendelfarben. »Ich weiß es nicht«, antwortet er.

Ich lecke salzig schmeckendes Eis von meinen Lippen. Es ist vollkommen still, bloß der Ozean schwappt um unsere Hüften. In diesen Momenten erkenne ich, wie zerbrechlich meine Beziehung zu Kiaran ist. Mein menschliches Leben könnte jeden Moment enden, doch er wäre dann immer noch da. So beständig wie das Meer.

»Nicht einmal eine Halblüge?«, sage ich. »Das sieht dir gar nicht ähnlich.«

Er streicht mit den Fingerspitzen über meine Wange, und ich schließe die Augen. »Keine Halblügen«, erklärt er. »Und auch keine Beschwichtigungen. Komm einfach wieder zurück.«

Ich werfe einen Blick auf die anderen am Strand. Sie warten und beobachten uns. »Du und Aithinne werdet euch doch um die anderen kümmern, wenn ich es nicht mehr kann, nicht wahr?«, frage ich ihn. »Versprich es mir. Bloß noch ein Versprechen.«

Er lässt seine Hand sinken. Die Luft ist plötzlich so kalt, dass ich beinahe keine Luft mehr bekomme. Es schneit heftiger. Jeder Atemzug tut weh. Kiarans sanfter Gesichtsausdruck ist mit einem Mal barsch geworden. Das ist Kadamach in ihm. Er ist trotz allem immer noch da.

»Nein«, sagt er mit funkelnden Augen. »Ich werde dir keinen Grund geben, auf der anderen Seite nicht wie eine Verrückte zu kämpfen.«

»MacKay …«

»Du musst eines wissen«, sagt er mit Angst einflößender, einlullender Feenstimme. Die Worte rollen über seine Zunge und lassen mich erschaudern. »Wenn du nicht zurückkommst, überlasse ich sie Lonnrachs Gnade.«

Ich reiße mich von ihm los, und meine Hände ballen sich zu Fäusten. Verdammt, er ruiniert gerade absichtlich meinen Abschied. »Das wirst du nicht tun.«

Er sieht mich kühl und bestimmt an. Das ist seine Feenmaske. Der Teil von ihm, den ich immer wieder vergesse, wenn er über mein Gesicht streicht, mir etwas in seiner Sprache zuflüstert oder mir Versprechungen macht. Der Teil von ihm, der immerzu unter der Oberfläche lauert. Dieser Teil ist weder sanft noch gütig. Kadamach liegt bloß unter einer hauchdünnen Schicht verborgen.

»Sie bedeuten mir nichts.« Seine Stimme klingt sanft und melodisch.

»Warum kämpfst du dann an meiner Seite, um sie zu retten? Du hättest die Seher gestern einfach sterben lassen können, und es hätte keine Rolle gespielt.«

»Für *dich* hätte es eine Rolle gespielt.«

Und von einem Augenblick auf den anderen ist mein Ärger verflogen. Ich rücke wieder näher an ihn heran, bis sich unsere kalte, nasse Kleidung berührt und sich seine Lippen direkt vor meinen befinden. »Was soll ich tun, MacKay?«, flüstere ich.

Er zieht mich an sich und flüstert mir etwas zu, das einen Schauer über meinen Rücken jagt. *»Tha mi duilich«*, haucht er mit den Lippen an meiner Schläfe, sodass ich es kaum hören kann. »Wenn du zurückkommst, zeige ich es dir.«

»Ist das jetzt endlich ein Versprechen?«

»Aye.« Ich spüre sein Lächeln, und dann berühren seine Lippen sanft meine Stirn. So schmerzhaft sanft. »Vergiss nicht, warum du dorthin gehst«, erinnert er mich. »Das, was sich auf der anderen Seite befindet, wird nicht wollen, dass du wieder zurückkehrst. *Turas mhath leat.* Bist du bereit?«

Ich atme tief ein und nicke. Kiaran drückt mich ins kalte Wasser. Zuerst ist alles gut. Ich spüre seine Arme um meinen Körper und seine Lippen auf meiner Schläfe. Dann beginnen meine Lungen zu brennen. Obwohl ich weiß, was zu tun ist, kämpfe ich trotzdem dagegen an. Ich stemme mich gegen Kiaran, um die Wasseroberfläche zu durchbrechen und wieder Luft zu bekommen, doch er hält mich fest umklammert, und sein ganzer Körper drückt mich nach unten. Die Kälte ist undurchdringlich und legt sich über meine Haut. Ich öffne meinen Mund, um Luft zu holen, doch es gelingt mir nicht. Bald darauf werden meine Gliedmaßen taub.

Kiaran lässt mich los. Ich erkenne, dass das nun der letzte Augenblick ist, um meine Meinung zu ändern. Ich habe gerade noch genügend Kraft, um alleine zurück an die Oberfläche zu gelangen. Es tut *weh*. Der Schmerz breitet sich in meiner Brust aus …

Nein, ich muss es tun. Ich bleibe unter Wasser und spüre, wie mein Körper hinunter sinkt, immer weiter und weiter, bis ich die Steine am Meeresboden in meinem Rücken spüre. Meine letzte Erinnerung ist, wie Kiaran seine Lippen auf meine presst.

29

Ich befinde mich in einem dunklen Wald. Die Bäume ragen hoch über mir auf, und ihre Äste sind so spitz wie Messerklingen. Ich kann nicht sehen, wo sie enden, sondern bloß die hellen Sterne dahinter erkennen, die grün, blau und türkisfarben glitzern. Der wunderschöne Himmel leuchtet dunkelblau und ist mit nichts, was ich bisher gesehen habe, zu vergleichen. Ich sehe hinunter auf den schmalen Pfad, der durch den Wald führt. An seinen beiden Enden befindet sich eine Art Torbogen aus Bäumen, und beide Durchgänge sehen so aus, als würden sie aus dem dichten Wald hinausführen.

Ich bin kurz unschlüssig, doch dann entscheide ich mich für eine Richtung und beginne zu laufen. Ich sprinte über den weichen, schwammigen Boden. Es sind keine Geräusche zu hören, nicht einmal meine eigenen Schritte. Keine Tiere, kein Rascheln irgendwelcher Art. Ich laufe weiter auf den Torbogen aus Bäumen zu, und mein Atem wird schneller. Ich laufe so lange, bis mir der Schweiß auf der Stirn steht und mein Atem rasselt.

Die Bäume scheinen höher und dichter zu werden, doch ich konzentriere mich bloß auf den Pfad und den Torbogen. Er kann doch sicher nicht allzu weit entfernt sein. Es sieht so aus, als läge das Ende des Pfades *direkt* vor mir, bloß einen Steinwurf entfernt. Ich laufe so lange, bis meine Brust schmerzt und ich das Gefühl habe, meine Lungen explodieren. Die Bäume um mich herum erheben sich hoch und schmal bis hinauf zu den türkisfarbenen, blauen und grünen Sternen.

Ich habe keine andere Wahl, als langsamer zu laufen. Ich keuche, und als ich schlucke, ist mein Hals staubtrocken. Ich höre ein Flüstern in meinem Kopf. Kiaran. *Komm einfach wieder zurück.*

Als ich nicht mehr laufen kann, beginne ich zu gehen. Ich konzentriere mich auf Kiarans Namen und darauf, was ich zu tun habe. Ich erinnere mich daran, was er im Wasser zu mir gesagt hat. Bevor mir so furchtbar kalt wurde und ich spürte, wie mein Körper starb. *Das, was sich auf der anderen Seite befindet, wird nicht wollen, dass du wieder zurückkehrst.*

Der Pfad führt eigentlich nirgendwo hin. Wie viele närrische Seelen sind ihn schon in beiden Richtungen entlanggelaufen, ohne irgendwo anzukommen? Ich habe nicht so viel Zeit.

Ich trete durch die Bäume, die den Pfad säumen, und schlage mich vorsichtig durch den dunklen Wald. Ich stolpere über Wurzeln, Äste und umgestürzte Bäume. Bald schon kann ich nichts mehr sehen. Die Dunkelheit, die mich umfängt, ist so dicht, dass kein Licht durch sie hindurchdringt.

Und dann höre ich die Schreie. Menschen, die meinen Namen rufen. Stimmen, die ich aus meinem Leben in Edinburgh kenne. Es sind diejenigen, die während des Angriffs der Feen starben. Sie wehklagen und geben mir die Schuld daran. Sie verfluchen meinen Namen. Es sind Tausende verschiedene Stimmen, und ich kann sie nicht aus meinem Kopf verbannen. Sie kommen aus allen Richtungen.

Du hast versagt. Du hast uns allesamt sterben lassen. Du hast versagt.

Die Schuldgefühle werden zu einem körperlich spürbaren Gewicht, das sich auf meine Schultern und meine Brust legt, bis sich mein ganzer Körper schwer anfühlt. Sie zwingen mich dazu, die letzten Momente mit dem Siegel noch einmal zu durchleben. Ich habe gezögert, als es galt, das letzte Symbol an seinen Platz zu schieben, und das war alles, was nötig war. Ein einziger Moment – eine Sekunde – des Zögerns, und alles war vorbei.

Der Tod ist ihre Bürde. Er folgt ihr, wo auch immer sie hingeht.

Gerade als ich denke, dass ich es nicht mehr aushalte, erinnere ich mich an Gavins Worte: *Sie hätte dich getötet, und alles andere wäre trotzdem geschehen. Es war schon immer so vorherbestimmt.*

Es war schon immer so vorherbestimmt. Ich hätte es nie geschafft. Egal wie, ich wäre immer hier gelandet. In diesem Wald.

Vergiss nicht, warum du dorthin gehst.

Ich klammere mich an Kiarans Mahnung und kämpfe mich durch die Äste. Ich versuche, die Stimmen hinter mir zu lassen, doch sie werden nur lauter und lauter, und ihre Schreie begraben alles andere unter sich. *Es ist deine Schuld.* Ihre Anschuldigungen dringen unerbittlich durch die Dunkelheit. *Es ist deine Schuld, deine Schuld, deine Schuld, meine Schuld …*

Ich dränge die Tränen zurück. *Konzentrier dich.* Ich schleppe mich durch die Bäume und zwinge mich, wieder zu laufen. Während ich durch den Wald eile, wird die Luft, die ich atme, plötzlich so kalt, dass es wehtut. Ich konzentriere meine Gedanken auf jene Menschen, die noch am Leben und davon abhängig sind, dass ich wiederkomme. Ich werde sie nicht noch einmal im Stich lassen.

Als hätten sie meinen Widerstand gespürt, werden die Stimmen lauter und schwellen zu einer endlosen Kakophonie an. Äste greifen nach mir und versuchen, mich zurückzuhalten. Und dann erkenne ich, dass es gar keine Äste sind, sondern Hände. Kalte Finger schließen sich um meine Arme, so fest, dass Abdrücke entstehen. Ihre Berührungen sind so eisig, dass sie brennen. Ich schlucke einen Schrei hinunter und versuche, mich aus ihrem Griff zu befreien, doch sie klammern sich an mir fest. So fest. Mein Atem beschleunigt sich, während ich mir den Weg durch die Dunkelheit bahne. Ich muss weiterlaufen.

Sie brüllen meinen Namen. Sie flehen mich an, ihnen zu helfen. Sie kratzen mich, sodass ich zu bluten beginne. Immer mehr Hände greifen unerbittlich nach mir, doch ich schiebe mich durch sie hindurch.

Und plötzlich ist alles verschwunden. Die Stimmen, die eiskalten Hände, die Dunkelheit. Ich stehe mitten im Wald vor einem warmen Feuer. Ich breche heftig atmend davor zusammen.

Im nächsten Augenblick wird mir jedoch klar, dass das Feuer gar nicht hier sein sollte. Es sollte nicht …

»Hab dich«, flüstert eine Stimme hinter mir.

Ich wirble herum. Zwischen den Bäumen steht eine Gestalt. Obwohl sie in einen dicken Mantel gehüllt ist, schließe ich von ihrem zerbrechlichen, zarten Körper auf eine Frau. Ihre langen Haare sind knochenweiß und so dünn wie Spinnweben. Sie fangen das Mondlicht ein und glitzern wie Quarz. Ihre Augen glänzen in der Dunkelheit, und sie betrachtet mich auf die Art, wie man ein Insekt in einem Gefäß betrachten würde.

Schließlich tritt sie in den Schein des Feuers, und kalte Angst bricht über mich herein. Ihre Gesichtszüge sind schwer zu begreifen. Einen Moment lang ist sie eine junge Frau, beinahe noch ein Kind, mit vollen Wangen und rosiger Haut. Dann wieder wirkt sie alt, knochig und zerbrechlich. Ihr Mantel besteht aus keinem Stoff, sondern bloß aus dichten, dunklen Schatten, die sich an den Enden kräuseln.

Ihr Gesicht verändert sich jede Sekunde. Alt, jung, noch jünger. Sie sagt kein Wort, sondern mustert mich bloß mit unergründlichem Blick.

Doch es ist ihr Gesicht, das mich wirklich zurückzucken lässt. Ich kenne sie. Sie ist die Frau aus meinem Albtraum.

Ich presse mich mit dem Rücken gegen einen Baumstamm und sehe mich, ohne es zu wollen, um. Beinahe erwarte ich, lachende Krähen zu sehen, von deren Schnäbeln Blut tropft. »Du warst in meinem Traum«, sage ich. »Wer bist du?« Ich frage vorsichtig, denn ich weiß, dass sie jeden Moment über mich herfallen könnte. Und dann hätte ich nur zwei Möglichkeiten: Kämpfen oder davonlaufen.

»Du hast die alten Geschichten doch gelesen, Aileana Moira Rossalyn Kameron«, erwidert sie und tritt noch weiter aus dem Schatten. Und nun sehe ich auch ihren Stab, wie er die Erde um sich herum erfrieren lässt. »Du kennst meine Namen, genauso wie ich alle deine Namen kenne.«

Jegliche Überraschung, die es mir bereitet hat, alle meine Vornamen zu hören – Namen, die ich schon lange Zeit nicht mehr gehört habe und die sie *nicht kennen* sollte –, wird von der plötzlichen Angst überlagert, die der Anblick ihres Stabes in mir auslöst. Mein Puls beschleunigt sich, und ich kann den Blick nicht davon abwenden. Davon, wie das Gras unter dem uralten Holz verdorrt und von einer Eisschicht überzogen wird.

Die Cailleach *wurde seit Tausenden Jahren nicht mehr gesehen.*

Sie ist es. Ich kenne sie aus den Geschichten. Ich spüre es in meinen Knochen.

»Du bist die *Cailleach Vear*«, flüstere ich.

Die dünnen Lippen in ihrem knochigen Gesicht verziehen sich zu einem Lächeln, das warm und Angst einflößend zugleich wirkt. »Aye, *mo Nighean.*«

Ich stehe regungslos da und bin mir nicht sicher, was ich tun soll. Die *Cailleach* ist die älteste Fee, die mächtigste von allen. Manche verehrten sie als Gottheit, doch ich weiß, dass das bloß die Art war, wie die Menschen im Altertum den unsterblichen Feen gegenübertraten. Als wären sie Götter, die besänftigt werden mussten.

Sie war einst die alleinige Herrscherin der beiden Hofstaaten der Licht- und der Dunkelfeen. Die Geschichten besagen, dass sie sowohl die menschliche Welt als auch die Welt der Feen erschaffen hat, diese dann aber verließ, um hier in diesem Reich zu verweilen. An dem Ort zwischen Leben und Tod.

Sie hat viele Identitäten. Sie kann genauso leicht Freude wie Furcht in Menschen auslösen. In den Geschichten, die ich als Kind las, stand, dass sie die Berge und Flüsse mit ihrem Hammer formte, und ihr Stab den Winter übers Land brachte. Wenn sie in guter Stimmung war, schenkte sie den Menschen fruchtbares Land, Wasserquellen und andere Dinge, die sie zum Leben brauchten. Wenn sie wütend war, zerstörte sie alles und tötete jeden, der sich ihr in den Weg stellte.

Ich schließe kurz die Augen. Sie will meinen Tod. Sie hätte mir nicht in meinem Traum diese Nachricht überbracht, wenn es nicht so wäre. Das Feengift muss mich an den Rand des Todes gebracht haben, sonst hätte sie nicht auf diese Art in meine Träume eindringen können.

»Was hast du mit mir vor?«, frage ich. Meine Stimme schwankt nicht. Ich weigere mich, Schwäche zu zeigen. Selbst vor der *Cailleach*.

Ich bin mir sicher, dass sie die unausgesprochene Frage am Ende ebenfalls gehört hat: *Bist du hier, um mich zu zerstören?* Die *Cailleach* kennt nur zwei Ziele: Hilfe oder Zerstörung. Dazwischen gibt es nichts.

Die Temperatur fällt, genau so, wie es immer geschieht, wenn Kiaran wütend ist. Bloß, dass die Macht der *Cailleach* noch intensiver ist. Die Kälte ist so beißend, dass ich mich vornüber beuge und mir die Arme um den Körper schlinge, um mich zu wärmen. Meine Finger werden taub, und meine Haut brennt. Sterne tanzen vor meinen Augen, und in der Ferne höre ich ohrenbetäubenden Donner.

Die *Cailleach* lehnt sich nach vorne und packt mein Kinn. Ihre Fingernägel graben sich in meine Haut. Meine vernebelten Augen blicken in ihre, die kalt und unendlich schwarz wirken. In diesem Blick liegt keine Menschlichkeit, kein Mitgefühl.

»Ich bin hier, um sicherzustellen, dass du es dieses Mal nicht wieder zurückschaffst«, erklärt sie mir, und beim Klang ihrer Stimme läuft mir ein Schauer über den Rücken.

Alles, was jetzt noch kommt, ist geborgte Zeit, Falknerin. Wir werden uns bald wiedersehen.

Sie hat sich als meine Mutter ausgegeben. Sie ist in meine Gedanken eingedrungen. Die Erinnerung daran lässt meine Haut vor Wut brennen. Meine Augen werden schmal, und ich kämpfe gegen ihren Bann an. Ich drücke bewusst den Rücken durch und lasse die Kälte über mich hinwegströmen. *Ich werde nicht zulassen, dass du mich kontrollierst.*

Ich könnte schwören, dass sie beinahe lächelt. Sie lässt mein Kinn los, und plötzlich wird es wieder wärmer. Ich atme schwer, und das Schwindelgefühl lässt mich schwanken, doch ich schaffe es, mich auf den Beinen zu halten.

»Warum?«, presse ich zwischen zwei Atemzügen hervor.

»Du bist eine Falknerin«, antwortet sie schlicht und tritt neben das Feuer. Es erhellt ihre Gesichtszüge, ihre hohen Wangenknochen und die herzförmigen Lippen. Für den Augenblick verändert sich ihr Feengesicht nicht und ist genauso makellos wie das der anderen Feen.

Ich kenne die Bedeutung ihrer Worte: *Du hast meinesgleichen abgeschlachtet.*

Ich sehe mich nach einem Fluchtweg um. Der Weg durch die Bäume führt mich vermutlich wieder zurück zu den Stimmen. Und gegen die älteste Fee der Welt zu kämpfen ist vielleicht auch nicht gerade die klügste …

»Sieh mich an«, faucht sie. Ihre Stimme gleitet wie ein kaltes Messer meine Arme hinunter, und bringt mich dazu, ihr wieder meine Aufmerksamkeit zuzuwenden. »Meine Tochter Aithinne hätte deinesgleichen niemals erschaffen dürfen«, sagt sie. »Eure Existenz erwies sich sowohl für die Menschen als auch für die *Sìthichean* als katastrophal.« Sie mustert mich mit ihren dunklen, unendlichen Augen. »Das verstehst du doch sicher?«

Ich starre sie an, und die Kälte dringt mir durch Mark und Bein. *Sie hätte die Falknerinnen niemals erschaffen dürfen.* Die Falknerinnen *erschaffen.*

Langsam setzen sich in meinem Gehirn all die Teile, die ich bisher über Aithinne in Erfahrung gebracht habe, zu einem Ganzen zusammen. Sie kämpfte an der Seite der Falknerinnen. Sie wurde während der Schlacht gegen die Feen gefangen genommen. Sie hat die Fähigkeit zu heilen. Die Toten wieder zum Leben zu erwecken. Sie hat die Gabe, Dinge zu erschaffen, von der *Cailleach* geerbt. Von ihrer Mutter.

Von Kiarans Mutter.

»Falknerinnen sind *Menschen*«, flüstere ich. »Feen können doch keine Menschen erschaffen.«

Ich erinnere mich an Daniels sachliche Feststellung: *Du bist kein Mensch.*

Der Blick der *Cailleach* ruht auf mir. Ich kann Tausende Gefühle darin erkennen, angefangen von Mitleid bis hin zu Abscheu, denn Menschen werden immer minderwertiger als Feen sein, sowohl was ihre Stärke als auch was ihre Erfahrung betrifft. Wir haben nicht Tausende Jahre lang Zeit, um uns unserer Emotionen zu entledigen.

Wir brennen hell, und dann erlöscht unser Licht. Das ist, was das Menschsein ausmacht.

Die Schatten ihres Mantels ziehen sich zurück, sodass ihre blassen, langen, knorrigen und vom Alter gezeichneten Finger zum Vorschein kommen. Sie beugt sich nach unten und presst ihre Fingerspitzen kurz auf die nasse Erde, und die Haut auf ihrer Hand wird vor meinen Augen wieder jugendlich und perlmuttfarben.

Eine einzelne lange Schlingpflanze wächst aus der Erde. Sie ist so dick wie ein Ast und schlingt sich immer wieder um sich selbst, bis sie einen Stuhl formt. Die Blüten entlang des Stammes beginnen zu blühen, und die Blütenblätter leuchten türkisfarben.

»Setz dich«, bedeutet mir die *Cailleach*. »Ich werde dir die Wahrheit zeigen. Alles, was du wissen willst.«

Ich zögere. Feen bieten nichts an, ohne eine Gegenleistung zu erwarten. »Was willst du dafür?«

Das Lächeln der *Cailleach* ist so kalt, dass ich daran erfrieren könnte. Ich spüre das Gewicht ihres Alters auf mir, als wäre ich begraben und eine Macht würde mich immer weiter unter die Erde ziehen.

»Ah, *mo Nighean*. Ich habe mir bereits alles genommen«, flüstert sie. »Ich habe dein Leben. Es gibt nichts, was du mir sonst noch anbieten könntest. Ich könnte dich eine Ewigkeit lang hier in meinem Wald gefangen halten, doch stattdessen biete ich dir die Wahrheit an. Und das ist nichts, was ich leichtfertig tue.«

Die Wahrheit, die die *Cailleach* anbietet, ist immer grausam. Ich will ihr Angebot nicht annehmen. Wenn das, was sie vorhin gesagt hat, stimmt, dann will sie meine Zeit hier in die Länge ziehen, damit Aithinne mich nicht finden kann.

Wenn du nicht zurückkommst, überlasse ich sie Lonnrachs Gnade.

Wenn Kiaran tatsächlich der Sohn der *Cailleach* ist, sollte ich seine Drohung nicht auf die leichte Schulter nehmen. Ich kann ihm zwar *mein* Leben anvertrauen, aber nicht das meiner Freunde. Nicht das von Gavin, Catherine oder Derrick.

Sie bedeuten mir nichts.

»Und wenn ich mich weigere?«, frage ich vorsichtig. *Darf ich mich weigern?* Eine Fee zu beleidigen bedeutet, ihren Zorn heraufzubeschwören, und der Zorn der *Cailleach* ist unvergleichlich.

Der Blick der *Cailleach* ist erbarmungslos. »Die Entscheidung liegt natürlich bei dir«, erwidert sie leichthin, doch ihre Worte passen nicht zu ihrem Gesichtsausdruck. »Meine Macht ist in deiner Welt zwar begrenzt, aber ich weiß, dass sich alle, die du zurückgelassen hast, in diesem unterirdischen Königreich befinden. Und du willst doch sicher, dass sie dort in Sicherheit sind?«

Das bedeutet *freie Wahl* also in der Feensprache: *Lehne mein Angebot ab, und ich werde alle töten, die du liebst. Lehne mein Angebot ab, und ich werde dafür sorgen, dass es dir noch leidtut.*

Ich muss ihr Angebot annehmen. Ich kann die *Cailleach* vielleicht hinters Licht führen, wenn es notwendig ist, aber jetzt muss ich ihr Angebot einfach annehmen. »Also gut.«

Sie streckt ihre bis auf die Knochen abgemagerte Hand nach mir aus. Ihr Gesicht verändert sich erneut, und jetzt sieht es so aus, wie ich mir den Tod vorstelle: Ein Skelett mit Augen so tief wie ein unendlicher Abgrund.

Die *Cailleach* berührt meinen Kopf, und bevor ich etwas dagegen unternehmen kann, fallen die *Brìgh* aus meinen Haaren auf den Boden. Die Blumen verwelken und sterben ab, und das Glühen in ihrem Inneren verschwindet vollständig.

Ihre abgrundtiefen Augen fangen meinen Blick auf. »Jetzt gibt es nur noch dich und mich, *mo Nighean.* Meine Tochter wird dich niemals finden.«

Ich spüre zum ersten Mal kalte Angst über mich hereinbrechen, dann gleiten ihre Finger über mein Gesicht. Ihre Berührung fühlt sich an wie ein Messer, das in meinen Schädel getrieben wird. Ich beiße mir auf die Zunge, um nicht laut aufzuschreien.

»Mach die Augen auf«, befiehlt sie mir. *»Sieh es dir an.«*

Ich tue, wie mir geheißen, und erkenne, dass wir uns nicht mehr im Wald befinden und auch das Feuer nicht mehr da ist. Ich sitze nicht mehr in dem Stuhl aus Schlingpflanzen und Blüten. Wir befinden uns auf einem Feld voller Leichen. Menschliche Körper liegen zu unseren Füßen und über die dunkle Wiese verteilt. Die meisten davon sind Frauen. Einigen wurde die Kehle aufgeschnitten, andere liegen mit dem Rücken nach oben, als hätten sie versucht davonzulaufen. Ihr Blut glänzt im Mondlicht, und der Geruch des Todes hängt in der Luft.

O Gott. Ich taumle nach vorne und erbreche beinahe meinen gesamten Mageninhalt. Der Geruch. O Gott, der Geruch. Ich kann keinen einzigen Schritt mehr tun, stattdessen sinke ich ins Gras.

»Wer hat das hier getan?«

Die *Cailleach* wirkt vollkommen emotionslos. »Mein Sohn.«

Kiaran. Kiaran hat das hier getan. »Warum?« Ich kann kaum sprechen.

Ich muss an die Art denken, wie er mich ansieht, wenn ich es schaffe, zu ihm durchzudringen. Daran, wie er mich ansah, als er mir sagte, dass er mich vermisst hat. An die Art, wie er seine Lippen auf die Narben auf meinem Hals presste …

Ich habe jeden Tag Menschen getötet. Bis ich einen Schwur ablegte.

Er hat das hier getan. Er hat all diese Menschen getötet.

»Die meisten Menschen können dem Lockruf der Wilden Jagd nicht widerstehen«, erklärt die *Cailleach*. »Jede Herde muss ausgedünnt werden, *mo Nighean*, selbst die menschliche. Das war der Zweck, den mein Sohn verfolgte.«

»Das hier hatte doch keinen Zweck«, fauche ich. »Es war ein sinnloses Abschlachten.«

Es ist offensichtlich, wie enttäuscht die *Cailleach* von meiner Antwort ist. »Dummes Kind. Der Tod hat *immer* einen Zweck.«

Die *Cailleach* bewegt sich so anmutig wie Wasser durch die Körper hindurch. Dann beugt sie sich hinunter und presst ihre Fingerspitzen auf das Gesicht einer jungen Frau. Vor meinen Augen zersetzt sich das Fleisch des Mädchens, sodass nur noch die Knochen übrig bleiben, die schließlich verdorren und zu Staub zerfallen. Und aus der Erde wächst eine einzelne, wunderschöne und makellose Blume.

»Er ist das Feuer, das den Wald niederbrennt«, fährt die *Cailleach* fort. »Und meine Tochter ist der Regen, der ihn wieder wachsen lässt. Das war der Weg, den wir während der Jahrtausende immer wieder beschritten.«

Ich würde der *Cailleach* am liebsten erklären, dass Massenmord meiner Meinung nach nicht zur natürlichen Ordnung gehört. Dass ich niemals zur Seite treten würde, während die Feen in meiner Stadt jagen – so, wie ich es getan habe, als Sorcha meine Mutter tötete –, weil es eben das ist, was Feen nun mal tun. Menschen dürfen nicht einfach ermordet werden, wann immer den Feen danach der Sinn steht. Welchen *Zweck* soll das haben?

Ich schlucke meine Wut hinunter und frage: »Warum zeigst du mir das alles?«

Die *Cailleach* pflückt die Blume und zermalmt sie in ihrer Faust. Sie rieselt wie Asche zwischen ihren Fingern hervor. »Hier hat alles begonnen. Mit dieser Jagd, auf diesem Feld, mit diesen Toten. Genau hier hat Kadamach den Krieg ausgerufen.«

Den Krieg? »Dann sind das hier also Falknerinnen«, sage ich ausdruckslos.

»Nein«, erwidert die *Cailleach*. »Die Männer in ihrem Dorf hatten alle das zweite Gesicht. Die Frauen, die hier starben, konnten Kadamachs Lockruf nicht widerstehen.«

Mein Magen krampft sich noch mehr zusammen. Wenn diese Frauen keine Falknerinnen waren, dann waren sie vollkommen hilflos. Sie waren bloß angsterfüllte Menschen, die der Wilden Jagd in den Weg gerieten, und Kiaran hat sie abgeschlachtet, als hätte es keine weitere Bedeutung. Sie hatten keine Möglichkeit, sich zu verteidigen, sie hatten keine Chance gegen ihn. Die Männer – die Seher –, die zwischen ihnen auf dem Feld liegen, haben wohl versucht, sie zu retten.

»Und ich nehme an, dass sich die Feen einen Dreck um sie scherten«, sage ich bitter.

Sie sieht mich an, und ihr Blick ist hart und unerbittlich. »Zahlreiche *Sìthichean* sind hier auf dem Schlachtfeld zusammen mit diesen Menschen gestorben.«

Wunderbar, sage ich beinahe, doch ich halte mich zurück. »Und ich nehme an, ihr Tod erfüllte ebenfalls einen Zweck?«, frage ich mit bemüht ruhiger Stimme.

»Versuch nicht, mich aufs Glatteis zu führen, mein Kind. Das hier war notwendig, um die Zukunft unserer Art zu sichern. Kadamach hat seine Aufgabe bis zur Perfektion erfüllt.«

Ich lasse meinen Blick über das Feld schweifen, über Hunderte tote Frauen und Männer, und plötzlich nehmen die negativen Gedanken überhand. Vor allem aber sind es Lonnrachs Worte, die mir wieder einfallen, und die ich nicht mehr verdrängen kann: *Du wirst dir noch wünschen, du hättest Kadamach getötet, als du die Gelegenheit dazu hattest.*

Kiarans Vergangenheit ist von Leichen gepflastert, seine Geheimnisse könnten ganze Galaxien füllen. Er hat Menschen mit demselben Lied angelockt, das Lonnrachs Soldaten benutzten, um die Menschen in meiner Stadt zu töten. Meine

Familie und die Menschen, die ich mein ganzes Leben lang kannte. Und wie sie ließ er die Menschen einfach über die Erde verteilt liegen, als wären sie Abfall.

»Das verstehe ich nicht«, erkläre ich der *Cailleach*. »Welche Aufgabe?«

»Die Geschichte über die Jahrtausende fortzusetzen«, erwidert sie sanft, beinahe wie zu sich selbst. »Wir sind alle Geschöpfe des Krieges, *mo Nighean*. Das hat Kadamach dich doch gelehrt, nicht wahr? Der Kampf liegt in unserem Blut.« Die *Cailleach* wendet sich ab, und die Schatten ihres Mantels kriechen wie Schlangen über den Boden. »So konnte unsere Zivilisation wachsen. So wurden wir zu Eroberern.«

30

Die *Cailleach* gleitet zwischen den Körpern hindurch, und jede Leiche, an der sie vorbeikommt, wird vom Erdboden verschluckt. »Komm mit. Wir sind hier noch nicht fertig.«

Im nächsten Augenblick befinden wir uns auf einem Pfad, der zwischen winzigen, strohgedeckten Hütten hindurchführt. Das Dorf wirkt dunkel und still. Schnee fällt um uns herum, schmilzt jedoch, sobald er den erdigen Boden berührt. Die *Cailleach* bewegt sich mit den vorsichtigen, schwachen Schritten einer alten Frau den Pfad entlang, ihr Rücken ist gekrümmt, und ihre salzweißen Haare hängen über ihre Schultern. Ihre vertrocknete, lederne, alte Haut klebt wieder an ihren Knochen.

Hinter der nächsten Kurve befindet sich ein Feuer. Glühender Zunder fliegt in die Luft und erlischt, und es riecht nach verbrannter Eibe. Dreizehn Frauen haben sich in einem Halbkreis um die tanzenden Flammen versammelt. Ihre Stimmen erfüllen die Nacht, melodiöses Geflüster und gesetztere Worte in einer Sprache, die ich noch nie gehört habe. Die Frauen tragen grob gefärbte Kleider und mehrere Lagen Kapuzen und Mäntel, um sich vor der Kälte zu schützen.

Ich kenne eine von ihnen. *Aithinne.* Ihre Augen glänzen silbern und golden im Schein des Feuers, und ihre glatten pechschwarzen Haare umspielen ihre Hüften. Sie sieht aus wie eine Gottheit, die im Mondlicht leuchtet. Ein Falke sitzt auf ihrer nackten Schulter. Nicht einmal seine eindrucksvollen Klauen können ihre unverwundbare Feenhaut durchdringen. Der Falke scheint zufrieden mit seinem Platz, er hat seine Flügel eingezogen und hält seinen Rücken gerade und stolz.

Aithinne hebt eine Hand, um die rauen Stimmen der Frauen zum Schweigen zu bringen. Eine leichte Bewegung ihres Handgelenks, und ich spüre ihre Macht, die über meine Haut streicht. Dann fällt mein Blick auf die Gesichter der Frauen. Auf ihre Tränen, ihre Wut, ihre greifbare Trauer. Ich habe noch nie eine Gruppe Menschen gesehen, die so hilflos wirkte. So *hoffnungslos*.

»Wer sind diese Frauen?«, frage ich die *Cailleach*.

»Die ersten Falknerinnen«, erwidert sie. »Sie waren die einzigen weiblichen Überlebenden in ihrem Dorf. Meine Tochter hat ein Lied gesungen, um sie hierher zu locken.«

Ich erstarre und erwarte nach allem, was ich auf dem Feld gesehen habe, beinahe das Schlimmste. Die Wahrheit, die die *Cailleach* verspricht, ist immer schmerzhaft. Sie lüftet den Schleier von den Geheimnissen, die die Menschen hegen, und legt alles offen, bis man sich wünscht, man hätte das alles nie gesehen. Bis man sich wünscht, man hätte ihr Angebot niemals angenommen.

Aithinne hat diese Frauen wie eine Rattenfängerin hierher gelockt. Nach allem, was ich gerade über Kiaran erfahren habe, erwarte ich beinahe, dass sie sie vor meinen Augen ermordet. *Tu nichts, wofür ich dich hassen könnte*, denke ich. *Bitte tu nichts, wofür ich dich hassen könnte.*

Ich mustere die Frauen, den Schmutz auf ihren Wangen, die blutbefleckten Kleider, die Spuren der Tränen auf ihren Backen. Sie sind keine Kriegerinnen, nicht die abgehärteten Amazonen aus den Geschichten, die ich mir vorgestellt habe. Stattdessen sind es ängstliche Frauen, die ihre Familien verloren haben und aus erster Hand erfuhren, wie grausam Feen sein können.

Aithinne spricht in einer fremden Sprache, dennoch verstehe ich ihre Worte. Das ist das Werk der *Cailleach*.

»Ich habe euch hierhergeholt, um eine Vereinbarung zu treffen«, erklärt Aithinne mit gebieterischer Stimme, die ich von ihr noch nicht kenne. Eine der Frauen will etwas entgegnen, doch Aithinnes Macht saust wie ein Peitschenhieb über das Feuer, und sie verstummt. »Ich habe dir nicht erlaubt, etwas zu sagen.«

Ich zucke zusammen und erinnere mich an Lonnrachs Worte.

Ich habe dir nicht erlaubt, dich zu bewegen.

Das hier ist nicht die Aithinne, die ich kenne und die mir das Leben gerettet hat. Die mir angeboten hat, mir meine Erinnerungen an Lonnrach zu nehmen, wenn es meinen Schmerz lindert. Sie klingt wie *er*, als würde sie sich einen Dreck um die Menschen kümmern.

Mehr noch, ihre Körperhaltung spiegelt das Selbstvertrauen und die Befehlsgewalt einer Kriegerin wider. Einer Anführerin. Sie hat die Schultern nach hinten durchgedrückt und das Kinn stolz erhoben, und in ihren unheimlichen Augen brennt ein Feuer. Der Falke auf ihrer Schulter schlägt kurz mit den Flügeln. Aithinne wirkt unerbittlich, mächtig und Furcht einflößend – wie ihre Mutter.

Diese Aithinne wurde nicht zweitausend Jahre lang im Untergrund gefangen gehalten und gefoltert.

Sie ergreift erneut das Wort, während sie das Feuer umrundet und jede Frau mit unergründlichem Blick mustert. »Ihr müsst keine Angst vor mir haben. Ich bin nicht diejenige, die eure Familien ermordet hat.« Sie hält vor dem Feuer inne, und ihre Haut leuchtet. Sie ist eine prachtvolle, Frucht einflößende, wunderschöne Kreatur. Und so vollkommen unmenschlich. »Aber ich kann euch helfen, Rache an demjenigen zu üben, der es getan hat.«

Ich werfe der *Cailleach* einen schnellen Blick zu. Ihr Gesichtsausdruck hat sich verhärtet, ihre Augen sind tief in dem knochigen Gesicht versunken. Was immer Aithinne vorhat, ist der Grund für die Wut der *Cailleach*.

Meine Tochter Aithinne hätte die Falknerinnen niemals erschaffen dürfen.

Die Gruppe Frauen wirkt unsicher. Diejenige, die vorhin bereits etwas sagen wollte, findet plötzlich ihre Sprache wieder, auch wenn sie kaum zu hören ist. »Das ist ein Trick.«

Ich hätte erwartet, dass Aithinnes Antwort genauso barsch ausfällt wie zuvor, doch stattdessen flackert ihr Blick und ihre starke Rüstung bekommt einen kleinen Riss. Sie trauert ebenfalls. »Kein Trick. Keine List. Ich will, dass ihr ihm nehmt, was er euch genommen hat.« Als sie weiterspricht, ist ihre Stimme nur noch ein kaum hörbares Flüstern. »Was er *mir* genommen hat.«

»Was meint sie damit?«, frage ich die *Cailleach*. Ich will eigentlich nicht danach fragen, aber ich muss es einfach wissen. »Was genau hat er ihr denn genommen?«

Die *Cailleach* lehnt sich auf ihren Stab. Die Erde um ihn herum friert bis zu meinen Stiefeln hin ein. »Sie betrauert den Tod ihrer Untertanen. Derjenigen, die mein Sohn getötet hat. Meine Tochter wurde zu weich geboren. Sie brachte Menschen dazu, auf ihrer Seite in den Krieg zu ziehen …« Sie verzieht angewidert den Mund. »Ich hätte sie dafür am liebsten selbst umgebracht, wenn es möglich gewesen wäre.«

Ihre Untertanen? Die verschiedenen Puzzleteile beginnen, sich ineinanderzufügen. Die vielen Geschichten und alles, was ich über Kiaran und Aithinne und die Feen in Erfahrung bringen konnte, ergeben langsam einen Sinn.

Es gab zwei Königreiche, eines des Lichts und eines der Dunkelheit, jedes mit einem eigenen Herrscher, und die Feen, die den beiden Königreichen angehörten, hatten nur eine Aufgabe: das dunkle Königreich brachte Tod, das Königreich des Lichts erweckte alles wieder zum Leben.

Mein Brustkorb zieht sich zusammen. Mein Herz pocht in meinen Ohren. Die Frauen stehen noch immer um das Feuer herum, doch ich kann mich nicht mehr auf das konzentrieren, was sie sagen. Ich kann nur noch an das denken, worüber Kiaran und ich nach dem Kampf gegen die *Mortair* auf dem steinigen Strand gesprochen haben.

Und warum warst du auf der Suche nach dem Kristall?

Ich war eine Dunkelfee, Kam. Was glaubt du wohl? Ich brauchte ihn, um die Lichtfee-Königin zu töten.

»Aithinne ist die Königin der Lichtfeen«, flüstere ich. »Nicht wahr?«

Und dann sage ich die Worte, die ich nicht aussprechen will. Ich hoffe, dass dieser Teil der Geschichte nicht wahr ist, und dennoch weiß ich aus ganzem Herzen, dass er es ist. »Und Kiaran ist der König der Dunkelfeen.«

»Aye«, antwortet die *Cailleach* leise.

Ich denke zurück an all die Male, in denen ich versucht habe, Kiarans Vergangenheit zu enträtseln. Ich habe alle Möglichkeiten durchgespielt, und jede war schlimmer als die vorhergegangene, doch das hätte ich mir niemals gedacht. Nicht das.

Meine Zuneigung zu ihm hat mich geblendet. Trotz der Blicke, die ich von Zeit zu Zeit auf Kadamach erhaschte, habe ich nie begriffen, welch schlimme Dinge er wirklich getan hat, weil ein Teil von mir es einfach nicht wollte. Ich wollte nicht an die Tausenden und Abertausenden Menschen denken, für deren Abschlachtung er verantwortlich war. Denn der König der Dunkelfeen war nicht wie andere Feen. Er lebte und atmete den Tod. Er verwandelte die Welt in Asche.

Für mich wirst du immer Kiaran sein.

Kadamach. Sein Name ist Kadamach, und er ist der König der Dunkelfeen, der *Unseelie*.

Jetzt verstehe ich auch, warum so viele zögern, wenn die *Cailleach* ihnen die Wahrheit anbietet. Die Wahrheit ist niemals so schön wie eine Lüge. Sie ist niemals so anziehend. Sie ist wie ein Schwert, das in die Eingeweide dringt, und sie erinnert uns daran, dass manche Menschen nicht das sind, was wir glauben.

Die Wahrheit zwingt uns, uns mit den hässlichsten Seiten der Menschen auseinanderzusetzen, die wir lieben. Mit dem, was sie zu Ungeheuern macht.

Ich senke den Blick. »Ich habe genug gesehen.«

Die *Cailleach* bewegt sich nicht, ihr Gesicht hat sich wieder zu voller Schönheit zurückverwandelt. Jetzt, wo ich es erneut vor mir sehe, erkenne ich erst, wie sehr sie ihren Kindern ähnelt. Dieselben dunklen Haare, makellosen Gesichtszüge und abgrundtiefen Augen.

»Du hast mein Angebot angenommen«, sagt sie und klopft mit ihrem Stab auf die Erde. Schnee fällt zu Boden. Ein kalter Windhauch streicht um meinen Nacken, und ich erschaudere. »Ich bin noch nicht fertig.«

»Warum ist es dir so wichtig, dass ich die Wahrheit kenne?«, frage ich bitter. »Du willst doch, dass ich tot bleibe. Du zeigst mir diese Erinnerungen doch nur, um mich hierzubehalten.«

Einen kurzen Augenblick lang verwandelt sich das hübsche Gesicht der *Cailleach* wieder in ein Skelett. Sie ist ein Ozean voller Geheimnisse, eine Fee so alt wie der Tod. Und trotzdem … trotzdem liegt etwas beinahe Verletzliches in der Art, wie zerbrechlich sie manchmal aussieht und wie sie mich ansieht.

»Das ist nur die halbe Wahrheit, *mo Nighean*«, erwidert sie, und ihre Stimme zittert, wie es bei alten Menschen der Fall ist, wenn sie sich in den dämmrigen Stunden zwischen Leben und Tod befinden. »Ich habe dir doch gesagt, dass ich auch dir etwas genommen habe. Und nachdem ich dir nicht anbieten kann, dich wieder zum Leben zu erwecken, biete ich dir das hier an. Es ist alles, was ich dir noch geben kann.«

»Du hast mir …«

Wir werden von einem schmerzerfüllten Schrei unterbrochen. Eine Frau kniet neben dem Feuer, und Aithinne presst ihre Hände rechts und links an ihren Kopf. Sie bluten beide. Aithinne an ihren Händen, die Frau aus den Schnitten auf ihrem Gesicht. Der Falke ist verschwunden.

Aithinne wirkt vollkommen konzentriert und hat die Augen fest geschlossen. Sie sieht aus wie damals, als sie mich geheilt hat. Mein Gott, das hat so weh getan. Die Frau schreit erneut auf, und ich bemerke schockiert, dass plötzlich eine Art Glühen unter ihrer Haut zu sehen ist.

»Was macht sie da?«, frage ich. Die anderen Frauen sehen genauso ängstlich und misstrauisch zu wie ich, aber sie bleiben auf ihren Plätzen in dem Halbkreis rund um das Feuer.

»So haben die Falknerinnen die Fähigkeit erhalten, meinesgleichen zu töten«, erwidert die *Cailleach* müde. Sie lehnt sich auf ihren Stab, als könnte sie kaum noch alleine stehen. »Du hast das Blut meiner Tochter in dir. Ihre Macht. *Mein* Blut.«

Dann gehört die Macht also gar nicht mir. Die Falknerinnen wurden erschaffen, weil Aithinne es nicht ertrug, ihren eigenen Bruder zu töten. Wir wurden erschaffen, um in dem Krieg zu dienen, den die beiden gegeneinander führten.

»Dann bin ich also zum Teil eine Lichtfee. Und im Grunde genommen nicht menschlich«, erkläre ich verbittert.

»Menschlich genug«, faucht die *Cailleach*.

Ich sehe zu, wie Aithinne von der Frau zurücktritt. Eine nach der anderen knien sich die zukünftigen Falknerinnen vor ihr nieder, und jede von ihnen stößt denselben schmerzerfüllten Schrei aus. Keine einzige von ihnen weigert sich. Keine einzige entscheidet sich dafür zu gehen oder weicht angsterfüllt zurück. Das ist, was aus ihnen werden soll: Kriegerinnen. Der Schmerz ist bloß der erste Teil des Kampfes.

Als die letzte Frau sich wieder erhebt, muss ich an Aithinnes Worte denken.

Letzten Endes sind wir alle dieser Hirsch.

Ein einzelnes Kreischen ertönt aus dem Wald, dann folgen ein Dutzend weitere. Ich trete schnell einen Schritt zurück, als die Falken zwischen den Bäumen auftauchen und ihre Flügelschläge das Feuer weiter anfachen. Jeder Falke hat eine Markierung aus schwarzen und weißen Streifen am Körper. Wie eine Einheit stürzen sie auf die Frauen herab, und jeder Falke sucht sich eine aus. Sie versenken ihre Klauen in die zarte Haut der Frauen, und Blut fließt, während sie sich auf ihren Schultern niederlassen, um schließlich ruhig dort zu hocken. Die Frauen schnappen schmerzerfüllt nach Luft, doch keine schreit auf.

Jede von ihnen hat nun einen Falken, mit dem sie durch ihr Blut verbunden ist. Sie haben sich ihren Titel verdient. *Seabhagair*. Falknerin.

Der letzte Falke fliegt zu Aithinne und nimmt wieder seinen Platz auf ihrer Schulter ein. Ihre Hände zittern, und aus ihrer Nase tropft Blut auf ihre Lippen und rinnt ihren langen blassen Hals hinunter. Sie strahlt nicht mehr dasselbe Selbstbewusstsein und dieselbe Macht aus wie zuvor, als sie kerzengerade und mit zurückgedrückten Schultern vor den Frauen stand, und ihre Haut hat etwas von ihrem Glanz verloren. Nicht viel, aber es ist dennoch zu erkennen.

»Es hat sie geschwächt«, sage ich leise.

Die *Cailleach* sieht mich erneut an. Ihr Gesicht ist wieder alt und faltig, ihre Haut blass und matt. Ihre weißen Haare glänzen nicht mehr, sondern wirken strähnig und dünn. »Als letzte Falknerin vereinst du alle Macht in dir, die sie in dieser Nacht verloren hat. Wenn du stirbst, erhält sie sie wieder. Sie wird wieder die Alte sein.«

Es sei denn, jemand anderes stiehlt sie zuerst, denke ich.

Du hast etwas, was ich will, hatte Lonnrach in der Nacht der Schlacht zu mir gesagt. Ich habe Aithinnes Blut in mir. Das Blut der *Cailleach*. Alte Magie.

Wenn Lonnrach den Kristall findet und es schafft, meine Macht zu stehlen, dann wird er sie dazu benutzen, um Kiaran und Aithinne zu töten.

Ohne Herrscher wird das Sìth-bhrùth *untergehen. Jemand muss ihren Platz einnehmen.*

Und du denkst, du bist würdig.

Nein. Aber ich werde es eines Tages sein.

Etwas von alldem muss wohl an meinem Gesicht ablesbar sein, denn die *Cailleach* sagt: »Jetzt verstehst du sicher, warum ich dich nicht am Leben lassen kann.« Sie wendet sich von mir und dem Feuer ab und geht erneut den Pfad entlang. Ihr dünner Körper wirkt zerbrechlich unter den Schatten ihres Mantels. »Komm, *mo Nighean*. Ich muss dir noch eine letzte Sache zeigen.«

31

Wir stehen am Ufer des Lochs im *Sìth-bhrùth*, wo ich bereits einmal mit Kiaran war. Damals hatte ich hier Sorcha zum ersten Mal seit dem Mord an meiner Mutter wiedergesehen und versucht, sie zu töten. Wie damals ist es Nacht, und die Sterne über uns bewegen sich in komplizierten Mustern als Wirbel und Lichtblitze über den Himmel. Die hoch aufragenden Bäume tragen leuchtend grüne Blätter. Als ich den Ort zum letzten Mal gesehen habe, waren sie allesamt verdorrt und abgestorben. Ich sehe genauer hin und erkenne Einschlüsse in der Rinde, die wie ein Opal blau, grün und rot glitzern.

Eine Gestalt taucht am Rande meines Blickfeldes auf. Aithinne. Sie schreitet über die Wasseroberfläche, und es wirkt, als würde sie sich durch den Weltraum und zwischen den Weiten der Sterne hindurchbewegen. Sie sieht anders aus als vorhin in der Szene am Lagerfeuer. Menschlicher. Mehr wie die Aithinne, die ich kenne.

Sie sieht sich um, als würde sie auf jemanden warten. Wird das hier eine Art Zusammenkunft? Kiaran hat mir einmal erzählt, dass dieser Platz als neutrale Zone angesehen wurde, als einziger Ort, an dem Licht- und Dunkelfeen keine Konflikte ausgetragen durften.

Aithinne hat mittlerweile die Steine am Ufer des Lochs erreicht und starrt geradeaus. Mein Blick fällt auf eine schattenhafte Gestalt zwischen den Bäumen.

»Du hast nach mir geschickt, Kadamach«, sagt Aithinne

leise. Ihre Stimme klingt zögernd und unsicher, und ich frage mich, wie lange die beiden wohl nicht mehr miteinander gesprochen haben. »Zeig dich.«

Ich ziehe scharf die Luft ein, als Kiaran zwischen den Bäumen hervortritt. Er ist groß, wunderschön und trägt eine schwarze Hose und einen langen schwarzen Mantel. Seine dunklen Haare sind aus dem Gesicht gekämmt, und seine makellose Haut leuchtet. Und seine Augen … sie sehen so gar nicht wie seine Augen aus.

Das hier ist nicht Kiaran. Das hier ist *Kadamach*.

Ich dachte, ich hätte bereits ab und zu einen Blick auf Kadamach erhascht, wenn Kiarans Blick einfach leer wurde, als hätte er alle neugewonnenen Emotionen verdrängt, weil es weniger wehtat, wenn man nichts fühlt.

Doch das war nicht Kadamach. Seine Augen sind nicht bloß leer, sie sind hoffnungslos und dunkel, wie ein beißend kalter Winterwind, der einem sämtliche Wärme aus dem Körper treibt. Es liegt nichts in ihnen. *Nichts*.

Beinahe bitte ich die *Cailleach*, uns von hier fortzubringen. Ich will keine weiteren Enthüllungen mehr sehen, keine weitere grauenvolle Wahrheit, die mich von innen her auffrisst. Ich weiß jetzt, warum Kiaran und Aithinne ihre Vergangenheit hinter sich gelassen haben, warum sie ihre Geheimnisse bewahren wollen. Jedes davon ist schlimmer als das andere.

Meine Vergangenheit ist nicht ruhmreich, Kam. Und ich habe dich nie glauben lassen, dass sie es ist.

Über einige der Dinge Bescheid zu wissen, die er getan hat, ist nicht dasselbe, als es mit eigenen Augen gesehen zu haben.

Dann merke ich, dass Kiaran etwas in den Armen hält. Es ist eine junge Frau. Er drückt ihren Körper an seine Brust, und ihr Blut hebt sich rot von der blassen Haut auf seinen Händen ab. Sie blutet so stark, dass das Blut auf die Steine vor seinen Füßen tropft. *Tropf, tropf, tropf, tropf.*

Aithinnes Blick ruht auf den blutbespritzten Steinen und auf seinen Händen. Sie atmet flach und zitternd ein. »Dann hast du mir also ein weiteres Geschenk mitgebracht«, flüstert sie.

Ich schlucke, und Übelkeit steigt in mir hoch.

»Ich teile deine Vorliebe, Menschen abzuschlachten, nicht, Kadamach«, erklärt Aithinne. Sie hat die Hände zu Fäusten geballt, und diese Geste zeigt, wie nahe ihr das hier geht. Wie sehr es sie berührt. »Du hättest sie mir wie alle anderen vor ihr von einer *Sluagh* überbringen lassen sollen.«

»Nein, so ist es nicht«, sagt er, und seine Stimme brandet über mich hinweg wie ein Fluss im Winter. Als würde ich in ihrer Kälte ertrinken. »Dieses Mal nicht.«

Kiaran kniet nieder und legt die Frau auf die Steine. Ihr Gesicht ist mir zugewandt, ihre Augen sind geschlossen. Sie ist nicht so schön wie etwa Catherine, aber sie sieht dennoch bemerkenswert aus, und ihre Gesichtszüge sind stark und fein zugleich. Ihre Haare sind lang und so hell, dass sie beinahe weiß wirken, und sie hat sie zu einem langen Zopf geflochten, der nun auf den Steinen ruht. Die Farbe ihrer Haare steht in starkem Kontrast zu ihrer gebräunten Haut. Narben zieren ihre Wangen, ihr Kinn und ihre Augenbrauen. Selbst im Tod sieht sie aus wie eine Kriegerin.

Ich sehe das kurze Aufflackern eines Gefühls auf Kiarans versteinertem Gesicht, wie die ersten Regentropfen, die auf eine gewaltige Wüste fallen. Sehnsucht. Er streicht mit dem Finger über ihre Wange und hinterlässt dabei eine dünne Blutspur.

Mein Gott, das ist sie. *Sie*. Die Falknerin, die er geliebt hat.

Ich habe sie nicht annähernd genug geliebt.

Aithinne sieht ihn an, und der Schock, der sich über ihr wunderschönes Gesicht legt, ist offensichtlich. »Kadamach?«

Ich schließe kurz die Augen und denke daran, was er zu mir

gesagt hat. Er musste zusehen, wie sie starb, und dann musste er zusehen, wie ich starb.

Aithinne wird blass. »Nein. Das kannst du nicht von mir verlangen.«

Kiaran richtet sich auf, und seine Wut ist dunkel und grausam. Schatten erheben sich aus der Erde, dicht und schwer und hungrig. Es ist mittlerweile so kalt, dass meine Finger rot und taub sind. Eine dünne Eisschicht bedeckt den Loch und überzieht die Baumstämme und die feuchten Steine unter meinen Füßen.

»Du hast sie erschaffen.« Seine Stimme ist ein grausames Flüstern. »Du hast sie ausgesandt, um meine Untertanen zu töten, weil du es selbst nicht fertigbrachtest. Ich habe vielleicht den Krieg zwischen uns begonnen, Aithinne …«, seine Stimme wird zu einem tiefen Knurren, »aber du *schuldest* mir das hier.«

Ihr Kopf schießt in die Höhe, und ihr Blick lodert. »Ich schulde dir gar nichts. Du bist nicht der Einzige, der Leute, die unter seinem Schutz standen, verloren hat. *Du* hast mit dem Blutvergießen begonnen, Kadamach.«

Kadamach sieht auf die junge Frau hinunter, und sein Ärger verraucht. »Und ich habe teuer dafür bezahlt.«

Etwas scheint Aithinne zu besänftigen. Als hätte sie ihn noch nie zuvor gesehen – oder als hätte sie ihn gesehen, dabei aber etwas Wichtiges übersehen. Etwas, wonach sie sich ebenso sehnt.

Ich spüre die Vergangenheit, die die beiden verbindet, die Jahre vor dem Krieg. Waren sie einmal eine Familie? Bevor alles begonnen hat? Kiaran war bereit, sich für alle Ewigkeit in Gefangenschaft zu begeben, um seine Schwester zu retten. Und sie teilen sich eine so lange Vergangenheit. Ich frage mich, wie ihre Wunden jemals heilen konnten.

»Ich habe dich nie um etwas gebeten«, sagt er leise. »Niemals. Bring sie zurück. Bring deine verdammte Falknerin wieder zurück.«

»Ich kann nicht«, sagt Aithinne. »Es tut mir leid, ich …«

»Du brauchst mein Blut dazu«, sagt er, und seine Stimme klingt furchtbar mechanisch.

Er zieht sein Messer aus dem Futteral und schneidet sich damit die Handfläche auf. Ich zucke zeitgleich mit Aithinne zusammen und sehe zu, wie sich das Blut auf seiner Hand sammelt. Ich sehe zu, wie die Kälte aus seinem Blick weicht, bis nur noch der Teil von ihm übrig ist, den ich zu lieben gelernt habe. Kiaran.

»Nimm es«, erklärt er ihr. »Nimm so viel du brauchst.«

Wenn du bereit bist, deinen Part zu erfüllen, dann bin ich es auch.

Ich hätte nicht gedacht, dass du mir dieses Angebot jemals wieder machen würdest.

Sein Blut. Er hat es ihr angeboten, um die Falknerin zu retten, und er hat es wieder getan, um mich zurückzuholen. Das hier war der Augenblick, als sich Kiaran von Kadamach löste. Er war bereit, alles zu versuchen, um uns zu retten.

»Kadamach.« Aithinnes gebieterische, unerbittliche Stimme durchschneidet die Dunkelheit. Sie zittert nicht, obwohl Mitleid und Trauer in ihrem Blick liegen. Ich sehe, dass sie ihm wirklich helfen will.

»Kadamach«, wiederholt sie sanfter. »Ich sagte, ich kann nicht.«

»Warum nicht?«, er wirkt wütend, doch seine Stimme klingt niedergeschlagen, als würde seine Hoffnung langsam schwinden.

»Weil ich niemanden zurückbringen kann, den du umgebracht hast, *mo Bràthair*«, erwidert sie.

Ich atme keuchend aus. Er hat sie umgebracht. Er hat sie *umgebracht*.

Ich habe sie nicht annähernd genug geliebt.

Kein Wunder, dass er mich von sich schob, als ich ihm erklärt habe, dass selbst Kadamach fähig war zu lieben. Er nannte mich eine sentimentale Närrin. Weil er die Frau, die er liebte, umgebracht hat.

»Aber warum?« Ich weiß nicht, ob die Frage an mich selbst oder an die *Cailleach* gerichtet ist. »Warum hätte er das tun sollen?«

»Das habe ich dir doch schon gesagt«, erwidert die *Cailleach* mit steinerner Miene. Sie betrachtet die Szene vor uns, als hätte sie es schon Tausende Male getan, und ohne auch nur ein Anzeichen von Mitgefühl. Als wäre es ihr egal, wie sehr ihr Sohn trauert, als wäre es sogar ein wenig enttäuschend, dass er überhaupt dazu fähig ist. »Kadamach wurde nicht dazu erschaffen zu lieben. Seine Gabe ist der Tod.«

Sag mir, wie viel musst du noch über meine Vergangenheit erfahren, um endlich zu erkennen, dass es keinen menschlichen Teil in mir gibt?

Er mag vielleicht nicht menschlich sein, aber während ich ihm dabei zusehe, wie er die Frau betrauert, die er verloren hat – die Frau, die er geliebt hat –, erkenne ich, dass sie ihm ein kleines Stück Menschlichkeit hinterlassen hat.

Ich habe mich geirrt. Das erste Gefühl, das ich an ihm erkannt habe, war nicht Sehnsucht, sondern Scham.

In Wahrheit laufen wir beide vor unserer Bestimmung davon, wie auch immer sie aussehen mag. Er ist die Fee, deren Gabe der Tod ist, und ich bin das Mädchen, dessen Gabe das Chaos ist.

Wir gehören zusammen wie Feuer und Schwarzpulver.

Der Tod folgt ihr, wo auch immer sie hingeht.

Ich frage mich, ob die Stimmen, die Daniel gehört hat, von den Menschen gesprochen haben, die ich bereits verloren habe, oder doch von Kiaran. Vielleicht ist er mein Fluch. Vielleicht bin ich seine Schwäche. Zusammen haben wir eine Welt hinterlassen, die in Trümmern liegt.

Kiaran streicht erneut über das Gesicht der Frau und über die Narbe, die durch ihre Augenbraue verläuft. Ich sehe ihm an, wie sehr er sie will. Sie hat ihn dazu gebracht zu fühlen, und er hat sie verloren, und ich leide mit ihm.

»Ich konnte mich nicht zurückhalten«, sagt er. Seine Stimme klingt ruhig und beherrscht, aber ich sehe, wie sich seine Schultern heben und senken und höre, wie er stoßweise atmet. »Ich konnte nicht …«

»Schhh. Ich weiß.« Aithinne kniet sich neben ihn. Sie presst ihre Stirn an seine, und einen Moment lang sehe ich die beiden vor mir, als sie noch jung waren und auf diese Art zusammensaßen, um ihre Geheimnisse zu teilen, wie es nur Zwillinge tun. »Ich weiß.«

»Kannst du etwas für mich tun, Aithinne?«, fragt er und schließt kurz die Augen. »Niemand sonst kann Macht übertragen. Nimm sie mir. Was auch immer mich dazu zwingt zu jagen. Ich will es nicht mehr.«

Sie löst sich von ihm. Einen Moment lang glaube ich, dass sie seine Bitte ablehnen wird, obwohl ich weiß, dass sie es nicht tun wird. Das ist nicht die Art, auf die ihre gemeinsame Geschichte beginnt.

»Ich kann dir nicht alles nehmen, sonst stirbst du«, sagt sie. Kiaran wendet sich ab, als wäre er auf eine Enttäuschung gefasst, doch sie packt seinen Arm. »Aber ich kann dir gerade genug nehmen, damit du deine eigenen Entscheidungen treffen kannst. Du kannst entscheiden, wen du tötest und wen du nicht töten willst. Dann wirst du die Wilde Jagd nicht mehr brauchen, um zu überleben.«

Kiaran nickt, und Aithinne starrt ihn an. Ich sehe, dass sie ihn liebt. Egal, was er getan hat und wie grausam ihr Krieg auch gewesen war, sie liebt ihn noch immer. »Ich muss dir den Teil deiner Macht nehmen, der hier an diesem Ort wirkt.«

»Ich weiß«, erklärt er.

»Nein. Kadamach …« Sie packt seine Hand mit festem Griff. Ich sehe, wie überrascht er ist. Als hätte sie ihn schon seit Ewigkeiten nicht mehr mit solcher Zuneigung berührt. »Du musst eines wissen. Der Teil von dir, der den Dunkelfeen angehört, wird verschwinden«, sagt sie. »Du wirst das *Sìth-bhrùth* nicht mehr betreten können. Nur ein Schritt über das neutrale Territorium hinaus bedeutet deinen Tod.«

»Dann soll es so sein«, sagt er.

Eine Erinnerung an unseren Besuch an diesem Loch flackert in mir auf, es scheint mittlerweile Millionen Jahre her. Wir sitzen genau auf diesen Steinen hier, und Kiaran blickt sehnsüchtig über das Wasser. *Es ist ein Opfer, das ich gebracht habe, Kam. Ich kann nie wieder zurück.* Es war seine Entscheidung. Es war seine Entscheidung, in der menschlichen Welt neu zu beginnen.

Ich blinzle, und plötzlich befinden die *Cailleach* und ich uns wieder vor dem Feuer im Wald. Ich sitze noch immer in dem Stuhl aus Schlingpflanzen und blauen Blüten, und meine Haut ist eiskalt. Die *Cailleach* lässt mich los und sieht dabei älter und zerbrechlicher aus als je zuvor. Ihre dünnen Knochen bohren sich durch die Schatten ihres Mantels, während sie sich auf ihren Stab lehnt und ins Feuer blickt. Die Flammen spiegeln sich in ihren leeren dunklen Augen.

»Und was ist dann passiert?«, frage ich. »Nachdem Aithinne ihm seine Macht genommen hatte?«

»Meine Tochter war damals noch eine unerfahrene Närrin. Ihr war nicht bewusst, dass man ein Gefäß braucht, um die Macht aufzufangen, wenn man sie jemandem nimmt. Jemand anderes muss sie annehmen.«

»Oder?«

Ein Zittern geht durch den dünnen Körper der *Cailleach*. »Oder sie teilt sich, *mo Nighean*. Das hast du doch selbst schon miterlebt. Jedes Mal, wenn eine Falknerin starb, verteilte sich ihre Macht auf die Überlebenden.«

»Die Macht meines Sohnes floss in jede einzelne *Sìthichean*, die sich im *Sìth-bhrùth* aufhielt. Lichtfeen wurden zu Dunkelfeen, und diejenigen, deren Gabe es war, Neues zu erschaffen, gierten plötzlich nach dem Tod. Sie können nicht mehr überleben, ohne zu töten, so wie mein Sohn es nicht konnte. Als er diese Entscheidung traf, zerfielen die Königreiche. Meine Kinder haben sie zerstört.«

Ohne es zu wollen, muss ich wieder an jenen Moment im Spiegelzimmer denken, als ich schließlich mein Schweigen brach und Lonnrach fragte, warum er Kiaran so sehr hasste.

Dein Kiaran ist der schlimmste Verräter von allen, und seine Schwester ist keinen Deut besser. Jetzt liegt es an mir, ihre Fehler wieder auszubügeln.

Lonnrach war eine Lichtfee, und Aithinne war seine Königin. Sie hat ihren Thron geopfert, und Kiaran seinen ebenfalls. Jetzt verstehe ich, was er meinte, als er von ihren *Fehlern* sprach. Mir fallen Aithinnes Worte wieder ein, als wir durch das zerstörte Edinburgh gingen. *Du bist nicht für das verantwortlich, was Kadamach und ich begonnen haben.*

Es ist alles von den beiden ausgegangen: die Falknerinnen und der Krieg, im Zuge dessen Lonnrachs Soldaten im Untergrund gefangen wurden. Sie waren der Grund, warum jede Fee, die ich jemals gejagt habe, nur für das Morden lebte. Weil sie es brauchten, um zu *überleben*.

Jetzt gibt es bloß noch eine Sache. Eine letzte Wahrheit, die ich wissen muss. »Was hast du gemeint«, frage ich leise, »als du sagtest, dass du mir auch etwas genommen hast?«

Die *Cailleach* wirkt wie eine eingesunkene Hülle, zerbrechlich und gähnend leer. Ihr Schattenmantel rutscht zurück und gibt den Blick auf ihre Schlüsselbeine frei. Unter der dünnen Haut auf ihrer Brust sind ihre Rippen zu sehen.

»Du glaubst doch nicht wirklich, dass die *Baobhan Sìth* es alleine geschafft hätte, alle Nachkommen der Falknerinnen zu töten, oder?«, fragt sie mit einem grausamen Flüstern. »Nicht, während sie von meinem Sohn beschützt wurden. Seine Macht ist viel stärker als ihre.«

Mein Herz bleibt stehen. Ich kann nicht mehr atmen. Ich starre auf den alternden Körper der *Cailleach*, und die alte Wut steigt in mir hoch. Plötzlich erinnere ich mich an Sorchas Worte, nachdem sie oben auf den verschneiten Klippen all ihre Soldaten erstarren hatte lassen. Sie meinte, sie würde *ihren* Zorn riskieren, wenn sie Kiaran warnte. *Ihren*.

»Du hast ihr geholfen, die Falknerinnen abzuschlachten, nicht wahr?«

»Aye«, erwidert die *Cailleach*. »Ich habe die Macht, die mir in eurer Welt noch blieb, genutzt, um mich einzumischen.« Ich glaube, sie sieht mich an, doch ihre Augen sind so tief in ihren Schädel gesunken, dass ich es nicht genau sagen kann. »Ich habe ihr geholfen, dir deine Mutter zu nehmen.«

Von einem Augenblick auf den anderen erwacht die Wut in mir, ungebeten und erbarmungslos. Ich habe beinahe vergessen, wie es sich anfühlt, wenn die Hitze meine Haut in Flammen setzt, wenn der Zorn mir ins Ohr flüstert und mir sagt, dass die Rache mein einziges Ziel ist.

Die Vergeltung.

Ich erhebe mich so langsam und zielgerichtet aus dem Schlingpflanzenstuhl wie ein Killer. In den tiefliegenden Augen der *Cailleach* liegt keine Angst. Keine Reue. Das weckt in mir den Wunsch, sie äußerst langsam umzubringen. Und nachdem ich keine Waffe habe, würde ich es mit bloßen Händen tun.

Ich springe auf sie zu, bereit, ihr den dünnen, knochigen Hals zu brechen. Ein Blitz schlägt vor mir in den Boden ein.

Die Erde bricht mit einem gewaltigen Krachen auf, und die Stoßwelle reißt mich von den Füßen, sodass ich auf dem Rücken lande. Mein Brustkorb wird schmerzhaft zusammengepresst, und ich atme keuchend aus.

»Es musste sein«, sagt die *Cailleach* und tritt auf mich zu. »Meine Tochter braucht ihre Macht wieder.«

»Das glaube ich nicht.«

Ich stürze mich erneut auf sie, und meine Finger schließen sich um die zarte Haut an ihrem Hals, doch sie bewegt sich furchtbar schnell und rammt mir ihren Stab ins Gesicht. Ich lande erneut auf dem Boden, und meine Finger graben sich in die schlammige Erde. Blut tropft von meinen Lippen und auf den dunklen Boden.

Die *Cailleach* packt mich vorne am Hemd und hebt mich beinahe mühelos hoch. Ihre klauenartigen Fingernägel bohren sich in meine Haut.

Ich sehe in den kalten Abgrund ihrer Augen und versuche, sie zu schlagen – *irgendetwas* zu tun –, aber ich kann mich nicht bewegen. Meine Arme kleben schwer und bewegungslos an meinem Körper. Der Geschmack ihrer Macht ist unerträglich, es fühlt sich an wie Tausende Nadelstiche auf meiner Zunge.

»Du kannst mich nicht besiegen, sagt sie. »Also würde ich vorschlagen, dass du dein Schicksal einfach akzeptierst. Wäre das denn nicht viel einfacher?«

Endlich kann ich zumindest meine Zunge und meine Lippen wieder bewegen. »Aber zuerst bringe ich dich um.«

Die *Cailleach* seufzt und lässt mich los. Obwohl ich wieder auf eigenen Beinen stehe, kann ich mich immer noch nicht bewegen oder sie angreifen. Sie selbst wirkt wieder zerbrechlich. Äußerst zerbrechlich. Als würde sie bald auseinanderbrechen. Wäre ich ein besserer Mensch, würde ihre offensichtliche Schwäche wohl Mitleid in mir auslösen. Aber ich bin kein besserer Mensch. Ich würde ihre Schwäche eher zu meinem Vorteil nutzen.

»Ich sterbe, *mo Nighean*«, erklärt sie mit der sanften, zittrigen Stimme einer alten Frau.

Ich höre ein klein wenig Angst darin. Die Angst einer unsterblichen Kreatur, die seit der Erschaffung der Berge und der Wanderung der Gletscher existiert und letzten Endes dennoch der Ungewissheit des Todes gegenübersteht.

»Als ich mich dazu entschied, mich fortzupflanzen«, fährt sie fort, »habe ich meine Unsterblichkeit aufgegeben. Genauso wie meine Mutter, die vor mir die *Cailleach* war.«

Sie hält mir ihre Hand entgegen, und ihre Haut ist erneut knorrig und alt. »Und jetzt sterbe ich. Es ist so wie bei euch Menschen, bloß langsamer. Und ich muss jemanden finden, der meinen Platz einnimmt, bevor ich gehe.«

Lonnrachs Worte über das *Sìth-bhrùth* kommen mir wieder in den Sinn.

Das Land war ganz, und jetzt ist es einfach in der Mitte zerbrochen. Es fällt alles auseinander.

Es fällt auseinander … fällt auseinander …

Ohne Herrscher wird das Sìth-bhrùth *untergehen. Jemand muss ihren Platz einnehmen.*

Die *Cailleach* – oder vielleicht auch diejenige, die vor ihr da war – hat die ganze Welt und die Ozeane erschaffen. Sie machte alles möglich. Wenn sie stirbt, wird alles mit ihr untergehen. Und wenn das *Sìth-bhrùth* auseinanderbricht, steht der menschlichen Welt womöglich dasselbe bevor. Sie war diejenige, die beide Welten mit ihrem Hammer und ihrem Stab erschuf.

Von einem Moment auf den anderen verfliegt meine blinde Wut, und ich kann wieder klarer denken.

»Wenn ich sterbe«, sage ich, »und Aithinne ihre Macht wiedererlangt, dann gilt dasselbe aber nicht für Kiaran. Seine

Entscheidung kann nicht wieder rückgängig gemacht werden. Die Feen bleiben trotzdem böse.«

Die *Cailleach* sieht mit verschlossenem Gesicht zu mir auf. Sie ist wieder jung, wunderschön, beeindruckend und stark – und sogar noch Furcht einflößender. »Aye. Das ist der Weg, für den sich dein … Kiaran entschieden hat. Er ist zerstört.«

Zerstört. Als wäre er ein kaputtes Spielzeug, eine Puppe, die sie erschaffen hat und die nicht ganz so wurde, wie sie es sich vorgestellt hat.

»Kadamach war immer stärker als Aithinne«, sagt die *Cailleach* und weicht von mir fort und auf das Feuer zu. »Er hatte sich eigentlich als würdig erwiesen, meinen Platz einzunehmen. Bis er sich in diese *Frau* verliebte.« Ihre Augen sind hart und glänzen wie Stahl. »Meine Tochter hat zwar die Falknerinnen erschaffen, aber dein Tod macht das wieder wett. Mein Sohn hingegen … Dass Kadamach sich verliebt hat, ist unverzeihlich. *Schwach.*« Sie spuckt das Wort aus, als wäre es ein Fluch. »Er ist nicht würdig zu regieren.«

»Man ist nicht schwach, bloß weil man jemanden liebt. Oder Mitgefühl zeigt.«

Hältst du mich für schwach, weil ich etwas empfinde?

Nein. Niemals. Das ist, was dich ausmacht, Kam.

»Du bist eine Närrin«, fährt die *Cailleach* mich an und schiebt ihren schwachen Körper noch näher ans Feuer. »So war es schon immer. Zwei Kinder, die zum Herrschen geboren werden. Jeder regiert in seinem eigenen Königreich, um seine Fähigkeiten unter Beweis zu stellen. Und dann beginnt der stärkere einen Krieg und tötet den anderen. Kadamach hat seine Aufgabe nicht erfüllt.«

Und tötet den anderen.

Ich kann erneut hören, was Aithinne damals in Edinburgh zu mir gesagt hat. Ihre Stimme klang so wissend und traurig. *Letzten Endes sind wir alle dieser Hirsch.*

Sie kannte ihr Schicksal. Es ging um das Leben eines Jägers und den Tod seines Opfers. Denn was Aithinne und Kiaran anging, war immer schon vorherbestimmt, dass nur einer von ihnen überleben durfte.

Und trotzdem erlaubte sich Aithinne, den Bruder zu lieben, der sie umbringen sollte.

»Und du hast es geschehen lassen«, erwidere ich angespannt. »Du hast deine Kinder in den Krieg ziehen lassen?«

Die *Cailleach* fletscht ihre messerscharfen Zähne. »Warum auch nicht? *Meine* Mutter hat dasselbe getan.«

Mir wird kalt.

Die Schatten aus dem Mantel der *Cailleach* kriechen über den Boden und winden sich wie Schlangen um meine Füße. »Meine Schwester hat vor Kadamach über die Dunkelfeen geherrscht«, erklärt sie. »Ich habe sie getötet, um die beiden Königreiche zu vereinen. So war es schon seit Anbeginn. Eine *Cailleach* ersetzt die andere. Meine Tochter wird dieselbe Entscheidung treffen müssen wie ich. Nachdem sie ihren Bruder getötet hat, werde ich ihr meine verbliebene Macht übertragen und sterben. Und sie übernimmt meinen Thron.«

Ich will einfach nicht glauben, dass wir unser Schicksal nicht selbst bestimmen können. Dass es Kiaran vorherbestimmt ist, der Tod zu sein. Dass es mir vorherbestimmt ist, das Chaos zu sein. Und Aithinne, Königin zu werden. Wir sind doch keine Schachfiguren. Das hier ist kein Spiel. Ab welchem Punkt können wir selbst entscheiden?

»Aber sie liebt ihn«, fauche ich. »Bedeutet dir das denn verdammt noch mal gar nichts? Du hast deine Schwester umgebracht, und jetzt verlangst du von deiner Tochter, dass …«

»Das spielt keine Rolle«, erwidert sie. »Sie kann Kadamach nicht am Leben lassen. Wenn sie ihn nicht tötet …«

»Dann was?«

»Dann muss sie zusehen, wie die Welt, die sie liebt, zusammen mit mir stirbt.« Ihre Macht umgibt mich und raubt mir den Atem. Sie rinnt wie schwarze Tinte meinen Rachen hinunter. »Ihre Entscheidungen sind schuld daran, dass du alle, die du geliebt hast, verloren hast. Und bald schon werden die Reiche zerbrechen. Deines und meines.«

Jetzt weiß ich, warum in den Geschichten immer die Rede vom Krieg zwischen den Lichtfeen und den Dunkelfeen war, und warum sie stets mit der Wilden Jagd begannen.

Der Krieg sollte den Feen einen Tausende Jahre währenden Frieden sichern. Aber Aithinnes Entscheidung, die Falknerinnen zu erschaffen, war ihr erster Schritt, sich gegen das Schicksal zu stellen und eine Geschichte neu zu schreiben, die sich Generation um Generation wiederholt hatte.

Ihre Entscheidung hat Kiarans Leben beeinflusst. Es war nie vorgesehen, dass er sich in eine Falknerin verliebt. Und die Auswirkungen ihrer Entscheidung zogen durch die Jahrhunderte immer größere Kreise, bis sie schließlich zur Zerstörung unserer Welt führten.

Ich muss daran denken, was Gavin im Edinburgh meiner Vorstellung zu mir gesagt hat.

Manche Dinge kann man nicht verhindern.

»Jetzt verstehst du sicher«, flüstert die *Cailleach*, »warum Aithinne es tun muss. Wofür glaubst du, wird sie sich entscheiden?« Eis überzieht den Boden unter dem Stab der *Cailleach*. »Wird sie die Königreiche zu Staub zerfallen und ihren Bruder am Leben lassen, der sie umbringen wollte?«

»Ich werde nicht zulassen, dass etwas davon geschieht«, erwidere ich. Es muss noch eine andere Lösung geben. Es *muss* einfach.

»Es gibt nichts, was du tun kannst«, erwidert sie mit kalter Stimme. »Einer von ihnen muss sterben.« Ihre Lippen kräuseln sich. »Und es sollte Kadamach sein.«

Meine Verzweiflung ermöglicht es mir, die Macht, die sie über mich ausübt, zu durchbrechen und die Fesseln zu durchschneiden, die mich gefangen halten. Der plötzliche Gegenangriff lässt sie zurücktaumeln, und ihr jugendliches Gesicht verwandelt sich wieder in das einer alten Frau.

Ich laufe los. Ich höre sie brüllen, während ich durch die dunklen Bäume stürze. Ich laufe so lange weiter, bis ich nichts mehr sehen kann. Bis mich die Dunkelheit vollkommen gefangen nimmt. Die Stimmen der Toten rufen erneut meinen Namen. Sie greifen nach mir, aber ich kämpfe gegen sie an und kratze zurück. *Kiaran*, *Kiaran*, *Kiaran*, *Kiaran*. Ich wiederhole seinen Namen wie ein verzweifeltes Gebet. *Einer von ihnen muss sterben. Und es sollte Kadamach sein.*

Und dann befinde ich mich wieder auf der Lichtung. Das Feuer brennt noch immer. Die *Cailleach* steht vor mir. Ruhig, alt und eingehüllt in ihren Schattenmantel. »Du kannst nicht vor mir davonlaufen, *mo Nighean*. Nicht hier.«

Es ist mir egal. Ich versuche es noch einmal. Ich stürze zwischen die Bäume. Die Äste dringen wie scharfe Messer in die Haut auf meinen Schultern und meinem Nacken. Sie zerreißen meine Kleider, während ich sie zur Seite schiebe. Ich blute am ganzen Körper, aber ich bleibe nicht stehen. Ich laufe immer weiter. Ich muss zu Kiaran.

Dann befinde ich mich wieder vor dem Feuer, und diese verdammte *Cailleach* steht mir erneut gegenüber. Ich falle vor ihrem Schattenmantel auf die Knie und ringe keuchend nach Luft, während die Hoffnungslosigkeit mich langsam zu übermannen droht.

Sie wird mich für alle Ewigkeit hierbehalten, genauso, wie sie es gesagt hat. Es sei denn, ich entschließe mich zu sterben.

Sie hebt mein Kinn mit dem Finger an. Ich blicke in ihr altes, faltiges Gesicht und atme zitternd aus. »Es wäre so einfach, wenn du einfach loslassen würdest, *mo Nighean*«, sagt sie.

»Keine weiteren Toten, niemand für den du mehr verantwortlich bist. Du könntest für alle Ewigkeiten auf verschwenderischen Bällen tanzen, wenn du willst.«

Nein. *Nein.* Ich will keine verschwenderischen Bälle, keine Teeveranstaltungen und keine Kleider mehr. Ich will mich nicht mehr in eine Ehe zwingen lassen. Diese Dinge würden mich nur wieder in einen Käfig sperren und ein Mädchen aus mir machen, das zu behütet ist, um wahre Gefahr zu kennen, bis sie auf sie trifft und diese ihr mit scharfen Zähnen und Klauen ihr Leben aus den Händen reißt.

Dennoch zieht mich die Macht der *Cailleach* in ihren Bann. Sie lässt in mir den Wunsch aufkommen, meine Verantwortung abzustreifen und nie wieder in die Welt der Lebenden zurückzukehren, wo alles so schwer ist und jeder Tag einem Kampf gleichkommt.

Sie lehnt sich zu mir, und ich versinke in ihrem tiefgründigen Blick. »Du würdest deine Mutter wiedersehen«, flüstert sie.

Kiarans Worte flattern wie die Flügel einer Motte durch meinen Kopf.

Vergiss nicht, warum du dorthin gehst. Das, was sich auf der anderen Seite befindet, wird nicht wollen, dass du wieder zurückkehrst.

Ich bin nicht mehr das Mädchen, das seine Mutter verloren hat und jederzeit mit Versprechungen, sie wiederzusehen, gelockt werden kann. Ich bin nicht mehr das Mädchen, das so blind vor Rache ist, dass sein einziges Ziel ist, Feen zu jagen, zu töten und zu verstümmeln.

Ich bin nicht mehr dieses Mädchen. Ich bin es *nicht.*

Ich bin jetzt jemand anderes. Jemand, der in dem Spiegelzimmer neu erschaffen wurde, wie Stahl, der geschmolzen und dadurch nur noch stärker wird. Ich brauche keine Rache mehr. Ich brauche bloß mich selbst.

Eine bekannte Macht durchfließt mich, heiß und grausam. Ich habe sie immer gespürt, bevor ich eine Fee tötete, doch nun ist sie stärker, beinahe überwältigend. Sie schießt wie Strom durch meine Adern und unter meiner Haut entlang, bis ich glaube zu explodieren.

Ich reiße mich von der *Cailleach* los. *»Nein.«*

Dann strecke ich die Hand mit der Handfläche nach oben aus, und die Macht bricht aus mir hervor. Sie trifft die *Cailleach* mit voller Wucht. Sie wird hochgewirbelt, und ihr Körper kracht gegen einen Baum.

Ich gehe langsam und zielgerichtet auf sie zu. Die Macht in mir wächst und wird immer heißer, je näher ich komme.

Die *Cailleach* sieht mich an, und ich erkenne erstmals eine Spur von Angst in ihrem Blick.

»Sag mir, wie ich hier rauskomme«, sage ich mit leiser Stimme.

Ihre Augen funkeln. »Niemals.«

Sie hebt ihren Stab, um mich abzuwehren, doch ich bin schneller. Ich packe ihn und reiße ihn ihr aus den Händen. Sie stößt einen spitzen Schrei aus und stürzt sich darauf, doch ich bin flinker als ihr zerbrechlicher, alter Körper. Ich ducke mich unter ihr hindurch.

Ohne ihren Stab sieht die *Cailleach* noch älter aus. Ihr Körper besteht nur noch aus Haut, die sich über ihre Knochen spannt, und ihre Augen wirken trüb.

Ich lasse erneut meine Macht aus mir herausbrechen. Sie trifft die *Cailleach* so hart, dass der Baum in der Mitte auseinanderbricht.

Und dann höre ich plötzlich das Poltern von Schritten im Wald zu meiner Linken. Ich drehe mich gerade um, als Aithinne keuchend durch die Bäume am Rand der Lichtung stürzt. Sie zittert vor Erschöpfung.

»Da bist du ja!«

Sie umarmt mich, und plötzlich vergesse ich die *Cailleach* und meine Macht. *Bring mich zurück*, sage ich beinahe. *Nimm mich mit.*

»Mein Gott, du bist wirklich schwer zu finden«, sagt sie. »Die *Brígh* war nicht …«

Sie hält mitten im Satz inne, und ihr ganzer Körper versteift sich. Ich sehe, dass die *Cailleach* wieder aufgestanden ist. Sie starrt Aithinne mit ihrem jungen Gesicht entgegen, ihre Haut ist glatt und makellos. Ihr Gesichtsausdruck lässt sich nicht deuten.

»*Màthair*«, flüstert Aithinne.

»Es ist lange her«, erwidert die *Cailleach*.

Aithinne durchbohrt sie mit ihrem Blick und schwankt ein wenig. Was ist los mit ihr? »Nicht annähernd lange genug«, sagt sie. »Ich hätte dein Gesicht lieber noch tausend Jahre länger nicht gesehen. Vielleicht auch zwei.«

»Tochter …« Die *Cailleach* streckt die Hand nach ihr aus, doch Aithinne weicht kopfschüttelnd zurück.

»Dann bin ich jetzt also wieder deine *Tochter*, oder wie? Nachdem du wolltest, dass Kadamach mich tötet?« Sie lacht bitter. »Wie hast du mich genannt, nachdem ich die Falknerinnen erschaffen hatte? *Masladh bith-bhuan*, *Máthair*. Deine ewige Schande.«

Ich werfe der *Cailleach* einen bösen Blick zu. Zuvor wollte ich sie bloß dazu zwingen, mir den Weg hier heraus zu zeigen. Doch nun bin ich versucht, ihr mit ihrem Stab eine zu verpassen. Aus Prinzip.

»Aithinne«, sage ich bestimmt, bevor ich etwas tue, was ich noch bereuen würde. »Lass uns gehen.«

Gerade als wir uns abwenden, ruft die *Cailleach* Aithinnes Namen. »Wenn du die Falknerin sterben lässt, dann bekommst du deine Macht zurück. Und der Thron gehört *dir*.«

Aithinne seufzt, und ich bemerke erst jetzt, dass sie zittert.

»Oh, *Máthair*«, sagt sie traurig. »Du hast es nie verstanden, nicht wahr? Ich will ihn nicht. Ich glaube nicht, dass ich ihn jemals wollte.«

Dann nimmt sie mir sanft den Stab ab. Im nächsten Augenblick hält sie ein Messer in der Hand und schneidet sich damit die Handfläche auf. Ihre Hand zittert so stark, dass der Schnitt zackig wird.

Sie hält sich an meinem Arm fest und drückt ihre blutige Handfläche auf die komplizierten Schnitzereien auf dem Stab.

»Lebwohl, *Màthair*.«

»Aithinne!«

Sie hebt den Stab hoch und rammt ihn in den Boden. Die *Cailleach* schreit auf, während das Eis, das von dem Stab ausgeht, den Boden unter unseren Füßen gefrieren lässt. Das Feuer erlöscht zu Rauch. Über uns bilden sich aus dem Nichts plötzlich dichte, dunkle Wolken, und in der Ferne höre ich einen Donnerschlag.

Dann schlägt ein Blitz in den Stab ein, und Aithinne und ich versinken im Licht.

32

Ich keuche und würge. Die Steine am Strand bohren sich in meine Arme, als ich mich umdrehe und Wasser heraufwürge. Ich erbreche mich und huste, meine Lungen und mein ganzer Brustkorb schmerzen. Ich lehne meine Stirn gegen die eiskalten Steine, während ich Luft einsauge und unkontrolliert zittere. Mein Kleid ist vollkommen durchnässt und klebt wie eine Eisschicht an meiner Haut.

Ich spüre, dass jemand bei mir ist, aber ich bin zu benommen, um nachzusehen. Ich schüttle einmal kurz den Kopf.

»Na siehst du. Du bist wieder zurück und so gut wie neu«, erklärt eine zittrige Stimme neben mir. Aithinne. Sie wirkt schwach und müde, und ihre Nase blutet. Sie lächelt ihr vertrautes Lächeln, bevor sie weiterspricht: »Das war ja wirklich ganz einfach.«

Bevor ich etwas darauf erwidern kann, durchschneidet ein schrilles Kreischen die Luft. Derrick stürzt sich auf mich, und seine Flügel, Arme und Beine verheddern sich in meinen Haaren. »Du lebst, du verdammte Närrin. Du lebst!«

Gavin tritt zu mir und setzt sich neben mich, seine blonden Haare kleben an seiner Stirn. Er öffnet seinen schweren Wollmantel und wickelt ihn mir um die Schultern. Ich nehme ihn dankbar an, meine Finger sind so taub, dass ich den Mantel kaum geschlossen halten kann.

»Willkommen zurück im Land der Lebenden«, sagt Gavin. Dann deutet er mit seinem vertrauten Halblächeln mit dem

Kopf in Richtung Himmel und meint: »Ich nehme an, es hat funktioniert.«

Erst jetzt sehe ich, dass um uns herum Wassertropfen in der Luft schweben. Sie glitzern wie Millionen schimmernder Diamanten und verteilen sich über den gesamten Strand.

Fasziniert berühre ich einen der Tropfen vor mir. Als mein Finger durch ihn hindurchfährt, verformt er sich und bricht dann zu einem Dutzend kleinerer Tropfen auseinander. »Bin ich das?«, frage ich Aithinne.

Sie schenkt mir ein schwaches Lächeln. »Es braucht etwas Übung, um sie zu kontrollieren. Atme langsam aus, und stell dir vor, wie sie sich langsam absenken …«

Ich blinzle, und die Tropfen fallen mit einem lauten Platschen zu Boden.

»Oder du machst es einfach so«, sagt sie, und dann aufmunternder: »Du hast es versucht.«

»Entschuldigung.«

Gavin braucht einen Moment, um sich zu erholen, und streicht seine nassen Haare glatt. Er lässt einen Strang *Seilgflùr* von seinen Fingern baumeln. »Das hier ist zwar nicht so beeindruckend wie schwebendes Wasser, aber ich nehme an, du wirst die nicht mehr brauchen.«

Nicht mehr brauchen? Ich berühre meinen Hals, in der Annahme, dass die Distel noch dort ist, wo ich sie umgelegt habe, doch sie ist verschwunden. Ich ziehe überrascht die Luft ein und strecke die Hand nach Derrick aus. Dann umfange ich seinen Körper mit meiner Hand.

»Aua!«, schreit Derrick und zieht an einer meiner Haarsträhnen. »Doch nicht so fest. Ich bin eine Fee und keine verdammte Blume.«

Er schnaubt verärgert, lässt jedoch meine Haare los und setzt sich auf meine Handfläche. Und zum ersten Mal kann ich ihn ohne die Hilfe der *Seilgflùr*-Distel sehen. Es ist vollkommen anders, als hätte sich ein Schleier vor meinen Augen gelüftet. Sein Gesicht ist dasselbe, die elfenhaften Gesichtszüge sind unverändert, doch er strahlt ein angenehmes Leuchten aus, das ich noch nie an ihm gesehen habe – er sieht aus wie Kiaran, als wir zum ersten Mal im *Sìth-bhrùth* waren. Derricks Flügel glitzern wie Morgentau, und die winzigen Adern, die sie durchziehen, wirken wie dünne Goldfäden.

Derrick windet sich unbehaglich. »Hast du vor, mich noch länger so anzustarren?« Er deutet auf mein Kleid. »Aithinne hatte es verdammt schwer, dich zurückzuholen.«

Er jetzt sehe ich an mir hinunter und erkenne, dass mein Kleid vollkommen blutdurchtränkt ist. Ich atme zischend aus. *»Himmel«*, murmle ich. »Was ist passiert?«

Derrick fliegt von mir fort und landet auf Gavins Schulter. Das Schweigen, das auf meine Frage folgt, ist unerträglich. Schließlich antwortet Aithinne. »Nachdem die *Brìgh* deine Energie verloren hatten, brauchte ich Stunden, um dich zu finden.« Ihre Stimme zittert vor Kälte.

Stunden? Nachdem die *Cailleach* die Blumen zum Welken gebracht hatte, muss sie mit mir zwischen den Erinnerungen hin und her gesprungen sein, um Aithinnes Suche noch schwieriger zu machen. Kein Wunder, dass sie sich entschieden hat, mir anstelle der anderen Dinge, die sie mir vielleicht hätte anbieten können, die Wahrheit zu schenken.

Aithinne sieht so schwach aus, als würde sie jeden Moment zusammenbrechen. Blut läuft ihre Arme hinab. Ihre Nase blutet, genauso wie ihre Hände, ihre Handgelenke und ihre Arme. Einige Schnitte sind oberflächlich, andere reichen bis zu den Knochen.

Blut um Blut, hatte Kiaran gesagt. War das das Opfer, das sie bringen musste, um mich zurückzuholen? Ihr Haarknoten hat sich gelöst, und ihre schwarzen Haare hängen herab und kleben an dem Eis auf ihrer Stirn. Selbst ihre Haut ist blau.

»Hier«, sage ich, lasse Gavins Mantel von meinen Schultern gleiten und wickle ihn um ihren Körper. Ich werfe ihm einen schnellen Blick zu, doch er beachtet mich nicht. Er sieht Aithinne an, als wolle er ihr helfen, ist sich aber nicht sicher wie.

Ihre Wunden schließen sich nicht, zumindest nicht so schnell wie üblich. Ihr Blut tropft auf die Steine am Strand. »Deine Wunden heilen nicht.«

Aithinne schwankt ein wenig, und ihre Haut wird sogar noch blasser. »Das ist Teil des Opfers«, flüstert sie. »Ich kann meine Macht nicht dazu verwenden, mich selbst zu heilen, und ich musste mehr Blut geben, als ich gedacht habe.« Ihre Augen blicken ins Leere. »Wisst ihr, ich glaube, ich fühle mich gar nicht wohl. Ich denke …«

»Scheiße«, murmelt Gavin und packt sie, bevor sie auf die Steine fällt. Dann hebt er sie hoch.

»Aithinne?« Sie antwortet nicht. Ihre Augen sind geschlossen, und ihre Wange ruht an seiner Brust. »Ich muss sie hineinbringen«, sagt er. Sein Hemd ist bereits von ihrem Blut durchtränkt. »Eine der anderen Feen muss sie zusammenflicken.«

»Nein.« Aithinne windet sich plötzlich in seinen Armen. »Lass nicht zu, dass mich irgendjemand so sieht.«

»Bring sie in dein Zimmer, Seher«, sagt Derrick. »Ich werde sie selbst zusammenflicken.« Ein flüchtiges Lächeln huscht über sein Gesicht. »Und ich werde sogar sanft dabei sein.«

»Das würde ich dir auch raten«, haucht Aithinne.

Jetzt, wo das geklärt ist, frage ich: »Wo ist eigentlich Kiaran?«

Gavin und Derrick sehen beide aufs Wasser hinaus. Ich folge ihrem Blick über den Strand zu den heranbrandenden Wellen des Ozeans. Kiaran steht vollkommen bekleidet bis zu den Knien im Wasser.

Er starrt hinaus zum Horizont. Blut sickert aus seinen Händen und färbt das Wasser hinter ihm rot. Dann blickt er zum Strand herüber und sieht mir in die Augen. Mein Herz setzt aus. Seine Augen. *Seine Augen.* Sein Blick erinnert mich sehr an Kadamach. Diese tiefe, unendliche Dunkelheit. Diese Hoffnungslosigkeit.

»Er ist dort hinaus, als Aithinne dich nicht zurückbringen konnte«, erklärt Derrick.

Ich will gerade ebenfalls hinaus und ihn holen, als Aithinne mein Handgelenk packt. Ihr Blick geht noch immer ins Leere, aber irgendwie findet sie die Kraft, mich an sich zu ziehen, bis ihre Lippen mein Ohr berühren. Ihre geflüsterte Nachricht ist nur für mich gedacht. »Das, was heute geschehen ist, hat ihn daran erinnert, dass er dich eines Tages verlieren wird.« Ihre nächsten Worte sind voller Bedauern. »Falknerinnen sterben immer jung. Immer.«

Dann verliert sie das Bewusstsein, und Gavin wendet sich ab, um sie in die Höhle zu bringen.

Ich fange erneut Kiarans Blick auf, und es ist, als würde sich die ganze Welt um mich herum auflösen. Ich will ihm sagen, dass ich es weiß. *Ich weiß alles.*

Er wendet den Blick abrupt ab, als hätte er meine Gedanken gelesen. Vielleicht hat er es tatsächlich. Bevor ich ihn davon abhalten kann, kommt er mit großen Schritten aus dem Wasser und verschwindet im dunklen Eingang der Höhle.

Später am selben Abend starre ich auf den Haufen verschiedener Teilchen auf meinem Arbeitstisch hinunter, die Derrick ohne Zweifel allesamt während meiner dreijährigen Abwesenheit zusammengetragen hat. Zerbrochene Steinschlosspistolen und Taschenuhren, Ritzel und Schrauben und andere Metallteile verschiedenen Ursprungs.

»Die hier sind für dich, damit du damit arbeiten kannst«,

hatte Derrick zu mir gesagt, nachdem er Aithinne wieder zusammengeflickt hatte und aufgeregt zu mir gekommen war. »Sieh dir nur mal diese glänzenden Dinger an! Die mag ich am liebsten.«

Ich glaube, das, was mit mir passiert ist, hat Derrick Angst eingejagt, auch wenn er es niemals zugeben würde. Aithinne ist es zwar schnell gelungen, meinen Körper zu heilen, doch dann hat sie mehrere Stunden hinter dem Schleier nach mir gesucht. Mir erschien es sogar noch länger, als wären die *Cailleach* und ich eine Ewigkeit lang zwischen den Erinnerungen hin- und hergesprungen.

»Ich möchte eine Weile alleine sein«, erkläre ich ihm nun. »Bloß um zu verstehen, was eigentlich passiert ist.«

Seine Flügel schlagen gegeneinander. »Willst du, dass ich den Mund halte?«

Ich schüttle lächelnd den Kopf. »*Allein* allein.« Ich streiche mit der Hand über seine Flügel. »Kannst du bitte gehen und noch mal überprüfen, ob die Barrieren halten?«

Ohne es zu wollen, bereitet mir die *Cailleach* Sorgen. Aithinne hat ihr zwar gesagt, dass sie den Thron nicht will, aber die *Cailleach* erscheint mir nicht wie jemand, der ein Nein als Antwort akzeptiert.

Meine Macht ist in deiner Welt zwar begrenzt, aber ich weiß, dass sich alle, die du zurückgelassen hast, in diesem unterirdischen Königreich befinden. Und du willst doch sicher, dass sie dort in Sicherheit sind?

»Na gut«, murmelt er. »Aber nachher erzählst du mir besser alles.«

Er fliegt aus dem Zimmer und zieht einen Lichtschein hinter sich her. Ich seufze und sehe zum Fenster hinaus. Erneut fällt Schnee auf die Ruinen des Edinburgh meiner Vorstellung. Mein Haus ist das einzige am Platz, das noch steht. Von hier aus kann ich die zerstörten Burgmauern und den ehemaligen Park in der Princes Street sehen, der mittlerweile von Schlingpflanzen überwuchert ist.

Ich überlege, ob ich eine andere Umgebung für mein Zimmer erschaffen soll. Argentinien vielleicht. Oder die karibischen Inseln. Irgendwo, wo es warm ist. Irgendwo, wo es nicht wie in Schottland aussieht und ich meine Zehen in den warmen Sand am Strand stecken und all das hier für eine Weile vergessen kann.

Doch dann blicke ich hinaus und sehe, wie der Schnee auf den Bürgersteig fällt, der eigentlich nicht mehr existiert, und ich möchte nirgendwo sonst sein.

Eines der Zahnräder, mit denen Derrick gerade herumgespielt hat, fällt mit einem lauten Krachen zu Boden und reißt mich aus meinen Tagträumen. Ich hebe es auf und lege es zu seinen metallenen Freunden. Mein Blick wandert über die verschiedenen Teile, die irgendwie zusammenpassen sollten. Früher konnte ich sie ohne große Schwierigkeiten zusammenfügen. Ich musste nie etwas planen oder vorab darüber nachdenken. Dinge zu bauen war für mich so natürlich wie Atmen. Neue Waffen zu erfinden war, wie ein schwieriges Puzzle zu legen – es glich einer aufregenden, neuen Entdeckung. Und es hielt in jedem Fall die Albträume fern.

Mittlerweile bleibt mir selbst dieser kleine Trost versagt. Die Teile vor mir wirken fremd. Ich kann nicht sagen, ob sie zusammenpassen. Ich weiß nicht, was ich bauen oder wie ich es anstellen soll.

Ich nehme eines der Teilchen hoch, es ist ein zerbrochenes altes Ziffernblatt. *Was soll ich bloß mit dir anfangen?*

Ohne es zu wollen, spüre ich, wie sich meine Macht in mir entfaltet. Sie fließt durch die Adern in meinen Armen, hinunter zu meinen Handgelenken und bricht an den Handflächen hervor. Das Metall verbiegt sich unter der Hitze. Die alten Zeiger der Uhr stellen sich auf und verformen sich, bis sie sich in Blütenblätter verwandelt haben. Die anderen Metallteile ordnen sich darum an und formen einen Stamm aus glänzendem, geschmolzenem Gold.

Es ist wunderschön. Ich blicke ehrfürchtig darauf hinunter. Das habe ich erschaffen. *Ich habe das hier erschaffen.*

Ein schnelles Klopfen an der Tür reißt mich aus meiner Konzentration. Die goldene Blume fällt mit einem dumpfen Schlag auf den Teppichboden.

Die Zimmertür hinter mir öffnet und schließt sich mit einem sanften Klicken wieder. »*Derrick*«, seufze ich und wende mich in meinem Stuhl zur Tür um, »ich habe dir doch *gesagt*, dass …«

Mir stockt der Atem. *Kiaran.* Er ist noch immer nass vom Meer und vom Regen. Von seinen Klamotten tropft Wasser auf den Teppich. Jetzt, wo ich das zweite Gesicht besitze, erkenne ich erst, wie er leuchtet, sehe das goldene Schimmern, das seine glänzende Haut ausstrahlt. Und seine Augen strahlen ebenfalls. Ich habe mich geirrt, als ich ihre Farbe mit Flieder verglich, der im Gegensatz zu ihnen blass wirkt.

Seine Hand ist mit einem ausgefransten Stück Leinen verbunden, und durch den Stoff sickert nach wie vor Blut aus dem Schnitt, der Aithinnes gleicht und noch immer nicht verheilt ist. Ich starre auf den purpurfarbenen Fleck auf dem weißen Stoff und muss daran denken, wie er über das Gesicht der toten Falknerin strich und einen roten Streifen auf ihrer hellbraunen Haut hinterließ. Ich zucke zusammen und wende mich wieder den Metallteilchen zu, ohne sie jedoch wirklich zu sehen.

Was soll ich zu ihm sagen? Ich weiß nicht einmal, wie ich anfangen soll. »Wie geht es deiner Hand?«

Um Himmels willen.

Kiaran antwortet nicht. Seine Stiefel stampfen über den Teppich, und plötzlich steht er dicht neben mir. So nah, dass wir uns beinahe berühren. »Was ist auf der anderen Seite passiert?« Als ich nicht antworte, legt er eine Hand auf meine Wange und dreht mein Gesicht zu sich. Seine Augen wirken so anders als in der Vergangenheit. Ganz und gar nicht *leer*.

»Kam?«

Was soll ich ihm erzählen? Die Wahrheit, die mir die *Cailleach* gezeigt hat? Er hat so angestrengt versucht, diesen Teil seiner Persönlichkeit zu verbergen. Er hat seinen Namen geändert. Er hat auf seinen Thron verzichtet. Er hat alles aufgegeben, und es war nie vorgesehen, dass ich etwas davon erfahre.

Ich bin in seine intimsten und privatesten Erinnerungen eingedrungen. Genau wie Lonnrach in meine.

Ich schließe kurz die Augen.

Die Art, wie er auf die andere Falknerin hinunter geblickt hat. Die Art, wie er sie ansah … Ich hätte das alles nicht sehen sollen.

Ich löse meinen Blick von ihm und blickte wieder hinaus in den Schnee, der in dicken, weichen Flocken vom Himmel fällt und den Boden und die Bäume weiß bedeckt. »Es tut mir leid«, sage ich.

»Kam.« Seine Stimme klingt hart. »Sag es mir.«

Sieh ihn bloß nicht an. »Ich habe die *Cailleach* getroffen.«

Hätte ich nicht so genau zugehört, hätte ich vielleicht überhört, wie scharf er die Luft einzieht. Die Luft zwischen uns wird kalt. Er tritt zurück. »Sie hat dir etwas angeboten. Und ich nehme an, dass es nicht dein Leben war.«

Der Schneefall wird stärker und immer stärker. Man kann nicht einmal mehr die Eingangsstufen zum Haus erkennen. »Sie hat mir die Wahrheit angeboten.«

Das Schweigen zwischen uns breitet sich aus und kommt mir schließlich vor wie Stunden. Wenn ich ihn jetzt ansehen würde, wäre sein Gesichtsausdruck wohl kalt und berechnend, als würde er überlegen, was er als Nächstes sagen soll. Kiaran ist diesbezüglich sehr umsichtig.

»Verstehe«, sagt er schließlich.

Und das war's. Er erklärt sich nicht weiter und muss es auch nicht. Er weiß, was ich gesehen und erfahren habe.

»Warum hast du sie umgebracht?« Ich halte meinen Blick weiterhin auf den immer intensiver werdenden Schneesturm vor dem Fenster gerichtet, obwohl ich durch das Schneegestöber hindurch nicht einmal mehr die Ruinen sehen kann. »Das ist das Einzige, was ich nicht verstehe.«

Ich muss ihm nicht erklären, von wem ich gerade gesprochen habe. Er weiß es. Ich erkenne es an der Art, wie er sich neben mir versteift, daran, dass er so still wird, dass ich glauben würde, er wäre gegangen, würde ich ihn nicht besser kennen.

»Nichts hat mich jemals so sehr überrascht wie sie«, sagt er. Er steht neben meinem Stuhl und sieht ebenfalls in den Schnee hinaus. »Ich hätte nie gedacht, dass ich fähig sein könnte, etwas zu fühlen, bis ich sie traf. Ich hätte nie gedacht, dass ich jemals … jemanden *wollen* würde. Nicht auf die Art, wie ich sie begehrt habe.«

Aber du hast sie umgebracht, hätte ich am liebsten gesagt. Aber ich sage nichts, sondern halte meinen Blick auf den Schnee gerichtet, der sich draußen auftürmt und von den Straßenlaternen golden erleuchtet wird. »Nicht einmal Sorcha?«, frage ich vorsichtig, und wünschte sofort, ich hätte es nicht getan. Es war bloß geraten. Und dämlich.

Kiaran wirft mir einen scharfen Blick zu, doch ich sehe ihm nicht in die Augen. »Hat sie dir das etwa auch gezeigt?«

Ich wünschte, ich hätte nicht recht gehabt. Ich wollte nicht recht haben. Tränen steigen mir in die Augen. »Das musste sie nicht«, sage ich. »Ich habe gesehen, wie Sorcha dich ansieht.« *Auf dieselbe Art wie ich.*

Kiarans Hand ballt sich zur Faust. Seine Knöchel werden weiß. »Sorcha war meine Gefährtin«, erklärt er ausdruckslos.

Meine Finger gleiten über die Narbe, die mich an mein erstes Wiedersehen mit Sorcha erinnert. Damals erfuhr ich, dass Kiaran und sie sich kannten.

Du bist immer noch an deinen Schwur gebunden. Feadh gach re. *Alle Zeit und für immer, du erinnerst dich?*

»Dann war dein Schwur also …«

»Es ist ein alter Brauch, dass Gefährten einen Schwur ablegen. Also gab ich ihr dieses Versprechen, das uns aneinander bindet.«

Er hat dich glauben lassen, dass du ihm etwas bedeutest. Kadamach schert sich einen Dreck um irgendjemanden und am allerwenigsten um dich.

Ich wünschte, er hätte mir das alles schon früher erzählt, als wir noch nachts zusammen durch die Straßen zogen und Ungeheuer töteten. Damals hätte das alles keine Rolle gespielt, denn Kiaran war für mich nur Mittel zum Zweck gewesen. *Lehre mich alles, was du weißt, und ich reiße ihr für das, was sie meiner Mutter angetan hat, das Herz heraus. Auge um Auge.*

Aber jetzt … jetzt wünschte ich, er hätte keine Vergangenheit. Ich wünschte, er wäre ein Blatt Papier, das in dem Augenblick wieder weiß wurde, als er mein Leben rettete und mir fünf Worte zuflüsterte: *Wir werden sie alle töten.* Dann würde es nicht so verdammt wehtun, dass die Fee, die meine Mutter ermordet hat, gleichzeitig auch seine Gefährtin war.

»Wie hast du die Falknerin kennengelernt?«, frage ich, weil ich nicht mehr über Sorcha sprechen möchte.

Ein leises Lächeln umspielt sein Gesicht. »Sie hat versucht, mich zu töten.«

Die meisten Personen reagieren wohl bestürzt, wenn jemand versucht, sie zu töten, doch Kiaran scheint es als eine Art Anmache oder Schmeichelei zu sehen – vermutlich sogar beides. »Und das hat dir dein dunkles *Unseelie*-Herz erwärmt.«

»Natürlich nicht«, erwidert Kiaran. »Aber nach mehreren Versuchen begann ich, ihre Beharrlichkeit zu bewundern.« Sein Gesicht wird weich. »Das war das erste Gefühl, das ich seit tausend Jahren verspürte, und ich wollte sie einfach *kennenlernen*.«

Etwas in mir regt sich. Etwas, das ich schon lange Zeit nicht mehr gespürt habe. Ich erkenne es zuerst kaum, weil es so fremd für mich ist. Eifersucht. Ich wusste von der anderen Falknerin, und dass Kiaran sie geliebt hat, aber die Geschichte nun zu hören, fühlt sich an wie ein Messer, das sich in meine Eingeweide bohrt.

Ich sage nichts, weil ich mir nicht sicher bin, ob ich meine Gefühle aus meiner Stimme heraushalten kann.

»Wir haben uns monatelang heimlich getroffen. Bis einer meiner Untertanen mir einen Seher brachte«, erzählt er. »Eine meiner Lieblingsbeschäftigungen war, ihnen die Augen herauszureißen, bevor ich sie tötete, bloß um ihre letzte Vision zu sehen.«

Ich versuche, es mir nicht vorzustellen, doch es gelingt mir nicht.

»Die Vision zeigte, wie ich *sie* tötete.« Kiarans Stimme klingt so mechanisch, als hätte er das hier geprobt. Er sieht nicht mehr in den Schnee hinaus, sondern erlebt seine Erinnerung noch einmal, jenen Moment in seiner Vergangenheit, an dem sich alles für ihn änderte. »Ich dachte, ich könnte verhindern, dass es sich bewahrheitet, wenn ich aufhören würde, sie zu treffen.« Er beißt die Zähne zusammen und senkt den Blick. »Wenn ich aufhören würde, Menschen zu jagen.«

Er schweigt, und ich frage mich, ob er wohl weitersprechen wird. Plötzlich wird mir klar, warum er sich weigerte, mir vor der Schlacht von Gavins Vision zu erzählen. *Du würdest verzweifelt versuchen, es zu verhindern, und jede bewusste Entscheidung, die du triffst, würde dazu beitragen, dass sich die Vision bewahrheitet.*

Kiaran atmet tief ein. »Ohne die Wilde Jagd begann ich zu sterben. Mein Königreich begann zu zerfallen. Und als ich an meinem schwächsten Punkt angelangt war, brachte mir Sorcha einen Menschen. Sie hat versucht, mein Leben zu retten – unser *aller* Leben.« Er schließt kurz die Augen. »Ich konnte mich nicht zurückhalten. Und von allen Menschen, die Sorcha sich aussuchen hätte können, brachte sie mir ausgerechnet …«

»… deine Falknerin«, beende ich den Satz für ihn. Ich bin zwischen den vielen Emotionen wie hin- und hergerissen. Traurigkeit. Eifersucht. Wut auf Sorcha.

Und … und … Begehren. Gefühle können furchtbar hartnäckig und kompliziert sein. Trotz der Dinge, die er getan hat – Dinge, die ich mit eigenen Augen gesehen habe –, empfinde ich noch immer etwas für ihn. Ich begehre ihn. Ich begehre ihn so, wie er war, als er mit mir in den eiskalten Wellen stand und mir aufmunternde Worte ins Ohr flüsterte. Ich begehre ihn so wie damals in den Ruinen von Glasgow, als er meine Narben nachzeichnete, als wolle er sie sich ins Gedächtnis einbrennen. Ich begehre ihn genau so. Offen und verwundbar. Ich *begehre* ihn.

Und ich beginne mich zu fragen, ob ich jemals das Recht hatte, ihn zu begehren.

»Catriona«, haucht Kiaran auf eine Art, die mir im Herzen wehtut. »Das war ihr Name.«

Ihr Name gleitet so geschmeidig wie Wasser über seine Zunge. Er klingt ehrfürchtig. Er klingt, als hätte er ihn jeden Tag seines Lebens wiederholt. *Catriona. Catriona. Catriona.*

»Das ist ein schöner Name«, erkläre ich ihm bemüht ruhig.

Er hört mir gar nicht zu. Er ist noch immer in seiner Erinnerung versunken. »Ich schwor, dass ich niemals wieder einen Menschen töten würde. Also bat ich meine Schwester …«, er wirft mir einen Blick zu, »… aber du kennst den Rest ja bereits.«

»Aye«, erwidere ich leise.

Die Königreiche zerfielen, und er und Aithinne waren schuld daran. Mein Gott, die Last, die sie tragen. Zu wissen, dass die Entscheidungen, die sie für sich trafen – die Entscheidungen, die den Vorstellungen der *Cailleach* über ihre Zukunft zuwiderliefen – alles zerstört haben. Und trotzdem sind das die Dinge, die ihn zu Kiaran gemacht haben.

Er steht so nahe bei mir, dass ich seine Wärme erneut spüren kann. Ich versuche, alles zu verdrängen, was mir die *Cailleach* gezeigt hat und was ich gerade gehört habe. Ich will vergessen, was er für Catriona empfindet und nicht mehr an die Dinge denken, die er geopfert hat, weil sie ihm ein kleines Stück Menschlichkeit hinterließ.

Dann berührt er meine Schulter, und ich zucke zurück, weil ich es einfach nicht vergessen kann. »Nein«, sage ich sanft. »Ich bin nicht sie.« Ich schiebe den Stuhl vom Tisch zurück. Ich rolle näher zur Tür hin, um etwas Abstand zwischen uns zu bringen, doch es ist nicht genug. »Ich werde sie nicht ersetzen.«

Im nächsten Augenblick ist er bei mir. Er packt meinen Arm und dreht mich brüsk zu sich herum. Seine Augen lodern. Sie strahlen ein unheimliches Leuchten aus, das ich mit meinen menschlichen Augen so noch nie gesehen habe. Es ist hypnotisierend. »Ist es das, was du *denkst*? Dass ich will, dass du sie ersetzt?«

Ich versuche, mich von ihm zu lösen, doch er zieht mich noch näher zu sich. »Was soll ich denn sonst denken? Wir sind beide Falknerinnen.«

»Das bedeutet mir gar nichts«, sagt Kiaran. Er presst seine warme Hand auf meine Wange. »Das, was du bist, hat niemals eine Rolle gespielt. Ich will dich, weil ich mich nie lebendiger fühle als in den Augenblicken, wenn ich mit dir zusammen bin. Ich will *dich*, Kam.«

Dann pressen sich seine Lippen auf meine, und er küsst mich. Gott steh mir bei – aber ich küsse ihn zurück. Ich drücke meinen Körper an seinen, und …

Nein. Ich muss es wissen. »Liebst du mich?«, flüstere ich gegen seine Lippen. »Wie du sie geliebt hast?«

Kiaran weicht zurück – er zieht scharf die Luft ein, und das ist alles, was ich wissen muss. »Kam.«

Ich zucke zurück und versuche, die Überraschung und den Schmerz auf seinem Gesicht zu ignorieren. Er greift nach mir, doch ich weiche ihm aus. »Ich kann nicht«, flüstere ich. »Ich kann das nicht. Ich muss jetzt gehen.«

Und dann eile ich durch die Tür hinaus.

33

Ich haste durch die Höhle und hinaus auf den dunklen Strand, um nachzudenken. Überrascht sehe ich Aithinne im Wasser stehen. Ihre Füße werden von den schaumigen Wellen, die hereinrollen, gerade noch umspült. Sie hat ihre Hosenbeine bis über ihre nackten Unterschenkel aufgerollt. Ihr Mantel bauscht sich hinter ihr, und ihre langen Haare wirken ungezähmt und frei.

Der Mond wirft sein Licht auf die Brandung, sodass es aussieht, als würde ein Lichtband direkt zu Aithinne führen, und Aithinnes Haut schimmert. Jetzt, wo ich über das zweite Gesicht verfüge, sehe ich, dass sie wie ein Opal glänzt.

Die Luft ist kalt, sogar noch kälter als vorher, als ich hier war, um zu sterben. Trotzdem macht mir die Kälte nichts aus, das Summen der Macht unter meiner Haut pumpt Wärme durch meine Adern. Der Wind ist abgeflaut und alles ist ruhig. Man hört nichts außer dem ruhigen Wogen des Meeres und dem Knirschen der Steine, wenn sie von den Wellen vor und wieder zurückgerollt werden.

Ich schlinge meinen Mantel enger um mich und setze mich etwa einen Steinwurf von Aithinne entfernt und in sicherer Entfernung von den Wellen auf den Strand. Ich wage es nicht, näher heranzurücken. Einmal am Tag nass bis auf die Knochen zu werden ist mir genug.

»Ich sehe schon, es war dein voller Ernst, als du meintest, du würdest Wasser lieben«, sage ich.

Aithinne antwortet lange Zeit nicht, sondern legt bloß den

Kopf in den Nacken, um sich das Mondlicht aufs Gesicht scheinen zu lassen. Schließlich kommt sie jedoch an den Strand zurück und steigt elegant über die Steine, um sich neben mich zu setzen.

Mein Blick fällt auf die zahlreichen Nähte auf ihren Armen. Obwohl die Wunden sehr fein vernäht sind – Derrick leistet einfach perfekte Näharbeit, egal unter welchen Umständen –, hebt sich der dunkle Faden von ihrer blassen, schimmernden Haut ab. Es sind so viele Schnitte. Dutzende.

»Das Meer hat etwas Besonderes an sich, nicht wahr?«, fragt sie, und ihre Stimme lässt mich zusammenzucken. »Meinesgleichen haben immer geglaubt, es könnte verborgene Dinge zum Vorschein bringen.« Sie wirft mir einen Blick zu. »Selbst deine tiefsten Ängste.«

»Tatsächlich?«, frage ich ausdruckslos. Ich würde lieber vergessen, wie es sich anfühlte zu ertrinken, und auch, was ich auf der anderen Seite gesehen habe.

Die Stimmen, die meinen Namen riefen und die Hände, die mich tief unter die kalte Erde zogen, verfolgen mich noch immer.

»Wenn wir uns besonders tapfer fühlten«, sagt sie, »dann tauchten wir ins Wasser und flüsterten: *Innis dhomh*. Erzähl es mir. Und die Wellen zeigten uns unsere Vergangenheit, unsere Zukunft – und die Geheimnisse, die unsere Leben beeinflussten. Manchmal erzählten sie uns Dinge, die wir lieber nicht erfahren hätten.«

»Aithinne«, sage ich. »Du drückst dich vor dem, was du mich wirklich fragen willst. Spuck es aus.«

»Es ist keine Frage, sondern eine Feststellung. Du siehst irgendwie hin- und hergerissen aus, seit wir uns hinter dem Schleier wiedersahen. Zuerst dachte ich, es hat damit zu tun, dass meine Mutter versucht hat, dich zu ermorden, aber …«

Ich starre hinaus aufs Wasser und versuche, nicht an Kiaran zu denken.

Liebst du mich? Wie du sie geliebt hast?

Er hat ein Abzeichen auf mir hinterlassen. Kein körperliches Mal, wie etwa Lonnrach, aber es ist, als hätten sich die Lücken meiner Erinnerungen, die mir Lonnrach genommen hat, mit Teilen von Kiaran wieder aufgefüllt, mit den *Gefühlen*, die mich davor bewahrt haben, in dem Spiegelzimmer meinen Verstand zu verlieren. Er hat es getan, ohne es zu merken, und ich habe es zugelassen, ohne es zu merken. Mein Gott, wie sehr wünsche ich, ich hätte es nicht getan.

»Falknerin?«

»Warum wolltest du den Thron nicht?«, frage ich abrupt.

Sie zuckt mit den Schultern. »Es ging immer nur um Schlachten, Kämpfe und den Hofstaat. Ihr Menschen seid viel aufregender. Ihr habt so vulgäre Schimpfwörter und eure *Kuchen* …«

»Aithinne. Jetzt drückst du dich vor der Antwort.«

Sie sieht schweigend auf die Wellen hinaus, die hereinrollen und sich wieder zurückziehen, als würde der Ozean atmen. »Ich wusste schon immer, dass nur entweder Kadamach oder ich überleben durfte«, sagt sie. »Ich konnte ihm nicht wehtun. Ich dachte einmal, ich könnte es, aber …« Aithinne zuckt mit den Schultern. »Also habe ich akzeptiert, dass ich diejenige sein würde, die sterben muss.«

Ich mustere sie, doch ich sehe nicht die Aithinne vor mir, die damals am Lagerfeuer stand, die Fee, die den ersten Falknerinnen befahl, Rache zu üben und ihren Bruder bezahlen zu lassen. Der Krieg hat Aithinne nicht stärker, sondern menschlicher gemacht. Nach allem, was Kiaran getan hat, liebt sie ihn noch immer. Und sie hat niemals damit aufgehört.

Ich sage nichts. Ich habe Angst, etwas Falsches zu sagen oder sie dazu zu bringen, nicht mehr weiterzusprechen. Es gibt noch so viel, was ich über ihre Vergangenheit wissen möchte.

Aithinne hält erneut ihr Gesicht ins Mondlicht. »Kadamach und ich wurden gemeinsam erschaffen, weißt du. Wir waren einmal wie eine Einheit.« Ihr Gesicht wird hart. »Doch dann wurden wir getrennt, in zwei verschiedenen Königreichen aufgezogen und dazu gedrillt, uns gegenseitig zu zerstören. Nachdem er dort auf diesem Feld meine Untertanen getötet hatte, wusste ich, dass er es als Nächstes auf mich abgesehen haben würde.«

»Also hast du die Falknerinnen erschaffen«, sage ich.

»Die Falknerinnen und die *Mortair* …«, erwidert sie leise. »Ich habe eine ganze Armee erschaffen, um sie auf ihn zu hetzen. Nur Kadamach und ich haben die Macht, einander zu töten«, sagt sie mit rauer Stimme, »aber ich wollte sein Königreich zerstören, als Rache für den Schmerz, den er in meinem angerichtet hatte.«

»Die *Cailleach* hat mir gezeigt, was er getan hat.« Ich sehe weiter zu den Wellen und versuche, nicht daran zu denken. Es gelingt mir nicht. »Wie er den Krieg begonnen hat. Ich wünschte, ich könnte es vergessen.«

»Ich weiß, was du gesehen hast«, sagt sie leise. »Das, was mich dazu brachte, deinesgleichen zu erschaffen.«

»Und trotzdem hast du ihn nicht getötet. Warum nicht?« Ich hätte ihn für das, was er getan hat, gejagt. Ich hätte es genossen, ihn ausfindig zu machen und ihn umzubringen.

»Ich konnte es nicht«, flüstert sie. »Ich hasste ihn nicht genug. Ich dachte, ich täte es, aber als er mich um Hilfe bat …« Sie sieht mich an. »Wir hatten so lange Krieg gegeneinander geführt, dass wir uns an gar nichts anderes mehr erinnern konnten.«

Ich drücke meine Schulter an ihre, und sie schenkt mir ein dankbares Lächeln. »Ich kann ihn jetzt wieder *hier* spüren«, sie tippt sich an die Stirn, »… und wir hatten diese Verbindung sehr lange Zeit verloren. Nach allem, was wir durchgemacht haben, werde ich ihn nicht hintergehen. Nicht jetzt, wo ich ihn gerade erst wiederbekommen habe. Ich wünsche uns noch viele Tausend Jahre, um die Zeit nachzuholen, die wir verloren haben.«

»Wir werden einen Weg finden, um die beiden Königreiche zu retten, ohne dass einer von euch beiden sterben muss«, erkläre ich ihr.

Es ist das Einzige, was ich sagen kann. Ich kann ihr nicht sagen, dass sie sich entscheiden muss. Ich kann nicht *zulassen*, dass sie sich entscheidet. »Ich schwöre es.«

Beginnt sie jetzt etwa zu weinen? Ich glaube nicht, dass ich schon jemals eine Fee zum Weinen gebracht habe – außer Derrick, aber das war, als ich ihm *Eine Weihnachtsgeschichte* von Charles Dickens vorgelesen habe und Scrooge am Ende aufhörte, ein Mistkerl zu sein. Derrick meinte, er hätte etwas im Auge.

»Wirklich?«

»Wir sind Freunde«, sage ich bestimmt. »Du hast dich gegen deine wahnsinnige Mutter gestellt …«

»Meine *mörderische* Mutter«, unterbricht mich Aithinne. »Warum sollten wir hier irgendetwas beschönigen?«

»… um mir zu helfen. Und ich werde mich revanchieren. Du musst nur zulassen, dass ich dir helfe. Aber das wird schwer werden, nehme ich an.«

Aithinne lächelt. »Ich will nur, dass du weißt, dass ich es nie bereut habe, die Falknerinnen erschaffen zu haben. Auch wenn ich dadurch an Macht verlor … Es ermöglichte mir, mich ein bisschen menschlicher zu fühlen.«

»Pech, dass wir alle jung sterben«, erwidere ich leichthin. »Du bekommst alles zurück, wenn ich einmal nicht mehr da bin.«

Aithinne hält meinem Blick stand. Ihre Augen wirken wie ein Strudel geschmolzener Stahl. »Aye. Und das ist das Einzige, was ich bedaure.« Sie seufzt. »Ich muss mich nach dem heutigen Tag trotzdem noch ein wenig ausruhen. Ich fühle mich nicht wie ich selbst. Kommst du zurecht?«

Ich nicke. »Ich brauche bloß noch ein paar Minuten.«

Und dann lässt Aithinne mich alleine und geht leise über den Sand zurück zur Höhle.

Ich bleibe am Strand und sehe zu, wie die Wellen atmen und sich die Steine knirschend aneinander reiben wie ein Schiff, das über die Wellen schaukelt. Schließlich verebbt meine Macht und verschwindet bald darauf von selbst, und meine Haut kühlt wieder ab. Der eiskalte Wind wird stärker, und ich bin gezwungen, mich wieder in die warme Stadt zurückzuziehen.

Ich mache mich auf den Weg zurück zur Höhle, als ich eine Gestalt am Eingang stehen sehe. Kiaran. »Lass mich raten«, sage ich und trete näher, »deine Schwester hat dir verraten, wo du mich findest.«

Es ist so dunkel, dass ich sein Lächeln nicht sehen kann, aber ich höre es an seiner Stimme, als er antwortet. »Ganz im Gegenteil«, sagt er. »Sie meinte, ich sähe aus, als bräuchte ich ein wenig frische Luft. Erst als ich dich hier draußen sah, erkannte ich, dass sie wieder einmal ihrem zweitliebsten Hobby gefrönt hat.«

»Der Hinterlist?«

»Ich hätte es Einmischerei genannt, aber du hast nicht ganz unrecht.«

Kiaran macht einen Schritt nach vorne, und ich weiche unbewusst vor ihm zurück. Und von einem Moment auf den anderen ist das Lächeln, das ich vorhin gar nicht sehen musste, vollständig verschwunden. Ich spüre es an der Art, wie sein

Körper erstarrt. Ich wünschte, ich könnte sein Gesicht sehen, aber es ist so verdammt finster, selbst mit meinen neuen seherischen Kräften.

»Kam.«

»Nicht.« Ich halte eine Hand hoch und trete an ihm vorbei in die Höhle. »Du musst nichts erklären.«

Ehe ich michs versehe, steht Kiaran direkt vor mir und blockiert den Weg. Mein Gott, waren seine Augen immer schon so strahlend? So wunderschön?

»Du hast mir vorhin keine Gelegenheit gegeben, dir zu antworten«, sagt er. »Wenn du es getan hättest, hätte ich dir gesagt, dass ihr beide nicht vergleichbar seid.«

Er streckt zögernd die Hand nach mir aus. Seine Finger gleiten über meinen Nacken und weiter über meine Schulter. Ich schließe meine Augen und versinke in dem Gefühl, als würde er nicht genug davon bekommen können, mich zu berühren.

»Ist das alles?« frage ich und bemühe mich, ruhig zu klingen.

Kiaran tritt noch näher heran und lässt erneut seine Hand sanft über meinen Nacken gleiten.

»Ich habe nie an ihrer Seite gekämpft. Ich habe nie mit ihr gemeinsam einer Armee gegenübergestanden und habe nie bewundert, wie herrlich sie sich im Kampf behauptet. Ich habe nie ihre Wunden versorgt, habe nie mit ihr die Sterne beobachtet und nie auf der Suche nach ihr beinahe den Verstand verloren.«

Er lehnt seine Stirn an meine, und ich kann nicht mehr denken, mich nicht mehr bewegen, nicht mehr atmen. »Ich hätte es dir schon oft sagen sollen. Ich hätte es dir damals im *Síth-bhrùth* sagen sollen.«

Ich lächle. »Ich dachte, Lonnrach hätte dich erschaffen, weißt du noch? Ich hätte dir kein Wort geglaubt.«

Kiaran erwidert mein Lächeln. »Ich hätte einen Weg gefunden, um dich zu überzeugen. Ich hätte es zuerst in meiner eigenen Sprache gesagt: *Tha gaol agam ort le m' uile chridhe*, Kam«, haucht er, und sein Atem gleitet über meine Haut. »Und dann hätte ich es übersetzt und gesagt, dass ich dich lie…«

Ich drücke meine Lippen fest auf seine. »Keine Liebeserklärungen. Keine theatralischen Verkündungen.« Ich stelle mich auf die Zehenspitzen und flüstere ihm ins Ohr: »Denk daran, was du mir versprochen hast. Zeig mir, was ich dir bedeute, MacKay.«

Er zieht scharf die Luft ein. »In dein Zimmer. Sofort.«

Er nimmt meine Hand und zieht mich durch die Höhle zurück in die Stadt, vorbei an den flackernden Straßenlaternen und durch die dunklen Gassen. So spät in der Nacht sind die Straßen beinahe leer, genauso wie in Edinburgh. Mein Herz pocht, als ich ihn auf meinen Balkon und in mein Zimmer führe. Die Tür fällt mit einem Klicken hinter uns zu. Keine Spur von Derrick. Gott sei Dank.

Kiaran packt mein Hemd und küsst mich. Er drückt seine Lippen fest auf meine. Wie selbstvergessen flüstert er immer wieder Worte in seiner Sprache. Sie rollen über seine Zunge, und ich sehne mich nach mehr, *verzehre* mich nach mehr.

»Verrate mir, was du da sagst. Übersetze es.« Ich presse meine Lippen auf die Unterseite seines Kinns, auf seine Schulter. Ich küsse ihn überall.

»Du willst wissen, was du mir bedeutest, Kam?« Seine Lippen wandern meinen Hals entlang. »Ich frage mich jeden Tag, wann dein menschliches Leben enden wird, und es jagt mir eine Höllenangst ein.« Seine Worte fühlen sich heiß auf meiner Haut an. »Du lässt in mir den Wunsch aufkommen, ich hätte keine Ewigkeit zu leben.«

Falknerinnen sterben immer jung. Immer.

Ich wünschte, es wäre nicht wahr. Ich wünschte, er wäre ein Mensch oder ich eine Fee, und wir hätten Tausende Leben, um das hier zu tun.

Er legt seine Hände unendlich sanft auf meine Wangen. *»Aoram dhuit.«*

Ich werde dir huldigen.

»Du hast einmal gesagt, das sei ein Schwur. Soll ich ihn auch ablegen?«

»Nein, Kam.« Er sieht mir in die Augen, bevor er meine Halsschlagader küsst. Dann sind seine Lippen an meinem Ohr, und er flüstert: »Lass mich meinen Worten Ehre erweisen.«

Ich kann mich nicht mehr länger zurückhalten. Ehe ich michs versehe, packe ich ihn vorne am Hemd, drücke meinen Rücken an die Wand und küsse ihn, küsse ihn und küsse ihn. Er lacht überrascht auf, als ich nach den Knöpfen seines Hemds greife und einen nach dem anderen aufknöpfe, bis er sie schließlich ungeduldig aufreißt.

Dann spüre ich erneut seine Lippen auf meinen. Auf meiner Wange, meiner Schulter und tiefer. Unsere Kleider fliegen zur Seite, und ich erhasche einen kurzen Blick auf seinen muskulösen, schimmernden Körper, bevor er mich an die Wand presst. Kiaran packt meine Oberschenkel und hebt mich hoch, damit ich die Beine um seine Taille schlingen kann.

Er hält sein Versprechen. Ich kann gar nicht genug von seinen Lippen, seinen Küssen und seinen Händen bekommen, die mich überall berühren.

Und endlich weiß ich, was es bedeutet, gehuldigt zu werden.

34

Irgendwann im Laufe der Nacht öffne ich meine Augen, und mein Blick fällt auf Kiaran, der neben mir schläft. Wir liegen einander zugewandt, und unsere nackten Beine sind unter der schweren Wolldecke ineinander verschlungen. Es ist beinahe Vollmond, und das Licht fällt durch das Fenster auf sein Gesicht und seine perlmuttfarbene, schimmernde Haut.

In all der Zeit, seit ich ihn kenne, habe ich ihn noch nie schlafend gesehen. Sein Gesicht wirkt weicher. Er sieht jünger und beinahe verletzlich aus. Er hält mich fest umschlungen und hat seine Finger in meinen Haaren vergraben, und etwas an dieser Geste lässt mich sicher und geborgen fühlen.

Mein Blick fällt auf die Zeichen, die seine Schultern bedecken und seine Arme hinunter verlaufen. Ich habe sie vorhin alle geküsst und weiß, dass sie sich über seinen ganzen Rücken ziehen. Es sind wunderschöne, verschnörkelte Muster, die sich von seiner Haut abheben, als wären sie von einem feinen Messer eingeritzt worden. Ich strecke die Hand aus, um sie mit den Fingerspitzen zu berühren.

Kiarans Lippen verziehen sich zu einem Lächeln. »Gefällt dir, was du siehst?«

Verdammt. Ich werde rot, mein Gesicht glüht, und ich ziehe schnell die Hand zurück. »Wie machst du das? Wie schaffst du es immer wieder, mich dabei zu ertappen, wie ich dich anstarre?«

»Mmm.« Kiaran zieht mich an sich und küsst sanft meine

Stirn, meine Wange und meinen Hals. Federleichte Berührungen, die die Erinnerungen an seine Hände und seine Lippen überall auf meinem Körper wieder aufleben lassen. »Ich kann einfach exzellent raten«, erklärt er mir.

»Ach so? Und was denke ich jetzt gerade?«

»Dass dir das hier gefällt.« Kiarans Hand gleitet hinunter auf meine Hüfte. »Und dass du willst, dass es so bleibt.«

Etwas an der Art, wie er es sagt, lässt mich innehalten. »Glaubst du denn, dass es nicht so sein wird?«

»Kam ...«

»Warte.« Ich presse einen Finger auf seine Lippen. »Ich habe es mir anders überlegt. Antworte nicht.«

Kiaran wirkt amüsiert. »Was soll ich denn dann sagen?«

»Irgendetwas anderes. Damit ich nicht über dich und mich oder Lonnrach nachdenken muss. Oder darüber, wo dieser verdammte Kristall ist. Was ist deine Lieblingsfarbe? Hast du eine Lieblingsfarbe? Wie viele Stellen der Zahl Pi kennst du auswendig?«

»Kam.«

»Nein. Nicht so. Lass uns von vorne beginnen.« Ich stütze mein Kinn auf meine Hände. »Erzähl mir ...« Kiarans Lippen streichen über meine. »Erzähl mir ...« Er küsst mich erneut, dieses Mal fester. Was wollte ich sagen? Ich kann mich nicht mehr daran erinnern. »Das machst du absichtlich.«

»Hab ich von dir gelernt«, erklärt Kiaran. »Improvisation.«

Ich hätte wissen müssen, dass er den Kuss nach der Irrwischattacke einmal gegen mich verwenden würde. »Sehr clever.«

»Du hast gesagt, du willst von vorne beginnen.« Kiarans Lippen wandern über mein Kinn. »Sollen wir anfangen? Ich bin Kiaran.« Noch ein Kuss. »Und du bist Kam.« Und noch einer. »Schön, dich kennenzulernen.«

Ich lache. »Vorstellungen beinhalten aber normalerweise keine Küsse, MacKay.«

»Diese hier schon.«

»Du machst es mir viel zu einfach«, sage ich. »Zuerst muss ich dich verzaubern. Und dann, wenn du es am wenigsten erwartest, muss ich dich verführen.« Mit einer schnellen Bewegung rolle ich mich auf ihn und fixiere ihn unter mir. Unsere beiden Körper liegen genau übereinander und pressen sich aneinander. Ich umklammere seine Handgelenke mit einem triumphalen Lächeln. »Ha! Jetzt hast du's. Jetzt gehörst du mir, MacKay.«

Die Art, wie Kiaran mich ansieht, raubt mir den Atem. Er blickt zu mir hoch, als wäre ich überaus mächtig. Als wäre ich umwerfend. Ich glaube nicht, dass ich mich je schöner gefühlt habe.

Dann windet er sich aus meiner Umklammerung, küsst mich und flüstert gegen meine Lippen: »Das tue ich«, erklärt er. »Ich gehöre dir.«

Als ich aufwache, steht Kiaran mit dem Rücken zu mir am Fenster. Das Mondlicht, das von draußen hereinfällt, taucht ihn in einen Lichtkegel. Ich betrachte seinen breiten Rücken, seine lange Wirbelsäule und die Muster auf seiner Haut, die wohl von Feenmetall eingebrannt wurden.

Ich stehe auf und stelle mich neben ihn. Er sagt nichts, während meine Fingerspitzen zu seiner Schulter hochwandern und das Muster dort nachzeichnen. Ich betrachte die Zeichen im Mondlicht. Sie sind sehr kunstvoll, manche der Schnörkel sind winzig, andere größer. Es ist die schönste Arbeit, die ich je gesehen habe.

»Was bedeuten diese Zeichen?«, frage ich ihn, während ich immer wieder die Linien nachzeichne und spüre, wie sich die Haut zu winzigen, komplizierten Mustern erhebt.

»Wenn eine *Sìthiche* einen Schwur ablegt, wird er auf ihre Haut gezeichnet. Es ist eine Erinnerung, die wir für alle Ewigkeit mit uns tragen. Eine Buße«, erklärt er. »Dieses Muster hier steht für mein Versprechen an Catriona.«

Ich spüre einen Schmerz in der Brust, ein dumpfes Pochen. »Deine Buße?«

Kiaran schließt kurz die Augen. Er greift nach meiner Hand, als würde ihn die Berührung trösten. Als würde ich bald verschwinden. »Jedes der Zeichen steht für einen Menschen, den ich getötet habe.«

Ich halte den Atem an, und meine Augen erfassen die volle Größe des Abzeichens. O Gott. Wenn ich versuchte, sie alle zu zählen, würde ich wohl bald den Faden verlieren. Es sind so viele Schnörkel. So viele. Ich kann nicht anders, ich muss mich einfach auf die Zehenspitzen stellen und mit der Hand über das Muster streichen. Von seinem Handgelenk bis zur Unterseite seines Oberarmes.

Kiarans Haut leuchtet im Mondlicht. Er lässt mich meine Erkundung über seine Schultern hinweg bis zu seinem anderen Arm fortsetzen. Es sind Tausende Schnörkel. *Tausende.*

Als ich sein anderes Handgelenk erreicht habe, wo das Zeichen schließlich endet, kann ich nicht mehr atmen. Ich denke an seine unendlich dunklen und hoffnungslosen Augen, als ich ihn in der Vergangenheit gesehen habe. Sie waren so voller Scham.

Kadamach wurde nicht dazu erschaffen zu lieben. Seine Gabe ist der Tod.

Er trägt seine Abzeichen, genauso wie ich es tue. Sie stehen für seine Erinnerungen, seine Schande, seinen Schmerz. Sollte mich jemals jemand fragen, was passiert, wenn Chaos und Tod aufeinandertreffen, dann würde ich ihm sagen, dass wir beide gemeinsam die Narben unserer Gaben tragen. Sie erinnern uns daran, was passiert, wenn wir versuchen, unser Schicksal selbst zu bestimmen.

»Kam«, flüstert Kiaran.

Und das ist alles. Bloß mein Name, als wolle er sagen: *Verstehst du?* Denn Kiaran wird es mir nicht erklären oder mich danach fragen. Und ich verstehe es. Ich verstehe es, weil ich nicht mehr die Person von früher bin, und er ist es ebenfalls nicht.

»Du hast dir einen menschlichen Namen ausgesucht«, sage ich sanft. Ich hatte es selbst nicht begriffen, bis ich es ausgesprochen habe. »Kiaran MacKay ist ein menschlicher Name.«

»Aye«, sagt er.

»Warum?« Ich streiche über die Muster entlang seiner Wirbelsäule und spüre, wie er unter meiner Berührung erzittert.

»Ich wollte etwas, was nur mir gehört«, sagt er. »Also suchte ich mir selbst einen Namen aus.«

Sein ganzes Leben – von seiner Geburt bis zu seinem Tod – war vorherbestimmt, es war ein Muster, das die *Cailleach* gezeichnet hatte. Es ist erstaunlich, wie etwas so Kleines und Einfaches wie ein Name so wichtig werden kann. Etwas, das ausdrückt: *Das hier gehört mir. Ich habe es mir selbst ausgesucht. Es gehört mir.*

Ein Name. Bloß ein Name. Wenn ich von vorne beginnen müsste, würde ich mich vielleicht nicht dafür entscheiden, wieder Lady Aileana Kameron, Tochter des Marquis von Douglas zu sein. Oder eine Falknerin, das Mädchen, dessen Gabe das Chaos ist. Vielleicht wäre ich bloß Kam, das Mädchen, das alles ertrug.

Mein Blick fällt auf ein Zeichen in dem Muster, das kleiner und feiner als die anderen ist, und ich presse meine Fingerspitzen auf jeden einzelnen der Schnörkel. Auf einen nach dem anderen.

»Warum hast du begonnen, deinesgleichen zu jagen?«, frage ich. »Das habe ich mich immer schon gefragt.«

Kiaran will sich schon umdrehen, doch ich halte ihn davon ab. Ich presse meine Hände auf seine Schultern und auf die Leben, die er genommen hat. Ich präge mir seine Abzeichen ein, genauso wie er sich meine einprägte. Jetzt bin ich an der Reihe.

»Ich sah in ihnen allen den Teil von mir, den ich versucht habe zu zerstören.« Seine Stimme ist hart, und seine Worte rollen so akzentuiert über seine Zunge, wie es immer der Fall ist, wenn er wütend ist. »Also habe ich sie alle getötet.«

Ich erstarre. *War es bei mir nicht genauso?* Die Feen, die ich getötet habe, waren alle ein Ersatz für Sorcha. Immer, wenn ich sie sah, sah ich ohne Ausnahme *sie*. Jedes Mal, wenn ich eine von ihnen tötete, tötete ich in Gedanken Sorcha und rächte mich für den Tod meiner Mutter.

Ich presse meine Stirn auf seine Abzeichen. Ich spüre die gerillte Haut an meiner und frage mich, wer sie wohl alle waren.

Seine Gabe ist der Tod.

Der Tod folgt ihr, wo auch immer sie hingeht.

»Hast du dich jemals verflucht gefühlt?«, flüstere ich gegen seine Narben. *Ich schon.*

»Jeden Tag«, erklärt er mir.

Kiaran wendet sich um, um mich anzusehen, und ich kann nichts dagegen tun – ich drücke einen Kuss auf sein Schlüsselbein, und meine Finger zeichnen die Abzeichen darauf nach. *Erzähl es mir.*

»Zeig mir den Schwur, den du gegenüber Sorcha geleistet hast«, sage ich, denn das ist alles, was ich sagen kann. *Zeig ihn mir. Wir können unsere Flüche vergleichen. Du weißt bereits alles über meine.*

Er nimmt meine Hand und legt sie sich auf die Brust. Das Muster auf seinem Brustkorb unterscheidet sich von den anderen. Es sind schroffe, ausgefranste Linien, die wie dornige

Zweige wirken. Sie bilden ein Netz, dessen Mittelpunkt sich genau über seinem Herzen befindet. Dieses Abzeichen ist nicht schön. Es war ein Schwur, der aus Pflicht und Tradition, aber nicht aus Liebe geleistet wurde. Ich hasse es, dass Sorcha seinen Körper auf diese Weise gezeichnet hat. Ich hasse es, dass er sein Versprechen an sie mit sich trägt, bloß weil es von ihm *erwartet* wurde.

»Jetzt verstehe ich es«, flüstere ich.

»Was?«

Ich sehe ihm in die Augen. »Das, was du in Glasgow zu mir gesagt hast, als ich dir vorwarf, dass du wolltest, dass ich meine Narben verstecke. Wenn ich diese Abzeichen sehe, hasse ich sie nur noch mehr.«

Er verschränkt seine Finger mit meinen. »Es ist aber auch eine Erinnerung für mich.«

»An deinen Schwur ihr gegenüber?«

»Nein, Kam«, erwidert er. Seine Finger streichen über die Narben auf meiner Schulter. Eins, zwei, drei Bisse. Fünfzehn Erinnerungen. »Meine ganze Existenz war schon vor meiner Geburt vorherbestimmt. Dieses Abzeichen steht für den Weg, den ich hätte einschlagen können. Es ist eine Erinnerung daran, dass ich lieber nach meinen eigenen Bedingungen sterbe, als eine ganze Ewigkeit nach den Bedingungen eines anderen zu leben.«

35

Heute ist Hogmanay, der letzte Tag in diesem Jahr. Ab morgen schreiben wir 1848, und obwohl ich so lange Zeit in Gefangenschaft verbracht habe, habe ich trotzdem das Gefühl, als müsste *eigentlich* gerade erst das Jahr 1844 zu Ende gehen. Ich habe so viel Zeit versäumt, und ich kann kaum glauben, dass sie wirklich verloren ist.

Ich schiebe meine Gedanken zur Seite, während ich vor dem Schlafzimmerspiegel stehe und das Abendkleid betrachte, das Derrick für mich genäht hat. Meine mit Sommersprossen übersäte Haut sieht in dem tiefen, dunklen Purpurrot glatter und weniger mitgenommen aus. Ärmel bedecken die Narben auf meinen Armen, und der runde Ausschnitt bringt meine Schultern zur Geltung. Die Taille ist eng verschnürt, darunter bauschen sich mit weißer Spitze verzierte Röcke.

Unter den zahllosen Schichten aus Unterkleidern und Röcken trage ich Stiefel und eine Hose – die Macht der Gewohnheit. Abgesehen davon sehe ich jedoch so aufgeputzt aus wie die verdammten Weihnachtsbäume in der Mitte des Charlotte Square. Jetzt weiß ich wieder ganz genau, warum ich diese furchtbaren Dinger so gehasst habe.

»Ich kann nicht atmen«, erkläre ich Derrick.

»Ich habe dir ein Kleid genäht, das du im Notfall einfach herunterreißen und in einen Mantel verwandeln kannst, und du beschwerst dich, dass du nicht atmen kannst? Du bist so undankbar!« Er fliegt auf meine Schulter und rümpft die

Nase. »Bäh! *Bäääääh!* Und du riechst nach dieser *Daoine Sìth*. Er hat seinen Geruch überall auf dir hinterlassen, als wärst du ein Baum, den er angepinkelt hat.«

»Derrick!«

Er fliegt von meiner Schulter, als wäre eine Horde Höllenhunde hinter ihm her, und setzt sich stattdessen auf meinen schmutzigen Mantel. Ich nehme an, er riecht ziemlich nach Erde, Schweiß und nach *mir*.

»Jetzt kann ich nicht einmal mehr auf deiner Schulter sitzen«, jammert er. »Er hat es ruiniert. Ich kann es einfach nicht glauben, nach allem, was dir die *Cailleach* über ihn erzählt hat.«

Ich werfe ihm einen bösen Blick zu und betrachte erneut das Kleid. Er hat sogar Geheimfächer für meine Waffen eingenäht. Ich lasse Aithinnes Schwert in eine eigens dafür genähte Tasche gleiten, wo es sich schwer gegen meine Hüfte drückt, aber auf den ersten Blick nicht zu sehen ist. Mein Gott, Derrick ist brillant – wenn man von meinem Problem mit dem Atmen absieht.

»Du hast gesagt, dass du nicht willst, dass ich ihn hasse«, erinnere ich ihn.

Derrick sieht mich eingeschnappt an, und seine Flügel flattern. »Das war, *bevor* er mir den wunderbaren Platz auf deiner Schulter mit seinem abscheulichen Gestank versaut hat.«

»Na gut.« Ich scheuche Derrick von dem Mantel und hebe ihn hoch, um meine Schulter mit dem Stoff einzureiben. Ich versuche, nicht zusammenzuzucken, als mir der Geruch in die Nase steigt. Was um alles in der Welt habe ich dort am Strand bloß aufgeschnappt?

»So. Jetzt stinke ich nach Meeresungeheuern. Zufrieden?«

Derrick fliegt zu mir und schnüffelt. Er sieht noch immer nicht sehr erfreut aus, doch er lässt sich unter meinen Haaren nieder. »Das müsste gehen, nehme ich an.«

Ich seufze. »Wirst du die Barrieren noch weiter verstärken? Wir werden vermutlich morgen losziehen.«

»Aye. Ich muss sie bis dahin vermutlich noch einige Male verstärken, um sicherzugehen, dass sie halten.« Er flattert auf die Tür zu und hält dann mit einem Lächeln inne. »Willst du mitkommen?« Als er meinen Gesichtsausdruck sieht, sagt er: »Du bist gestorben, du wurdest zurückgeholt, und jetzt bist du nicht mal neugierig, welche anderen Gaben du zusammen mit dem zweiten Gesicht noch erhalten hast?«

»Natürlich bin ich das.«

Nach den schwebenden Tropfen und der Metallblume, die ich erschaffen habe, will ich die Grenzen meiner Macht austesten. Ich will sehen, was ich mit Lonnrach anstellen kann, wenn wir uns wiedersehen.

Ich werfe einen schnellen Blick auf mein Spiegelbild und erwarte irgendwie, ein wenig anders auszusehen. Vielleicht mehr wie eine Fee. Immerhin habe ich das Blut der Lichtfee-Königin in mir. Leider Gottes bin ich aber immer noch dieselbe sommersprossige, rothaarige Erscheinung wie gestern und leuchte kein bisschen mehr.

»Ich fühle mich überhaupt nicht anders«, sage ich.

»Natürlich nicht«, erwidert Derrick. »Du wurdest ja bereits mit der Macht geboren, du närrischer Mensch. Sie musste nur hervorgeholt werden.« Er fliegt zu Tür. »Also?«

»Ich habe Gavin schon vor einer halben Stunde versprochen, dass ich nach unten komme.« Ich lehne mich in seine Richtung und flüstere: »Komm mich in fünfzehn Minuten holen, bloß für den Fall, dass ich gerettet werden muss.«

»Vor *wem* denn?« Derrick schlägt mit den Flügeln. »Sag jetzt bloß nicht, dass du und Kiaran euch bereits gestritten habt, wo ihr doch gerade erst …«

»Um Himmels willen.« Ich starre ihn böse an. »Nicht vor Kiaran. Vor Daniel. Oder vielleicht auch vor Catherine.

Ich habe ihr noch immer nicht gesagt, dass wir bald fortgehen.«

Derrick bricht in Gelächter aus. »Du hast ihr noch nicht …? Oh, ich kann es gar nicht *erwarten*, euer Gespräch mitanzuhören.«

Ich starre ihn erneut böse an. »Fünfzehn Minuten.«

»Dreißig. Ich habe vor, sämtliches Essen zu probieren.«

»Das schaffst du in zehn Minuten. Aber ich gebe dir fünfundzwanzig, falls du danach fort musst, um dich zu übergeben.«

Das scheint ihn zufriedenzustellen. »Abgemacht.«

Ich nicke ihm zu und trete aus dem Zimmer. Sofort umfängt mich der Geruch nach Kiefernholz, Weihnachtsgebäck, Feuer und Punschgewürzen. Erinnerungen an zu Hause werden wach, an die Feierlichkeiten in den Assembly Rooms, in den vom Kerzenlicht erhellten Ballsälen. Damals kam mir das alles so banal, langweilig und ermüdend vor. Trotzdem habe ich nie aufgehört, den Geruch, die Wärme der Flammen und das Glitzern im Ballsaal zu lieben.

Zwischen den hohen Gebäuden schweben Laternen, die selbst einige der dunkelsten Gassen erhellen. Und die Schatten, die die Laternen nicht vertreiben können, werden von den unzähligen Lichtern erleuchtet, die aus den Fenstern dringen. Die ganze Stadt leuchtet – lebendig, hell und wunderschön. Vom Hauptplatz dringt Musik zu mir, und die Fideln spielen gerade ein Lied, an das ich mich von meinen Aufenthalten auf dem Land erinnern kann. Menschen tanzen fröhlich um das Feuer in der Mitte, klatschen, lachen und bauschen ihre Röcke. Sie sehen allesamt so glücklich und fröhlich aus, als wäre außerhalb dieser Mauern und in ihrer Vergangenheit nie etwas Schlimmes geschehen. Ich bewundere sie dafür.

Derrick fliegt mit einem Freudenschrei auf den Lippen an mir vorbei. »Bitte entschuldige mich, ich glaube, ich habe etwas Weihnachtsgebäck entdeckt, das schnellstmöglich in meinen Mund wandern muss.« Er zwinkert mir zu und stürzt sich mit voller Geschwindigkeit auf den Tisch mit dem Gebäck. Ich schüttle lächelnd den Kopf und lehne mich an die Brüstung. Ich summe die Melodie des Tanzes unter mir mit und schaukle im Rhythmus. Wenn ich die Augen schließe, könnte ich so tun, als wäre ich wieder in den Assembly Rooms in Edinburgh und hörte den Tänzern beim Klatschen, Lachen und Schnattern zu. Die Fideln spielen weiter, die Musik ist fröhlich.

Ich wünschte, ich müsste nicht gehen. Meine Zeit hier war vielleicht nicht perfekt, aber wenn ich das hier jetzt höre, dann wird mir bewusst, dass ich das alles vermisst habe. In meinem Gefängnis war ich überzeugt, nie wieder einen anderen Menschen zu Gesicht zu bekommen. Es gab keine Musik. Es gab keine Freude oder menschliche Stimmen, abgesehen von denen in meinen Erinnerungen.

Wenn ich morgen fortgehe, dann weiß ich nicht, wann ich das alles wieder erleben werde können.

»Willst du auch hinuntergehen, oder beobachtest du bloß?«, fragt eine Stimme.

Ich wirble herum und sehe Gavin, der mit zwei dampfenden Bechern hinter mir auf dem Balkon steht. Er ist genauso gekleidet, wie ich ihn in Erinnerung habe. Als perfekter Gentleman. Schwarze Hose, seidene Weste, eine perfekt gebundene dunkelblaue Krawatte, ein makellos gebügelter Übermantel. Ich erinnere mich an diese Kleider. Er trug sie in der Nacht der Schlacht, als er mich zu den Assembly Rooms begleiten hätte sollen, um unsere Verlobung bekanntzugeben. Selbst seine Haare wirken gebändigt und ordentlich frisiert. Das alles steht im Kontrast zu seinen Narben, zu den Makeln in der ansonsten tadellosen Erscheinung eines vornehmen Gentleman.

Doch gerade diese Narben wirken wie eine Erinnerung. Sie lassen ihn in meinen Augen nur noch schöner erscheinen. Sie sind ein Zeichen seiner Stärke.

»Wäre ich denn willkommen, wenn ich es täte?«

Gavin stellt sich neben mich an die Balkonbrüstung und gibt mir einen der Becher. Der Geruch des Punschs erfüllt meine Sinne, die schweren Gewürze, die Süße. Mein Gott, ich liebe diesen Geruch. Meine Mutter hat im Winter immer Punsch in die Bibliothek bestellt. Wir saßen vor dem Feuer, tranken und spielten Schach oder legten Puzzles, während es draußen regnete. Ich fühlte mich so geborgen und sicher. Meine Mutter nippte dann immer an ihrem Punsch und verkündete jedes Mal, wie *perfekt* er doch sei.

»Natürlich«, erklärt Gavin, und seine Stimme reißt mich aus meiner Erinnerung. »Bloß weil du gehen musst, heißt das nicht, dass du nicht willkommen bist.«

»Daniels Vorahnung hat ihm Angst eingejagt«, sage ich. »Ich mache ihm keinen Vorwurf, dass er mich nicht hier haben will.«

»Aye«, erwidert er sanft. »Aber das bedeutet nicht, dass ich mir nicht wünsche, du würdest bleiben.«

»Vielleicht nachdem ich Lonnrach getötet habe. Vorher … will ich es nicht riskieren.« Ich lege meine Arme auf das Balkongeländer und sehe hinunter auf Catherine, die mit ihrem Ehemann tanzt. »Ich weiß noch immer nicht, wie ich es Catherine sagen soll.«

»Das ist doch ganz einfach. Du musst es nur sagen.«

Daniel verlässt seinen Platz in der Tanzformation, um Catherine in einem Schwung herumzuwirbeln, der absolut nicht zum Tanz passt.

Sie lacht.

»Einfach?« Ich lache bitter. »Und was, wenn sie erfährt, dass ich Feenblut in mir habe?«

»Aithinne hat mir alles erzählt, während Derrick sie zusammengeflickt hat. Über die Königreiche. Über dich. Und weißt du, was mein erster Gedanke war?«

»Was?« Ich habe Angst vor seiner Antwort.

Er zuckt mit den Schultern, und ein schnelles Lächeln huscht über sein Gesicht. »Dass es verdammt noch mal Sinn ergibt.«

Ich stoße ihn in den Arm. »Du Flegel. Du hast mir absichtlich Angst eingejagt.«

Sein Lächeln verschwindet. »Aileana. Es ist bloß ein weiterer Puzzlestein, der dich zu dem macht, was du bist. Wie deine Augenfarbe, deine Haarfarbe oder die Sommersprossen auf deiner Nase.« Er sieht mir in die Augen. »Glaubst du, du bist deshalb weniger ihre Freundin? Weniger angemessen?« Seine Stimme wird leiser. »Weniger menschlich?«

Ich wende den Blick ab. Ich muss unwillkürlich an das denken, was Kiaran letzte Nacht gesagt hat. *Ich frage mich jeden Tag, wann dein menschliches Leben enden wird, und es jagt mir eine Höllenangst ein.* Es fließt vielleicht Feenblut durch meine Adern, aber eines Tages wird er mich dennoch verlieren.

»Nein«, flüstere ich. »Ich habe mich noch nie menschlicher gefühlt.«

Denn *Falknerinnen sterben immer jung. Immer.*

Ich habe den Tod bereits einmal ausgetrickst. So wie Gavin auch. »Du hast mir nie erzählt, was du hinter dem Schleier gesehen hast.«

Gavin erstarrt. Ich sehe die Reflexionen der Laternen in seinen Augen, so hell und wunderschön. Die Geigenmusik unter uns verlangsamt sich zu einem Walzer, zu einem langsamen Lied, das mir im Herzen wehtut. *Cuchag nan Craobh. Der Kuckuck im Wald.* Ich habe dieses Lied schon seit Jahren nicht mehr gehört. Seit meiner Kindheit.

»Nein«, erwidert er sanft. »Das habe ich nicht.«

»Ist schon in Ordnung.« Ich beobachte die Menschen unter mir, und wie sie sich im Walzertakt immer und immer wieder drehen. Ihr Lachen passt nicht zu meiner plötzlich düster gewordenen Stimmung. »Du musst es mir nicht erzählen.«

Ich frage mich, ob ich das, was mir die *Cailleach* gezeigt hat, wohl als Geheimnis für mich behalten hätte, hätte ich eine Wahl gehabt. Vielleicht hätte ich all diese Erinnerungen an Kiaran tief in meinem Herzen begraben, wo auch meine Trauer ist. Dann müsste ich mich nicht an seine Morde und an seine *Gabe* erinnern.

Ich könnte Kiaran küssen und er so tun, als wäre Kadamach eine vollkommen andere Person. Ein Doppelgänger, ein Teufel. Ich müsste mir nicht eingestehen, dass ein Teil von ihm noch immer da ist, und dass der einzige Unterschied ist, dass er seine Kräfte verloren, einen menschlichen Namen angenommen und mehrere Tausend Leben hatte, um die Narben für jedes einzelne Leben zu tragen, das er genommen hat.

Gavin und ich schweigen. Er beobachtet die Tänzer unter uns und nippt an seinem Punsch. Seine Anspannung wird in der Art sichtbar, wie er sich so fest an den Griff seines Bechers klammert, dass seine Fingerknöchel weiß werden.

»Kennst du die Geschichte von Thomas dem Dichter?«, fragt er plötzlich.

Ich schüttle den Kopf. Ich kann mich an den Namen erinnern, aber ich habe die Geschichte nie gelesen. Nach dem Tod meiner Mutter habe ich aufgehört, Feengeschichten zu lesen. Aus ihnen hatte ich gelernt, dass Eisen mich schützen konnte. Dass ich bloß ein fließendes Gewässer überqueren musste, um in Sicherheit zu sein. Dass sie mich niemals finden würden, wenn ich bloß in der Stadt blieb. Es gibt die Wahrheit, und es gibt die Lügen, die sich die Menschen selbst erzählen, um sich vor den Feen in Sicherheit zu fühlen. Und diese Lügen hätten mich beinahe das Leben gekostet.

»Sir Thomas behauptete, die Feenkönigin hätte ihn ins *Sìth-bhrùth* mitgenommen. Und als er zurückkam, hatte er die Gabe, in die Zukunft zu sehen.« Gavin klingt bitter, als hätte er die Geschichte auswendig gelernt und sie mit jedem Mal lesen mehr gehasst. »Er sagte Krieg und Tod in seinen Gedichten voraus.« Er sieht mich mit ruhelosen Augen an. »Ich habe sie gelesen, nachdem ich mit dem zweiten Gesicht wiedergekehrt war. Und ich habe mich gefragt, ob er vielleicht etwas falsch verstanden hat. Ob Thomas vielleicht glaubte, er wäre im Feenreich gewesen, doch eigentlich ist er gestorben.«

Er hält inne, und als es nicht so scheint, als würde er weitersprechen, lehne ich mich nach vorne. »Und dann?«

Ich wünschte, ich könnte ihm die Erinnerung abnehmen. Ich wünschte, ich könnte all seine schlechten Erinnerungen nehmen und sie an dem Ort versperren, an dem ich meine aufbewahre.

Er trinkt einen großen Schluck Punsch. »Thomas war ein verdammter Lügner. Hätte er nur einen Bruchteil der Dinge gesehen, die ich hinter dem Schleier gesehen habe, hätte er keine Gedichte geschrieben. Er hätte sich gewünscht, er wäre tot geblieben.«

Gavin starrt auf die Menschen unter ihm hinunter. »Ich habe sie gesehen, weißt du«, fährt er stockend fort. »All die Menschen, die ich nicht vor den Feen retten konnte. Ich habe zugesehen, wie sie starben, und ihre Körper drückten mich zu Boden, bis ich nicht mehr atmen konnte. Ich musste mich unter ihnen hervorgraben.«

Ich zögere, doch dann nehme ich seine Hand. Ich presse meine Finger auf seine Handflächen und spüre die Schwielen, die vor meiner Zeit im *Sìth-bhrùth* noch nicht da waren. Die glatten Hände eines Gentleman sind zu den rauen Händen eines hart arbeitenden Überlebenden geworden. Meine Geste wirkt so intim, dass ich nicht sicher bin, ob es in Ordnung ist. Doch dann schließen sich seine Finger um meine.

»Ich habe Aithinne nicht alles erzählt«, sage ich. »Ich habe ihr nicht erzählt, wie sie alle nach mir riefen. Alle, die in Edinburgh gestorben sind.« Ich berühre sein Gesicht, seine Narben. »Du bist viel stärker als ich. Du hast gesehen, wie es passierte. Ich wünschte, ich hätte es dir ersparen können.«

Es ist, als hätte mich Gavin gar nicht gehört. Der gehetzte Blick verharrt auf seinem Gesicht. »Du sprichst von Tapferkeit«, sagt er. »Aber ich habe mich nie tapfer gefühlt.«

Ich lächle. »Du musst es nicht fühlen, damit es wahr ist.«

Ich trinke meinen Punsch aus. Die Hitze steigt geradewegs in meinen Kopf und erinnert mich an eine Zeit, als ich noch keine Feen jagte und bloß ein Mädchen in weißen Kleidern war. Ich könnte wieder dieses Mädchen sein, bloß für ein paar Stunden. Bloß für heute Nacht. »Also, willst du mich jetzt zum Tanzen auffordern?«

Der Schatten eines Lächelns huscht über seine Lippen. »Ich habe wirklich vollkommen auf meine Umgangsformen vergessen, nicht wahr?« Er streckt mir seine Hand mit der Handfläche nach oben entgegen. »Darf ich bitten?«

»Immer«, antworte ich.

Der Balkon senkt sich zur Stadt unter uns ab, und Gavin führt mich auf den Hauptplatz. Niemand hält inne, um mich anzustarren. Niemand gibt mir das Gefühl, unerwünscht zu sein, und ich fühle mich nicht unbehaglich. Man erkennt keine Anspannung unter den Tänzern, niemand reckt den Hals, und es gibt keine geflüsterten Kommentare über den Tod meiner Mutter. Ich habe hier keine Vergangenheit, keinen Ruf, den ich aufrechterhalten muss. Keinen Titel, dem ich die Ehre erweisen muss.

Wir beginnen mit den ersten Schritten eines schottischen Tanzes, und mit einem Mal steigen die Erinnerungen daran hoch, wie wir beide als Kinder in seinem Speisezimmer miteinander getanzt haben. Ich bin wieder das Mädchen in den weißen Kleidern. Ich lache und drehe mich, während wir zwischen den anderen Paaren hindurch und um sie herum tanzen.

Der schwere Geschmack des Punschs ist mir zu Kopf gestiegen, und die Lichter leuchten schwindelerregend. Das hier ist nicht wie die anderen schottischen Tänze, die ich gewöhnt bin, es ist weniger formell. Es ist ein Tanz, wie er auf dem Land getanzt wird, fröhlich, mit leiernden Fideln, klatschenden Händen und lautem Gelächter.

»Ich habe dich noch nie so lachen gesehen«, sagt Gavin, als der Tanz schließlich endet. »Nicht seit unserer Kindheit.«

Ich lächle ihn an. »Ich könnte dasselbe von dir behaupten.«

Er nimmt meine Hand, verbeugt sich vor mir und drückt einen schnellen Kuss darauf, der einfach alles beinhaltet. Vergebung, Reue, Bedauern. Hoffnung.

Hinter uns räuspert sich jemand. Ich wende mich um und sehe, dass Daniel hinter uns steht. Er wirkt zögernd und unsicher. Seine Kleider sind nicht annähernd so elegant wie Gavins, er ist aber dennoch korrekt gekleidet und sieht gut aus. Ich vermute, dass die Feen ihre Hände im Spiel hatten, was die schönen Kleider heute Nacht betrifft.

»Lady Aileana, kann ich mit dir sprechen?«

Ich starre Daniel überrascht an, doch es ist Gavin, der für mich antwortet. »Klar, alter Junge.« Er verpasst ihm einen Klaps auf die Schulter. »Dann suche ich mir eben eine andere Tanzpartnerin.«

Daniel hält mir den Ellbogen entgegen, um mich fortzuführen. Ich nehme ihn zögernd an. Er führt mich in eine ruhige Ecke des Platzes, gleich neben den dampfenden Bechern mit Punsch, und reicht mir einen davon. Ich nippe daran und warte darauf, dass er zu sprechen beginnt, doch er schweigt. Es ist, als wüsste er nicht, was er sagen soll.

»Es tut mir leid«, erklärt mir Daniel schließlich. »Die Art, wie ich dich behandelt habe. Ich will nur, dass du es weißt.«

»Hat Catherine dich hierzu aufgefordert?«

Daniel wirft einen schnellen Blick zu seiner Frau. Gavin schiebt sich gerade zwischen sie und ihren Tanzpartner und tanzt dann mit seiner Schwester um die anderen Paare herum. »Ich habe es ihr noch nicht gesagt.« Er betrachtet mein Gesicht. »Und ich sehe, dass du es ebenfalls noch nicht getan hast.«

»Ehrlich gesagt«, erwidere ich, »habe ich es hinausgeschoben. Ich bezweifle, dass sie große Freude mit uns beiden haben wird.« Vor allem mit mir. Ich habe sie schon einmal verlassen, damit sie in Sicherheit ist, und sie wäre dabei beinahe gestorben. »Ich wollte es ihr morgen kurz vor der Abreise sagen.«

Ich überlege, wo ich hingehen könnte. Ich habe kein Zuhause mehr. Ich muss alle, die mir etwas bedeuten, zurücklassen, damit sie wieder in Sicherheit sind. Aber macht nicht genau das das Leben einer Falknerin aus? Niemand wird jemals in meiner Nähe sicher sein. Es spielt keine Rolle, wie gut ich kämpfe oder wie stark ich bin. Meine bloße Existenz wird für die Menschen, die ich liebe, immer ein Risiko darstellen.

Daniel starrt mich an. Einen Augenblick später räuspert er sich und sagt: »Sie wird wollen, dass du bleibst, weißt du?«

Ich starre hinüber zu Catherine in ihrem langen Kleid, die lachend mit Gavin tanzt. Das Kleid gibt den Blick auf die Narben an ihren Armen frei, doch es spielt keine Rolle. Trotz allem, was sie durchgemacht hat, ist sie immer noch die Alte geblieben. Ihr Herz wurde nicht hart, und sie ist nicht gebrochen. Ja, sie hat nicht einmal ihre Hoffnung in mich aufgegeben. Kein einziges Mal. Wir sind vielleicht nicht durch dieselbe Mutter oder denselben Vater miteinander verbunden, doch sie ist trotzdem meine Schwester und ist es immer schon gewesen. Unsere Verbindung ist stärker als Blut.

»Wir kennen beide die Wahrheit, nicht wahr, Daniel?«, sage ich. »Wir müssen alles tun, um zu überleben und alles opfern – für diejenigen, die wir lieben. Und manchmal bleibt dabei wenig Platz für Sentimentalitäten.«

Daniel nippt an seinem Getränk, und mir fällt auf, dass es sich dabei nicht um Punsch, sondern um Whisky handelt. Gute Wahl. »Ich hätte nie gedacht, dass ich einmal eine Debütantin aus Edinburgh so reden hören würde.« Er sieht mich lange und aufmerksam an. »Ich hätte nicht meinen Arsch darauf verwettet.«

Ich lächle. »Was glaubst du, was sie uns in den Benimmstunden beibringen?«

»Wie man seinen Ehemann umgarnt, nehme ich an«, sagt er mit rauem Akzent.

»Falsch«, erwidere ich. »In der Welt damals überlebten wir durch Heiraten. In dieser hier müssen wir lernen, uns anzupassen. Eine Debütantin lernt von Kindesbeinen an, sich selbst zu erhalten. Das ist alles, was wir können.«

Das ist das erste Mal, dass ich diesen Mann vollkommen sprachlos erlebe. »Dann haben wir also doch etwas gemeinsam, nicht wahr?«

Ich denke an das, was er über seinen Vater erzählt hat, über seinen ersten Tod. »Aye. Und ich hoffe bloß, dass du weißt, welch wahnsinniges Glück du hast. Catherine ist eine außergewöhnliche Frau, die darüber hinaus der Meinung ist, dass du ihr würdig bist.«

Daniel starrt zu seiner Ehefrau hinüber. »Ja, das ist sie«, sagt er. »Glaub mir, das weiß ich.«

Plötzlich wirft Catherine einen Blick zu Daniel herüber, als hätte sie ihn gehört, und ich sehe ihr an, wie sehr sie ihn liebt. Ihre Augen beginnen zu leuchten, und ihre Lippen verziehen sich zu einem Lächeln, während sie ihn ansieht.

Ich blicke hinunter auf meinen Punsch und nippe daran. »Ich hatte nie die Gelegenheit, dir zu danken.«

Er runzelt die Stirn. »Wofür?«

»Dafür, dass du ihr das Leben gerettet hast«, erwidere ich. »Ich war schuld daran, dass sie in dieser Kutsche war. Hätte ich nicht …«

»Sie kamen so schnell wie die Nacht«, unterbricht er mich. »Sie senkten sich wie Schatten herab. Du hättest sie in ein Verlies sperren können, und sie hätten sie trotzdem gefunden. Weißt du, was die wirkliche Bürde des zweiten Gesichts ist?« Er blickt hinüber zu Catherine und sieht ihr beim Tanzen zu. »Es ist das Wissen darüber, wie schnell sie töten. Dass, während man einen Menschen rettet, in der Zwischenzeit hundert weitere sterben. Es ist das Wissen, dass ich gerade auf dieser Straße war, als ihre Kutsche angegriffen wurde, anstatt auf einer anderen Straße mit einer anderen Kutsche. Einer Kutsche, deren Insassen nicht überlebt haben. Es ist die Tatsache, dass ich jede Nacht mit diesem Wissen leben muss. Aber du kennst dieses Gefühl auch nur zu gut, nicht wahr?«

»Aye«, flüstere ich. »Das tue ich. Ich …«

Schweigen senkt sich über die Menge. Die ganze Stadt um uns herum wirkt plötzlich vollkommen still. Die Fiedeln haben ihr Spiel eingestellt, und alle haben aufgehört zu tanzen. Ich höre ersticktes Flüstern und sehe mich um, was so sehr ihre Aufmerksamkeit erregt hat.

Mir stockt der Atem. Es sind Kiaran und Aithinne, die tatsächlich wie Feenkönige aussehen. Aithinne trägt ein langes lilafarbenes Kleid, das ihre langen Beine wie ein Wasserfall umspielt. Keine Unterröcke, kein Korsett. Bloß ein wunderschönes, figurbetontes Kleid, das glitzert, als wäre es mit Sternen überzogen. Ihre langen Haare fallen lose und glänzend bis hinunter zu ihrer Hüfte.

Und Kiaran … Ich habe ihn schon öfter als Gentleman gekleidet erlebt, aber noch nie so. Nicht in Abendkleidung mit dunkler Hose, Weste und einer perfekt gebundenen Krawatte. Er sieht mir in die Augen. Ich habe noch nie so offensichtliches *Begehren* gesehen. Als wollte er mich verzehren. Ich könnte in diesem Blick versinken.

Er geht durch die schweigende Menge auf mich zu, und plötzlich steht er vor mir und hält meine Hand. Seine Lippen sind an meinem Ohr. »Tanz mit mir.«

Und dann tanzen wir, und alles andere spielt keine Rolle mehr. Er drückt seine Hand auf mein Kreuz, und unsere Körper schmiegen sich aneinander, während wir uns drehen. Es ist, als wären wir alleine. Nichts anderes ist mehr wichtig. Nicht die Musik, nicht das Flüstern, nichts. Es gibt bloß Kiaran und mich. Das hier ist unser erster gemeinsamer Tanz, und er ist so elegant und fließend, als würden wir miteinander kämpfen. Wir passen genau zueinander, mein Körper schmiegt sich an seinen, und er drückt seine Lippen auf meinen Hals, während wir uns drehen.

»Du hast mir nie erzählt, dass du tanzen kannst«, sage ich.

Ich spüre sein Lächeln auf meiner Haut. »Haben wir das nicht jede Nacht getan?«, flüstert er. »Wir haben doch immer so gekämpft. Als wäre es ein Tanz.«

Daraufhin öffne ich die Augen und sehe, dass die Menschenmenge um uns herum uns anstarrt. Ich weiß nicht, wie lange wir schon ohne Musik miteinander getanzt haben. Vielleicht waren es Minuten. Vielleicht auch Stunden. Es spielt keine Rolle.

»Sie starren uns alle an«, flüstere ich.

»Natürlich tun sie das.« Kiaran sieht mir in die Augen.

Jetzt, wo ich über das zweite Gesicht verfüge, sehe ich erst, wie sie strahlen. Ich sehe die Jahre in ihnen. Den Schmerz, die Begeisterung und auch Spuren von Kadamach. Aber das alles spielt keine Rolle, denn er sieht mich an, und er *sieht* mich, und er ist Kiaran, und ich bin Kam. »Sie fragen sich, warum ich heute Nacht hier bin. Warum ich dich ausgewählt habe.« Seine Lippen streichen über meine Wange. »Warum ich dich küsse.«

»Und warum hast du mich ausgewählt?« Das ist alles, was ich noch sagen kann, um nicht den Verstand zu verlieren. Denn wenn Kiaran küsst, dann tut er es mit seinem ganzen Körper.

Er wirbelt mich mit solcher Anmut herum, als wäre ich schwerelos. »Weil du mich herausforderst«, erklärt er mir. Und dann tanzen wir nicht mehr. Wir stehen aneinandergeschmiegt da, und unsere Hände sind ineinander verschlungen. »Ich habe dich ausgesucht, weil du mir ebenbürtig bist.«

Wir küssen uns vor all den Leuten, und nichts anderes hat mehr Bedeutung. Ganz sicher keine Etikette und auch nicht, was die anderen denken. Es gibt nur noch seine Lippen, die sich sanft auf meine drücken. Es gibt nur noch uns. Ich kann nicht aufhören …

In diesem Moment taucht wie aus dem Nichts Derrick auf und stürzt sich in einem Wirbel aus Flügeln und Armen und Beinen auf meine Schulter. »*Hallooooo!* Lasst euch nicht stören. Ich unterbreche eure Knutscherei bloß kurz, um die Lady ein paar Minuten zu entführen.«

Verdammt, doch nicht jetzt. Ich bereue es wirklich, Derrick nicht fünf Minuten mehr Zeit gegeben zu haben. »Derrick«, presse ich zwischen den Zähnen hervor. Ich trete einen Schritt von Kiaran zurück und versuche, Derricks zappelnden Körper in meinen Haaren wieder unter Kontrolle zu bringen. »Nicht …«

»Mein Gott«, sagt er und bricht auf meiner Schulter zusammen. »Ich habe so viel Kuchen gegessen. Ich kann kaum noch die Flügel bewegen. Ich …« Er sieht blinzelnd zu Kiaran hinüber und lächelt entzückt. »Oh, hallooooo du niederträchtiger Nichtsnutz!«

Kiaran ist offensichtlich nicht sehr begeistert. »Du hast da etwas Kuchen auf deinem Jackett.«

Derrick wischt über den Kuchenrest, nimmt ihn zwischen die Finger und isst ihn auf.

»Hab mir bloß einen kleinen Imbiss für später aufgehoben.« Er kichert.

Um Himmel willen.

Ich sehe Kiaran flehend an. »Merk dir einfach … was du gerade tun wolltest. Geh nicht fort.« *Ich will dich weiter küssen.* »Ich bin gleich wieder da …«

»*Kiaraaaaaaaaaan*«, kichert Derrick. »Oder gefällt dir niederträchtiger Nichtsnutz besser? Das habe ich dich noch nie gefragt.«

Kiaran zieht eine Augenbraue hoch. »Das kommt darauf an, nehme ich an. Gefällt dir *nerviger Arsch* besser?«

Derrick bricht in Gelächter aus. »*Arsch!* Aileana. Er hat *Arsch* gesagt.«

»*Himmelherrgott*«, murmle ich. »Entschuldigst du uns bitte für einen Moment?«

Ich warte nicht auf Kiarans Antwort. Ich nehme Derrick bloß mit zu dem Lift, der in den vierten Stock führt, und sage nichts, bis wir dort angekommen sind. »Hör zu, wenn dir jemand Honig gegeben hat, dann …«

»Nein, nein«, sagt Derrick und gleitet von meiner Schulter. Er wirkt nun wieder verdächtig nüchtern. »Du hast doch gesagt, dass ich dich nach fünfundzwanzig Minuten retten soll. Und das habe ich getan.«

»Ich meinte, du solltest mich retten, falls ich vielleicht mit

Daniel zusammen bin und mich offensichtlich unwohl fühle.« *Und nicht, wenn ich gerade jemanden küsse und mich dabei offensichtlich wohlfühle.*

»Erstens habe *ich* mich unwohl gefühlt, als ich sah, wie du Kiaran geküsst hast, weil … *bääääh*.« Derrick wedelt mit dem Finger vor meinem Gesicht herum. »Und zweitens hast du nie etwas von unwohl fühlen gesagt, du sagtest …«

»Vergiss, was ich gesagt habe.« Mein Blick wird schmal. »Willst du mir etwa weismachen, dass das vorhin bloß Theater war?«

Er grinst. »Ich wäre ein *perfekter* Schauspieler geworden, meinst du nicht auch?«

Ich verdrehe die Augen. »Mein Gott«, murmle ich. Aber zumindest muss ich mich jetzt nicht mit einer betrunkenen kleinen Fee herumschlagen. »Lass uns einfach die Barrieren überprüfen, in Ordnung?«

Ich folge Derrick auf den Balkon und drücke den Hebel, der uns nach oben bringt. Während wir uns über die Stadt erheben, dringt von unten erneut Musik hinauf bis ganz an die Spitze des Gebäudes. Über uns leuchtet der Mond von einem wolkenlosen Himmel auf die Feierlichkeiten hinab, und sein Licht gesellt sich zu jenem der schwebenden Laternen. Es wirkt wie in einem Traum.

Der Balkon bringt uns höher und immer höher hinauf, vorbei an den Laternen und näher zum Mond. Ganz an der Spitze des Gebäudes befindet sich ein Felsvorsprung, der in den Stein über den obersten Balkon gehauen wurde. Hier oben gibt es keine Türen und keine Menschen, bloß schwarze Kristalle, die aus dem Gestein ragen, das die Decke der Höhle bildet.

Ich erstarre, als mein Blick auf sie fällt, und denke sofort an Kiarans Worte: *Es heißt, dass ein Kristall aus dem alten Schloss noch immer hier versteckt ist.*

Ein Kristall. Bloß einer. Ich schließe kurz die Augen, dann frage ich vorsichtig: »Kristalle?«

»Natürlich, du Dummkopf«, erwidert Derrick und flattert über das oberste Balkongeländer. »Kristalle sind die beste Möglichkeit, Macht umzuleiten. Das weiß doch jeder.«

Ich seufze erleichtert auf und öffne die Tür zum Balkon, um ihm zu folgen. Mein Kleid streift raschelnd über die Steine, während ich auf Derrick zutrete, der vor den Kristallen schwebt. Obwohl der Felsvorsprung von einem Geländer begrenzt ist, befinden wir uns hoch genug, dass sich mein Magen beim Blick nach unten zusammenkrampft.

Derrick presst seine Hand mit einem leisen Lächeln auf dem Gesicht auf einen besonders großen Kristall. »Die hier stellen die Verbindung zum *Neimhead* her«, sagt er. »Die Stadt wurde direkt darüber erbaut.«

»Catherine hat mir davon erzählt«, sage ich. »Wofür verwendest du sie?«

»Hier.« Derrick winkt mich näher heran.

Er nimmt einen meiner Finger und drückt ihn auf die Oberfläche des Kristalls. Im Inneren des Gesteins beginnt ein Licht zu leuchten. Die Oberfläche kräuselt sich wie Wasser unter dem Druck meines Fingers. Ich spüre eine elektrische Strömung, die von meiner Hand bis zu meinen Zehenspitzen verläuft und so voller Energie ist, dass ich erzittere. Das Gefühl ist nicht unangenehm, sondern warm und mächtig.

»Spürst du es?« Als ich nicke, sagt er: »Das ist der *Neimhead*.«

»Du hast mir nie etwas von denen hier erzählt«, sage ich und drücke meine Finger fester auf den Stein. Es ist, als würde er sich mit etwas in meinem Inneren verbinden. Energie rauscht durch meine Adern und unter meiner Haut entlang.

»Die meisten dieser Plätze wurden im Zuge der menschlichen Entwicklung zerstört«, erklärt Derrick mir. »Dieses

Königreich hier befindet sich über einem der mächtigsten *Neimheads*, die es gibt. Deshalb mussten wir uns nie einem der beiden Königreiche anschließen, um zu überleben.« Derrick lächelt stolz. »Wir brauchten diese Mistkerle nicht.«

Die Energie aus dem Kristall ist tatsächlich schwindelerregend. Kein Wunder, dass sie ihr altes Königreich aus diesen Steinen erbaut haben, wenn sie so mächtig sind. »Und was bewirkt dieser Ort?«

Derrick lässt sich auf der scharfen Spitze des Kristalls nieder. Sobald er ihn berührt, wird das Glühen in ihm stärker, wie ein Licht unter einer Wasseroberfläche. »Das hier ist die Machtquelle, auf der die ganze Stadt aufbaut. Ich habe gehört, dass man die Macht für viele Dinge verwenden kann, aber im Moment nutzen wir sie, um unsere eigene Macht zu verstärken und die Barrieren aufrecht zu erhalten.« Er grinst verschlagen. »Möchtest du es ausprobieren?«

Ich weiche überrascht zurück. *»Ich?«*

»Nein, die *andere* Rothaarige mit dem Kleid, das weit genug ist, um eine ganze Herde Kühe darunter zu verstecken.« Er greift nach meiner Hand und packt einen Finger, um ihn an sich zu ziehen, aber ich wehre mich dagegen. »Komm schon. Das ist nicht der richtige Zeitpunkt, um den Feigling zu spielen. Willst du denn nicht sehen, wozu du fähig bist?«

»Ja, klar will ich das …«

»Dann versuch es.« Derrick schenkt mir ein aufmunterndes Lächeln. »Du musst die Macht einfach ausatmen wie Luft. Es ist nicht schwer.« Er winkt mir mit der Hand zu. »Schließ die Augen.«

Ich hebe eine Augenbraue und seufze. »Wirklich?«

Er starrt mich böse an. »Wenn du jetzt nicht die Augen schließt, dann verzaubere ich dieses Kleid, sodass du darin wie eine Zitrone aussiehst – und zwar so schnell, dass du mich nicht einmal deswegen beschimpfen kannst.«

Ich werfe ihm einen finsteren Blick zu, tue aber, was er von mir verlangt. Seine Flügel schwirren wie die eines Kolibris, und seine Füße berühren mein Handgelenk, während er meine Fingerspitzen auf den Kristall drückt. Ich spüre erneut die Macht in mir, sie fühlt sich so geschmeidig an wie Wasser, das über meine Handfläche rinnt. Ich rieche das Meer – das Salz, den Sand und den Wind über der Stadt –, und die Berührung des Wassers wird zu einer Strömung, die über meine Haut und durch meine Adern fließt. Sie erwärmt sich, die Luft wird dicker und jeder Atemzug wird schwerer und schwerer. Ein heftiger Schmerz breitet sich in meiner Brust aus.

Derrick atmet ebenfalls schwer. »Spürst du das?« Als ich nicke, sagt er: »Gut, das ist deine Macht.«

Der Schmerz treibt Blüten und wird intensiver. Zuerst versuche ich, ihn zur Seite zu schieben, doch dann schießt er schnell und quälend durch meinen Körper. Ich unterdrücke einen Aufschrei. »Es tut weh.«

»Deine Macht ist ziemlich groß«, erklärt er knapp. »Und jetzt schieb sie in den Kristall, du dummes Ding, bevor du noch in Ohnmacht fällst.«

Atme sie aus, hatte er gesagt.

Ich atme langsam aus. Und mit jedem Atemzug schiebe ich die Macht meinen Arm hinunter und in meine Hand. Ich drücke sie unter die harte Oberfläche des Kristalls. Er reagiert, und die Macht wird wieder zu einer beruhigenden Strömung, wie Wellen, die ein Feuer auslöschen. Mit jedem Atemzug verebbt der Schmerz mehr und mehr, bis er endlich – *endlich* – ganz verschwunden ist. Und ich habe das Gefühl, ich bin gerade durch das ganze verdammte Land gerannt.

Ich öffne die Augen, und Derrick starrt mit einem immer größer werdenden Lächeln auf die Kristalle. »Du hast es geschafft«, sagt er jubelnd. »Sieh dir das an!«

Die Kristalle leuchten, und wenn ich tief in ihr Inneres blicke, dann wirken sie, als würden sich Sterne in ihnen drehen. Ganze Galaxien, die ich erschaffen habe. Die ganze Reihe Kristalle erstrahlt in einem Licht, das wie ein Signalfeuer leuchtet.

Ich blicke auf das Licht, doch ich fühle keine Freude, Stolz oder Erleichterung. Das Gefühl, das ich gerade hatte, war zu echt und zu stark, um es einfach zu ignorieren. Ich fühle mich, als hätte ich gerade gegen eine Redcap gekämpft und beinahe verloren. Hier stimmt etwas nicht.

Kiarans Worte dringen immer wieder in meine Gedanken.

Es gibt Gerüchte, dass es vor dem Königreich, in dem wir lebten, ein anderes Sìthichean-*Reich gab. Es war ein Ort immenser Macht, der von alter Magie erschaffen wurde, die nicht mehr existiert.*

Ein Ort immenser Macht. Wie der stärkste *Neimhead*, den es gibt. »Derrick«, flüstere ich, und Angst steigt in mir hoch. »Was ist der *Neimhead*?«

Derrick sieht mich verwirrt an. »Ich habe dir ja gesagt, dass es …«

»Nein.« Meine Stimme klingt scharf. »Wie sieht er aus? Woraus besteht er?«

»Ich weiß es nicht! Er war schon vor meiner Geburt da …« Ich schweige, und seine Augen werden immer größer, als würde er plötzlich verstehen, warum ich gefragt habe. »Denkst du, was ich glaube, dass du denkst?

Bevor er noch ein weiteres Wort sagen kann, habe ich mich schon in Bewegung gesetzt. Ich laufe entlang des Balkongeländers zum Aufzug. Mein Herz hämmert in meiner Brust, und die Angst lässt meine Haut glühen. Wir müssen hier raus. Wir müssen sofort alle hier rausbringen.

Derrick saust neben mich. »Ich hätte es wissen müssen«, sagt er. »Ich hätte es verdammt noch mal wissen müssen.«

»Halte dich jetzt nicht mit Gedanken darüber auf.« Ich lege

den Hebel um, damit der Aufzug sich nach unten bewegt. »Flieg hinunter, und warne Kiaran und die anderen. Beeil dich!«

Er saust auf die Menschen unter uns zu. Eine Sekunde später beginnen bereits die ohrenbetäubenden Sirenen Alarm zu schlagen, und ihr schrilles Heulen dröhnt in meinen Ohren. In der Stadt unter mir höre ich bereits, wie die Menschen auseinanderlaufen.

Sie sind bereits hier. Es ist zu spät.

Der Aufzug hält an, und ich reiße die Tür auf. *»Kiaran!«* Ich sehe, wie er sich durch die Menschenmenge kämpft und meinen Namen ruft. Als er vor mir steht, versuche ich keuchend, es ihm zu erklären: »Es ist der *Neimhead*. Lonnrach will den *Neimhead*. Sie sind ...«

Ein plötzlicher Schmerz durchzuckt meinen Schädel, und ich beginne zu torkeln. Ich schreie auf und falle auf die Knie.

»Kam?«

Falknerin. Lonnrachs Stimme hallt durch meinen Kopf, und mir wird kalt. *Hab dich.*

Lauft!, versuche ich zu schreien, doch die Worte bleiben mir im Hals stecken. Lonnrachs Bann löst sich nicht auf, sondern senkt sich wie ein Gewicht auf mich, und ich kann meine Zunge nicht mehr bewegen. Ich suche nach meiner Kraft und atme, wie Derrick es mir erklärt hat. Lonnrachs Griff wird noch fester und schmerzt so sehr wie seine Bisse.

Plötzlich verstummen die Sirenen, und die Stadt wird von einem lauten Krachen erschüttert, das wie Donner von der Spitze des bienenstockförmigen Gebäudes hallt. Plötzlich sind alle ruhig und starren nach oben. Ich folge ihrem Blick, denn das ist alles, wozu ich fähig bin. Alles, was Lonnrach zulässt. In der Höhlendecke beginnt ein Riss Gestalt anzunehmen, ein Spalt, der sich immer weiter ausdehnt. *O Gott.* Ein weiteres Krachen, dann ein Knacken, und der Riss wird größer. Die Macht der Kristalle – Derricks und meine Kraft, die die anderen Feen abwehren sollte – wird auf eine harte Probe gestellt. Die Feen an der Oberfläche greifen erneut an.

Ich schreie vor Schmerz auf. Kiaran packt meine Arme, aber ich kann durch den quälenden Schmerz hindurch kaum hören, was er sagt. Ich spüre, wie meine Macht versucht, Lonnrachs Bann zu durchbrechen und gleichzeitig die Barrieren aufrechtzuerhalten.

Dann höre ich wieder Lonnrachs Stimme in meinem Kopf. Ich schwöre, ich kann ihn lächeln hören. *Du wirst sie nicht sehr lange aufrechterhalten können. Gib auf.*

Die anderen Feen greifen die Barrieren erneut an. Mein Körper zittert vor Anstrengung. Ich bemerke kaum, dass Blut aus meiner Nase läuft und die Leute um mich herum zu flüchten beginnen. Kiaran schreit mir etwas ins Ohr, doch ich kann es über die rauschende Hitze der Macht, die ich kaum noch halten kann, nicht hören.

Noch ein Angriff.

Ich spüre den ersten Wassertropfen auf meinem Gesicht. Kalt. Wie das Meer.

»Lauft!«, brüllt jemand, und ich merke, dass ich es war.

In einem letzten, verzweifelten Versuch schiebe ich meine Macht von mir, wie ich es vorhin bei dem Kristall getan habe, und hoffe, damit Lonnrachs Bann über mich zu brechen. Kurz darauf weiß ich, dass ich einen Fehler gemacht habe. Meine Macht über die Barrieren bricht zusammen. Das Chaos, das um mich herum ausgebrochen ist, lenkt mich ab. Von einem Augenblick auf den anderen fliehen alle Festbesucher rempelnd und schubsend in den hinteren Teil der Höhle. Ich bemühe mich, meine Macht wieder unter Kontrolle zu bringen und die Feen abzuwehren, doch sie stemmen sich hart gegen die Barrieren.

Ich verliere die Kontrolle, und die Höhlendecke bricht ein. Und dann schießt eine Wand aus Meerwasser auf uns zu.

36

Ich packe Kiarans Hand, und wir laufen auf der Flucht vor der herabstürzenden Wasserwand über den Platz. Das Meer dringt immer weiter vor. Um uns herum branden Wellen, und eiskaltes Wasser umspült meine Knöchel. Der Saum meines Kleides ist bereits durchnässt, und der Stoff wird immer schwerer.

»Kam!« Kiaran hält außerhalb der Reichweite des herunterstürzenden Wassers an. Trotzdem kann ich ihn über das Chaos und dem Lärm der herunterfallenden Gesteinsbrocken hinweg kaum hören. »Wir müssen sofort die anderen Menschen hier rausschaffen!«

Leute schreien, doch ihr Brüllen klingt unter dem Tosen des Wasserfalls erstickt. Ohne zu zögern streckt Kiaran die Hand aus, und die Macht, die aus ihm herausbricht, ist so stark, dass mir übel wird.

Dann scheint es, als wäre die Zeit stehen geblieben. Die herabstürzende Wasserwand erstarrt, und Stille senkt sich über uns. Menschen bahnen sich spritzend den Weg durch das Wasser in Richtung des Fluchtweges im hinteren Teil der Höhle und brüllen einander immer wieder Befehle und aufmunternde Worte zu.

»Kannst du es halten?«, frage ich Kiaran.

Er sieht aus, als könnte er kaum auf meine Frage antworten. »Momentan schon.«

Ich nutze die kurze Verschnaufpause, um an meinem Kleid zu zerren und die oberste Schicht herunterzureißen, wie

Derrick es mir gezeigt hat. Ich schlüpfe schnell aus meinen Unterröcken und werfe sie auf die überflutete Straße. Der verbliebene Stoff schmiegt sich wie ein langer Mantel an meine Hose und reicht bis hinunter zu meinen Stiefeln. Falls es zu einem Kampf kommen sollte, will ich vorbereitet sein.

Kiarans Gesicht ist eine Maske vollster Konzentration, und seine Augen leuchten in einem unheimlichen, strahlenden Lila. »Sie kämpfen gegen mich an«, sagt er. »Ich werde es nicht schaffen, sie alle aufzuhalten.«

Ich nicke und stürze durch das Wasser auf Gavin und Daniel zu, die Catherine in ihrem schweren, durchweichten Kleid beim Vorwärtskommen helfen. Menschen sind stehen geblieben, um Kiaran und die regungslose Wasserwand anzustarren.

»Geht weiter!«, befehle ich ihnen.

Als ich näher komme, hebt Daniel den Blick und sieht dann den Menschen nach, die aus der Höhle fliehen. »Der Tunnel dort führt zu einem unterirdischen Fluss in einer der tiefer gelegenen Höhlen, der schließlich ins Meer mündet. Die Feen haben uns für solche Notfälle ein Schiff gebaut.«

»Nehmt es«, sage ich. »Lasst euch durch nichts aufhalten. Wir halten sie hin.«

Und dann höre ich das entfernte Donnern, vor dem ich mich bereits gefürchtet habe. Die *Mortair*. Sie stapfen durch die Brandung über uns. Ein riesiger Gesteinsbrocken bricht aus der Höhlendecke und platscht nur einige Meter von uns entfernt spritzend ins Wasser, sodass wir vollkommen durchnässt werden.

Verdammt. Sie brechen die Höhlendecke auf, damit sie hindurchpassen.

»Kam!« Kiarans warnende Stimme hallt durch die Höhle. »Sie beginnen durchzuschlüpfen!«

Ein Summen erregt meine Aufmerksamkeit, und ich sehe

Derrick, der vom obersten Balkon herunter auf mich zufliegt. »Aileana«, keucht er und landet auf meiner Schulter. »Lonnrach hat die Kristalle zerstört. Ich kann die Barrieren nicht wiederherstellen …«

»Ich weiß«, erwidere ich zähneknirschend. »Ich konnte meinen Bann über sie nicht halten.« Ich kann ihm nicht ins Gesicht sehen. Nicht mit der Gewissheit, dass sein Zuhause gerade erneut zerstört wird, und ich schuld daran bin. »Hilf den anderen, sich in Sicherheit zu bringen.«

»Aber …«

Ein Krachen über uns lässt mich zusammenzucken. Ein weiterer riesiger Brocken löst sich und donnert in eines der Häuser, sodass die Mauer zusammenbricht. Dann ist überall um uns herum Wasser. Es spritzt so hoch auf, dass ich nichts mehr sehen kann …

Das Wasser beruhigt sich wieder, und eine katzenartige Metallkreatur richtet sich vor mir zur vollen Größe auf. Von ihrem geschmeidigen, silbern glänzenden Körper tropft Wasser, und sie ragt über die Gebäude rund um den Platz auf.

»Lauft!«, befehle ich den anderen.

Die katzenartige *Mortair* stürzt auf uns zu. Ihr geschmeidiger Metallkörper durchschneidet das Wasser wie eine Messerklinge, und donnernde Wellen branden durch die Stadt. Die Zahnräder in ihrem Inneren drehen sich und greifen ineinander, um die glänzenden Beine in einem atemberaubenden Tempo vorwärts zu treiben. Die anderen werden es nie schaffen, vor diesem Ding davonzulaufen. Sie werden es nicht bis zum Schiff schaffen, es sei denn, ich tue etwas.

Ich ziehe mein Schwert aus dem Futteral in meinem Kleid, das ja mittlerweile ein Mantel ist, und stürze nach vorne und auf die *Mortair* zu. Plötzlich taucht wie aus dem Nichts Aithinne neben mir auf. Mittlerweile trägt sie ebenfalls eine Hose und eine kurze schwarze Jacke.

»Hallo!« Sie grinst. »Ich habe doch nicht etwa den ganzen Spaß verpasst, oder doch?«

»Wo zum Teufel warst du?«

»Ich musste sicherstellen, dass die anderen Feen gemeinsam mit den Menschen in Sicherheit sind. Aber wenn du mich jetzt bitte kurz entschuldigst …« Aithinne zwinkert mir zu. »Die hier gehört mir.« Sie zieht ein golden glänzendes Schwert, das ich noch nie zuvor gesehen habe. »Ich muss meine neue Waffe ausprobieren.«

Bevor ich etwas dagegen einwenden kann, läuft sie auf die *Mortair* zu und stürzt sich auf sie. Sie springt mit einem Satz auf die *Mortair*, so geschmeidig und schnell wie ein Raubtier, schwingt sich auf ihren Rücken und schlägt ihr mit einem einzigen, schnellen Schlag ihres neuen Schwertes den Kopf ab.

Ich muss einfach kurz innehalten und ihre effiziente Technik bewundern. *Verdammt gute Arbeit.*

Meine Bewunderung ist jedoch nur von kurzer Dauer, denn es schlüpft bereits eine weitere *Mortair* durch die Decke über uns, und dann noch eine und noch eine. Ich schaffe es nicht einmal mehr, den Überblick zu behalten. Eiskaltes Wasser schießt in die Höhe, und ich bin bis auf die Haut durchnässt. Die Flut, die über mich hereinbricht, ist so heftig, dass ich mich kaum auf den Beinen halten kann, und die Gischt ist so mächtig, dass die einzelnen Metallkreaturen durch sie hindurch nicht mehr zu erkennen sind.

Sobald das Tosen versiegt ist, bleibt mir kaum ein Moment Zeit, um mich zu erholen, bevor ich erneut zwischen den Füßen zweier *Mortair* hindurcheile, mein Schwert ziehe und ihnen die Adern an den Beinen aufschlitze. Die Klinge gleitet ohne Schwierigkeiten durch sie hindurch, und der Geruch nach verschmortem Metall überwältigt meine Sinne.

Metall ächzt über mir, als sie schließlich fallen und mit zuckenden Gliedmaßen im Wasser liegen bleiben. Ich halte mir eine Hand vors Gesicht, um mich vor der Gischt zu schützen, und das Salz brennt in meinen Augen. Zu spät merke ich, dass eine weitere *Mortair* gerade ihre glänzende Tatze in meine Richtung erhebt. Das Licht ihrer Waffe dreht sich schnell auf ihrer Handfläche.

Verdammt! Ich tauche unter die Wasseroberfläche und rolle mich unsanft über das nasse Kopfsteinpflaster ab.

BUMM. Die Häuser um mich herum beben und brechen schließlich zusammen. Trümmer krachen auf die Erde. Jemand packt von hinten meinen Arm. Kiaran. Er legt sich schützend über mich, während eine ganze Wand auf seinen Rücken kracht.

Kiaran stemmt sie mit einem verärgerten Ächzen hoch. »Ich *hasse* diese verdammten Dinger.«

»Halte einfach das Meer und so viele Feen, wie du kannst, von uns fern. Aithinne und ich erledigen den Rest.«

Er wirft mir einen Blick zu. *»Halte einfach das Meer von uns fern«*, sagt sie. Er schüttelt den Kopf und nimmt hochkonzentriert wieder seine Position ein.

Ich geselle mich erneut zu Aithinne, um mit ihr gegen die *Mortair* zu kämpfen. Gemeinsam erledigen wir eine nach der anderen, und die Explosionen lassen überall Schmutz und Gestein zu Boden regnen.

Kiaran nutzt seine Kraft, um uns zu schützen, doch es kommen immer mehr *Mortair*. Es sind mindestens ein Dutzend, die mittlerweile über den Gebäuden der Stadt aufragen. Ihre riesigen Körper nehmen so viel Platz in der Höhle ein, dass die Gebäude um uns herum kaum noch zu sehen sind. Ich sehe bloß noch metallene Gliedmaßen und wirbelnde Zahnräder. Und ich bekomme kaum noch Luft. Der freie Raum zwischen dem Wasser und den *Mortair* wird immer weniger und der Geruch nach verschmortem Metall immer überwältigender, sodass ich es kaum noch aushalte.

Meine Macht breitet sich in mir aus und fließt mächtig und heiß durch meine Adern. Sie ermöglicht es mir, mich schneller zu bewegen und meine Konzentration zu halten. Mein Körper ist eine Waffe, anmutig und geschmeidig. Ich wirble wie eine Tänzerin – wie eine Fee – durch das Wasser und steche und schneide so schnell wie Aithinne. Gemeinsam schaffen wir es, sie alle niederzumetzeln.

Doch dann hebe ich den Blick und sehe gerade noch, wie sich eine *Mortair* auf Kiaran stürzt. Ohne nachzudenken werfe ich mich vor ihn, und plötzlich kommen mir die Worte der *Cailleach* wieder in den Sinn: *Du hast das Blut meiner Tochter in dir. Ihre Macht. Mein Blut.*

Es wird Zeit, meine Macht einem noch größeren Test zu unterziehen.

Ich beobachte, wie die katzenartige *Mortair* auf mich zukommt. Sie fletscht ihre rasiermesserscharfen Metallzähne, hat ihre Krallen ausgefahren und ihre metallenen Gliedmaßen schieben sich kraftvoll durch das Wasser. Ich strecke die Hände aus und meine Macht entfaltet sich. *Stopp*. Das ist alles, was ich denke. *Stopp*. Das Gefühl, das mich überschwemmt, brennt wie Feuer in meinen Adern.

Als ich die Augen wieder öffne, bin ich von einem Licht umgeben. Es scheint golden und so hell, dass es mir in den Augen wehtut. Das hier ist so anders als damals, als Kiaran seine Macht mit mir teilte. Es ist keine Macht, die von außen kommt, und ich habe nicht das Gefühl, als entzöge sie sich meiner Kontrolle oder gehöre nicht zu mir. Das hier bin ich, das ist, wofür ich erschaffen wurde. Die Macht in meinen Adern, das Leuchten in meinem Blut und das wunderbare Gefühl, das alles zu entfesseln. Es gehört *mir*.

Die katzenartige Kreatur hält von einem Moment auf den anderen inne. Der Geruch nach verbranntem Metall steigt mir in die Nase, als ich tief einatme und mich an Derricks Worte erinnere. *Du musst die Macht einfach ausatmen wie Luft.* Ich sehe der Kreatur in die Augen und erkenne Anzeichen von Gefühlen in ihrem Blick, sehe den Schmerz, den ich ihr verursache, doch es ist mir egal. Ich produziere noch mehr Licht. Es bricht aus mir heraus wie Wasser aus einem Damm, pulsierend und immer stärker, und ich erteile ihr nur einen einzigen Befehl. *Verbrenne.*

Die Luft zwischen uns wird wärmer, verdichtet sich und beginnt zu flimmern, als hätte ich eine Fata Morgana vor mir. Die Kreatur beginnt rot zu leuchten und schmilzt schließlich wie Metall, das ins Feuer geworfen wurde. Wie bei der Metallblume, die ich aus der Uhr erschaffen habe, befehle ich den Gliedmaßen der Kreatur, sich umeinander zu wickeln.

Dann lasse ich das Wasser ansteigen und ziehe die Tropfen in Gedanken hoch, bis die *Mortair* ganz im Wasser versinkt, um die heiße Oberfläche wieder abzukühlen. Dann lasse ich meine Macht tief in meinem Inneren explodieren, und sie bricht aus mir hervor und zerschmettert das Metall, als wäre es Glas.

Die Kreatur zerfällt in dem mittlerweile ruhigen Wasser zu Asche. Außer einer einzelnen Tatze, die etwa so groß wie meine Handfläche ist, ist nichts mehr von ihr übrig. Sie treibt in meine Richtung, und ich umschließe sie mit meiner Faust. Ein Andenken. Ein Schatz. Ein Zeichen meines Sieges.

Und dann zieht sich meine Macht von einem Moment auf den anderen wieder in mein Inneres zurück. Ich fühle mich auf schmerzhafte Weise erfüllt. Das Licht drängt sich zurück in meine Adern, bis ich mich schwindelig und benommen fühle und mein Blick verschwimmt. Als das Gefühl vorbei ist, schwanke ich.

Jemand schlingt jubelnd die Arme um meine Hüfte. Aithinne. »Du hast es geschafft!« Sie sieht so stolz auf mich aus, so unglaublich stolz. »Du warst großartig.«

Ich habe die *Mortair* geschmolzen und meine Macht wie eine Fee eingesetzt. Nicht wie ein Mensch.

Menschlich genug, flüstert die Stimme der *Cailleach* in meinem Kopf, als ich meine Faust öffne und auf die Metalltatze hinunterstarre. Sie hat meine Handfläche aufgerissen, und ich blute. *Menschlich genug*.

Kiaran ruft meinen Namen, und ich hebe den Blick und sehe, dass noch mehr *Mortair* durch die Höhlendecke springen und auf der gegenüberliegenden Seite des Platzes landen. Und es sind nicht bloß *Mortair*. Es sind auch andere Feen dabei. Redcaps und *Cù Sìth* und *Daoine Sìth*, die sich alle gegen Kiarans Bann stemmen. O Gott, ich kann nicht gegen so viele auf einmal kämpfen.

»Wir sollten abhauen«, erkläre ich Aithinne, und im nächsten Moment bin ich auf den Beinen und laufe durchs Wasser, sodass es um mich herum aufspritzt. »Kiaran, genug!«

Die Wasserwand stürzt herab. Wir laufen los, während die riesige Welle mit einem Höllentempo hinter uns durch die Höhle brandet. Aithinne führt uns durch die Straßen, während wir versuchen, uns nicht von der Brandung einholen zu lassen. Wasser umspült unsere Beine und behindert unser Vorankommen, doch wir laufen einfach weiter. Ich höre ein mechanisches Klicken und Pochen hinter mir und weiß, dass uns die Kreaturen durchs Wasser verfolgen.

Meine Kleider kleben an meiner Haut und behindern mich in meinen Bewegungen, sodass mir das Laufen noch schwerer fällt. Ich friere und meine Beine fühlen sich kalt und erschöpft an, doch meine bloße Willenskraft treibt mich vorwärts. Aithinne führt uns durch einen Tunnel und in einen weiteren Gang, an dessen Ende Licht zu sehen ist. Dann lässt sie ihre Macht explodieren, und die Höhle hinter uns bricht ein. Die Brandung versiegt mit einem Mal, doch das Wasser sickert weiter durch die Wand aus Steinen, die wohl bald zusammenbrechen wird.

Lauf weiter, denke ich. *Weiter*.

In diesem Augenblick sehe ich, dass sich Daniel, Catherine und Gavin noch immer im Tunnel befinden. Derrick schwirrt verzweifelt um sie herum. »Sie sind verletzt«, erklärt Derrick, als er bei mir angekommen ist. »Das Wasser kam durch den anderen Ausgang herein.« Ich habe kaum genügend Zeit, um den Schnitt auf Catherines Stirn und die blutende Wunde auf Gavins Bein zu begutachten.

Catherine taumelt, und Kiaran hebt sie ohne zu zögern hoch.

»Wir müssen durch den anderen Gang!«, ruft Daniel.

Hinter uns schießt Wasser in den Tunnel, und der Steindamm bricht.

Die Wasserwand kommt immer weiter auf uns zu. Wenn wir nur ein wenig langsamer laufen, werden wir alle ertrinken. Wir werden es nicht schaffen. Ich denke an das Licht und die Macht, die durch meinen ersten Tod entfesselt wurden, und treffe eine Entscheidung.

Ich bleibe stehen, um der Wasserwand gegenüberzutreten.

»*Kam*, tu das nicht!«, höre ich Kiaran hinter mir brüllen.

Ich werfe zuerst einen Blick auf ihn und dann auf Catherine in seinen Armen. »Rette sie, wie du mich gerettet hast.« Dann wende ich mich wieder dem Wasser und den mechanischen Kreaturen zu, die mit der Brandung mitlaufen, und flüstere: »Ich verschaffe euch etwas mehr Zeit.«

Ich entfessle meine Macht erneut. Das ganze Licht in meinem Inneren wird zu einer Kraft, die mit solcher Wucht auf die Wasserwand und die Kreaturen trifft, dass ich zurückschlittere. Ich versuche, mich noch einmal gegen das Wasser zu stemmen, doch mir fehlt die Kraft dazu. Es ist nicht genug.

Menschlich genug, denke ich. Zu menschlich. Zu viel Kraft. Zu viel Kraft in mir.

Ich versuche, mich darauf zu konzentrieren, das Wasser und die Feen dahinter aufzuhalten. Mir wird schwindlig, und der Schmerz, den es verursacht, so viel Macht anzuwenden, wird immer stärker und stärker, bis ich schließlich aufschreie. Ich falle auf die Knie, und die ersten Wasserstrahlen durchbrechen meinen Bann und branden um mich herum. Ich blicke über meine Schulter, um sicherzustellen, dass meine Freunde beinahe am Ende des Tunnels angekommen sind. Sie sind beinahe da. Beinahe. Ich muss nur noch ein wenig länger durchhalten.

Das Wasser rauscht immer schneller und schneller um mein Lichtschild herum. Schwärze beginnt sich von den Rändern meines Blickfeldes her auszubreiten und streckt ihre schattenartigen Tentakel aus.

Nur noch ein wenig länger.

Dann spüre ich jemanden neben mir. Aithinne. Sie ist neben mich getreten, um mir zu helfen. Sie packt meine Hand, und obwohl mein Blick immer unschärfer wird, merke ich, dass sie mir mit ihrem unheimlichen Blick in die Augen sieht.

»Ich will nicht, dass du jung stirbst«, flüstert sie. »Darf ich dir etwas zeigen?«

Ich nicke, denn das ist das Einzige, wozu ich noch imstande bin.

Ihre Macht brandet durch meinen Körper wie eine Flut, die mich erfüllt und wie heißes Feuer in meinen Adern brennt, und es fühlt sich an, als würde ich in Stücke gerissen. Ich höre nur noch das Flüstern der *Cailleach* in meinem Kopf: *Menschlich genug, menschlich genug, menschlich genug. Du solltest nicht existieren.*

»Du kämpfst dagegen an«, sagt Aithinne, und es klingt, als würde sie es mir von der anderen Seite eines Gebirges zubrüllen. »Lass deiner Macht freien Lauf.«

Ich spüre, wie mein Körper vor Erschöpfung zu taumeln beginnt. Mein *menschlicher* Körper. Mein Körper, der nicht dazu gemacht wurde, Feenmacht aufzunehmen oder sie auf diese Weise zu nutzen. Für einen Menschen ist mein Körper stark. Für einen Menschen ist mein Körper außergewöhnlich. Aber er ist nicht stark genug, um Aithinnes Macht ein Gefäß zu bieten. Er ist eine sterbliche Hülle. Ein erschöpftes Etwas aus Haut, Knochen und Adern.

Ich taumle nach vorne. Aithinnes Griff um meine Hand wird fester. »Atme einfach. Lass alles los«, flüstert sie. »Du schaffst das. Du kannst es zu Ende bringen.«

Und ich schaffe es tatsächlich. Ich lasse das Licht aus mir herausströmen und habe dabei das Gefühl, als würden meine Knochen brechen. Als würde meine Haut brennen. Als wäre ich losgelöst und ohne jegliche Form. Die mechanischen Kreaturen heulen auf, beginnen rot zu brennen und zerfallen zu Asche.

Und dann bricht schließlich Schwärze über mich herein.

37

Ich rieche Feuer, höre Holz knacken und spüre die Wärme der Flammen auf meinem Gesicht. Ich presse meine Finger auf den Boden unter mir – es ist die einzige Bewegung, zu der ich fähig bin – und erkenne, dass ich auf einer dicken Wolldecke liege, die sich weich unter meinen Fingerspitzen anfühlt.

Ich kann mich nur noch daran erinnern, wie ich zusammen mit Aithinne aus der Höhle gestolpert bin. Danach halfen uns die anderen durch den Wald, während sich alles um mich herum drehte und drehte. Ich kann mich nicht mehr daran erinnern, wie ich letztlich zusammengebrochen bin, als wir endlich einen Platz für die Nacht gefunden hatten. Ich kann mich nicht einmal mehr daran erinnern, die Augen zugemacht zu haben.

Mein ganzer Körper schmerzt, als hätte ich an einem heißen Sommertag zu viel Zeit draußen verbracht. Die Hitze trifft meine müden, schweren Augen, und ich habe Schwierigkeiten, sie zu öffnen. Als ich es dann doch tue, sehe ich Bäume, die über mir aufragen. Ihre Kronen sind schneebedeckt, und ihre skelettartigen Äste knarren und ächzen. Schnee fällt auf meine Wimpern und auf meine Wangen und kühlt meine Haut ein wenig.

Irgendwo in der Nähe raschelt es, doch ich kann meinen Kopf nicht bewegen. Plötzlich taucht Catherines Gesicht vor mir auf, sie hat die Augenbrauen sorgenvoll erhoben. »Oh, Gott sei Dank. Ich hatte schon Angst, dass du … nun … nun, du weißt schon.« Sie wirft einen Blick über ihre Schulter. »Sie ist wach.«

Plötzlich schwirrt ein riesiger Lichtball in mein Blickfeld. Und dann sitzt Derrick auf meinem Hals und presst seine winzigen Hände auf meine Haut. Er rollt sich zusammen, und seine warmen Flügel drücken sich an mich. »Du hast wirklich einen Märtyrer-Komplex, oder? Denn das ist die einzige Erklärung dafür, dass du mitten in einer Höhle stehen bleibst, während eine *riesige Wasserwand* auf dich zurast, du verdammter, närrischer Mensch.« Er krabbelt in meine Haare, und seine Flügel schlagen gegen mein Ohr. »Oder anders gesagt: Du hast echt Glück, dass du sieben Leben hast, wie eine verdammte Katze, denn sonst wärst du jetzt Fischfutter. Willkommen zurück!«

Ich schlucke.

Mein Hals ist so trocken, dass es schmerzt. »Was ist passiert, nachdem wir es aus der Höhle geschafft hatten?« Meine Worte sind nur ein Krächzen und zwischen den röchelnden Atemzügen fast nicht zu verstehen. »Ich kann mich kaum daran erinnern.«

»Nicht viel. Du hast beinahe alle Feen in dem Tunnel vernichtet, also sind wir durch den Wald geflohen, während sich die anderen wieder sammelten. Du und Aithinne habt es gerade noch bis hierher geschafft, und nun seht ihr beide aus wie die Hölle.« Er zuckt mit den Schultern und deutet mit seinem Kopf zur Seite.

Ich schaffe es, meinen Kopf zu drehen – es ist wirklich äußerst schmerzhaft – und sehe, dass Aithinne neben mir liegt und noch immer schläft. Sie ist in noch mehr Decken gehüllt als ich, und ihr schlanker Körper versinkt darin. Ihre Haut ist so blass und fahl wie die einer Toten. Ihre Wimpern sind schneebedeckt und ihre Lippen blau.

Ich will nicht, dass du jung stirbst.

Sie hat mir mittlerweile schon so viele Male geholfen. Sie hätte mich sterben lassen können, und dann hätte sie all ihre Macht wiedererlangt, die ganze Macht der Lichtfee-Königin. Sie wäre wieder die Fee geworden, die damals am Lagerfeuer stand, groß und stolz und beängstigend schön. Fähig, jemanden bloß mit einem Wink ihres Handgelenks und ihrem unheimlichen Blick zum Schweigen zu bringen. Sie hätte zur Seite treten und die Wasserwand auf mich stürzen lassen können, um dann wieder ihren Platz als Herrscherin einzunehmen. Aber sie hat es nicht getan. Sie hat mich nicht sterben lassen.

Auch wenn ich dadurch an Macht verlor … es ermöglicht mir, mich ein bisschen menschlicher zu fühlen.

Ich ignoriere meine schmerzenden Muskeln und greife unter den Fellen nach ihrer Hand. Selbst unter dem wärmenden Pelz fühlen sich ihre Finger eiskalt und schlaff an. Doch als meine Haut ihre berührt, spüre ich ihre Macht genauso wie meine eigene. Blut für Blut. Wir sind eins. Als wäre die eine die Fortsetzung der anderen.

Derricks Flügel schlagen schmerzhaft fest gegen meine empfindliche Haut. »Ich verstehe nicht, wie sie uns finden konnten, obwohl die Barrieren aktiv waren.«

»Lonnrach hätte die gesamte Insel zerstört, bis er den *Neimhead* gefunden hat«, antworte ich.

Ich frage mich, ob die *Cailleach* ihm wohl geholfen hat. Ich glaube eigentlich nicht, dass sie noch genügend Macht hat, um auch auf der anderen Seite des Schleiers zu agieren, nicht, wenn meine Mutter die letzte Falknerin war, bei deren Ermordung sie half. Aber vielleicht hat sie es ein letztes Mal versucht.

Ich sehe Catherine an. »Es tut mir so leid. Das alles.«

Catherine wirft mir einen scharfen Blick zu. »Es ist doch nicht deine Schuld.«

Ich erzähle ihr beinahe, dass Lonnrach nur wusste, dass sich die Stadt auf der Insel Skye befindet, weil er es aus meinen Erinnerungen geschlossen hat. Ich war naiv genug zu glauben, dass die Barrieren ihnen allen Sicherheit bieten würden. Sie waren nie wirklich sicher. Und solange Lonnrach am Leben ist, werden sie es auch nicht sein.

Catherine blickt erneut ins Feuer, und ihre Augen sind schmal vor Zorn. »In Wahrheit haben sie einfach nur auf den Tag gewartet, an dem sie uns finden und uns alle töten würden.«

Meine Augen werden wieder schwer, und ich schließe sie kurz, bevor ich frage: »Und die anderen? Was ist mit ihnen?«

Catherine zittert und wickelt ihre Decke enger um ihren Körper. Sie trägt bloß Unterkleider, ihr Ballkleid wurde wohl auf der Flucht vollkommen durchnässt und zerrissen. Meine eigene Hose und das Hemd sind mittlerweile trocken. Gott sei gedankt für solche kleinen Gnaden.

»Daniel, Gavin und … und … Kiaran«, sie spricht seinen Namen aus, als wäre es das erste Mal, als würde er nicht wirklich in ihren Mund gehören, »… sind los, um die Gegend zu erkunden. Um sicherzustellen, dass wir hier sicher sind. Die Feen sind noch nicht allzu lange ausgeschwärmt.«

Ich erinnere mich an Lonnrachs Worte in meinem Kopf, an die Bosheit und die Freude. *Hab dich.* Ich schüttle den Kopf. »Was ist mit der Stadt? Und all den anderen?«

»Manche sind auf das Schiff und haben gemeinsam mit unseren verbündeten Feen abgelegt. Sie haben nicht lange gezögert.« Sie starrt in die Ferne. »Das war schon immer der Plan. Wenn wir erneut von Feen angegriffen werden, nehmen wir den Weg durch die Tunnel, gehen auf das Schiff und fahren aufs Meer hinaus. Selbst die Feen schaffen es nicht, auf dem offenen Meer ein Portal zu öffnen, um sie anzugreifen.«

Derricks Flügel schlagen gegen meine Wangen. »Weil sie es auch gar nicht müssen. Ich hoffe bloß, eure Menschen laufen nicht einer Meeresfee über den Weg. Sie sind zurückgezogene Kreaturen, wie wir kleinen Feen. Sie gehören keinem der Königreiche an. Es sind ekelhafte Dinger. Sie stinken, haben schlechte Manieren und fressen Menschen.«

Catherine starrt ihn ausdruckslos an. »Mein Gott, du weißt wirklich, wie man eine Lady beruhigt, nicht wahr?«

»Oh, ich weiß *ganz genau*, wie man eine Lady beruhigt.«

Catherine sieht ihn mit zusammengekniffenen Augen an, bevor sie sich wieder mir zuwendet. »Wir waren die Einzigen, die noch dort waren, weshalb ich glaube, dass es beinahe alle hinausgeschafft haben.« Ihr trauriger Blick schweift in die Ferne. »Ich habe bloß noch einige der Älteren gesehen. Ich weiß nicht, ob sie …« Sie schluckt. Ich sehe, dass ihre Augen feucht sind. »Ich denke, wir müssen uns jetzt einfach etwas Neues suchen, nicht wahr?«

Sie sagt es leichthin, als würde sie versuchen, sich keine Sorgen zu machen. Aber ich kenne die Wahrheit, die sie zu verdrängen versucht. Wir haben schon wieder kein Zuhause mehr. Wir sind alle Waisen. Vagabunden. Wir können uns bloß ein neues Zuhause suchen, bis wir erneut einer nach dem anderen daraus hervorgelockt werden. Oder gleich alle auf einmal getötet.

Wir schweigen. Denn was gibt es nach einem solchen Verlust schon zu sagen? Catherine hat das alles schon so oft durchgemacht – ein neues Zuhause finden und eine kurze Zeit dort bleiben, bevor es schließlich wieder zerstört wird. Und jedes Mal sterben Menschen dabei.

Ich strecke die Hand nach Catherine aus, und die Bewegung fühlt sich an, als würden Abertausende winzige Nadeln in meine Haut dringen. Ich lege meine Hand mit der Handfläche nach oben auf die Decke. Ein Angebot. Eine Entschuldigung. Eine Bitte um Vergebung. Sie lässt ihre Hand in meine gleiten und drückt sie fest. Sie ist meine Herzensschwester, obwohl wir nicht blutsverwandt sind. Und sind das nicht ohnehin die besten Schwestern?

»Es tut mir leid, Derrick«, flüstere ich. »Du hast auch dein Zuhause verloren.«

Derrick rollt sich an der Stelle zwischen meinem Hals und meiner Schulter zusammen, wo die dicke Wolldecke und die Wärme meiner Haut aufeinandertreffen. Seine Flügel fühlen sich an wie Seide. »Ich habe es schon einmal verloren«, murmelt er, sodass ich ihn kaum hören kann. »Ich habe Tausende Jahre ohne es gelebt. Ich bin mir sicher, ich komme zurecht.« Er versucht, lässig zu wirken, aber ich höre die Wehmut in seiner Stimme. All seine Sachen waren dort. Sein Ankleidezimmer. Seine Wandteppiche mit seinen Siegen. Er hat sein ganzes vergangenes Leben an seine Feinde verloren. »Es waren ohnehin zu viele traurige Erinnerungen.«

»Und auch glückliche«, merke ich an und denke dabei an die Wandteppiche.

»Du weißt sehr gut, wie dunkel auch diese werden können«, erklärt er leise.

Darauf gibt es nichts zu sagen. Er hat nicht unrecht. »Wo sind wir?«, frage ich.

»Leitir Fura«, antwortet Catherine. »Oder zumindest irgendwo in der Nähe. Vater hat über seine Reisen hier oben Berichte geschrieben, und ich habe sie oft gelesen. Bevor das alles geschah, hat der Eschenwald keine so große Fläche eingenommen.«

Bevor das alles geschah. Mein Blick fällt auf die Narben auf ihrem Handgelenk und wie sie sich in Dutzenden halbmond- und kratzerförmigen Zeichen über ihren Arm hinaufziehen. *Bevor das alles geschah*, musste sie nicht tun, was immer notwendig war, um zu überleben.

»Wir müssen bald weiter«, sagt Derrick. »Ich kann uns für den Augenblick Deckung geben, aber wenn wir zu lange an einem Ort bleiben, werden sie uns finden.«

Catherine nickt und hält den Blick aufs Feuer gerichtet. »Natürlich.« Ich höre, wie ihre Stimme leicht stockt. Sie klingt unruhig und unkonzentriert. Als kämen ihre Antworten nur noch automatisch.

»Catherine?«

Sie sieht mich nicht an. »Es war dumm von mir, nicht wahr?« Sie hat ihre Stimme sorgfältig unter Kontrolle, aber ich höre den Schmerz darin. Die Sehnsucht. Die Traurigkeit. »Zu hoffen, dass wir endlich …« Sie blinzelt und senkt den Blick auf unsere ineinander verschränkten Hände. »Sie zerstören einfach alles, nicht wahr?«

Sie sieht mir in die Augen, und ich sehe das Feuer in ihrem Blick. Es ist mir so vertraut, als würde ich in einen Spiegel schauen.

»Ich *hasse* sie«, flüstert sie bitter, und endlich kullern Tränen über ihre Wangen. Ich schlinge meine Arme um sie, und sie lehnt sich schluchzend an meine Schulter, während ihre Tränen auf meiner Haut brennen. »Ich hasse sie so sehr.«

Ich halte sie fest. Ich weiß nicht, wie lange sie weint. Vielleicht sind es Minuten. Vielleicht Stunden. Ich halte sie fest und lasse sie wütend sein. Und die ganze Zeit über flüstere ich ihr zu. Es sind nur zwei Worte: »Ich weiß.«

38

Mein Schlaf wird von unruhigen Träumen durchzogen, in denen ich von dem knochigen, mit verwelkender Haut überzogenen Gesicht der *Cailleach* verfolgt werde. In meinen Träumen flüstert sie mir ins Ohr. Es ist immer wieder dieselbe Botschaft. *Jetzt verstehst du sicher, warum ich dich nicht am Leben lassen kann. Jetzt verstehst du sicher, warum ich dich nicht am Leben lassen kann.*

Sorcha ist ebenfalls da. Sie steht hinter der *Cailleach*. Sie ist immer da, beobachtet immerfort, wartet ohne Unterlass. Doch dann verblasst die *Cailleach* in meinem Traum, und Sorcha steht alleine vor mir. Sie spricht in ihrer Sprache zu mir, und die Worte klingen schwer, kehlig und melodiös.

Plötzlich packt etwas meine Brust, und der Schmerz, der mich durchfährt, lässt mich taumeln. Und Sorcha lacht und lacht.

Ich wache ruckartig auf und ringe nach Luft. Ich schwitze unter den Wolldecken, mein Atem geht stoßweise, und mein Herz pocht unregelmäßig.

»Schlecht geträumt?«

Ich drehe mich um und sehe Sorcha zwischen den Bäumen stehen. Sie trägt einen langen Mantel aus einem Material, das wie glänzende Seide aussieht, und die Pelzbesätze reichen bis hinauf zu ihrem Kragen und umrahmen ihr blasses Gesicht. Sie sticht aus dem Schnee hervor, ihre Lippen üppig rot und ihre Augen leuchtend grün. Sorcha hat noch nie schöner und auch noch nie gefährlicher ausgesehen.

Blutrot steht dir am besten, erklingt ihre Stimme in meiner Erinnerung. Ich schiebe sie zur Seite und begrabe sie tief in meinem Inneren, wo ich jene Teile von mir verstecke, die mich am verletzlichsten machen.

Sie mustert mich mit ihren bösartig glitzernden, mordlustigen Augen. Wir sind alleine. Das Feuer ist erloschen, und nur die verlassenen Decken um die Asche herum bezeugen, dass die anderen überhaupt hier waren.

Meine Hand gleitet auf der Suche nach meinem Schwert meine Hüfte entlang, doch es ist verschwunden. Ich schließe kurz die Augen. *Verdammt*.

Sorcha lächelt und zieht das Schwert hinter ihrem Rücken hervor.

»Suchst du etwa das hier?« Sie befühlt die Schwertspitze mit ihrem Finger. »Hübsch, nicht wahr? Aithinne hat schon immer außergewöhnlich gute Arbeit geleistet. Aber jetzt brauchst du es natürlich nicht mehr.«

Sie tritt einen Schritt zurück, dann schleudert sie das Schwert zwischen die Bäume und ihre Feenkraft lässt es bis tief in den Wald segeln. Die selbstgefällige Zufriedenheit in ihrem Grinsen lässt in mir den Wunsch aufkommen, ihr die Kehle durchzuschneiden.

»Wenn du meinen Freunden etwas angetan hast, dann werde ich …«

»Dann wirst du was? Mich töten?«, sagt sie lachend. »Ich habe sie alle auf ihre ganz persönliche Jagd geschickt. Ich frage mich, wie viele von ihnen es wohl lebend überstehen werden. Unter uns gesagt, tippe ich allerdings gegen das blonde Menschenmädchen.«

Ich knurre, befreie mich aus meinen Decken und stürze mich auf sie – doch mein Körper ist nach dem Gebrauch meiner Macht noch immer viel zu langsam. Ehe ich michs versehe, hat mich Sorcha bereits an der Kehle gepackt. Sie grinst mich mit ihren scharfen Zähnen an und rammt mich gegen einen Baum.

»Das war jetzt aber nicht nett, oder?« Sorcha mustert mich eindringlich. »Sieh dich an. Ein kleines bisschen weniger menschlich als das letzte Mal, als wir uns sahen.« Ihre Finger schließen sich um meinen Hals, und ich versuche, nicht zu würgen. »Deshalb hat Lonnrach auch die Stadt gefunden, weißt du? Weil du als Mensch die Macht der Lichtfee-Königin verwendet hast, ohne zu wissen, wie man sie verborgen hält.« Sie schnalzt mit der Zunge. »Du warst wie ein Leuchtfeuer im Sturm, kleine Falknerin. Nicht einmal der Schild der kleinen Fee konnte deine immense Macht abschirmen.«

Menschlich genug, flüstert die Stimme der *Cailleach* in meinen Gedanken. Derrick hat wohl gedacht, er könnte mich abschirmen, als ich mich mit dem *Neimhead* verband, doch er hat übersehen, dass ein Teil meiner Energie durch die Barrieren gedrungen ist. *Ein Leuchtfeuer im Sturm.* Verdammt.

Ich drücke mich gegen Sorcha, doch sie ist so unglaublich stark. »Zumindest tust du jetzt nicht mehr so, als wärst du bloß hier, um zu helfen, denn wenn ich noch mehr von diesem Unsinn zu hören bekommen hätte, hätte ich dir ein Messer in den Körper gerammt.«

»Oh, aber da liegst du falsch«, flüstert sie. Der Atem der *Baobhan Sìth* streicht über meinen Hals, und wenn sie wollte, könnte sie mir in weniger als einer Minute das Blut aussaugen. »Ich kann doch nicht lügen, Falknerin. Ich habe tatsächlich jemandem geholfen. Bloß nicht dir.«

Was, wenn ich dir jetzt sage, dass ich auf deiner Seite bin, Kadamach? Dass ich will, dass du meinen Bruder besiegst?

»Kiaran«, sage ich leise. »Du hast das alles für ihn getan.«

»Es war immer alles bloß für ihn, Falknerin«, sagt sie. »Im Gegensatz zu Kadamach lasse ich meine Freunde nicht im Stich.

»Und trotzdem hilfst du der *Cailleach*.« Als sie mich bloß anblinzelt, sage ich: »Um Himmels willen, stell dich nicht dümmer, als du bist. Sie will Kiarans Tod.«

»Oh, ja, das weiß ich.« Sorcha lacht. »Die *Cailleach* war für mich bloß Mittel zum Zweck, Falknerin. Ich musste sicherstellen, dass deinesgleichen sterben. Alle. Bis. Auf. Eine«, sagt sie und bohrt bei jedem Wort ihren Fingernagel in meine Brust. »Und sie war sehr gerne bereit, mir zu helfen, ohne nach dem *Warum* zu fragen.«

Sorchas Stimme klingt nicht mehr so ergreifend schön und einlullend wie das letzte Mal, als wir uns gesehen haben. Meine neu erwachte Macht ermöglicht es mir vermutlich, über ihre einschmeichelnde Stimme hinweg zu hören. Ich spüre sie in meinen Gedanken, als wollte sie gerade das überprüfen. Kleine, forschende Tentakel betasten meinen Verstand.

Sorcha dringt in meine Gedanken, doch ich dränge sie zurück. Sie sieht aus, als würde es ihr gefallen.

Ich beiße die Zähne zusammen, als mich ein plötzlicher Schmerz durchfährt. Sie hat ihren Fingernagel in meinen Hals gebohrt, und ich blute bereits. *»Warum?«*

»Weil Sorcha deine Macht für sich selbst beanspruchen will.« Ich wende mich um und sehe Kiaran zwischen den Bäumen stehen. Sein Hemd ist blutbespritzt, und sein Schwert tropft. Er atmet schwer, als hätte er gerade eine kleine Armee abgeschlachtet. »Oder etwa nicht? Dein Bruder hat sich auf die Suche nach dem *Neimhead* begeben, um genügend Energie für einen Machttransfer zu bekommen, und du hast einfach gewartet, bis er ihn gefunden hat.« Er umklammert sein Schwert. »Aber keiner von euch beiden wird den Platz der *Cailleach* einnehmen. Vorher töte ich euch beide, auch wenn das heißt, dass ich zusammen mit dir sterben werde.«

Sorcha lächelt. »Du hast wirklich eine schlechte Meinung von mir, Kadamach. Wenn das hier vorüber ist, wirst du mir noch danken.«

»Lass Kam gehen, Sorcha«, sagt Kiaran in einem Tonfall, den er immer anschlägt, bevor er jemanden ein Messer in den Körper rammt. Und vielleicht hat er genau das mit Sorcha vor, auch wenn er sie nicht töten kann.

»Kam.« Sorcha speit den Namen aus, als wäre er Gift. »So nennst du sie also?« Ihre Nägel bohren sich tiefer in die zarte Haut an meinem Hals, und ich beiße mir auf die Zunge, um nicht laut aufzuschreien. Blut rinnt in meinen Mund, und der Geschmack breitet sich in ihm aus. »Deine aktuelle kleine Falknerin. Es scheint, als müsste ich dir diese Lehre zweimal erteilen, Kadamach. Wie bei der anderen.«

Sorcha zieht mich in eine Umarmung, und ehe ich michs versehe, reißt sie mich so schnell wie ein Sturm mit sich.

Wir befinden uns oberhalb der Klippen am Meer, ganz in der Nähe der ehemaligen Stadt. Sorcha hält mich fest umschlungen, und dann fallen wir. Immer weiter und weiter.

Sie landet im Schnee auf einer der Klippen, Wellen krachen gegen die Steine und Gischt benetzt mein Gesicht. Es sind auch noch andere Feen hier. *Cù Sìth*, Redcaps und kleinere *Mortair*, mechanische Kreaturen mit Flügeln und spitzen Schnäbeln, die in die Erde hacken.

Sie graben in der tiefen Schlucht, die einst zur Stadt gehörte. Die *Redcaps* zertrümmern die Steine mit ihren Hämmern, und die Hunde und Metallkreaturen graben den Rest des Erdreichs zur Seite.

Auf einer Seite erhebt sich eine riesige Meerwasserwand, die in der Luft schwebt, als könnte sie jeden Moment zusammenbrechen. Die Feen müssen alle Gebäude der Stadt fortgeschafft haben, womöglich wurde aber auch ein Großteil davon zerstört, als die Unterwasserhöhlen überflutet wurden. Und jetzt nutzen sie ihre Macht, um das Meer zurückzudrängen, damit sie nach dem Kristall suchen können.

Ich erinnere mich daran, wie Tavish die Feen beobachtet hatte, die kurz nach meiner Ankunft in der Gegend gewesen waren. *Sie graben.* Ich hatte gedacht – wir alle hatten gedacht –, sie würden nach mir suchen. Doch eigentlich war Lonnrach hinter dem hier her. Er wollte den *Neimhead*. Und ich habe ihn direkt zu ihm geführt.

Lonnrach überwacht die Grabungsarbeiten mit einem zufriedenen Lächeln auf dem Gesicht. Seine salzweißen Haare wehen im Wind, während hinter ihm die Sonne untergeht. Er sieht wunderschön aus, ganz wie die Lichtfee, die er einst war.

Doch dann überschwemmt mich plötzlich eine Erinnerung, bevor ich noch irgendetwas dagegen unternehmen kann. Lonnrachs zwei- und dreireihige scharfe Zähne senken sich auf mich herab.

Ich erstarre. *Nein. Nein, nein, nein.* Ich werde das nicht wieder zulassen. Ich werde nicht wieder seine Gefangene sein. Ich werde nicht zulassen, dass er mir wieder Stück für Stück meiner Persönlichkeit stiehlt. Ich werde nicht zulassen, dass er mich wieder dazu bringt, das Kämpfen aufzugeben.

Sorcha versucht, mich von den Klippen zu zerren, doch ich stemme mich mit aller Kraft dagegen. Sie verliert kurz den Halt, und ich ramme ihr meinen Handballen ins Gesicht.

»Du ekelhafte kleine …«

Ich berühre ihre Haut mit meiner Hand. *Schmelze*. Ich atme meine Macht aus, wie ich es gelernt habe. Ich befehlige sie. Als Antwort höre ich sie in mir aufbrüllen. Ich will, dass Sorcha schmilzt wie die *Mortair*. Ich will, dass sie zu Asche zerfällt. Ich will …

Plötzlich krallen sich Sorchas Fingernägel in meinen Haaren

fest. Sie zieht mich zu sich hoch. Aus ihrer Nase läuft Blut, das sich stark von ihrer blassen Haut abhebt.

Sie verzieht die Lippen zu einem Lächeln. »Das hat jetzt aber gekitzelt.« Sie zieht mich näher zu sich heran. »Solange ich an Kadamach gebunden bin, kannst du mich mit deiner Macht nicht töten. Dazu hast du nicht die Kraft.«

Sie zieht mich an den Haaren über das Gras. Ich versuche, gegen sie anzukämpfen – ich trete und ramme eine Faust in ihren Bauch, aber sie umklammert meinen Hals nur noch fester und ihre Fingernägel graben sich in meine Haut, sodass ich zu bluten beginne. Sie lässt ihre Macht in mich strömen, und der Schmerz ist so heftig, dass ich laut aufschreie.

Lonnrach dreht sich um, als er mich schreien hört. »Meine entflohene Gefangene.« Er wirft einen Blick auf seine Schwester. »Das hat aber lange gedauert.«

Ich hasse seine Stimme. Ich hasse es, dass sie mir das Gefühl gibt, ich wäre wieder zurück in dem Spiegelzimmer und seiner Gnade ausgeliefert. Ich liege ihm erneut zu Füßen, unfähig, gegen ihn anzukämpfen. Ich beginne bereits wieder zu zittern, wie immer, wenn er in der Nähe ist.

»Ich musste mich um drei Menschen, zwei ehemalige Herrscher und eine überaus wütende kleine Fee kümmern«, zählt Sorcha an den Fingern ab. »Hättest du es denn schneller geschafft?«

Lonnrachs Blick zuckt zu ihren Fingern in meinen Haaren. »Ich musste sie zumindest nie irgendwohin schleifen.« Er fletscht seine Zähne, als wollte er sagen: *Erinnerst du dich an die hier?* »Jeder hat einen Punkt, an dem er schließlich aufgibt, selbst Falknerinnen.«

»Du kannst sie aber nicht vollständig gebrochen haben«, erwidert Sorcha. »Sonst wäre sie nicht entkommen.«

Lonnrachs Augen werden schmal, dann wendet er sich wieder den Feen zu, die mit einer Mischung aus Konzentration und Ungeduld graben, die ich mir von unsterblichen Feen nicht erwartet hätte. Aber vermutlich hat er das hier schon seit Jahrhunderten geplant.

Sorchas Lippen verziehen sich zu einem Lächeln, als sie sich zu mir hinunterbeugt, und ich erhasche einen Blick auf ihre glatten Fangzähne. »Sieh genau hin, Falknerin.«

Ich folge ihrem Blick und sehe, dass die Feen unter uns an Tempo zugelegt haben. Sie schleudern die schlammbedeckten Trümmer der ehemaligen Gebäude zur Seite, und ihre Hände bewegen sich so schnell, dass sie verschwimmen. Sie haben etwas entdeckt. Sie graben immer weiter, tiefer und tiefer und tiefer um einen Gegenstand herum – einen dunklen, spitzen Stein, der in der Erde steckt.

Mir stockt der Atem. Es ist der Kristall. Ich hatte nicht erwartet, dass er so groß ist. Er ist wunderschön, ganz anders als die Edelsteine, die ich bis jetzt gesehen habe. Auch die geschliffensten Diamanten könnten es niemals mit seiner Schönheit aufnehmen. Selbst aus der Entfernung schimmert er wie das Meer um Mitternacht und strahlt ein überirdisches, inneres Feuer aus. In seinem Inneren flackern Tausende Flammen, die funkeln und einander umschwirren. Das Licht, das sie aussenden, strahlt wie ein Leuchtfeuer.

»Er ist wunderschön.« Erst als ich die Worte höre, fällt mir auf, dass ich sie laut ausgesprochen habe.

Sorchas Augen glänzen grausam, und die Vorfreude lässt ihre Fangzähne wachsen, bis ein Bluttropfen austritt und langsam über ihre Unterlippe rinnt. Sie leckt ihn fort. »Nach all den Geschichten«, murmelt sie, »haben wir ihn gefunden.«

Sie ist so von dem Kristall gebannt, dass sie ihren Griff um meinen Hals lockert und schließlich ihre Hand zurückzieht. Sie sieht mich nicht einmal mehr an. Vielleicht glaubt sie, dass ich ohnehin nicht fliehen kann, vielleicht ist sie aber auch einfach zu verzaubert. Und Lonnrach ist es ebenfalls. Der Kristall ist riesig, mindestens so groß wie ein durchschnittliches Gebäude in Edinburgh, und die Feen haben noch immer nicht den tiefsten Punkt erreicht.

Sorcha sieht mich an, und ihre Lippen verziehen sich zu einem selbstgefälligen Lächeln. »Und er befand sich die ganze Zeit unter dem Königreich der kleinen Feen.«

Plötzlich sehe ich Derricks Wandteppiche vor mir, die Schlachten, das Blut und den Tod, die auf den Wänden dargestellt wurden. Einer der riesigen Wandteppiche war älter als die anderen. Derrick war nicht darauf zu sehen. Er zeigte, wie sich die kleinen Feen zu einer Schlacht versammelten. Im Hintergrund befand sich ein Schatten, von dem ich dachte, es wäre ein Schloss. Doch es war kein Schloss, es war der riesige Kristall. Sie haben ihn beschützt. Und sie müssen einen guten Grund gehabt haben, ihn schließlich zu verstecken.

Ich rücke von Sorcha ab und ziehe mich langsam zurück, während sie ihre Aufmerksamkeit noch immer auf das Spektakel unter uns gerichtet hat. Meine Hand gleitet in das Waffenversteck in meinem Mantel, das Derrick für mich angefertigt hat. Ich hatte gehofft, wenigstens auf ein kleines Messer zu stoßen, doch es ist leer. *Verdammt noch mal.* Mein Blick wandert zwischen Lonnrach und Sorcha hin und her. Sie haben beide ein Schwert, aber Sorchas ist unter ihrem wogenden Mantel verborgen.

Lonnrachs Schwert hingegen befindet sich genau vor mir, nur eine Armlänge entfernt.

Ich mache einen Schritt auf ihn zu. Zwei. Langsam, ganz langsam. Die beiden Feen bemerken es nicht einmal. Der ohrenbetäubende Lärm von Gestein und Metall, die gegeneinander schrammen, während die Feen den Kristall ausgraben, übertönt jedes Knirschen meiner Stiefel im Gras. Ich warte, bis die Metallschnäbel der *Mortair* erneut über den Stein schrammen, dann greife ich schnell nach Lonnrachs Schwert und ziehe es aus dem Futteral.

Er stürzt sich mit einem Schrei auf mich, doch meine Schwerthand ist zu schnell. Ich verpasse ihm einen Schnitt quer über den Oberkörper. Blut sickert durch sein reinweißes Hemd, und er sinkt auf die Knie. Beinahe hätte ich auch den tödlichen Schlag ausgeführt, doch ich halte mich zurück.

Sein Tod steht nicht mir zu.

»Falknerin.«

Sorcha packt meinen Hals, doch ich ramme ihr einen Fuß in den Oberschenkel. Ihr Griff lockert sich, und ich rase auf die grabenden Feen zu. Ich rutsche über die Gesteinsspalten hinunter, und meine Knöchel schmerzen unter meinem Gewicht. Ich bleibe nicht stehen, nicht einmal, als ich Sorchas warnendes Gebrüll über mir höre. Die anderen Feen wenden sich mit ihren unheimlich glühenden Augen zu mir um, und dann greifen sie an.

Als Reaktion darauf beginnt meine Macht in mir hochzubranden. Es ist eine grausame Kraft, die mich vollkommen erfüllt und ein Feuer in mir entfacht. Das gestohlene Schwert wird zu einer Verlängerung meines Armes und brennt ebenfalls. Ich zerteile die erste Redcap, die hammerschwingend auf mich zukommt, ohne weitere Schwierigkeiten in zwei Teile. Die mechanischen Kreaturen springen auf die Beine, und eine stürzt sich durch die Luft auf mich. Ich schlage auf sie ein. Licht schießt aus meinem Schwert und reißt das Metall mit einer Leichtigkeit auseinander.

Dann höre ich jemanden über mir brüllen. Aithinne. »Zerstöre den Kristall!«

Ihn zerstören? Noch mehr Feen stürzen sich auf mich, bevor ich antworten kann. Ich lasse mein Schwert durch die Luft zischen und versenke es in einer weiteren Fee. All das geschieht in einem einzigen Augenblick. Jetzt, wo meine Macht erwacht ist, bin ich schneller, beweglicher und stärker. Dann merke ich plötzlich, dass Kiaran, Derrick und Aithinne bei mir sind und an meiner Seite gegen die Feen kämpfen.

Ihre Schwerter zischen durch die Luft, ihre Macht versengt das Gestein. Ich sehe zu, wie sich Steine lösen und die Erde unter der Kraft ihrer Hiebe aufbricht. Ein grausamer Sturm tobt über unseren Köpfen, erschaffen von den anderen Feen, die gegen uns kämpfen. Wasser tritt aus der über uns schwebenden Wand aus Meerwasser, und der Druck ist so stark, dass ich umgerissen werde.

Der Kristall. Ich muss zu dem Kristall. Ich drehe mich um meine eigene Achse und steche dabei eine weitere Fee nieder. Ich bewege mich schnell und eile über die aufgebrochene Erde auf den Kristall zu, während ich mich unter den Angriffen hindurchducke.

Doch bevor ich ihn erreicht habe, steht Sorcha vor mir und ihr Schwert zischt so schnell durch die Luft, dass es mir beinahe den Bauch aufschlitzt. Ich springe zur Seite und pariere ihren Schlag. Doch sie ist viel beweglicher und schneller als ich. Ich schlage auf sie ein und schneide ihre Wange auf. Sie berührt die Wunde mit den Fingern und sieht mich überrascht an.

»Ein kleines Andenken an mich«, erkläre ich ihr.

Sie fletscht die Zähne, leckt das Blut ab und stürzt sich auf mich. Ich wirble herum, doch meine Bewegungen sind defensiv.

Mit jedem Hieb meines Schwertes rufe ich mir ins Gedächtnis, dass ich zwar nicht fähig bin, sie mit meiner Macht zu töten, dass dieses Schwert jedoch aus Feenmetall gefertigt wurde. Ihr Körper ist nicht so unverwundbar wie Kiarans. Wenn mir ein tödlicher Schlag gelingt, dann wird Kiaran aufgrund ihrer Verbindung mit ihr sterben.

Also mache ich das Einzige, was möglich ist: Ich verteidige mich gegen sie, und mein Schwert prallt Funken sprühend auf ihres. Ich stürze mich auf sie und ramme sie zur Seite.

Und dann spüre ich sie in meinem Kopf. Eine kraftvolle Macht, die sich ihren Weg in mein Inneres bahnt. »Du hast jetzt vielleicht mehr Macht, Falknerin. Aber ich kenne noch immer alle Mittel, um dich zu brechen.«

Sie zeigt mir erneut das Mädchen. Das blutüberströmte Mädchen neben dem Körper seiner Mutter. Sie versucht, in mein Herz vorzudringen.

Aber sie hat keine Ahnung.

Ich bin nicht mehr das Wesen, das so voller Rachegelüste war. Ich bin nicht mehr bloß das Mädchen, dessen Gabe das Chaos ist. Ich bin gestorben und zurückgekehrt. Ich bin das Mädchen, das alles überstanden hat.

Ich reiße sie von den Füßen. Ich hebe mein Schwert und verpasse ihr beinahe einen tödlichen Hieb in den Bauch …

Doch wenn ich sie jetzt töte, stirbt Kiaran.

Die Klinge ändert im letzten Moment ihre Richtung und trifft sie bloß an der Schulter. Ich zische frustriert auf, und sie lächelt. »Du kannst mich nicht töten, nicht wahr, Falknerin? Du bist nicht bereit, Kiaran zu verlieren.«

»Halt den Mund!«

Ich werfe mich auf sie, doch ehe ich michs versehe, ist sie wieder auf den Beinen und weicht meinem Angriff aus. Sie ist schnell. Sie bewegt sich so flink wie eine Raubkatze und weicht jedem meiner Schläge aus.

Sie dringt erneut in meine Gedanken und gräbt, gräbt und gräbt. Dieses Mal zeigt sie mir das Mädchen nicht nur, sondern versucht, mich zu ihm zu machen. Ich taumle zurück und schreie gegen den pochenden Schmerz in meinen Schläfen an.

Während ich abgelenkt bin, schlägt sie mir das Schwert aus

der Hand und schneidet mir mit ihrem die Wange auf. Die Wunde brennt, und ich spüre, wie das Blut meinen Hals hinunterrinnt. Es ist ein Spiegelbild der Verletzung, die ich ihr zugefügt habe.

»Ein kleines Andenken an mich«, flüstert sie. Dann wirft sie einen Blick auf Kiaran, der gerade gegen die *Mortair* kämpft. »Ich hatte gehofft, er würde kommen, um dich zu retten.«

Ich erstarre. »Was?«

»Du bist mein Lockvogel«, murmelt sie. »Das war Teil des Plans.«

Ihr Lockvogel. Ich sehe zu Kiaran hinüber, der sich seinen Weg durch die Feen erkämpft. Seine Macht versengt die Erde. *Ihr Lockvogel.* Sie wusste, dass er kommen würde. Ich öffne den Mund, um ihm zuzubrüllen, dass er verschwinden soll. »Kia…«

Sorchas Faust trifft mein Gesicht. Ich taumle und spucke Blut auf den matschigen Boden. Bevor ich mich erholen kann, packt sie meinen Arm und schleudert mich fort. Ich rolle über die Erde und krache geradewegs in den unteren Teil des Kristalls.

»Kam!«

Sorcha hört nicht auf. Und als würden sie wissen, worum es geht, stürzen die anderen Feen auf Kiaran und Aithinne zu und kreisen sie ein. Dutzende Feen halten die beiden zurück, während Sorcha mich am Hals hochzieht. Sie rammt mich gegen den Kristall.

»Ich habe lange Zeit auf diesen Augenblick gewartet«, sagt sie mit einem schlangenartigen Zischen. »Ich brauchte eine einzige Falknerin, die Aithinnes Macht in sich vereint, um sie schließlich durch den *Neimhead* zu vervielfältigen. Genug, um sie zu besiegen.«

Ich starre zu ihr hoch und lecke das Blut von meinen Lippen. »Dann stiehlst du also meine Macht, um Aithinne zu töten?«, frage ich bitter.

»Nein, du dummes Ding. Deine Macht wird zurück in ihren rechtmäßigen Besitzer fließen.« Ihre Fingernägel graben sich so tief in meine Haut, dass sie Abdrücke hinterlassen. »Es war Aithinne, die jenen Teil von Kadamach gebannt hat, der ihn zum König der *Unseelie* gemacht hat, verstehst du? Und jetzt brauche ich ihre Macht, um es rückgängig zu machen.« Ihre Lippen verziehen sich zu einem albtraumhaften Lächeln. »Sie hat einen Fehler begangen, als sie ihre Macht in menschliche Körper umleitete. Körper, die ich allesamt *töten* konnte, bis hin zum letzten. Und mithilfe des Kristalls wirst du gerade genug ihrer Macht in dir haben, um sie wieder zu entfesseln. Es endet mit dir.«

Und dann rammt sie ihr Schwert durch meine Brust und in den Kristall hinter mir.

Etwas in mir zerbricht.

Die Feen halten im Kampf inne, als Kiaran mit einem Brüllen zu Boden fällt, das mir in der Seele wehtut. Schatten steigen aus dem Boden und umfangen ihn mit ihren schwarzen Tentakeln. Er krümmt sich, und seine Finger graben sich in die Erde. Dann brechen auch die Feen um ihn herum zusammen und fallen auf die Knie, während seine Macht aus ihnen herausgerissen wird. Selbst Sorcha windet sich schmerzgeplagt auf dem Boden.

Mein Blick verschwimmt, aber ich sehe, wie Kiarans Körper zittert und seine Schultern beben. Die Erde bricht mit einem furchtbaren Krachen um seine Hände herum auf. Die Schatten werden dichter und dunkler, bis ich ihn nicht mehr sehen kann. Er hat keine Form mehr, er ist vollkommen von ihnen verhüllt.

»Nein«, flüstert Aithinne und stürzt zu mir. Ihre Augen sind feucht, während sie hilflos auf das Schwert hinunterstarrt. »Falknerin. Ich kann das hier nicht mehr heilen.« Ihre Stimme bricht.

Ich kann nicht sprechen. Ich fühle mich schwindlig und benommen, als würde ich dahintreiben. Ich kämpfe darum, am Leben zu bleiben. Aber ich schaffe es nicht. Ich spüre, wie ich meinen Körper verlasse, genau wie damals, als Kiaran mich unter die Meeresoberfläche drückte. Ich treibe … und treibe.

Die Schatten klaren auf, und Kiaran hebt den Blick. Während ich meinen letzten Atemzug tue, sehe ich in seine dunklen, hungrigen Augen, und ich weiß, dass er nicht mehr Kiaran ist.

Er ist der König der Dunkelfeen.

39

Ich stehe bei Sonnenuntergang auf einer Klippe. Weit, weit unter mir krachen Wellen in einem beruhigenden Rhythmus gegen die Felsen. Die Gischt fühlt sich kühl auf meiner Haut an, und die Luft ist frisch und riecht nach Salz und Heidekraut.

Bäume wachsen entlang der Klippen zu beiden Seiten. Sie tragen die Herbstfarben Schottlands und sind rot- und orangegefärbt, bloß dass sie noch leuchtender wirken. Es ist, als stünde die gesamte Küste in Flammen.

Wo bin ich?

Der Gedanke verfliegt und wird von einer inneren Ruhe abgelöst. Es ist so still und ruhig hier. Am Horizont trifft das tiefe, türkisfarbene Meer auf den flammenden Himmel. Die Sonne sinkt tiefer, und die brennenden Wolken werden noch intensiver. Sie leuchten in erstaunlichen Farbtönen. Ich schließe kurz die Augen und genieße die angenehme Wärme.

Dann spüre ich jemanden hinter mir. Das plötzliche, vertraute Gefühl von kalten Fingerspitzen, die meinen Rücken hinuntergleiten. Es ist nicht so bedrohlich wie letztes Mal, es birgt keine Gefahr mehr. Es ist bloß eine Mahnung.

Sie ist hier.

Ich drehe mich zu ihr um, während sie neben mich an den Rand der Klippe tritt. Aus den Augenwinkeln erkenne ich, dass ihr Gesicht dieses Mal unverändert bleibt. Knochig und mit einer verwelkten, alten Haut überzogen. Ihr Schattenmantel wickelt sich dicht und dunkel um ihren Körper.

Und plötzlich kann ich mich wieder erinnern. An Sorcha,

die ihr Schwert durch meinen Körper und in den Kristall rammt. Ich spüre den Schmerz in meiner Brust, wo das Schwert den Knochen durchbohrt hat. Ich drücke meine Hand auf die Stelle. Ich lasse mich von dem Schmerz überrollen, bis ich wieder klar denken kann.

Kiaran. Sein dunkler, hungriger Blick, als seine gebannte Macht sich erneut in ihm ausbreitete. Nun braucht er wieder die Wilde Jagd, um zu überleben.

Fühlst du dich nicht manchmal verflucht?

Jeden Tag.

Er ist wieder in der menschlichen Welt und trägt die Last seines Fluches, und ich bin … ich bin …

Falknerin. Ich kann das hier nicht mehr heilen.

Tränen steigen mir in die Augen. »Du besuchst mich nicht bloß wieder im Traum, nicht wahr?«

»Nein, *mo Nighean*.«

Ich lache bitter. »Dann hat sich dein Wunsch also erfüllt, nehme ich an? Ich bin tot. Aithinne hat ihre Macht zurück. Bist du gekommen, um dich damit zu brüsten?«

»Ich bin gekommen, um dir ein Angebot zu machen«, erwidert sie leise. Ihre Stimme klingt schwach und zittert.

»Und ich lehne es ab«, erkläre ich ihr. »Du kannst mir drohen, so viel du willst. Ich will deine Wahrheit nicht.«

Ich sehe in ihre uralten, tief liegenden Augen. Die Traurigkeit und die Unsicherheit in ihnen überraschen mich. Die *Cailleach* hat Tausende von Leben gelebt. Sie hat das Land erschaffen. Sie hat die Königreiche erschaffen. Und jetzt verblasst sie, genau wie ich. Wie ein Mensch.

Letzten Endes sind wir alle dieser Hirsch.

»Ich will dir nicht die Wahrheit anbieten, *mo Nighean*. Dieses Mal nicht.«

Ich habe beinahe Angst nachzufragen. »Und was ist es dann?«

»Ich habe deine und meine Welt erschaffen«, erklärt sie

mir. »Wenn ich sterbe, werden die Königreiche auseinanderbrechen. Im *Sìth-bhrùth* hat es bereits begonnen. Du hast es selbst gesehen.«

»Aye.«

»Meine Kinder wollen meine Macht nicht«, sagt sie leise. »Aber ich brauche ein Gefäß, um sie weiterzugeben. Also biete ich sie dir an.«

Ich werfe ihr einen scharfen Blick zu. Ich wäre wohl geschockt, wenn ich nicht so misstrauisch wäre. Feen bieten niemandem etwas an, ohne eine Gegenleistung dafür zu verlangen. Das letzte Mal hat die *Cailleach* gedroht, meine Familie zu töten. Sie hat versucht, *mich* zu töten. »Warum solltest du das tun?« *Warum sollte ich dir vertrauen?*

Jetzt wirkt sie verbittert. »In deinen Adern fließt mein Blut.«

»Ich verstehe. Du stirbst, und ich bin deine letzte Chance, dein Erbe weiterzugeben.«

»Ich bin egoistisch, *mo Nighean*«, erwidert sie streng. »Und du ebenfalls. Du willst zu deinen menschlichen Freunden zurückkehren, und ich biete dir eine zweite Chance, dein Leben weiterzuleben. Weißt du, wie selten es vorkommt, dass ein Mensch zweimal von den Toten aufersteht?«

Die *Cailleach* hat schon einmal versucht, mich zu töten. Ich werde ihr nicht so einfach vertrauen. »Und was ist der Preis dafür?«

Als sie ihren Blick abwendet, beginne ich beinahe zu lachen. Natürlich gibt es einen Preis. Es zieht immer Konsequenzen nach sich, wenn die natürliche Ordnung außer Kraft gesetzt wird. Das weiß ich besser als jeder andere. Nicht einmal die *Cailleach* selbst kann das ändern.

»Ich kann dich wieder zum Leben erwecken«, erklärt sie mir, »doch früher oder später wird dich meine Macht umbringen.«

»Also bin ich auf jeden Fall tot. Warum sollte ich das Angebot dann annehmen?«

Die Lippen in ihrem knochigen Gesicht werden schmal. Ich komme nicht umhin zu bemerken, wie ihre Schultern zittern, als schaffe sie es gerade noch, sich aufrecht zu halten. »Frag meine Tochter nach dem *Leabhar Cuimhne*. Dem Buch der Erinnerung. Wenn du es findest, kannst du den Verlauf des Schicksals neu schreiben. Einschließlich deines eigenen, dem meines Sohnes und dem meiner Tochter. Das ist mein letztes Geschenk an sie.« Ihr Blick senkt sich zum Ozean unter uns.

Ich wäre dumm, wenn ich ihr glauben würde, aber dennoch … Gott steh mir bei, aber ich gerate in Versuchung. »Und wenn ich dein Angebot nicht annehme?«

»Dann werden unsere Königreiche zerstört.« Ich kann sie kaum noch verstehen. Jedes Wort ist nur noch ein sanfter Hauch, als würde es ihr Schmerzen bereiten. Die *Cailleach* sieht mit einem Mal noch viel schwächer aus. Sie verblasst immer schneller. »Das Buch ging verloren, als das alte Königreich zerfiel. Du musst es finden«, flüstert sie, und ihre Stimme wird immer schwächer. »Die Würdigen finden die Tür.«

Die *Würdigen?* Sie löst sich immer schneller auf. »Die Tür? Welche Tür?«

Doch sie bricht bereits zusammen. Ihre Haut löst sich von den Knochen in ihrem Gesicht. Ihre Augen sinken ein. Sie stirbt, und ihr Körper zerfällt und schrumpft zusammen wie ein Leichnam.

»Nimm das Angebot an«, haucht die *Cailleach*. Ihr Gesicht ist schmerzverzerrt. »Du musst es jetzt annehmen.«

Ich habe kaum Zeit, darüber nachzudenken. Sie zerfällt vor meinen Augen zu Asche. Mir bleibt keine Wahl, es ist keine Zeit mehr für weitere Fragen.

»In Ordnung«, flüstere ich. »Ich nehme es an.«

Mit einem letzten Aufbäumen packt ihre knochige Hand meine eigene. Sengender Schmerz lässt mich auf die Knie sinken. Ihre Macht fährt in meinen Körper, legt sich über meine Knochen und fließt durch meine Adern. Ich brülle. Mein Körper fühlt sich an, als würde er in der Mitte auseinanderbrechen, als würde jeder einzelne Teil von der Kraft ihrer Macht neu erschaffen werden.

Ich höre die Stimme der *Cailleach* an meinem Ohr. »Ich habe Angst, *mo Nighean*.«

Ihr verwelkter Körper umarmt meinen. Ich halte sie fest, während ihre Kraft mich in Stücke reißt. Ich halte sie fest, als ihre Haut sich auflöst und ihr Körper zerfällt. Ich halte sie fest, als ihre Knochen bereits zu Staub zerfallen.

Dann ist sie fort, und ich öffne die Augen.

Und ich bin am Leben.

BESTIARIUM

Aileana Kamerons
Anmerkungen und Beobachtungen zur Spezies der Feen

Überarbeitet und ergänzt im Königreich der kleinen Feen. Bestimmte Anmerkungen wurden hingegen gelöscht, einschließlich jener einer ganz bestimmten, ebenfalls hier ansässigen kleinen Fee …

DU HAST DIE AUFZEICHNUNGEN ÜBERARBEITET UND ERGÄNZT, OHNE AUF MEINE ANMERKUNGEN RÜCKSICHT ZU NEHMEN? WAS SOLL DAS DENN? GUT, ICH WERDE MEINE EINFACH DAZUSCHREIBEN.

Wie ich inzwischen erfahren habe, sind die Feengeschichten aus meiner Kindheit das Ergebnis einer durch die Jahrtausende hindurch verwässerten mündlichen Überlieferung.

An mein jüngeres Ich: Und wir sollten auch all die Halbwahrheiten, absichtlichen Auslassungen und den frei erfundenen Blödsinn nicht vergessen.

Die heutigen Überreste der Feenwelt sind nichts als ein matter Abglanz früherer Pracht und Herrlichkeit. Einst eroberten die Lichtfeen und die Dunkelfeen – zwei einander bekriegende Königreiche der guten und der bösen Feen – ganze Kontinente. Dabei wäre die Menschheit fast von der »Wilden Jagd« ausgelöscht worden, ~~dem systematischen Versuch der Feen, die mächtigsten Menschen gefangen zu nehmen und zu töten, besonders jene mit dem Zweiten Gesicht.~~

Wie mir die Cailleach *erklärte, benötigt der König der Dunkelfeen die Wilde Jagd, um zu überleben. Ohne sie werden er und seine Untertanen immer schwächer, bis sie schließlich sterben. Darüber hinaus stellte sie noch fest, dass das Abschlachten wohl notwendig wäre, um die natürliche Ordnung aufrechtzuerhalten. Eine Aussage, die ich hier zwar festhalte, der ich persönlich aber keine weitere Beachtung schenke, da es sich bei der* Cailleach *immerhin um einen mörderischen alten Drachen mit fragwürdigem Urteilsvermögen handelt.*

UND IHR KOPF WÜRDE EINE HÜBSCHE TROPHÄE IN MEINEM ANKLEIDEZIMMER ABGEBEN.

Derrick! Wie hast du bloß herausgefunden, wo ich dieses Buch verstecke?

ES GIBT NICHTS, WAS MIR VERBORGEN BLEIBT. ICH WEISS ALLES UND SEHE ALLES. AUSSERDEM IST ES DASSELBE VERSTECK WIE FRÜHER.

~~Dieser nicht endende Krieg zwischen den zwei Königreichen hätte sie fast ausgelöscht, doch vernichtend geschlagen wurden beide in der finalen Schlacht gegen die Falknerinnen.~~

Ach, wie einfach mir mein Leben noch erschien, als ich diese Betrachtungen zu Papier gebracht habe. Mittlerweile weiß ich gar nicht mehr, wo ich anfangen soll …

Der König der Dunkelfeen und die Königin der Lichtfeen beendeten ihren Krieg und lehnten sich damit gegen das Schicksal auf, das seit ihrer Geburt für sie vorgesehen war. Zu diesem Zeitpunkt konnten sie jedoch noch nicht wissen, dass ihre Entscheidung katastrophale Konsequenzen nach sich ziehen würde, die schließlich zur Zerstörung beider Königreiche führten.

Nach allem, was Kiaran mich gelehrt hat, bin ich zu dem Schluss gekommen, dass nur eine Wahrheit die Zeit überdauert hat:

~~Traue niemals einer Fee.~~

Zu spät.

Aileana Kameron, 1844

Überarbeitet im Dezember 1847 (ich kann es selbst kaum glauben)

Baobhan Sìth

Sorcha:

~~Eine Einzelgängerfee (gehörte in der Vergangenheit vermutlich einem der beiden Königreiche an).~~

Gesellige Fee. Die ehemalige Gefährtin des Königs der Dunkelfeen.

BEI DEM GEDANKEN DARAN KOMMT MIR BEINAHE DER HONIG HOCH.

Sie ist verwandt mit der *Daoine Sìth*, hebt sich jedoch durch ihre ausgeprägten telepathischen Fähigkeiten von ihr ab. Ihre Ausstrahlung ist magnetisch, sie hat langes dunkles Haar und die lebhaftesten grünen Augen, die ich je gesehen habe. Ihr Lächeln ist von unvergleichlicher Schönheit und zugleich grauenerregend – Stoff für Albträume. Ihre Macht schmeckt schwer, als würde einem Blut die Kehle hinuntergezwungen. Sie hat nicht nur Falknerinnen abgeschlachtet, sondern auch jede andere *Baobhan Sìth* ermordet, die das Licht der Welt erblickte, damit ihr nie jemand ebenbürtig würde.

Abgesehen von ihrem Bruder Lonnrach.

Stärken: Überaus intelligent und gerissen; ihre Fähigkeit zu töten wird ergänzt durch die mentale Kraft, ihre Opfer dazu zu bringen, sich in eine von ihr auserwählte finstere Straße zu begeben, wo sie ihnen dann das Blut aussaugt.

~~Was Lonnrach betrifft, so ist es seine Fähigkeit, seinem Opfer …~~

~~Lonnrachs Spezialität ist es …~~

Ich bin noch nicht bereit, diese Dinge niederzuschreiben.

UND ICH PLANE BEREITS SEINEN UNTERGANG.

~~Morde: 20 36 87 103 Zu viele, um sie aufzulisten.~~

Vergiss es. Sorchas Morde haben – genauso wie mein törichter Wunsch nach Rache – mittlerweile nicht mehr oberste Priorität.

Schwächen: ~~Keine bekannt. Ich werde welche finden.~~

Sorcha: Kiaran. Ich weiß jedoch noch nicht, was ich mit dieser Information anfangen soll.

Lonnrach: Ich kann immer noch nichts dazu sagen …

UND ICH PLANE IMMER NOCH SEINEN UNTERGANG.

Brollachan

Für gewöhnlich Einzelgängerfeen, obwohl die Exemplare, die ich in der Feenstadt getroffen habe, gezwungenermaßen mit anderen Feen zusammenlebten. Eine *Brollachan* ist eine form- und konturlose Kreatur, eine Schattengestalt mit leuchtend roten Augen. Sie stiehlt ihrem menschlichen Wirt sämtliche Energie und raubt ihm langsam all seine Lebenskraft. In den Augen anderer Menschen wirkt es, als wäre ihr Opfer plötzlich schwer erkrankt.

Stärken: Durch ihre schattenhafte Gestalt schwerer zu töten.

Schwächen: Licht.

Cat Sìth

Katzenfee. Einzelgängerfee, die jedoch gezwungen ist, zusammen mit anderen Feen in der Feenstadt zu leben. Genauso wie ihr Gegenstück, die *Cù Sìth* (Feenhund), ist die *Cat Sìth* größer als ein gewöhnliches Haustier, ja sogar größer als eine Wildkatze. Im Gegensatz zur *Cù Sìth* ist sie jedoch keine Dunkelfee und jagt lieber alleine.

Stärken: Schnelligkeit, Größe, Beweglichkeit.

Schwächen: Mäßig intelligent, folgt eher ihrem Instinkt als ihrem Intellekt.

SIE DÖSEN DIE GANZE ZEIT UND LIEBEN WOLLKNÄUEL. EGAL, OB FEE ODER NICHT – KATZE BLEIBT KATZE.

Die Cailleach

Gesellige Fee. Die *Cailleach* ist die Königin der Feen und die älteste ihrer Art. Ihre Macht ist so groß, dass sie einst als Gottheit verehrt wurde. Den Legenden zufolge formte sie die Hügel, Berge und Lochs Schottlands mit ihrem Hammer und ihrem Stab und erschuf sowohl die Welt der Menschen als auch die beiden Feenreiche. Die Macht der Cailleach wird von Generation zu Generation weitergegeben. Sie schenkt zwei Feenkindern das Leben, die über die beiden Königreiche der guten und der bösen Feen herrschen (*Seelie* und *Unseelie*) und von Kindheit an in dem jeweils anderen den Gegner im Kampf um den Thron der *Cailleach* sehen. Der Stärkere der beiden Nachkommen ruft schließlich den Krieg aus, tötet Bruder oder Schwester und übernimmt den Thron der früheren *Cailleach*. Wird dieser Prozess jedoch unterbrochen oder verändert, zerfallen die Königreiche. Ich habe den Beweis dafür im *Sìth-bhrùth* mit eigenen Augen gesehen; auch wenn der Zerfall noch nicht auf die Menschenwelt übergegriffen hat, ist es nur noch eine Frage der Zeit.

Stärken: Am Höhepunkt ihrer Macht ist die *Cailleach* durch nichts aufzuhalten. Sie beherrscht die Elemente, hat telepathische Fähigkeiten, die selbst Sorcha alt aussehen lassen, und ist äußerst kampferprobt.

Schwächen: Sie ist nicht auf dem Höhepunkt ihrer Macht. Die Entscheidung, Nachkommen in die Welt zu setzen, lässt sie altern und ähnlich einem Menschen langsam sterben. Vor ihrem Tod muss sie ihre Macht an eines ihrer Kinder weitergeben. Und aus diesem Grund war sie umso begieriger darauf, mich zu töten.

UND AUS DIESEM GRUND BIN *ICH* UMSO BEGIERIGER DARAUF, IHREN KOPF ALS TROPHÄE AUFZUSTELLEN.

Daoine Sìth

Gesellige Feen, sowohl dem Königreich der Licht- als auch dem der Dunkelfeen zugehörig (können also gut oder böse sein). Von überirdischer Schönheit, sind sie eine Kriegerspezies, ~~die für ihre Zerstörungswut bekannt ist und dafür, die Menschheit fast ausgerottet zu haben (was Kiaran als die »Wild Jagd« bezeichnet.)~~

(Siehe Einleitung)

Die *Daoine Sìth* herrschten früher nicht nur über das Gefilde der Feen (*Sìth-bhrùth*), sondern hatten beinahe jeden Kontinent der Erde erobert. Kiaran behauptet, früher habe es einen Unterschied zwischen der Herrschaft der Licht- und Dunkelfeen gegeben, doch irgendwann hätten beide Königreiche nur noch machtbesessen und erbarmungslos agiert.

Die Königin der Lichtfeen und der König der Dunkelfeen wuchsen in zwei unterschiedlichen Königreichen auf. Sie wussten immer, dass sie einander eines Tages töten müssen. Denn nur einer von ihnen kann den Platz der Cailleach *einnehmen.*

Was die Stärken und Schwächen der *Daoine Sìth* betrifft, bleibt Kiaran etwas vage, aber wie ich herausgefunden habe, schienen sie in der Lage zu sein, die Elemente zu kontrollieren.

Schwächen: ?

Die Dunkelfeen brauchen menschliche Energie, um zu überleben. Nachdem ihr König seine Macht verloren hatte und diese auf die Bewohner beider Königreiche übergegangen war, traf diese Schwäche auch die Feen, die ehemals dem Königreich der Lichtfeen angehörten.

Kiarans Kraft schmeckt nach Erde, süß, blumig und irgendwie wild. Unbeschreiblich gut, wenn er in angenehmer Verfassung ist, Übelkeit erregend, wenn nicht.

(Stimmt noch immer irgendwie.)

ENTSCHULDIGUNG, ICH MUSS MICH MAL ÜBERGEBEN.

Each Uisge

Einzelgängerfee. Ein Wasserdrache ähnlich einem *Kelpie* (Wassergeist), jedoch aggressiver und gefährlicher. Lockt Menschen mithilfe seiner übernatürlichen Schönheit an eine Wasserstelle. Tritt üblicherweise als Drache oder Pferd auf, wurde allerdings auch schon in Gestalt eines attraktiven Mannes gesehen. Die erste Fee, gegen die ich jemals kämpfte – und dabei kläglich versagte. Ich habe meine Lektion gelernt. Eisen ist gegen Feen wirkungslos.

Stärken: Unter Wasser gleicht ihr Fell einem Klebstoff, dem man unmöglich entkommen kann. Dadurch können sie ihre Opfer leichter ertränken. Ich bezweifle, dass ich den Angriff der *Each Uisge* ohne Kiarans Hilfe überlebt hätte, und ich trage noch immer die Narben unseres Kampfes.

Schwächen: An Land ist ihre Macht wesentlich schwächer. Um dem entgegenzuwirken, halten sie sich stets in der Nähe von Wasser auf.

Mara

Auf *Gàidhlig* heißen sie *Droch-spiorad*. Gesellige Feen, die sich jedoch keinem der beiden Königreiche angeschlossen haben. Sie leben in Rudeln in den finsteren Wäldern des *Sìth-bhrùth*. Nach allem, was ich zu Gesicht bekommen habe, handelt es sich um massige Kreaturen mit tiefschwarzem Fell und leuchtenden Augen.

Stärken: Sie können besser im Dunkeln sehen als ich.

Schwächen: Genügend helles Licht lässt sie zurückweichen.

Mortair

Gesellige Feen, obwohl ihr Status schwer zu definieren ist, da sie von der Königin der Lichtfeen erschaffen wurden. Mechanische Feen, die so groß wie mehrstöckige Häuser sind und aus einem beinahe unzerstörbaren Material bestehen, das in rüstungsähnlichen Platten an ihrem Körper befestigt ist. Der innere Kern (das Herz) der *Mortair* leuchtet und versorgt die ganze Maschine mit Energie, einschließlich der Waffe, die in ihrer Handfläche eingelassen ist. Aithinne erschuf sie als fühlende, jedoch mäßig intelligente Wesen. Ihr oberstes Ziel ist es, Feinde aufzuspüren und zu zerstören.

Stärken: Sie sind riesig und sehr stark. Und nachdem sie nicht besonders intelligent sind, lässt sich schwer mit ihnen verhandeln. Sie versuchen, jeden zu töten, der sie am Erreichen ihres Zieles behindert. Auch diese Lektion habe ich gelernt.

Schwächen: Ihre Rüstung kann einzig und alleine von Aithinnes Schwert durchstoßen werden. Noch eine wichtige Lektion.

Kleine Feen

Auf *Gàidhlig* heißen sie *Aibhse*. Feen mit Flügeln, meist gesellig. Wie andere kleinere Feenarten sind sie nur entfernt mit den größeren *Sìthichean* verwandt. Einst besaßen sie irgendwo auf der Insel Skye ein eigenes Königreich mit Ländereien. ~~Irgendwann vor der großen Schlacht zwischen den Falknerinnen und den *Daoine Sìth* emigrierten sie jedoch in Massen nach Cornwall.~~

Nachdem Kiaran die Stadt der kleinen Feen zerstört und beinahe alle Einwohner getötet hatte, flohen die Überlebenden nach Cornwall.

(DANKE, DASS DU DAS HIER NIEDERGESCHRIEBEN UND IHN NAMENTLICH ERWÄHNT HAST.)

Ihre Kraft umgibt sie als strahlende Aura, wobei sich die Farbe des Lichtscheins je nach Stimmungslage ändert. Sie können sich wie die meisten

Feen an menschlicher Energie nähren, entscheiden sich aber überwiegend dagegen. Ihre Kraft schmeckt nach Lebkuchen. Offenbar können sie nicht anders, als Kleider zu flicken und glänzende Gegenstände zu stehlen.

Sie sind Wächter uralter Artefakte, die sehr wertvoll für die Feen sind, und die sie überall auf der Insel Skye vergraben haben.

Stärken: Fliegen extrem schnell; geschickt im Umgang mit kleinen, scharfen Waffen.

(AUSSERDEM BIN ICH IMMER NOCH EIN WAHRER FRAUENHELD.)

Schwächen: Honig, zerfetzte Ballkleider

(und Ankleidezimmer)

(UND EINE BESTIMMTE MENSCHLICHE GEFÄHRTIN. ABER JETZT WERDE ICH ZU SENTIMENTAL, UND NUN HABE ICH AUCH NOCH ETWAS INS AUGE BEKOMMEN.)

(Ja, ich auch)

Irrwische

Auf *Gàidhlig* heißen sie *Teine Sionnachain.*

Gesellige Feen, die jedoch keinem der beiden Königreiche angehören. Irrwische sind noch winziger als kleine Feen und sehen viel übernatürlicher aus. Sie haben schwarze Augen, die viel zu groß für ihr Gesicht sind, spitze Ohren und dunkle onyxfarbene Haut. Vor der »Wilden Jagd« scheuten sie die Zivilisation und lebten in Höhlen in den Wäldern weit abseits der schottischen Städte. Sie sind grausame Kreaturen, und ich muss mich jedes Mal ermahnen, sie nicht sofort aus Rache für den Überfall auf mich zu töten, wenn ich sie sehe. Sie sind wirklich bösartig und ekelerregend.

Stärken: Ihre Anzahl. Sie leben zu Tausenden zusammen und greifen als Schwarm an.

Schwächen: Als Einzelwesen sind sie unglaublich schwach. Im Gegensatz zu den kleinen Feen können sie nicht alleine überleben.

Persönliche Anmerkung: Auf keinen Fall töten, auch wenn du es noch so sehr willst. Nicht hier.